suhrkamp taschenbuch 4398

Sunset heißt sie, weil ihr Haar so rot ist wie der Sonnenuntergang. Doch zur wahren Lichtgestalt wird sie erst, als sie ihren Mann Pete erschießt. Denn selbst dessen eigene Mutter muss zugeben, dass Pete ein tobsüchtiger Trinker und Vergewaltiger war. Außerdem war er der Sheriff von Camp Rapture, einem öden Kaff in Ost-Texas, dessen Name »Entzücken« bedeutet und eine einzige Lüge ist. Nun ist die Stelle des Sheriffs neu zu besetzen, und ausgerechnet Sunset soll den Stern am Kleid tragen. Das jedenfalls hat ihre Schwiegermutter verfügt, die im Ort das Sagen hat. Damit wird für Sunset das Leben nicht leichter, doch auch Camp Rapture muss sich darauf gefasst machen, dass nach dem nächsten Sonnenuntergang nichts mehr so sein wird wie zuvor ...

Joe R. Lansdale, 1951 in Gladewater/Texas geboren, gehört mit zahlreichen Romanen und Erzählungsbänden zu den Stars der amerikanischen Krimiliteratur. Er wurde mit dem American Mystery Award, dem British Fantasy Award und fünfmal mit dem Bram Stoker Horror Award ausgezeichnet. Joe R. Lansdale lebt mit Frau und Kindern in Texas, wo er auch mehrere Kampfsportschulen betreibt.

Joe R. Lansdale

KAHL SCHLAG

Roman

Aus dem Amerikanischen
von Katrin Mrugalla

Suhrkamp

Die amerikanische Originalausgabe erschien 2004 unter dem Titel
Sunset and Sawdust bei Alfred A. Knopf, New York

Umschlagfoto: © akg-images; Getty Images

Erste Auflage 2012
suhrkamp taschenbuch 4398
© 2004 by Joe R. Lansdale
Lizenzausgabe mit freundlicher Genehmigung des
Golkonda Verlags, Berlin
Suhrkamp Taschenbuch Verlag
Alle Rechte vorbehalten, insbesondere das
des öffentlichen Vortrags sowie der Übertragung
durch Rundfunk und Fernsehen, auch einzelner Teile.
Kein Teil des Werkes darf in irgendeiner Form
(durch Fotografie, Mikrofilm oder andere Verfahren)
ohne schriftliche Genehmigung des Verlages reproduziert
oder unter Verwendung elektronischer Systeme
verarbeitet, vervielfältigt oder verbreitet werden.
Druck: CPI – Ebner & Spiegel, Ulm
Umschlag: cornelia niere, münchen
Printed in Germany
ISBN 978-3-518-46398-7

KAHLSCHLAG

Für Kasey

In Osttexas sind Mythen, Lügen, Legenden und Wirklichkeit alles dasselbe.

H. Collins, der seit seiner Geburt in Osttexas lebt.

KAPITEL 1 An jenem Nachmittag regnete es Frösche, Flussbarsche und Elritzen, und Sunset stellte fest, dass sie eine Tracht Prügel genauso gut einstecken konnte wie Drei-Finger-Jack. Im Gegensatz zu Jack, dem seine Abreibung bei strahlendem Sonnenschein verpasst worden war, kassierte sie ihre in ihrem eigenen Haus auf dem eiskalten Holzboden, während ein Zyklon an den Fenstern rüttelte und das Dach abhob.

Sie lag auf dem Rücken und hatte nur noch das Oberteil ihres Kleides an, weil Pete, während er auf sie eindrosch, daraufgetreten war und dabei die untere Hälfte abgerissen hatte, die so fadenscheinig war wie ein Wahlversprechen. Ihr schoss der Gedanke durch den Kopf, dass sie jetzt bloß noch zwei Kleider besaß und dass sie gerade dieses nur ungern verlor, weil es – obschon ausgebleicht – ein schönes Blumenmuster hatte, auf dem Flecken nicht so auffielen.

Aber das war nur ein flüchtiger Gedanke. Vor allem überlegte sie fieberhaft, wie sie ihn dazu bringen konnte, sie nicht mehr zu schlagen. Sie hatte versucht, seine Schläge mit erhobenen Händen abzuwehren, aber er hatte so fest auf sie eingedroschen, dass sie ihr ins Gesicht klatschten und fast so viel Schaden anrichteten, als hätte er ihr die Faust hineingerammt.

Schließlich hatte er sie zu Boden gestoßen, sich auf sie geworfen, ihr die Beine auseinandergedrückt und ihr den Rest der Kleidung vom Leib gerissen. Als er ihr das Oberteil und den Büstenhalter zerfetzte, sagte er lallend: »Da sind ja meine Tittchen.« Sein Atem war eine einzige Alkoholfahne. Dann zerrte er an ihrer Unterwäsche, bis sie riss, und warf sie zur Seite. Als Nächstes öffnete er seinen Waffengurt und schmiss ihn neben sich auf den Boden. Während er am Reißverschluss seiner Hose herumnestelte, um das Maultier in die Scheune zu treiben, streckte Sunset die Hand aus, zog seinen .38er Revolver aus dem Holster, drückte ihm den Lauf, ohne dass er das mitbekam, gegen den Kopf und jagte ihm eine Kugel in die Schläfe.

Der Schuss war so laut, als hätte Gabriel sie mit einem Fanfarenstoß direkt in den Himmel hinaufgeschleudert, dabei war es Pete, der die Reise nach oben antrat. Oder wohin auch immer. Sunset gefiel der Gedanke, dass er einen Platz in der Hölle zugewiesen bekam, direkt neben dem Ofen. Aber im ersten Moment schrie sie einfach nur laut auf, als hätte die Kugel sie getroffen oder als hätte man ihr nach der Geburt einen Klaps auf den Hintern gegeben.

Pete erschlaffte – nicht nur in dem Organ, das er soeben hatte zum Einsatz bringen wollen, sondern am ganzen Körper. Er gab nicht einen Laut von sich. Kein »Autsch«, kein »Ach du Scheiße«, kein »Ist das zu fassen?« – Dinge, die er unter normalen Umständen gern sagte, wenn er von etwas überrascht wurde oder unter Druck stand. Er kassierte einfach die volle Ladung, ließ einen Furz fahren, der fast so laut war wie der Schuss, sackte vornüber und schwang sich auf das schwarze Pferd des Todes.

Als wäre es nicht schon schlimm genug, dass sie ihr Kleid, ihre Unterwäsche und ihre Würde verloren hatte, klirrten jetzt die Fenster auf der Ostseite wie die Ketten eines Schlossgespensts und zerbarsten; die Tür flog davon, als wäre sie nie mehr als ein lose zusammengefügtes Puzzle gewesen, und der Wind riss das Dach mit sich.

Die Waffe immer noch in der Hand, lag sie auf dem Rücken, ihre Kleidung in Fetzen, an den Füßen ihre alten, flachen Schuhe, in der Schulter ein Stück Fensterglas. Pete lag schwer wie ein nasser Sack auf ihr. Wo die Kugel eingetreten war, befand sich ein kleines Loch, aber ein großes Austrittsloch, wie eigentlich zu erwarten gewesen wäre, konnte sie nirgendwo entdecken. Vermutlich war die Kugel in seinem Schädel herumgerast und hatte seinen Inhalt zu Gelee verarbeitet. Aus der Wunde und aus seiner Nase sickerte Blut und tropfte ihr auf die Brust.

Sie schob ihn von sich runter und sah ihn an. Keine Frage – davon würde er sich nicht wieder erholen. »Da hast du wohl nicht mit gerechnet, was?«, sagte sie.

Sie betrachtete ihn eine Zeit lang, und dann fing sie plötzlich an zu schreien, als steckte in ihr eine Todesfee. Aber schon im nächsten Zimmer hätte man ihre Schreie nicht mehr gehört. Sie waren laut, aber der Sturm war lauter. Das Haus bebte, knarrte, knirschte und quietschte.

Und dann wurde alles, bis auf den Boden, zwei hässliche Sessel, einen gusseisernen Herd, Sunset und den Toten hochgesogen und innerhalb von Sekunden über das ganze Land verteilt.

Sunset klammerte sich schreiend am Boden fest, während der Wirbelsturm über sie hinwegtobte.

Kaum war der Sturm vorüber, klarte der Himmel auf, und die Sonne brannte wieder gnadenlos herab, als hätte es den kalten Wind und den Regen nie gegeben.

Sunset blutete. Sie fühlte sich schwach. Als sie aufstand, fielen Kleiderfetzen zu Boden. Sie zog den Glassplitter heraus, der in ihrer Schulter steckte. Er hatte nicht allzu viel Schaden angerichtet, die Wunde blutete kaum.

Nackt – bis auf die Schuhe und den Revolver, den sie immer noch in der Hand hielt – trat sie aus den Überresten ihres

Hauses heraus und stolperte die schlammige Lehmstraße entlang. Unter ihren Schuhen zappelten und zuckten Frösche, Elritzen und Flussbarsche.

Sie fühlte sich so verloren wie Kain, nachdem er Abel getötet hatte.

Petes Auto hatte sich – völlig verbeult und mit dem Dach nach unten – um zwei riesige Eichen gewickelt, als wäre es aus flüssigem Lakritz. Nicht weit davon entfernt lag sein hölzerner Aktenschrank. Die Tür war zerbrochen, und die Akten hatten sich überall verteilt.

Wie es das Schicksal wollte, stieß sie auf eine ihrer Gardinen, die sie aus einem Mehlsack genäht und blau gefärbt hatte. Sie hing von einem Ast herab wie vom Arm eines Hausdieners.

Sunset wickelte sich die Gardine um die Taille, drapierte ihre langen roten Haare über ihre Brüste und ging weiter die Straße entlang. Ihre Schuhe quietschten bei jedem Schritt. Sie bückte sich, um einen zermatschten Frosch von der Sohle abzukratzen, und als sie wieder hochsah, entdeckte sie Uncle Riley, den farbigen Messerschleifer, der mit seinen zwei Maultieren und dem Wagen die Straße entlanggezuckelt kam. Sein Sohn Tommy ging nebenher, pickte mit einem spitzen Stock Flussbarsche auf und warf sie auf die Ladefläche.

Als Uncle Riley Sunset sah, zog er die Zügel an und sagte: »Oh verdammt. Ich hab nix gesehen, weiße Ma'am. Wirklich. Und Tommy hier hat auch nix gesehen. Wir haben beide gar nix gesehen.«

Aber Tommy sah eine ganze Menge. Sunsets Brüste linsten durch ihr rotes Haar hindurch, und Tommy hatte noch nie Brüste gesehen, weder weiße noch schwarze, abgesehen von denen seiner Mama, als sie ihn gestillt hatte, aber die Erinnerung daran war längst verblasst.

Sunset war es in dem Moment völlig egal, wer was sah. Sie blutete aus Nase und Mund, und ihre Augen schwollen allmählich zu. Sie fühlte sich, als hätte man sie in Brand gesteckt und das Feuer dann mit dem Rechen ausgeklopft.

»Uncle Riley«, sagte sie. »Ich bin's, Sunset. Ich bin verprügelt worden.«

»Ach Gott, Mädel, aber wirklich. Ich steig jetzt runter und helf Ihnen. Aber dass Sie mir ja auf nix schießen, hörn Sie?«

Sunset sackte auf die Knie, wollte wieder aufstehen, schaffte es aber nicht.

Uncle Riley, vierundvierzig Jahre alt, einen Meter neunzig groß und gut einhundert Kilo schwer, hatte eine glänzende Glatze, die er mit einem Schlapphut bedeckte. Er stieg vom Wagen, zog sein Arbeitshemd aus und drehte den Kopf zur Seite, während er auf Sunset zuging.

Uncle Riley legte Sunset das Hemd um die Schultern. Sie ließ die Gardine fallen und knöpfte das Hemd mit der freien Hand zu, alles auf den Knien. Wieder versuchte sie aufzustehen, und wieder gelang es ihr nicht. Uncle Riley hob sie hoch wie ein kleines Kind. Sie umklammerte die Pistole, als wäre sie Teil ihrer Hand.

Er trug sie zum Wagen, ließ sie auf den Sitz gleiten und stieg dann selbst hinauf. »Ab jetzt fass ich Sie nicht mehr an, Miss Sunset.«

»Schon in Ordnung, Uncle Riley. Du hast dich wie ein echter Gentleman benommen.«

Tommy, der mit einem aufgespießten Fisch neben dem Wagen wartete, stand immer noch der Mund offen.

»Rauf mit dir«, sagte Uncle Riley.

Tommy kletterte hinten auf den Wagen zu den Fischen, die sie eingesammelt hatten. Sie waren überall auf der Ladefläche verteilt, und an einigen Stellen reichten sie ihm bis zu den Knöcheln. Für Uncle Riley war der Fischregen ein Geschenk Gottes gewesen. Genug Fisch zum Essen und genug Fisch zum Salzen und Räuchern. Sie hatten sogar ein paar Frösche aufgeklaubt, weil Tommys Mama – die Hebamme Cary – gern Froschschenkel aß.

Tommy fragte sich gerade, ob sich der Fisch wohl halten würde, jetzt, wo es wieder heiß wurde und sie diese zusammengeschlagene, vollbusige Frau herumkutschieren mussten. Was in Gottes Namen sollten sie bloß mit ihr machen?

Und dann dachte Tommy: Ihr Haar ist so lang und rot und wild wie herabstürzendes Feuer. Er musste grinsen. Gütiger Gott, er hatte Fisch vom Himmel regnen sehen und dazu die Brüste einer weißen Frau. Wirklich ein besonderer Tag.

»Miss Sunset, wenn ich Sie so rumfahr, dann bringen die mich um.«

»Nicht, wenn ich dabei bin.«

Sunset hörte sich die richtigen Dinge sagen, kam sich aber vor wie in einem Traum. Sie kratzte sich mit dem Lauf der .38er hinter dem Ohr.

»Missy, die werden mir nicht glauben. Und Ihnen auch nicht.«

»Die glauben mir schon.«

»Mein Vetter Jim, der hat mal gesehn, wie ne weiße Frau sich in ihrem Hof gebückt hat, weil da hat sie Wäsche aus einem Korb genommen, zum Aufhängen, und obwohl nix zu sehn war, weil sie hatte ja ihre Sachen an und er war oben an der Straße, aber – ein weißer Mann hat es gesehn, wie er dasteht und guckt, und dann hat er's weitererzählt, und diese Kluxer haben Jim abgeholt und kastriert und Terpentin in die Wunde geschüttet.«

»Glaub mir, das kommt schon in Ordnung.«

»Was wird Ihr Mann sagen, Mr. Pete?«

»Nichts, Uncle Riley. Ich habe ihm das Gehirn rausgepustet.«

»Ach du meine Güte!«

»Bring mich zu meiner Schwiegermutter.«

»Wollen Sie wirklich zu Ihrer Schwiegermama?«

»Meine Tochter ist bei ihr. Ich weiß nicht, wo ich sonst hin sollte.«

»Aber Miss Marilyn, ob die das so gut findet, dass Sie ihren Jungen erschossen haben?«

»Darüber mache ich mir Gedanken, wenn ich da bin. Ach Gott, was wird Karen bloß denken?«

»Sie liebt ihren Papa sehr.«

»Das stimmt.«

»Die tun mich und meinen Jungen kastrieren.«

»Nein, das werden sie nicht. Dafür sorge ich schon. Um Himmels willen, Uncle Riley, ich kenne dich doch schon mein ganzes Leben lang. Deine Frau hat mir geholfen, mein Kind auf die Welt zu bringen.«

»Weiße Leute vergessen so was schnell. Und jetzt, wo wir überall diese Wirtschaftskrise haben, da sind die Leute noch böser.«

Der Wirbelsturm war so plötzlich und gnadenlos hereingebrochen, dass man den strahlenden Sonnenschein und die Hitze kaum fassen konnte, aber die Fische hinten auf dem Wagen fingen bereits an zu stinken.

Das Ledergeschirr knarzte, und die mit Weizen und Heu gefüllten Bäuche der Maultiere machten seltsam gurgelnde und trompetende Geräusche. Ab und zu hob eins der Tiere den Schwanz, furzte, erledigte sein Geschäft oder warf den Kopf zur Seite und schnappte nach etwas Grünzeug. Davon gab es jede Menge, weil der Weg schmal war und die Zweige hineinhingen und ihre Blätter den Maultieren verführerisch vor der

Nase baumelten. Der Wagen quietschte und rumpelte über die schlammige Straße, und vom Boden, der bereits wieder trocknete, stiegen Dampfschwaden auf. Es roch nach Tongefäßen in einem Brennofen. Die Sonne fraß sich gnadenlos in Sunsets Wunden und blaue Flecken.

»Ich glaube, ich werde gleich ohnmächtig«, sagte Sunset.

»Bloß nicht jetzt, Miss Sunset. Ist schon so schlimm genug, wo Sie halbnackt neben einem Nigger sitzen, da muss nicht auch noch Ihr Kopf an der Schulter von mir liegen.«

Sunset senkte den Kopf, bis das Schwindelgefühl nachließ. Als sie sich wieder aufrichtete und sich mit dem Handrücken über die Stirn fuhr, fiel ihr auf, dass sie immer noch den Revolver in der Hand hielt. »Den lasse ich wohl besser bei dir.«

»Nein, Ma'am. Das sollten Sie lieber nicht machen. Nachher heißt es noch, ich hätt ihn erschossen.«

»Ich werde es ihnen erklären.«

»Die weißen Leute finden seine Leiche, dann sehn sie mich, und schon ist ein Nigger fällig. Wenn die dem Mr. Pete seine Waffe in meinem Wagen sehn, wo er doch Constable war, dann knüpfen die den Jungen und mich schneller auf, als wie wenn einer sagt: Schnappen wir uns nen Nigger.«

»Na gut«, sagte Sunset. »Ich bin dir und Tommy sehr dankbar. Wirklich.«

»Außerdem brauchen Sie die Waffe vielleicht, für wenn Sie Miss Marilyn erzählen, was Sie getan haben. Und wenn nicht für sie, dann vielleicht für Miss Marilyn ihren Mann, Mr. Jones.«

»Sobald ich es meiner Tochter gesagt habe, brauche ich sie vielleicht für mich selbst.«

»So dürfen Sie nicht reden.«

»Ich kann nicht glauben, dass ich es wirklich getan habe.«

»Wenn er Sie so geschlagen hat, Miss Sunset, dann hat er's

verdient. Ich hab nix übrig für einen Mann, der wo seine Frau schlägt. Das hat er sich selbst zuzuschreiben.«

»Ich hätte ihn ja auch einfach ins Bein oder in den Fuß schießen können.«

Uncle Riley sah sich ihr Gesicht genauer an. »Verdammt, Miss Sunset, so üble Prügel hab ich nicht mehr gesehn, seit Mr. Pete Drei-Finger-Jack grün und blau geschlagen hat. Wissen Sie noch?«

»Oh ja.«

»Mann, er hat den armen Kerl verdroschen, als wie wenn er was gestohlen hätte.«

»Hatte er ja auch. Die Geliebte meines Mannes.«

»Das hätt ich jetzt wohl besser nicht sagen sollen.«

»Er selbst hat mir beigebracht, wie man schießt, Uncle Riley, kannst du dir das vorstellen? Mit dem Revolver, dem Gewehr und mit der Schrotflinte. So lange, bis er den Eindruck hatte, ich sei zu gut. Nachdem wir verheiratet waren, wollte er nicht, dass ich irgendwas machte … Ich kann nicht glauben, dass ich ihn erschossen habe. Ich hätte mich doch einfach schlagen lassen können, dann hätte er gekriegt, was er wollte, und schon wäre es vorbei gewesen. Wäre ja nicht das erste Mal gewesen. Dann hätte Karen jetzt immer noch einen Daddy. Die Sache ist nur, er hätte das doch alles auch so haben können, Uncle Riley. Ich hätte doch sofort nachgegeben. Er hätte doch nur ein paar nette Worte sagen müssen. Aber er mochte es gern auf die harte Tour, auch wenn es gar nicht nötig war. Ich glaube, mit seinen Freundinnen ist er sanfter umgegangen, aber mich hat er immer geschlagen.«

»Mädel, über so was sollten Sie mit mir nicht reden. Das muss ich gar nicht hörn.«

»Er war so schon kein sonderlich guter Mensch, aber wenn er getrunken hatte, war er gemein wie eine Giftschlange.«

»Ihr Haar ist mächtig rot«, ließ sich plötzlich Tommy vernehmen.

»Junge, verdammt«, fuhr Uncle Riley ihn an. »Das kann Miss Sunset jetzt gar nicht brauchen, dass du von ihrem Haar redest. Geh wieder nach hinten und tu die Fische sortieren oder mach sonst was.«

»Die sind alle gleich.«

»Dann zähl sie, Junge.«

»Ist schon in Ordnung, Uncle Riley. Ja, Tommy. Es ist rot. Meine Mama hat immer gesagt, rot wie der Sonnenuntergang, und darum nennen die Leute mich Sunset.«

»Ist das denn nicht Ihr richtiger Name?«, fragte Tommy.

»Jetzt schon. In die Familienbibel haben sie damals Carrie Lynn Beck geschrieben. Aber alle haben mich immer nur Sunset genannt. Und als ich geheiratet habe, hieß ich dann Jones.« Sunset brach in Tränen aus.

»Setz dich jetzt dahinten hin«, befahl Uncle Riley seinem Sohn.

»Ich hab doch nix gemacht«, maulte Tommy.

»Junge, willst du, dass ich dir den Arsch versohl? Verschwinde endlich.«

Tommy kletterte wieder nach hinten und setzte sich mitten in die Fische. Sie drückten sich feucht und nass gegen seine Hose, was ihm ganz und gar nicht gefiel, aber er blieb trotzdem sitzen. Er wusste, er hatte sich so weit vorgewagt, wie es gerade noch ging, und wenn er sich noch weiter vorwagte, würde sein Daddy anhalten und ihm den Hosenboden stramm ziehen, oder – schlimmer noch – er müsste eigenhändig einen Ast abbrechen, den sein Daddy dann zum Einsatz bringen würde.

Allmählich brach die Dämmerung herein. Die Wälder zu beiden Seiten wurden lichter, und man konnte bereits das Kreischen der Sägen in der Mühle und die Geräusche von

Männern, Maultieren, Ochsen, von Bäumen, die über den Boden geschleift wurden, und das Anfahren und Rattern von Holzlastwagen hören.

»Wenn die Sie und mich sehn, das gibt ein böses Ende«, sagte Uncle Riley.

»Das wird schon gut gehen«, entgegnete Sunset. »Tommy, spring vom Wagen und tu dich im Wald verstecken. Ich hol dich nachher ab.«

Tommy ließ sich an der Seite hinabgleiten und verschwand zwischen den Bäumen.

»Ich sorge schon dafür, dass dir nichts passiert«, sagte Sunset. »Wenn sie dir Ärger machen, können sie uns gleich beide aufhängen. Ich habe noch fünf Schuss in der Waffe.«

»Dass die Sie und mich zusammen hängen, macht mich auch nicht glücklich, Miss Sunset. Tot ist tot.«

»Na gut. Dann lass mich hier runter. Den Rest schaffe ich zu Fuß.«

Uncle Riley schüttelte den Kopf. »Das sieht vielleicht noch schlechter aus. Wenn wer sieht, wie Sie vom Wagen steigen, dann kriegen die mich nachher, da, wo Sie nicht ein gutes Wort für mich einlegen können. Außerdem können Sie ja kaum sitzen.«

Sunset hob den Kopf und stellte fest, dass die Kronen der Pinien am Straßenrand vom Sturm sauber abgetrennt worden waren. Es war, als hätte der Sensenmann ihnen mit seiner Sense die Köpfe abrasiert.

Als sie auf das Gelände des Sägewerks fuhren, sah Sunset schwitzende Männer bei der Arbeit und lehmverschmierte Maultiere, die mit klirrendem Geschirr Baumstämme zum Sägewerk zogen. Außerdem kamen lange Wagen voller Baumstämme aus der Tiefe des Walds, die von großen, vor sich hin stapfenden Ochsen gezogen wurden.

Die große Rundsäge kreischte jedes Mal, wenn sie einen Baum verschlang, und dann war da noch das Geräusch der Gattersäge, die dem Holz die richtige Form gab. In der Luft hing schwer der süßliche Geruch von frisch geschlagenen Osttexas-Pinien. Aus einer langen Rutsche, die mit den Sägewerksgebäuden verbunden war, kamen stoßweise zerschredderte Holzreste herabgesegelt und sammelten sich auf einem Hügel aus Sägemehl, den Zeit und Wetter hatten schwarz werden lassen.

Überall lagen abgebrochene Äste und vom Sturm entwurzelte Bäume. Ein Wagen voller Holzstämme war umgekippt, und einige Männer richteten ihn gerade wieder auf. Nicht weit davon entfernt lag ein toter Ochse, der zum Teil unter herabgefallenen Stämmen begraben war.

»Ob die überhaupt aufgehört haben zu arbeiten, als der Wirbelsturm durchgerast ist?«, fragte Sunset.

»Wenn, dann nicht lange«, entgegnete Uncle Riley. »Nicht hier in Camp Rupture. Teufel, irgendwer wird den Ochsen da häuten und ausnehmen und heut Abend noch essen. Wär ein Mann umgefallen, täten sie ihn vielleicht auch häuten und essen.«

»Es heißt Camp Rapture, Uncle Riley, Rapture wie Entzücken, nicht Rupture wie Bruch.«

»Aber nur, wenn man noch nicht lange hier arbeitet. Und ich war lang genug hier, dass ich weiß, das brauch ich nicht mehr. Ich kann's beweisen, weil ich hab ein Bruchband.«

»Hätte ich Pete doch bloß ins Bein geschossen.«

»Wenn ich's mir so überleg, Miss Sunset – allmählich glaub ich auch, das wär besser gewesen.«

KAPITEL 2 Als Sunset und Uncle Riley ins Camp hineinfuhren, starrten die Arbeiter sie an und stellten sofort fest, dass Sunset nur ein Hemd trug. Sie ließen alles stehen und liegen und bewegten sich den Hügel hinunter auf den Wagen zu wie Fliegen, die von Zuckersirup angezogen werden.

»Was machst du da mit der weißen Frau? Hast du die so verprügelt?«, fragte einer der Männer Uncle Riley.

»Ich hab ihr nur geholfen«, sagte Uncle Riley. Und dann, zu Sunset: »Sehn Sie, die stechen mich ab oder knüpfen mich auf.«

»Bring mich zu meiner Schwiegermutter.«

Uncle Riley sah sich nach den Männern um, die dem Wagen folgten. »Himmel«, seufzte er. »Die sehn ganz schön bösartig aus. Das sind so Leute, wo nur glücklich sind, wenn ein Nigger tot ist.«

»Ich habe immer noch die Waffe. Vielleicht erwische ich ja fünf.«

»Das sind aber mehr als fünf.«

Einige der Häuser hatten Veranden, die zum Schutz vor Moskitos mit Fliegengittern abgeschirmt waren und auf die die Bewohner ihre Betten gestellt hatten, weil es dort nachts kühler war. Die Häuser waren in einem kalten Grün gestrichen und standen auf Blöcken oder Pfählen, zwischen denen Hühner und Gänse herumpickten. Um die einzelnen Grundstücke herum waren Drahtzäune gezogen. Die meisten Fenster waren schwarz vom Ruß des Kraftwerks, und die Höfe, in denen nicht ein Grashalm wuchs, waren gelb vom Sägemehl aus dem Sägewerk.

Das Haus von Sunsets Schwiegermutter machte deutlich mehr her als die anderen. Es hatte hölzerne Schindeln, Strom, war frisch gestrichen, stand auf behandelten Pfählen, und vor allem rannten unter dem Haus keine Hühner rum. Sie wurden hinten in einem großen Gehege mit Hühnerstall gehalten. Ihr Futter bekamen sie aus Trögen, und das Wasser, das täglich erneuert wurde, aus einer großen Wanne. Neben dem Hühnerstall befanden sich ein eingezäuntes Gelände und ein Schuppen, in dem ein Schwein und einige Ferkel hausten. Die Fenster waren erst kürzlich geputzt und das Sägemehl mit einer Harke vom Hof entfernt worden. Der Boden sah aus, als hätte eine Riesenhenne nach Würmern gescharrt.

Die geräumige Schlafveranda hatte keine Fliegengitter, sondern Fenster, die man herunterkurbeln konnte. Dahinter standen in großen Lehmkrügen die Topfpflanzen, die Sunsets Schwiegermutter so sehr liebte.

Im Hof parkte ein schwarzer Firmenlastwagen mit schlammverschmierten Rädern und verwitterten hölzernen Leisten rund um die Ladefläche. Alles war mit einer dünnen Schicht Sägemehl überzogen. Auf einer Seite hatte jemand etwas mit dem Finger in das Sägemehl geschrieben: ICH BIN SCHMUTZIG WIE DIE SÜNDE.

Uncle Riley lenkte den Wagen zwischen der Wasserpumpe und dem Haus hindurch und brachte ihn vor der Verandatreppe zum Stehen. Dann zog er die Bremse an, behielt die Zügel aber locker in der Hand.

»Du wirst rumkommen und mir runterhelfen müssen, Uncle Riley. Wenn ich es allein versuche, falle ich kopfüber auf den Boden, und jeder kann meinen Hintern sehen.«

»Miss Sunset, können Sie nicht auf einen von den weißen Männern da warten?«

»Na gut.«

Männer, weiße wie schwarze, versammelten sich um den Wagen. Die meisten von ihnen kannte Sunset, aber sie war sich nicht sicher, ob die Männer sie wohl erkennen würden, so, wie ihr Gesicht aussah. Allerdings hatte niemand in der Gegend solches Haar, nicht so lang und feuerrot und voll wie ihres. Und im Gegensatz zu den meisten Frauen trug sie ihr Haar immer offen.

»Was zum Teufel ist hier los?«, fragte einer der Männer. Es war Sunsets Schwiegervater. Er war groß und sah seinem Sohn Pete ziemlich ähnlich, nur dass er dünneres Haar und einen größeren Bauch hatte. Sein Khakihemd war unter den Achseln völlig durchgeschwitzt, und auch am Kragen und vorne glänzten Schweißflecken. Er schob sich den speckigen Hut aus der Stirn und fragte: »Verdammt, Sunset, bist du das?«

»Ja, Mr. Jones.«

»Was zum Teufel ist mit dir passiert? Und was machst du da im Unterhemd mit dem Nigger? Hat er dich so verprügelt? Ist das Petes Waffe?«

Die schwarzen Männer in der Menge verzogen sich unauffällig nach hinten, indem sie, wie sie das oft genug hatten üben können, vorsichtig zurückwichen und dabei ja niemandem ins Gesicht sahen. Innerhalb von Sekunden standen sie, die Hände in den Taschen, am Rand der gaffenden Meute und beobachteten alles aufmerksam, jederzeit darauf gefasst, entweder »Yessir« zu brüllen oder davonzurennen.

»Ich habe unter dem Hemd nichts an, und ich fühle mich schwach, also hilf mir runter, aber sei vorsichtig.«

Jones tat, wie ihm geheißen, und Sunset sagte: »Uncle Riley hat mich nach dem Sturm gefunden und mir geholfen. Ich hatte nichts an, und darum hat er mir sein Hemd gegeben.«

»Na, dann danke ich dir, Uncle Riley«, sagte Jones.

»Gern geschehen, Mr. Jones. Ich hab nur die Fische da hinten eingesammelt, und plötzlich ist sie dagestanden. Ich hab weggesehn und ihr das Hemd von mir gegeben.«

»Genau«, sagte Sunset und lehnte sich gegen den Wagen. »Ich kann kaum stehen. Jemand muss mir auf die Veranda raufhelfen.«

Sofort traten eilfertig zwei Männer vor, um sie zu stützen. Sunset fand, dass sie ein bisschen mehr als nötig zupackten. Die Blicke der beiden wanderten zur Knopfleiste des Hemds, an die Stelle, wo sie es falsch zugeknöpft hatte, und Sunset wusste sofort, dass sie auf ihre Brüste glotzten. Aber sie war zu schwach, um sich groß darüber aufzuregen. Davon abgesehen sahen an dem Tag mehr Männer ihre sommersprossigen Beine als zu der Zeit, als sie noch ein kleines Mädchen in kurzen Hosen gewesen war.

Während die Männer ihr die Treppe hinaufhalfen, zupfte sie hinten das Hemd zurecht, damit niemand in den Genuss kam, ihren nackten Hintern zu sehen. Jones folgte ihr, musterte dann selbst die Vorderseite ihres Hemds und fragte: »Wieso kommst du so daher? Bist du während des Sturms verletzt worden?«

»So was in der Art.« Sunset drehte sich um und rief Uncle Riley zu: »Danke, dass du so ein Gentleman warst, Uncle Riley.«

»Gern geschehn, Miss Sunset.«

»Ich gebe dir das Hemd später zurück. Du siehst ja, dass ich es erst mal noch anbehalten muss.«

»Ja, Ma'am. Das ist schon in Ordnung. Behalten Sie's, so lang wie Sie wollen. Ich fahr jetzt besser weiter und seh zu, dass ich die Fische nach Hause bring, bevor dass die noch schlecht werden.« Er lockerte die Bremse, trieb die Maultiere an, und die Menge machte ihm Platz.

Einer der Männer, Don Walker, sagte zu dem Mann, der neben ihm stand: »Wetten, dass der Nigger den Anblick genossen hat?«

»Ich wär verdammt gern an seiner Stelle gewesen«, antwortete der andere, Bill Martin. »Mit der würde ich es sogar machen, obwohl sie grün und blau im Gesicht ist.«

»Zum Teufel, Bill, du würdest es doch auch mit einem Loch im Boden machen.«

»Scheiße ja, ich würde auch ne Ente ficken, wenn sie mir zublinzelt und sich nach vorne beugt.«

»Ich glaub, dir wär's völlig egal, ob sie dir zublinzelt.«

Sobald Sunset das Haus der Familie Jones betreten hatte, ließ sie sich in einen Bambussessel neben dem Radio sinken und beobachtete, wie sich die Schatten den Hügel hinunterbewegten und über das Haus legten wie überlaufendes Öl. Dann sagte sie: »Ich habe ihn erschossen.« Sie hielt die Waffe hoch. »Mit der hier. Mit seiner eigenen Waffe. Er hat mich geprügelt und mich zu Boden gestoßen. Dann hat er versucht, mich zu vergewaltigen. Das hat er früher auch schon gemacht. Ich konnte es nicht mehr ertragen.«

Mrs. Jones war eine große, gutaussehende Frau mit hochgesteckten, von grauen Strähnen durchzogenen Haaren. Als sie begriff, was Sunset da sagte, stieß sie einen schrillen, herzzerreißenden Schrei aus, der Sunset bis ins Mark erschütterte. Sie spannte ihren rechten Fuß so sehr an, dass der Schuh herunterfiel.

»Du hast ihn erschossen?«, fragte Jones. »Du hast meinen Sohn erschossen?«

»Ich habe ihn in den Kopf geschossen.«

»Mein Gott.«

»Mir blieb nichts anderes übrig. Er hat mich vergewaltigt.«

»Ein Mann kann seine Frau nicht vergewaltigen«, widersprach Jones.

»Genau so hat es sich aber angefühlt.«

Jones holte aus, und noch während er das tat, hob Sunset die Waffe. »Ich lasse mich nie wieder von einem Mann schlagen, wenn ich was dagegen tun kann.«

»Du hast rumgehurt, das ist es. Du und dieser Nigger. Rumgehurt habt ihr.«

»Uncle Riley hat nicht das Geringste damit zu tun. Glaubst du, wir wären ausgerechnet hierher gekommen, wenn wir rumgehurt hätten? Ich wusste nicht, wo ich sonst hin sollte. Ich bin wegen Karen hier.«

»Aber warum hast du das getan?«, fragte Jones.

»Pete kam betrunken nach Hause. Wahrscheinlich hat ihn eine seiner Freundinnen – vermutlich diese Hure Jimmie Jo French – nicht rangelassen. Also wollte er es von mir. Auch wenn ich nur zweite Wahl war, vielleicht auch nur dritte. Und er wollte es auf die harte Tour. Er hat mich geschlagen, mir die Kleidung vom Leib gerissen, und dann kam der Wirbelsturm und hat das Haus weggeblasen. Einfach davongeweht, als wäre es aus Zeitungspapier. Ich habe seine Waffe zu fassen bekommen und ihn erschossen. Und dann bin ich ohne irgendwas am Leib losgelaufen. Ich hatte nur noch die Schuhe und eine Gardine, die ich gefunden habe. Uncle Riley hat mir sein Hemd gegeben.«

»Er war doch dein Mann!«

»Manchmal.«

Mrs. Jones rannte unterdessen kreischend im Haus herum wie ein Huhn, das vom Fuchs gejagt wird. Sobald sie bei einer Wand ankam, schlug sie mit den Handflächen dagegen, drehte sich um, rannte zur gegenüberliegenden Wand und hämmerte gegen diese.

»Ich wollte ihn nicht umbringen, wirklich nicht. Aber ich hatte Angst, er würde mich umbringen.«

»Meine eigene Schwiegertochter? Was haben wir dir bloß getan?«

»Es geht darum, was dein Sohn mir getan hat«, entgegnete Sunset und dachte bei sich: Ich weiß noch gut, wie oft du mir den Hintern getätschelt hast, wenn gerade niemand hersah.

»Er war doch der Constable«, sagte Jones.

»Aber jetzt ist er es nicht mehr. Jetzt ist nichts mehr, wie es war.«

Jones zog sich einen Stuhl heran und setzte sich. Es war, als hätte man einen großen Sack voller Kartoffeln auf den Stuhl gewuchtet, der nun über die Seiten hinunterhing.

Mrs. Jones war schließlich auf dem Boden zusammengebrochen und raufte sich die Haare. »Pete, Pete, Pete«, schrie sie, als könnte er ihr antworten.

»Verdammt, Sunset«, sagte Jones. »Ein Mann hat nun mal Bedürfnisse.«

»Wo ist Karen?«, fragte Sunset.

Mrs. Jones heulte, und Mr. Jones saß auf seinem Stuhl. Keiner von beiden antwortete. Sunset stand auf, zog ihren Schuh an und setzte sich wieder.

Nach einiger Zeit fragte Mr. Jones: »Bist du sicher, dass er tot ist?«

»Er ist ganz sicher tot.«

»Vielleicht lebt er noch.«

»Nur, wenn er wiederauferstanden ist.«

Mrs. Jones stieß einen weiteren Schrei aus, der das Glas in den Fenstern erzittern ließ. Sie wälzte sich auf dem Boden hin und her.

»Wo ist er?«, fragte Mr. Jones.

»In den Überresten unseres Hauses, mit heruntergezogener Hose und dem Hintern in der Luft.«

Jones blieb einfach sitzen und versuchte, den Kloß in seiner Kehle hinunterzuschlucken. Als ihm das schließlich gelungen war, sagte er: »Dann muss ich wohl rüberfahren und ihn holen. Und du, Missy, du wirst dafür büßen. Das Gesetz wird schon dafür sorgen.«

»Er war doch selbst das Gesetz. Und ich musste jeden Tag büßen, dabei hatte ich nicht mal was verbrochen.«

Jones stand auf und ging zur Tür hinaus. Sunset blieb mit der Waffe im Schoß sitzen. Sie betrachtete Mrs. Jones, die versuchte, sich vom Boden aufzurappeln. Allmählich gelang es ihrer Schwiegermutter, auf die Beine zu kommen. Sie ging auf Sunset zu. Sunset wusste, was ihr blühte, rührte sich aber – anders als bei Mr. Jones – nicht. Ihr war klar, dass sie nicht ungeschoren davonkommen würde, aber eine Züchtigung würde sie sich nur von ihrer Schwiegermutter, Marilyn Jones, gefallen lassen. Die Frau hatte sie immer gut behandelt. Eine Ohrfeige konnte sie durchaus aushalten.

Aber nur eine.

Mrs. Jones schlug mit aller Kraft zu, so fest, dass Sunset zu Boden geschleudert wurde und der Sessel umfiel. Der Schlag traf sie genau dort, wo auch Pete sie geschlagen hatte, und es brannte höllisch.

»Du hast meinen Jungen umgebracht«, sagte Marilyn.

»Ich wollte nicht, dass das passiert«, entgegnete Sunset und fing an zu weinen.

Langsam erhob sie sich, stellte den Sessel wieder hin, zog das Hemd so gut wie möglich herunter und setzte sich wieder. Den Revolver hielt sie immer noch in der Hand, wie ein Ertrinkender sich an einen Strohhalm klammert.

Marilyn sah auf sie hinunter. Ihr Haar hatte sich gelöst und hing ihr ins Gesicht. Sie hob die Hand, als wollte sie Sunset noch einmal schlagen.

»Nein«, sagte Sunset.

Marilyns Gesichtsausdruck wurde sanfter. Sie musterte Sunset eine Zeit lang, dann breitete sie die Arme aus und sagte: »Komm her, mein Schatz.«

»Was hast du gesagt?«, fragte Sunset.

»Komm her.«

Sunset starrte ihre Schwiegermutter einen Moment lang an und stand dann vorsichtig auf.

»Keine Angst«, sagte Marilyn. »Ich hab mich wieder eingekriegt.«

»Das könnte aber immer noch zu viel sein.«

»Keine Angst«, wiederholte Marilyn, machte einen Schritt auf Sunset zu und umarmte sie. Sunset behielt für alle Fälle die Waffe in der Hand. Sie hoffte, sie würde nicht noch die ganze verdammte Familie erschießen müssen. Und die Hühner gleich mit.

»Ich habe meinen Sohn verloren«, sagte Marilyn. »Ich werde nicht zulassen, dass ich auch noch eine Tochter verliere.«

»Ich wollte es nicht tun.«

»Ich weiß.«

»Nein. Nein, das weißt du nicht.«

»Du würdest dich wundern, was ich alles weiß, Mädchen.«

KAPITEL 3 Der Zyklon, der Sunsets Haus zerstört hatte, wirbelte weiter durch die Bäume und trug ihr Dach und ihre Habe davon, drehte nach Osten ab, und als die Nacht hereinbrach, wütete er immer noch und warf mit Fischen, Fröschen und Trümmern um sich. Er schleuderte sogar ein Kalb gegen eine Hauswand und tötete es.

Der Zug, der nach Tyler und weiter Richtung Westen fuhr, wurde von den Ausläufern des Sturms erfasst. Der Wind ließ Fische auf ihn herabregnen und rüttelte die Güterwaggons durch, als wären sie eine Spielzeugeisenbahn in den Händen eines bösartigen Kindes.

Einen Moment lang sah es so aus, als würde der Zug von den Gleisen gesaugt, aber es blieb dann doch beim Durchrütteln. Die Lokomotive und ihre kleinen Waggons stampften weiter vor sich hin, genau wie der Sturm weiter vor sich hin wütete, bis er schließlich in der Nähe der Grenze zu Louisiana abflaute. Zum Schluss war er nur noch ein kühles, feuchtes Lüftchen, das ein paar schwitzende Leute erfrischte, die in der Nacht am Ufer des Sabine River saßen und angelten.

In einem der Waggons saß Hillbilly mit seiner Gitarre und seiner Umhängetasche und musterte die beiden Typen auf der Sitzbank ihm gegenüber. Sie waren in den Waggon geklettert, als der Zug in Tyler abgebremst hatte, und jetzt, wo er durch die Landschaft ratterte und der Sturm vorbei war, fingen sie an, ihm seltsame Blicke zuzuwerfen. Zuerst hatten sie so getan, als wäre er gar nicht da, aber er hatte bemerkt, wie sie immer mal wieder zu ihm hersahen. Sie waren ihm vom ersten Moment an unsympathisch gewesen. Er hatte sie begrüßt, als sie hereingeklettert waren, aber sie hatten weder

»Hallo« noch »Leck mich« gesagt. Sie hatten ein paar Flussbarsche mit den Füßen zur offenen Tür hinausbefördert, den Regen abgeschüttelt wie nasse Hunde und sich dann wie zwei Wasserspeier zu beiden Seiten der Tür hingehockt, ohne etwas zu sagen. Nur herübergeschaut hatten sie von Zeit zu Zeit.

Hillbilly sah jünger aus, als er war, hatte aber dreißig ereignisreiche Jahre auf dem Buckel. Er war ganz schön weit rumgekommen und hatte eine Menge gesehen. Es gab keine Spelunke in Osttexas, Oklahoma oder Louisiana, in der er noch nicht mit seiner Gitarre aufgetreten war. Überall war er mit den Güterzügen herumgefahren, hatte in Wanderarbeiterlagern gegessen und gegen Geld auf den Jahrmärkten Box- oder Wrestlingkämpfe bestritten. Seine schlanke, drahtige Figur und sein weiches, hübsches Gesicht hatten so manchen starken Mann vor Ort fälschlicherweise dazu verleitet, ihn für einen leichten Gegner zu halten.

Hillbilly wusste aus Erfahrung, dass die beiden Kerle ihn ein bisschen zu auffällig musterten – wie hungrige Hunde ein Schweinekotelett. Der eine war klein und untersetzt und trug eine Wollmütze. Der andere war größer, schlanker, hatte einen dichten Bart und war barhäuptig.

»Habt ihr was zum Qualmen?«, fragte Hillbilly, obwohl er eigentlich nicht rauchte. Aber manchmal, wenn es einem gelang, das Eis zu brechen, konnte einem das viel Ärger ersparen. Der Mann mit der Mütze schüttelte den Kopf und sagte: »Bist noch ganz schön jung, was?«

»So jung auch wieder nicht«, entgegnete Hillbilly.

»Siehst aber jung aus.«

»Habt ihr was zu essen?«, fragte Hillbilly.

»Nur die Fische, die hier rumliegen«, antwortete der Mann mit dem Bart. »Hau nur rein, wenn du die willst.«

»Eher nicht. Habt ihr so was schon mal erlebt? Dass es Fische regnet? Ich hab schon mal gelesen, dass es so was gibt. Das war dieser Zyklon. Der hat irgendwo nen Teich angesaugt und die Fische dann überall hier verteilt.«

Die Männer hatten kein Interesse an Zyklonen oder Fischen. Der Bärtige grinste Hillbilly an. Hillbilly hatte bereits Alligatoren gesehen, die freundlicher grinsten.

»Bist du schon länger unterwegs?«, fragte der Bärtige.

»Ne Weile.«

»Ganz schön einsam, nicht wahr?«

»Ich fühl mich nicht einsam.«

»Wir schon. Nur er und ich. Wir werden da richtig einsam. Männer sollten nicht einsam sein. Das müssen sie auch nicht.«

»Ich bin überhaupt nicht einsam.«

»Wir können dir zeigen, dass du einsam warst und es nicht mal gewusst hast«, sagte der mit der Mütze.

»Mir geht's prima. Wirklich.«

Der Mann mit der Mütze lachte. »Um dich machen wir uns keine Sorgen. Aber wir sind einsam.«

»Ihr seid doch zu zweit.«

»Immer zu zweit, das wird mit der Zeit fad. Wir wollen jemanden, mit dem wir gemeinsam einsam sein können.«

»So ein Gequatsche mag Gott gar nicht. Habt ihr Jungs schon mal was von Sodom und Gomorra gehört?«

Der Bärtige feixte. »Wen kratzt denn schon irgend so ne Geschichte aus der Bibel? Wenn wir dich erst mal flachgelegt haben, bist du glücklicher, als du dir vorstellen kannst.«

»Leute, lasst mich in Ruhe.«

In dem Moment stemmte sich der mit der Mütze hoch und setzte zum Sprung an.

Hillbilly schwang die Gitarre und knallte sie dem Mann mit

solcher Wucht gegen den Schädel, dass der nach hinten flog. Sofort stürzte sich der Bärtige auf ihn. Hillbilly stieß ihn zurück, zog sein Messer aus der Tasche und ließ es aufspringen.

Der mit der Mütze ging wieder auf ihn los, und Hillbilly jagte ihm das Messer unterhalb der Rippen in den Leib. Das Messer drang so leicht ein, als würde man ein Loch in nasses Papier bohren. Der Mann ging auf der Stelle zu Boden, fiel erst auf die Knie, dann auf die Seite.

»Verdammt«, fluchte der Bärtige und schlug Hillbilly aufs Auge. »Du hast Winston verletzt.«

Daraufhin nahm er Hillbilly in den Schwitzkasten und presste ihm die Hände gegen die Seiten. Hillbilly rammte ihm so fest die Stirn gegen die Nase, dass der andere ihn losließ. Dann stieß er ihm das Messer in die Leiste. Der Mann taumelte nach hinten. Wieder stach Hillbilly zu, diesmal von oben.

Der Mann fasste sich an die Kehle und versuchte, etwas zu sagen, aber er brachte keinen Ton heraus. Er plumpste auf den Boden, als hätte man einen Stuhl unter ihm weggezogen. Einen Moment lang blieb er noch aufrecht sitzen, dann rutschte er langsam auf den Rücken. Er umklammerte sein Kinn, als könnte er so die Wunde verschließen.

Hillbilly setzte einen Fuß auf das Gesicht des Mannes und trat mit voller Kraft zu, damit die Wunde richtig blutete. Der Mann wand sich wie eine Schlange, aber das hielt nicht lange an.

»Ich hab euch gesagt, ihr sollt mich in Ruhe lassen«, sagte Hillbilly. Dann putzte er das Messer an der Jacke des Toten ab, steckte es wieder ein und ging zu dem Mann mit der Mütze hinüber. Die Mütze war ihm runtergefallen und lag auf dem Boden des Waggons. Hillbilly nahm sie und setzte sie auf. Dann beugte er sich über den Mann. Er lebte noch, aber im Licht des Halbmonds sahen seine Augen wie Flusskiesel unter tosendem Wildwasser aus.

»Du hast auf mich eingestochen«, sagte der Mann. Seine Stimme klang, als würde sie durch eine Quetschkommode gepresst.

»Ihr hattet ja auch nicht gerade vor, mich zum Picknick einzuladen.«

»Das ist meine Mütze.«

»Jetzt nicht mehr.«

»Wir wollten doch nur ein bisschen Liebe. Da ist doch nichts verkehrt dran.«

»Außer, wenn der andere das nicht will.«

»Ich werd hier krepieren«, sagte der Mann.

»Wahrscheinlich hab ich deine Lunge erwischt. Du hast recht. Du wirst es nicht schaffen.«

»Du Hurensohn.« Bei den Worten floss dem Mann Blut aus dem Mund.

»Damit hast du auch recht.«

»Du gottverdammtes Arschloch.«

»Genau. Und ich glaub, dir bleiben nur noch ein paar Sekunden, um dich damit abzufinden.«

Der Mann zuckte, gab ein Geräusch von sich und schloss sich dann seinem Kumpel an. Gemeinsam traten sie die lange Reise ins Wohin-auch-immer an.

Hillbilly stand auf und betrachtete seine Gitarre. Sie war nur noch Schrott, und mit ihr war auch sein Lebensunterhalt futsch. Hillbilly warf die Überreste aus der Tür, hockte sich hin und dachte nach. Er konnte die Jungs rauswerfen und in der nächsten Stadt aussteigen. Andererseits war es vielleicht besser, in Lindale abzuspringen, wenn der Zug in der Nähe der Konservenfabrik abbremste. Es war ein ziemlich riskanter Sprung, weil der Zug nicht richtig langsam wurde, aber er hatte ihn schon öfter geschafft. Wenn man sich zusammenrollte und möglichst da landete, wo das Gras schön dicht war, dann musste man sich nicht zwangsläufig den Hals brechen. Und er wäre längst auf und davon, bis die beiden gefunden wurden.

Hillbilly sah nach draußen. Überall war nur schwarzer Wald, aber der Kies entlang der Gleise glitzerte im Mondlicht wie Diamanten. Hillbilly durchsuchte die Sachen der Männer und fand eine Süßkartoffel sowie Salz und Pfeffer in kleinen Schachteln. Er steckte alles in seine Umhängetasche und befestigte sie an seinem Gürtel. Lange blieb er in der Tür stehen und stützte sich mit einer seiner zitternden Hände am Rahmen des Waggons ab. Schließlich kamen die Lichter von Lindale in Sicht.

Das da draußen war die Straße der Blechkonserven. Dort hatte er Erbsen eingedost und auch bei deren Ernte mitgeschuftet. Er hatte entlang der ganzen Eisenbahnstrecke gearbeitet, hatte Obst, Baumwolle und Tomaten gepflückt und jeden Job angenommen, aber das Einzige, was ihm wirklich Spaß machte, war Gitarre spielen und singen. Und jetzt war seine Gitarre hinüber, zerschmettert am Schädel eines liebestollen Galgenvogels.

Er warf den beiden noch einen letzten Blick zu. Unter dem Kopf des Manns, dem er die Kehle aufgeschlitzt hatte, schimmerte eine dunkle Pfütze. Es sah aus, als ruhe er auf einem flachen schwarzen Kissen. Der andere lag auf der Seite, die Hände gegen die Wunde gepresst, die Augen weit aufgerissen, als würde er über etwas Wichtiges nachdenken.

Hillbilly hatte einen unangenehm sauren Geschmack im Mund. Er spuckte aus dem Waggon hinaus, und als der Zug sich dem Güterbahnhof von Lindale näherte und die Fahrt verlangsamte, atmete er tief ein und sprang.

Auf seinem Weg durch die Nacht kam Hillbilly in ein Wäldchen, durch das ein Bach floss, und kurz darauf sah er Licht durch die Bäume flackern. Es roch nach Rauch und nach Essen, das auf einem Feuer brutzelte.

Er beugte sich vornüber und schöpfte mit der Hand Wasser aus dem Bach. Dann blieb er eine Zeit lang ruhig sitzen und lauschte. Vom Lagerfeuer her waren Stimmen zu hören, und er beschloss, darauf zuzugehen. Als er näher kam, rief er: »Hallo, Hobos.«

Stille. Dann: »Komm her. Hast du was beizusteuern?«

Hillbilly trat ins Licht. Um das Feuer herum saßen drei Hobos. Über dem Feuer hing an einem Stock eine Dose, in der irgendein Eintopf kochte.

»Ich hab ne Knolle in meiner Tasche«, sagte Hillbilly. Jetzt bereute er, dass er sich keinen der Fische im Eingang des Waggons geschnappt hatte. Er ging noch etwas näher heran und holte die Kartoffel heraus. Die Männer erhoben sich, nur für den Fall, dass er nicht war, wer er zu sein schien.

»Ich hab ein paar gekochte Bohnen beigesteuert, die mir eine Frau geschenkt hat«, sagte einer der Hobos. Er war klein, trug einen alten Filzhut und Klamotten, die so viele Flicken hatten, dass das ursprüngliche Kleidungsstück nicht mehr zu erkennen war. Er hatte auf einer alten schwarzen, zusammengerollten Jacke gesessen.

»Ich konnte nur meine besten Wünsche beisteuern«, sagte ein fetter farbiger Mann mit Latzhose, der neben dem Feuer gehockt hatte.

»Ich hatte die Dose«, sagte der dritte. Für einen Wanderarbeiter war er ziemlich gut gekleidet. »Ich habe sie in dem Bach da vorne ausgewaschen. Sie ist noch ziemlich neu, hat also noch keinen Rost angesetzt.«

Hillbilly reichte dem Mann mit der geflickten Kleidung die

Kartoffel, und der Mann zog ein Taschenmesser heraus und schnitt sie mitsamt der Pelle in Stücke, die er in die Dose mit dem kochenden Wasser und den Bohnen warf.

»Mit ein paar Wildzwiebeln tät's besser schmecken«, sagte der Farbige. »Aber in der Dunkelheit finden wir wohl keine.«

»Ich hab auch ein bisschen Salz und Pfeffer dabei«, sagte Hillbilly, öffnete noch einmal die Tasche, die er sich an den Gürtel geschnallt hatte, und holte die beiden kleinen Schachteln mit Salz und Pfeffer heraus. »Tu ein bisschen was davon dran.«

Als das Essen fertig war, holte Hillbilly seine Tasse aus der Tasche, und der Mann mit der geflickten Kleidung goss ihm etwas Suppe hinein. Als Nächstes goss er ein bisschen in die Dose, die der Schwarze dabei hatte, dann in den Metallteller des anderen Manns, und er selbst trank aus der Dose, in der das Essen gekocht hatte.

Während sie so dasaßen und aßen, redeten sie über dies und jenes. Wo man Almosen bekommen konnte, und wer oben an der Straße leichte Beute war. Der mit den Flicken sagte: »Da drüben, in der Nähe von Tyler, wohnt eine Frau, die keinen Mann hat. Wenn du's ihr besorgst, gibt sie dir was zu essen. Allerdings weiß ich nicht, ob sie mit nem Nigger vögeln würde, Johnny Ray.«

Johnny Ray schüttelte den Kopf. »Mit so was will ich nix zu tun haben. So'n Ärger kann ich nicht brauchen.«

»Wie sieht sie aus?«, fragte der besser gekleidete Mann.

»Wenn man sie genauer ansieht, könnte man sich in einen Stein verwandeln«, antwortete der mit den Flicken. »Und ihre Schamhaare sind völlig grau. Wenn du lange keine Muschi mehr gehabt hast, ist es nicht ganz so übel. Und sie hat was zu essen. Aber küss sie bloß nicht. Ihr Mund schmeckt nach Sünde.«

»Wenn sie so aussieht, käme ich gar nicht erst auf die Idee, sie zu küssen«, sagte der Gutgekleidete. »Kann ich mir jedenfalls nicht vorstellen. Aber wer weiß, was ich in diesen Zeiten noch alles anstellen würde.«

»Ich brauch unbedingt Arbeit«, sagte Hillbilly. »Und eine Gitarre. Meine ist kaputtgegangen.«

»Du spielst Gitarre?«, fragte der mit den Flicken.

»Darum brauch ich ja unbedingt eine. Ich singe auch. Ohne Gitarre bin ich nur ein halber Mensch. Und ich hab das Gefühl, die übrig gebliebene Hälfte ist nicht meine bessere.«

»Mann, ich spiele auf den Löffeln«, sagte der mit den Flicken.

»Ich hab ne Maultrommel und ne Mundharmonika«, fügte der Farbige hinzu.

»Da kann ich auch drauf spielen, wenn nichts anderes da ist«, erwiderte Hillbilly. »Aber am liebsten spiel ich Gitarre.«

»Ich kann gar nichts spielen«, ließ sich der Gutangezogene vernehmen. »Ich war mal Lehrer. Könnt ihr euch das vorstellen? Und von all den Dingen, die mir jetzt weiterhelfen würden, weiß ich rein gar nichts. Gottverdammte Wirtschaftskrise. Gottverdammter Hoover.«

»Du hörst einfach zu«, entgegnete der mit den Flicken. »Johnny Ray und ich, wir spielen ziemlich gut zusammen. Wenn ich mit den Löffeln loslege und er mit der Maultrommel oder mit der Mundharmonika dazukommt, dann klingt das gar nicht schlecht. Wär schon prima, wenn du dazu singen würdest. Johnny Ray und ich klingen wie zwei alte quakende Frösche.«

»Ich kann wirklich singen«, versicherte Hillbilly.

»Kennst du ›Red River Valley‹?«

»Fang einfach an, ich steig dann schon ein.«

Der mit den Flicken holte seine Löffel heraus und legte

los. Johnny Ray spielte Mundharmonika, und schon bald stimmte Hillbilly mit ein. Er sang gut, und seine Stimme trug bis weit in den Wald hinein. Sie spielten und sangen bis spät in die Nacht.

KAPITEL 4 Petes Vater und ein Farbiger namens Zack Washington brachten Pete zurück. Sie fuhren zu Petes Haus, oder besser gesagt zu dem, was davon noch übrig war, und fanden ihn so, wie Sunset es ihnen beschrieben hatte. Im ersten Moment hatte Zack im fahlen Mondlicht den Eindruck, dort läge ein Schwarzer, aber als sie näher kamen, flog das Schwarze auf ihm mit wütendem Kreischen auf und davon.

Petes Hose war heruntergezogen, der Kopf am Boden, der Hintern im Wind. In der Falte seines Hinterns hing ein Brocken Scheiße, der ihm rausgerutscht war, als Sunset ihn erschossen hatte. Das Blut, das sich über sein ganzes Gesicht bis hinunter in den Mund und auf den Boden verteilt hatte, war inzwischen getrocknet. Zack hielt die Laterne nah an Petes Gesicht und fand, dass er ein wenig überrascht aussah, als hätte er in seinem Frühstücksbrei gerade einen Käfer entdeckt. Ein Auge wirkte überraschter als das andere. Zack hob ihn hoch, wobei das Blut in Petes Gesicht und auf dem Boden ein Geräusch machte, als würde jemand Sandpapier zerreißen.

Sie zogen Pete die Hose hoch und setzten ihn dann im Lastwagen zwischen sich. Mr. Jones hielt Pete aufrecht, während Zack fuhr und sich dabei so gut wie möglich auf die Straße konzentrierte, damit ihn der Geruch von Kot und verwesendem Fleisch nicht überwältigte. Wegen der Hitze war Pete inzwischen eine Beleidigung für jede Nase, obwohl die Fahrt bis Camp Rapture nicht lange dauerte und die Temperatur inzwischen gesunken war. Sie waren noch nicht weit gefahren, da waren die Ameisen, die in Petes Kleidung gekrochen waren, schon zu Zack hinübergekrabbelt und hatten ihn in Handgelenke, Hände und Knöchel gebissen.

Zack hatte nicht von sich aus angeboten, Petes Leiche zu holen, sondern Jones, der von den farbigen Arbeitern Captain genannt wurde, hatte ihn dazu verdonnert. Wäre er nicht mitgegangen, hätte er mit Sicherheit seinen Arbeitsplatz verloren und wieder für einen Apfel und einen Furz Baumwolle pflücken, Unkraut hacken oder Säcke schleppen können, also hatte er nicht lange überlegt.

Insgeheim war Zack froh, dass Pete tot war. Pete hatte ihm mal eins mit der Pistole übergezogen, weil er ihn nicht Mister genannt hatte. Zack hatte den Constable, wie es die Weißen um ihn herum machten, mit Pete angesprochen.

»Vergiss ja nicht, wo dein Platz ist, Nigger«, hatte Pete gesagt, die Pistole herausgezogen und zugeschlagen. Glücklicherweise waren es nur ein paar Hiebe gewesen, anders als bei Drei-Finger-Jack. Wenn er solche Prügel bezogen hätte wie der, könnte er längst die Radieschen von unten betrachten und den Würmern als Nahrung dienen.

Daher fand Zack es verdammt witzig, Mr. Pete so vorzufinden, mit der Hose um die Knöchel, dem blöden Gesichtsausdruck, dem vollgeschissenen Hintern, im Kopf eine Kugel aus seiner eigenen Waffe, abgefeuert von einer kleinen rothaarigen Frau.

Jones und Zack brachten Pete ins Haus und bauten eine der Schranktüren aus, um sie als Bahre zu verwenden. Sie legten sie über zwei Stühle und hoben Petes Leiche hinauf. Zack sprach sein Beileid aus und machte sich aus dem Staub. Mr. Jones sagte weder »Danke« noch »Bitte« noch »Leck mich am Arsch«.

Als ob das alles nicht schon schlimm genug gewesen wäre, kam Karen, Petes Tochter, von ihrem Angelausflug zurück, kurz nachdem Mr. Jones die Leiche hereingebracht hatte. Sie öffnete die Tür mit einem Lächeln und einer Lüge auf den Lippen. Sie war vierzehn, und es war nicht ihre erste Lüge. Nach dem Sturm hatte sie ein paar Fische eingesammelt, um so zu tun, als hätte sie sie gefangen.

Statt mit Freunden angeln zu gehen, war sie mit einem Jungen zusammen gewesen, Jerry Flynn. Sie waren zum Fluss hinuntergegangen, um zu schmusen, aber dann war der Sturm aufgezogen. Statt die Zeit mit Küssen zu verbringen, hatten sie mit dem Gesicht nach unten am Boden gelegen, während der Sturm über sie hinwegtobte.

Sobald der Tornado vorbei war, hatten sie sich sofort auf den Weg nach Hause gemacht, was für Karen in dem Fall das Haus der Jones' bedeutete, wo sie zu Besuch bei ihren Großeltern war.

Kaum stand Karen im Zimmer, war die Lüge vergessen. Sie sah ihren Vater mit heraushängender Zunge auf der Bahre liegen, das Haar im Gesicht, die Kleidung nass vom Sturm. Das linke Auge wölbte sich vor, als säße jemand in seinem Kopf und würde es aus dem Schädel herausdrücken. Karen ließ die Fische fallen und schrie: »Daddy, Daddy, Daddy.«

Sunsets Lebensgeister waren allmählich wieder erwacht, und sie hatte sich ein Kleid von ihrer Schwiegermutter geborgt, das ihr viel zu groß war. Den Revolver hielt sie immer noch in der Hand. Als sie ihre Tochter schreien hörte, stürzte sie herbei, packte sie und zog sie nach draußen.

Marilyn fragte sich, wohin Sunset und Karen wohl gegangen sein mochten, aber sie war zu schwach und zu traurig, um nachzuschauen. Sie hoffte, es ging ihnen gut da draußen in der Dunkelheit.

Sie wusste, dass ihr Mann froh war über Sunsets Verschwinden. Er hatte damit gedroht, seine Schrotflinte zu holen und ihr die langen Beine unter dem Hintern wegzuschießen, wenn sie ihm das nächste Mal über den Weg lief. Und Marilyn wusste, dass er es wahrmachen und vermutlich auch noch ungestraft davonkommen würde.

Erst in dem Moment fiel ihr neben all den anderen Gedanken, die sie beschäftigten, plötzlich wieder ein, dass sie sich während des Sturms fürchterliche Sorgen um ihre Enkelin gemacht hatte, aber für diese Sorgen war kein Platz mehr gewesen, als Sunset nur mit einem Hemd bekleidet und mit der Waffe in der Hand hereingeplatzt war und gesagt hatte, sie habe Pete umgebracht. Doch jetzt musste sie wieder an Karen denken und auch an Sunset.

All das ging ihr durch den Kopf, während sie schlaflos im Bett lag. Vor ihrem geistigen Auge liefen immer wieder dieselben Szenen ab, vor allem die von ihrem Sohn mit dem kleinen Loch im Kopf. Als sie ihn im Wohnzimmer auf die Bahre gelegt hatten, war sein Kopf auf die Seite gerollt und die plattgedrückte blutige Kugel aus seinem Mund auf den Boden gefallen. Sie sah das Bild immer noch vor sich, hörte immer noch die Kugel zu Boden fallen.

Während sie so dalag, wurde ihr noch etwas anderes klar. Es tat ihr weh, es sich einzugestehen, aber sie wusste, dass es stimmte, und hatte es auch schon ziemlich lange gewusst. Mit Pete hatte es irgendwann so weit kommen müssen.

Pete war genau wie sein Vater. Schon seit Jahren hielt Jones, wie Marilyn ihren Mann nannte, jedes seiner Worte für der Weisheit letzten Schluss, selbst wenn er manchmal nichts als Stuss verzapfte.

Pete war genauso.

Jones hatte ihr mehr als einmal ein blaues Auge verpasst – und dabei war es oft nicht geblieben. Er hatte sie getreten. Geschlagen. Und vergewaltigt. Bis zu diesem Tag war sie überhaupt nicht auf die Idee gekommen, es als Vergewaltigung zu bezeichnen. Sie hatte geglaubt, das sei einfach seine Art, und Ehemänner verhielten sich nun mal so.

Aber jetzt dachte sie über das nach, was Sunset gesagt und getan hatte, und ihr wurde klar, dass sich ein Ehemann nicht so aufführen musste, und wenn er es doch tat, dann war das nicht in Ordnung.

Sie spürte, wie ihr schweißüberströmter Rücken an den Laken festklebte, dachte daran, wie viel angenehmer es auf der Veranda sein musste, und fragte sich, warum sie heute Nacht nicht dort schliefen. Sie setzte sich auf und betrachtete ihren Mann. An diesem Abend hatte er sich nicht auf sie gestürzt, aber das war nur wegen Pete. Nur deswegen hatte er kein Blei mehr in seinem Stift.

Morgen würde er sie wieder schlagen, das wusste sie genau. Würde an ihr auslassen, was mit Pete passiert war. Und irgendwie würde er es so hindrehen, dass alles ihre Schuld war. »Siehst du, wozu du mich getrieben hast?«, sagte er dann immer.

Marilyn stand leise auf, schlich auf nackten Sohlen zur Kommode, nahm aus der Schublade eine große Nadel für die Singer-Nähmaschine, glitt leise ins Wohnzimmer und starrte auf ihren aufgebahrten Sohn.

Sie hatte ihn gewaschen und ihm ein paar Sachen von seinem Vater angezogen, hatte sich sogar dazu überwunden, ihm das Auge in die Höhle zurückzudrücken, ihm die Lider nach unten zu schieben und das Einschussloch mit Kerzenwachs zu verschließen.

Eine Zeit lang stand sie einfach da und sah ihn an. Dann richtete sie ihm das Haar, damit es frisch gekämmt aussah. Anschließend ging sie nach draußen und suchte unter der Veranda nach dem Angelkasten ihres Mannes. Sie zog eine dicke Angelschnur heraus und kehrte wieder ins Haus zurück. Dort fädelte sie rein nach Gefühl im Dunkeln die Schnur in die Nähmaschinennadel ein, ging ins Schlafzimmer, zog äußerst vorsichtig die Decke vom Bett und nähte dann rundum das Laken an der Matratze fest, auf der Jones lag.

Sie arbeitete leise, geduldig und entschlossen. Als sie fertig war, lag Jones fest eingenäht da, nur sein Kopf schaute noch heraus. Sie legte die Nadel zur Seite, verließ das Haus und holte den Rechen.

Der Rechen war immer nur dazu benützt worden, den Boden schön gleichmäßig zu harken, und wenn sie sich das jetzt so überlegte, war das eigentlich völlig blödsinnig. Manchmal rechte sie den Boden, um nicht verrückt zu werden beim ewigen Kreischen der Säge, dem Lärm der Männer und Maultiere und dem Dröhnen der Maschinen, während sie sich schon auf die nächste Tracht Prügel gefasst machte.

Schließlich ging sie wieder ins Schlafzimmer und betrachte Jones wiederum eine Zeit lang. Dann hob sie den Rechen und ließ ihn mit voller Wucht auf seinen Schädel krachen, wobei sie sich vorstellte, sie stünde auf einem Wassermelonenbeet und würde eine Melone zerteilen.

Jones erwachte, schrie, und schon ließ sie den Rechen ein zweites Mal auf ihn hinabsausen. Er drehte den Kopf in ihre Richtung, und wieder schlug sie zu. Diesmal legte sie ihre ganze Kraft in den Schlag. Er versuchte, aus dem Bett zu kommen, war aber zwischen Matratze und Laken gefangen.

»Du hast mich zum letzten Mal geschlagen«, sagte sie.

»Du bist verrückt, Weib.«

»Bis jetzt war ich verrückt.«

Sie verdrosch ihn vom Kopf bis zu den Füßen und hörte erst auf, als sie nicht mehr konnte. Während sie sich ausruhte. stieß er einen Fluch aus, und da legte sie erneut los. Wäre sie kräftiger gewesen, hätte sie ihn umgebracht, aber dafür war sie einfach nicht stark genug, außerdem schlug sie ihn die meiste Zeit nicht auf den Kopf. Vor allem zielte sie auf seinen großen Körper, der bei jedem Treffer ächzte. Das Geräusch der Schläge dröhnte durchs Haus, als würde ein staubiger Teppich ausgeklopft.

Als ihre Hände zum zweiten Mal erlahmten, verließ sie das Schlafzimmer, und als sie zurückkam, hielt sie die doppelläufige Schrotflinte ihres Manns in der Hand.

Jones' Gesicht war rot. Er blutete aus Ohren und Nase, und das Laken war voller Blut. »Du bist verrückt geworden, Weib«, sagte er. »Bei unserem toten Sohn, du bist verrückt geworden.«

Sie richtete die Schrotflinte auf ihn. »Ich sollte dich erschießen.« Während sie ihn so über den Lauf der Waffe hinweg betrachtete und ihr der Geruch des Waffenöls in die Nase drang, überkam sie das Bedürfnis, einfach abzudrücken.

»Was ist bloß in dich gefahren?«

»Ich habe mich dir hingegeben, und dann haben wir Pete bekommen. Und ich habe zugelassen, dass du ihm beibringst, wie man Frauen behandelt, weil ich zugelassen habe, dass du mich so behandelst. Sunset blieb nichts anderes übrig, als ihn umzubringen.«

»Das ist doch wohl nicht dein Ernst.«

»Sie hat ihn aus genau dem Grund umgebracht, aus dem ich dich längst hätte umbringen sollen. Ich hätte nicht zulassen dürfen, dass du so mit mir umspringst. Vielleicht wäre Pete nicht so geworden, wenn ich nicht zugelassen hätte, dass du mich schlägst.« Sie spannte den Hahn.

»Marilyn, tu jetzt nichts, was du später bereust.«

»Es gibt schon genug, was ich bereue.«

Sie ging aus dem Zimmer und kam mit einem Messer in der einen und der Flinte in der anderen Hand zurück.

»Schatz, sei vorsichtig mit dem Ding.«

»Sag ja nicht Schatz zu mir. Sag das nie wieder.« Mit einer einzigen flinken Bewegung zerschnitt sie das Laken, warf das Messer auf den Boden und zielte weiter mit der Waffe auf ihn. »Steh auf. Zieh deine Sachen an und nimm deine Schuhe und Socken. Und komm ja nicht zurück, außer um deine restliche Kleidung zu holen. Aber nicht heute Abend.«

Jones saß auf der Bettkante. Sein Körper war mit roten Streifen übersät, und er blutete aus zahlreichen Wunden. Über seinem rechten Auge hatte er eine Beule, die aussah wie ein Fettfleck. »Du kannst mich nicht aus meinem eigenen Haus rauswerfen.«

»Ich kann dich mit ein paar Schüssen über das ganze Haus verteilen. Das kann ich machen. Dich gleich hier erschießen. Oder dort drüben. Ich kann mit einer Waffe umgehen. Das weißt du.«

»Das würdest du doch nicht tun, Scha…«

»Wag ja nicht, das Wort auszusprechen. Zieh deine Hose an. Mir wird schlecht, wenn ich dich nackt sehe.«

Jones holte tief Luft, griff nach seiner Hose, schlüpfte hinein, dann streifte er sich das Hemd über und wollte sich die Socken anziehen.

»Tu, was ich dir gesagt habe. Nimm Socken und Schuhe mit. Und bleib nicht stehen, um noch was anderes mitzunehmen, sonst kommst du hier nicht mehr lebend raus.«

»Was ist mit Pete?«

»Der geht nirgendwohin.«

»Und das Begräbnis?«

»Ich gebe dir Bescheid. Wenn du willst, kannst du kommen. Aber bilde dir ja nicht ein, dass du wieder hier einziehen kannst.«

»Das Haus gehört mir.«

»Es gehört mir genauso. Ich habe es mir verdient, dafür, dass ich dich ertragen habe. Abgesehen davon hat meinem Daddy die Sägemühle gehört, und jetzt gehört sie mir, nicht dir. Ich bin diejenige mit dem Geld.«

»Du bist einfach ein bisschen aufgewühlt.«

»Das stimmt, ich bin aufgewühlt. Aber nicht nur ein bisschen. Ich bin richtig aufgewühlt.«

»Das gibt sich wieder.«

»Das glaube ich kaum, Mr. Jones. Bis zum heutigen Tag war mir nicht klar, dass ich was falsch gemacht habe. Bis Sunset Pete umgebracht hat. In dem Moment wollte ich sie töten, aber jetzt bist du derjenige, den ich töten will.«

Er starrte sie an, als sei sie vielleicht jemand anderer, kam aber schließlich zu dem Schluss, dass es sich tatsächlich um seine Frau handeln musste. Er hob Socken und Schuhe auf. »Das wirst du noch bereuen, das verspreche ich dir.«

»Ich lasse mich nie wieder von dir schlagen.«

»Eine Frau hat ihrem Mann zu gehorchen.«

»Ich bin nicht mehr deine Frau.«

»Vor Gott bist du das wohl.«

»Dann soll Gott gefälligst den Kopf wegdrehen.« Sie hob die Schrotflinte an die Schulter und nahm ihn ins Visier.

»Sei bloß vorsichtig. Die Waffe geht verdammt leicht los.« Jones stand auf und verließ das Zimmer.

Sie ging ihm hinterher. »Bleib ja nicht stehen, egal, wegen was.«

»Ich werde jetzt noch einen Blick auf Pete werfen. Wenn du willst, erschieß mich. Aber ich werde mir meinen Sohn noch einmal ansehen.«

»Dann beeil dich.«

Er zog an der Schnur, mit der die Lampe unter der Decke anging, blieb an der Bahre stehen und berührte Petes Gesicht.

Bevor er das Haus verließ, drehte er sich noch einmal um und sagte: »Du und die Kleine, ihr werdet dafür zahlen. James Wilson Jones vergisst nicht.«

»Dann verschwinde, solange du noch ein Hirn im Schädel hast, mit dem du dich erinnern kannst.«

»Ich lasse dir Eis bringen. Es ist zu warm für die Leiche. Ich schicke jemanden mit Eis.«

»In Ordnung. Aber jetzt geh. Und bring es ja nicht selbst. Schick einen der Männer.«

Jones warf ihr einen Blick zu, den sie nur zu gut kannte. So sah er sie immer an, bevor er sie schlug. Aber so weit würde es diesmal nicht kommen. Sie fühlte sich seltsam. Gut. Mächtig. So stark hatte sie sich seit ihrer Kindheit nicht mehr gefühlt.

»Bilde dir ja nicht ein, du könntest hierher zurückkommen. Ich werde auf der Hut sein. Und nächstes Mal sage ich nichts. Ich schieße einfach. Und eins sollst du wissen: Ich hasse dich. Ich hasse alles an dir, und das schon eine ganze Weile. Und heute hasse ich dich mehr denn je.«

Jones ging hinaus und knallte die Tür hinter sich zu. Marilyn folgte ihm nach draußen und schrie ihm hinterher: »Und lass den Pick-up hier. Ich brauche ihn.«

Er drehte sich nicht um, ging einfach weiter.

Marilyn ging zum Wagen, zog den Schlüssel aus der Zündung und nahm ihn mit ins Haus. Sie hatten nur selten die Türen zugesperrt, aber jetzt griff sie zu dem Hausschlüssel, der neben der Tür an einem Nagel hing. Sobald sie abgesperrt hatte, fiel ihr ein, dass Jones einen Schlüssel hatte, also schob sie einen Stuhl unter die Klinke. Am nächsten Tag musste sie den Schlosser kommen und die Schlösser austauschen lassen. Sie verriegelte alle Fenster und die hintere Fliegengittertür, schob die Holztür zu und sicherte sie ebenfalls mithilfe eines Stuhls.

Sie zog an der Schnur der Lampe, holte sich einen Stuhl und saß im Dunkeln mit der Schrotflinte auf dem Schoß neben Petes Leiche. Draußen flogen Junikäfer gegen das Fliegengitter des nächstgelegenen Fensters. Sie konnte sie hören, obwohl das Fenster geschlossen war. Sie fragte sich, ob sie jetzt, wo das Licht aus war, wohl bald aufhören würden. Nachdem sie so lange in Osttexas gelebt hatte, hätte sie die Antwort darauf eigentlich wissen sollen, aber irgendwie wusste sie rein gar nichts mehr über Junikäfer.

Irgendwann gaben sie auf. Mit den geschlossenen Fenstern wurde es allmählich heiß im Haus. Schweiß lief ihr über das Gesicht und in ihr Nachthemd, und ihre Achselhöhlen wurden ganz klebrig. Im Haus war es still. Im Hinterzimmer konnte sie die Standuhr ticken hören.

Sie fragte sich, wo Sunset und Karen wohl waren. Sie hoffte, es ging ihnen gut. Und dann traf es sie wie ein Blitz: Sie hoffte, dass es der Frau, die ihren Sohn umgebracht hatte, gut ging.

KAPITEL 5 Als die Sonne aufging und ihr Licht rosa durch die Bäume floss, als wäre sie eine aufgesprungene Blutblase, stellte Sunset fest, dass sie ebenfalls blutete. Nicht nur aus den Wunden, die Pete ihr zugefügt hatte, sondern auch aus den frischen, die von ihrer Tochter stammten – Kratzer und Bisse, dazu Moskitostiche und Ameisenbisse. Da sie auf dem Boden geschlafen hatte, war Dreck in die Wunden geraten, die jetzt juckten. Sie hatte Schmerzen in der Seite und im Bauch, obwohl sie sich nicht entsinnen konnte, dass sie dort auch getroffen worden war. Vielleicht schon, vielleicht auch nicht, vielleicht war sie auch nur auf einer Wurzel oder auf einem Stein gelegen.

Sie saß am Ufer des Sawmill Creek, wo Karen und sie die Nacht unter einer großen Ulme verbracht hatten. Sie saß einfach nur da, spürte die Morgensonne auf ihrer Haut, betrachtete ihre Tochter, die dort lag, wo sie sich schließlich in den Schlaf geweint hatte, wütend und verwirrt, die Hände zu Fäusten geballt, das Gesicht verknautscht, Wangen und Latzhose bedeckt mit feuchten Blättern.

Sunset drehte sich von Karen weg und betrachtete den Fluss. Schwarze, knopfgroße Käfer flogen dicht über der Wasseroberfläche, und irgendwelche langbeinigen Spinnen liefen auf dem Wasser, als mimten sie einen Jesus, der es eilig hatte.

Das Wasser war nach dem Sturm lehmrot; es sah aus wie Blut, das schnell und tosend das neue Ufer entlangschoss. Der Tornado hatte alles Mögliche kunterbunt durcheinandergewürfelt, außerdem Bäume umgerissen und den alten Uferwall brechen lassen. Als ein warmer Wind aufkam, drang Sunset der Geruch von verwesenden Fischen in die Nase.

Sie versuchte, sich auf das Wasser zu konzentrieren und nicht an Pete zu denken, aber es gelang ihr nicht. Wieder und wieder liefen die Geschehnisse vor ihrem geistigen Auge ab, und sie fragte sich, zu welchem Zeitpunkt sie etwas hätte anders machen können. Immer noch hoffte sie, sie würde aufwachen und alles würde sich nur als böser Traum entpuppen. Aber das geschah nicht. Sie war hellwach und saß schweißverklebt am Ufer des Sawmill Creek.

Als sie sich mit der Hand über das Gesicht fuhr, wurde ihr bewusst, dass sie immer noch den Revolver in der Hand hielt. Sie hatte ihn fest umgeklammert, während sie ihrer Tochter erzählte, was passiert war, und hatte ihn auch nicht losgelassen, als ihre Tochter in wilder Verzweiflung mit den Fäusten auf sie eingeschlagen und sie gekratzt und gebissen hatte. Als Karen nicht mehr konnte, war sie weinend zu Boden gesunken. Sunset hatte versucht, sie zu trösten, ihr alles zu erklären, aber Karen hatte die Hände auf die Ohren gepresst und irgendwelche Laute von sich gegeben, damit sie ihre Mutter nicht hören musste. Schließlich hatte sie sich vor ihrer Mutter und der Welt in den Schlaf geflüchtet, und auch Sunset hatte sich hingelegt und ein bisschen geschlafen, den Finger nicht mehr am Abzug, den Revolver aber nach wie vor in der Hand, den Geruch von Schießpulver noch in der Nase und den Knall des Schusses im Ohr.

Sie steckte die Waffe in die Tasche des weiten Hauskleids ihrer Schwiegermutter. Den Revolver nicht mehr in der Hand zu halten – auch wenn er in Griffweite war –, machte sie nervös. Auf einmal war sie froh, dass sie ihn an dem Tag nicht dabeigehabt hatte, an dem sie sich mit Petes Freundin Jimmie Jo French gestritten hatte. Sie hatte herausgefunden, dass Pete sie betrog, und Jimmie Jo die Schuld daran gegeben, hatte sie vor dem betriebseigenen Laden in Camp Rapture zur Rede gestellt und war wie eine Tigerin auf sie losgegangen. Hätte sie damals den Revolver dabeigehabt, wäre es vielleicht Jimmie Jos Hintern gewesen, den der Leichenbestatter hätte sauberwischen müssen. Sie hätte nicht damit leben können, wenn sie Jimmie Jo in einem Anfall von Eifersucht umgebracht hätte.

Jetzt war ihr klar, dass es nicht Jimmie Jos Schuld gewesen war. Damals war sie unglaublich wütend gewesen, weil sie gehört hatte, dass Pete Jimmie Jo hübsche Sachen kaufte. Kleider, sogar Schmuck. Ihr hatte er nie irgendetwas geschenkt. Eine Zeit lang hatte sie geglaubt, sie sei nicht gut im Bett, und hatte alles getan, um eine Lösung für das Problem zu finden. Sie hatte sich gedacht, wenn ihm gefiele, was er zu Hause bekam, würde er Jimmie Jo vergessen, aber es hatte sich nichts geändert. Andauernd war er schlecht gelaunt, prügelte sie, drückte ihr die Beine auseinander und rammte ihr den Schwanz rein, als wolle er ein Loch in eine Betonwand bohren. Sie wusste nicht, ob es ihm Spaß machte, er tat es einfach, kam zum Ende und rollte sich von ihr runter, als ekle sie ihn an. Gleichzeitig konnte er von Jimmie Jo einfach nicht lassen. Manchmal roch er nach ihr, wenn er nach Hause kam. Er machte sich nicht einmal die Mühe, sich den Geruch abzuwaschen, ihm war egal, dass sie es wusste. Vielleicht gefiel es ihm sogar. Sunset hatte nie verstanden, für welches Verbrechen sie eigentlich bestraft wurde. Und jetzt fragte sie sich, wo Jimmie Jo wohl steckte, ob sie schon von dem Mord an Pete gehört hatte und wie es ihr damit ging.

»Hallo.«

Sunset sah hoch. Ganz in ihrer Nähe stand ein Mann. Sunset erhob sich. Sie hatte das Gefühl, als würden Drähte in ihrem Körper gezogen, Drähte, die Haken hatten, die mit ihren Organen verbunden waren. Sie musterte ihn. Er sah nicht so aus, als würde er Ärger machen. Aber so sehen sie ja nie aus, dachte sie. Als Pete ihr damals, als sie sechzehn war, den Hof gemacht hatte, hatte er auch nicht so ausgesehen. Sie hatte ihn geheiratet, weil sie ihn für einen netten Kerl und eine gute Partie gehalten hatte. Zwei Wochen später bekam sie eine Erkältung und wollte nicht mit ihm schlafen, aber er zwang sie dazu, und das sollte sich viele Male wiederholen.

Sie schob die Hand in die Tasche, froh, dass sie den Revolver hatte.

»Seid ihr Hobos?«, fragte der Mann. »Man trifft selten Frauen, die als Hobos unterwegs sind.«

»Wir sind keine Hobos«, entgegnete Sunset.

»Dann ist ja gut. Ihr seid nämlich ganz schön weit von der Bahnstrecke weg.«

»Du aber auch.«

»Stimmt.«

Der Mann trug einen zerknautschten Hut, der zu groß für seinen Kopf war. Er nahm ihn ab und lächelte sie an. Er sah gut aus und war vielleicht doch nicht so jung, wie sie auf den ersten Blick gedacht hatte. An seinem Gürtel hing eine kleine Tasche. Über dem einen Auge hatte er einen dunkelblauen Fleck.

»Ich bin auf der Suche nach Arbeit. Ein paar Hobos haben mir erzählt, hier gäb's eine Sägemühle, die Leute einstellt.«

»Ob sie Leute einstellen, weiß ich nicht. Aber wenn du den Fluss entlang Richtung Westen gehst, stößt du direkt auf die Mühle.« Sunset wollte hinzufügen, er solle sich an Mr. Jones wenden, ihren Schwiegervater, auch Captain genannt, aber sie brachte die Worte einfach nicht über die Lippen. Er war nicht mehr ihr Schwiegervater. Ihr war nur noch Karen geblieben, und Karen hasste sie. Nun ja, vielleicht blieb ihr auch noch Marilyn. Die Sache mit Marilyn, die sie erst schlug und dann umarmte, hatte sie noch nicht so recht verdaut.

»Das Mädchen da ist doch nicht tot, oder?«, fragte der Mann. »Du hast sie nicht etwa erschossen? Ich hab gesehen, wie du die Knarre eingesteckt hast. Du wirst mich doch nicht erschießen?«

»Das ist meine Tochter. Sie schläft. Ein Wirbelsturm ist hier durchgezogen und hat unser Haus zerstört.«

»Ich glaube, das war der, von dem ich noch die Ausläufer mitgekriegt hab. Da war ich gerade in einem Güterwaggon. Ziemlich schaurige Sache. Ich dachte schon, das verdammte Ding würde umkippen. Bist du auf der Jagd? Für Eichhörnchen eignet sich ne Pistole nicht so sonderlich.«

»Nein, ich bin nicht auf der Jagd.«

»Also dann. War nett, dich zu treffen. Wenn deine Tochter wach wär, würde ich das zu ihr auch sagen. Hat der Sturm dich so zugerichtet?«

»Ein Sturm, genau.«

»Ich heiße Hillbilly.«

»Und ich Sunset. Meine Tochter heißt Karen.«

»Du hast richtig schönes Haar. Deine Tochter auch, aber deins ist schöner. Deins ist Feuer, ihres ein Rabenflügel.«

»Die Haare hat sie von ihrem Vater.«

»Dann geh ich jetzt mal und schau, ob's dort Arbeit gibt.«

»Du siehst gar nicht aus wie ein Sägemühlenarbeiter.«

»Bin ich auch nicht. Ich brauch einfach irgendeine Arbeit. Ich bin Musiker. Ich spiele Gitarre und singe.«

»Und wo ist deine Gitarre?«

»Die ist kaputtgegangen. Ich versuche, genug Geld zusammenzukriegen, damit ich mir eine neue kaufen kann.«

»Viel Glück.«

»Danke. Sieht man sich mal wieder?«

Sunset überlegte einen Moment lang. Eigentlich war sie sich über gar nichts im Klaren, aber sie sagte: »Ja, ich denke schon, dass wir uns sehen. Nächstes Mal schaue ich hoffentlich besser aus. Normalerweise bin ich nicht so hässlich.«

»Und ich normalerweise nicht so dreckig. Aber so hässlich bin ich immer.«

Falsche Bescheidenheit, dachte Sunset. Er weiß, dass er gut aussieht.

Hillbilly tippte sich an den Hut. »Na dann – mach's gut.« Und fort war er.

Die Sonne, die in der Farbe von frischem Eigelb erstrahlte, stieg höher und höher, und die Luft wurde so heiß wie ein Benzinfeuer. Die Hitze hing wie Leim zwischen den Bäumen, wurde klebrig, und der Kleber legte sich über Gott und die Welt. Um zehn Uhr morgens war jeder Arbeiter im Camp erschöpft, die Achselhöhlen trieften vor Schweiß, genau wie der Schritt, der zudem noch juckte. Wassertonnen wurden leer getrunken, und die Maultiere waren kurz vorm Aufgeben. Selbst die Ochsen, die sonst stur wie Hiob waren, fingen allmählich an zu schwanken und hatten Schaum vor dem Maul.

An jenem Morgen ließ Jones in Waschzubern Eis ins Haus bringen, zusammen mit einem provisorischen Korbsarg, den er vom Besitzer des Ladens im Camp ausgeliehen hatte. Zack und ein weiterer Farbiger namens Hently stellten den Sarg im Wohnzimmer auf den Boden und kippten das Eis aus den Waschzubern hinein. Als sie Pete auszogen, begann es im Raum unangenehm zu riechen. Sie legten ihn in den Sarg und bedeckten ihn mit Eis, sodass der Gestank nicht mehr so stark war und man ihn nicht mehr sehen konnte, bis auf einen Finger, der aus den spitzen Eisbrocken herausragte und nach oben zeigte, als habe die Leiche einen Vorschlag zu machen.

Rund um die Mühle sprach – was ganz ungewöhnlich war – niemand über die Hitze.

»Ich finde ja, eine Frau sollte ihren Mann nicht einfach erschießen können, nur weil ihr gerade danach ist«, sagte Bill Martin. »Wenn so was erst einreißt, dann geht alles den Bach runter. Verdammt, nachher sag ich meiner Alten, sie soll mir Frühstück machen, und schon hat sie die Waffe in der Hand.«

»Wenn ich mit dir arbeite, würde ich dich manchmal auch am liebsten erschießen«, entgegnete Don Walker.

»Du bist ja ein richtiger Komiker. Nur dass du nicht lustig bist.«

Bill und Don schirrten die Maultiere an einen Schlitten voller Holzstämme an. Don rief die beiden bei ihren Namen, Hank und Wank, und die Maultiere setzten sich mit dem Schlitten in Bewegung. Don und Bill gingen neben den Tieren her, die Don an langen Zügeln hielt.

»Los, ihr armseligen Hurensöhne«, rief Don den Tieren zu, die daraufhin nach links abbogen.

»So solltest du mit den Jungs nicht reden«, sagte Bill.

»Diese Jungs sind faul, wenn man sie nicht antreibt.«

Unterwegs stießen sie auf Hillbilly. Er lächelte und hob zum Gruß die Hand. Don zog die Zügel an, und die Maultiere blieben stehen.

»Entschuldigung«, sagte Hillbilly. »Ich bin auf der Suche nach Arbeit.«

»Da musst du jemand anderen fragen«, entgegnete Bill.

»Wisst ihr, wen?«

»Den Captain«, antwortete Don. »Aber der Zeitpunkt ist gerade nicht so günstig.«

»Und wann wär es günstig?«

»Schwer zu sagen. Sein Sohn Pete ist gestern umgekommen.«

»Unfall?«

»Wenn du nen Schuss in den Kopf als Unfall bezeichnen willst ...«, sagte Bill. »Seine Frau hat ihn erschossen. Er war hier der Constable.«

»Wieso hat sie das gemacht?«

»Angeblich hat er sie geschlagen.«

»Dann kann ich's ihr nicht verdenken. Ich mag's auch nicht, wenn jemand seine Wut an mir auslässt.«

»Sie war doch seine Frau«, widersprach Bill.

»Das gibt ihm doch nicht das Recht, sie zu prügeln.«

»Seh ich auch so. Genau das hab ich zu Bill auch gerade gesagt.«

»Die Frau, die ihn erschossen hat, hat nicht zufällig rote Haare?«, fragte Hillbilly.

»So rot, röter geht's nicht«, antwortete Bill. »Woher weißt du das?«

»War nur geraten. Rotschöpfe sind berüchtigt dafür, dass sie ihre Ehemänner erschießen.«

»Ich kenne einen Rotschopf, der ist für ganz andere Dinge berüchtigt«, entgegnete Bill. »Ich rede vom Feuer im Loch.«

»Deine Ziegen haben doch alle schwarzes, weißes oder graues Fell«, warf Don ein. »Ich hab noch keine mit rotem Fell gesehen, also kannst du auch nichts drüber wissen.«

»Ich sag's dir, du bist so lustig, du solltest im Radio auftreten.« Bill drehte sich wieder zu Hillbilly und sagte: »Viel Glück, junger Mann. Vielleicht redet der Captain ja mit dir. Wir haben letzte Woche einen Mann verloren.«

»Dem ist ein Baum draufgefallen«, fügte Don hinzu. »Bill und ich hatten schon Wetten abgeschlossen, wie lange es dauern würde, bis dem Blödmann das passieren würde. Der hat immer gesägt und ist dann gemütlich zur Seite geschlendert, wenn der Baum runterkam. Letztes Mal war er ein bisschen zu langsam. Der Baum ist ihm hinterhergesprungen. Das machen die manchmal. Hinterherspringen. Hat den Kerl in den Boden gequetscht. Angeblich sind ihm die Innereien rausgespritzt wie die Füllung einer Weihnachtsgans.«

»Wenn du hier arbeiten willst, musst du schnell sein«, sagte Bill. »Und du musst aufpassen, dass du dich nicht in Ranken oder Ästen verhedderst. Ich glaub, der Kerl hing mit den Füßen in irgendwelchen Beerenranken fest. Wenn sie dich nehmen und du nicht aufpasst, endest du wie er.«

»Danke für den Tipp, Gentlemen. Wo finde ich den Captain?«

»In seinem Haus wohnt er nicht mehr. Seine Frau hat ihn rausgeschmissen und sich auf die Seite von der Schwiegertochter geschlagen. Heute Morgen war er im Mühlenhaus. Hatte immer noch dieselben dreckverschmierten Klamotten an wie gestern. Ich weiß nicht, ob er überhaupt arbeitet. Wenn man einer von den Großkopferten ist, kann man's schön langsam angehen lassen, egal, ob der Sohn gestorben ist oder nicht. Vielleicht musst du doch noch woanders nach Arbeit fragen. Da gibt's noch mehr, die Leute einstellen.«

»Es ist wirklich eine Schande. Erst stirbt ihm der Sohn, und dann schmeißt ihn auch noch die Frau raus. Dabei ist er eigentlich ein netter Kerl. Er hat mir ne größere Summe geliehen, die ich noch nicht zurückgezahlt hab ...«

»Und auch nicht vorhast zurückzuzahlen«, warf Don ein.

»Das weißt du doch gar nicht«, widersprach Bill.

»Mir hast du den Dollar auch noch nicht zurückgezahlt, den du mir schuldest.«

»Den kriegst du schon noch. Aber das sag ich dir, wenn's nach seiner Alten gegangen wär, weiß ich nicht, ob ich das

Geld gekriegt hätte. Sie wollte nicht, dass er es mir leiht. Meinte, ich wär nicht vertrauenswürdig.«

»Stimmt ja auch. Aber meinen Dollar will ich zurück, so viel steht fest.«

»Das hat sie gesagt, als ich dabeistand. Nicht vertrauenswürdig. Eins sag ich dir: Jetzt, wo diese Sunset ihren Mann umgebracht hat, der noch dazu Constable war, da sollten wir dem Ganzen schnell ein Ende setzen, sonst bilden sich die Frauen hier im Camp und in der Gegend noch ein, sie könnten mit ihren Männern umspringen, wie's ihnen gerade passt. Egal, ob's um Geld geht oder um ihre feuchte heiße Muschi.«

»Sunset«, sagte Hillbilly. »Heißt die so?«

»Wegen ihrem langen roten Haar«, entgegnete Don. »Bevor Pete sie so verprügelt hat, sah sie wirklich spitze aus. Jetzt sieht sie aus wie damals Drei-Finger-Jack.«

»Wer?«

»Ein Mann, den Pete mal verdroschen hat«, antwortete Bill. »Ist dran gestorben. Er hieß so, weil er nur drei Finger hatte.«

Ach nee, dachte Hillbilly.

»Und diesmal hat Pete ins Gras gebissen«, ergänzte Don. »Mir tut's nicht leid um ihn. Man schlägt keine Frau. Außer es ist ne Hure. Mir hat mal ne Hure ein paar Dollar geklaut, und sobald ich die in die Finger gekriegt hab, hab ich sie ordentlich vermöbelt, das kannst du mir glauben. Hinterher sah sie im Gesicht aus wie ein gescheckter Hund.«

»Wo kann man denn hier unterkommen?«, fragte Hillbilly. Er hatte sich das Camp angeschaut. Die Häuser schienen alle bewohnt zu sein, außerdem standen sie so nah beieinander, dass ein Mann, wenn er seine Nachbarin vögeln wollte, nur den Schwanz aus seinem Fenster zu hängen brauchte und sie den Hintern aus ihrem.

»In der Nähe gibt's eigentlich nichts. Aber du kannst im Camp-Laden ein Zelt mieten und es zwischen den Kiefern weiter unten an der Straße aufschlagen. Die werden noch nicht so bald abgeholzt, die sind noch zu klein.«

»Danke nochmals«, sagte Hillbilly und wandte sich Richtung Mühlenhaus. Kurz bevor er dort ankam, fiel ihm auf, dass es ihn zwar interessiert hätte, er aber zu fragen vergessen hatte, weswegen dieser Pete eigentlich Drei-Finger-Jack verprügelt hatte. Außerdem dachte er über die Rothaarige nach, die er am Fluss getroffen hatte und von der er jetzt wusste, dass sie ebenjenen Pete erschossen hatte. Schon seltsam, dass sie und er beide zur gleichen Zeit zum Mörder geworden waren.

Nachdem Hillbilly gegangen war, hatte Sunset sich wieder hingelegt. Eigentlich hatte sie sich nur einen Moment ausruhen wollen, und so war sie überrascht, dass sie wahrhaftig eingeschlafen war. Sie wurde davon wach, dass ihr jemand über die Wange strich. Einen Moment lang dachte sie, es sei Pete, der gerade eine seiner seltenen zärtlichen Anwandlungen hatte, aber dann fiel ihr wieder ein, dass er es nicht sein konnte.

Es war Karen. »Tut mir leid, was ich zu dir gesagt habe, Mama.«

Sunset setzte sich auf. Die Hand hatte sie immer noch in der Tasche des Kleids, hielt den Revolver fest umklammert. Es fiel ihr schwer, ihn loszulassen. Im Schlaf hatte sie den Finger vom Abzug genommen, aber die Faust um den Griff geballt, als wäre die Waffe ein Knüppel. Inzwischen war ihre Hand so verkrampft, dass Sunset ziemlich lange brauchte, bis sie die Finger wieder durchstrecken konnte.

»Ich habe die Prügel einfach nicht mehr ertragen, Karen. Und es war nicht das erste Mal, dass er mich geschlagen hat.

Du hast nur nichts davon gewusst. Er hat immer darauf geachtet, dass man nichts gesehen hat. Außer beim letzten Mal. Er war ein guter Vater, aber ein liebevoller Ehemann war er nicht.«

»Aber warum hat er dich geschlagen, Mama? Was hast du ihm denn getan?«

»Was ich ihm getan habe? Wenn ich ihm was getan hätte, oder wenn ich völlig durchgedreht wäre und ihn zuerst geschlagen hätte und er dann auch durchgedreht wäre, dann hätte ich das verstanden und ihm verziehen. Oder wenn ihm irgendwas passiert wäre, an dem ich Schuld hatte, oder wenn er krank gewesen wäre und nicht klar hätte denken können, aber mit alldem hatte das nichts zu tun. Er hat bloß immer seine Wut an mir ausgelassen. Und er hat ordentlich zugeschlagen. Einfach, weil es ihm Spaß gemacht hat.«

Karen ließ den Kopf hängen. »Mich hat er nie geschlagen. Du bist die Einzige, die mir den Hintern versohlt hat.«

»Er hat dich geliebt. Er hat dich angebetet.« Sunset legte ihrer Tochter den Arm um die Schultern, und Karen ließ es zu.

»Er ist immer gekommen, um mir Gute Nacht zu sagen. Aber jetzt wird er das nie mehr tun. Zum Angeln können wir auch nicht mehr gehen. Und wir haben immer zusammen gesungen. Er hat mir beigebracht, wie man singt. Er hat behauptet, ich singe so gut wie Sara Carter.«

»Besser.«

»Du hättest doch was anderes machen können. Du hättest ihn doch nicht gleich umbringen müssen. Warum hast du ihn nicht einfach verlassen?«

»Das wollte ich auch, aber ich wusste nicht, wie ich es dir beibringen sollte. Jetzt wünsche ich mir natürlich, ich hätte es dir gesagt. Besser das, als was ich dir gestern Abend erzählen musste. Aber während es passiert ist, konnte ich nicht einfach aufstehen und gehen. In dem Moment hätte er mich nie und nimmer gehen lassen. Und ich hatte Angst, wenn er mit mir fertig ist, gehe ich nirgendwo mehr hin. Nie mehr. Sieh dir doch mal an, wie ich aussehe, Kind.«

Karen wandte ihr das Gesicht zu, und es schmerzte Sunset zu sehen, wie sehr sie ihrem Vater ähnelte.

»Meine Nase ist gebrochen, die Lippen sind aufgeplatzt. Glücklicherweise habe ich noch alle Zähne. Auf dem linken Auge sehe ich so gut wie gar nichts. Karen, glaubst du, dein Vater hat mich geliebt?«

Karen fing an zu weinen und schmiegte sich an ihre Mutter. Sunset nahm sie in den Arm und hielt sie ganz lange fest.

Als Karens Tränen versiegt waren, sagte Sunset: »Dein Vater war nicht immer nur gemein zu mir. Wir hatten auch gute Zeiten. Ich habe ihn mal geliebt. Und ich bin sicher, dass er mich auch mal geliebt hat. Als wir uns kennengelernt haben, war er neunzehn und ich sechzehn. Wir waren einfach zu jung. Aber damals waren wir verrückt nacheinander und haben das für Liebe gehalten. In gewisser Weise war es auch Liebe. Aber eben Teenagerliebe. Wir wollten unbedingt eine Familie gründen. Wir dachten, wenn man jede Nacht miteinander im Bett liegt, dann ist das Liebe. Hast du gehört, was ich gesagt habe? Merk dir das für den Fall, dass du dich mal mit einem Jungen einlässt und glaubst, du könntest nicht mehr leben, wenn er nicht um dich herum oder in dir ist.«

»Mama, jetzt red doch nicht so.«

»Das ist die Wahrheit, und mir bleibt gar nichts anderes übrig, als so zu reden. Für Drumherumgerede haben wir jetzt keine Zeit, nur für die Wahrheit. Heirate bloß nicht, bevor du alt genug bist, um zu wissen, wen und was du willst. Dieser

Jerry Flynn, mit dem du dich triffst, ist ein anständiger Junge. Aber du bist zu jung, um ans Heiraten zu denken, und er auch.«

»Ich habe doch gar nichts von Heiraten gesagt.«

»Nein. Aber könnte ja sein, dass du darüber nachdenkst. Als ich so alt war wie du, habe ich das auch getan. Wir haben geheiratet, aber eigentlich interessierte dein Daddy sich noch für andere Frauen. Und das hätte auch nie aufgehört. Mehr kann ich dir auch nicht sagen. Wer weiß, was ich sagen würde, wenn er auf andere Art und Weise umgekommen wäre. Aber so? Mir fehlen die Worte … Hasst du mich jetzt?«

Karen schüttelte den Kopf. »Ich kann gar nicht sagen, wie ich mich fühle … Was machen wir denn jetzt?«

»Du könntest zu deiner Großmutter gehen und erst mal dort bleiben, bis ich mir was einfallen lasse.«

»Allein will ich da nicht hin.«

»Du warst doch schon oft allein dort.«

»Aber jetzt liegt Daddy dort. Können wir nicht einfach nach Hause gehen?«

»Wir haben kein Zuhause mehr, Karen. Das ist beim Sturm davongeflogen.«

»Können wir nicht trotzdem hingehen?«

»Wenn ich so weit laufen kann. Ich bin so steif, ich kann mich kaum bewegen. Und wenn wir da sind, siehst du auch nur, dass das Haus weg ist. Nur der Holzboden ist noch da.«

»Ich will trotzdem hin.«

Sie gingen zur Straße und wurden dort von einem Mann mitgenommen, der mit einem klapprigen Lastwagen voller zeternder Hühner unterwegs war. Der Mann, der nur noch vier wahllos in seinem Kiefer verteilte Zähne hatte, starrte Sunset an. Sie hatte sich neben ihn gesetzt, während Karen auf den Sitz an der Beifahrertür geklettert war. »Haben Sie einen Unfall gehabt?«, fragte er.

»So könnte man es nennen«, entgegnete Sunset.

Der Mann nahm sie ziemlich weit mit, und von dort, wo er sie rausließ, mussten sie nicht mehr lange laufen, was Sunset nur recht war.

Es wurde Mittag, bis sie ankamen, und sie waren beide hungrig und hatten nichts zu essen. Wie Sunset gesagt hatte, war nur noch der Boden des Hauses da sowie ein paar Sachen, die verstreut herumlagen. Der Hühnerstall im Hinterhof war fort, abgesehen von zwei Pfählen, an denen noch ein Rest Draht hing. An einer Stelle hatten sich darin Federn und Fleisch verfangen, als der Sturm ein Huhn hindurchgepeitscht hatte. Auch die Außentoilette war verschwunden, und da, wo sie vorher gestanden hatte, war jetzt nur noch ein tiefes Loch voll stinkender Brühe. Der Hof war nicht mehr mit Fischen übersät. Die wenigen, die noch herumlagen, waren in der Sonne ausgetrocknet und zusammengeschrumpelt und stanken zum Himmel. Es war nicht zu übersehen, was mit dem Rest der Fische passiert war: Überall am Boden waren Waschbärspuren. Wie es schien, waren sämtliche Waschbären aus Osttexas zu einer wilden Party zusammengekommen und hatten im Mondlicht zur Musik der Grillen getanzt und gefeiert.

In den Bäumen in der Umgebung hatten sich zerlumpte Kleider, Holz und Äste verheddert. An einer Stelle gähnte ein Loch, wo der Tornado einige Stämme entwurzelt hatte, und dort, eingequetscht zwischen zwei misshandelten Bäumen, lag auch der umgestürzte Wagen.

Der Fußmarsch hatte Sunset gutgetan. Sie konnte sich jetzt wieder leichter bewegen, und auch ihre Gelenke waren geschmeidiger geworden, aber sie war müde, und sie brauchte

Ruhe. Sie setzten sich auf den Holzboden und sahen sich um.

»Ich weiß nicht, was ich erwartet hatte«, sagte Karen. »Du hast mir ja gesagt, dass alles weg ist.«

»Ja, mein Schatz. Alles ist futsch.«

»Ich bin dermaßen hungrig.«

»Wir könnten uns ein paar Brombeeren holen.«

Sie gingen zu der Stelle am Fluss, wo die Brombeerbüsche dicht an dicht standen, pflückten Beeren und aßen sie gleich dort. Die Brombeeren waren warm und süß. Da die Büsche sehr niedrig waren, mussten sie aufpassen, dass sie keine Schlangen aufschreckten. Einige Zeit später kehrten sie zu den Überresten ihres Hauses zurück, setzten sich auf den Boden und starrten vor sich hin, während die Sonne am Himmel ihre Bahn zog und allmählich herabsank wie ein Ball, der einen Hügel hinunterrollt. Als Sunset sich wieder kräftig genug fühlte, gingen sie sich den Wagen ansehen. Er war nur noch ein Wrack. Petes Akten lagen drum herum verstreut, und Sunset machte sich daran, sie aufzusammeln. »Vielleicht sind die für seinen Nachfolger wichtig«, sagte sie.

Karen half ihr. Sie wollten die Akten wieder in den hölzernen Aktenschrank legen, aber der war einfach zu ramponiert. Schließlich räumten sie alle Akten, auch die, die noch im Schrank verblieben waren, in den Wagen.

Um zwei Uhr nachmittags saßen sie dann wieder auf dem Holzboden. Karen stimmte ein Lied an, wenn auch etwas halbherzig. Sobald sie aus voller Kehle sang, war ihre Stimme glockenhell, und Sunset dachte bei sich: Ja, sie ist so gut wie Sara Carter, nur dass sie nicht so näselt.

Einige Zeit später kam ein Wagen die Zufahrt zum Haus heraufgefahren. Sunset blickte auf. Es war ihre Schwiegermutter.

Karen hörte auf zu singen, lief dem Wagen entgegen und rief »Großmama!«

»Pass auf, dass du nicht überfahren wirst«, sagte Sunset.

Der Wagen wurde langsamer und kam schließlich zum Stehen. Karen riss die Fahrertür auf und fiel ihrer Großmutter um den Hals.

Sunset ging langsam zu den beiden hinüber und fragte: »Woher wusstest du, dass wir hier sind?«

»Wo hättet ihr denn sonst sein sollen? Wollt ihr nicht lieber mit zu mir nach Hause kommen?«

»Das würde Mr. Jones wohl kaum gefallen.«

»Mein Schatz, so weit es mich anbelangt, existiert Mr. Jones nicht mehr.«

KAPITEL 6   Als sie bei Marilyns Haus ankamen, lag über dem Korbsarg mit der Leiche eine Patchworkdecke.

»Ich möchte ihn sehen«, sagte Karen.

»Ich dachte, das wolltest du lieber nicht«, entgegnete Sunset.

»Jetzt will ich aber doch.«

»Bist du dir sicher?«, fragte Marilyn.

»Nein. Aber ich will ihn trotzdem sehen.«

»In Ordnung, Kleines«, sagte Marilyn. »Ich habe ihn so gut hergerichtet, wie ich konnte. Er hat jetzt nichts an. Aber er ist mit Eis bedeckt. Ich zeige dir das Gesicht.« Sie nahm die Decke ab, und gemeinsamen hoben sie den Sargdeckel herunter. Marilyn schob das Eis über Petes Gesicht zur Seite. Sunset starrte auf das Einschussloch, das Marilyn mit Kerzenwachs verschlossen hatte. Außerdem hatte sie etwas Rouge auf Petes Wangen und eine Spur Lippenstift auf seinen Mund aufgetragen und den Rest des Gesichts gepudert. Sie hatte das gemacht, bevor die Männer mit dem Eis gekommen waren, und durch das Eis war nun alles verschmiert. Sunset fand, Pete sah aus wie jemand, der sich beim Zirkus bewerben will.

»Ich habe es ein bisschen übertrieben«, sagte Marilyn. »Aber er sah so blass aus. Und so blau um die Lippen. Das Eis hat alles verwischt. Zu dem Zeitpunkt wusste ich noch nicht, dass wir ihn auf Eis legen. Ich mache es vor der Beerdigung noch mal neu.«

»Deck ihn wieder zu«, murmelte Karen, stolperte auf die Schlafveranda zu und fing an zu weinen.

Sunset wollte ihr hinterhergehen, aber Marilyn hielt sie am Arm fest. »Wir müssen ihr jetzt ein bisschen Ruhe gönnen.«

Sunset nickte.

Marilyn bedeckte Petes Gesicht wieder mit Eis, hob mit Sunsets Hilfe den Deckel auf den Sarg und legte die Decke darüber.

Sunset schluckte und fragte: »Kannst du mich um dich haben, obwohl du weißt, was ich getan habe?«

»Komm, Mädel. Gehen wir ein bisschen auf die Veranda.«

Sie setzten sich auf die warmen Stufen. Von dort aus konnten sie die Männer und die Tiere sehen, die bei der Mühle schufteten. Die Sägen kreischten, vor allem die Gattersäge in der Haupthalle. In der Luft hing der süßliche Geruch von frischem Sägemehl, der schwarze Rauch vom Kraftwerk und der graue Rauch, der von den Trockenöfen aufstieg. Im Sonnenlicht sah die Luft über der Mühle und über weiten Teilen der Siedlung fast schon grün aus, aber an einigen Stellen, wo der Rauch nicht so dicht war, spiegelte sich die Sonne in den Blechdächern wie ein silberner Blitz, sodass Sunset die Augen zusammenkneifen musste.

Sie rief sich in Erinnerung, dass Mr. Jones nicht weit weg war – vermutlich saß er da oben im Kontor und erledigte beim Kreischen der Säge irgendwelche Schreibarbeiten. In letzter Zeit fand man ihn meistens im Büro und weniger bei der schweren körperlichen Arbeit. Er kümmerte sich vor allem darum, Leute einzustellen und zu feuern und die Holzverladung zu organisieren. Vermutlich hatte er sich das verdient.

Dann fiel ihr der Mann wieder ein, der ihr am Fluss begegnet war, und sie fragte sich, ob er wohl wirklich wegen Arbeit nachgefragt hatte. Er war wahrscheinlich ein Hobo, auch wenn er nicht so aussah. Seine Kleidung war nicht gerade neu gewesen, aber man sah ihm an, dass er auf sein Äußeres achtete, und das mit Erfolg. Mit Sicherheit nahm er harte Arbeit nur dann an, wenn ihm nichts anderes übrig blieb. Er war nicht der Typ Mann, der sich nichts Schöneres vorstellen konnte, als sein Leben hinter dem Pflug mit den Füßen in Maultierscheiße zu verbringen oder eben als Arbeiter in einer Sägemühle.

Irgendetwas daran gefiel ihr. Doch dann dachte sie: Wenn ich so eine gute Menschenkenntnis habe, wieso habe ich dann Pete geheiratet?

»Als ich ein Kind war«, unterbrach Marilyn ihren Gedankengang, »beschloss mein Vater, Holz sei die Zukunft. Er wurde oben im Norden geboren, zog aber nach Osttexas und verdiente sich seinen Lebensunterhalt zunächst mit Farmarbeit. Dann hat er sich umgeschaut und gesehen, dass es in diesem Land noch viele Holzhäuser zu bauen gab, und da hat er sich gedacht, am besten investiere ich in eine Sägemühle. Das war gegen Ende des letzten Jahrhunderts. Er kam hierher und übernahm das Geschäft von ein paar Holzfällern, die die gefällten Bäume den ganzen Weg bis Nacogdoches schleppten. Er stellte sie fest an und baute eine richtige Mühle. Die Mühle wurde ein voller Erfolg. Sie warf Geld ab, und er wurde reich. Mir gehört ein großer Anteil an der Mühle, zusammen mit Jones und Henry Shelby. Aber das weißt du alles.«

»Ja. Allerdings wusste ich nicht, dass dir die Mühle zum Teil gehört. Vermutlich hätte ich das wissen sollen, aber ich habe mir nie Gedanken darüber gemacht. Ich konnte mir nie vorstellen, dass Frauen etwas besitzen. Ich habe geglaubt, deine Anteile hätten seit eurer Heirat alle Jones gehört.«

»Es gibt da noch etwas, das du nicht weißt. Nämlich, dass mein Daddy Jones zu Anfang ganz gern gemocht hat, aber später dann nicht mehr. Deshalb hat er einen Vertrag aufgesetzt, der besagt, dass Jones' Anteile mir zufallen, falls ich ihn eines Tages – aus welchen Gründen auch immer – nicht mehr als Anteilseigner in der Mühle haben möchte. Henry, der Daddys Schwester geheiratet hat, behält seinen Anteil natürlich.«

»Heißt das, du willst Jones feuern?«

»Nein. Im Gegenteil, die meisten Anteile will ich ihm sogar lassen. Weniger als vorher, aber immer noch einen Großteil. Das hat er verdient.«

Sunset nickte, war sich allerdings nicht ganz sicher, worauf Marilyn hinaus wollte und warum sie ihr Dinge erzählte, die sie längst wusste. Und selbst bei denen, die sie noch nicht wusste, fragte sie sich das. Sie konnte ihre Schwiegermutter kaum anschauen, ohne dass ihr die Tränen in die Augen stiegen.

»Ich habe Jones kennengelernt, als wir von Arkansas hier runter gezogen sind. Im Grunde war ich noch ein Kind, aber er bestand darauf zu heiraten. Wollte unbedingt in eine reiche Familie einheiraten. Meine war durch die Mühle zu Geld gekommen. Ich glaube, ich habe damals schon gewusst, dass er mich wegen dem Geld heiraten wollte, aber es war mir egal. Ich habe geglaubt, er sei ein anständiger Mann. Aber das war er nicht. Er hat mich geschlagen. Dir muss ich ja nicht erzählen, wie das ist. Ich wollte, dass unsere Ehe gut wird. Es hieß immer, es läge an der Frau, ob eine Ehe gut wird. Egal, mit wie viel Huren sich dein Mann einlässt, ob er dich schlägt oder dich beschimpft, ganz egal, du bist dafür zuständig, dass die Ehe gut wird, vor allem wegen den Kindern. Pete ist damit aufgewachsen, dass sein Vater mit mir in einem Ton geredet hat, den man nicht mal einem Hund gegenüber anschlägt, und er hat miterlebt, wie sein Vater mich ›korrigiert‹ hat, wie Jones das gern zu nennen pflegte.«

»So hat Pete das bei mir auch genannt«, erwiderte Sunset.

»Ich habe es mir gefallen lassen, weil ich eine gute Ehe führen wollte. Und dadurch habe ich meinem Sohn beigebracht, sich wie sein Vater zu verhalten. Sein Vater hat auch gute Seiten. Er hat immer hart gearbeitet, sich nie zurückgelehnt und von meinem Geld gelebt. Was ihm gefiel, war die Stellung, die er in der Mühle bekam. Die bedeutete ihm alles. Einflussreicher Mann, großes Haus, verantwortungsvolle Arbeit. Eine Frau, die weiß, wo ihr Platz ist, und ein guter, kräftiger Sohn, der sich von niemandem etwas gefallen lässt. Jones hatte noch andere gute Seiten. Er hat Pete immer gut behandelt. An ihm hat er es nie ausgelassen, wenn er wütend war, nur an mir. Jones war stark, und als ich noch jünger war, hat mich das beeindruckt. Ein kräftiger Mann. Später, als er mich festgehalten und mit mir gemacht hat, was er wollte, war ich nicht mehr so stolz auf seine Kraft. Aber es gab Zeiten, da habe ich ihn geliebt.«

»Es gab auch Zeiten, da habe ich Pete geliebt.«

»Ich weiß. Das Leuchten in deinen Augen war nicht zu übersehen.«

»Manchmal war er nett zu mir. Wenn er nicht gerade sauer war, konnte er richtig witzig sein, und er hatte eine schöne Stimme. Zu Karen war er gut, und sie hat ebenfalls eine schöne Stimme. Er hat ihr beigebracht, wie man singt. Aber er hatte so seine Eigenheiten. Seine Macken.«

Marilyn nickte. »Ich hatte gedacht, Pete sei anders als sein Vater, aber da habe ich mich wohl geirrt. Bei Jones gibt es noch eine Besonderheit: Er hat ein Gemächt wie ein Pferd. Aber das hat mir nie so richtig Vergnügen bereitet. Er ist immer nur auf mich draufgesprungen und hat es getan ... Du weißt schon. Und bevor ich wusste, was los war, hatte er schon sein ganzes Pulver verschossen.«

Sunset errötete. Noch nie hatte sie eine Frau über so etwas reden hören, und ihre Schwiegermutter war die Letzte, von der sie das erwartet hätte. Na ja, dachte sie, wer A sagt, muss auch B sagen. Laut sagte sie: »Pete hatte das auch. Das mit dem Pferd. Und das mit dem Draufspringen. So richtig geliebt hat er mich nur ein einziges Mal. Und ich glaube, nur deshalb ist daraus Karen entstanden. Er wollte noch mehr Kinder, aber ich bin nie wieder schwanger geworden und wollte es auch gar nicht. Es hat sich angefühlt, als wäre ich für ihn nur eine Zuchtstute.«

»Dass du nicht wieder schwanger geworden bist, ist ein Zeichen, dass Gott die Hand über gute Menschen hält.«

Wenn Gott seine Hand über mich gehalten hätte, dachte Sunset, dann hätte er mich dieses Schwein Pete Jones gar nicht erst heiraten lassen. Und wenn Pete mich bestiegen hat, hätte Gott das sicher ein bisschen lustvoller gestalten können.

Ihr fiel wieder ein, dass Pete jedes Mal, wenn er fertig war, ein seltsames Geräusch gemacht hatte, wie eine kranke Maus, die sich räuspert. Seine Hüften waren erschlafft, und die kranke Maus hatte die Kontrolle übernommen. Ein Husten, gefolgt von einem leisen, erstickten Ton, als hätte er lauter Spinnennetze in der Kehle. Dann Stille und Sabber auf ihrer Schulter. Sunset hatte nie herausgefunden, was dieser Ton bedeutete, aber er gab ihn jedes Mal von sich, und sie fragte sich, ob er ihn bei seinen Huren und Geliebten wohl auch gemacht hatte.

»Du fragst dich vermutlich, worauf ich hinaus will«, sagte Marilyn.

»Ich weiß, dass Mr. Jones weg ist«, entgegnete Sunset. »Das weiß ich schon.«

»Letzte Nacht hat es mir gereicht. Der Junge da drinnen wäre nicht tot, wenn ich mir Jones' Prügel nicht immer widerstandslos gefallen lassen hätte. Wenn ich mich gewehrt oder Pete genommen hätte und fortgegangen wäre, hätte das alles nicht passieren müssen. Ich wollte nicht, dass mein

Sohn stirbt, Sunset, aber ich nehme an, ich habe genauso Schuld daran wie Jones. Hättest du nicht getan, was du getan hast, hätte Pete dich vielleicht umgebracht. Und Jones mich vielleicht auch irgendwann. Vermutlich ist er inzwischen zu alt, um noch so richtig kraftvoll zuzuschlagen, aber um mich ernsthaft zu verletzen, hätte es noch gereicht. An manchen Tagen ging es ihm einfach besser, wenn er mich schlug. Dann hat er behauptet, ich hätte mich mit irgendwelchen Männern rumgetrieben, obwohl er genau wusste, dass das nicht stimmte und auch gar nicht sein konnte, weil ich den ganzen Tag im Haus war. Aber mit Logik hat das alles nichts zu tun. Als ich Pete da drinnen gesehen habe, ist das alles hochgekommen, und ich hatte es einfach satt. Ich hatte keine Lust mehr, dafür zu sorgen, dass irgendetwas gut wird. Ich habe Jones ins Betttuch eingenäht, während er schlief, und ihn dann mit dem Rechen verprügelt.«

»Mit dem Rechen?«

»Genau. Und dann habe ich mir Jones' Schrotflinte genommen und ihn rausgeschmissen.«

»Was willst du jetzt machen?«

»Was wollen wir beide jetzt machen? Am besten bleiben wir erst mal alle hier. Ich habe Geld, meine Liebe. Und ich habe mich erlöst. So nennt man das doch, oder?«

»Ich weiß es nicht.«

»Doch. Genau das ist es. Eine Erlösung. So gut und stark habe ich mich schon seit Jahren nicht mehr gefühlt.«

»Ich kann nicht von deinem Geld leben, Marilyn. Und das werde ich auch nicht.«

»Du solltest dich nicht hinter deinem Stolz verschanzen. Was willst du denn machen?«

»Irgendwas wird mir schon einfallen.«

»Für Karen ist es das Beste, wenn ihr hier bleibt. Irgendwann findest du schon wieder einen anderen Mann. Oder, wenn du Glück hast, vielleicht auch nicht.«

»Es können doch nicht alle Männer so sein.«

»Meine Erfahrung ist begrenzt. Und gut war sie nicht.«

»Ich möchte arbeiten, Marilyn. Ich möchte Geld verdienen, für Karen und für mich, und ich will auch von keinem Mann abhängig sein. In der Situation war ich, und es hat mir ganz und gar nicht gefallen.«

»Das wird nicht einfach, meine Liebe. Jedenfalls nicht, wenn du meine Unterstützung ablehnst, bis du etwas Geeignetes findest.«

»Ich bin mir nicht sicher, ob Karen mir jemals wirklich verzeihen wird.«

»Das sollte sie aber. Ich habe es ja auch getan. Nicht, dass es mir gefällt, dass mein Junge tot in dem Sarg liegt, aber ich will nicht auch noch dich und mein Enkelkind verlieren. Wir werden das schon hinbekommen, Sunset, das verspreche ich dir. Weißt du was?«

»Was denn?«

»Lass uns reingehen und dein Gesicht behandeln. Ich habe etwas, das die Blutergüsse abschwellen lässt. Außerdem habe ich noch Kleider, die dir vermutlich besser passen als das, was ich dir gegeben habe. Ich war nicht immer so dick. Komm, meine Liebe.«

Marilyn stand auf und hielt Sunset lächelnd die Hand hin. Sunset zögerte kurz, ergriff sie dann aber.

Die Beerdigung fand auf einem kleinen Hügel unter einer riesigen Eiche statt. Pete wurde in der Nähe der Eiche beigesetzt, neben den Gräbern von Jones' Eltern und nicht weit entfernt von dem namenlosen Grab jenes Hundes der Familie, der mit ihnen den ganzen Weg vom Norden hier herunter gereist war, dann nach Nacogdoches und Camp Rapture, und der schließlich im reifen Hundealter von fünfzehn Jahren während einer Familienfeier an einem Hühnerknochen erstickt war.

Zu dem Begräbnis waren viele Leute gekommen. Manche waren da, weil sie Pete gekannt hatten, andere aus Höflichkeit und weil sonst nur wenig los war. Sie wussten, hinterher würde es in Marilyns Haus Berge von Essen geben, das die Frauen des Camps vorbeigebracht hatten.

Da Sunset nicht an der Beerdigung teilnahm, war Karen zusammen mit ihrer Großmutter hingegangen. Mr. Jones, der ebenfalls anwesend war, stand auf der gegenüberliegenden Seite des Grabs. Er lächelte seiner Enkelin zu, und sie lächelte zurück. Als er seine Frau ansah, verging ihm allerdings das Lächeln.

Der Priester sagte viel Gutes über Pete und empfahl ihn Gott; dann löste sich die Menge auf, und zwei Farbige, die man extra für diesen Tag angestellt hatte, schaufelten Erde auf den Sarg.

Hinterher trafen sich alle im Haus der Jones'. Es wurde gegessen und über Pete geredet. Darüber, wie mutig er gewesen war. Wie er dies und jenes getan hatte. Und natürlich wurde die Geschichte von Drei-Finger-Jack erzählt. Schließlich wandten sich die Gespräche der Ernte und den Tieren zu, dem Tornado und der Mühle. Irgendwann waren auch diese Themen erschöpft, und die Leute bekundeten noch einmal ihr Beileid und gingen.

Zum Schluss waren nur noch Marilyn, Karen und Jones übrig.

»Können wir die Sache nicht wieder in Ordnung bringen?«, fragte Jones.

»Karen«, sagte Marilyn. »Geh nach draußen, damit die Erwachsenen reden können.«

Karen umarmte ihren Großvater und verließ dann widerwillig das Zimmer.

»Ich kann es nicht glauben, dass du so mit mir umspringst«, sagte Jones. »Nach all den Jahren. Und das auch noch jetzt, wo unser Sohn tot ist.«

»Das hätte ich schon vor langer Zeit tun sollen.«

»Ich sollte dir eine runterhauen, Weib.«

»Möchtest du, dass deine Enkelin erfährt, wie du mich behandelst? Noch weiß sie das nicht. Ich habe ihr nur gesagt, ich würde mich in deiner Gegenwart nicht mehr wohlfühlen. Aber ich habe ihr nicht alles erzählt. Wenn du mich jetzt schlägst, schreie ich das ganze Camp zusammen. Ich habe es die ganze Zeit stumm erduldet, aber das ist vorbei. Willst du das, ausgerechnet an dem Tag, an dem wir unseren Sohn beerdigt haben?«

»Das hatte doch nie etwas zu bedeuten.«

»Mir hat es durchaus etwas bedeutet.«

»Du lässt diese Mörderin hier wohnen?«

»Es war Notwehr.«

»Wie kannst du so etwas bloß sagen?«

»Geh jetzt, Jones.«

Jones nahm seinen Hut von dem Stuhl neben der Tür, wo er ihn immer hinlegte, setzte ihn auf und ging. Dann kam er noch einmal zurück. »Die Sache ist noch nicht vorbei, nur damit du es weißt«, sagte er. »Weder zwischen Sunset und mir noch zwischen dir und mir.«

Er verließ das Haus, und sie hörte, wie er mit seinen schweren Stiefeln über die Veranda und die Treppe hinunterpolterte. Sie sah ihm durch die Fliegengittertür hinterher. Überrascht stellte sie fest, dass es ihr wehtat, wie er klein und traurig davonging und bei jedem Schritt den Staub aufwirbelte.

KAPITEL 7 Spätnachmittags an einem Freitag, zwei Wochen nach Petes Beerdigung, gingen Henry Shelby und die Dorfältesten zu Jones, um mit ihm zu reden. Sie fanden, es sei höchste Zeit, einen neuen Constable für das Dorf und die Umgebung zu ernennen. Das bedeutete, dass eine Versammlung einberufen werden musste, und bisher hatten solche Versammlungen immer im Haus der Jones' stattgefunden. Es war das größte in der Gemeinde, abgesehen von Henry Shelbys Haus. Aber Henrys Frau mochte keinen Besuch, weil sie trank. Nicht, dass sie Angst hatte, jemand würde das mitbekommen. Sie wollte nur einfach nicht dabei gestört werden. Außerdem hätte sie sich dann vielleicht etwas anziehen müssen, sie trank nämlich gern nackt, wobei sie dazu neigte, gelegentlich einen einzelnen Schuh zu tragen. Henry gegenüber hatte sie einmal geäußert, dass sie sich so besser im Kontakt mit der Natur fühle. Als käme jeder im Adamskostüm, mit einer Flasche Whisky und einem Schuh zur Welt.

Henry sah seine Frau nicht gern nackt. Sie war ein liebreizendes junges Mädchen gewesen, feingliedrig und mit einem Pfirsich zwischen den Schenkeln. Jetzt sah sie, wenn sie saß – und eigentlich auch, wenn sie stand –, aus wie ein Haufen Irgendwas, und der Pfirsich zwischen ihren Schenkeln war längst zu einer verdorrten Dattelpflaume zusammengeschrumpelt. Dennoch war es ihm lieber, wenn sie sich betrank. Dann zeigte sie wenigstens kein Interesse mehr an ihm. Seinerzeit, als sie noch etwas von ihm wollte, schien sie dauernd am Rand eines Nervenzusammenbruchs oder eines hysterischen Anfalls zu stehen. Ununterbrochen zeterte sie herum wegen irgendwelcher Frauen, hinter denen er angeblich her war, oder wegen seiner Trinkerei – die nichts war im Vergleich zu ihrer – oder wegen seiner Kleidung oder seiner grauen Haare – als ob er für die etwas konnte –, und musste er unbedingt mit dem Taschenmesser in seiner Fußballenentzündung herumstochern?

All das hatte der Alkohol aus ihr herausgebrannt. Sie hatte aufgehört zu jammern. Nicht einmal die Nachricht, dass Pete, ein Verwandter, von seiner Frau erschossen worden war, hatte sie interessiert. Sie war schon so weit hinüber, dass sie nur fragte: »Wer?« Sie ging auch nicht zur Beerdigung. Sie blieb zu Hause, nackt bis auf den einen Schuh, betrank sich und kratzte sich mit einem auseinandergebogenen Kleiderbügel am Rücken und wer weiß wo sonst noch.

Henry hoffte, dass seine Frau nicht mehr lange unter den Lebenden weilen und dass sie diese restliche Zeit im betrunkenen Zustand hinter sich bringen würde. Er vermutete, dass sie ihrer Leber mit ihrem Alkoholkonsum nichts Gutes tat. Und mit einer kaputten Leber lebte man nicht lange. Jedenfalls hatte er das oft gehört, und darauf ruhte nun seine ganze Hoffnung. In letzter Zeit hatte seine Frau eine leicht gelbliche Hautfarbe, und er dachte sich, vielleicht ist das eine Gelbsucht, wie man sie vom Trinken bekommt. Genauso gut konnte die Farbe natürlich vom unregelmäßigen Baden kommen. Die Fettpolster speicherten jedenfalls ihren Geruch, und manchmal, wenn sie sich bewegte, stank es, als würde man einen großen, lange zusammengerollten Teppich ausschütteln, der inzwischen verschimmelt war.

Aber jetzt war Henry in Gedanken mit der Versammlung beschäftigt. Keine angenehme Angelegenheit, aber immer noch angenehmer, als über seine Frau nachzudenken. Jones zuliebe hatte er die Sache mit der Versammlung erst mal nicht weiter verfolgt. Er hatte Pete nicht zu schnell ersetzen wollen, so, als wäre er schon vergessen. Schließlich war Jones in der Sägemühle ein wichtiger Mann, und seiner Frau gehörte ein großer Teil der Mühle. Von daher wäre das nicht sehr klug gewesen.

Aber jetzt war es an der Zeit, und Henry und die Dorfältesten beschlossen, die Angelegenheit nicht länger hinauszuzögern.

Jones saß an seinem Schreibtisch in der Haupthalle. Der Schreibtisch stand nicht weit von der Säge entfernt, und Jones hatte sich Baumwolle ins linke Ohr gesteckt, das der Säge zugewandt war. Wenn die Säge am Abend abgeschaltet wurde, dauerte es noch stundenlang, bis man ihr Kreischen aus dem Ohr bekam.

Als die Ältesten hereinkamen, wandte Jones ihnen sein rechtes Ohr zu, lauschte konzentriert, nickte und wandte sich dann wieder seiner Schreibarbeit zu. Die Ältesten standen eine Zeit lang da und warteten auf seine Antwort, bis ihnen klar wurde, dass er sie gar nicht mehr beachtete und ihre Anwesenheit völlig vergessen hatte.

Kopfschüttelnd gingen Henry und die anderen leise nach draußen. Sobald sie außer Hörweite waren, sagte Henry: »Er hat den Verstand verloren.«

Eine Viertelstunde später beendete Jones seine letzte Arbeit, den Auftrag einer Stadt in Oklahoma für eine Holzlieferung. Er stand auf und ging zu der großen Kreissäge, die laut brummend in einem Sprühnebel aus Sägemehl und Holzsplittern Kiefern zerschnitt. Jones stand lange da und sah zu, wie die Maschine sich drehte und sägte. Sah zu, wie die Männer Holzstämme auf das Förderband wuchteten und die Stämme von der Säge zerteilt wurden, auf beiden Seiten hinunterfielen und weitertransportiert wurden, um geglättet und als Schnittholz gelagert zu werden. Er dachte über Sunset nach, über Marilyn und Karen, am meisten aber über Pete. An Tagen wie diesem, wenn es heiß war und alles, sogar der Blutkreislauf, sich verlangsamte, war er gern mit Pete zum Fischen gegangen. Er wünschte sich, Pete wäre noch am Leben, und sie könnten jetzt gemeinsam zum Fluss hinuntergehen. Er würde alles dafür geben, wenn er ein letztes Mal mit seinem Sohn fischen gehen könnte.

Inzwischen war Jones froh, dass Sunset nie Interesse an ihm gezeigt hatte. Es hatte eine Zeit gegeben, da hatte er gehofft, sie würde ihn auch mal ranlassen. In seinen Augen hatte sein Sohn einen Fehler gemacht, als er Sunset geheiratet hatte, zumal bei ihrem familiären Hintergrund. Verstehen konnte er ihn allerdings schon, so wie sie aussah mit ihren langen, anmutigen Beinen, dem feuerroten Haar und diesen hübschen, straffen Brüsten. Er hatte gedacht, sie würde sich ihm genauso hingeben wie Pete, aber das tat sie nicht. Überraschenderweise nahm sie ihr Ehegelöbnis äußerst ernst.

Im Nachhinein war er froh, dass sie sich ihm verweigert hatte. Die Vorstellung, sich beinahe in dem kleinen rosa Spalt der Frau vergnügt zu haben, die seinen Sohn erschossen hatte, behagte ihm ganz und gar nicht.

In den letzten Tagen war der bohrende Schmerz seines Kummers einer dumpfen Traurigkeit gewichen. Er fühlte sich wie ein Insekt in einer verkorkten Flasche, wie eine Motte, die gegen das Glas fliegt, während allmählich der Sauerstoff zur Neige geht.

Als ein weiterer Kiefernstamm auf das Förderband glitt, pulte Jones sorgfältig die Baumwolle aus seinem linken Ohr, kletterte auf den Stamm und legte sich mit dem Rücken darauf, den Kopf Richtung Säge, als wolle er ein Nickerchen machen. Er spürte die harte Baumrinde durch sein Hemd und lauschte dem Kreischen der Säge. Seine Ohren dröhnten, aber er unternahm nichts, um sie zu schützen. Er presste den Hinterkopf fest gegen den Stamm, um so einen Blick auf die Säge zu erhaschen, was ihm jedoch nicht gelang. Schließlich schloss er die Augen. Das Brüllen der Säge wurde immer lauter, bis er schließlich glaubte, seine Trommelfelle müssten zerplatzen. Er hörte einen Mann schreien, hörte, dass Leute auf ihn zurannten, spürte, wie der Stamm unter ihm splitterte, als er in die Säge glitt, spürte das Sägemehl auf seinem Gesicht und wusste, er hatte gewonnen. Die großen Zähne des Sägeblatts würden ihm Ruhe verschaffen, bevor die Männer ihn zu packen bekamen.

Bis die Männer begriffen, was Jones vorhatte, war es bereits zu spät. Als die Säge ihm in den Schädel schnitt, gab sie einen klagenden Laut von sich, anders als der, den sie bei Holzstämmen machte. Das Sägeblatt bohrte sich in Jones' Schädel, riss ihn nach hinten und brach ihm das Genick. Der untere Teil des Körpers wurde in die Maschine gesogen. Die Zähne des Sägeblatts verbissen sich in seiner Hose, zerrten sie ihm vom Leib und knüllten sie zusammen. Die Säge blockierte, und Jones wurde über die gesamte Halle verteilt. Dann machte die Säge ein kreischendes Geräusch, ruckelte und setzte sich wieder in Gang, bis jemand auf die Idee kam, zum Schalter zu hechten und sie abzuschalten. Sobald die Säge zum Stehen kam, herrschte absolute Stille, die den Männern allerdings genauso in den Ohren wehtat wie vorher das Jaulen des Sägeblatts.

Zack, der die Baumstämme mittels eines an einer langen Stange befestigten großen Hakens auf das Förderband hievte, wurde Zeuge des Geschehens. Noch Jahre später erzählte er, der Saft eines Mannes spritze sogar noch kräftiger als der einer frisch geschlagenen Kiefer. Mit bloßen Händen und unter Einsatz seines Hakens half er mit, aus der Säge zu retten, was von Jones noch übrig war. Später trug man ihm auf, die Säge zu reinigen und zu ölen. Auf einem der Zähne des Sägeblatts entdeckte er Jones' Ehering. Er hing dort, als hätte Jones ihn sorgfältig abgelegt, bevor er sich die Hände wusch oder den Hintern abputzte.

Zack überlegte, ob er ihn Mrs. Jones geben sollte; dann fragte er sich, ob er ihn nicht lieber in der Stadt verkaufen sollte. Aber wenn das jemand herausbekam, konnte das schlimme Folgen für ihn haben. Also steckte er ihn in einen von Jones' Stiefeln, nachdem er die Überreste von Knöchel und Fuß daraus entfernt hatte. Interessanterweise waren beide Stiefel in gutem Zustand. Keine Schnitte oder Risse, nur innen voller Blut.

Später, als er zu Hause war, dachte Zack an die Prügel, die Pete ihm verpasst hatte, und daran, wie Jones ihn gezwungen hatte, die Leiche zu holen. Der Ring fiel ihm wieder ein und er bereute, dass er ihn nicht behalten hatte.

Eine Woche später fand Zack im Mühlenhaus unter einem Holzscheit einen weiteren Teil von Jones, vermutlich einen Hoden. Er kickte ihn eine Zeit lang über den Boden, dann schubste er ihn mit einem Stock nach draußen zu der einäugigen Katze, die immer bei der Mühle herumlungerte.

Die Katze nahm ihn ins Maul und lief damit in den Wald.

Marilyn wurde benachrichtigt. Man brachte ihr die Stiefel, nicht aber die Kleidung, die zu zerrissen war. In einem der Stiefel fand sie den Ring. Weinend legte sie ihn in den Stiefel zurück, trug ihn in den Hinterhof, kniete sich hin und vergrub ihn in der Nähe des Hühnerstalls.

Sunset und Karen standen zwischen Marilyns Zierpflanzen

auf der Schlafveranda und sahen ihr zu. Die Pflanzen wirkten mitgenommen, waren bräunlich verfärbt und brauchten dringend Wasser. Sunset nahm sich vor, sie zu gießen und die getrocknete Erde zu ihren Füßen wegzufegen, vermutlich die Überreste einer Topfpflanze, die verkümmert und weggeworfen worden war.

»Ich kann es nicht fassen«, sagte Karen. »Erst Daddy und jetzt Opa. Er konnte ohne sie nicht leben. Sie hätte ihn nicht rauswerfen sollen.«

»Vielleicht konnte er nicht mit sich selbst leben«, entgegnete Sunset.

»Ich glaube, er hat sie geliebt. Ich glaube, sie hat ihm gefehlt.«

»Vielleicht hat ihm nur jemand gefehlt, den er verprügeln konnte.«

Ein paar Tage nach der Beerdigung fand die Dorfversammlung statt. Sie wurde wie üblich im Haus der Jones abgehalten, obwohl man kurzzeitig die Kirche in Betracht gezogen hatte. Aber Willie Fixx, Priester, Tierarzt und Teilzeitdoktor, hatte ganz richtig gesagt: »Da drin ist es heiß.«

Henry Shelby berief die Versammlung ein, und nach einem verkürzten Arbeitstag in der Mühle setzte man sich um sechs Uhr zusammen. Die Männer kamen direkt von der Arbeit und stanken wie Hunde, die sich in Scheiße gewälzt hatten.

Sunset und Karen rissen im ganzen Haus die Fenster auf, was allerdings nicht viel brachte, da die Luft draußen verdammt feucht war und stillzustehen schien. Es war, als würde sie mit ihrem Gewicht die Fenster blockieren und den Gestank im Zimmer einsperren.

Die Männer waren ausnahmslos Weiße. Farbige waren bei

den Versammlungen nicht zugelassen und hatten auch kein Mitspracherecht. Vielen der Männer fehlten ein oder zwei Finger, manchen auch der Daumen. Kleine Opfer für den Gott der Sägen.

Sunset stand mit Karen hinten im Zimmer. Sie trug eins der ärmellosen Sommerkleider ihrer Schwiegermutter und einen breiten schwarzen Gürtel, aus dem unübersehbar der Revolver herauslugte. Sie wusste, es war blödsinnig, aber sie behielt die Waffe immer in Griffweite.

Sunset wandte den Kopf, als Hillbilly hereinkam. Also war er eingestellt worden, entweder noch von ihrem Schwiegervater oder von Henry. Er rauschte in das Zimmer wie ein König. Man erwartete fast, dass jemand einen roten Teppich für ihn ausrollte. Er ging auf die andere Seite des Zimmers und lehnte sich gegen die Wand, die hinterher einen Schweißfleck hatte. Sogar dreckig und verschwitzt, Sägemehl in den Haaren und die Mütze in der Hand fand Sunset ihn immer noch recht gutaussehend. Sie konnte sich nicht entscheiden, ob er eher fünfundzwanzig oder gut erhaltene fünfunddreißig war.

Sunset beobachtete, wie die Männer eine Zeit lang umhergingen, Hände schüttelten und peinlich darauf bedacht waren, Marilyn ihr Beileid wegen Mr. Jones auszusprechen.

Henry Shelby trat vor die versammelten Männer. Er hatte einen Gang, als würde er mit dem Hintern etwas Lebendes zerquetschen, und trug einen schwarzen Anzug, der nach Kerosin roch. Alle seine Anzüge rochen so. Im Licht der Deckenlampe hatte sein Hemd einen gelblichen Schimmer. Seine schwarze Krawatte hing so schlaff auf seiner Brust wie die Zunge eines Erhängten.

»Eröffnen wir also die Versammlung«, sagte er, und die Männer setzten sich. Henrys Augen suchten die Dorfältesten. »Wir wollen keine Zeit mir irgendwelchem Firlefanz vergeuden, sondern gleich zur Sache kommen«, fuhr er fort. »Wir wissen alle, warum wir hier sind. Da Pete tot ist, müssen wir einen neuen Constable wählen. In der Gemeinde sind in den letzten Wochen einige unschöne Dinge passiert. Zum Beispiel sind Hühner gestohlen worden. Und zwar mir. Ich will, dass das Schwein, das das getan hat, verhaftet wird.«

Ein paar Männer lachten.

Henry grinste. Er fand, er hatte einen richtig guten Witz gemacht. »Tatsache ist«, nahm er den Faden wieder auf, »dass die Gemeinde wächst. Ich schätze, in einem Jahr werden wir uns mit Holiday zusammenschließen und eine richtige Stadt werden. Holiday will sich vergrößern, außerdem haben sie dort Öl gefunden. Öl bringt Geld, genau wie die Mühle. Und es bringt jede Menge Pack mit sich, Spieler, Huren …«

Einige Männer johlten.

»Sehr witzig«, sagte Henry, dem auf einmal bewusst wurde, dass einige wussten, wie gut er sich mit Huren auskannte. »Außerdem Gauner, Schläger und so weiter. Die Dinge werden immer mehr außer Kontrolle geraten, und über kurz oder lang werden wir hier nicht nur einen Constable, sondern auch einen Sheriff brauchen, und falls Rapture und Holiday sich zusammenschließen, werden sie eine gemeinsame Polizei haben. Vielleicht einen Polizeichef und ein paar Deputys. Wenn der Zusammenschluss nicht kommt, brauchen wir für unsere Gemeinde trotzdem einen Constable. Ich denke, es sollte sich dabei um einen jungen Mann handeln – allerdings auch nicht zu jung –, und ich denke …«

»Henry«, unterbrach ihn Marilyn. »Ich glaube, andere haben vielleicht auch noch Vorschläge zu machen.«

Henry drehte den Kopf und sah Marilyn an, die auf einem Stuhl an der Wand saß.

»Entschuldige, Marilyn. Hast du an jemand Bestimmten gedacht?«

»Ja.«

»Nur zu. Sag uns, wen du meinst.«

»Sunset.«

Im Zimmer war es auf einmal totenstill.

»Was soll das heißen – Sunset?«, fragte Henry.

»Das soll heißen, dass ich Sunset als Constable vorschlage.«

»Wie bitte?«, fragte Sunset.

»Genau«, antwortete Marilyn. »Du, meine Liebe.«

»Ich?« Einen Moment lang fürchtete Sunset, sie würde sich in die Hose machen.

»Sunset hat Pete bei den Aufzeichnungen geholfen. Sie wusste genau, wer wer ist, nicht wahr, Sunset?«

»Nun ja ... einige Akten habe ich schon angelegt. Einige wenige.«

»Na siehst du«, erwiderte Marilyn.

Unter den Männern hatte sich Gemurmel erhoben. »Wir wissen, dass dich das alles sehr mitgenommen hat«, sagte Henry. »Aber ...«

»Sie sollte die Aufgabe übernehmen, bis Petes Amtszeit abläuft«, unterbrach ihn Marilyn. »Du hast doch nicht vergessen, dass die noch ein Jahr gedauert hätte?«

»Aber ... er ist doch tot.«

Marilyns Gesicht lief rot an. »Dessen bin ich mir durchaus bewusst, Henry. Durchaus. Er hatte trotzdem noch ein Jahr. Und das bedeutet – egal, wen du auswählst –, sein Nachfolger ist erst mal nur für den Rest dieser Zeit im Amt. Das wurde in der Satzung von Camp Rapture so vereinbart. Sunset kann Petes Aufgabe übernehmen, zu seinem Gehalt, und wenn sie am Ende des Jahres für das Amt kandidieren möchte, kann sie das tun.«

»Aber sie ist eine Frau.«

»Klar ist sie das. Ist ja nicht wie bei einem Welpen. Man muss sie nicht erst auf den Rücken legen, um zu sehen, was sie da unten hat.«

Einige Männer lachten. »Würdest du sagen, dass Pete kräftig war?«, fragte Marilyn.

»Ja«, antwortete Henry.

»Und ihr? Was sagt ihr?«

Bill, der mit Don in der vorderen Reihe saß, sagte: »Drei-Finger-Jack hat er jedenfalls ganz ordentlich die Fresse poliert.«

»Er hat ziemlich vielen die Fresse poliert«, fügte ein anderer hinzu.

»Er war stark wie ein Ochse«, meldete sich Henry wieder zu Wort. »Das wissen wir doch alle.«

»Sunset hat ihn trotzdem umgebracht«, sagte Marilyn.

»Nun ja. Wir haben uns dazu nicht geäußert, aber wir haben uns vorgestellt, dass der neu gewählte Constable vielleicht dafür sorgen wird, dass Anklage gegen Sunset erhoben wird.« Henry ließ den Blick über die Versammlung schweifen und sah einige der Ältesten um Unterstützung heischend an. Sie murmelten zustimmend. »Sunset mag ja eine angeheiratete Verwandte sein«, fuhr Henry fort. »Aber ein paar von uns finden, dass es nicht in Ordnung ist, wenn eine Frau ihren Ehemann umbringt, nur weil er sich wie ein Ehemann verhält. Und sieh sie dir doch an, wie sie die ganze Zeit mit dem Revolver im Gürtel herumläuft.«

»Dann kennst du also die ganze Geschichte?«, fragte Marilyn.

»Nein. Aber der Constable sollte sie erfahren.«

»Mein Sohn war der Constable. Und mein Sohn ist tot.«

»Dann soll sie eben ein anderer Constable erfahren. Man macht doch einen Mörder nicht zum Gesetzeshüter.«

»Selbstverteidigung«, entgegnete Marilyn.

»Marilyn. Man sollte doch meinen, du willst, dass die Sache untersucht wird. Ich verstehe nicht, was in deinem Kopf vor sich geht. Pete und dein Mann sind tot, und Sunset lebt hier in deinem Haus. Dabei wissen wir nicht mal, ob sie die Wahrheit sagt.«

»Sie hat sich nicht selbst so verprügelt.«

»Vielleicht ist sie während des Wirbelsturms verletzt worden.«

»Aber doch nicht so.«

»Man muss seine Frau auch mal verprügeln können, wenn sie es braucht«, warf einer der Ältesten ein.

»Für mich gilt ab dem heutigen Tag: Sollte noch einmal ein Mann versuchen, die Hand gegen mich zu erheben, bringe ich ihn um.«

»Und ich assistiere«, sagte Sunset.

Daraufhin war es ziemlich lange still. Eine Motte, die sich ins Haus verirrt hatte, flog auf der Suche nach einer dunklen Stelle immer wieder gegen die Decke, was vielen Männern einen Vorwand lieferte, nach oben zu starren.

»Ich schlag vor, wir machen Sunset zum Constable«, ließ sich aus der hinteren Ecke des Zimmers eine Stimme vernehmen. Alle drehten sich um, um zu sehen, wem sie gehörte. Es war Clyde Fox. Er hatte seine Leinenkappe abgesetzt, und sein schwarzes Haar hing ihm ins Gesicht und verdeckte das eine Auge fast völlig. Er war kräftig genug, um Alligatoren zu verscheuchen, nur indem er sie böse anschaute.

Henry spürte, dass er die Kontrolle über die Versammlung verlor. Am Anfang hatte er geglaubt, alles im Griff zu haben, aber jetzt hatte er das Gefühl, dass ihm die Situation mehr und mehr entglitt.

»Der Wirbelsturm hat Sunset nicht so auf Augen und Mund gehauen«, fuhr Clyde fort. »Ich denke, es war so, wie die Lady gesagt hat.«

»Genau«, entgegnete Marilyn. »Und auch wenn es mich schmerzt, das zu sagen, aber wer zum Schwert greift, kommt durch das Schwert um. Selbst wenn es sich um meinen Sohn handelt. Und was noch dazukommt: Sunset braucht Arbeit. Sie muss für Karen sorgen. Es würde ihr helfen, wieder auf die Füße zu kommen.«

»Das ist Männerarbeit«, widersprach Henry. »Verdammt noch mal, wir sind doch kein Wohltätigkeitsverein.«

Marilyn nickte, als hätte Henry etwas von sich gegeben, dem sie zustimmte. »Ich nehme an, du hast dir überlegt, ob du vielleicht Chancen auf das Bürgermeisteramt hast, wenn sich Holiday und Camp Rapture zusammenschließen, jetzt, wo der Bürgermeister von Holiday davongelaufen ist.«

»Nun ... durch den Kopf gegangen ist es mir schon. Ich glaube, ich wäre der geeignete Mann dafür. Dein Vater hat mir die Position, die ich in der Mühle habe, aufgrund meiner Eignung gegeben.«

»Und weil Sie seine Schwester geheiratet haben«, ergänzte Bill.

Irgendjemand lachte.

»Dann lass dir jetzt mal Folgendes durch den Kopf gehen«, sagte Marilyn. »Du befürchtest, wenn in deiner Gemeinde eine Frau zum Constable ernannt wird, stehst du schlecht da, wenn sich die Orte zusammenschließen und du als Bürgermeister kandidierst. Nun, zunächst mal bist du hier nicht der Chef. Nur, dass das klar ist. Der Großteil der Mühle gehört mir.«

Henry schluckte. »Nun ... ja, Ma'am ... Aber ...«

»Aber was? Ich möchte nachdrücklich vorschlagen, dass Sunset Constable wird. Pete hatte zwei Männer, die ihn gelegentlich unterstützt haben. Clyde war einer davon. Ich würde sagen, er kann Sunset genauso unterstützen. An den Namen des anderen kann ich mich nicht mehr erinnern, der ist allerdings auch weggezogen. Aber wir können jemand neuen finden. Sie kann die Amtszeit zu Ende machen, und dann könnt ihr wählen, wen immer ihr wollt.«

»Aber eine Frau?«

»Ich finde eine Frau in Ordnung«, sagte Hillbilly und stemmte sich von der Wand weg. »Ich bin erst seit Kurzem hier, und ich weiß, ihr kennt mich nicht, aber – wieso nicht? Wenn sie die Arbeit nicht hinkriegt, schmeißt ihr sie raus. Das ist doch nur gerecht, oder? Gebt ihr einen Monat, um sich einzuarbeiten, unterstützt sie ein bisschen – wenn sie nicht klarkommt, wird sie gefeuert und ihr setzt wen auch immer ein. Verdammt, sie hat doch sogar ne eigene Waffe.«

»Für mich klingt das prima«, stimmte Clyde zu.

»Es ist eine schwierige Aufgabe«, gab Henry zu bedenken. »Sie könnte verletzt werden. Sie muss mit Verbrechern und Niggern und wer weiß was sonst noch fertig werden.«

»Dafür ist ja die Unterstützung da«, entgegnete Clyde. »Wenn ihr mich bezahlt, helfe ich ihr. Ich bin nicht so scharf auf die Arbeit in der Mühle. Noch hab ich meine Arme und alle Finger, und mir wär's ganz recht, wenn das so bleibt. Ich bin auf der Suche nach ner anderen Arbeit, und ich hab jetzt mehr geredet als sonst in ner ganzen Woche.«

»Werd du doch Constable«, schlug Henry vor.

Clyde schüttelte den Kopf. »Ich bin lieber Deputy als Constable.« Er warf Sunset einen raschen Blick zu. Sie lächelte ihn an, und er setzte sich.

»Ich wär auch bereit zu helfen«, sagte Hillbilly.

»Wir kennen dich doch gar nicht«, protestierte Henry.

»Ich kenne Sie ja auch nicht. Und die Gemeinde noch weniger. Aber ich will gern lernen. Vielleicht bleib ich nicht sehr lange hier, aber sicher lange genug, um ihr den Anfang zu erleichtern.«

»Wir müssten dir was zahlen.«

»Das stimmt. Ich möchte die Arbeit, weil es genau so ist, wie der da drüben gesagt hat. Noch hab ich Finger und Arme, und mir wär's recht, wenn das so bleibt.«

»So viel Geld haben wir nicht«, sagte Henry. »Im Etat ist nur eine begrenzte Summe für so etwas vorgesehen. In der Mühle kannst du mehr verdienen.«

»Lieber hab ich weniger Geld und muss nicht in der Mühle arbeiten.«

»Du würdest nicht mal halb so viel verdienen.«

»Ich beteilige mich für alle drei am Lohn für den ersten Monat«, warf Marilyn ein. »Das bezahle ich aus meiner eigenen Tasche. Danach übernimmt dann die Gemeindekasse. Wenn es nicht gut geht, können wir neu überlegen. Lassen wir es Sunset doch einen Monat lang versuchen, zusammen mit Clyde und … wie heißt du noch mal, mein Sohn?«

»Hillbilly. Zumindest nennt man mich so.«

»Hillbilly, na schön. Wenn sie ihre Arbeit gut macht, lassen wir sie Petes Amtszeit beenden. Damit bist du doch einverstanden, Henry, nicht wahr? Ein Monat Probezeit.«

Henry sah Marilyn an und spürte, wie er Magenschmerzen bekam. Er wusste genau, dass es ihr völlig egal war, ob er sich einverstanden erklärte oder nicht. Jones war immer der Puffer zwischen Marilyn und ihm gewesen. Ihm war klar, dass sie ihn nie gemocht hatte. Nach dem Tod ihres Vaters hatte sie sich eingebildet, er habe einen Teil des Gelds ihres

Vaters durch geschickte Buchführung in die eigene Tasche gewirtschaftet.

Womit sie recht hatte. Aber sie konnte es nicht beweisen, und Jones hatte ihr nicht geglaubt. Aber jetzt, wo Jones tot war, steckte sein Schwanz im Schraubstock. Und sie saß an der Kurbel.

»Wir wissen ja nicht mal, ob sie überhaupt will«, sagte Henry.

Marilyn wandte ihre Aufmerksamkeit Sunset zu und fragte: »Nun, meine Liebe?«

Sunset gab lange keine Antwort. Schließlich sage sie: »Ich würde es gern versuchen.«

Gemurmel erhob sich.

»Stimmen wir ab«, schlug Henry vor. »Hier in Camp Rapture läuft alles demokratisch ab.«

Marilyn lächelte Henry zu. »Du hast in etwa so viel Demokratieverständnis wie Dschingis Khan.«

Die Leute lachten.

»Machen wir es doch folgendermaßen«, fuhr Marilyn fort. »Wer ist dagegen, dass Sunset Constable wird? Aber vorher sollte ich vielleicht noch eine kleine Ankündigung machen: Wirtschaftskrise hin oder her – alle bekommen eine Lohnerhöhung von einem Nickel pro Stunde. Außer Henry. Der verdient auch so schon genug.« Sie grinste ihn an.

Henry versuchte zurückzugrinsen, aber seine Mundhöhle schien sich über seine Zähne gestülpt zu haben, und seine Lippen taten einfach nicht, was er wollte. Er konnte nur noch daran denken, dass Marilyn in der Mühle noch nie etwas zu sagen gehabt hatte. Sie hatte sich auch nie dafür interessiert. Es war, als hätte ihr nach Jones' Tod jemand ein Tonikum verabreicht. Wenn er eins hasste, dann waren das Frauen, die sich wie Männer aufführten. Er bereute, dass sie die Versammlung nicht in der Kirche abgehalten hatten. Vielleicht wäre sie dann gar nicht gekommen.

Doch dann schoss ihm durch den Kopf: Nein, sie hat sich das vorher gründlich überlegt. Sie will, dass Sunset Constable wird. Die Leute werden lachen, weil ich nicht in der Lage bin, diese Frau und ihre mordende Schwiegertochter unter Kontrolle zu bringen. Wenn sich Holiday und Camp Rapture zusammenschließen, wird man mich in überhaupt kein Amt wählen wollen. Wenn ich diese Frauen nicht unter Kontrolle bringe, machen die mich nicht mal mehr zum Straßenkehrer.

»Marilyn«, sagte er. »Das ist wirklich keine gute Idee, und das weißt du auch. Werden wir doch jetzt wieder ernst.«

»Oh, mir ist das völlig ernst«, entgegnete Marilyn. »Hände hoch, wer Sunset nicht zum Constable wählen und keine Lohnerhöhung von einem Nickel will. Und oben lassen.«

»Ab wann gilt die Lohnerhöhung?«, fragte Bill Martin.

»Ab dem nächsten Arbeitstag«, antwortete Marilyn.

»Dann kriegt sie meine Stimme«, antwortete Bill.

Man hörte Füße scharren, und einige Männer blickten an die Wand oder an die Decke, als gäbe es dort etwas Besonderes zu sehen. Einige Hände wurden gehoben und schnell wieder gesenkt, als hätten ihre Besitzer nur nach einem lästigen Insekt schlagen wollen. Henry fühlte sich, als hätte er einen Käfer verschluckt.

»Gut«, sagte Marilyn. »Ein paar Gegenstimmen. Das heißt dann also, der Rest ist dafür, dass Sunset Constable wird. Sunset, du bist jetzt Constable.«

KAPITEL 8 Clyde nannte sie Constable Sunset, und der Name blieb an ihr hängen. Die meisten Männer in Camp Rapture nannten sie spöttisch so, oft auch, wenn sie in Hörweite war. »Da kommt die gute alte Constable Sunset. Wenn du ihr Ärger machst, musst du dich zur Strafe in die Ecke stellen.«

»Oder sie erschießt dich, wenn du gerade die Hosen auf Halbmast hast.«

Die Frauen waren auch nicht viel freundlicher.

»Die kommt aus kleinen Verhältnissen, hat ihren Mann umgebracht, und jetzt schau sie dir an. Hält sich für einen Gesetzeshüter. Ist das zu fassen?«

»Ihre Haare könnte sie auch mal hochstecken. Die sieht ja aus wie ein Flittchen mit den langen roten Zotteln. Wenn ich sie wäre, würde ich es färben, damit es einen natürlicheren Farbton hat.«

Nachdem Sunset sich das ein paar Tage lang angehört hatte, beschloss sie, wieder in ihr altes Zuhause zurückzuziehen, so wie es war, und ihre Arbeit dort zu erledigen. Sie lief diesen Leute viel-leicht hin und wieder über den Weg und musste irgendwie mit ihnen fertig werden, aber sie musste nicht unbedingt in deren Nähe wohnen.

Ihre Schwiegermutter hatte ihr zwei Khakiröcke genäht und ein paar dazu passende Männerhemden umgearbeitet. Sunset trug Petes Blechstern, in den »Constable« eingestanzt war, Holzfällerstiefel sowie Petes altes Holster und die .38er, mit der sie ihm das Licht ausgeblasen hatte.

Sie fuhren in Clydes klapprigem, keuchendem Pick-up zu ihr nach Hause, zusammen mit Hillbilly. Im Bodenblech war ein Loch, durch das man die Straße unter sich vorbeigleiten sehen konnte. Clyde saß links von ihr, Hillbilly rechts und Karen hinten auf der Ladefläche, wo auch einige Vorräte lagen: Essen, Krimskrams, ein bisschen Holz, mehrere große Abdeckplanen sowie ein Zelt. Letzteres hatte Marilyn bezahlt, und Sunset hatte sich den Preis aufgeschrieben, weil sie ihr das Geld so bald wie möglich zurückgeben wollte.

Während sie die staubige Landstraße entlangholperten, stellte Sunset fest, dass Clydes Kleidung nach Sägemühle roch. Sauber, aber mit diesem leichten Aroma von Sägemehl und Harz. Die Krempe seines großen schwarzen Cowboyhuts hatte er nach oben gebogen, auf dem Hut lag ein Staubfilm, und die Feder im Hutband war zerrupft wie ein von Katzen abgenagtes Fischskelett.

Auf Hillbillys Kleidung war nicht ein Stäubchen zu sehen. Seine Kappe hatte er in einem kecken Winkel aufgesetzt. Keine Federn. Im Gegensatz zu Clyde war der Kragen an Hillbillys Hemd sorgfältig glatt gestrichen, und dem Hemd fehlte nicht ein einziger Knopf. Er roch nach etwas Süßlichem, vielleicht sogar Essbarem.

Clyde und Hillbilly halfen Sunset, Petes Aktenschrank zu bergen und auf dem Holzboden abzustellen, der den Überrest ihres Hauses darstellte. Sunset sammelte die Akten ein und legte sie oben auf den beschädigten Schrank. Sie war fest entschlossen, ihn zu reparieren und die Akten schon bald zu sortieren. Als sie fertig waren, sagte Hillbilly: »Ich glaub, die alte Karre da drüben hat ihre letzte Meile gefahren.«

»Clyde?«, fragte Sunset. »Nehmen wir deinen Pick-up, wenn wir irgendwohin müssen?«

»Solange ich Benzingeld kriege und er nicht auseinanderfällt. An einigen Stellen ist der Motor nur mit Kleiderbügeldraht befestigt, bei Schlaglöchern muss ich aufpassen.«

»Wir müssen eben mit dem zurechtkommen, was wir haben«, entgegnete Sunset.

Aus Holz und Leinwänden bauten sie auf dem Boden des Hauses ein großes Zelt auf. Dafür ging fast der ganze Tag drauf. Dann zogen sie vom Eingang bis zur hinteren Zeltwand eine Schnur, befestigten sie an den Zeltstangen und hängten Laken und Decken daran. Auf der einen Seite des Zelts war Sunsets und Karens Zimmer, auf der anderen das Büro.

In Sunsets Hälfte lag eine Matratze, auf der Karen und sie schlafen konnten, außerdem hatten sie eine Waschschüssel, ein paar Stühle, einen Tisch, vier Kerosinlampen, einen Stapel Nahrungsmittel und sonstige Vorräte sowie ein Buch über Polizeiarbeit, das Pete gehört hatte. Sie hatte es hinten im Aktenschrank gefunden. Es sah aus, als wäre es noch nie aufgeschlagen worden.

In der Bürohälfte standen der Aktenschrank, vier Stühle und ein langer Holztisch, den ihnen die Sägemühle gestiftet hatte. Seine Oberfläche war nach jahrelanger Misshandlung zerkratzt und voller Dellen, und an den Rand hatte jemand geschrieben; »Hannah Jenkins ist eine Hure und nicht mal eine gute.«

Gleich am ersten Tag schmirgelte Sunset den Spruch weg und malte den Tisch dunkelgrün an. Es war dasselbe Grün, in dem auch die meisten Häuser im Camp gestrichen waren, genau wie die Gebäude der Mühle. Dadurch wirkte alles ein wenig militärisch.

Clyde und Hillbilly reparierten den Aktenschrank und errichteten eine provisorische Außentoilette aus Holzbrettern und der letzten noch übrigen Plane.

»Solange es keinen Sturm gibt, muss niemand seinen blanken Arsch zeigen«, sagte Clyde. »Aber beim ersten Windstoß garantier ich für nichts mehr. Vielleicht kann ich morgen ein richtiges Klo bauen und ein paar Kataloge reinlegen.«

»Von denen hat er mehr als genug«, entgegnete Hillbilly. »Tatsache ist, der hat mehr Papier und Kataloge und Schrott, als die Polizei erlaubt. Sieht aus, als wär sein Haus von dem Tornado weggeblasen worden, der hier durchgezogen ist, und als wär dann alles von ner Springflut in einem Haufen wieder zurückgespült worden.«

»Aber es ist mein Haufen«, sagte Clyde.

Abends, nachdem Hillbilly und Clyde gefahren waren, saßen Sunset und Karen auf der Matratze in der Wohnungshälfte des Zelts. Karen war immer noch nicht sehr gesprächig. Sunset vermisste ihre frühere Redseligkeit. Karen ging früh ins Bett, und Sunset vertiefte sich in das Buch über Polizeiarbeit.

Nichts, was sie in dem Buch fand, stimmte mit dem überein, was Pete gemacht hatte, abgesehen von der Polizeimarke, die sie jetzt gerade trug, und der Waffe. In keinem Kapitel wurde beschrieben, wie man jemanden windelweich prügelt oder wie man seine Frau betrügt. Als sie etwa ein Viertel des Buchs gelesen hatte, wurde es ihr zu langweilig. Sie nahm sich einen Spiegel und betrachtete ihr Gesicht. Die Schwellung war größtenteils abgeheilt, nicht aber ihre Veilchen, und die linke Hälfte ihrer Unterlippe sah aus wie ein Reifen mit einer Hitzeblase.

Sunset löschte die Lampe und versuchte zu schlafen, döste aber nur ein bisschen vor sich hin. Ab und zu träumte sie. Dann dachte sie an ihre Mutter, die von dem allseits geschätzten Reverend Beck geschwängert worden war, dem Priester, der den Namen Camp Rapture für das Holzfällerlager vorgeschlagen hatte. »Ja«, hatte Sunsets Mutter immer gesagt, »Reverend Beck hat mir mehr als nur den Geist Jesu eingepflanzt. Männer lügen, um zu bekommen, was sie wollen, mein Kind. Auch ein Mann Gottes. Besonders ein Mann Gottes. Merk dir das, mein Schatz. Wenn es irgendwie geht, kneif die Beine fest zusammen, bis du dreißig bist. Du wirst es nicht schaffen, aber versuch es wenigstens. Und vergiss eins nicht: Der Schwanz allein macht dich nicht glücklich. Sorg dafür, dass er auch den kleinen Knopf da unten bedient. Du weißt nicht, wovon ich rede, aber glaub mir, du wirst es noch herausfinden.«

Damals hatte Sunset die Botschaft nicht in ihrem ganzen Ausmaß begriffen, abgesehen von dem Teil mit dem Knopf, den sie bereits entdeckt hatte. Bis sie auch den Rest verstand, war sie schon viel zu verliebt in Pete, um sich noch dafür zu interessieren. Wenigstens hatte er sie geheiratet, nachdem er sie geschwängert hatte. Das war immerhin etwas. Mehr, als ihrer Mutter zuteil geworden war.

Nicht nur hatte sich Sunsets Mutter schwängern lassen und den Mann verloren – als Sunset dreizehn war, hatte sie sich mit einem Vertreter für Schuhe eingelassen, der Banjo spielte, und sich mit ihm und seinen Schuhen aus dem Staub gemacht, vermutlich während er irgendein Volkslied klimperte. Sie war einfach auf und davon und hatte ihrer Tochter nur einen Zettel hingelegt, auf dem stand: »Tut mir leid, Sunset. Ich muss dich verlassen. Mama liebt dich. Ich habe dir ein gutes Paar Schuhe dagelassen, sie stehen auf dem Küchentisch. Sie sind leicht zu putzen.«

Sunset blieb zwei Jahre bei einem Ehepaar, das eine Farm betrieb, aber die beiden wollten in erster Linie eine billige Arbeitskraft. Irgendwann hing ihr das zum Hals raus. Sie hatte so viele Kartoffeln ausgegraben und aufgeklaubt, dass sie mehr Erde unter den Fingernägeln hatte als ein Maulwurf in seinem Pelz. Außerdem hatte der Mann, dem die Farm gehörte, ein Auge auf sie geworfen. Er fasste sie zwar nie an, aber ihr war klar: So, wie er sie ansah, würde es irgendwann Ärger geben. Immer, wenn sie sich auf dem Kartoffelacker bückte, hatte sie das Gefühl, ein Pfeil sei auf ihren Hintern gerichtet. Aber wenn sie sich umdrehte, war es kein Pfeil, sondern der Blick des Farmers.

Also zog sie aus. Oder genauer gesagt: Sie lief weg. Stand mitten in der Nacht auf, warf das Bisschen, was sie besaß, in eine Leinentasche und machte sich wie ihre Mama auf und davon, allerdings ohne Banjo und ohne Schuhverkäufer.

Sie fand Arbeit in einer Baumwollspinnerei in der Nähe von Holiday und lebte einen Monat lang im Hinterzimmer eines Bekleidungsgeschäfts, wo sie auf einer Pritsche neben einer Witwe und ihren drei Kindern schlief. Dann ließ sie sich mit Pete ein, der groß und schlank war und dessen Muskelstränge sich deutlich unter der gebräunten Haut abzeichneten. Er hatte glänzende schwarze Haare und ein Lächeln, das ihr Herz wie Kerzenwachs schmelzen ließ. Eines Tages schwängerte er sie, und daraus war Karen entstanden.

Pete und sie heirateten auf der Stelle. Er war zwanzig und arbeitete zu dem Zeitpunkt ebenfalls in der Baumwollspinnerei. Er fing erst an, sie zu schlagen, nachdem sie geheiratet hatten. Musste wohl eine Jones'sche Tradition sein: die Frau wird nicht geschlagen, bevor das Ehegelübde abgelegt ist.

All das ging ihr durch den Kopf, während sie so dalag, bis sie sich schließlich so einsam fühlte wie das erste Schamhaar eines Heranwachsenden. Sie seufzte, stand auf, ging barfuß und im Nachthemd nach draußen und schnallte sich das Holster um.

Es war noch nicht Vollmond, aber es war ziemlich hell, und die Luft war klar und ein wenig kühl. Überall schwirrten Glühwürmchen umher. Es sah aus, als wären die Sterne vom Himmel gefallen und würden nun auf der Erde umherhüpfen. Während sie so dastand und zusah, wie die Glühwürmchen ihr um den Kopf flogen, hörte sie plötzlich ein Knurren. Sie zog den Revolver. Dann entdeckte sie auf der Straße einen großen schwarzweißen Hund mit einem hochgestellten und einem herunterhängenden Ohr, der gerade einen großen Haufen machte.

»Ganz ruhig, Junge«, sagte sie. »Ich werde dich schon nicht erschießen.«

Aber der Hund knurrte und rannte davon. Der Geruch von frischer Hundescheiße drang ihr schwach in die Nase.

»Mein Ruf spricht sich rum«, dachte Sunset laut. Sie beschloss, sich sobald wie möglich eine Schachtel Munition zu besorgen. Mit dem Revolver fühlte sie sich sicherer als ohne. Sie wollte genügend Kugeln haben, um notfalls die ganze Welt zu durchlöchern. Sie blieb noch eine Zeit lang draußen stehen, doch die Moskitos begannen allmählich, in Scharen über sie herzufallen. Sie erschlug ein paar von ihnen, ging nach drinnen, ließ die Vorderklappe des Zelts herab und legte sich hin.

Aber sie konnte nicht schlafen. Ihr ging nicht aus dem Kopf, dass Karen und sie nur wenige Zentimeter von der Stelle entfernt lagen, an der sie Pete die Waffe gegen die Stirn gedrückt hatte.

Mann, da hatte er nicht mit gerechnet.

Dieser Dreckskerl.

Vielleicht war es keine so gute Idee, dass Karen hier wohnte, so nah an der Stelle, wo ihr Vater erschossen worden war. Das war nicht sehr fürsorglich. Vielleicht war es besser, sie woanders unterzubringen. Aber wo? Bei ihrer Schwiegermutter konnte sie nicht bleiben. Auch wenn Marilyn ihr vergeben hatte – es fühlte sich einfach nicht richtig an.

Sunset stand auf, ging in die Büroseite des Zelts hinüber, setzte sich an den Tisch und schob einen Bleistift und ein leeres Notizbuch darauf herum. Als ihr das zu langweilig wurde, zündete sie eine der Lampen an, trug sie zum Aktenschrank und zog sich jeweils einen Stuhl für die Lampe und für sich heran.

Oben auf dem Schrank lag ein Stapel loser Akten. Sie nahm sich die oberste Mappe, um einen Aktenordner anzulegen. Vorne auf der Mappe stand: MORDE. Sunset drehte die Flamme ein wenig höher und öffnete die Mappe. Sie stieß auf eine Liste von Mordfällen, die im Lauf der Jahre geschehen waren, in denen Pete Constable gewesen war. Sie nahm an, dass es ganz sinnvoll sei, sich mit den alten Geschichten vertraut zu machen. Wenn sie schon Constable spielte, konnte sie auch in Erfahrung bringen, wie das Spiel lief.

Auf einer Akte stand: MORDE UNTER FARBIGEN. Sie öffnete sie und las ein bisschen darin herum. Meistens fand sie dort nur: Sowieso erschoss Sowieso, was soll's. Mit den Farbigen gab man sich nicht sonderlich viel Mühe. Keine genaueren Nachforschungen, um herauszufinden, wer wem was angetan hatte.

Aber es gab auch einen interessanten Fall, den Pete festgehalten hatte: Ein Farbiger namens Zendo war beim Pflügen seines Felds auf ein Tongefäß gestoßen, in dem ein Säugling begraben lag. Aus Angst, man würde ihn für den Tod des Säuglings verantwortlich machen, hatte er das Gefäß mitsamt Inhalt in den Wald getragen und dort stehen lassen.

Da Zendo immer kräftig Tierdung und Blätter auf sein Land aufgebracht hatte, war sein Boden inzwischen der fruchtbarste weit und breit, schwarz wie ein Rabe in einer Kohlemine. Die Erde, die noch am und im Gefäß hing, führte Pete zu Zendo. Pete wusste, wo das Tongefäß begraben gewesen war, unabhängig davon, wo man es gefunden hatte. Der letzte Teil seines Berichts lautete:

> *Habe mit Zendo über den toten Säugling geredet. Kenne Zendo schon eine Zeit lang. Kein schlechter Nigger. Glaube nicht, dass er jemanden umgebracht hat. Vermutlich hat irgendein Niggermädel ein Kind zur Welt gebracht, das es nicht hätte bekommen sollen. Das Kind ist gestorben, oder das Mädel hat es umgebracht und dann auf Zendos Feld begraben, weil der Boden dort sehr locker ist.*
>
> *Ob der Säugling schwarz oder weiß war, lässt sich nicht sagen, weil er völlig verwest ist und sich die Ameisen darüber hergemacht haben. Ich nehme an, Zendo hat ihn nur gefunden und hatte sonst nichts damit zu tun. Er ist ein recht anständiger Nigger, und ich habe ihn noch nie beim Stehlen oder anderen Missetaten erwischt. Er arbeitet sogar hart. Vermutlich hat er das Gefäß nur versteckt, um keinen Ärger zu bekommen. Da zu vermuten ist, dass es sich um einen Niggersäugling handelt, habe ich ihn auf dem Farbigen-Friedhof beisetzen lassen.*

Mehr stand da nicht. Fall erledigt. Das Datum reichte nur wenige Wochen zurück. Wer das Gefäß im Wald gefunden hatte, wurde nicht erwähnt. Sunset fand, das sei schlechte Ermittlungsarbeit. So ein Detail war sicher nicht ganz unwichtig. Außerdem fragte sie sich, wie Pete auf so etwas stoßen und es ihr gegenüber nicht erwähnen konnte. Andererseits hatte er nur selten über Dinge gesprochen, außer dass sie für ihn kochen und sich für ihn ausziehen sollte. Die restliche Zeit verrichtete er entweder seine Arbeit als Constable oder machte mit anderen Frauen rum, vor allem mit dieser billigen Schlampe Jimmie Jo French.

Sie blätterte noch ein paar der anderen Mordfälle durch, bis sie schließlich müde wurde. Sie legte die Akten weg, löschte die Lampe und legte sich schlafen.

Am nächsten Morgen saß Sunset mit Clyde und Hillbilly am Tisch und hielt ihre erste Besprechung ab. Clyde hatte Hillbilly bei sich übernachten lassen und ihn im Wagen mitgenommen. Sunset stellte fest, dass Hillbilly sauber und rasiert aussah, die Haare frisch gekämmt und voller Pomade. Obwohl er eine Kappe aufgehabt hatte, war immer noch jedes Haar an seinem Platz. Clyde dagegen sah aus, als hätte er sich aus dem Bett gewälzt, seine Hose angezogen und das Hemd von jemand anderem. Es war ihm ungefähr eine Nummer zu klein. Seine Hose hatte Hochwasser und endete fünf Zentimeter oberhalb von Socken und Schuhen. Er trug noch immer seinen Hut, unter dem die Haare wie Wildschweinborsten hervorstanden. Und er benötigte dringend eine Rasur.

»Haben Sie den großen schwarzweißen Hund da draußen gesehen?«, fragte Clyde.

»Ja, letzte Nacht«, entgegnete Sunset.

»Der hat den Burtons gehört. Der alte Burton ist weggezogen, weil er sich ne neue Arbeit suchen wollte. Für die Sägemühle ist er inzwischen zu alt. Er hat Verwandte oben in Oklahoma und meinte, da gäb's Arbeit. Den Hund hat er zurückgelassen. Ich glaub, er heißt Ben. Was soll man dazu sagen? Zieht weg und lässt einfach den Hund zurück. Als ob das dem Hund nichts ausmachen würde.«

»Ist doch nur ein Hund«, sagte Hillbilly.

»Ja, aber Hunde haben auch Gefühle.«

Darüber stritten sich Clyde und Hillbilly eine Zeit lang. Schließlich sagte Sunset: »Wisst ihr was? Die Arbeit ist längst nicht so aufregend, wie ich gedacht hatte.«

»Das ist doch prima«, entgegnete Hillbilly. »Genau so mag ich's. Ich krieg fürs Rumsitzen das gleiche Geld wie für's Nicht-Rumsitzen. Mir ist's gerade mal recht, wenn nichts Aufregendes passiert.«

»Ich beschwere mich ja gar nicht. Ich bin nur überrascht. Pete war dauernd wegen irgendwas unterwegs. Oder hat sich um irgendwen gekümmert. Wenn ich jetzt so daran zurückdenke, vor allem Letzteres.«

»Jimmie Jo French«, sagte Clyde. Dann stieg ihm die Röte ins Gesicht. »Verdammt. Ich bin echt ein Depp.«

»Ist schon in Ordnung«, entgegnete Sunset. »Es ist ja schließlich die Wahrheit. Ich weiß es, und alle anderen wissen es auch.«

»Früher hab ich nicht so viel geredet.«

»Stimmt. Das war sogar so etwas wie dein Markenzeichen.«

»Bei sich zu Hause hat er gerade mal zwei Worte von sich gegeben«, warf Hillbilly ein.

»Ich hab dir gesagt, wo die Seife und der ganze Kram ist.«

»Na gut. Vier Worte. Ich musste mich draußen an der Wasserpumpe waschen und mich dabei gegen wütende Hennen verteidigen.«

»Die kennen dich nur noch nicht.«

»Wenn wir jetzt nur über Waschen und Hühner reden«, sagte Sunset, »dann ist diese Arbeit ja noch langweiliger, als ich gedacht hatte.«

»Wir müssen da erst mal richtig reinkommen«, tröstete sie Clyde. »Man kann sich nicht so recht vorstellen, dass in Camp Rapture und Umgebung viel passiert. Tut es aber. Außerdem müssen Sie Sheriff Knowles drüben in Holiday helfen, falls er Sie braucht. Am Samstag kann es da abends schon mal hoch hergehen in den ganzen Spelunken und Bordellen und so.«

»Ich soll Sheriff Knowles helfen? Ich dachte, wir verhaften bloß Hühnerdiebe und bringen Betrunkene zur Vernunft.«

»Normalerweise braucht Knowles keine Hilfe. Er weiß, wo's Ärger gibt und wer ihn macht. Er muss also nicht groß Ermittlungen anstellen. Aber manchmal ist so viel los, dass er nicht allein damit fertig wird. Vor allem jetzt, wo die ganzen Leute von den Ölfeldern daherkommen. Wussten Sie, dass es jetzt drüben in Holiday Filmvorführungen gibt?«

»Kein Scheiß?«, fragte Hillbilly.

»Kein Scheiß. Und nach dem Film kann man Geld gewinnen.«

»Wie das?«

»Da machen sie nen Wettbewerb. Man macht ne Zeichnung, und wenn man gewinnt, kriegt man Kohle. Manchmal kriegt man auch nur irgendwelche Teller.«

»Kann man ihnen die zurückverkaufen?«

»Keine Ahnung. Vielleicht.«

»Teller kann ich nicht brauchen.«

»Erst mal musst du sie gewinnen.«

Nachdem Sunset dem Wortwechsel eine Zeit lang zugehört hatte, sagte sie: »Wisst ihr, mit Filmen oder Zeichenwettbewerben oder Tellern kenne ich mich nicht aus. Aber ich dachte, ich wäre Constable von Camp Rapture und nicht von Holiday.«

»Sind Sie auch«, antwortete Clyde. »Aber Sheriff Knowles hilft hier aus und Sie dort. So läuft's.«

»Aber das ist doch gar nicht mein Zuständigkeitsbereich.«

»Camp Rapture ist auch nicht Knowles' Zuständigkeitsbereich.«

»Genau.«

»Das kratzt aber keinen, weil keiner weiß, was Zuständigkeitsbereich bedeutet. Das können die doch nicht mal buchstabieren. Ehrlich gesagt kann ich das auch nicht. Die Hälfte der Farbigen hier hat das Wort noch nie gehört. Sie haben ne Polizeimarke. Sheriff Knowles hat ne Polizeimarke. Das ist alles. Sie sind das Gesetz, Constable Sunset.«

»Dann bin ich ja beruhigt. Aber was mache ich, wenn er mich braucht und ich an jemanden gerate, der randaliert und sich nicht verhaften lassen will? Was dann?«

»Dann appellieren wir an seinen gesunden Menschenverstand«, entgegnete Clyde, zog einen Totschläger unter seinem Hemd hervor und knallte ihn auf den Tisch. Es klang wie ein Schuss. Sunset und Hillbilly zuckten zusammen.

»Verdammt, Clyde«, schimpfte Hillbilly. »Ich hätte mir fast in die Hose gemacht.«

»Das kleine Kerlchen hier kann Leute wirklich überzeugen«, sagte Clyde und wedelte mit dem Totschläger herum. »Der lässt jeden Wirrkopf lammfromm werden, das könnt ihr mir glauben. Der bringt nen Bär dazu, dass er einem Blumen pflückt.«

Sunset betrachtete den Totschläger. Er war etwa dreißig Zentimeter lang, ein zusammengenähtes Stück dicken, biegsamen Leders, das im Laufe der Zeit immer härter geworden war.

»Wenn das nicht hilft, müssen Sie ihn überlisten«, fuhr Clyde fort.

»Und wie?«

»Sie nehmen die Waffe, die Sie da haben, heben sie so neben seinem Körper hoch, dass er sie nicht sehen kann, und dann knallen sie ihm den Lauf gegen die Stelle unter dem Ohr, wo das Kiefergelenk sitzt. Wenn Sie das machen, ist seine Frau längst wieder verheiratet und die Kinder erwachsen, bis er wieder aufwacht.«

»Und wenn er sieht, wie ich die Waffe hebe?«

»Dann sagen Sie zu ihm: ›Verdammt, die Frau da drüben hat sich ausgezogen.‹ Wenn er sich umdreht, donnern Sie ihm mit der ganzen Kraft Ihrer fünfzig Kilo oder was Sie so wiegen die Knarre gegen den Schädel. Als wollten Sie nen Nagel in die Wand schlagen. Wird ihm nicht sonderlich guttun, aber Ihnen schon. Wenn wir zu mehreren sind, und das sollten wir, weil man das bei der Polizei so macht, dann schlagen wir aus verschiedenen Richtungen auf ihn ein.«

»Und wenn das nichts nützt?«

»Dann erschießen wir ihn. Wenn man noch genug Zeit hat, zielt man aufs Bein. Wenn nicht, dann irgendwohin. Verdammt, Sie sind schließlich das Gesetz.«

»Damit hätten wir die Verhaftungstechniken wohl geklärt«, sagte Sunset.

»Einige«, entgegnete Clyde.

»Hillbilly, hast du auch was dazu zu sagen?«, fragte Sunset.

»Eigentlich nicht. Ich glaub übrigens, ich bin in was reingetreten. Ich geh mal raus und mach meine Stiefel sauber. Hinterher putze ich dann noch den Boden hier.« Er hob den Fuß und betrachtete die Sohle seines Stiefels. »Vermutlich Hundescheiße.«

»Dann bist du wohl unser neuer Spurensucher«, sagte Clyde. »So schnell wie du erkannt hast, was das für ne Scheiße ist.«

Hillbilly zog den Schuh aus und stand auf.

»Bevor du damit jetzt rausgehst«, sagte Sunset, »und glaub mir, ich will, dass du das tust, wollte ich euch beiden danken. Ich bin mir nicht sicher, wie weit ich mich auskenne. Eigentlich weiß ich überhaupt nichts. So gut wie nichts. Das eine oder andere habe ich gelegentlich von Pete aufgeschnappt. Aber ich werde das Ganze sehr ernst nehmen und mein Bestes geben.«

»Wenn ich das nicht wüsste, wär ich nicht hier«, entgegnete Clyde.

»Wieso macht ihr Jungs das eigentlich?«

»Ich spar auf eine Gitarre«, antwortete Hillbilly. »Das ist der einzige Grund. Abgesehen davon, dass ich nicht gern in dieser Scheißsägemühle arbeite.«

»Ich hab mir gedacht: Was soll's. Lassen wir's die Lady doch mal probieren. Außerdem arbeite ich auch nicht gern in der Sägemühle.«

Clyde verbrachte den Vormittag damit, mit seinem Werkzeug und mit Hillbillys widerwillig gewährter Hilfe ein Plumpsklo zu bauen. Sie benutzten dafür Holzbalken, die noch vom Haus übrig waren. Teilweise mussten sie auf Bäume klettern, um die Balken zu bergen. Clyde schien mit Werkzeug richtig gut umgehen zu können, und Hillbilly war ein ebenso guter Balkenhalter. Auf Clydes Bitte hin hatte er versucht, ein oder zwei Bretter festzunageln, aber das Ganze war so schief geworden – abgesehen davon, dass er sich mit dem Hammer auf den Daumennagel geschlagen hatte –, dass Clyde ihn zum Balkenhalter degradiert hatte.

Sunset, die den beiden zusah, während sie Wasser pumpte, fand Hillbilly irgendwie liebenswert, wie einen kleinen Jungen. Außerdem gelang es ihm immer noch, sauber und appetitlich auszusehen, und das, obwohl er völlig verschwitzt war. Clyde dagegen sah aus, als hätte ihn ein durchgegangenes Maultier durch einen Beerenschlag geschleift. Wenn er nicht gerade hämmerte und maß und sägte, strich er sich das feuchte schwarze Haar aus der Stirn und kratzte sich an Körperteilen, die besser dunklen Zimmern überlassen und auch sonst Privatangelegenheit blieben.

Kurz nach Mittag stand Karen, die den ganzen Vormittag

im Bett verbracht hatte, auf. Sie beschwerte sich, dass sie bei dem ganzen Hämmern und Nägeleinschlagen nicht hätte schlafen können.

»Es ist schon fast eins«, entgegnete Sunset. »Normalerweise müsstest du schon längst was tun.«

»Normalerweise hätte ich auch noch einen Daddy.«

Dazu fiel Sunset nichts ein, und Karen wandte sich schmollend ab.

Um zwei Uhr war das Plumpsklo fertig. Clyde und Hillbilly setzten sich in den Schatten eines Baums. Sunset brachte Brötchen und setzte sich neben Hillbilly. Karen blieb im Zelt.

Als sie mit Essen fertig waren, sagte Clyde: »Ich glaub, mein Hintern wird als Erster über dem Donnerbalken hängen. Ich merk schon, wie's kommt.«

»Musst du das unbedingt laut rausposaunen?«, beschwerte sich Hillbilly.

»Ist doch was ganz Natürliches«, entgegnete Clyde.

»Jungs«, sagte Sunset. »So interessant Clydes Toilettengewohnheiten auch sein mögen – ich habe mir ein paar Gedanken gemacht, und ich glaube, wir sollten allmählich was tun für unser Geld.«

KAPITEL 9 Clyde kannte Zendo und wusste, wo er wohnte. Im Gegensatz zu vielen anderen Schwarzen hatte Zendo sein Land nicht gepachtet, sondern gekauft. Er hatte jahrelang in der Sägemühle gearbeitet und jeden Dollar, den er erübrigen konnte, zurückgelegt. Außerdem hatte er Land gepachtet gehabt, auf dem er nebenbei für den Eigenbedarf Getreide angebaut und die Überschüsse verkauft hatte. Sobald genügend Geld zusammengekommen war, hatte er zu einem überteuerten Preis – als Schwarzer war er nicht in der Position zu handeln – ein gutes Stück Schwemmland in der Nähe des Flusses gekauft, einen Großteil davon mithilfe von Axt, Maultier und seinem breiten Kreuz gerodet und dann Gemüse angebaut. Er legte Terrassen und ein Bewässerungssystem an, band die Tomatenpflanzen hoch und bekämpfte die Insekten.

Fünfzehn Jahre später war seine Farm, sehr zum Missfallen der meisten weißen Farmer, die ertragreichste im ganzen Bezirk.

Sunset, ihre Deputys und Karen holperten in Clydes Pickup zu Zendos Farm hinaus. Zendos Haus war in besserem Zustand als die meisten Häuser in der Gegend. Die Teerpappe auf dem Dach war sorgfältig festgenagelt, und keins der Fenster war mit Karton abgedichtet.

Zendos Frau, eine große, kaffeefarbene Schwarze in einem hellen Sackkleid, war draußen im Garten. Ein Kleinkind klammerte sich an ihr Bein. In der einen Hand hielt sie eine Schüssel mit geschältem Mais, den sie mit der anderen den Hühnern hinstreute, die wie die Diener einer Königin um sie herum scharrten.

Als Sunset auf die Frau zuging, kam sie an einem kleinen Schwein vorbei, das sich grunzend in einer feuchten Kuhle wälzte und ihr den Kopf zudrehte, als erwarte es irgendeine Bestätigung von ihr. Nicht weit davon entfernt lag mitten in einem Beet mit verdorrten Blumen ein Hund, der nicht sehr lebendig wirkte, aber ein paarmal mit dem Schwanz auf den Boden klopfte, als Sunset vorbeiging.

»Nicht gerade ein Wachhund«, sagte Sunset zu Zendos Frau.

»Nein, das ist er nicht. Wir hatten mal ein Schwein, das hat Leute gebissen. Aber das ist gerade in unserem Kochtopf gelandet. Kann ich was für Sie tun?«

»Ja, Ma'am.«

»Wieso tragen Sie die Polizeimarke? Sind Sie so was wie ein Farmüberwacher?«

»Ich bin der Constable.«

»Naa, das sind Sie nicht.«

»Doch.«

»Wirklich? Sie sind der Constable? Wie kommt das denn? Ich dachte, Mr. Pete ist der Constable.«

»Nein. Den habe ich erschossen.«

»Ist ja witzig. Sie haben ihn erschossen und seine Marke genommen. Sie sind wirklich witzig, Miss.«

»Nun ja. Ich bin wirklich der Constable. Und ich habe ihn wirklich erschossen. Und er ist auch wirklich tot. Und nochmals: Ich bin wirklich der Constable.«

»Oh. Ich wollte Sie nicht beleidigen.«

»Ich würde gern mit Ihrem Mann reden. Wissen Sie, wo ich ihn finde?«

»Er hat doch nix angestellt, oder?«

»Nein, hat er nicht.«

Widerstrebend teilte ihr Zendos Frau mit, dass er noch auf

dem Feld war. Auf dem Rückweg zum Pick-up kam Sunset wieder an dem Schwein und an dem Hund vorbei, aber diesmal nahmen beide keine Notiz von ihr.

Sie fuhren zu der Stelle, die ihnen die Frau genannt hatte, stiegen aus dem Wagen und gingen auf den Baum zu, unter dem Zendo gerade saß und aß. Nicht weit entfernt standen zwei schlanke, verschwitzte Maultiere, die noch das Pfluggeschirr trugen, allerdings ohne Pflug. Der Pflug lehnte gegen den Baum, unter dem Zendo saß. Den Maultieren waren die Füße zusammengebunden, und sie fraßen Korn aus zwei flachen Schüsseln.

Das Feld, auf dem Zendo Unkraut untergepflügt hatte, war schwarz wie die Nacht, die einzelnen Reihen so gerade wie mit dem Lineal gezogen. Auf dem dunklen Boden wuchsen alle möglichen Gemüsesorten, und der hoch aufgeschossene Mais leuchtete grün. Tomatenpflanzen rankten sich um Holzpfähle, und die Tomaten hingen von ihnen herab wie kleine Abendsonnen.

Zendo biss gerade in ein Brötchen, als er eine rothaarige Frau, einen Teenager und zwei Männer auf sich zukommen sah. Die Frau sah ziemlich mitgenommen aus, und sein erster Gedanke war, ob er sich nicht besser verdrücken sollte, falls sie vorhatten, ihm irgendwas in die Schuhe zu schieben. Dann bemerkte er die Polizeimarke an ihrem Hemd. Er überlegte, was das zu bedeuten hatte, fand aber keine Erklärung.

Inzwischen standen sie auch schon unter der Eiche und sahen auf ihn hinunter. Er legte das Brötchen in seinen Essenskorb und erhob sich. Einen weiten Weg musste er dabei nicht zurücklegen. Zendo hatte einen großen Kopf, breite Schultern und einen kurzen Körper. Wenn er auf einem Shetland-Pony saß, hätte man dem Tier die Beine bis zu den

Knien abschneiden und es in einen Graben stellen müssen, damit Zendo mit den Füßen bis auf den Boden gekommen wäre.

»Hallo«, sagte er. »Heißer Tag heut.« Dann ließ er den Kopf sinken und scharrte unruhig mit den Füßen. »Wie geht's Ihnen? Heut ist sicher einer von Gottes guten Tagen, finden Sie nicht auch? Auch wenn's heiß ist.«

»Ich bin's«, sagte Clyde. »Die ›Ich-bin-ein-dummer-Nigger‹-Nummer kannst du dir sparen.«

»Sie sind's, Mr. Clyde? Sie hab ich ja schon seit Ewigkeiten nicht mehr gesehn. Wir sollten mal wieder fischen gehn.«

»Gern«, entgegnete Clyde, und er und Zendo schüttelten sich die Hände. Hillbilly zögerte kurz, gab Zendo dann aber auch die Hand. Zendo machte keine Anstalten, auch Sunset und Karen mit Handschlag zu begrüßen.

»Sieht nach einer guten Ernte aus, Zendo«, sagte Clyde.

»Auwaldland«, entgegnete Zendo. »Und ich behandle es gut. Manchmal lass ich Flusswasser reinlaufen. Und dann tu ich viel trockenen Dung und Kompost drauf.«

»Sieht wirklich gut aus. Zendo, das hier ist Sunset Jones. Sie ist jetzt der Constable für die Gegend hier.«

»Sie wollen mich wohl auf den Arm nehmen.«

»Nein. Es stimmt.«

»Mich laust der Affe. Sind Sie wirklich der Constable, Miss?«

»Der bin ich.«

»Sie machen sich über mich lustig.«

»Nein, wirklich nicht.«

»Ich dachte, der Mr. Pete ist der Constable.«

»Der ist tot.«

»Oh, das tut mir leid.«

»Er war mein Mann.«

»Dann tut mir das gleich noch mehr leid. Wie ist er denn gestorben – darf ich das fragen?«

»Ich habe ihn erschossen.«

»Im Ernst?«

»Im Ernst.«

»Er ist tot.«

»Ja.«

Karen drehte sich um und ging zum Pick-up zurück.

»Wir bleiben nicht lange«, rief Sunset Karen hinterher.

Karen gab keine Antwort. Sie ging einfach weiter.

»Sie ist noch nicht über den Tod ihres Vaters hinweg.«

»Das seh ich«, entgegnete Zendo. »Ja, Ma'am. Ich kann's verstehen. Mr. Pete war ein guter Mensch.«

»Nein, das war er nicht. Er war ein Arschloch, und ich bin froh, dass ich ihn erschossen habe.«

»Haben Sie Arschloch gesagt?«

»Genau. Ich bin sicher, du stimmst mir zu.«

»Nun ja, Ma'am. Ich will mich nicht mit Ihnen streiten.«

»Wir sind hier wegen der Angelegenheit, wegen der auch Pete hier war.«

»Zwischen ihm und mir, da gab's keine Angelegenheiten.«

»Eine Leiche in einem Tongefäß.«

»Ach ja. Das. Er hat gesagt, das wär keine große Sache.«

»Ich habe den Bericht in seinen Akten gefunden. Erzähl mir doch mal, was aus dem Säugling geworden ist, oder ob du irgendeine Ahnung hast, wessen Kind es war.«

Zendo berichtete ihnen in etwa das Gleiche, was Sunset bereits in der Akte gelesen hatte. Er hatte die Leiche in dem großen Tongefäß beim Pflügen entdeckt. Vermutlich hatte sie jemand am Abend vorher dort vergraben, und zwar ziemlich tief in der Erde. Aber er pflügte auch immer sehr tief, und die Spitze der Mittelschar hatte den Rand des Gefäßes zerbrochen.

»Ich dachte, vielleicht ist das so'n Rothaut-Pott. Davon hab ich schon ne Menge gefunden. Aber es war keins. Ich hab reingeschaut, und da war ein Beutel aus Werg drin. Als ich ihn aufgemacht hab, hab ich einen Säugling gesehen, etwa so groß wie ein neugeborenes Kätzchen.«

»Schwarz oder weiß?«

»Konnte ich nicht erkennen. Er war ganz dreckig, und da war irgendein Zeug drin.«

»Was für Zeug?«

»Irgendwas Klebriges. Es war am Rand von dem Gefäß, und da ist dann die Erde festgeklebt. Der Säugling war ganz voll Erde. Wie wenn man ihn in was reingetunkt hätte. Ich dachte, es wär Melasse.«

»Und? War es Melasse?«, fragte Sunset.

»Erst hab ich's gedacht, aber es hatte so einen komischen Geruch, und ich glaub, es war Öl vermischt mit Erde.«

»Öl, wie man für Autos nimmt?«

»Vielleicht. Ich hab nicht gewusst, was ich damit machen soll. Ich hab Angst gehabt, vielleicht wär der Säugling weiß, und dann würden die Weißen glauben, ich hätt ihn umgebracht, weil er war ja auf meinem Land. Also hab ich ihn im Wald versteckt.«

»Hast du ihn begraben?«

Zendo schüttelte den Kopf. »Bin nicht stolz drauf, dass ich's nicht gemacht hab. Aber ich hab's nicht gemacht. Mr. Pete hat das Gefäß gefunden. Er hat gewusst, dass daran meine Erde klebte. Hier hat sonst keiner so gute Erde. Nicht so, wie ich sie behandle. Ich hab gedacht, jetzt glaubt der sicher, ich war's. Hat er aber nicht. Hat mich gar nicht so in die Mangel genommen. Er hat nicht mal gefragt, ob ich was drüber weiß.

Er hat das arme Ding einfach drüben im Farbigenfriedhof begraben. Jedenfalls hat er das gesagt.«

»Weißt du, ob es Pete selbst war, der das Gefäß gefunden hat?«

»Er kam einfach damit zu mir. Ich nehm an, er hat es gefunden. Vielleicht war es auch wer anderes, und der hat es ihm erzählt, und irgendwie hat er gedacht, das muss von meinem Land kommen.«

»Wo ist der Friedhof?«, fragte Sunset.

»Clyde weiß das«, entgegnete Zendo.

Clyde schüttelte den Kopf. »Ich wusste es mal. Aber in dem Teil des Walds bin ich seit Jahren nicht mehr gewesen. Zuletzt war ich da, als du und ich dort auf die Jagd gegangen sind, und das war – oh Mann, da waren wir noch Kinder.«

»Aber wirklich«, entgegnete Zendo. »Damals waren wir beide gleich groß. Und jetzt bist du wie ein Baum und ich, ich bin wie ein Stumpf.« Zendo nahm einen Stock, zeichnete eine Karte in die Erde und machte ein X an der Stelle, wo sich der Friedhof befand. »Da ist er«, erklärte er. »Sie müssen ein Stück zu Fuß gehen. Mit dem Wagen kann man nicht ganz hinfahren.«

»Danke«, sagte Sunset. »Du kannst jetzt zu Ende essen.«

»Mr. Pete hat wohl den Falschen geschlagen, was?«, fragte Zendo.

»An dem Tag schon«, entgegnete Sunset.

Um zum Friedhof zu gelangen, mussten sie den Pick-up auf einer Lehmstraße neben einem Amberbaum stehen lassen und zu Fuß durch den Wald gehen. Obwohl die Blätter die Sonne abhielten, war die Luft unter den Bäumen feucht und schwer, und die Moskitos waren dicker als Nagelköpfe in einer Teerpappenhütte.

»Wer kommt denn auf die Idee, einen Friedhof mitten im Wald anzulegen?«, fragte Karen. »Sind die nicht sonst immer direkt an der Straße?«

»Es gibt Weiße, die finden es witzig, Friedhöfe von Farbigen zu schänden«, antwortete Clyde. »So kommen sie nicht so leicht hin.«

»Gar nicht einfach, die Leichen zum Grab zu tragen«, sagte Hillbilly.

»Vermutlich nicht«, entgegnete Clyde und zerquetschte einen Moskito.

»Die Viecher fressen mich noch auf«, beschwerte sich Karen.

»Wenn du willst, geh zurück und warte im Wagen«, schlug Sunset vor.

Aber Karen wollte nicht. Endlich wurde der Wald lichter, und jetzt war auch ein Pfad zu erkennen.

»Hat Zendo nicht gesagt, hier müssten wir links abbiegen?«, fragte Sunset.

»So hab ich's auch in Erinnerung«, stimmte Hillbilly zu.

»Ja«, sagte Clyde. »Da muss man lang gehen. Allmählich erinnere ich mich wieder.«

Nach einiger Zeit kamen sie auf eine große Lichtung, die aussah, als hätte man sie mit Macheten freigeschlagen. Direkt dahinter war ein Areal, in dem einige Steine aufragten. Auf dem Friedhof standen moosbewachsene Eichen, an denen Schlingpflanzen emporrankten und von den Zweigen herabhingen. Außerdem wuchsen dort Hartriegel und Geißblatt, das ein intensives Aroma verströmte. Bienen summten in den Blumen und um den Baum herum.

Einige der Gräber lagen direkt unter den Bäumen, und bei manchen hatten die Wurzeln die Steine angehoben, sodass sie jetzt ganz schräg standen. Aber es war ein Ort, der sorgfältig gepflegt wurde; auf vielen Gräbern standen frische Blumen und auf anderen lagen Voodoo-Perlen und bunte Glasscherben. Auf einigen fanden sich sogar Einmachgläser mit einer Flüssigkeit darin.

»Was ist in den Einmachgläsern?«, fragte Hillbilly.

»Manchmal selbstgebrannter Schnaps«, antwortete Clyde. »Den bringen sie den Toten dar.«

»So ein Blödsinn«, sagte Hillbilly. »Und was für eine Verschwendung.«

Darüber musste Karen lachen.

Hillbilly grinste sie an. »Anstatt ihn hier zu vergeuden, könnten Karen und ich ihn trinken, nicht wahr, Kleine?«

Wieder lachte Karen.

»Karen trinkt nicht«, sagte Sunset.

»Natürlich nicht«, entgegnete Hillbilly. »War doch nur ein Witz.«

Schließlich fand Sunset ein Grab mit einem Kreuz, das aus billigem Nutzholz und zwei Nägeln zusammengezimmert war. Daneben lagen die Scherben eines Tongefäßes. Auf dem Kreuz stand: SÄUGLING.

»Das hat Pete gemacht«, sagte Sunset. »Ich erkenne es daran, wie er die Gs geschnitzt hat. Wie bei seiner Handschrift. Er muss das Gefäß zerbrochen haben, um den Säugling rausholen zu können. Vielleicht hat es aber auch später jemand anders zerbrochen.«

»Daddy war gar nicht so schlecht«, bemerkte Karen. »Du siehst ja, wie er mit dem Säugling umgegangen ist.«

Hillbilly erschlug einen Moskito. »Für was sind wir eigentlich den ganzen Weg hierher gelatscht? Wenn ihr mich fragt, für nichts.«

»Wir könnten dem Säugling einen Namen geben«, schlug Clyde vor. »Den könnten wir dann auf das Kreuz schreiben.

Wir könnten ihn zum Beispiel Snooks nennen.«

»Nein, können wir nicht«, widersprach Sunset. »Außerdem wissen wir ja nicht mal, ob er männlich oder weiblich war.«

»Mir gefällt Snooks trotzdem«, erwiderte Clyde. »Das geht für beides, Junge und Mädchen. Gefällt dir Snooks, Hillbilly?«

»Nein.«

»Mann, du heißt Hillbilly. Was hast du da gegen Snooks?«

»Hillbilly ist ein Spitzname. Und frag mich nicht nach meinem richtigen, den sag ich nämlich nicht. Was wissen wir jetzt Neues, Sunset? Wozu war der Ausflug gut?«

»Das weiß ich noch nicht. Kehren wir um.«

KAPITEL 10 Am Abend, bevor Sunset und Karen ins Bett gingen, prasselte ein Regenschauer nieder nicht unähnlich dem, der auf Noahs Arche niedergegangen war, aber er hielt nicht lange an. Er machte nur alles klitschnass, wühlte die Bäche auf, ließ sie ansteigen und zog dann weiter. Da das Zelt auf dem Boden des ehemaligen Hauses stand, blieb es innen trocken, aber sie hörten, wie der Regen gegen die Bodenbretter klatschte, als ob er darum bat, hereinkommen zu dürfen.

Bis Sunset und Karen sich schlafen legten, hatte der Regen die Luft angenehm abgekühlt, und sie wurden auch nicht von Moskitos behelligt. Sunset lag im Bett und lauschte, wie der Regen rachsüchtig Richtung Süden abzog. Sie dachte an den eingeölten Säugling in dem Gefäß nach und darüber, dass Pete sich die Mühe gemacht hatte, ihn zu begraben und das Wort SÄUGLING in das Kreuz einzuritzen.

Eine liebenswerte Geste. Die ihm gar nicht ähnlich sah. Noch dazu, wenn er geglaubt hatte, der Säugling sei schwarz. Das war eine Seite an ihm, von deren Existenz sie nichts gewusst hatte und von der sie wünschte, sie hätte sie gekannt. Es war aber auch eine Seite an ihm, die sie verwirrte und die ihr verdächtig vorkam.

Später hörte sie, wie die Zeltklappe aufgerissen wurde. Sie setzte sich auf und sah einen Mann am Zelteingang stehen. Der Mond erhellte seine Züge. Es war Pete. Graberde rieselte von seinem Körper herab, und er war so stinksauer, dass er Essig hätte pinkeln können. Er zeigte mit dem Finger auf Sunset. Als er den Mund öffnete, um etwas zu sagen, quoll Erde heraus. Und dann schrie er.

Sunset fuhr hoch. Sie starrte die Zeltklappe an. Sie war geschlossen und fest zugebunden. Draußen waren Grillen und Frösche zu hören. Es hatte aufgehört zu regnen. Sie war eingeschlafen und hatte gedacht, sie sei wach.

Und dann hörte sie wieder einen Schrei.

Es war nicht Pete. Es war ein Panther, der durch die Auwälder streifte. Pantherschreie konnten wie die einer Frau klingen. Der Panther hatte sie geweckt, nicht der tote Pete.

Sie sah zu Karen hinüber, die tief und fest schlief. Sanft zog sie ihr das Laken bis zum Hals hoch. »Ich liebe dich«, sagte sie leise.

Sie ließ sich auf die Matratze zurücksinken, döste unruhig vor sich hin und träumte wieder. Aber diesmal wusste sie, dass es sich um einen Traum handelte, und es war nicht so schlimm. Sie träumte, sie würde Pete die Waffe an die Schläfe setzen und abdrücken. Der Knall war durchdringend und angenehm, schnitt durch ihre Gedanken wie ein heller Lichtstrahl. Das Licht öffnete irgendwo tief in ihrem Inneren einen Spalt, und aus diesem Spalt drangen die Antworten zu vor langer Zeit gestellten Fragen, und in jenem Moment, jenem lieblichen, wundervollen Moment, wusste sie …

Sie wurde wach. »Verdammt«, sagte sie. Und dachte: Beinahe hätte ich die Antworten gehabt. Gerade sollten sie mir enthüllt werden, die ganzen Verwicklungen des Universums, und ausgerechnet da werde ich wach.

Die Zeltklappe bewegte sich. Sie griff nach dem Holster, das auf dem Boden lag, zog die Waffe heraus und zielte auf den Eingang. Es war der schwarzweiße Hund, der den Kopf unter der Zeltklappe hindurchstreckte. Er war völlig durchnässt. »Ganz ruhig, Junge«, sagte sie, aber beim Klang ihrer Stimme sprang der Hund davon. Sie legte die Waffe weg und wartete, ob er zurückkommen würde. Aber das tat er nicht.

Am nächsten Morgen standen Karen und Sunset schon im Morgengrauen auf. Die Vögel sangen laut in den Bäumen, und irgendwo schimpfte ein aufgebrachtes Eichhörnchen. Karen entzündete im Herd ein Feuer, kochte Frühstückseier und toastete oben auf der Herdplatte Brot für Sunset und sich. Sunset beobachtete misstrauisch ihr Treiben. Zum ersten Mal seit Tagen zeigte Karen wieder an irgendetwas Interesse.

Karen trug eimerweise Wasser von der Pumpe herbei, füllte es in einen größeren Eimer auf dem Herd um und goss das heiße Wasser dann in einen Waschzuber. Bis sie genügend Wasser beieinander hatte, dass der Zuber voll war, war das meiste bereits wieder abgekühlt, aber für ein Bad mit parfümierter Laugenseife und eine Haarwäsche reichte es allemal.

Sobald Karen fertig war, durchlief Sunset das gleiche Ritual, wusch sich das Haar und kämmte es. Als Sunset Rock und Hemd überstreifte, sah sie, dass Karen bereits angezogen war und ihr Haar zu einer Art Dutt hochgesteckt hatte. Sie hatte eins der wenigen guten Kleider an, die sie besaß, eins, das ihr ihre Großmutter geschenkt hatte, bevor sie in das Zelt gezogen waren. Dazu trug sie ihre einzigen guten Schuhe. Sunset stellte außerdem fest, dass Karen ein wenig Lippenstift aufgetragen hatte, etwas, womit sie sich sonst nicht weiter aufhielt. Außerdem hatte sie Parfüm aufgelegt, und das eindeutig zu viel.

Als Sunset ihre Stiefel zuschnürte, sagte Karen: »Die Stiefel sind nicht gerade sehr fraulich. Die sehen aus, als würden sie an die Füße von jemandem gehören, der in der Sägemühle arbeitet. Oder von jemandem, der Pferdescheiße wegschaufelt.«

»Ich bin Constable, keine Modepuppe aus New York.«

»Du solltest dein Haar hochstecken.«

»So wie du? Wieso hast du dich so rausgeputzt?«

»Nur so. Ich hatte einfach Lust dazu.«

Sunset ging zur Frisierkommode, die sie aufgebaut hatten, und griff nach dem Handspiegel. Vielleicht könnte ich es hochstecken, dachte sie. Ihr Gesicht war abgeschwollen und die blauen Flecken weitgehend verblasst. Allmählich sah sie wieder wie sie selbst aus, allerdings immer noch mit einem Anflug von Waschbär.

Gegen neun fuhr Clydes Pick-up vor. Karen öffnete die Zeltklappe, und Sunset sah Clyde auf der einen und Hillbilly auf der anderen Seite aussteigen. Sie stand auf, schnallte sich das Holster mit der Waffe um und blieb dann im Eingang stehen.

Hinter Clydes Pick-up kam ein schwarzer Wagen mit weißen Türen und goldschwarzer Aufschrift POLIZEI zum Stehen. Aus dem Wagen stieg ein Mann, der Khakikleidung, einen großen weißen Hut, Waffe und Polizeimarke trug. Er ging zu Clyde und schüttelte erst ihm und dann auch Hillbilly die Hand. Aufgebracht redete er auf Clyde ein. Clyde antwortete ihm und deutete auf das Zelt. Der Mann mit der Polizeimarke blickte völlig entgeistert drein. Clyde sagte noch etwas. Der Mann nahm den Hut ab und eilte, Clyde und Hillbilly im Schlepptau, auf das Zelt zu, aus dem Sunset gerade heraustrat, dicht gefolgt von Karen.

»Miss«, sagte der Mann. »Ich bin Deputy drüben in Holiday. Mein Name ist Morgan. Ich soll den Constable holen, wir brauchen Unterstützung. Wir haben gehört, dass Pete von seiner Frau umgebracht worden ist, aber wir wussten nicht, dass eine Frau den Posten übernommen hat. Ich kann die beiden Männer da mitnehmen ...«

»Der Constable, das bin ich. Und ich bin die Ehefrau ... besser gesagt, war.«

Der Deputy runzelte die Stirn. »Ja, verreck!«

»Was wollen Sie von uns?«

»Ein Nigger ist durchgedreht. Hat den Sheriff umgebracht.«

»Oh.«

»Jetzt, wo Sie das wissen, sollten Sie vielleicht doch lieber hierbleiben.«

»Wie ist die Lage?«, fragte Sunset, wie sie es in ähnlichen Situationen oft von Pete gehört hatte.

»Nun ja, ich bin hergekommen, weil Rooster und ich die einzigen Deputys sind, und dieser Nigger – nun ja, er hat dem Sheriff den Kopf weggeblasen und sich dann im Lichtspielhaus verschanzt. Er will nicht rauskommen.«

»Im Lichtspielhaus?«, hakte Clyde nach. »Er hat doch hoffentlich nichts beschädigt?«

»Ich glaube, er hat ein paar Preisteller zerschlagen. Einige Leute wollten ihn sich schnappen, und der Fleischer hat versucht, mit einer Waffe da reinzugehen, aber der Nigger hat ihm das Bein in Kniehöhe weggeblasen. Den werden sie jetzt wohl auf einem Rollwagen durch die Gegend ziehen müssen. Das Problem ist: Er ist ein Nigger, und die Leute wollen ihn lynchen. Der Sheriff mochte so was nicht. Ich selbst hab eigentlich nichts gegen's Lynchen, wenn's einer verdient hat. Die Leute wollen das Lichtspielhaus stürmen, den Nigger packen, ihn aufknüpfen und in Brand stecken oder gleich das ganze Lichtspielhaus mit ihm drin abfackeln. Ehrlich gesagt ist es Rooster, der dagegen ist. Der Nigger sitzt im Gebäude in der Falle, und Rooster versucht, den Leuten, die es stürmen wollen, den Weg zu blockieren. Er sitzt da zwischen allen Stühlen. Ich wusste nicht, was ich tun sollte, außer die nächstgelegene Polizei um Hilfe bitten. Aber ich hatte nicht mit einer Frau gerechnet, und ich bin mir auch nicht sicher, ob wir die Leute nicht einfach gewähren lassen sollten.«

»Wir fahren im Pick-up hinter Ihnen her«, sagte Sunset. »Karen, du bleibst hier. Clyde, Hillbilly, habt ihr Waffen?«

»Nicht dabei«, erwiderte Clyde. »Wir müssen erst zu mir nach Hause und sie holen.«

»Ich mache mich wohl besser wieder auf die Socken«, sagte Morgan. »Wenn es nicht so nah wär, wär ich gar nicht gekommen, noch dazu, wo Sie jetzt das Gesetz sind. Rooster hat mich geschickt, und er ist der leitende Deputy. Ich wusste ja, dass Pete tot ist, aber ich wusste nicht, dass Sie eine Frau sind.«

»Wir kommen«, entgegnete Sunset. »Fahren Sie zurück und helfen Sie Rooster.«

»Das mach ich. Aber es gerät immer mehr außer Kontrolle. Mir ist lieber, der Nigger geht drauf als ich. Wenn es so weit kommt, halte ich denen den Strick.«

»Sie sind ein vereidigter Gesetzeshüter. Sie tun, was Ihre Aufgabe ist.«

»Wie kommen Sie dazu, so mit mir zu reden? Sie sind nur ein Constable. Verdammt, Sie sind nur eine Frau. Mit einem Rock, den man aus einer Männerhose genäht hat.«

»Ich sag's jetzt mal so, dass du's verstehst, Morgan«, mischte sich Clyde ein. »Wenn du sie noch einmal blöd anredest, knall ich dir eine, dass die Schlammspritzer an deinem Wagen davonfliegen. Ist das klar?«

In Morgans Gesicht zuckte ein Muskel. »Das hätte es jetzt wirklich nicht gebraucht. Du und ich haben schließlich schon zusammengearbeitet. Solche Sprüche sind echt überflüssig. Ich wusste einfach nur nicht, dass sie eine Frau ist.«

»Wie treffen uns in Holiday«, sagte Sunset.

Clydes Haus lag an der Strecke nach Holiday, an einem ausgewaschenen, baumbestandenen schmalen Weg mit Schlaglöchern, die so tief waren, dass darin ein Futteranhänger verloren gehen konnte. Sie hielten kurz an, um Hillbillys Schrotflinte und Clydes Pistole zu holen. Erst dachte Sunset, Clydes verwitterte Hütte wäre von dem Tornado so zugerichtet worden, aber als sie genauer hinsah, wurde ihr klar, dass das ein Dauerzustand war.

Die Dachziegel waren hochgeweht worden, und einige davon lagen auf dem Hof herum. So wie sie aussahen – halb begraben in der Erde –, waren sie offensichtlich schon vor langer Zeit heruntergefallen. Der Kamin war mit einem Brett abgestützt, und zwischen Kamin und Haus klaffte ein Spalt. Soweit sie das erkennen konnte, war drinnen alles dreckig und klebrig und durcheinandergeworfen. In den meisten Fenstern war kein Glas, sondern Pappe. Der Hof war übersät mit Holzstücken, Autoteilen und aufmüpfigen Hühnern. Ein Hahn stürzte auf sie zu, schlug mit den Flügeln und pickte nach einem von Sunsets Stiefeln. Sobald das erledigt war, verzog er sich wieder.

»Wenn das mein Hahn wäre, würde er noch heute Abend im Kochtopf landen«, sagte Sunset.

»Das ist George«, entgegnete Clyde. »Der ist ganz in Ordnung. Er meint, er muss die Hennen verteidigen.«

Sie bahnten sich einen Weg durch den Müll, der im Hof herumlag, scheuchten die Hühner zur Seite, bewegten sich vorsichtig über einen schmalen Pfad durch einen Garten mit von Insekten zerfressenem Gemüse und umgingen die Löcher im quietschenden Verandaboden, wo das Holz durchgebrochen war. Überall im Haus lagen Zeitschriften, Zeitungen und Autoteile, zerbrochene Teller, Kartons und Apfelkisten mit undefinierbarem Inhalt. Auf dem Boden und auf einigen Schachteln und Kisten standen Eimer, in die von der Decke Wasser tropfte.

Clyde stapfte durch die Unordnung hindurch in ein anderes Zimmer, um die Waffen zu holen.

Hillbilly sah Sunset an und sagte: »Das gemütliche Heim.«

»Wüsste nicht, was daran gemütlich ist.«

»Da drüben beim Ofen hat er mal Sirup verschüttet. Muss so – na, ich nehm mal an zehn Jahre her sein, so wie das Zeug aussieht. Aber es zieht immer noch die Fliegen an, und die bleiben dran kleben. Willst du mal sehen?«

»Nein, danke.«

Clyde kehrte mit einer Schrotflinte und einem Revolver zurück, die beide deutlich sauberer aussahen als alles andere im Haus.

»Gibt es auch irgendwas, das du nicht aufbewahrst?«, fragte Sunset.

»Geld«, entgegnete Clyde. »Ich hab Hunger. Wenn ich noch Zeit hätte, würde ich mir ein Brot machen und mitnehmen.«

»Wir haben aber keine Zeit«, erwiderte Sunset. »Aber vielleicht könnten wir, bevor wir fahren, hier ein kleines Gegenfeuer legen. Wenn wir dann zurückkommen, ist alles richtig sauber.«

»Immerhin weiß ich, wo alles ist.«

»Weiß er nicht«, widersprach Hillbilly.

»Wo die Waffen sind, hab ich gewusst.« Clyde reichte Hillbilly die Schrotflinte und eine Handvoll Munition.

»Wo schläfst du?«, fragte Sunset Hillbilly.

»Weiß ich nicht so genau. Da sieht es jedes Mal anders aus.«

»Wieso fragen Sie nicht, wo ich schlafe?«, wollte Clyde wissen.

»Es ist dein Haus. Also wirst du schon ein Plätzchen haben. Ich habe mich nur gefragt, wo der Hausgast schläft.«

Als sie wieder in den Wagen stiegen, sagte Sunset: »Ab jetzt müsst ihr Jungs stets bewaffnet sein. Wir können nicht immer erst zu Clyde fahren, wenn wir die Waffen brauchen.«

»Die meiste Zeit sind sie halt eher überflüssig«, entgegnete

Clyde und schaltete durch die Gänge. »Da reicht der Totschläger«, fuhr er fort und strich sich an der Stelle über das Hemd, wo er ihn versteckt hatte.

»Du machst das jetzt aber hauptberuflich, nicht mehr nur nebenbei. Wir sind jetzt Polizisten, und wir müssen auch so aussehen und uns so benehmen.«

»Sind wir das wirklich?«, fragte Clyde. »Polizisten?«

Hillbilly klopfte Sunset unterhalb des Holsters aufs Bein und sagte: »Du bist schon bewaffnet, wie ich sehe.«

Sie wusste, dass Hillbillys Klaps und die Bemerkung überflüssig und nur ein Vorwand waren, ihren Oberschenkel zu berühren, aber sie brachte es nicht über sich, etwas zu sagen. Eigentlich hätte sie am liebsten gesagt: Leg deine Hände hierhin, press deinen Mund dorthin und leg mich aufs Kreuz, bis ich das Handtuch schmeiße. Stattdessen sagte sie: »Ich habe zwar die Waffe, aber kaum Kugeln. Nur die, die drin sind.«

»Wenn alles gut geht, müssen Sie vielleicht nur so viel Leute erschießen, wie Sie Munition haben. Manche Polizisten, sogar die in großen Städten, laufen den ganzen Tag rum, ohne jemanden zu erschießen, tollwütige Hunde eingeschlossen. Verdammt, Pete hat nur auf einen einzigen Mann geschossen, und ich glaub, den hat er nur aus Versehen getroffen. Allerdings hat er ne Menge Leute verprügelt, und schließlich ist Drei-Finger-Jack sogar an einer Tracht Prügel gestorben, das gleicht's dann vielleicht wieder aus.«

KAPITEL 11 Die Straße war aufgeweicht, und sie kamen nur langsam voran. Wenn die Reifen in Wagenspuren hineingerieten, wurden sie so durchgeschüttelt, dass Sunset schon dachte, ihre Innereien müssten ihr aus dem Mund springen.

»Ich hoffe, der Draht, mit dem ich den Motor befestigt hab, hält«, sagte Clyde. »Übrigens, da drüben, die kleine Straße rauf, ist ein Felsvorsprung. Nicht sonderlich hoch, ragt aber über einen Teil von Holiday hinaus. Da ist mal ein Mädel runtergesprungen, wollte sich umbringen. Ist aber bloß da gelandet, wo der Abhang breiter wird, und dann die ganze Strecke runtergerollt, bis hinter die Drogerie. Bevor sie sprang, hatte sie sich nackt ausgezogen. Ein Freund von mir, der gerade hinter der Drogerie stand, um zu pinkeln, hat sie da runterrollen sehen. Genau an dem Morgen war er zum ersten Mal seit zehn Jahren wieder in der Kirche gewesen, und im ersten Moment hat er gedacht, das wär ein Geschenk Gottes. War's aber nicht. Sie war wütend wie eine Hornisse und hat alles und jeden verflucht, ihn eingeschlossen. Hat ihn angemotzt, was ihm da raushängt, würde nicht mal zum Wasserlassen reichen, geschweige denn für irgendwas anderes brauchbar sein. Sie ist bei dem Sturz mit ein paar Grasflecken und ein paar Disteln im Hintern davongekommen. Mein Freund Lonnie ist nie wieder in die Kirche gegangen. Aber nachts ist es schön da oben, wenn die ganzen Lichter von unten raufleuchten.«

Als sie auf Holiday zufuhren, sahen sie entlang der Straße Ölbohrtürme aufragen, und dort, wo der Wald nicht so dicht war, entdeckten sie abseits der Straße noch weitere. Je mehr sie sich der Stadt näherten, desto mehr Bohrtürme wurden es. Manche befanden sich sogar innerhalb der Stadtgrenze, zum Teil sogar mitten im Zentrum. In ihrer unüberschaubaren Menge wirkten sie wie ein Wald aus Metall.

»Vor Kurzem war das noch ein besseres Dorf, und jetzt wohnen hier zehntausend Leute«, sagte Clyde. »Bodenspekulanten, Bohrarbeiter, Spieler, Schläger und Huren. Das Öl macht die Leute verrückt, genau wie Gold. Scheiße. Die Wagenspuren sind so tief, da rutsch ich bis zur Achse rein. Das ist keine Straße, das ist ein verdammtes Schlammloch.«

»Wenn du einen Hut am Boden siehst«, entgegnete Hillbilly, »dann ist da vermutlich ein Mann drunter. Der auf nem Pferd hockt.«

Ein paar wenige Maultiere und Autos kämpften sich durch die tiefen, schlammigen Furchen, aber größtenteils war der Verkehr zum Erliegen gekommen. Vor dem neuen Lichtspielhaus hatte sich eine Menschentraube gebildet. Die Weißen standen vorn, die Farbigen hielten sich mehr im Hintergrund für den Fall, dass man beschließen sollte, sie seien Teil des Problems. Die Weißen hatten sich hinter Autos verschanzt oder waren hinter Hausecken in Deckung gegangen. Eine ganze Reihe von ihnen war bewaffnet.

»Ich glaube, da fährst du besser nicht rauf«, sagte Sunset.

»Kann ich vermutlich auch gar nicht«, entgegnete Clyde. »Wenn ich noch weiter fahr, kommen wir vielleicht gar nicht mehr aus dem Schlamm raus. Wird so schon schwierig genug werden.«

Es gelang Clyde, den Wagen ein gutes Stück entfernt von der Straße auf einem Stück festem Untergrund zu parken. Sie stiegen aus und gingen den hölzernen Bürgersteig auf der gegenüberliegenden Straßenseite hinauf. Hillbilly trug die Schrotflinte, und Clyde hielt den Revolver in der Hand und ließ ihn an der Seite herabbaumeln.

Die Menge wandte ihnen die Köpfe zu.

»Die starren die Marke auf deinem Hemd an«, sagte Hillbilly. »Oder, was die Männer angeht, die Hügel, auf denen sie ruht.«

»Geh einfach weiter«, erwiderte Sunset.

Weiter vorn entdeckten sie Morgan und den anderen Deputy, die hinter einem geparkten Auto standen. Halb auf der schlammigen Straße und halb auf dem Bürgersteig lag ein totes Maultier. Sein Kopf war eine blutige Masse, und es hatte einen Haufen gelegt, von dem noch der Dampf aufstieg.

»Dem hat jemand die Scheiße rausgeschossen«, bemerkte Clyde.

Die Eingangstür zum Lichtspielhaus stand ein wenig offen, und das, was sie offenhielt, war das Bein eines Mannes. Rund um die Tür war überall Blut, und auf dem Bürgersteig lag verkehrtherum ein weißer Hut. Sunset schloss daraus, dass das die Leiche des Sheriffs war.

Als sie auf der Höhe des Lichtspielhauses angekommen waren, gab es nur eine Möglichkeit, auf die andere Straßenseite zu kommen: quer durch den Schlamm.

»Wenn Sie wollen, trag ich Sie rüber«, schlug Clyde vor.

Sunset ließ es sich durch den Kopf gehen und kam zu dem Schluss, dass es keinen guten Eindruck machen würde, wenn sie wie ein Kind über die schlammige Straße getragen wurde. »Ich bin Constable«, sagte sie. »Also sollte ich mich auch wie einer benehmen.«

»In dieser Stadt bist du nicht Constable«, widersprach Hillbilly.

»Sie haben mich gerufen, also muss ich mich auch wie ein Constable benehmen.«

»Und wer sagt, dass der Constable voller Schlamm sein muss?«, fragte Clyde.

Sunset zog ihren Rock bis zu den Oberschenkeln hoch. Hillbilly grinste und sagte: »Verdammt. Ich glaub, du hast recht. Geh ohne Hilfe rüber.«

Während sie die Straße überquerten, behielten sie das Lichtspielhaus im Auge, aber niemand kam heraus, um auf sie zu schießen. Auf der Anzeigetafel über dem Gebäude stand: THE STRAND, und auf dem Vordach: »Die Marx Brothers in: ANIMAL CRACKERS«.

Bis sie auf der anderen Seite ankamen, waren Sunsets Waden voller Schlamm. Es war ihr zuwider, den Rock in den Schlamm runterhängen zu lassen, aber sie beschloss, sie sei zu unbeweglich, wenn sie ihn weiter hochhielt. Außerdem fiel ihr auf, dass die Aufmerksamkeit einiger Männer nicht länger dem Mann im Lichtspielhaus galt, sondern ihr. Wie auch die einiger Frauen, die ihr vom Rand der Menge aus missbilligende Blicke zuwarfen. Wenigstens starren sie dann nicht auf die blauen Flecken in meinem Gesicht, dachte Sunset.

Auf dem Gehsteig stand einer der beiden Polizeiwagen der Stadt. An dem anderen, den Morgan hinter einem Pickup abgestellt hatte, waren sie vorbeigekommen, als sie in die Stadt hineingefahren waren. Hinter dem Wagen auf dem Gehsteig befanden sich Morgan und ein Mann mit einer Polizeimarke, von dem Sunset annahm, dass er Rooster war. Er war groß und schlank und trug einen ausladenden braunen Hut mit breiter Krempe. Die Kleidung hing ihm am Leib, als wäre er aus Hölzern zusammengesteckt, und die Hose hatte er in die Stiefel gesteckt, auf denen vorne auf Höhe der Zehen rote Adler prangten. Seine Ohren sahen aus, als könnte er damit flattern und davonfliegen. Sein Gesicht war so rot, als hätte er sich gerade verbrüht.

»Er hat mir schon erzählt, dass Sie eine Frau sind«, sagte er.

»Ich war eine Frau, als er mich gesehen hat, und bin es immer noch«, entgegnete Sunset.

»Ich beschwer mich ja gar nicht. Ich bin froh über jede Hilfe, die ich kriegen kann.«

»Was ist passiert?«, fragte Hillbilly.

»Genau kann ich's nicht sagen«, erwiderte Rooster. »Lilian, das ist die, die die Eintrittskarten verkauft, hat gesagt, der Farbige da drin – jeder nennt ihn Smoky – ist zur Kasse gekommen und hat eine Eintrittskarte verlangt. Natürlich wollte sie ihm keine verkaufen.«

»Habt ihr tagsüber auch Vorstellungen?«, fragte Clyde.

»Manchmal«, antwortete Rooster. »Bei all den Faulpelzen, die sich jetzt in der Stadt rumtreiben, geht das Geschäft auch tagsüber ganz gut.«

»Verdammt«, erwiderte Clyde. »Mitten am Tag nen Film sehen. Wenn das nichts ist.«

»Vergiss die Tagesvorstellungen«, sagte Sunset. »Erzählen Sie weiter.«

Rooster nickte. »Lilian hat ihm gesagt, dies wäre kein Lichtspielhaus für Farbige. Er hat dann noch gefragt, ob es denn keine Abteilung für Farbige gäbe, und als sie mit Nein geantwortet hat, ist er nach Hause und hat seine Schrotflinte geholt. Sie hat ihn kommen sehen und sich hinter die Kasse geduckt. Er ist reingegangen, und Lilian ist abgehauen und hat uns geholt. Smoky hat alle aus der Vorstellung rausgejagt, und als wir mit dem Sheriff hier ankamen und er mit ihm reden wollte, ist er, wie Sie sehen, gerade mal bis zur Eingangstür gekommen, da hat Smoky ihn niedergestreckt.«

»Der Sheriff kannte Smoky«, ergänzte Morgan. »Dachte, er wär ganz in Ordnung. Bei nem Nigger weiß man nie, hab ich zu ihm gesagt. Die können plötzlich angriffslustig werden wie ein Skorpion. Ich kannte mal einen, der war sauer auf seine

Frau und hat sich selbst mit einem Buttermesser die Kehle durchgeschnitten. Musste mindestens fünf Minuten dran rumsäbeln, bis er endlich tot war. Aber er hat es geschafft.«

»Trotzdem«, sagte Rooster. »Ich hab noch nie von jemandem gehört, der so unbedingt einen Film sehen wollte. Ihr etwa?«

»Nein«, entgegnete Sunset. »Aber jetzt hat das Lichtspielhaus wohl eine Farbigenabteilung.«

»Sieht so aus.«

»Vielleicht wollte er unbedingt ein paar von diesen Tellern gewinnen«, sagte Clyde.

»Die Sache ist die«, fuhr Rooster fort. »Smoky macht ja schon genügend Scherereien, aber dann ist da noch die Menge da draußen, die bereits ein paarmal gedroht hat, das Lichtspielhaus abzufackeln. Ich war noch nie in einer Vorstellung. Und eine Reihe Leute in der Stadt auch nicht, und wir wollen nicht, dass es abbrennt. Und dann dieser Farbige. Die wollen ihn lynchen. Ich nehme an, er hat es verdient, aber ich bin das Gesetz, und das Gesetz sollte hier einschreiten, also ihn festnehmen, nicht eine Bande von Halsabschneidern, und wenn er getötet werden muss, dann sollten das ein Richter und die Geschworenen entscheiden. Getötet werden muss er natürlich.«

»Was war mit dem Fleischer?«, fragte Sunset.

»Der wollte wie ein Irrer da rein, und dann hat Smoky ihm die Beine weggeschossen. Der ist nicht mal so weit gekommen wie der Sheriff. Er war gerade mal knapp zwei Meter von diesem Wagen hier entfernt, als Smoky die Schrotflinte rausgestreckt und ihn niedergemäht hat. Ich habe ihm ja gesagt, er soll das lieber lassen, aber hat er auf mich gehört? Nein. Auf mich hört ja keiner. Man hat ihn zum Arzt nach Tyler gebracht. Der, den wir hier haben, ist ganz in Ordnung, solange man nur eine Erkältung hat. Aber mit einer Schusswunde sollte man nicht zu ihm gehen. Blöder Idiot, einfach da reingehen zu wollen. Ab jetzt kann er zur Arbeit humpeln.«

»Was ist dem Maulesel passiert?«, fragte Hillbilly.

»Smoky hat noch ein zweites Mal auf den Fleischer geschossen, als der gerade hinter den Wagen hier kroch, und den Maulesel hat der ganze Lärm so erschreckt, dass er sich von seinem Besitzer losgerissen hat und hier raufgerast ist. Und da hat Smoky ihn erschossen.«

»Warum?«

»Keine Ahnung.«

»Was für eine Schrotflinte hat er?«, fragte Clyde. »Eine halbautomatische?«

»Genau«, entgegnete Rooster.

»Verdammt«, sagte Clyde.

»Steht Smoky immer noch hinter der Tür?«

»Ich weiß es nicht. Ich will es auch gar nicht rausfinden. Teufel auch. Da kommt Philip Macavee.«

Sunset drehte sich um. Ein kleiner Mann mit einem großen schwarzen Hut und einem Bauch, für den er als Stütze gut einen Schubkarren hätte brauchen können, überquerte die Straße. Dabei stakste er durch den Matsch, als würde er an einer Parade teilnehmen, bei der man die Beine hoch in die Luft werfen muss. Auch der Rest der Menge wurde jetzt mutiger, kam hinter den Autos hervor und stand da, als warteten die Leute nur darauf, dass Macavee das Zeichen zum Losstürmen gab.

»Wer ist dieser Macavee?«, fragte Sunset.

»Dem gehört eine Ölquelle, und er glaubt, weil er Geld hat, stinkt sein Schwanz nicht. Oh, Verzeihung, Miss.«

»Schon gut.«

»Früher hatte er einen Pick-up, mit dem er Abfall wegtransportiert hat. Aber dann hatte er Glück mit einer Ölbohrung.

Er hat die Leute aufgehetzt, hat am lautesten dafür plädiert, den Laden abzufackeln. Den Fleischer hat auch er aufgestachelt. Wenn der an einen aufgeknüpften Nigger denkt, kann der richtig gut schlafen.«

Kurz bevor Macavee bei ihnen ankam, fügte Rooster noch hinzu: »Wenn der Nigger schon auf alles und jeden schießt, wäre es nett, wenn er das jetzt auch täte und diesem Macavee das Licht ausblasen würde.«

Macavee baute sich direkt vor Sunset auf, musterte sie einen Moment lang und sagte dann: »Hören Sie mal zu, junge Frau. Sie sollten diese Marke abnehmen. Und mit ein paar Kindern zu Hause sitzen oder mit ein paar Puppen. Das ist hier kein Spielplatz. Einige von den Jungs da draußen und ich sind der Ansicht, man sollte mit einem Wagen direkt bis an die Eingangstür fahren und ihn unter Beschuss nehmen, während andere durch den Hintereingang reinstürmen. Wenn wir nicht nah genug rankommen, um den Nigger zu erschießen, können wir ein bisschen Benzin reinschütten und anzünden. Dann fackeln wir das Lichtspielhaus und den Krauskopf gleich mit ab.«

Sunset zog die Waffe aus dem Holster, und mit einer Schnelligkeit, die sie sich selbst gar nicht zugetraut hätte, ließ sie sie geschmeidig an Macavees Körper hochgleiten, über seine Schulter, hinter sein Kiefergelenk, und von dort zog sie sie kräftig zu sich her.

Es war ein Volltreffer. Mit einem schmatzenden Geräusch ruckte Macavees Kopf zur Seite, und sein Hut flog davon. Eine Sekunde lang schien er Sunset anzustarren, dann fiel er auf sie zu. Sunset sprang gerade noch rechtzeitig genug zur Seite, sodass er mit dem Gesicht in den Schlamm fiel. Mit der Stirn knallte er auf den Rand des Bürgersteigs.

Einen Moment lang war es totenstill. Sunset warf einen

Blick auf die Menge und sah reihenweise offene Münder. »Falls irgendjemand von denen beschließt, auf mich loszugehen«, sagte sie, »schießt ihr zuerst über ihre Köpfe hinweg. Beim zweiten Versuch könnt ihr sie ruhig verletzen.«

»Wenn ich einem das Bein wegschieße, gilt das als Verletzung?«, fragte Clyde.

»Verdammt«, sagte Rooster und betrachtete Macavee. »Warum bin ich da bloß nicht drauf gekommen? Ich habe ihn nur gebeten, die Klappe zu halten.«

Morgan drehte Macavee auf den Rücken. Dort, wo er auf den Bürgersteig gekracht war, sickerte ihm Blut aus der Stirn, und sein Gesicht war schlammüberzogen.

»Ich habe ihn doch nicht umgebracht, oder?«, fragte Sunset.

»Das nicht«, entgegnete Clyde. »Aber wenn er wieder zu sich kommt, können Sie ihm erzählen, er wär Kellnerin auf nem Glücksspieldampfer, und er würde Ihnen das glatt glauben.«

»Ich habe mich nur an deinen Rat gehalten.«

»Und wie Sie das haben. Pete hat das auch immer so gemacht.«

Die Leute, die nähergerückt waren, als Macavee auf Sunset zugegangen war, zogen sich ein Stück zurück. »Verschwindet, Leute«, sagte Sunset. »Smoky braucht doch bloß in die Menge zu halten, und schon verteilt er die eine Hälfte von euch über die andere.«

Die Leute grummelten, traten aber ein paar Schritte zurück und versteckten sich hinter Autos oder an anderen Stellen, wo sie sich außerhalb der Reichweite der Schrotkugeln wähnten.

Sunset steckte die Waffe ins Holster zurück, wandte sich zu Rooster und sagte: »So, jetzt müssen wir Smoky wohl verhaften.«

»Darauf waren wir auch schon gekommen«, erwiderte Morgan. »Der Sheriff hatte sich das auch gedacht. Aber es hat nicht geklappt.«

»Dann muss ich wohl rein und ihn holen.«

»Das ist doch nicht Ihr Ernst, oder?«, fragte Morgan.

»Aber klar doch.«

»Sie sind als Unterstützung hier«, mischte sich Clyde ein. »Nicht, um jemanden zu verhaften.«

Sunset lächelte ihn an, ging vorne um den Wagen herum und trat auf den Bürgersteig.

»Miss«, rief ihr Rooster hinterher. »Das sollten Sie lieber nicht tun.«

»Wollen Sie reingehen und ihn holen?«

»Nein.«

»Morgan, Sie?«

»Hab ich nicht vor.«

Sunset sah Clyde an. »Ich glaube, uns sind die Polizisten ausgegangen. Also bleibe nur noch ich übrig.«

»Und ich«, entgegnete Clyde.

»Dann muss ich mich wohl auch anschließen«, sagte Hillbilly. »Aber ich möchte, dass jemand zur Kenntnis nimmt, dass ich das für eine verdammt schlechte Idee halte.«

»Geht in Ordnung«, erwiderte Sunset.

»Und ich will, dass das jemand zur Kenntnis nimmt, der sich nicht abknallen läßt, damit hinterher jeder weiß, dass ich das gesagt hab.«

»Du kannst ganz beruhigt sein«, entgegnete Rooster. »Sowohl, was das zur Kenntnis nehmen angeht, als auch wegen der Rückendeckung. Aber vor den Wagen gehe ich nicht, und Ihnen würde ich auch empfehlen, wieder zurückzukommen, Ma'am.«

»Ich geh rein«, sagte Clyde.

»Nein, tust du nicht«, widersprach Sunset. »Soweit ich weiß, bin immer noch ich die Chefin. Gib mir den Totschläger.« Sie knöpfte die obersten beiden Knöpfe ihres Hemds auf, nahm den Totschläger und schob ihn so unter ihren Büstenhalter, dass er unter ihrer linken Achselhöhle hing. Dann ging sie auf das Lichtspielhaus zu.

»Jetzt ist wohl der Zeitpunkt, wo ich zugeben muss, dass ich kein sonderlich guter Schütze bin«, sagte Rooster.

Sunset blieb stehen. »Trifft denn überhaupt einer von euch irgendwas?«

»Ich würd nicht mal den Hintern von nem Elefanten treffen, wenn ich direkt hinter ihm steh und mit nem Stück Holz nach ihm werf«, entgegnete Hillbilly.

»Ich schon«, sagte Clyde.

»Dann stütz dich dort auf der Motorhaube ab und ziel auf die Tür.«

Clyde tat wie geheißen. »Kommen Sie mir nicht in die Schusslinie. Wenn er den Kopf rausstreckt, stell ich nicht lang Fragen. Dann kriegt er ne Kugel verpasst. Und geben Sie acht. Sie treten gleich in Maultierscheiße.«

Sunset erreichte mit gezogener Waffe die Tür. Da Smoky nicht dahinterstand, stieg sie über den Sheriff hinweg. Auf dem Boden war überall angetrocknetes Blut, das ihr wie Kaugummi an den Schuhen kleben blieb. Nicht weit davon entfernt lag eine Schachtel mit zerbrochenen Preistellern.

Auf dem Weg zu dem dunklen Saaleingang hinterließ sie lauter blutige Fußspuren. Dann hörte sie Filmstimmen und streckte den Kopf nach drinnen. Ihre Augen mussten sich erst an die Dunkelheit gewöhnen, aber schließlich entdeckte sie Smokys Kopf. Er saß auf einem Platz am Gang, die Schrotflinte gegen die Schulter gelehnt wie ein Wachposten.

Sunset wusste nicht, wie zielsicher sie war. Vielleicht würde sie ihn von dort, wo sie stand, ja treffen, aber falls sie ihn verfehlte, würde es eine ordentliche Schießerei geben. Und dabei würde sie vermutlich den Kürzeren ziehen. Smoky hatte bereits einen Menschen getötet, einen zum Krüppel gemacht und ein Maultier niedergemäht. Eine rothaarige Frau mit der Polizeimarke eines Constable war da keine große Herausforderung.

Sie steckte ihre Waffe weg und sagte: »Smoky.«

Smoky drehte langsam den Kopf, als wäre ihm alles gleichgültig. Sie konnte seine Gesichtszüge nicht ausmachen, nur ein dunkles Gesicht in der Finsternis und das Flimmern auf der Leinwand.

»Ich heiße Sunset. Ich bin Constable drüben in Camp Rapture.«

»Ist das der Ort mit der Sägemühle?«

»Ja.«

»Sie sind eine Frau.«

»Das scheint jedem aufzufallen.«

»Sind Sie sicher, dass Sie der Sheriff sind?«

»Constable. Ist aber fast das Gleiche. Ich soll dich nach draußen bringen, damit sie dich verhaften können. Das muss so sein.«

»Die knüpfen mich auf. Erst schneiden sie mir die Eier ab, damit dass das richtig wehtut. Das hab ich schon mal miterlebt. Die haben den Mann sogar angezündet, bevor sie ihn aufgehängt haben.«

»Das werde ich nicht zulassen.«

»Das sagen Sie.«

»Ich habe draußen ein paar Männer, die mich unterstützen, damit das nicht passiert.«

»Dann komm ich auf den elektrischen Stuhl.«

»Du bekommst einen fairen Prozess.«

»Farbige kriegen keinen fairen Prozess.«

»Smoky, du hast jemanden umgebracht.«

»Ich hatte gar nix gegen den Sheriff. War ein guter Mann. Ich wollte einfach nen Film sehn. Hab noch nie einen gesehn. Ich sollte doch nen Film sehn dürfen. Es könnte doch nen Bereich für Farbige geben. Sie könnten doch nen Vorhang machen zwischen denen und uns. Dann müssten die unsre Gesichter nicht mehr sehen.«

»Smoky, wenn du meinen Vorschlag ablehnst und nicht mit mir mitkommst, dann werden sie dich lynchen.«

»Die bringen mich eh um. Das ist Gesetz.«

»Aber nicht mit runtergezogenen Hosen, aufgeschlitzt und gefoltert. Wo jeder sehen kann, wie sie dich gedemütigt haben. Willst du das?«

Smoky wandte sich wieder dem Film zu. »Den Fleischer bereu ich nicht. Und Maultiere mag ich auch nicht.«

Sunset bewegte sich leise auf ihn zu und glitt auf den Sitz hinter ihm.

»Lassen Sie mich den Film noch zu Ende sehen?«, fragte Smoky.

»Das lässt sich machen.«

»Ich behalt die Schrotflinte noch so lange.«

»Ich sage denen draußen Bescheid.«

»Der Schnurrbart ist doch nicht echt, oder?«

»Was?«

»Nicht Sie. Der da, in dem Film. Dem sein Bart ist doch nicht echt, oder?«

Sunset sah auf die Leinwand. »Ich glaube, den haben sie ihm aufgemalt.«

»Das hab ich auch schon gedacht. Das soll wohl lustig sein, hab ich recht?«

»Ich gehe jetzt raus und rede mit denen.«

»Ich musste das Ding da oben erst in Betrieb setzen. Wie nennt man das doch? Eine Kamera?«

»Projektor, glaube ich.«

»Das musste ich machen, weil ich wollte ihn von Anfang an sehen. Und ich hab's hingekriegt. Das konnte ich schon immer gut, so was hinkriegen. Ich hätte glatt hier arbeiten können.«

»Smoky, ich gehe jetzt.«

»Ich hab mit meinem Hintern ordentlich auf dem Sitz rumgescheuert, hab da richtig Niggerhintern reingerieben, genau so hab ich's gemacht. Sagen Sie denen nicht, welcher Sitz es ist. Dann muss sich wer draufsetzen.«

»Das bleibt unser Geheimnis.« Sunset stand langsam auf und verließ das Lichtspielhaus.

Glauben Sie wirklich, dass er sich von Ihnen verhaften lässt, wenn der Film vorbei ist?«, fragte Rooster. »Was auch immer den geritten haben mag – Sie haben auch was davon.«

»Wieso bringen Sie ihm nicht auch noch einen kleinen Imbiss, wenn Sie da wieder reingehen«, sagte Morgan. »Ein bisschen Huhn und Weißbrot. Vielleicht ein bisschen Pastete.«

»Das ist eigentlich gar keine schlechte Idee«, entgegnete Sunset. »Hillbilly, geh in das Café da drüben und sieh zu, dass du eine warme Mahlzeit auftreibst. Sag ihnen, es wird von der Polizei bezahlt. Lass dir eine Quittung geben.«

Hillbilly ging los und arbeitete sich durch den Schlamm.

»Und welche Polizei soll das bezahlen?«, fragte Rooster.

»Ihre Stadt, Ihre Rechnung«, erwiderte Sunset.

»Ich kann's echt nicht glauben, dass Sie da wieder reinwollen«, sagte Morgan. »Noch dazu mit einem Mittagessen.«

»Besser als eine Schießerei«, gab Sunset zurück.

»Ich geh mit rein«, schlug Clyde vor.

»Ich will ihn nicht erschrecken – nicht, dass er denkt, ich hätte mein Wort gebrochen.«

»Wieso zeigen wir ihm nicht auch noch einen weiteren Film?«, sagte Morgan. »Vielleicht einen Zeichentrickfilm? Verdammt, gute Frau, warum geben Sie ihm nicht gleich noch nen Revolver?«

Bevor Sunset darauf eine Antwort einfiel, knallte Clyde Morgan die Faust gegen den Kiefer. Morgan machte einen Satz, krümmte sich zusammen und fiel mit dem Gesicht voran in den Haufen Maultierscheiße gleich neben dem Hintern des Toten.

»Er hat's die ganze Zeit drauf angelegt«, sagte Clyde. »Und jetzt war er fällig.«

»Lass ihn eine halbe Minute so liegen«, entgegnete Sunset. »Und dann heb ihn hoch, damit er nicht erstickt.«

»Das haben die Leute gesehen«, sagte Rooster. »Clyde, die haben gesehen, wie du einen Gesetzeshüter geschlagen hast.«

»Ja«, erwiderte Clyde. »Nehm ich auch an. Aber ich bin ja selbst so was wie ein Gesetzeshüter, vielleicht gleicht sich das dann aus.«

Hillbilly kam mit einem Teller, über den eine rotweiß-karierte Serviette drapiert war, durch den Schlamm gestiefelt. »Ich musste das einem Kumpel vom Teller runterholen. Hat ihm gar nicht gefallen. Zu trinken gab's nichts. Nur dies hier, Hühnchen mit Brötchen.«

»Gib her«, antwortete Sunset und wandte sich zum Eingang des Lichtspielhauses.

»Was ist mit Morgan passiert?«, fragte Hillbilly.

»Ist ohnmächtig geworden«, entgegnete Clyde.

Nachdem Sunset im Lichtspielhaus verschwunden war, sagte Rooster: »Ich glaub, Morgan liegt jetzt schon ein oder zwei Minuten in der Maultierscheiße.«

»Da könntest du recht haben«, erwiderte Clyde.
»Wir sollten ihn umdrehen.«
»Das hab ich mir auch gerade gedacht.«

Sunset gab Smoky den Teller mit Hühnchen und Brötchen. Er nahm ihn und aß, ohne den Blick von der Leinwand zu wenden. Auch Sunset sah sich den Film an, konnte aber nichts hören. Ihre Ohren verweigerten einfach den Dienst. Sie konnte an nichts anderes denken als an Smoky und die Schrotflinte. Leise zog sie ihre Waffe, legte sie sich auf den Schoß und umklammerte sie fest mit der rechten Hand.

Als der Film vorbei war, stellte Smoky den Teller im Gang auf den Boden, stand auf und reichte Sunset die Schrotflinte. »Da sind keine Kugeln mehr drin«, sagte er. »Wenn ich noch welche gehabt hätte, hätt ich mich erschossen. Ich hatte nur die Kugeln, die ich verschossen hab. Ich hätt den Sheriff nicht erschießen sollen.«

»Lass uns jetzt gehen, Smoky.«
»Ich hab's geschafft, nen Film zu sehen.«
»Das hast du.«
»Vielleicht sollte ich den Projektor abstellen.«
»Lass nur. Da kümmert sich schon jemand drum.«

Sie gingen zum Ausgang. Bei der Leiche des Sheriffs blieb Smoky einen Moment lang stehen. »Das ist alles so schnell gegangen«, sagte er. »Ich hab die Waffe hochgerissen und ihn erschossen. Da hab ich nicht mal drüber nachgedacht.«

Während sie an der Tür standen, rief Sunset: »Clyde, Hillbilly. Kommt und helft mir.«

Clyde und Hillbilly nahmen Smoky zwischen sich und brachten ihn zu dem Polizeiwagen, wo Rooster mit gezogener Waffe stand. Morgan saß mit Maultierscheiße im Gesicht auf dem Bürgersteig, Macavee mit schlammverschmiertem Gesicht hinten im Polizeiwagen.

»Die sehn aus, wie wenn sie aus einer dieser Shows kämen, wo sie die Schauspieler schwarz anmalen«, sagte Smoky.

»Wir nehmen Smoky mit«, sagte Sunset.

»Geht in Ordnung«, entgegnete Rooster.

Sie griff in ihr Hemd, zog den Totschläger heraus und reichte ihn Clyde. »Na gut, Smoky, gehen wir.«

Sie stapften durch den Schlamm, vorbei an der vor sich hin grummelnden weißen Menge und den stumm zuschauenden Schwarzen.

»Die Weißen werden mich einfach aus dem Gefängnis holen und umbringen«, sagte Smoky.

»Du kommst nicht hier ins Gefängnis«, erwiderte Sunset.

Sie brachten ihn zum Pick-up und ließen ihn mit Clyde und seiner Flinte auf die Ladefläche steigen. Hillbilly fuhr sie mit nur ganz leicht kreischendem Getriebe aus der Stadt.

»Du warst ganz schön mutig«, sagte er.

»Vielleicht.«

»Wo bringen wir ihn hin?«

»Nach Tyler.«

Hillbilly ergriff Sunsets Hand. »Du bist wirklich eine mutige Frau.«

Es war ziemlich weit bis nach Tyler, und als sie Smoky im Gefängnis abgeliefert hatten, war es bereits dunkel. Auf dem Rückweg fuhr Clyde, weil ihm Hillbillys Fahrstil nicht gefiel. Als sie in den Hof einbogen, erfassten die Scheinwerfer den großen schwarzweißen Hund, der bei der Wasserpumpe stand. Er rannte davon in den Wald.

»Armer Kerl«, sagte Sunset. »Ich werde ihm was zu fressen rausstellen.«

»Wenn Sie das machen, haben Sie einen Hund«, entgegnete Clyde.

»Wäre auch nicht schlimm.«

Hillbilly stieg aus, reichte ihr die Hand und half ihr hinunter. »Dann also bis morgen«, sagte er.

»Gute Nacht, Sunset«, fügte Clyde hinzu.

»Ich mache als Vertreterin des Gesetzes nicht viel her, wenn ich von einem geliehenen Wagen abhängig bin«, beschwerte sich Sunset. »Was mache ich, wenn nachts irgendwas passiert?«

»Hoffen, dass nichts passiert«, antwortete Clyde. »Los, Hillbilly. Fahren wir. Ich muss ins Bett. Und wenn du ihre Hand noch länger festhältst, fällt sie ihr wahrscheinlich ab.«

»Bis morgen«, wiederholte Hillbilly, und Clyde fuhr los.

Sunset entdeckte den Hund, der mit dem Kopf auf den Pfoten unter einer großen Eiche lag und sie ansah. »Komm her, Junge«, lockte sie ihn. »Na komm schon.« Aber der Hund rührte sich nicht. Sie ging langsam auf ihn zu, und immer noch blieb er reglos liegen. Erst als sie sich ihm auf etwa drei Meter genähert hatte, sprang er auf, knurrte und flitzte in den Wald.

Seufzend blieb Sunset stehen und betrachtete durch die hohen Wipfel der Bäume den Sternenhimmel. Jetzt, wo der Regen vorbei war, war nicht eine Wolke am Himmel, und die Sterne funkelten hell und klar wie die Augen eines Neugeborenen. Die Sterne bildeten Figuren, und sie versuchte, den Großen Wagen zu erkennen, aber die Bäume standen zu dicht. Sie sah immer nur kleine Ausschnitte des Sternenhimmels, und nichts davon schien der Große Wagen zu sein. Und auch nicht der Kleine.

Karen schlief bereits, als Sunset ins Zelt kam. Ihr Atem ging laut und gleichmäßig. Das Kleid, das sie morgens angezogen hatte, hing über einer Stuhllehne. Karen lag auf der Matratze und hatte sich das Laken bis über den Kopf gezogen. Neben ihr stand die Lampe und verbrauchte das letzte Kerosin. Sunset verschwendete ungern Kerosin, dafür war es zu teuer. Dennoch nahm sie sich vor, nichts zu sagen, außer es passierte noch einmal.

Sie zog Hemd und Rock aus und warf sie über die Lehne, über der auch Karens Sachen hingen. Sie hatte sich abgewöhnt, Unterrock und Korsett zu tragen, ein echter Skandal in diesem Teil der Welt. Aber sie hatte sich gedacht, dass sie als Constable vielleicht mal in eine Situation käme, in der sie sich schnell bewegen musste, und zu viel Unterwäsche war da hinderlich. Es war angenehm, in Büstenhalter und Unterhose am Rand der Matratze auf dem Boden zu sitzen.

Als sie den Tag noch einmal vor ihrem geistigen Auge ablaufen ließ, fing sie an zu zittern und dachte: Meine Güte, seit wann habe ich bloß so viel Schneid? Wenn Smoky nun noch eine Kugel in seiner Waffe gehabt und beschlossen hätte, damit nicht auf sich selbst zu schießen? Was dann? Sie löschte die Lampe, kroch unter die Decke und versuchte zu schlafen, was ihr aber nicht gelang.

Einige Zeit später hörte sie, wie sich draußen etwas bewegte, rund um das Zelt. Sie nahm an, es war der Hund. Sie zog Rock und Hemd an, nahm ihre Waffe, schlich zum Eingang und löste vorsichtig die Klappe. Dann holte sie ein paarmal tief Luft, öffnete die Klappe und trat barfuß hinaus in die Nacht. Der Hund war nirgends zu sehen, dafür aber eine Gestalt, die rasch im Wald verschwand. Ein Mann. Ein sehr großer Mann. »Wer sind Sie?«, schrie Sunset ihm hinterher, bekam aber keine Antwort. Nur ein Moskito summte ihr ins Ohr.

Sie blickte auf den Boden und sah, dass neben dem Eingang

zum Zelt eine leere Milchflasche lag, in der ein zusammengerolltes Blatt Papier steckte. Sunset beobachtete noch eine Zeit lang den Waldrand, dann hob sie die Flasche hoch, ging nach drinnen und schnürte die Zeltklappe fest. Sie schlüpfte durch die Laken und Decken auf die Büroseite, legte die Waffe auf den Tisch, zündete die Lampe an, schüttelte das zusammengerollte Blatt aus der Flasche und strich es auf der Tischplatte glatt.

Smoky mein Kuseng. Hab gehört, was Sie getahn ham. Das wahr richtich. Sie ham Recht mit Smoky – er krigt, was er verdint, aber Sie warn gut zu ihm. Das Sies wissen; ich helf Inen. Wen Sie was brauchen, egahl bei was – ich weis ne Menge Sachen.   *Bull*

Bull. Von ihm hatte sie schon gehört. Jedenfalls wenn es derselbe Mann war, und das war er bestimmt. Wie viele Bulls konnte es schon geben? Sein voller Name war Bull Thomas Stackerlee, ein großer schwarzer Mann, der irgendwo tief im Wald lebte. Wie es hieß, war er deutlich über einen Meter achtzig groß und so breit wie ein Schrank, und den Fußspuren nach zu urteilen, die man von ihm im Wald fand, musste er mindestens Schuhgröße 56 haben. Angeblich schusterte er sich deshalb seine Schuhe selbst. Sie hatte sogar Gerüchte gehört, er hätte seine Schuhe aus dem Hintern eines Weißen gemacht. Der Mann hätte Bulls Grundstück betreten, und Bull hätte auf ihn geschossen und ihn zu Stiefeln verarbeitet.

Bei der Vorstellung musste Sunset lächeln. Wer hätte diese Geschichte rumerzählen sollen? Der Weiße? Der verwundet und mit abgesäbeltem Hintern aus dem Wald gekrochen war?

Wie es hieß, war Bulls Land gespickt mit Fallen, genau wie sein Haus. Die hatte er aufgestellt, nachdem vor ein paar Jahren Klanmitglieder beschlossen hatten, er sei zu dreist. Sie waren auf Pferden durch den dichten Wald zu seiner Farm geritten, um ihm eine Lektion zu erteilen. Eins der Pferde trat in eine Bärenfalle und musste auf der Stelle erschossen werden. Einer vom Ku-Klux-Klan fiel in eine Grube und brach sich das Bein, einem weiteren schoss Bull in den Arm. Der Klan kam zu dem Ergebnis, Bull sei ihnen doch nicht so wichtig, und ließ die Sache auf sich beruhen, denn Bull hatte verlauten lassen: Wenn sie noch mal bei ihm auftauchten, würde er sie erschießen, und ihre Laken könnten ihn nicht beeindrucken, Laken hätte er selbst, nur sei er klug genug, um zu wissen, dass die aufs Bett gehörten, nicht über den Kopf.

Soweit Sunset wusste, war Bull der einzige Farbige, der ungeschoren so mit Weißen reden konnte. Das lag zum Teil daran, dass er tief im Wald auf seinem mit Fallen übersäten Land lebte, zum Teil daran, dass er sich nur vor wenig fürchtete und stets bereit war, sich zu wehren, nicht zuletzt aber auch daran, dass vielen Weißen an seinem Glück und seiner Gesundheit gelegen war, weil er angeblich den besten Whisky in der ganzen Gegend brannte.

Sunset rollte den Zettel zusammen und steckte ihn wieder in die Flasche. Sie suchte sich eine Taschenlampe, löschte die Kerosinlampe, ging auf die andere Zeltseite und sah ihre Vorräte durch. Sie fand ein paar harte Maiskekse, die sie gebacken hatte, nahm sie mit nach draußen und ging zu der Eiche, bei der sie den Hund zuletzt gesehen hatte. Dann legte sie die Maiskekse auf den Boden und rief nach ihm. Aber er kam nicht, und sie konnte ihn auch nirgends sehen oder hören. Sie sammelte die Kekse wieder auf, ging zurück, zog sich aus und legte sich, die Waffe griffbereit neben sich, wieder ins Bett.

Es dauerte lange, bis sie endlich einschlief. Sie träumte von dem armen Säugling und von Pete und fragte sich, warum er sich wohl die Mühe gemacht hatte, das Kind zu begraben. Sie träumte von dem Marx-Brothers-Film, von Smoky und seiner Flinte, dem bedauernswerten Sheriff, dem armen toten Maulesel. Wieder und wieder sah sie sich selbst, wie sie den Revolver zog, richtig schnell, und Macavee von hinten gegen den Kiefer knallte, wie er mit dem Gesicht voran in den Schlamm fiel, wie Clyde diesem Morgan einen Fausthieb versetzte, sodass er mit dem Gesicht in die Hinterlassenschaft des Maulesels stürzte.

Sie zitterte leicht im Schlaf, dann kicherte sie.

Bei Tagesanbruch drehte Sunset sich im Bett um und sah den Hund, der den Kopf unter der Zeltklappe hindurchgestreckt hatte. Er hatte das Kinn auf die Pfoten gelegt und beobachtete sie. Langsam stand sie auf. Der Hund hob den Kopf.

»Ganz ruhig, Junge«, sagte sie. Sie bewegte sich Schritt für Schritt mit ausgestreckter Hand auf ihn zu. Als sie ihn fast erreicht hatte, zog er den Kopf aus dem Zelt zurück. Sunset holte die Maiskekse, öffnete die Klappe und ging nach draußen. Der Hund hatte sich wieder hingelegt, das Kinn auf den Pfoten. Sunset hielt ihm mit der rechten Hand einen Maiskeks entgegen. Die anderen hielt sie in der Linken. »Schon gut«, sagte sie. »Ich weiß, wie das ist, wenn man seine Familie verliert. Wenn die einfach abhaut. Nur, dass du wahrscheinlich nie jemanden von denen erschossen hast, nicht wahr?«

Der Hund sah sie an, drehte den Kopf von einer Seite zur anderen, kroch ein Stück vorwärts, schnappte sich den Keks, sprang zurück und schluckte ihn hinunter. Sunset hielt ihm einen weiteren Keks hin. Der Hund kam vorsichtig näher und nahm ihn. Diesmal zog er sich nicht zurück, und sie gab ihm noch einen. Und noch einen. Als er den letzten Keks vertilgt hatte, durfte sie ihm schon den Kopf streicheln.

»Hättest du Lust, mein Hund zu sein? Ich werde auch nie weglaufen und dich zurücklassen. Das verspreche ich dir.« Der Hund leckte ihr die Hand.

Als Karen aufwachte, war Sunset schon angekleidet und machte Frühstück. Pfannkuchen. Außerdem hatte sie etwas Zuckerrübensirup in einer Pfanne erhitzt. Der große Hund lag in der Nähe ihrer Füße auf dem Boden.

Als Sunset sich umdrehte und sah, dass Karen aufstand, sagte sie: »Sei vorsichtig. Er fremdelt noch ein bisschen.«

»Beißt der?«

»Jeder Hund beißt schon mal.«

»Wird er mich beißen?«

»Wenn du nett zu ihm bist, nicht. Mach ihm nur keine Angst.«

»Ich finde, der sieht nicht so aus, als hätte er Angst.«

Sunset lächelte. »Wir haben keine Butter im Haus. Aber der Sirup ist warm. In einer Minute ist das Frühstück fertig.«

»Behalten wir ihn?«

»Ja. Das habe ich ihm versprochen. Gebrochene Versprechen hatte er vermutlich schon mehr als genug.«

»Wie heißt er?«

»Ich glaube, er heißt Ben. Wenn ich mich recht erinnere, hat Clyde ihn Ben genannt. Egal, ich nenne ihn auf jeden Fall Ben. Dein Vater hat nie erlaubt, dass ich einen Hund habe.«

»Ich wollte auch immer einen.«

»Ist er nicht ein großer alter hübscher Kerl?«

Karen nickte und glitt vorsichtig aus dem Bett.

»Streck deine Hand aus«, sagte Sunset. »Ganz vorsichtig, und dann geh langsam auf ihn zu.«

Karen tat wie geheißen. Der Hund stand auf und leckte ihr die Hand. »Er mag mich«, sagte Karen.

»Da gibt es ja auch viel zu mögen.«

Karen beugte sich hinunter und legte die Arme um den Hund. Der Hund leckte ihr das Ohr ab. »Hallo Ben«, sagte sie.

»Wasch dir vorm Essen die Hände.«

KAPITEL 12 Nach einer Woche, in der sie meistens in Sunsets Zelt gesessen hatten und ansonsten nur eine Zwangsvollstreckung zugestellt und nach einer Schlägerei einen Betrunkenen aus dem Laden in Camp Rapture geholt hatten, wachte Clyde in seinem kaputten Bett auf und dachte an Sunset. Er hatte von ihr geträumt, und in dem Traum hatte sie ihm gehört, aber die Realität sah nicht so aus: Solange Hillbilly da war, würde er sie nie bekommen.

In einem seiner Träume hatte er Hillbilly sogar mit einem Huhn zu Tode geprügelt und ihn dann im Hof vergraben, zusammen mit dem Huhn. Der Traum gefiel ihm fast so gut wie der, in dem Sunset ihn liebte.

Clyde setzte sich auf den Bettrand und sah sich in dem Zimmer um. Zeitungen und Krimskrams, überall. Gerade mal ein Pfad vom Bett zur Tür. Und der Rest des Hauses war genauso. Schlimmer. Wie sollte er denn anziehend auf eine Frau wirken, wenn sein Haus ein einziger Haufen Scheiße war? Und egal, wie man die Scheiße stapelte oder herrichtete, letztlich blieb sie, ganz gleich, was man tat, immer genau das: ein Haufen Scheiße.

Er hatte sich nie Gedanken darüber gemacht, dass es auch anders sein könnte. Und dann, als Sunset ihren Mann umgebracht hatte, hatte er den Windhauch einer sich öffnenden Tür gespürt – einer Tür, durch die er gern gegangen wäre und die in ein Zimmer mit Sunset und ihm führte. Davor hatte so eine Möglichkeit nie bestanden, aber jetzt …

Er wollte sie. Er wollte, dass sie ihn wollte. Und zum ersten Mal seit Jahren machte er sich Gedanken darüber, wie sein Haus aussah, und er selbst auch. Außerdem machte er sich Sorgen wegen Hillbilly. Der Hurensohn konnte sich im Dreck wälzen, und wenn er aufstand, sah er immer noch gut aus. Wie für Mädchen gemacht. Schlank und gutaussehend, dichtes Haar, aber nicht in der Nase, den Ohren oder auf dem Rücken. Verdammt, wahrscheinlich waren sogar seine Eier seidenglatt.

Clyde zog seine Hose an und ging über den Pfad zwischen den Zeitungen in das Zimmer, in dem Hillbilly schlief. Es war ein großes Zimmer, wirkte aber klein, weil er dort alle möglichen Sachen aufbewahrte. Clyde wusste nicht mal mehr, was es alles war und wozu er es hortete.

Hillbilly schlief auf einer Matratze am Boden. In der Nähe stand ein großer Topf voller Wasser vom letzten Regen, der durchs Dach getropft war. In dem Topf schwammen tote Käfer. Es sah ziemlich widerlich aus. Früher hätte Clyde sich darüber nie Gedanken gemacht. Aber jetzt fiel es ihm auf. Es war widerlich.

»Du solltest vielleicht allmählich aufstehen«, sagte er.

Hillbilly drehte sich langsam um und blinzelte. »Ist es schon so weit?«

»Du gehst heut allein. Sag Sunset, ich muss mir freinehmen, aber ich komm wieder. Ich werf die Arbeit nicht hin oder so. Und falls sie mich dringend braucht, holst du mich. Nimm den Wagen.«

Nachdem Hillbilly gefahren war, stand Clyde im Hof und betrachtete das alte, heruntergekommene Haus. Schließlich ging er nach drinnen und holte eine Abdeckplane, die er aufbewahrt hatte. An einigen Stellen war sie bereits verrottet, größtenteils aber noch intakt. Er spannte sie zwischen mehrere Bäume, holte noch ein paar Sachen aus dem Haus, von denen er glaubte, er könne sie brauchen – unter anderem seine Waffen, Munition, Töpfe und Pfannen, Lampen und Ähnliches – und verstaute sie unter der Plane. Damit verbrachte er den halben Tag, bis ihm aufging, dass er nur alles aus dem Haus nach draußen trug und so keinen Schritt weiterkam.

Er dachte eine Zeit lang darüber nach, brachte einige der Sachen wieder nach drinnen, kam wieder heraus, steckte einen Finger in den Mund, um ihn nasszumachen, und hielt ihn hoch. Es ging so gut wie kein Wind. Er ging wieder hinein, griff nach einer Schachtel Zündhölzer und zündete einen der Zeitungsstapel an. Die Zeitungen waren so verschimmelt und klebten so fest zusammen, dass das Feuer sofort wieder ausging. Er holte Kerosin und verteilte es im ganzen Haus. Auf dem Weg zur Tür hielt er erneut ein brennendes Streichholz daran.

Clyde sah von draußen zu und hoffte, dass kein Wind aufkommen und das Feuer auf den Wald überspringen lassen würde. Er war erstaunt, wie schnell das Haus lichterloh brannte. Schon bald schlugen die Flammen aus der offenen Tür und den zerbrochenen Fenstern. Er hörte, wie drinnen Sachen knisterten und knackten. All die gedruckten Nachrichten der letzten zehn Jahre hatten sich in eine Rauchfahne verwandelt und waren auf dem Weg zu den Göttern.

Auch durch die Löcher im Dach schlugen jetzt Flammen; dann fing das Dach selbst Feuer, und die Flammen verformten es zu einem verbeulten Hut. Schwarzer Rauch stieg aus den Löchern im Dach und aus dem Kamin. Das Glas in den Fenstern zersprang. In weniger als einer Stunde war das Haus fast vollkommen niedergebrannt, außer dem Kamin, aber da den nun nichts mehr aufrecht hielt, fiel er mit einem ohrenbetäubenden Krachen um. Ziegel flogen in alle Richtungen. Von dem Zeitpunkt, als er das Feuer gelegt hatte, und dem, wo die Flammen nur noch an geschwärztem Holz, zerbrochenem Glas und zerbrochenen Ziegeln leckten, waren knapp zwei Stunden vergangen.

Nach einiger Zeit griff Clyde zu der Schaufel, die er unter der Plane in Sicherheit gebracht hatte, schichtete die Überreste des Hauses damit um und verteilte die letzten Feuernester, damit sie ausgingen. Dann schleppte er eimerweise Wasser vom Brunnen herbei und kippte es auf die Stellen, die ihm noch verdächtig vorkamen und von denen er befürchtete, das Feuer könne noch mal aufflackern, wenn man es nicht im Auge behielt.

Er griff sich einen der Stühle, die er aufgehoben und unter die Plane gestellt hatte, und trank etwas, das er ebenfalls aufgehoben hatte. Eine Flasche Whisky. Es war eine billige Marke, und so schmeckte er auch, richtig gallig und überhaupt nicht mild. Am späten Nachmittag schmeckte er ihm bereits richtig gut, und so trank er die Flasche aus und schlief auf dem Stuhl ein. Die Pläne für ein neues Zuhause nahm er mit in den Schlaf. Er würde ein neues Haus bauen. Eins ohne Zeitungen und Schrott und Feuchtigkeit und Schimmel, ohne undichtes Dach und den Gestank nach Hühnerscheiße. Das neue würde gut riechen, und es würde weiß gestrichen sein, mit einem regendichten Dach und einem brandneuen Kamin aus roten Ziegeln und Gips.

Im Schlaf wünschte er sich, er könnte sich selbst auch niederbrennen und wieder aufbauen, vielleicht als Hillbillys Ebenbild. Ob es dafür wohl eine Blaupause gab?

Der Rauch war nicht mehr schwarz, sondern weiß, und er stieg nicht mehr in Wolken auf, sondern nur noch in kleinen Rauchsäulen, und bald tat er nicht einmal mehr das. Am späten Nachmittag, während Clyde schlief, setzte ein leichter Regen ein, wirbelte die Asche auf und erzeugte frischen Rauch. Blitze zuckten, Donner krachte, aber Clyde bekam von alldem nichts mit.

Ungefähr um die Zeit, als Clyde unter der Plane sein Nickerchen hielt und der Regen auf die schwelenden Überreste seines Hauses fiel, kam Zendo in seinem Pick-up angefahren und parkte vor Sunsets Zelt. Er stieg aus und ging vorsichtig auf das Zelt zu, griff aber nicht nach der Zeltklappe, sondern hielt respektvoll Abstand und rief: »Miss Constable. Miss Jones.«

Sunset, Hillbilly und Karen saßen auf der Büroseite und spielten Karten. Sie standen auf und gingen nach draußen. Zendo war zu seinem Wagen zurückgewichen. In der Hand hielt er seinen Hut und drehte ihn hin und her wie ein Steuerrad. Der Regen lief ihm übers Gesicht, und seine Kleidung war ganz feucht.

»Zendo«, sagte Sunset. »Du siehst aus, als hättest du einen Geist gesehen.«

»Nein, Ma'am. Keinen Geist. Was Schlimmeres.«

Karen musste, sehr zu ihrem Unmut, beim Zelt bleiben. Sunset und Hillbilly folgten Zendo in Clydes Pick-up. Sie fuhren zu dem Baum, wo sie das erste Mal mit Zendo gesprochen hatten, stellten den Wagen darunter ab und stiegen aus.

Zendo hatte die Maultiere ausgeschirrt und sie an zwei verschiedene Bäume in der Nähe der Eiche gebunden, damit sie nicht nacheinander schnappten. Sein Pflug, an dem eine Mittelschar befestigt war, lag auf der Seite.

Zendo kam zu ihnen herüber und sagte: »Ich zeig's Ihnen jetzt.« Er ging los, und die beiden marschierten hinterher. »Ich hab beschlossen, ich hol ein bisschen mehr aus meinem Land raus. Mach noch so'n paar Reihen dazu, näher am Wald, da, wo ich das Gefäß mit dem Säugling gefunden hab, und, nun ja, da hat mein Pflug dann das erwischt.« Er deutete mit dem Finger.

Sie blickten nach unten. Aus dem Boden ragte etwas Dunkles, Rundes, dessen Spitze von etwas Faserigem, Öligem bedeckt war. Der Pflug hatte es aufgerissen, und an der Stelle war es ganz schwarz. Es sah aus wie nasser alter Kork.

»Ist das irgendein Gemüse?«, fragte Hillbilly.

»Nein, Sir, ist es nicht«, antwortete Zendo. »Kommen Sie mal auf diese Seite.«

Sie taten wie geheißen. »Sehn Sie sich's jetzt mal an.«

Sunset hockte sich hin und drehte den Kopf. Die große Steckrübe hatte eine Augenhöhle, die voll mit schwarzer Erde war. Unter den Augen war ein Nasenflügel und darunter eine Lippe. Ein Teil der Lippe fehlte, und der verbliebene Teil sah aus, als wäre er getrocknet wie ein Wurm auf einer heißen Herdplatte. Die Lippe war so zusammengeschrumpelt, dass Sunset mit Erde beschmierte Zähne erkennen konnte.

»Mein Gott!«, sagte sie.

»Ist das ne Wassermelone?«, fragte Hillbilly.

»Nein.«

»Naa, keine Wassermelone«, bestätigte Zendo.

Hillbilly bückte sich, sah genau hin und sagte: »Nein. Eine Wassermelone ist das nicht.«

Sie brauchten lange und mussten langsam und vorsichtig vorgehen, weil immer wieder Teile abfielen. Die Leiche war kerzengerade in die Erde gesteckt worden, wie ein Pfosten. Sie war mit etwas Schwarzem, Klebrigem überzogen.

»Genau wie bei dem Säugling«, sagte Zendo. »Alles ganz ölig.«

»Ist das in deinem Boden?«, fragte Hillbilly. »Das Öl?«

»In diesem Boden hat's kein Öl.«

»Keine Würmer«, bemerkte Sunset. »Vielleicht war die Leiche noch nicht lange da drin.«

»Ich glaub, das kommt von dem öligen Zeug. Deshalb verrottet die Leiche nicht so schnell. Jedenfalls nicht ganz. Die Würmer haben gefressen, was ihnen geschmeckt hat. Den Rest mochten sie nicht.«

»Wer hätte gedacht, dass Würmer Geschmacksknospen haben«, sagte Hillbilly.

»Trotzdem wundert es mich, dass die Leiche bei dem heißen Wetter nicht schon längst ein Skelett ist.«

»Gibt nix, wie man rausfinden kann, wie das Wetter wird und was es anstellt«, entgegnete Zendo.

»Die Leiche hat nichts an«, sagte Hillbilly. »Aber ich kann trotzdem nicht sagen, ob es ein Mann oder eine Frau ist.«

»Eine Frau«, gab Zendo zurück.

»Woher weißt du das?«, wollte Hillbilly wissen.

»Die Hüftknochen. Die sind so breit. Hat wahrscheinlich ein Kind gehabt.«

»Ich frage mich, ob sie wohl eine Schwarze oder eine Weiße war«, sagte Sunset.

»Weiß«, erwiderte Zendo. »Das klebrige Zeug auf ihrem Kopf sind keine Haare von ner Farbigen.«

Sunset griff nach einer Strähne und rieb sie zwischen Daumen und Zeigefinger. »Da könntest du recht haben. Hast du ein Laken oder eine Decke oder irgend so was, Zendo? Irgendwas, worin wir die Leiche abtransportieren können?«

»Ich kann zum Haus fahren und was holen.«

»Würdest du das tun?«

Als Zendo weggefahren war, sagte Hillbilly: »Der ist völlig sicher, dass es ne Weiße ist. Wenn ich den Haufen verrottetes Fleisch anschau, kann ich kaum was erkennen. Aber er weiß, dass es ne Frau ist und dass sie weiß ist.«

»Meinst du, er würde uns holen, wenn er es getan hätte?«

»Vielleicht, um uns von sich abzulenken.«

»Nein. Der ist genauso nervös und durcheinander wegen der Leiche wie wir.«

»Mörder fühlen sich manchmal schlecht wegen dem, was sie gemacht haben ... Was, glaubst du, hat's mit dem Öl auf sich?«

Sunset schüttelte den Kopf.

»Keine Ahnung. Das ist seltsam. Und der Säugling war auch mit Öl bedeckt. Ich verstehe das nicht. Und warum zum Teufel begräbt man sie hier in Zendos Land?«

»Sunset, du bist zu naiv.«

»Inzwischen bin ich, glaube ich, gar nicht mehr so naiv.«

»Hüte dich vor Zendo. Ich trau ihm nicht.«

»Ich glaube, er ist ganz in Ordnung. Wenn wir mit der Leiche zurückkommen, dann sag nichts von Zendo oder von der Stelle, wo wir sie gefunden haben. Sag erst mal nur, das wäre Sache der Polizei. Einverstanden?«

»Einverstanden.«

Nach etwa fünfzehn Minuten kam Zendo mit einer ziemlich mitgenommen aussehenden Flickendecke zurück. »Auf der hat immer der Hund gelegen. Ne neue wollte ich nicht nehmen. Geht's mit der?«

»Klar«, entgegnete Sunset. »Ihr macht das nichts mehr aus.«

Sie legten die Leiche auf die Decke, luden sie hinten auf Clydes Pick-up und fuhren damit nach Camp Rapture. Reverend Willie Fixx war gerade beim Essen.

»Na so was«, sagte Willi. Er stand in der offenen Tür, den Mund noch ganz fettig von seiner Mahlzeit, und ließ den Blick über Sunsets Körper wandern, von oben nach unten und wieder zurück. »Welchem Umstand verdanke ich die Ehre, Miss Jones? Möchten Sie getauft werden? Ich glaube, Sie wurden nie getauft, nicht mal als kleines Mädchen. Ich habe ein Taufkleid, das Sie anziehen können, dann können wir zum Fluss gehen, da, wo er tief genug ist, und erledigen das gleich.«

»Ich bin in einer polizeilichen Angelegenheit hier«, entgegnete Sunset. »Das hier ist Deputy Constable Hillbilly.«

»Hillbilly«, sagte Willie. »Ich hatte schon versucht, mich zu erinnern, wie man dich nennt. Ich dachte, es sei Tippelbruder.«

»Nein«, erwiderte Hillbilly. »Das ist nur meine übliche Beschäftigung.«

»Polizeiliche Angelegenheit, sagen Sie.«

»Genau«, erwiderte Sunset. »Ich habe mich an Sie gewandt, weil Sie Leichen für das Begräbnis herrichten. Vielleicht hätte ich lieber zu dem Arzt gehen sollen. Ich war mir nicht sicher.«

»Ist die Leiche im Pick-up?«

Sunset nickte.

»Wer ist es?«

»Keine Ahnung. Ich dachte, Sie könnten mir da helfen. Rausfinden, wie die Person gestorben ist und wer sie war.«

»Wo haben Sie sie gefunden?«

»Da möchte ich noch nicht drüber sprechen. Das ist auch Sache der Polizei.«

»Ich esse noch zu Ende.«

»Wir warten.«

»Fahren Sie mit der Leiche zur Rückseite des Hauses. Wissen Sie, wo ich meine?«

»Ich glaube schon.«

Während Willie seine Mahlzeit beendete, stiegen Sunset und Hillbilly in den Wagen, und Hillbilly fuhr in den Hinterhof. Dort gab es eine überdachte Veranda, einen großen Hickorybaum und jede Menge Schatten. Sie stiegen aus und warteten zwischen dem Baum und dem Wagen. Sunset lehnte sich gegen den Baum. Hillbilly stand ganz nah bei ihr, und dann, ganz langsam, kam er mit dem Gesicht immer näher, und sie küssten sich.

»Das wollte ich schon lange tun«, sagte Hillbilly.

»Und ich wollte schon lange, dass du das tust«, entgegnete Sunset. »Allerdings nicht hier. Nicht jetzt.« Aber sie küsste ihn ebenfalls. »Das muss erst mal reichen.«

»Vermutlich. Du zitterst.«

»Das Gefühl habe ich auch.«

Etwa fünf Minuten später kam Willie zur Hintertür heraus, wischte sich den Mund am Ärmel ab und warf einen Blick auf die eingehüllte Leiche auf der Ladefläche. »Riecht ziemlich reif«, sagte er, als er die Decke wegzog. »Oh ja. Die ist mausetot. Ihr weißt nicht zufällig, ob es ein Weißer oder ein Nigger ist?«

»Nein«, antwortete Hillbilly. »Die Leiche ist voller Öl, deshalb die dunkle Farbe. Außerdem ist das Fleisch völlig verrottet.«

»Schauen wir uns das mal an. Aha, es ist eine Frau. Das sieht man an dem breiten Becken.«

Sunset warf Hillbilly einen Blick zu. Hillbilly zuckte mit den Schultern.

»Mal sehen«, sagte Willie und kletterte auf die Ladefläche. »Die Augen sind nicht mehr da, aber offensichtlich hat sie noch ein paar Haare.« Willie nahm das Haar zwischen Daumen und Mittelfinger. »Viel zu fein für einen Nigger. Ich würde sagen, es ist eine weiße Frau.«

»Und wenn sie nun doch eine Farbige ist?«, fragte Sunset.

»Schadet es ihr auch nicht. Himmel, wenn man für einen Hund ein Gebet spricht, macht das auch nichts. Die können nur einfach nirgends hin, wenn sie tot sind. Bringt sie rein.«

Hillbilly und Sunset ergriffen die Decke an den beiden

Seiten, zogen die Leiche von der Ladefläche und trugen sie hinter Willie her ins Haus, in ein kleines Zimmer, in dem an der Wand drei Holzsärge standen. Außerdem gab es einen Tisch und verschiedene Instrumente, die man zum Einbalsamieren brauchte.

»Gibt es eine Möglichkeit, festzustellen, wer sie ist?«, fragte Sunset.

»Soweit ich weiß, nicht. Sie müssten rausfinden, ob jemand vermisst wird. Und dann schauen, ob diejenige im Großen und Ganzen der Beschreibung entspricht. Ich werde messen, wie groß sie ist und noch ein paar Sachen. Aber sie muss umgehend beerdigt werden. Sie war in der Erde, nicht wahr? Das Öl ist mit Erde vermischt, und die Erde ist überall.«

»Ja«, entgegnete Sunset. »Sie war in der Erde.«

»Vielleicht könnte ich leichter bestimmen, wer sie ist, wenn ich wüsste, wo Sie sie gefunden haben. Vielleicht habe ich sie ja sogar gekannt.«

»Draußen auf dem Land. Westlich von hier, in der Nähe des Walds.«

»Die Erde, die sich da mit dem Öl vermischt hat, ist zwar dunkel vom Öl, aber sie sieht trotzdem so aus, als wäre sie schon vorher schwarz gewesen. Nicht die ganze Erde, nur ein Teil. Auf der linken Seite hat sie dunkle Erde, auf der rechten etwas hellere. In der Gegend hier hat nur einer so dunkle Erde. Dieser Nigger, Zendo. Ich nehme an, sie haben die Leiche am Rand seines umgepflügten Lands gefunden. Von dem stammt die dunkle Erde auf ihrer linken Seite, und die Erde auf der rechten ist von dem ungepflügten Land. Himmel, wahrscheinlich hat er sie beim Pflügen ausgegraben – glauben Sie, Zendo war es?«

»Das habe ich nicht gesagt. Ich habe nicht gesagt, dass Zendo etwas damit zu tun hatte.«

»Diese Erde trägt Zendos Handschrift. Jeder weiß, dass dieser Nigger ein Ei in die Erde legen könnte, und schon würde ein Busch mit Hühnern wachsen. Sie haben die Leiche mit Sicherheit auf seinem Land gefunden.«

»Na gut«, sagte Sunset. »Die Leiche wurde auf Zendos Land gefunden, aber eins müssen Sie mir glauben: Er hatte nichts damit zu tun.«

»Sind Sie da absolut sicher?«, fragte Willie.

»Das würde ich schon sagen. Und ich möchte von niemandem ein Wort darüber hören, dass die Leiche auf Zendos Grund gefunden wurde, weil ich dann sofort weiß, von wem das kam.«

Willie grinste. »Sie wollen mir doch nicht etwa drohen, junge Dame?«

»Aber ich«, sagte Hillbilly.

Willie sah Hillbilly einen Moment lang an. »Ich habe nicht gesagt, ich würde es rumerzählen. Sie beide sind ziemlich unhöflich.«

»Ich bin einfach ein bisschen gereizt«, lenkte Sunset ein. »War ein harter Monat.«

»Kann ich mir vorstellen«, sagte Willie. Dann streckte er Hillbilly die Hand hin. »Nichts für ungut.«

Hillbilly ergriff Willies Hand und schüttelte sie. »Schon in Ordnung. Aber sagen Sie trotzdem nichts.«

Meinst du, das war vielleicht ein bisschen übertrieben?«, fragte Sunset. Sie waren mit dem Pick-up auf dem Weg zurück zu Sunsets Zelt.

»Vermutlich«, erwiderte Hillbilly. »Mir hat nur nicht gefallen, wie er geredet hat.«

»Ich kann so etwas schon selbst regeln. Wenn du anfängst, mir die Dinge aus der Hand zu nehmen, obwohl es nicht nötig ist und ich dich nicht darum gebeten habe, dann glauben die Leute, ich wäre nicht in der Lage, das zu tun, was getan werden muss.«

»Ich mag den Mann einfach nicht.«

»Ich glaube, das beruht auf Gegenseitigkeit. Und mich mag er, glaube ich, genauso wenig.«

»Dich mag er schon. Ich hab gesehen, wie er dich angeglotzt hat, vor allem, wenn du's nicht gemerkt hast.«

»Bist du deshalb aufgegangen wie ein Hefeteig?«

»Ich will da ganz ehrlich zu dir sein, Sunset. So was wie Eifersucht kenn ich nicht.«

»Oh.«

Als sie am Zelt ankamen, lag Ben auf dem Rücken unter einem Baum und hatte die Pfoten in die Luft gestreckt. Er drehte den Kopf und sah sie an, reagierte aber nicht mehr wie noch vor einiger Zeit erschrocken und raste auch nicht davon.

»Du hast ihn verwöhnt«, sagte Hillbilly.

»Das will ich doch hoffen. Schlechte Zeiten hatte er genug. Und ich übrigens auch.«

Im Zelt begrüßte sie eine frisch gebadete, hübsch angezogene und sorgfältig zurechtgemachte Karen, die noch dazu angenehm roch.

»Na so was«, sagte Hillbilly. »Du bist ja eine richtige Schönheit.«

Und das war sie auch. Sie sah älter aus, als sie war. Ihr schwarzes Haar trug sie offen, so wie ihre Mutter, und ihre dunklen Augen wirkten, als hätte man sie mit Spucke gewienert.

»Eigentlich habe ich einfach nur das Erstbeste angezogen«.

Hillbilly grinste.

»Ich glaube, ich mache mir jetzt ein paar Notizen«, sagte

Sunset. »Jedenfalls hat Pete das immer gemacht. Scheint eine ganz gute Idee zu sein.«

»Was war los?«, fragte Karen.

»Wir haben eine Leiche gefunden«, antwortete Sunset. »Und mehr wissen wir auch nicht.«

»Ich glaube, ich gehe ein bisschen spazieren«, sagte Karen. »Hast du Lust mitzukommen, Hillbilly?«

»Ich geh mit. Ich mach mir keine Notizen.«

»Passt auf Schlangen auf«, sagte Sunset.

Sunset suchte die Akte heraus, die Pete zu dem Säugling angelegt hatte, der auf Zendos Land gefunden worden war. Sie dachte über die Leiche nach, die sie gerade gesehen hatten. Es schien ziemlich offensichtlich, dass es da eine Verbindung gab. Aber was für eine? Wer war die Frau, die sie heute ausgegraben hatten? Und der Säugling. Wessen Kind er wohl war? Und war er schwarz oder weiß? Wusste Zendo mehr, als er zugab?

Nein. Das konnte sie sich nicht vorstellen. Zendos Verstörtheit hatte echt gewirkt. Natürlich konnte das auch gespielt sein, aber das glaubte sie nicht. Ein Weißer meldete vielleicht den Fund einer Leiche, um den Verdacht von sich abzulenken, aber ein Farbiger – das ergab keinen Sinn. Nicht, wenn man Farbige normalerweise sowieso für schuldig hielt. Nein. Zendo hatte nur das Richtige tun wollen.

Ob der Säugling wohl zu der Frau gehörte? Und wenn ja, warum waren die Leichen in so großem zeitlichen Abstand gefunden worden? Und was hatte es mit dem Öl auf sich? Warum ausgerechnet Zendos Acker? Und wieso sollte jemand eine Leiche auf diese Art begraben, senkrecht wie einen Pfosten?

Sunset klopfte mit dem Bleistift auf den Tisch, zog schließlich ein Blatt Papier zu sich heran und schrieb die Ereignisse des Tages auf. Sie versuchte, alles möglichst genau festzuhalten. Als sie fertig war, überkam sie das beklemmende Gefühl, nicht die geringste Ahnung zu haben, wie sie mit den Ermittlungen weitermachen sollte.

Ermittlungen. Verdammt, dachte sie, ich stelle Ermittlungen an. Wie ein Detective. Himmel, ich bin das Gesetz. Ich. Sunset Jones. Das Gesetz. Constable Sunset. Ihr werdet schon sehen!

Aber was sie jetzt machen sollte, wusste sie trotzdem nicht.

KAPITEL 13 Als die Wirkung des Alkohols allmählich nachließ, erwachte Clyde mit Kopfschmerzen und dem ekligen Geruch von Rauch in der Nase. Er betrachtete die Überreste seines Hauses. Inzwischen war er nicht mehr so begeistert von dem, was er getan hatte, aber deprimiert war er auch nicht gerade. Jedenfalls nicht mehr als zu dem Zeitpunkt, als das Haus noch stand – als er an Sunset gedacht hatte, wohl wissend, dass die Chancen, dass aus ihm und ihr was wurde, in etwa so groß waren wie die, eine Ente zu schießen, die dann gewürzt und fertig gebraten auf dem Boden landete.

Eine Zeit lang musterte er die rauchende Ruine seines Hauses, dann stand er auf. Es fühlte sich an, als würde eine Kugel durch seinen Körper rasen und zum Kopf herausdonnern. Whisky. Schlechte Idee, dachte er. Ganz schlechte Idee.

Clyde beschloss, noch ein bisschen sitzen zu bleiben, aber als es allmählich kühler wurde, verspürte er eine gewisse Rastlosigkeit. Außerdem fühlte er sich allmählich kräftiger und mutig genug, um aufzustehen. Er ging zum Brunnen, zog einen Eimer Wasser hoch und schüttete es sich über den Kopf. Er wiederholte den Vorgang, dann holte er noch einmal Wasser hoch, trank einige Schlucke aus dem Eimer und kippte sich den Rest ebenfalls über den Kopf. Schließlich holte er seinen Kamm aus der Tasche, kämmte sich nach Gefühl das Haar und hoffte, dass er nicht allzu lächerlich aussah. Anschließend ging er den Weg hinauf, der zur Hauptstraße führte. Er hatte das eigentlich gar nicht vorgehabt, aber plötzlich wanderte er vor sich hin, und zwar mit ziemlich schnellem Schritt. Dabei schien sein Kopf auf und ab zu hüpfen, als wolle er sich vom Hals lösen. Es fühlte sich an, als würde jemand in seinem Schädel ein Rodeo abhalten.

Der Tag war derart heiß, dass sein Haar schon fast trocken war, als er die Hauptstraße erreichte, und lange bevor er an seinem Ziel ankam, waren auch Hemd und Hose, die ebenfalls nass geworden waren, wieder getrocknet. Er brauchte fast zwei Stunden, bis er halbwegs in der Nähe von Sunsets Zuhause war, und bevor er in das letzte Stück Straße einbog, das dorthin führte, sah er Hillbilly aus dem Wald kommen, und neben ihm Karen.

Hillbilly lächelte, und Karen lachte. Hillbilly blieb am Rand der Straße stehen und zupfte Zweige und Gras von der Rückseite von Karens Kleid. Als er damit fertig war, beugte Karen sich vor und gab ihm einen Kuss auf die Wange. Hillbilly nahm ihre Hand und hielt sie fest. Schließlich zog sie den Arm zurück, ließ die Hand aber so lange in seiner, bis sie einfach loslassen musste. Dann drehte sie sich um und ging in Richtung Zelt. Hillbilly blieb eine Weile stehen und sah Karen hinterher. Als sie schließlich hinter der Kurve verschwunden war, drehte er sich um, zog den Reißverschluss seiner Hose hinunter und pinkelte.

Clyde, der ruhig und zum Teil von Büschen verdeckt am Rand der Straße stand, war nicht bemerkt worden. Er wartete noch einen Moment, und als Hillbilly den Reißverschluss wieder hochzog, trat er aus seinem Versteck und ging auf ihn zu.

»Was zum Teufel treibst denn du hier?«, fragte Hillbilly.

»Ich geh spazieren.«

»Das seh ich. Warum?«

»Ich hab mein Haus abgefackelt.«

»Was?«

»Abgefackelt.«

»Wie ist das denn passiert?«

»Ich hab's angezündet.«

»Angezündet?«

»Genau. Du kannst jetzt nicht mehr bei mir wohnen, Hillbilly. Du musst dich nach was anderem umsehen. Ich hab jetzt nur noch ne Plane mit ein paar Sachen drunter.«

»Warum um Himmels Willen fackelst du deine Bude ab?«

»Weil ich die Schnauze voll davon hatte. Ich hab gesehen, wie Karen dich geküsst hat.«

»Was?«

»Du hast mich schon verstanden.«

»Mann, das war doch nur ein unschuldiger Schmatz auf die Backe.«

»Sah mehr wie ein Dankeschön aus, falls du weißt, was ich meine.«

»Verdammt, die Kleine ist alt genug, ihre Entscheidungen selbst zu treffen.«

»Wenn einer Leute so einwickeln kann wie du, ist sie vielleicht jung genug, um zu glauben, sie würde Entscheidungen treffen, die eigentlich du für sie triffst.«

»Ich hab gesagt, sie ist alt genug und ich kann tun, was ich will, aber ich hab nicht gesagt, dass irgendwas passiert ist. Du bildest dir da was ein. Verdammt, Mann, du hast getrunken. Du stinkst wie der Boden von ner Kneipe.«

»Sunset mag dich.«

»Ich weiß.«

»Das ist ihre Tochter.«

»Auch das weiß ich.«

»An dich kommt man nicht so leicht ran, stimmt's, Hillbilly?«

»Ich weiß nicht, wovon du redest.«

»Hast du denn keine Gefühle?«

»Mehr als genug.«

»Aber alle nur für dich selbst.«

»Das ist bei allen so, Clyde. Viele Leute halten sich für großzügig, lassen anderen den Vortritt, aber das ist nicht echt. Letztlich nicht. Ich passe nur auf mich auf. Wenn mir die Kleine nen Kuss auf die Backe geben will – oder was auch immer –, dann ist das ihre Sache. Und wenn ich es zulassen will, dann ist das meine.«

»Du hältst dich wohl für was Besonderes, wie, Hillbilly?«

»Ich halte mich für einen, der tut, was nötig ist, das ist alles.«

»Komm heut Abend nicht wieder zu mir.«

»Wozu auch? Du hast deine Bude doch eh abgefackelt. Ich mach jetzt nen kleinen Spaziergang. Sag Sunset, ich bin gleich wieder da. Und wenn du schon mit ihr redest, frag sie doch mal nach der Leiche, die wir heute gefunden haben.«

»Eine Leiche?«

Hillbilly trat auf die Straße und ging los, weg von Sunsets Zelt. Dann blieb er stehen, drehte sich um und sagte: »Ich hoffe, du hast deine Bude nicht nur abgefackelt, um mich loszuwerden. Da hättest du bloß den Mund aufmachen müssen. Und übrigens: Falls du, wie ich annehme, noch mal ganz von vorn anfangen willst, nen neuen Hut kaufen und dich gescheit rasieren, dann wird das auch nichts ändern. Sie wird auch dann kein Interesse an dir haben, mein Freund. Du bist und bleibst du selbst.«

»Du hast ja keine Ahnung«, sagte Clyde.

»So viel schon.«

Als Clyde bei Sunsets Zelt ankam, sprang Ben auf ihn zu und beschnupperte ihn. Clyde streichelte ihn und ging dann nach drinnen. Karen saß mit einem Buch auf dem Schoß auf einem Stuhl. Sie starrte ins Leere, als wäre sie weit weg, und bemerkte Clyde erst, als er sie ansprach. »Oh, hallo, Clyde, Mama ist auf der anderen Seite.«

Clyde ging um den Vorhang herum. Sunset saß am Tisch und schrieb wie wild auf einem gelben Block. Sie sah ihn an, hielt einen Finger hoch, damit er ihr noch eine Minute Zeit ließ, und schrieb weiter.

Clyde nahm sich einen Stuhl und betrachtete sie. Er sah ihr bei fast allem gern zu, was sie tat. Ihr Haar war so rot und lang und weich wie Flammen, aber von einer viel schöneren Farbe als das Feuer, das seinem Haus den Todeskuss gegeben hatte. Sie hatte weiche Gesichtszüge, rosa Wangen und die hübscheste Nase und den schönsten Mund, die er je gesehen hatte. Vor allem ihr Mund gefiel ihm. Letzte Nacht, in seinem Traum, hatte ihr Mund eine zentrale Rolle gespielt. Ihm gefiel sogar, wie ihre Füße in die Arbeitsstiefel passten; irgendetwas war verdammt niedlich daran, wie ihre kleinen Füße in diesen Stiefeln steckten. Und dann dieser breite Waffengürtel. Den hätte er eigentlich nicht niedlich finden sollen, er tat es aber trotzdem. Er wusste, wenn sie sich plötzlich vorgebeugt, »Old Man River« gefurzt und mit den Füßen den Takt auf den Boden getrommelt hätte, hätte er das auch niedlich gefunden.

Niedlich. Das Wort war ihm noch nie vorher in den Sinn gekommen.

»Hast du ein Feuer gemacht? Gestrüpp verbrannt?«

»So was Ähnliches. Hillbilly hat gesagt, er wär in ein paar Minuten wieder da.« Clyde ging durch den Kopf, was er gesehen hatte, und ihm wurde klar, dass er eigentlich gar nichts gesehen hatte. Trotzdem hatte er das Gefühl, er sollte etwas sagen, wusste aber nicht, was. Er hatte nur einen Kuss gesehen, noch dazu auf die Wange.

»Oh, ist Karen schon zurück?«, fragte Sunset.

»Ja, auf der anderen Seite. Sie sitzt da mit nem Buch. Hillbilly hat gesagt, ich soll Sie nach der Leiche fragen.«

»Das habe ich gerade aufgeschrieben. Zendo hat sie gefunden.«

»Noch eine?«

»Diesmal ist es kein Säugling.« Und dann erzählte Sunset ihm die ganze Geschichte. Als sie fertig war, sagte sie: »Hillbilly glaubt, Zendo könnte was damit zu tun haben.«

»Hat er nicht.«

»Das denke ich auch.«

»Ich kenn Zendo schon mein ganzes Leben lang. Hillbilly kenn ich erst ein paar Wochen. Er ist nicht der kluge Bursche, für den er sich hält. Wenn ich was wissen wollte, würd ich eher Zendo fragen als Hillbilly. Außer ich wollte wissen, wie man es sich am besten unter nem Baum gemütlich macht.«

»Hillbilly macht mir einen ganz hellen Eindruck.«

Clyde gab ein Geräusch von sich wie jemand, der gerade gemerkt hat, dass man ihm mit einem Löffel Pferdeäpfel eingetrichtert hat, aber er beschloss, sich nicht weiter über Hillbilly auszulassen. Vermutlich machte er aus einer Mücke einen Elefanten. Und wenn es um Hillbilly ging, war seine Meinung nicht gefragt. »War es Mord?«, wollte er wissen.

»Ich glaube schon. Pfarrer Willie schaut sich die Leiche an. Auf jeden Fall hat sie sich nicht selbst auf dem Acker begraben, aber ich habe keine Ahnung, wie sie gestorben ist. Die Leiche ist schon zu verrottet. Kann natürlich sein, dass sie einfach gestorben ist, und dann hat jemand beschlossen, sie da draußen zu begraben wie eine Süßkartoffel, aber ich bezweifle es.«

»Haben Sie irgendeine Vorstellung, wer's gewesen sein könnte?«

»Nicht die geringste. Ich habe mir gedacht, ich schreibe auf, was ich weiß, und sehe Petes Akten durch, in der Hoffnung, dass mir das hilft.«

»Indem Sie was Ähnliches finden?«

»Daran habe ich auch gedacht, Clyde. Vielleicht hat es so etwas schon mal gegeben. Nun ja, so war es ja auch.«

»Der Säugling.«

»Genau. Aber vielleicht noch was anderes, Ähnliches. Etwas, wo Pete wusste, wer es getan hatte oder zumindest einen Verdacht hatte.«

»Hätten Sie das nicht mitbekommen?«

»Pete hat mir nicht viel erzählt. Jedenfalls habe ich nachgesehen, ob schon mal so was Ähnliches vorgekommen ist, aber ich habe nichts gefunden. Was ich sagen will: Pete hat alles sehr sorgfältig festgehalten, was mit seiner Arbeit als Constable zusammenhing. Zu fast allem findet sich eine Notiz. Die meisten sind nur kurz, und er hat sie nur gemacht, um zu wissen, worum es ging, damit er sich später besser erinnern konnte. Bei einigen Sachen kapiere ich nicht, wovon er redet.«

»Sunset, glauben Sie, dass ein Mensch noch mal von vorn anfangen kann?«

»Was meinst du damit?«

»Sie wissen schon, dass man sein Leben ändert. Sich vielleicht was Besseres aufbaut.«

»Na ja, jetzt hast du ja erst mal diese Arbeit. Ist doch besser als die Sägemühle, oder?«

»Ich meine von Grund auf. Ein anderer Mensch wird.«

»Das hoffe ich doch. Ja. Ich glaube schon. Clyde, du musst wirklich bei einem Wahnsinnsfeuer gewesen sein. Mir tränen schon die Augen.«

»Was ist?«

»Ich sagte, du riechst wie ein Lagerfeuer.«

»Ich riech so, weil ich mein Haus abgefackelt hab.«

Sunset fiel die Kinnlade herunter. Nachdem sie den Mund wieder zubekam, sagte sie: »Um Gottes Willen. Wie ist das denn passiert?«

»Ich hab ein Streichholz drangehalten.«

»Du?«

»Ja, ich.«

»Mit Absicht?«

»Mit voller Absicht.«

»Wo kommt Hillbilly jetzt unter?«

Die Frage war wie ein Stachel in seinem Herz. »Keine Ahnung. Bei mir jedenfalls nicht. Verdammt, ist mir auch egal, wo er bleibt.«

Sunsets Gesicht verdüsterte sich. »Hast du Ärger mit Hillbilly?«

»Nur ein bisschen.«

Ben bellte, und schon schob Hillbilly eins der herabhängenden Laken zur Seite. Sunset sah zu ihm hoch, und Clyde bemerkte, dass ihr Gesicht sich erhellte, wie eine Kerosinlampe ein dunkles, fensterloses Haus erhellt.

»Clyde hat sein Haus niedergebrannt«, sagte sie. »Vorsätzlich.«

»Ja«, entgegnete Hillbilly. »Hab ich schon gehört.«

Karen schlüpfte ins Büro und stellte sich neben Hillbilly. »Was hat er gemacht?«, fragte sie.

Sunset wiederholte, was sie gesagt hatte.

»Clyde, wieso machst du so was?«, fragte Karen.

»Ich fang noch mal von vorn an, Kleines. Außerdem wollte ich die Ratten ausräuchern.«

»Wie lustig«, entgegnete Karen mit breitem Lächeln. »Du brennst das ganze Haus nieder, um die Ratten loszuwerden.«

Clyde sah, wie Sunset Karens lächelndes Gesicht betrachtete, und dachte, nein, diese Rattengeschichte ist wirklich nicht so lustig. Und so breit hat sie seit dem Tod ihres Daddys nicht mehr gelächelt. Das weiß ich, Kleines, und du weißt das auch. Und ich glaube, ich kenne den Grund, und auch wenn es großartig ist, dass sie so glücklich aussieht, und ich weiß, sie möchte glücklich sein, schon ihrer Mutter zuliebe, dann ist sie, wenn ich recht habe, aus dem verkehrten Grund glücklich. Schließlich ist sie noch ein Kind, und Hillbilly, der ist ein beschissener Lügner. Schöne große rothaarige Frau, hast du auch nur den geringsten Verdacht? Den Hauch einer Ahnung?

Natürlich nicht. Was den Hurensohn angeht, bist du genauso blind wie Karen. Mann, ich kann die Hitze ja richtig riechen, die ihr beide verströmt, und alles wegen ihm. Heiß, feucht und willig, und dabei stehe ich hier und begehre dich, liebe dich, aber du nimmst mich nicht mal wahr.

Und vielleicht bilde ich mir das ja auch alles nur ein. Vielleicht läuft da ja gar nichts zwischen Karen und ihm, außer dass er vielleicht so etwas wie ein Daddy für sie ist, und sie waren einfach nur im Wald spazieren, und mehr ist da gar nicht. Vielleicht bin ich eifersüchtig auf dich und Hillbilly, auf das, was du für ihn empfindest. Ja, das könnte schon auch eine Rolle spielen.

Verdammt, natürlich tut es das.

KAPITEL 14 Der Lastwagen rumpelte die Straße entlang und spuckte von Zeit zu Zeit schwarzen Rauch aus. Die Motorhaube, die mit Ballendraht befestigt war, klapperte, und der Wagen neigte sich zu der Seite, auf der die Stoßdämpfer kaputt waren. Auf der Ladefläche, deren Seitenwände aus hohen Brettern bestanden, saßen fünf Männer, drei Frauen und ein Kind, ein etwa dreizehnjähriger Junge. Der Fahrer war ein rotgesichtiger Mann, dem eine Zigarre zwischen den Zähnen hervorwuchs. Der Beifahrersitz war leer, und der Mann hätte auch niemals zugelassen, dass sich jemand dort hinsetzte, nicht einmal eine der erschöpften Frauen.

Er hatte sie alle am Morgen bei der Baumwollentkernungsanlage in Holiday aufgelesen, wo die Leute immer hinkamen, wenn sie Arbeit suchten, meistens ohne Erfolg. Er wusste, er konnte dort jederzeit Tagelöhner finden, wenn er ihnen einen Dollar für einen Tag Arbeit auf seinen Feldern bot, die weit außerhalb der Stadt lagen, draußen im feuchten Tiefland zwischen den Bäumen.

Jetzt, wo die Leute mit der Arbeit fertig und verschwitzt und erschöpft waren, sollte er sie nach Camp Rapture bringen, damit sie in der Sägemühle nach Arbeit fragen konnten. Außerdem war es Zeit, sie auszubezahlen.

Vor einem Hügel ging er vom Gas, kuppelte aus und schaltete in einen niedrigeren Gang. Der Wagen machte einen Satz, und der Motor erstarb. Der Mann zog die Handbremse, stieg aus und ging nach hinten. »Ich habe ein Problem«, sagte er.

Die Leute auf der Ladefläche stöhnten, und einer von ihnen, der eine alte Anzugjacke trug, die so fadenscheinig war, dass man fast schon die grünen Streifen auf seinem Hemd sehen konnte, klammerte sich an die Seitenbretter und spähte zwischen ihnen hindurch. Er war groß und sah kräftig aus, vielleicht ein klein wenig zu dick. Sein Haar hatte die typische Farbe, die rotes Haar annimmt, wenn es grau wird. »Sie haben nur die Kupplung falsch bedient«, sagte er.

»Mag schon stimmen, aber da ist auch was nicht in Ordnung. Das ist mir schon mal passiert. Wenn ihr alle aussteigt und schiebt, lasse ich die Kupplung kommen, vielleicht springt er dann wieder an.«

»Versuchen Sie es einfach noch mal. Das funktioniert schon.«

»Nein, das glaubst du vielleicht, aber es funktioniert eben nicht. Das Ding ist nicht in Ordnung. Ich kenne das schon. Also: alle raus und schieben.«

»Wann kriegen wir unser Geld?«

»Sobald wir in Camp Rapture sind.«

»Und warum nicht jetzt gleich? Warum erst in Camp Rapture? Wir wollen da wegen Arbeit fragen. Wir müssen da nicht hin, um das Geld zu kriegen. Sie können es uns auch gleich geben.«

»Finde ich auch«, sagte einer der anderen Männer.

»Schon verstanden«, entgegnete der Fahrer. »Aber erst bringen wir den Wagen wieder in Gang. Das ist doch wohl nicht zu viel verlangt. Ich muss das Geld dort erst besorgen.«

»Warum?«, fragte der Mann in der Anzugjacke.

»Weil ihr sonst kein Geld bekommt. Ich habe es in Camp Rapture.«

»Ein Ort wie der hat eine Bank?«

»Nein. Aber bei dem Laden dort kann man Geld hinterlegen. Das ist nicht wie bei einer Bank. Das ist besser. Sie bewahren es auf, und dafür musst du gelegentlich bei ihnen einkaufen, aber die plündern einen nicht aus wie eine Bank. Die verlangen keine Zinsen, man muss nur ab und zu was kaufen, Sachen, die man sowieso braucht. Mehl zum Beispiel.«

»Bis wir da sind, hat der Laden nicht mehr offen.«

»Ich glaube doch, und falls nicht – ich kenne den Besitzer. Kein Problem.«

Langsam stiegen alle aus dem Wagen. Der rotgesichtige Mann schob die Zigarre mit der Zunge in den anderen Mundwinkel und sagte: »So, alle hier hinten aufstellen, und wenn ich rufe, schiebt ihr. Bleibt mehr an den Seiten, falls der Wagen zurückrollt, damit ihr nicht überfahren werdet.«

»Lassen Sie es mich doch mal versuchen«, sagte der große Mann mit der Anzugjacke.

»In meinem Wagen lasse ich niemanden sonst ans Steuer.«

»Sollten Sie vielleicht aber«, sagte der Junge. »So, wie Sie fahren.« Er machte einen aufgeweckten Eindruck, und sein Gesicht war umrahmt von einem Schopf strohblonder Haare, die unter seiner Tweedkappe herabhingen.

»Es gehört sich nicht, mit Älteren so zu sprechen. Wenn du das noch mal machst, setzt es eine Backpfeife.«

»Nein, das tut es nicht«, widersprach der Mann in der Anzugjacke.

»Jetzt hört mal«, sagte der rotgesichtige Mann. »Helft mir einfach, den Wagen wieder in Gang zu bringen. Ihr bekommt euer Geld, sobald wir in Camp Rapture sind.«

»Tun wir's doch einfach«, sagte eine der Frauen. Sie war müde und schwanger und hatte den Tag voll durchgearbeitet. In ihren Haaren klebte der Staub vom Feld, und ihr fehlten einige Zähne. Sie sah aus, als würde sie jeden Moment austrocknen und davonfliegen und nur ihren rundlichen Bauch mit dem Kind darin zurücklassen.

»Na gut«, willigte der Mann mit der Anzugjacke ein.

Sie gingen zur Rückseite des Wagens, und der rotgesichtige Mann schwang sich hinter das Steuer. Dann streckte er den Kopf aus dem Fenster und sagte: »Macht euch bereit.« Sie teilten sich in zwei Gruppen auf, vier auf der einen, fünf auf der anderen Seite. »Seid ihr so weit?«, fragte der rotgesichtige Mann.

»Wir sind so weit«, antwortete einer der Männer.

»Dann mal los«, sagte der Rotgesichtige. Er startete den Wagen, ließ die Kupplung kommen, fuhr los und gab Gas.

»He! He!«, schrie der Junge und rannte dem Wagen hinterher. »Kommen Sie zurück!«

Im Fenster des Wagens tauchte eine winkende Hand auf.

»Kommen Sie zurück!«, rief der Junge noch einmal.

»Verdammt«, sagte der Mann in der Anzugjacke. »Das hätte ich wissen müssen.«

»Du wusstest es aber nicht«, entgegnete einer der Männer. Anzugjacke musterte ihn. Der Mann war dünn und sah genauso müde und erschöpft aus wie die Schwangere, mit der er verheiratet war.

»So'n Scheiß, jetzt haben wir den ganzen Tag umsonst gearbeitet«, sagte der Junge.

»Sieht so aus«, gab Anzugjacke zurück, und sie machten sich auf den Weg.

»Vielleicht können wir ihn uns in Camp Rapture schnappen«, schlug die Schwangere vor. »Und uns das Geld holen.«

»Wenn ich den in die Finger kriege«, sagte der dünne Mann, »dann verliert der mehr als nur sein Geld. Da gehen auch ein paar Zähne bei drauf, vielleicht auch noch ein paar andere Körperteile.«

»Ich glaub nicht, dass er nach Camp Rapture fährt«, erwiderte ein anderer der Männer. »Das hat er nur so behauptet.«

»Vermutlich könnten wir ihm auf seinem Feld auflauern«, sagte ein anderer.

»Nach Camp Rapture ist es nicht so weit wie zu seinem Feld«, entgegnete Anzugjacke. »Ich glaube, ich finde mich mit dem Verlust ab und hoffe einfach, er läuft mir mal über den Weg.«

»Allmählich gewöhn ich mich richtig dran, dass ich immer am kürzeren Hebel sitze«, sagte der dünne Mann. »Ich fang schon an, das richtig zu mögen, als müsste das so sein.«

»Sei bloß still«, entgegnete seine Frau. »Sag das ja nie mehr.«

Es war schon spät am Abend, bewölkt und dunkel wie im Inneren eines Darms, als ein Wagen vor dem Zelt vorfuhr. Hillbilly war allein losgezogen, und Clyde war zu den Überresten seines Hauses zurückgekehrt. Als Sunset den Wagen hörte, hielt sie das aus irgendeinem Grund für ein böses Omen.

Ben knurrte wütend. Sunset, die sich nie weit von ihrem Revolver entfernte, rückte das Holster an ihrer Hüfte zurecht, stand auf und trat in dem Moment aus dem Zelt, als die Scheinwerfer des Wagens erloschen. Ben rannte kläffend auf die Fahrerseite. Jemand saß auf dem Beifahrersitz, aber es war zu dunkel, um zu erkennen, wer es war. Sunset rief den Hund ein paarmal, und zu ihrer Überraschung gehorchte er. Er kam, setzte sich neben sie und hörte auf zu bellen.

Ihr fiel ein, dass Pete einmal gesagt hatte, am gefährlichsten sei ein Hund dann, wenn er zu bellen aufhört und einen nur noch beobachtet. Sie bückte sich und streichelte Ben den Kopf.

Ein Mann stieg aus dem Wagen, setzte seinen Hut auf und kam vorsichtig auf sie zu. Er sah aus, als sei er darauf gefasst, jeden Moment auf die Motorhaube springen zu müssen. »Der Hund beißt doch nicht etwa?« Es war Priester Willie.

»Mich jedenfalls nicht.«

»Ich bleibe lieber hier stehen.«

»In Ordnung.«

In dem Moment kam Karen aus dem Zelt. Sie verströmte immer noch einen angenehmen Geruch, und ihr dunkles Kleid und ihr langes schwarzes Haar, das ihr über die Schulter hing, verschmolzen so völlig mit der Finsternis, dass nur ein weißes Gesicht durch die Nacht zu schweben schien.

»Es geht um die Leiche, die Sie mir gebracht haben«, sagte Priester Willie.

»Das habe ich mir schon gedacht. Wen haben Sie dabei?«

Der Mann auf dem Beifahrersitz streckte den Arm aus dem Fenster, dann den Kopf. Sie konnte ihn immer noch nicht richtig sehen. »Ich bin's, Sunset«, sagte der Mann. »Henry.«

Sofort hatte Sunset ein ungutes Gefühl. Sie hatte Henry nie gut gekannt, aber an dem Tag der Versammlung hatte sie durchaus begriffen, wes Geistes Kind er war. Außerdem wusste sie, dass er in Camp Rapture ein einflussreicher Mann war. Dass er jetzt hier auftauchte, bedeutete, dass der Priester die Sache mit der Leiche nicht für sich behalten hatte. Das überraschte sie nicht. Hillbillys kleiner Ausfall hatte vermutlich seinen Stolz verletzt. Und dass sie als Frau eine Stellung innehatte, in der sie ihn zum Stillschweigen anhalten konnte, hatte die Sache vermutlich auch nicht besser gemacht. Abgesehen da-von war er ein Arschloch und hätte es vielleicht sowieso weitererzählt.

»Hallo, Henry«, entgegnete Sunset. »Und Willie, wie ich sehe, haben Sie genau das getan, was ich Sie gebeten hatte, nicht zu tun.«

»Ich glaube, ich weiß, warum Sie nicht wollten, dass es bekannt wird«, sagte Willie.

»So?«

»Ich weiß, wer es ist.«

»Sagen Sie es mir.«

»Sie trug eine Halskette. Man konnte sie nicht sehen, weil sie in ihren verrotteten Körper hineingefallen war. Die Kette lag in ihrem Hals, wo noch fauliges Fleisch war. Ihr Name steht drauf.«

»Und?«

»Jimmie Jo French.«

»Mein Gott. Ich habe sie gekannt.«

»Das nehme ich doch an. Sie sind ja mal auf sie losgegangen.«

»Ich war sauer wegen ihr und Pete.«

»Ihr Tod hätte für Sie und Pete ganz schön was verändert, nicht wahr?«

»Pete ist ebenfalls tot, was für einen Unterschied hätte das also schon gemacht?«

»Vielleicht haben Sie damals geglaubt, es würde was ändern«, sagte Henry.

»Damals?«

»Sie ist schon eine Zeit lang tot. Wahrscheinlich wurde sie erst in Öl gelegt und dann begraben. Haben Sie das gemacht? Sie in dem Feld begraben?«

»Ich war wütend. Nicht durchgedreht.«

»Sunset, ich frage ja nur.«

»Klar tun Sie das.«

»Mama«, fragte Karen. »Wovon reden die?«

»Das erkläre ich dir später, Schatz«, antwortete Sunset und streichelte ihr den Arm.

»Jimmie Jo war schwanger«, sagte Willie. »Das Kind ist ihr herausgeschnitten worden. Nicht so, wie das ein Arzt machen würde. Jemand hat sie aufgeschlitzt und es ihr rausgerissen. Das lässt sich an dem Schnitt erkennen.«

»Mein Gott«, sagte Sunset.

»Missbrauchen Sie nicht den Namen des Herrn.«

»Willie, ich habe ›mein Gott‹ gesagt. Nicht ›zur Hölle mit Gott‹.«

»Jetzt reicht es aber.«

»Reden Sie weiter, Willie. Sie sind hierhergekommen, also reden Sie auch weiter. Sie und Henry, sagen Sie, was Sie zu sagen haben.«

Willie holte tief Luft. »Sie wurde mit einer Kugel aus einer .38er in den Hinterkopf getötet. Ich habe sie rausgeholt.«

»Die Waffe, die Sie da haben«, sagte Henry. »Das ist doch eine .38er, habe ich recht?«

»Wollen Sie behaupten, ich hätte sie umgebracht?«

»Ich sag nur, es könnte so aussehen.«

»Nur wenn Sie das unbedingt so sehen wollen, Henry. Warum sollte ich sie in Öl legen?«

»Um sie nicht verrotten zu lassen.«

»Und warum sollte ich das wollen?«

»Falls Sie die Leiche verstecken und erst später loswerden wollten.«

»Das ist doch lächerlich. Wenn ich sie einmal losgeworden bin, wieso sollte ich sie dann noch mal loswerden wollen? Und .38er gibt es zuhauf. Diese hier habe ich erst seit Petes Tod.«

»Das behaupten Sie«, entgegnete Henry. »Ich sage ja nicht, dass es nicht stimmt, aber ich sage, das sieht nicht gut aus, Sunset. Ich weiß nicht, ob wir es beweisen können, aber ich glaube, ich kann daraus eine handfeste Anklage machen, und wenn Sie nicht jede Menge Schwierigkeiten kriegen und vielleicht sogar im Gefängnis landen wollen, sollten Sie lieber zurücktreten und Ihre Arbeit einem Mann überlassen.«

»Jemandem, den Sie aussuchen?«

»Jemandem, den der Ältestenrat aussucht.«

»Verdammt«, entgegnete Sunset. »Sie sind doch der Ältestenrat.«

»Mama würde so was niemals tun«, sagte Karen.

»Hast du gedacht, sie würde deinen Papa erschießen?«, fragte Willie. »Hättest du dir das vorstellen können?«

Karen verstummte.

»Jetzt reicht es, Willie«, sagte Sunset.

»Selbst wenn Sie die Frau nicht umgebracht haben«, fuhr Henry fort, »läuft alles darauf hinaus, dass niemand bezeugen kann, dass die Geschichte mit Pete sich so abgespielt hat, wie Sie behaupten. Das ist nie polizeilich untersucht worden. Sie haben ihn einfach umgebracht und seine Arbeit übernommen. Und selbst wenn Sie Petes Freundin nicht umgebracht haben, sieht es schlecht aus. Und was ist mit dem Säugling geschehen? Eine rachsüchtige Frau würde vielleicht sogar so weit gehen, ihn einer Nebenbuhlerin rauszuschneiden.«

»Und jetzt machen Sie mit diesem Hillbilly rum«, fügte Willie hinzu. »Das sieht auch nicht gut aus. Ich habe vom Fenster aus gesehen, wie Sie ihn geküsst haben. Ich habe es gesehen.«

»Mama?«, sagte Karen fragend.

»Das war nichts«, entgegnete Sunset.

»Für mich sah es durchaus nach was aus«, widersprach Willie.

»Jetzt reicht's. Sie haben meine Tochter durcheinandergebracht, und mich bringen Sie auch durcheinander, dabei ist das alles nur heiße Luft. Nichts als heiße Luft.«

Karen stürzte weinend ins Zelt.

»Zufrieden?«, fragte Sunset.

»Nein«, antwortete Willie. »Ich sage ja nur, dass es nicht gut aussieht.«

»Ich glaube, Sie meinen beide ganz was anderes. Und was Hillbilly angeht – der arbeitet lediglich für mich.«

»Oh ja, ich wette, der macht seine Arbeit gut«, erwiderte Willie.

»Und Sie sind wirklich ein Priester?«, fragte Sunset.

»Das wissen Sie doch.«

»Können Priester vor Hunden davonlaufen? Sind Priester so schnell?«

»Was?«

»Ben, fass.«

Ben bellte und machte einen Satz. Willie stieß einen Schrei aus, drehte sich um, rannte um den Wagen herum und schaffte es gerade noch hineinzuspringen, bevor der Hund ihn erwischen konnte. Allerdings verlor er dabei seinen Hut. Ben sprang auf den Hut, drückte ihn mit einer Pfote zu Boden und bearbeitete ihn mit den Zähnen. Er zerriss wie feuchtes Zeitungspapier.

»Das war nicht lustig, Sunset«, beschwerte sich Willie.

»Für mich schon.«

»Das war ein guter Hut.«

»Da haben Sie recht. Wenn Sie wollen, gebe ich ihn Ihnen zurück.«

Ben flitzte auf die Beifahrerseite, stellte sich auf die Hinterbeine und schnappte Geifer verspritzend nach dem Fenster. Henry kurbelte es hoch. Ben sprang immer wieder knurrend und schnappend gegen das Glas, das allmählich nass von seinem Speichel war.

Willie ließ den Wagen an, durchbohrte die Nacht mit dem Licht seiner Scheinwerfer und fuhr mit hoher Geschwindigkeit davon.

»Auf Wiedersehen«, rief Sunset ihnen hinterher.

Ben rannte dem Wagen noch ein Stück hinterher, bevor er

kehrtmachte und zurücktrottete. Sunset nahm ihn mit ins Zelt, gab ihm etwas zu fressen, streichelte ihn und gab im einen Kuss auf seinen harten alten Kopf. Danach ließ sie ihn raus und wandte ihre Aufmerksamkeit Karen zu. »Alles in Ordnung mit dir?«, fragte sie.

Karen saß mit angezogenen Beinen auf der Matratze und hatte die Arme um die Knie geschlungen. Selbst im schwachen Licht der Lampe konnte Sunset erkennen, dass Karen sich so fest umklammerte, dass ihre Hände schon ganz weiß waren.

»Hast du sie umgebracht, Mama?«

»Was ist das denn für eine Frage?«

»Hast du sie wegen Daddy umgebracht? Hast du Daddy wegen ihr umgebracht?«

»Das würde ich nie tun. Ich hatte nicht vor, deinen Daddy umzubringen. Das war nicht meine Absicht. Er hat mir wehgetan. Sehr weh. Und da habe ich mich gewehrt.«

»Aber du hast dich von den Schlägen wieder erholt. Dir geht es gut. Und dir wäre es auch wieder gut gegangen, wenn du ihn nicht erschossen hättest.«

»Außer, wenn er mich umgebracht hätte.«

»Der Säugling. Der in dem Farbigenfriedhof. Ist das meine Schwester oder mein Bruder?«

»Schatz, wir wissen nicht mal, ob der Säugling und die Frau zusammengehören, und falls ja, muss das noch nicht heißen, dass es das Kind deines Vaters war.«

»Sie haben gesagt, sie wäre Daddys Freundin gewesen. Das haben sie doch gesagt, nicht wahr, und dass du sie deswegen umgebracht hast? War sie wirklich Daddys Freundin?«

»Das haben sie gesagt, ja. Und ja, sie war Daddys Freundin. Eine von mehreren, Schatz.«

»Ich dachte, Daddy liebt dich.«

»Das dachte ich auch. Damals.«

»Magst du Hillbilly?«

»Ja, ich mag ihn.«

»Du weißt schon, was ich meine.«

»Ich weiß es nicht, Kleines. Zur Zeit weiß ich nichts mit Sicherheit.«

»Hast du ihn geküsst?«

»Ja.«

Karen schwieg ziemlich lange. Schließlich fragte sie: »Warum waren diese Männer so gemein?«

»Henry will, dass ich die Arbeit aufgebe, damit er jemanden einsetzen kann, den er selbst ausgesucht hat. Ich weiß nicht, warum er so wild entschlossen ist, abgesehen davon, dass ihm die Vorstellung nicht behagt, dass ich eine Frau bin. Und deine Großmutter mag er auch nicht sonderlich. Sie hat mehr Einfluss in der Mühle als er. Sie könnte ihn feuern, wenn ihr der Sinn danach stünde, und jetzt, wo dein Großvater nicht mehr lebt, steht ihr vielleicht wirklich der Sinn danach. Ich glaube, Henry will sich um irgendein Amt bewerben. Er glaubt, Holiday und Camp Rapture werden sich zu einer Stadt zusammenschließen.«

»Stimmt das?«

»Ich weiß es nicht. Vermutlich. Ich weiß nicht, warum er sich dermaßen aufregt.«

Karen rollte sich auf die Seite, ohne die Knie loszulassen, und begann so heftig zu schluchzen, dass Sunset schon glaubte, sie würde auseinanderfallen. Sie setzte sich auf die Matratze, streckte vorsichtig die Hand aus und strich Karen über das Haar. Karen ließ sie gewähren. Nach einiger Zeit drehte Karen sich mit einem lauten Aufschrei zu Sunset herum, kletterte wie ein Kind auf ihren Schoß und schlang ihr die Arme um den Hals. Sunset hielt sie fest und küsste sie, und eine halbe Stunde später war Karen in ihren Armen eingeschlafen.

Sobald Karen fest schlief, legte Sunset sie auf die Matratze, deckte sie zu und ging dann wieder auf die Büroseite des Zelts, um abzuheften, was sie aufgeschrieben hatte.

Traurigkeit lastete auf ihr wie ein müder Elefant. Sie setzte sich an den Tisch, stützte den Kopf mit den Händen ab und dachte über das nach, was Henry und Willie gesagt hatten. Vielleicht sollte sie einfach die Polizeimarke zurückgeben. Das würde alles viel einfacher machen. Sie hatte Jimmie Jo nicht umgebracht, aber Henry und Willie wollten es unbedingt so aussehen lassen. Und es sollte auch so aussehen, als hätte sie den Säugling getötet und aus lauter Böswilligkeit der Mutter aus dem Leib geschnitten. So was Lächerliches.

Sollen sie ihre verdammte Marke doch haben, dachte sie. Und die verdammte Arbeit. Und ich …

Und ich? Ich habe dann kein Geld mehr. Und dann werden die Leute erst recht glauben, dass ich es getan habe. Selbst wenn Henry und Willie nichts sagen – was sehr unwahrscheinlich ist –, werden sie ihren Willen bekommen. Nein. Ich bleibe. Ich bleibe und finde raus, wer diese Frau und ihr Kind ermordet hat, das wahrscheinlich der Säugling auf dem Farbigenfriedhof ist. Davon hatte sie Willie nichts erzählt. Das wussten nur sie, Karen, Clyde und Hillbilly. Außer einer von ihnen hätte es weitererzählt.

Wenn sie mich loswerden wollen, dachte sie, müssen sie mir die Arbeit wegnehmen. Kampflos gebe ich nicht auf.

KAPITEL 15 Nachdem ihr »Boss« sie verlassen hatte, wanderten die fünf Männer, die drei Frauen und der Junge vor sich hin, bis die Sonne gerade noch als dünne rote Linie hinter den Bäumen zu sehen war. Die Dunkelheit brach herein und ließ das Mondlicht durch die Äste des Walds ranken wie zarte Spinnweben. Schließlich war es völlig dunkel. Der Mond leuchtete fahlweiß am tiefschwarzen Himmel, zusammen mit den scharfen weißen Punkten der Sterne. Dann kamen dunkle Wolken auf, die schnell heransegelten, aber nicht weiterzogen. Jetzt fiel nur noch gelegentlich ein bisschen Licht durch die Löcher in der Wolkendecke.

Der Großteil der Gruppe beschloss, neben der Straße zu übernachten, aber der Mann mit der Anzugjacke und der Junge gingen weiter Richtung Camp Rapture. Unter den Bäumen staute sich die Hitze wie unter der Achselhöhle in einem Seersucker-Anzug. Da der Mond nur noch selten herauskam, konnte man nicht weit sehen. Sie gingen dort, wo ihnen keine Bäume im Weg standen, und hielten sich so auf der Straße. Um sie herum zirpten Grillen, und weiter unten, wo der Fluss sich seinen Weg durch den Wald bahnte, war ein Ochsenfrosch zu hören, der Geräusche von sich gab, dass sich einem die Nackenhaare sträubten.

»Klingt wie ne kaputte Hupe«, sagte der Junge.

»Die großen klingen immer so«, erwiderte der Mann. »Wenn du das hörst, denkst du, wer so ein Geräusch von sich gibt, muss mindestens drei Meter groß sein. Wie heißt du?«

»Man nennt mich Goose, aber das ist nicht mein richtiger Name.«

»Stört es dich, wenn man dich Goose nennt?«

»Ist besser als mein richtiger Name oder als der Spitzname meines Bruders.«

»Wie wird er genannt?«

»Scheißer.«

»Scheißer? Wieso das denn?«

»Ich weiß es nicht genau. Na ja, ich nehm an, es war, weil er sich immer in die Hose gemacht hat. Bis er elf war. Er war nur ein Jahr älter als ich.«

»War?«

»Er hat sich irgendwas geholt und ist gestorben, Kinderlähmung, glaub ich. Meine Mama und mein Daddy hatten neun Kinder, und da hab ich beschlossen, ich könnt ganz gut allein zurechtkommen. Dann haben die anderen, meine Schwestern, mehr Möglichkeiten.«

»Ein paar von deinen Schwestern müssen eigentlich älter sein als du.«

»Ja. Aber die sind nicht so abenteuerlustig veranlagt.«

»Du hast mir noch gar nicht gesagt, warum man dich Goose nennt.«

»Weil ich wie ne Gans gehe.«

»Und wie ist dein richtiger Name?«

»Draighton.«

»Den finde ich gar nicht mal so schlecht.«

»Goose gefällt mir besser.«

»Na gut, Goose.«

»Und wie heißt du?«

»Lee.«

»Ist die Jacke nicht ziemlich warm?«

»Doch. Ich behalte sie, damit ich was habe, wenn es Winter wird. Bei der Arbeit kann ich sie ausziehen, und nachts kann ich mich damit zudecken. Wenn man es gewöhnt ist, ist sie beim Gehen gar nicht so lästig.«

»Ich hab nur die Sachen, die ich auf dem Leib trag, und diese Kappe. Meine Schuhe haben Löcher in den Sohlen. Ich hab sie mit Pappe ausstopfen müssen.«

»Das habe ich mit meinen auch gemacht, mein Sohn.«

»Ich hab ne Pfefferminzstange, die ich aus nem Laden geklaut hab. Sie ist ein bisschen zerbröselt, weil ich sie in der Hosentasche hab, aber wenn du magst, können wir sie uns teilen.«

»Gern.«

Der Junge zog die Pfefferminzstange heraus. Sie bestand nur noch aus kleinen Bröckchen, aber er teilte die Bröckchen sorgfältig auf und kippte dem Mann die eine Hälfte in die Hand. Der Mann warf sich alles auf einmal in den Mund. An den Bröckchen klebten Fussel und Erde, aber er war so hungrig, dass Fussel und Erde für ihn wie Gewürze waren. Zuletzt hatte er vor zwei Tagen etwas gegessen, und das war ein gekochter Schuh gewesen, den er und ein paar Wanderarbeiter neben den Schienen zubereitet hatten. Sie hatten auch eine Süßkartoffel kleingeschnitten und dazugegeben, aber davon hatte er nichts abbekommen, und der Schuh – obwohl in kleine Stücke gehackt und so lange gekocht, bis er weich genug war, um essbar zu sein – hatte immer noch nach Schuhcreme geschmeckt, und später hatte er sich übergeben müssen. Im Moment war er so hungrig, dass sich sein Magen anfühlte, als hätte man ihm die Kehle aufgeschlitzt.

»Was willst du in Camp Rapture machen?«, fragte der Mann.

»Versuchen, Arbeit zu kriegen, genau wie du.«

»In deinem Alter sollte ein Junge noch nicht arbeiten müssen. Im Haushalt mithelfen und so, das schon, aber keine Männerarbeit verrichten.«

»Das sag ich auch immer, aber das scheint nichts zu nützen. Ich hab jede Arbeit angenommen, die ich finden konnte. War nur keine dabei, bei der man das große Geld macht. Ich kann pflügen, ich kann Sachen schleppen, ich kann anstreichen und ich kann pflücken. Ne Zeit lang hab ich bei nem Jahrmarkt mitgearbeitet, bis mich der Boss übers Steuer eines der Wagen geschmissen und mir sein Ding in den Hintern reingeschoben hat.«

»Das tut mir leid.«

»Hat wehgetan, aber wenigstens hatte er anschließend Scheiße auf seinem Schwanz. Später hab ich dann den kleinen Wagen in Brand gesteckt, in dem er gehaust hat. Der Mann hat auch gebrannt, aber die Schausteller haben die Flammen erstickt. Ich bin weggelaufen, bevor es ihm wieder besser ging und er spitzkriegte, dass ich das gewesen war. Da hat so ne Verrückte gearbeitet, die konnte richtig bösartig werden, wenn er das wollte. Die ist auf einen losgegangen und hat einen mit beiden Händen gehauen, so schnell sie konnte, und die konnte sehr schnell sein. Ich hab angenommen, er würd sie auch auf mich loshetzen. Bei anderen hatte er das schon getan.«

»Du hast schon ganz schön was mitgemacht.«

»Das kannst du laut sagen. Hauptsache, die Arbeit ist schwer und macht einem den Rücken kaputt.«

»Wart ab, bis du so alt bist wie ich.«

»Wie alt bist du?«

»Über fünfzig. Mehr brauchst du nicht zu wissen. Die Wolken verziehen sich, der Mond kommt wieder durch.«

Sie gingen eine Zeit lang vor sich hin, dann streckte Lee plötzlich die Hand aus und hielt den Jungen zurück. »Sieh mal da.« Eine große schwarze Schlange glitt mit peitschenden Bewegungen und hoch erhobenem Kopf über die Straße.

»Verdammt«, sagte der Junge. »Die ist länger als Satans Schwanz.«

»So solltest du wirklich nicht reden.«

»Ich find dich nett, aber du bist nicht mein Vater.«

»Da hast du recht.«

»War das ne Wassermokassinschlange?«

»Ich glaube, das war nur eine große alte Hühnerschlange. Die fressen nur Hühner, Eier und Ratten. Die Ratten sind mir egal, aber man kann sich ganz schön über die Schlangen aufregen, wenn sie ins Hühnerhaus eindringen und man sich auf Eier zum Frühstück gefreut hatte.«

Sobald sie sicher sein konnten, dass die Schlange tief im Wald verschwunden war, gingen sie weiter.

»Sind Hühnerschlangen giftig?«, fragte Goose.

»Nein. Aber wenn ich eine sehe, kriege ich trotzdem eine Gänsehaut. Vermutlich sind sie Gottes Geschöpfe genau wie wir, aber wenn ich gerade eine Hacke zur Hand habe, schlage ich ihr den Kopf ab, egal, ob sie giftig ist oder nicht.«

»Dann hat die Schlange ja Glück gehabt, dass du heute keine Hacke dabeihast.«

»Wohl wahr. Als ich noch klein war, hat mich mal eine Peitschenschlange ums Haus herum gejagt, und als ich mich drinnen versteckt habe, hat sie sich aufgerichtet und zum Fenster reingeschaut.«

»Das gibt's doch nicht.«

»Oh doch. Das Fenster war nicht sehr weit über dem Boden, und ich hatte die Hose gestrichen voll. Mama hat die Hacke geholt und ihr den Kopf abgeschlagen. Später habe ich erfahren, dass eine Peitschenschlange einen zwar verfolgt, aber damit aufhört, wenn man stehen bleibt, und dann kann man wiederum sie verfolgen. Sobald du stehen bleibst, dreht sie um und jagt wieder dich. Für sie ist das so was wie ein Spiel. Ich glaube, sie hat damals durch das Fenster geguckt, damit ich wieder rauskomme und mit ihr weiterspiele. Und meine Mama ist raus und hat ihr den Kopf abgehackt. Irgendwie habe ich mich deswegen immer schuldig gefühlt.«

»Du siehst ein bisschen wie'n Priester aus.«

»Lass dich von ein paar Äußerlichkeiten nicht täuschen. Obwohl es Zeiten gab, in denen ich ziemlich viel gepredigt habe.«

»Um Geld zu kriegen? Hast du die Leute abgezockt? Mit Heilungen und so was?«

»Nein, mein Sohn. Mir war es ernst, und mit Heilen hatte ich nichts am Hut. Heilen kann nur der liebe Gott.«

»Und warum predigst du nicht mehr?«

»Irgendwie bin ich abgestürzt. Den Ruf des Herrn habe ich noch gehört, aber nicht mehr, was er gerufen hat. Hat sich angefühlt, als würde ich langsam taub. Die Ohren waren noch heil genug, um den Ruf zu hören, aber nicht heil genug, um ihn zu verstehen.«

»Und was hat dich abstürzen lassen? Saufen? Spielen? Mösen?«

»Ich weiß, ich bin nicht dein Vater, aber du bist wirklich zu jung, um so zu reden.«

»Anders kann ich aber nicht reden. Was Saufen, Spielen und Mösen angeht, das kenn ich alles schon, also kann ich wohl auch drüber reden. Und eins kann ich dir gleich sagen: Mösen gefallen mir am besten. Was war es bei dir?«

»Alles zusammen. Und dann noch ein paar Sachen, die du nicht aufgezählt hast. Eigentlich bin ich nicht nur wegen Arbeit hier. Ich bin gekommen, weil ich ein paar Dinge, die ich hier verbockt habe, wieder in Ordnung bringen will. Ich will versuchen, mich bei einer Dame zu entschuldigen, falls sie noch da ist und meine Entschuldigung annehmen will.«

»Und wenn sie das nicht will?«

»Könnte ich ihr nicht verübeln.«

»Was machst du, wenn sie nicht mehr in Camp Rapture ist?«

»Da versuche ich gar nicht erst dran zu denken. Sonst fühle ich mich nur schlecht, also lass ich es lieber. Außer sie ist nicht dort. Dann muss ich mir das doch noch mal durch den Kopf gehen lassen.«

»Ist das, was passiert ist, schon lange her?«

»Ja.«

»Dann vergiss es doch einfach. Mein Papa hat immer gesagt, wenn etwas mal passiert ist, bringt's nichts mehr, ständig drüber nachzugrübeln. Davon wird's auch nicht besser.«

»Da mag er recht haben. Aber ich tue das nicht nur für sie. Ich tue es auch für mich.«

»Teufel auch, ich bereu nichts, was ich gemacht hab.«

»Vielleicht, weil du noch nichts wirklich Schlimmes angestellt hast.«

»Ich hab die Pfefferminzstange geklaut. Und andere Sachen auch.«

»Das ist nicht gut, aber es könnte schlimmer sein.«

»Immerhin nicht so schlimm, dass du das Pfefferminz nicht gegessen hättest.«

»Ich war hungrig.«

»Genau deshalb hab ich's geklaut, und noch ungefähr vier weitere. Das war die letzte, die ich noch hatte. Hast du ne Fluppe, Lee?«

»Nein. Ich rauche nicht. Und du bist zu jung dafür.«

»Jetzt fängst du schon wieder damit an. Wie sieht's mit Kautabak aus? Oder mit ein bisschen Schnupftabak?«

»Gleiche Antwort«, entgegnete Lee.

Etwa eine Stunde später stellten Lee und Goose fest, dass sie weiter von Camp Rapture entfernt waren, als sie gedacht hatten, und dass sie den Ort vor Morgengrauen wohl nicht mehr erreichen würden. Jedenfalls nahmen sie das an, denn beide hatten keine genaue Vorstellung davon, wie weit es noch war. Lee war zwar schon mal dort gewesen, aber das lag viele Jahre zurück, und seit damals hatte sich vieles verändert.

»Ich bin so verdammt müde, ich glaub, ich brech gleich zusammen«, sagte Goose.

»Ich auch«, antwortete Lee. »Ich sehe es an der Sternenkonstellation. Schau da, wenn du durch die Bäume hindurchsiehst ...«

»Ich seh's schon.«

»An der Sternenkonstellation erkennt man, dass es schon ziemlich spät ist, und ich bin so erledigt, ich könnte auf der Stelle umfallen und drei Tage durchschlafen.«

»Ich auch. Aber ein Stück schaffe ich noch, wenn du's noch schaffst.«

Sie gingen weiter, bis sie beide wirklich nicht mehr konnten.

»Ist ja nicht so, als würden sie uns in Camp Rapture mit offenen Armen und einer warmen Mahlzeit empfangen«, sagte Goose. »Der Boden ist hier auch nicht schlechter als dort. Ist nicht das erste Mal, dass ich auf dem Boden schlaf.«

»Da hast du recht«, entgegnete Lee. »Lassen wir's für heute gut sein.«

Sie gingen in den Wald und suchten nach einem Platz, wo sie sich hinlegen konnten. Nicht weit von der Straße entfernt hatte sich unter einem Baum Laub angesammelt, und dieser Blätterhaufen kam ihnen in dem Moment wie ein Federbett vor. Dann sah Lee, dass der Baum, eine massive Eiche, einen großen, tiefhängenden Ast hatte, der gesplittert war, vermutlich durch einen Blitzschlag. Der Ast war breit genug, dass ein

Mensch darauf liegen konnte, und so tief gespalten, dass er so war wie eine natürliche Hängematte. Lee füllte den Spalt mit Laub und sagte: »So, jetzt hast du ein Bett, Goose.«

»Das ist nichts für mich. Ich kann selbst für mich sorgen. Ich brauch keine Hilfe, um mich irgendwo hinzulegen. Außerdem kletter ich nicht auf Bäume, wenn's nicht sein muss. Ich kletter auf gar nichts, wenn's nicht unbedingt sein muss.«

»Der ist doch höchstens einen Meter fünfzig über dem Boden.«

»Trotzdem, für mich ist das nichts.«

»Was bist du denn für ein Junge? Magst du nicht auf Bäume klettern?«

»Das Raufklettern macht mir nichts. Aber das Runterfallen.«

Lee legte sich auf den Ast, und Goose legte sich unten auf das Laub. »So aufgeschichtete Blätter, da hat mein Daddy immer gesagt, das machen nachts die Affenmenschen. Also die Blätter zu nem Stapel aufschichten.«

»Glaubst du das?«

»Ich weiß nicht. Eher nicht. Ist aber ne nette Geschichte.«

»Wie waren deine Leute so, Goose?«

»Wie andere auch, nehm ich an. Arm. Aber sie waren schon vor der Wirtschaftskrise arm. Meine Mama hatte Cherokee-Vorfahren, und mein Papa war Halb-Choctaw. Als es dann richtig eng wurde, hab ich mich verdrückt, damit sie nicht so viel am Hals hatten mit den ganzen Kindern. Ich bin hier nach Osttexas gekommen, und sie sind weiter nach Kalifornien.«

»Warum bist du nicht mit ihnen mitgegangen?«

»Ich wollte nicht wo leben, wo sich das Wetter nie ändert. Ich kann's nicht ab, wenn der Sommer nicht mehr aufhört. Ich mag's, wenn ich nicht weiß, ob's regnet oder stürmt, ob's wolkenlos ist oder heiß. Allerdings hat mir das besser gefallen, solange ich noch ein Dach über dem Kopf und halbwegs regelmäßig was zu essen hatte. Wenn ich's mir so überleg, wäre ich vielleicht doch besser mit nach Kalifornien gegangen.«

»Ich war schon dort. Da ist nichts Besonderes. Dasselbe wie hier, nur mit ausgeglichenerem Klima und Orangen. Mir geht es wie dir, Goose, ich mag es auch nicht, wenn das Wetter immer gleich ist. Wechselhaftes Wetter lehrt einen, flexibel zu bleiben. Man kann sich den Ereignissen anpassen. Wenn alles immer einfach ist, kann man den Charakter nicht entwickeln.«

»Vielleicht ist Charakter nicht das, was ich brauch. Vielleicht brauch ich eher drei Mahlzeiten am Tag und ein Bett und irgendwas über dem Kopf, damit ich nicht nass werde.«

»Vielleicht, Goose.«

Bald schon hörte Lee, wie Goose schnarchte, und stellte überrascht fest, dass er nicht einschlafen konnte. Seine Gedanken rasten, und Goose' Schnarchen machte die Sache nicht besser. Er lag da und starrte in die Zweige des Baums hinauf. Zuerst war alles nur schwarz, aber als sich seine Augen an die Dunkelheit gewöhnt hatten, konnte er einzelne Äste ausmachen und schließlich durch einzelne Lücken auch ein paar Sterne.

Ein altes Bedürfnis überfiel ihn, so wie damals, als er noch gepredigt hatte. Es war das Bedürfnis, seine Gedanken zu Gott schweifen zu lassen, der sich bestimmt hinter dem Schleier aus Nachthimmel und Sternen befand und vielleicht doch nicht so gemein war, wie man es nach seinen Taten glauben musste. Manchmal dachte er, Gott wäre nur zu ihm gemein. Vielleicht hatte er es verdient.

Er wusste nicht mehr, was er verdient hatte, und konnte sich auch nicht vorstellen, dass es irgendeine Rolle spielte.

Es hatte eine Zeit gegeben, da hatte er sich Gott nahe gefühlt, hatte sich als Gottes Diener betrachtet. Aber das war viele Sünden her.

Er lag da und starrte und dachte nach, bis der Himmel schließlich heller wurde und er endlich die Augen schloss.

KAPITEL 16 Am nächsten Morgen fuhr Marilyn raus zu Sunsets Zelt. Clyde saß im Freien auf einem hölzernen Klappstuhl und trank Kaffee. Sunset fütterte Ben aus einer großen Metallschüssel mit in Fett und Bratensaft vom Vortag getunktem Brot. Neben der Schüssel mit dem Essen stand eine weitere mit Wasser.

Marilyn fuhr nah an das Zelt heran. Der Hund drehte sich zu ihr um.

»Beißt der?«, fragte Marilyn durch das offene Wagenfenster.

»Der passt schon auf mich auf«, entgegnete Sunset. »Aber ich begleite dich zum Zelt.«

»Schon gut. Wir können uns unterwegs unterhalten. Steig ein. Hallo, Clyde.«

Clyde hob die Kaffeetasse.

»Pass auf, dass du dich nicht überanstrengst«, sagte Marilyn.

»Ich weiß nicht recht. Ich glaub, ich hab mich vorhin verletzt. Am Ellbogen, wissen Sie, als ich die Tasse gehoben hab.«

Sunset streichelte Ben und stieg dann zu Marilyn in den Wagen. Marilyn trat aufs Gas und fuhr los. »Wo ist der andere?«, fragte sie.

»Hillbilly? Keine Ahnung. Er sollte eigentlich hier sein, ist aber noch nicht aufgetaucht. Wir haben keine festen Bürozeiten. Ist ja nicht gerade so, als müssten wir Berge von Verbrechen aufklären, aber trotzdem sollte er eigentlich kommen. Clyde hat gestern Abend seinen Pick-up mit nach Hause genommen, und Hillbilly musste zu Fuß gehen – wohin auch immer. Er wohnt nicht mehr bei Clyde. Ich glaube, die beiden verstehen sich aus irgendeinem Grund nicht so gut. Außerdem hat Clyde sein Haus abgefackelt.«

»Was?«

»Ja, abgefackelt. Angeblich sollte das so etwas wie ein Großreinemachen sein. Wenigstens ein Verbrechen, das wir aufgeklärt haben – wer Clydes Haus angezündet hat: er selbst. Jetzt muss er unter einer Plane schlafen.«

»Du weißt, warum die beiden sich nicht vertragen, nicht wahr?«

»Nein.«

»Wegen dir. Ich weiß nichts drüber und kann es dir trotzdem sagen. Sie mögen dich beide.«

»Vielleicht.«

»Du bist eine Herzensbrecherin, Sunset, und weißt es nicht mal. Aber ich habe gehört, du hast auch mit ein paar richtigen Verbrechen zu tun.«

»Dann war Willie also da und hat mit dir geredet.«

»Henry.«

»Ich bin mir nicht sicher, wer von den beiden der Schwanz der Schlange ist und wer die Zähne. Jedenfalls sind sie meiner Ansicht nach eine einzige lange Schlange.«

»Sie haben mir erzählt, was sie glauben.«

»Die können glauben, was sie wollen.«

»Ich denke, bei der nächsten Ortsversammlung werden sie versuchen, dich abzusetzen. Vielleicht versuchen sie sogar, Anklage gegen dich zu erheben, weil du Pete und Jimmie Jo umgebracht hast. Und weil du den Säugling getötet und im Farbigenfriedhof beerdigt hast.«

»Warum zum Teufel sollte ich so ein Gemetzel anrichten? Plötzlich ziehe ich los und ermorde Jimmie Jo und ihr Kind, und als Nächstes erschieße ich Pete. Warum sollte ich das tun?«

»Eifersucht. Ist sehr oft das Motiv.«

»So eifersüchtig war ich nun auch wieder nicht, und so verrückt ganz bestimmt nicht. Ich gebe die Marke nicht zurück. Ich habe diese Frau nicht umgebracht, und ich versuche gerade herauszufinden, wer es war. Das dauert aber seine Zeit. Verdammt, ich bin Constable, kein Detective, und ich lerne noch. Selbst Pete musste erst lernen, wie man die Arbeit macht.«

»Ich habe gehört, wie du die Sache in Holiday gehandhabt hast. Klang, als hättest du dich ganz wacker geschlagen.«

»Ich denke schon.«

»Den Mann haben sie trotzdem gelyncht.«

»Wie bitte?«

»Ein paar Leute sind in das Gefängnis eingebrochen, haben ihn rausgeholt, ihm seine Teilchen abgeschnitten und ihn angezündet. Sie haben sogar Fotos davon gemacht. Sie verkaufen sie drüben im Laden als Postkarten.«

»Das ist ja grauenhaft. Da habe ich ja völlig versagt.«

»Du hast einen Mörder der Justiz überführt.«

»Nein, ich habe einen Mörder dem Lynchmob in die Hände fallen lassen, und lynchen wollten sie ihn schon in Holiday. Sie haben genau das mit ihm gemacht, was er befürchtet hat. Eigentlich habe ich nur rausgezögert, was sowieso passieren musste.«

»Man hätte ihn auf jeden Fall getötet. Das hatte er auch verdient.«

»Mag ja sein. Aber man hätte ihn nicht verbrannt und auch noch Fotos von ihm gemacht und Postkarten davon gedruckt. Meine Güte. Wenn der Staat ihn getötet hätte, wäre es wenigstens schnell gegangen, und niemand hätte Postkarten verkaufen können. Jedenfalls nehme ich an, dass es schnell geht. Verdammt.«

»Man erzählt, die Polizei dort hätte ihn dem Mob überlassen.«

»Ich hoffe, dass das nicht stimmt.«

»Tut mir leid, Sunset.«

»Mir auch. Mehr als das. Verdammt, vielleicht haben sie ja recht. Ich mache als Constable wirklich nicht viel her. Da habe ich einen toten Säugling und eine tote Frau und nicht die geringste Ahnung, wer es getan hat oder warum. Und das Einzige, von dem ich gedacht habe, ich hätte es richtig gut gemacht, ist genau so ausgegangen, als wäre ich gleich zu Hause geblieben. Und jetzt glauben einige Leute, ich hätte die Verbrechen begangen, die ich eigentlich aufklären soll, und wenn Henry und Willie es herumerzählen, wissen es immer mehr Leute.«

Eine Zeit lang fuhren sie schweigend vor sich hin. Schließlich sagte Marilyn: »Ich werde mein Möglichstes tun, dass du Constable bleiben kannst. Aber ich kann dir nichts versprechen. Es war was anderes, als man noch geglaubt hat, du hättest jemanden getötet, der dich verprügelt hat, und es außerdem eine Lohnerhöhung von fünf Cent gab. Aber wenn Henry jetzt damit ankommt und die Leute überzeugen kann, dass du vielleicht Jimmie Jos Mörderin bist und die des Säuglings, oder wenn er ihnen wenigstens einreden kann, dass du nicht genügend tust, um die Tat aufzuklären ...«

»Wann ist die Versammlung?«

»In zwei Wochen. Donnerstag, gegen Mittag. Und diesmal kommen nur die, die im Ort was zu sagen haben, nicht der ganze Ort.«

»Ich gehe hin.«

»Vielleicht lässt du das lieber. Das könnte hässlich werden wie ein Ochsenfrosch.«

»Ich weiß.«

»Hast du gar keine Vorstellung, wer das getan haben könnte und warum?«

Sunset schüttelte den Kopf. »Nicht die geringste. Aber mir sind ein paar Sachen aufgefallen, und die werde ich mir noch ein bisschen durch den Kopf gehen lassen. Und dann werde ich was unternehmen.«

»Mein Schatz, es wäre sicher gut, wenn du die Sache bis zu dieser Versammlung aufklären könntest.«

»Ehrlich gesagt halte ich das nicht für sehr wahrscheinlich. Aber ich werde mir Mühe geben. Und, Marilyn ...«

»Was denn, meine Liebe?«

»So, wie alles gelaufen ist, hast du dich mir gegenüber sehr anständig verhalten. Das mit Pete tut mir wirklich leid.«

»Ich will dich nicht anlügen, Sunset. Manchmal wache ich morgens auf und würde dich am liebsten umbringen. Ich weiß es besser, aber ich würde dich am liebsten töten, und ich kann nicht verstehen, wieso Pete nicht mehr da ist und wie du das tun konntest. Dann, ein paar Minuten später, weiß ich wieder ganz genau, warum du es getan hast. Aber es gefällt mir trotzdem nicht. Außerdem vermisse ich Jones. Ich hätte ihn nicht zurückhaben wollen oder so, aber manchmal vermisse ich ihn.«

»Mir tut das auch oft weh«, entgegnete Sunset. »Ich bin nicht stolz darauf. Aber ich habe wirklich gedacht, er bringt mich um. Ich will so was nie wieder erleben.«

»Die Sache ist die: Du und ich, wir müssen zusammenhalten. Wir müssen dafür sorgen, dass es Karen gut geht. Wo steckt sie eigentlich?«

»Sie schläft.«

»Um diese Uhrzeit?«

»Ja, sie ist ein richtiger Siebenschläfer. Hat sich jetzt angewöhnt, sich hübsch herzurichten. Vermutlich wird sie allmählich eine Frau.«

»Wegen dem kleinen Jungen, mit dem sie sich trifft?«

»Den hat sie irgendwie aus den Augen verloren. Ich glaube, sie hat sich in Hillbilly verknallt.«

»Behalt das lieber im Auge.«

»Er weiß, dass sie noch ein Kind ist. Es ist einseitig. Sie läuft in letzter Zeit einfach oft mit ziemlich abwesendem Gesichtsausdruck durch die Gegend.«

»Du kennst ihn nicht gut genug, um dir da sicher sein zu können. Du weißt nicht, ob er nicht selbst ein Auge auf sie geworfen hat.«

»Ich glaube doch.«

»Aber du behältst es im Auge?«

»Klar.«

»Noch etwas. Das Mädchen, das ihr gefunden habt, wurde mit einer .38er erschossen.«

»Habe ich auch gehört. Verdammt, woher weißt du das?«

»Sie haben es rumerzählt, meine Liebe. Die Waffe – vielleicht war das Petes, und ich kann mir auch vorstellen, dass er es getan hat. Ich sage es ja nicht gern, aber so, wie er dich verprügelt hat, könnte er sie durchaus erschossen haben, als er herausfand, dass sie von ihm schwanger war und er das Kind nicht wollte. Mag sein, dass es so war, und wenn du nicht weißt, wer es getan hat, könnte man Anklage erheben. Verdammt, selbst Jones hatte eine .38er da im Handschuhfach. .38er sind weit verbreitet.«

»Es überrascht mich, dass du denkst, Pete könnte es getan haben.«

»Nicht, dass mir die Vorstellung gefällt oder dass ich es wirklich behaupten könnte, aber du gewinnst vielleicht ein bisschen Zeit, um rauszufinden, wer es wirklich war. Vielleicht ist das die Antwort, die sie bei der Ortsversammlung brauchen.«

»Und wenn ich nicht herausfinde, wer es getan hat? Wenn es nicht Pete war?«

»Dann können wir die Schuld genauso gut auf ihn abwälzen wie auf irgendjemand anderen.«

Sunset sah, dass Marilyn blinzelte, und dann lief ihr eine Träne die Wange hinunter. Sie hatte ein sehr fein geschnittenes Gesicht, aber im hellen Sonnenlicht fielen die Falten stärker auf, wie schmale gepflügte Linien. Ihr Haar hatte sich an einigen Stellen gelöst und hing ihr in die Stirn und ins Gesicht. Sunset fand, dass sie aussah wie einige dieser griechischen Statuen, die sie in Büchern gesehen hatte, und sie dachte an die Geschichte von Helena von Troja, und dass Marilyn vielleicht so aussah, wie Helena mit sechzig ausgesehen hätte. Immer noch schön. Ein Gesicht, wie es ein Künstler gern in Granit gemeißelt hätte.

Als Marilyn mit dem Handrücken die Träne wegwischte, sagte Sunset: »Wir müssen da nicht mehr drüber reden.«

Marilyn nickte. »Lass uns ein bisschen rumfahren. Ich will dir was zeigen.«

Sie wirbelten eine Menge Staub auf sandigen Nebenstraßen auf und kamen schließlich zu einem kleinen Haus mit einer großen Veranda. In einem Schaukelstuhl auf der Veranda saß Bill Martin. Neben ihm lag ein Paar Krücken. In der Nähe des Hauses standen ein blauer, alter, rostzerfressener Pickup und ein schwarzer Ford, der noch nicht allzu alt war und in ziemlich guten Zustand zu sein schien.

»Was ist mit ihm passiert?«, fragte Sunset, als sie auf den Hof fuhren.

»Er ist von einem Baum getroffen worden. Konnte noch zur Seite springen, hat aber trotzdem was abbekommen. Er hat ein paar Verstauchungen. Ich habe es von Don Walker erfahren. Passiert nicht viel in der Mühle, ohne dass Walker und Martin es rumerzählen. Die kennen jeden und wissen alles.« Marilyn stellte den Motor ab und fuhr fort: »Ehrlich gesagt glaube ich, dass er es schlimmer macht, als es ist, um ein paar Tage nicht zur Arbeit kommen zu müssen. Er mag Geld, aber er arbeitet nicht gern dafür.«

»Warum sind wir hier?«

»Er hatte sich von Jones Geld geliehen. Jetzt, wo Jones tot ist, hofft er, dass ich nichts davon weiß. Nehme ich jedenfalls an. Ich habe von seinem Zweitwagen gehört, und ich habe da eine Idee.«

Sie stiegen aus und gingen zur Veranda hinüber. Ein Hund, der darunter geschlafen hatte, sprang auf, entsetzt, dass sich jemand einfach so an ihn herangeschlichen hatte, schlug sich den Kopf an der Veranda an und fing an zu bellen.

»Halt die Klappe«, rief Bill. Der Hund bellte noch ein paarmal, um zu zeigen, wer hier der Boss war; dann gab er Ruhe und legte sich wieder in den weichen Sand unterhalb der Treppe. Er musterte sie wachsam aus seinen glänzenden Knopfaugen, als sie zur Verandatreppe gingen und dort stehen blieben. Er war ein großer, schwarzweißer Jagdhund mit zerfledderten Schlappohren, Andenken an vergangene Waschbärenjagden.

»Guten Morgen, Mrs. Jones und Constable Sunset«, sagte Bill.

Sunset fand, er habe ihren Namen etwas abfällig ausgesprochen, aber sie ließ es durchgehen, denn es war wirklich noch zu früh, um ihn einfach zu erschießen, und es würde auch keinen guten Eindruck machen, auf einen Mann mit Krücken zu schießen.

»Guten Morgen, Bill«, erwiderte Marilyn.

Die Tür öffnete sich und drei Köpfe kamen zum Vorschein.

Kinder, etwa neun bis zwölf Jahre alt, überlegte Sunset. So, wie sie um die Fliegengittertür herumlinsten, sahen sie aus wie übereinandergestapelt: zwei Mädchen, und unten der jüngste, ein Junge mit einem Gesicht wie eine Ratte und Augen wie Kaffeebohnen. Sunset nahm an, dass keiner von den dreien jemals eine Schule von innen gesehen hatte. Die Schule in Camp Rapture ging nur bis zur neunten Klasse. Wenn man danach weitermachen wollte, musste man nach Holiday fahren, wo die Schule bis zur elften Klasse ging. Die meisten blieben nur, bis sie lesen, schreiben und rechnen gelernt hatten, und dann gab es nur noch Feldarbeit oder vielleicht Arbeit im Laden. Die, die ganz großes Glück hatten, gingen drüben in Tyler auf die Friseurschule. Sunset war sich nicht mal sicher, ob Karen am Ende des Sommers auf die Schule zurückkehren würde. Falls ja, musste sie nach Holiday fahren, und Sunset wusste nicht so recht, wie sie das bewerkstelligen sollte.

»Ihr geht jetzt alle mal wieder nach drinnen«, sagte Bill. »Hier draußen haben die Erwachsenen was zu reden. Los, ab mit euch.« Die Köpfe verschwanden, als hätte sich ein Loch geöffnet und sie verschluckt. Die Tür wurde zugeknallt. »Verdammte Blagen. Nie hat man seine Ruhe. Die Frau hat drei von denen in die Welt gesetzt, und dann ist sie einfach gestorben.«

»Ganz schön undankbar«, entgegnete Sunset.

Bill warf ihr einen Blick zu, als versuche er, sich klar zu werden, ob sie sich über ihn lustig machte oder ihn bedauerte.

»Ich will gleich zur Sache kommen«, sagte Marilyn. »Du hattest dir von meinem Mann Geld geliehen. Die Rückzahlung ist überfällig.«

Bill klappte die Kinnlade herunter. »Das hab ich nicht vergessen, Mrs. Jones. Nicht eine Sekunde lang. Sobald ich wieder arbeiten kann, versuch ich's zurückzuzahlen.«

»Wie bist du an den Wagen gekommen?«, fragte Marilyn.

»Ich hab ne alte Zuckerrohrpresse und die Kochutensilien dafür eingetauscht. Er lief nicht, als ich ihn gekriegt hab, aber ich hab ihn wieder zusammengeflickt.«

»Jetzt läuft er?«

»Ja.«

»Nun, und ich denke, wir können was aushandeln. Deine Schulden bei Jones gegen das Auto. Dann hast du immer noch den Pick-up, um in der Gegend rumzufahren und zur Arbeit zu kommen.«

»Das ist ein gutes Auto«, entgegnete Bill.

»Ein schlechtes würde ich auch nicht nehmen.«

»Ich brauch das Auto.«

»Du hast den Pick-up.«

»Ich mag das Auto.«

»Du schuldest mir Geld.«

»Ja, Ma'am. Das tu ich wohl.« Bill ließ sich das Problem eine Zeit lang durch den Kopf gehen. »Ich könnte Ihnen den Pick-up geben und Ihnen noch was schuldig bleiben.«

»Du hast schon ziemlich lange Schulden bei mir, Bill. Als du Geld gebraucht hast, haben wir dir geholfen. Es hat dir doch geholfen, oder etwa nicht?«

»Klar. Das hat mir schon geholfen. Ich brauchte Hilfe, als meine Frau gestorben ist.«

»Und?«

»Nun ja … Ich brauchte es eben.«

»Und wir haben es dir gegeben.«

»Jones hat es mir gegeben. Sie waren dagegen.«

»Und aus gutem Grund. Du schuldest es ihm noch immer. Aber was du ihm geschuldet hast, schuldest du jetzt mir.«

»Mir ist es nicht gut ergangen.«

»Ich verstehe, in welcher Situation du dich befindest, aber du musst trotzdem deine Schulden zurückzahlen. Jones und ich haben sie lange nicht angemahnt. Dieses Auto wird die Summe abdecken, und damit betrachte ich die Schulden als beglichen. Ich könnte das auch anders sehen, dann würde das Auto nicht reichen. Dann wäre es das Auto und noch Geld obendrauf.«

Sunset sah, dass Bill der Verlust des Autos mehr schmerzte als sein Fuß.

»Ich hab dafür gestimmt, dass Sunset Constable wird, als Sie das wollten.«

»Du hast für eine Lohnerhöhung gestimmt«, entgegnete Marilyn.

»Gibt es denn keine andere Möglichkeit?«

»Du kannst mir statt des Autos das Geld geben.«

»Verdammt.«

»Hast du gedacht, ich hätte vergessen, dass du mir Geld schuldest?«

Bill grinste. »Gehofft hab ich's schon.«

Marilyn schüttelte den Kopf. »Nichts zu machen.«

»Ich könnte es immer noch in Raten zurückzahlen.«

»Dafür ist es zu spät. Die Hälfte gleich, oder ich bekomme das Auto. Ein besseres Angebot wird es nicht geben.«

»Ich hab nicht mal ein Viertel von dem Geld. Die Zeiten sind schwierig. Sie setzen mir die Pistole auf die Brust.«

»Nein, ich gebe dir eine Möglichkeit, deine Schulden zurückzuzahlen und sogar noch gut dabei wegzukommen.«

»Und wenn ich mich weigere?«

»Deshalb habe ich den Constable mitgebracht. Die Unterlagen, die du für das Darlehen unterschrieben hast, habe ich im Wagen.«

»Sie wissen doch nicht, ob ich Jones was zurückgezahlt hab.«

»Ich weiß, dass in dem Vertrag, den du unterschrieben hast, steht, dass es für jede Rate eine Quittung gibt. Ich habe aber keine Quittungen. Zeigst du mir deine?«

»Sie würden mich verhaften lassen?«

»Würde ich.«

»Zum Teufel«, sagte Bill und versuchte, großmütig zu klingen. »Dann nehmen Sie doch das verdammte Auto.«

Als Bill mit seinen Krücken zu ihnen gehumpelt kam, um ihnen die Schlüssel und die Fahrzeugpapiere zu bringen, die er auf Marilyn überschrieben hatte, reichte diese die Schlüssel an Sunset weiter. »Es gehört dir«, sagte sie.

»Sie haben mir nicht gesagt, dass das Auto für sie ist.«

»Musste ich auch nicht«, entgegnete Marilyn.

»Bist du dir sicher, Marilyn?«, fragte Sunset. »Ich meine, das ist ein gutes Auto.«

»Klar ist es das«, sagte Bill.

»Deshalb sollst du es ja haben. Du brauchst es. Du kannst nicht die ganze Zeit von jemand anderem abhängig sein. Was machst du, wenn Clyde aufhört?«

»Ich weiß gar nicht, was ich sagen soll.«

»Sag einfach Danke.«

»Danke, Marilyn.«

»Ich will nicht, dass sie's kriegt«, protestierte Bill.

»Wieso das?«, fragte Marilyn.

»Na ja, ich weiß, sie ist Constable, aber eigentlich ist sie's ja gar nicht.«

»Bin ich wohl«, entgegnete Sunset. »Wirklich und wahrhaftig. Und wenn du deine Schulden nicht zurückgezahlt hättest, hätte ich dich verhaftet.«

Bill zog eine Grimasse, als hätte er auf Glas gebissen.

»Dir geht es gewaltig gegen den Strich, dass eine Frau diese Arbeit macht, nicht wahr?«, sagte Sunset.

Bill humpelte zurück auf seine Veranda und zu seinem Schaukelstuhl. Sobald er saß, fing er an, heftig vor- und zurückzuschaukeln, als wolle er sich von der Veranda und aus Osttexas hinwegschaukeln, wo Frauen Gesetzeshüter werden und ihn wegen Schulden um sein Auto betrügen konnten.

»Auch gut«, sagte Marilyn. »Fahr damit nach Hause, Sunset. Sag Karen, ich hole sie demnächst mal ab und fahre mit ihr ins Lichtspielhaus drüben in Holiday.«

»Sunset war schon da«, mischte sich Bill von der Veranda aus ein. »Sie hat da diesen Nigger gerettet.«

»Es freut dich sicher zu hören, dass man ihn gelyncht hat«, gab Sunset zurück.

»Ist mir schon zu Ohren gekommen. Sie hätten allen eine Menge Ärger erspart, wenn Sie sie das gleich in Holiday hätten erledigen lassen. In Tyler hat er vermutlich noch ein paarmal was zu essen gekriegt. War er nicht wert, nicht mal, wenn's nur Brot und Wasser war.«

»Wenn ich du wäre, würde ich lieber den Mund halten«, entgegnete Sunset. »Vergiss nicht, dass du mit einer Vertreterin des Gesetzes redest.«

»Ich red ja nicht von Gesetzen. Ich mein ja nur. Verschwindet jetzt. Ihr habt, was ihr wolltet.« Bill stand auf, stützte sich auf seine Krücken, bewegte sich mühsam ins Haus und ließ die Tür hinter sich zuknallen.

Sunset hatte schon als Jugendliche fahren gelernt, damals, als sie auf der Farm gearbeitet hatte, bevor ihr dämmerte, welche Phantasien sie in ihrem Stiefvater auslöste. Nachdem sie weggelaufen war, war sie nur noch selten am Steuer gesessen. Manchmal war sie für Pete irgendwohin gefahren, aber nicht oft, nur wenn er etwas unbedingt erledigt haben wollte. Er mochte es nicht, wenn Frauen fuhren, schon gar nicht seine eigene, und die Vorstellung, dass sie einen Wagen lenken und vielleicht sogar damit abhauen könnte, trug nicht gerade zu seiner Beruhigung bei. Er hatte sie gern in Griffweite, wie er zu sagen pflegte, und das bedeutete unter seinem Dach und unter seiner Kontrolle, gefangen wie eine Ratte in einer Schuhschachtel. Ohne Luftlöcher.

Während sie jetzt mit offenem Fenster dahinfuhr und der Wind ihr rotes Haar durcheinanderwirbelte, als würde er einen Brand entfachen, stieg ein Gefühl von Triumph in ihr auf. Ihr Nacken und ihre Wangen glühten, als hätte sie Blasebälge unter der Haut, die Hitze heraufpumpten von einer Glut, die sie längst erloschen geglaubt hatte. Es war, als würde ihre Haut an der Luft lecken, und der Geschmack der Luft war süß.

Sie fühlte sich stark, als hätte sie plötzlich Knochen aus Eisen. Der Staub, den die Räder aufwirbelten, drang durchs Fenster, brachte sie zum Husten und blieb an dem Schweiß auf ihrem Gesicht kleben, aber es machte ihr nichts aus. Überhaupt nichts machte es ihr aus, denn in ihr brannte ein wunderbares Feuer, das ihr selbst in der schwer erträglichen Hitze von Osttexas ein angenehm warmes Gefühl gab. Die Welt erschien ihr nicht mehr in dem eintönigen Weiß und Grau der Straße, sondern in dem hellen Grün der Pinien und Zedern des Waldes, dem Blau des Himmels, dem Strauß aus Castilleja, Kornblumen, Butterblumen, Sonnenblumen und allen möglichen anderen wildwachsenden Blumen, die aus dem Wald geflohen waren und am Rand der Straße haltgemacht hatten, als würden sie ein Spalier bilden. Wenn sie zu schnell um die Kurven fuhr, ließ das Kreischen der Räder bunte Vogelscharen auffliegen, und in diesen herrlichen Momenten fühlte sie sich wie eine Königin, der alles, was in ihr Blickfeld geriet, zu Füßen lag.

Sunset fuhr den schwarzen Ford zu ihrem Zelt, und als Clyde, der immer noch draußen auf einem Stuhl saß, sie kommen sah, stand er auf und ging auf das Auto zu, um sie zu begrüßen. »Haben Sie das gestohlen?«, fragte er durch das offene Fenster.

»Nein. Ich habe es bei einem Betrunkenen gegen einmal Tittengrabschen eingetauscht.«

Clyde sah sie schockiert an, und sie lachte und erzählte ihm, wie sie zu dem Wagen gekommen war. Die Hände hatte sie immer noch am Steuer, ihr Kopf lehnte am Rücksitz, leicht gedreht, damit sie mit Clyde sprechen und gleichzeitig ihren Wagen spüren konnte.

»Verdammt, wenn Sie jetzt ein Auto haben, können Sie mich ja rausschmeißen.«

Sunset stieg aus und machte die Tür zu. »Erzähl doch keinen Unsinn, Clyde. Ohne dich würde ich das alles nicht hinkriegen. Du bist meine rechte Hand. Und was meine linke Hand angeht – wo steckt die?«

Karen kam aus dem Zelt. Ihr Haar war gekämmt, und sie sah viel zu sauber und ordentlich aus, um gerade erst aufgestanden zu sein. »Was ist das für ein Auto?«, fragte sie.

»Unseres. Kleine Aufmerksamkeit deiner Großmama.«

»Wirklich?«

»Wirklich.«

»Himmel! Unser eigenes Auto!« Karen kam näher, um es sich genauer anzusehen, und Sunset ging zur Wasserpumpe und wusch sich den Staub vom verschwitzten Gesicht. Dazu hielt sie das Haar mit einer Hand im Nacken fest, und als sie den Kopf drehte, damit ihr das Wasser über das Gesicht fließen konnte, bemerkte sie, wie Clyde sie ansah, und es war ein derart sehnsüchtiger Blick, dass sie dachte: Oh verdammt, Clyde, verlieb dich bloß nicht in mich, denn ich kann das nicht erwidern. Dann drehte sie den Kopf zur anderen Seite, um auch diese Gesichtshälfte zu waschen, und sah Hillbilly die Straße entlangkommen, in seinem lässigen, geschmeidigen Gang, und sie dachte, wie seltsam es war, dass er nie verschwitzt oder voller Staub war und dass es aussah, als bilde die Sonne über seiner Kappe einen dunklen Heiligenschein.

In diesem Moment stieg eine Hitze in ihr auf, wie sie sie schon während der Autofahrt verspürt hatte, vielleicht sogar noch heißer, aber diesmal durchflutete sie nicht nur ihr Gesicht, sondern auch ihre Lenden.

»Hallo, Hillbilly«, sagte Karen.

»Hallo, Liebes«, entgegnete er.

KAPITEL 17 Lee, der träumte, er sei Tarzan und schliefe neben Jane auf einem Baum, wurde von einem Stöhnen geweckt. Als ihm klar wurde, dass er nicht Tarzan war, war er einen Moment lang verwirrt, wusste nicht, wo er sich befand, und als er nach oben in die Zweige des Baums sah, fragte er sich, ob er nicht vielleicht doch Tarzan war und das Stöhnen von Jane kam. Da aber keine Jane in der Nähe und er vollständig bekleidet war, kam er zu dem Ergebnis, dass das Stöhnen wohl weder auf Ekstase noch auf Rückenschmerzen hindeutete.

Aber ein Stöhnen war es – vielleicht hatte es mit einem Sturz vom Baum zu tun, denn Bäume, so romantisch sie auch waren, waren nicht die besten Schlafplätze, wenn man nicht gerade ein Affe war.

Dann wurde er richtig wach. Er befand sich auf einem Baum, allerdings nicht in Afrika, und unten lag Goose. Lee rollte sich auf die Seite und sah nach unten. Goose saß aufrecht mit dem Rücken zum Baum. »Verdammt«, sagte er. »Mich hat ne Schlange gebissen.«

»Was?«

»Schlangenbiss. Mokassinschlange.«

»Bist du sicher?«

»Klar. Bin davon wachgeworden, dass sie mich gebissen hat. Das war keine Hühnerschlange. Ich weiß, dass diese Scheißmokassinschlangen giftig sind. So weit kenn ich mich aus. Ich hab sie da in die Blätter kriechen sehen. Hat mich an der Hand erwischt. War ne kleine. Tut nicht sehr weh.«

»Wo genau ist sie hin?«

»Tja, sie hat mir nicht gesagt, was sie heute noch so vorhat. Aber sie ist irgendwo in den Blättern da drüben.« Goose deutete mit dem Finger auf die Stelle.

Lee ließ sich von seinem Ast gleiten, sah sich um und griff nach einem dicken Stock.

»Sie hat mich gebissen«, sagte Goose. »Das wird auch nicht besser, wenn du ihr eins mit dem Stock verpasst.«

Lee warf den Stock zu Seite. »Da hast du recht. Wir müssen dich zum Arzt bringen. Kannst du laufen?«

»Sie hat mich in die Hand gebissen, nicht ins Bein.«

»Wir müssen unbedingt langsam und vorsichtig gehen, nicht rennen, sonst wird das Gift aufgewühlt und verteilt sich im ganzen Körper.«

»Werd ich wieder gesund?«

»Klar. Aber wir müssen dich zum Arzt bringen.«

Sie gingen zur Straße und machten sich auf den Weg. Jetzt am Morgen konnte man gut vor sich hin wandern, auch wenn es schon heiß wurde. Lee hoffte, dass Camp Rapture nicht mehr allzu weit entfernt war, dass es dort einen Arzt gab und dass sie nicht bereits zu spät kamen. Er sah sich um, in der Hoffnung, er könnte sich an etwas erinnern, eine Vorstellung davon entwickeln, wo sie sich befanden, aber genauso gut hätten sie in Rumänien sein können.

Während sie so vor sich hingingen, sagte Goose: »Die Hand brennt allmählich wie Feuer und wird ganz schwer.«

Lee sah sich die Hand des Jungen genauer an. Sie war dick angeschwollen und hatte sich dunkel verfärbt. »Steck sie in dein Hemd. Mach ein paar Knöpfe auf. Steck sie rein, wie Napoleon das gemacht hat, damit sie nicht so runterbaumelt.«

»Oh Mann, das tut weh.«

»Ich weiß, mein Sohn. Geh einfach weiter.«

Nachdem sie ein Stück gegangen waren, fiel Goose auf

die Knie. »Mir ist ganz schwindelig. Mir ist heißer im Kopf als nem irren Köter, dem man grad einen runtergeholt hat.«

»Das wird schon wieder.«

Goose fiel mit dem Gesicht voran in den Staub. Lee hob ihn hoch und nahm ihn auf die Arme. Der Junge war ganz schön schwer, und schon bald musste er ihn wieder absetzen. Dann hob er ihn wieder hoch, aber diesmal warf er ihn sich über die Schulter. Auch das war nicht leicht, aber leichter, als ihn auf den Armen zu tragen. Diesmal kam er doppelt so weit, bis er stehen blieb und sich den Jungen mit großer Mühe über die andere Schulter warf.

Goose sagte nichts mehr. Er gab auch kein Geräusch mehr von sich. Er fühlte sich sehr heiß an. Trotzdem sprach Lee mit ihm. »Wir schaffen es, mein Junge. Das kann jetzt nicht mehr so verdammt weit sein. Ich war hier schon mal, vor langer Zeit, und es sieht nicht so aus, als wäre es noch weit.«

Doch die Straße schien kein Ende nehmen zu wollen. Lee wollte stehen bleiben, sich hinlegen. Die Schlepperei hatte ihn ausgelaugt, genau wie die Hitze, aber er stapfte weiter. Bin ich froh, dass Goose nicht fett ist, dachte er, sonst würde ich jetzt gleich umfallen und nie wieder aufstehen. Andererseits – wäre er fett, würde er vermutlich nicht laufen wie eine Gans und der Name Goose würde nicht zu ihm passen. Dann würde man ihn »Piggy« oder irgendwas Ähnliches rufen.

Die Beine wurden ihm schwer, genau wie die Arme, aber er versuchte, sich auf die Straße vor sich zu konzentrieren, und hoffte bei jeder in der Ferne auftauchenden Biegung, dass dahinter Camp Rapture liegen würde. Er fragte sich, wie der Ort wohl heute aussah. Als er wegging, war die Siedlung erst im Entstehen, hatte kurz vorher ihren Namen bekommen und machte noch nicht viel her. Verdammt. Wie lange lag das jetzt zurück? Dreißig Jahre? Dreiunddreißig? Er konnte sich nicht genau daran erinnern. Damals war er Anfang zwanzig gewesen. Und jetzt war er Anfang fünfzig. Nein. Was dachte er denn da vor sich hin? Die Zeit war ihm entglitten. Er war vierundfünfzig. War das nun Anfang oder Mitte fünfzig? Meine Güte, dieser Junge ist schwer. Und es ist heiß, so verdammt heiß, und der Junge ist heiß. So heiß.

Lee stolperte und fiel hin. Der Junge glitt ihm von den Schultern und knallte auf die Straße. »Oh Gott, mein Sohn, es tut mir leid«, sagte Lee. Aber der Junge hatte weder mitbekommen, dass er runtergefallen war, noch, dass jemand mit ihm redete.

Wie Atlas, der die Welt hochstemmen musste, hob Lee den Jungen wieder hoch. Diesmal packte er ihn an einem Arm und einem Bein und lud ihn sich auf den Rücken. Eine Zeit lang ging es so besser, aber bald taten ihm Arme und Beine weh, und er dachte: Ich muss mich ein bisschen hinlegen. Aber nein. Das kann ich nicht machen. Jede Sekunde zählt. Er warf einen Blick auf die Hand des Jungen, die jetzt herabhing. Sie war schwarz und groß und sah gar nicht mehr wie eine Hand aus. Eher wie ein seltsames Fabelwesen.

»Wir schaffen es, Goose«, sagte er und fragte sich, ob das stimmte und ob der Junge noch lebte. Während er weitertaumelte, entspannte er sich und versuchte, den Atem des Jungen zu spüren, was ihm auch gelang. Er konnte die zarte, angestrengte Bewegung wahrnehmen, mit der die Lungen des Jungen ihre Arbeit verrichteten. »Um Himmels Willen, Jesus«, sagte Lee. »Ich weiß, ich habe so manches falsch gemacht. Aber lass es bitte nicht an dem Jungen aus. Hilf mir, ihm zu helfen.«

Jesus reichte ihm nicht die Hand. Gott stellte keine Kutsche und keinen Arzt zur Verfügung. Der Heilige Geist spornte ihn nicht an.

Lee trottete weiter, stolperte, fiel auf ein Knie, stand wieder auf, ging weiter und sagte zu Gottvater, Gottsohn und dem Heiligen Geist: »Ihr Hurensöhne. Alle drei.«

Dann hörte er das Geräusch. Er drehte sich um und wäre dabei fast hingefallen.

Ein Pick-up mit Seitenbrettern an der Ladefläche kam die Straße entlanggefahren. Lee stellte sich mitten auf die Straße. Der Pick-up scherte aus und fuhr links ran. Als er stehen blieb, klapperte etwas hinten auf der Ladefläche. Am Steuer saß eine Frau, die etwa in seinem Alter zu sein schien. Sie sah gut aus, und mitten im Haar hatte sie eine graue Strähne. Ihre Augen hatten die Farbe eisigen blauen Feuers. Sie beugte sich zur Beifahrerseite hinüber und kurbelte das Fenster hinunter. »Was ist los?«, fragte sie.

»Der Junge ist von einer Schlange gebissen worden.«

»Einer Giftschlange?«

»Seine Hand ist richtig angeschwollen, so groß wie mein Kopf. Er meinte, es wäre eine Mokassinschlange gewesen.«

»Steigen Sie ein.«

Lee tat, wie ihm geheißen, und legte sich den Jungen auf den Schoß. Er nahm ihm die engsitzende Kappe ab, strich ihm das Haar aus den Augen und wischte sich dann mit der Kappe den Schweiß aus der Stirn. Die Hand mit der Bisswunde legte er dem Jungen auf die Brust. Die Hand war schwarz und sehr groß. Sie sah aus, als würde sie explodieren, wenn man sie berührte. Lee rollte dem Jungen die Ärmel hoch. Rote und blaue Linien zogen sich den Arm hinauf. »Sehen sie, wie es ihn erwischt hat«, sagte er.

Marilyn warf einen Blick auf den Jungen und fuhr los.

»Ich dachte, wenn ich es schaffe, ihn nach Camp Rapture zu bringen, zu einem Arzt, dann hätte er vielleicht eine Chance«, sagte Lee.

»Er hat eher eine Chance, wenn wir ihn zu Aunt Cary bringen. Sie ist Hebamme, aber sie kennt sich mit Schlangenbissen und allen möglichen Sachen aus, von denen ein Arzt keine Ahnung hat. Sie ist wohl selbst so was wie ein Arzt.«

»Ich hoffe, Sie haben recht.«

»Sie wohnt auch nicht so weit entfernt.«

»Camp Rapture ist viel weiter weg, als ich das in Erinnerung hatte.«

»Wann waren Sie denn das letzte Mal da?«

Er sagte es ihr.

»Es gab eine Straße, die direkt dorthin führte«, erklärte sie ihm. »Aber der Fluss hat sie immer wieder unterspült, also haben sie eine neue gebaut. Diese hier hat mehr Kurven, aber sie steht auch nicht so oft unter Wasser.«

»Sind Sie sich mit dieser Aunt Cary ganz sicher?«

»Die hat schon vielen Leuten geholfen und alles Mögliche gemacht. Einmal hat sie in Camp Rapture einem Kind auf die Welt geholfen, indem sie der Mutter den Bauch aufgeschnitten hat. Das Kind hat überlebt, und die Mutter auch. Aunt Cary hat sie mit Angelschnur zugenäht, und sie hat sich wieder erholt. Bei so was traue ich ihr mehr zu als einem Arzt. Außerdem wohnt sie nicht weit weg, und was immer dieser Junge braucht, er braucht es sofort.«

Sie bogen von der Hauptstraße ab und fuhren einen schmalen Weg entlang. Der Pick-up holperte und rumpelte vor sich hin, und die Sachen hinten auf der Ladefläche klapperten. Lee wandte den Kopf und sah durch das rückwärtige Fenster einen Lochspaten, eine Schaufel und eine Axt herumhüpfen. Er wünschte sich, sie würden hinten runterfallen. Von dem Krach bekam er Kopfschmerzen.

Zuerst fuhr Marilyn ziemlich schnell, aber der Weg war einfach zu schmal für das Tempo, also drosselte sie es wieder.

»Er atmet komisch«, sagte Lee.

»Schlangenbisse beeinträchtigen die Lunge«, entgegnete Marilyn. »Sie beeinträchtigen alles Mögliche, aber die Lungen gehören auch dazu. Es geht so weit, dass man nicht mehr atmen kann, und dann wird das Gift ins Herz gepumpt.«

Der Wald wurde dichter. Lange Ranken hingen von dunklen, krummen, dornigen Bäumen. Marilyn bog in einen noch schmaleren Weg ein, und sie gelangten zu einer Lichtung, auf der ein altes Haus stand. Es war klein, und die Veranda hing durch. Der Hof war übersät mit Wagenteilen, Pflügen, einem Holzblock, in dem eine Axt steckte, und allerhand Hühnerfedern.

Marilyn parkte den Wagen in der Nähe der Veranda, stieg aus und rief: »Aunt Cary. Sind Sie da? Hier ist Marilyn Jones. Sind Sie da? Wir haben hier einen Notfall.«

Die Tür öffnete sich, und Uncle Riley trat auf die Veranda, gefolgt von seinem Sohn Tommy.

»Das ist ihr Mann, Uncle Riley«, sagte Marilyn zu Lee. »Und ihr Sohn Tommy.«

Lee fiel auf, dass Uncle Riley viel zu jung aussah, um Onkel genannt zu werden. Er war ein großer, kräftiger Mann mit rasiertem Schädel. Seine Hose war zu kurz und zu eng und das weiße T-Shirt fleckig. Der Junge war barfuß und trug eine Latzhose. Er hatte lange Haare, und die Locken standen nach oben wie gesprungene Federn.

»Wie geht's Ihnen, Miss Marilyn?«, fragte Uncle Riley. »Kann ich Ihnen helfen?«

»Den Jungen hier hat eine Schlange gebissen, Uncle Riley. Eine Mokassinschlange. Seine Hand ist schlimm geschwollen. Wir brauchen Aunt Cary.«

»Sie ist unterwegs und tut Wurzeln sammeln. Tommy, such sie und sag ihr, sie soll zurückkommen.«

Tommy flitzte ins Haus zurück und zum Hinterausgang hinaus. Als die Insektengittertür zuknallte, klang es wie ein Schuss.

»Bringen wir ihn rein«, sagte Uncle Riley.

Lee und Uncle Riley trugen Goose in das einzige Schlafzimmer und legten ihn aufs Bett. Uncle Riley schob ihm ein Kissen unter den Kopf und betrachtete die Hand.

Lee sah sich um. Im Zimmer standen mehrere Regale, und auf den Regalbrettern befanden sich Gläser und Säckchen. Die Gläser enthielten Wurzeln und etwas, das wie eine Mischung aus Erde und kräftigen Farben aussah. In einem Glas schwammen in einer urinfarbenen Flüssigkeit die Köpfe von mehreren Wassermokassinschlangen. Einige der Gläser mit Schlangenköpfen waren von schmierigen Streifen durchzogen, die wie klebrige Blutschlieren aussahen.

Uncle Riley beugte sich über Goose und sah sich die Hand genauer an. »Er ist mächtig gebissen worden.«

»Er hat gesagt, es wäre eine kleine Schlange gewesen.«

»Wenn's ne junge war, die sind am schlimmsten. Die strotzen vor Saft.«

Die Hintertür fiel zu, und einen Moment später kam eine sehr hübsche, ein klein wenig zu dicke Frau mit rötlicher Haut und kleinen schwarzen Sommersprossen auf den Wangen ins Zimmer. Um den Kopf hatte sie ein rotschwarzkariertes Stück Stoff gebunden. Sie schenkte Lee und Marilyn nicht die geringste Beachtung, sondern beugte sich sofort über den Jungen, betrachtete seine Hand und tastete sie ab. »Tommy«, sagte sie. »Hol mir das kleine scharfe Messer. Das, was ich für die Birnen hernehm. Und bring meine Medizin und ein Glas mit.«

Tommy ging aus dem Zimmer und kam innerhalb von Sekunden mit einem Glas, einem Taschenmesser und einem Krug wieder. Aunt Cary legte Glas und Messer auf die Bettkante und zog mit ihren schönen weißen Zähnen den Korken vom Krug. Dann füllte sie ein bisschen daraus in das Glas. »Das ist ein Schluck von Mr. Bull seinem Besten«, sagte sie.

Lee roch sofort, dass es schwarz gebrannter Schnaps war. Aunt Cary trank ein wenig aus dem Glas, schenkte noch etwas mehr ein, stellte es auf den Boden und kniete sich daneben. Sie ließ das Taschenmesser aufspringen, tauchte es in den Alkohol und trank, was danach noch im Glas war. Dann setzte sie sich auf das Bett, griff nach der Hand des Jungen und schnitt die Wunde auf. Sie machte keine länglichen Schnitte, sie schlitzte die Haut auch nicht auf, sondern schnitt einfach genau in die Bissstellen hinein. Dunkler Eiter spritzte heraus. Sie hob den Krug hoch und kippte einiges von seinem Inhalt über die Wunde. »Hol meinen Stein«, sagte sie.

Tommy stürzte davon und kam mit einem weißen, unebenen Stein zurück, der so groß wie seine Hand war. Aunt Cary nahm ihn und presste ihn gegen die Wunde.

Lee beobachtete, wie sich der Stein dunkel verfärbte. »Zieht er das Gift raus?«, fragte er.

»Ja.«

»Ist das ein Stein?«

»Ich nenn ihn Milchstein. Tommy, hol die Milch.«

Tommy flitzte davon. Während seiner Abwesenheit wurde der Stein noch dunkler.

»Ich weiß nicht, ob das wirklich ein Stein ist«, fuhr Aunt Cary fort. »Aber das Gift tut er prima rausziehen.«

Tommy kam mit dem feuchten Milchkrug zurück. Er war an einem Seil in den Brunnen hinuntergelassen worden, und Krug und Milch waren kalt. Aunt Cary füllte das Glas zur Hälfte mit Milch. Dann stellte sie das Glas auf den Boden und sagte: »Schaun Sie mal.« Sie ließ den Stein in die Milch fallen, und die Milch wurde dunkel wie Gewitterwolken. »Mit

Milch geht's am besten. Ich hab ihn auch schon in Wasser gelegt, aber das Ergebnis ist nicht so gut. Es ist, als tät die Milch ihn wieder aussaugen.«

Als das Glas so dunkel von Gift und Eiter war, dass man den Stein nicht mehr sehen konnte, reichte Aunt Cary das Glas ihrem Sohn und sagte: Schütt es weg, und pass auf, dass du nix an die Hände kriegst. Dann bring es mir wieder. Und kipp es nicht beim Gemüsegarten aus, hörst du?«

»Ja, Ma'am.«

Wieder verschwand Tommy. Als er zurückkam, war keine Milch mehr im Glas, nur noch der Stein. Er sah jetzt größer aus, wie ein vollgesogener Schwamm, dafür war er aber auch wieder so weiß wie am Anfang.

Aunt Cary gab wieder Schnaps in das Glas, schüttelte es vorsichtig, nahm den Stein heraus und legte ihn zurück auf die Bisswunde. Wieder sog er sich mit Gift voll. Aunt Cary nahm eine Bibel vom Regal, schlug sie auf und suchte schnell eine bestimmte Stelle heraus. Laut las sie ein paar Verse. Als sie damit fertig war, sagte sie: »Das sind heilende Verse.«

»Ich habe sie wiedererkannt«, entgegnete Lee. Er streckte die Hand aus und berührte den Kopf des Jungen. Er war schweißnass und heiß, aber nicht mehr so heiß wie zuvor.

»Ich mach ihm jetzt was zu trinken«, fuhr Aunt Cary fort. »Dann geht das Fieber ein bisschen runter.«

»Wird er wieder gesund?«, fragte Marilyn.

»Das weiß nur der Herrgott«, antwortete Aunt Cary. »Aber ich glaub schon. Ja, Ma'am, ich glaub schon.«

Lee machte eine weitere überraschende Entdeckung: Die Schwellung in Goose' Hand war zurückgegangen, und sie war nicht länger schwarz, sondern hellblau. Die Linien, die den Arm hinaufliefen, waren jetzt kürzer. Aus den Schnitten rann kein Gift mehr, nur noch Blut.

»Riley«, sagte Aunt Cary zu ihrem Mann. »Schau mal, ob du hinter dem Herd ein paar Spinnweben findest.«

Uncle Riley ging zum Herd, beugte sich hinunter und sammelte ein kleines Knäuel zusammen, als würde er Webfäden aneinanderreihen. Dann gab er sie Aunt Cary, die sie zusammenknüllte und auf die Schnitte legte. Sie wurden dunkelrot und schlossen sich. »Das stillt die Blutung«, erklärte sie. »Ich mach nie sauber hinterm Herd. Man weiß ja nie, wann man Spinnweben braucht.«

Lee berührte sanft Goose' Hand. »Verdammt will ich sein«, sagte er. »Er hat kaum noch Fieber.«

»Weil das Gift raus ist«, entgegnete Aunt Cary. »Und verdammt sind wir alle, wenn wir uns nicht ändern.«

KAPITEL 18 Ein wenig später am selben Tag widerfuhr Henry – der bereits bester Laune war, weil er herausgefunden hatte, wie er Sunset den Mord in die Schuhe schieben konnte – etwas, das ihm wie das Sahnehäubchen auf einer zweischichtigen Schokoladentorte vorkam, auch wenn er rückblickend gezwungen war, diesem Sahnehäubchen ein bisschen auf die Sprünge zu helfen. Er war zur Arbeit gegangen, und als die ihn gelangweilt hatte, weil er eigentlich nur in seinem Kontor herumhockte, ohne dass es so recht was zu tun gab, hatte er beschlossen, nach Holiday zu fahren und eines seiner Schnuckelchen aufzusuchen, das es ihm für fünf Dollar und zehn Cent besorgte. Ein seltsamer Preis, aber sie bestand darauf, und sie war jeden einzelnen Cent wert. Sie war blond und vollbusig, hatte genügend Hintern für zwei, war aber trotzdem straff und hübsch und neigte dazu, an den Innenseiten der Schenkel einen Hitzeausschlag zu entwickeln.

Unterwegs kam er an der Drogerie vorbei, und wie immer warf er einen Blick auf die Wohnung darüber. Sie sah seltsam aus. Die Fassade war hellrot gestrichen, und nur zwei kleine Fenster gingen zur Straße, die wie viereckige Augen in einem vom Hitzschlag gezeichneten Gesicht aussahen. Auf der Rückseite gab es sehr viel mehr Fenster, von denen aus man einen Blick auf einen Wall aus Erde und Gras hatte, Teil eines großen, baumbestandenen Überhangs, der Drogerie und Wohnung überragte. Da oben wohnte John McBride. Henry hatte geschäftlich mit McBride zu tun, aber wenn es gerade nichts Geschäftliches zu verhandeln gab, versuchte er, ihn möglichst zu vergessen. An einen Mann wie ihn dachte man lieber nicht, wenn es sich vermeiden ließ. Er war auf Henrys Wunsch hin von Chicago hierhergekommen. Manchmal wünschte Henry, er hätte ihn nie hergeholt, denn McBride war ein Mensch, der zunächst für einen arbeitete, einem aber schon bald das Gefühl gab, dass man für ihn arbeitete und dass man ihn nicht mehr loswurde. Plötzlich mischte er überall mit und hatte in allen Geschäften die Finger drin. Und dann wünschte man sich, man hätte ihn nie kennengelernt – auch wenn er für manche Sachen wirklich gut zu gebrauchen war, weil er sich als eine skrupellose Drecksau erwies.

Und in seinem Schlepptau war dieser andere Mann aufgetaucht. Ein Schwarzer, der kaum etwas sagte und wenn doch, dann so, als würde er mit jemand Unsichtbarem sprechen, der links hinter einem stand. Ja. Der Schwarze. Sah mit seinem Hut und dem Gehrock wie ein großer Käfer aus. McBrides übler Schatten.

An ihn mochte Henry noch viel weniger denken. Nicht mal an seinen Namen mochte er denken, aus Angst, er würde plötzlich vor ihm stehen. Wenn McBride schon skrupellos war, dann schlug der Schwarze ihn noch um Längen.

Henrys Gedanken kehrten wieder zu der Hure zurück, aber als er in der Dodge Street eintraf, musste er zu seinem Bedauern feststellen, dass sie woanders eine Verabredung hatte.

Sah aus, als würde das kein guter Tag werden. Henry hatte keine Lust, in die Mühle zurückzukehren, und auch nicht sonderlich Lust, nach Hause zu fahren und seiner Frau beim Trinken zuzuschauen. Aber dann fiel ihm wieder ein, dass er ja zu Hause, versteckt in einem Paneel in seinem Schreibtisch, ein kleines schwarzes Buch verwahrte, und in diesem Buch befanden sich ein paar Adressen und Nummern von Huren, die entweder selbst ein Telefon hatten oder mit jemandem in Verbindung standen, der eins hatte. Bei diesen Frauen war er noch nie gewesen, aber er wusste, dass es sie gab. Diese Informationen stammten von Geschäftspartnern. Er hatte nicht vorgehabt, sie zu nutzen, weil es ja schon den blonden Schatz gab, den er recht gern mochte, aber das hatte nun nicht geklappt, und er hatte immer noch das dringende Bedürfnis, sein Rohr durchpusten zu lassen. Er war enttäuscht und wollte herausfinden, ob er nicht noch eine andere Hure auftreiben könnte, also fuhr er nach Hause, um das kleine schwarze Buch zu befragen.

Henry rief nicht nach seiner Frau, als er das Haus betrat. Das war noch nie eine gute Idee gewesen, denn jeden Moment konnte sie von irgendwoher auftauchen, ein großer Fleischbrocken mit dem Aussehens eines Bergs Kartoffelbrei, der sich selbständig gemacht hatte und umherwanderte, bedeckt mit Haaren, die so fettig waren wie ein undichter Ölfilter.

Dann sah Henry einen plumpen weißen Fuß über die Sofalehne hängen. Vorsichtig ging er näher heran und sagte ihren Namen, aber sie gab keine Antwort. Er beugte sich über das Sofa. Wie üblich war sie nackt. Ihr anderes Bein lag seltsam verdreht auf dem Sofa, und er blickte aus der Vogelperspektive auf das Teil, das aus dem Berg Kartoffelbrei eine Frau machte. Beim Anblick dieses mit Haaren umstandenen Schlitzes machte er einen Satz. Dann bemerkte er, dass ihr restlicher Körper auch nicht allzu gut aussah. Ihre fetten Brüste waren nach oben gerutscht und hingen ihr bis über das Gesicht – gnädigerweise, dachte er –, und das ganze restliche Fett, aus dem sie bestand, ergoss sich über Sofa und Boden.

Er rief ein paarmal ihren Namen. Keine Antwort. Er ging um das Sofa herum, um sie sich genauer anzusehen. Aber da gab es nicht viel zu sehen. Er wollte eine ihrer Brüste wegschieben, um einen Blick auf ihr Gesicht werfen zu können, aber bei dem Gedanken lief ihm ein Schauder über den Rücken. Er hatte diese Dinger seit Jahren nicht mehr berührt und war auch nicht erpicht darauf, jetzt wieder damit anzufangen.

Er ging zum Kamin, schnappte sich den Schürhaken, hob eine Brust damit hoch und hielt sie in der Luft, als wäre sie ein gefährliches Tier, das er geschossen hatte, von dem er aber fürchtete, es sei noch am Leben. Unter ihrer Titte kam ein Arm zum Vorschein, der quer über ihrem Gesicht lag, und in der Faust hielt sie ein Glas, dessen Öffnung gegen ihren Mund gepresst war.

Und dann kapierte er, was passiert war: Sie hatte neben dem Sofa gestanden, hatte in ihrer üblichen betrunkenen Umnachtung den Kopf in den Nacken geworfen, um das Glas zu leeren, und war umgekippt. Als ihr die Brüste wie Mehlsäcke ins Gesicht donnerten, bekam sie noch mehr Schwung, rutschte mit dem ganzen Körper über das Sofa und schlug hart auf dem Boden auf.

Vielleicht hatte sie aber auch einen Herzinfarkt gehabt. Egal. Sie war jedenfalls tot.

Oder etwa nicht? Sie hatte ihn früher schon zum Narren gehalten. Das war so weit gegangen, dass er sich schon überlegt hatte, ob er nicht mal mit McBride reden sollte. Andererseits wollte er sein Glück nicht überstrapazieren, jetzt, wo der Bürgermeisterposten frei war, und das nur, weil er McBride angeheuert hatte.

Henry betrachtete seine Frau genauer. Um ihre Lippen herum und auf dem Boden war überall Erbrochenes. Ihr Mund stand weit offen, das Glas steckte fast schon darin. Henry ließ die Brust wieder sinken, dann stupste er seine Frau mit dem Schürhaken ein paarmal in die Seite, nur um noch einmal sicherzugehen. Er stupste sie ziemlich heftig, aber sie stand nicht auf, bewegte sich nicht und gab auch kein Geräusch mehr von sich.

Er lachte. Er hatte nicht damit gerechnet, dass er lachen würde. Das Lachen brach aus ihm heraus wie ein Sommersturm. Er konnte überhaupt nicht wieder aufhören. Er lachte und hopste dabei im Kreis herum. In letzter Zeit hatte er an der Existenz Gottes gezweifelt, aber jetzt wusste er, das war ein Fehler gewesen. Nicht nur gab es einen Gott, dieser Hurensohn war auch noch auf seiner Seite.

Er legte den Schürhaken zurück. Auf dem Kamin standen ein Glas und die Flasche. Er schenkte sich einen ordentlichen Schluck Whisky ein, trank ihn aus, trank dann noch einen. Er spürte nicht die geringste Wirkung. Er war ausgelassener, als er von Whisky je werden könnte, und glücklicher, als wenn ihm eine Märchenfee einen zwanzig Zentimeter längeren Schwanz versprochen hätte. Er holte eine Decke aus dem Schlafzimmer und warf sie ihr über.

Sie stöhnte.

Nicht laut, aber es war eindeutig ein Lebenszeichen. Henry blieb stehen, lauschte, sah sie an. Er hoffte, es war nur sein knurrender Magen. Aber nein, sie stöhnte schon wieder.

Henry hob die Decke an. Ihre Augenlider bewegten sich leicht. Die Hand mitsamt dem Glas löste sich von ihrem Mund und schlug auf den Boden.

Henry hatte sich geirrt, was Gott anging.

Er beugte sich hinunter, zog ihr die Decke wieder über das Gesicht und drückte sie ihr fest auf die Nase. Dann stützte er sich mit seinem ganzen Gewicht auf sie. Schwach, wie sie war, wehrte sie sich kaum. Der Fuß, der über der Sofalehne hing, bewegte sich ein paarmal auf und ab wie eine weiße Fahne, dann blieb er reglos liegen. Henry drückte weiter.

Mit der freien Hand holte er seine Taschenuhr heraus und öffnete sie. Er warf einen Blick auf das Zifferblatt, hielt den Druck der anderen Hand aber aufrecht und presste ihr auch noch das Knie gegen den Kopf. Sorgfältig beobachtete er die Zeiger der Uhr. Die Fettrollen seiner Frau zuckten, aber sie setzte sich nicht auf, wehrte ihn nicht mal mit den Händen ab, sondern zuckte nur.

Nach einiger Zeit hörte das Fett auf, sich zu bewegen. Er sah auf die Uhr. Vier Minuten lang presste er ihr die Decke nun schon auf die Nase.

Erschöpft ließ er von ihr ab und stand auf. Schließlich beugte er sich vor und hob die Decke an. Sie sah tot aus. Wieder holte er den Schürhaken und stieß sie damit ein paarmal in die Seite, fester als beim letzten Mal, allerdings durch die Decke hindurch, damit es keine blauen Flecken gab.

Diesmal war Gott wirklich auf seiner Seite, auch wenn Henry ein bisschen hatte nachhelfen müssen. Er schenkte sich ein weiteres Glas Whisky ein, trank es langsam aus und machte sich dann auf den Weg, um Willie zu holen. Er hätte ihn auch anrufen können, Willie und er hatten Telefon, aber diese Nachricht wollte er lieber persönlich überbringen. So ausgelassen hatte er sich zuletzt gefühlt, als er zu seinem zwölften Geburtstag eine .22er geschenkt bekommen und damit die Katze des Nachbarn vom Baum heruntergeholt hatte.

Während er zu Willie fuhr, fragte er sich, ob dieser wohl eine Kiste hatte, die groß genug war für die alte Schlampe. Verdammt, sie musste in etwa die Ausmaße von einem Bären haben. Man würde einen ganzen Haufen Männer brauchen, um sie hier rauszuschleppen. Vielleicht sogar einen gut genährten Ochsen.

Na gut. Keinen Ochsen. Aber die Vorstellung wollte nicht weichen, wie ein Ochse mit langen Ketten, die an seinem Fuß befestigt waren, an der Tür stand. Den Ochsen müsste man mit brutalen Peitschenhieben antreiben, sodass er ihren fetten, alten, toten Arsch über das Sofa und zur Tür hinaus ziehen würde. Dann dachte er: Vielleicht sollte ich ihr erst was anziehen? Nein. Zu viel Arbeit. Aber in was für Kleidung sollte er sie begraben? Nun ja, er könnte ein Loch in die Decke schneiden und sie ihr über den Kopf ziehen. Das wäre durchaus eine Möglichkeit.

Er musste aufpassen, dass er nicht zu überschwänglich wirkte. Das könnte sonst auf ihn zurückfallen. Man würde sich vielleicht fragen, ob da wirklich das freundlich gesinnte Schicksal zugeschlagen hatte oder nicht doch er selbst. Was natürlich zutraf.

Während er so vor sich hinfuhr, kam er zu dem Schluss, die Dinge stünden gut. Erst die Sache, die er gegen Sunset in der Hand hatte, jetzt seine Frau, gestorben an Suff, Schwerkraft und seiner fest zupackenden Hand.

Gelobt sei Gott für den Gärprozess.

Gelobt sei Gott für Isaac Newton.

Gelobt sei Gott für die Muskelkraft in Henrys Hand.

Und ohne dass es ihm bewusst war, fing er an zu singen.

KAPITEL 19 Im Wald staute sich die Hitze, überall waren Mücken, und das Licht der Sonne wurde von den Bäumen aufgefächert. Ihre Strahlen fielen auf das Grabkreuz, das einen Schatten warf, und übersäten die mit Blättern bedeckten Grabhügel mit Lichtpünktchen. Clyde und Hillbilly hatten sich auf ihre Schaufeln gestützt und sahen Sunset erwartungsvoll an. Die beiden sprachen nur noch das Nötigste miteinander.

Sunset bemerkte, dass Hillbilly zwar nicht betrunken war, sich aber am Morgen schon einen Schluck gegönnt hatte, und das machte sie wütend. Er hatte schließlich Arbeit, und sie dachte sich, sie als seine Chefin sollte etwas sagen, beschloss dann jedoch, es durchgehen zu lassen. Sie war sich nicht sicher, warum sie das tat, hatte aber eine Ahnung. Eine Ahnung, die ihr nicht gefiel. So sollte man die Dinge eigentlich nicht handhaben. Wäre es Clyde gewesen, hätte sie etwas gesagt. Aber Clyde würde das nicht passieren. Clyde war stets pünktlich und einsatzbereit. Clyde war eben verlässlich.

Und just an diesem Morgen hatte sie tatsächlich beschlossen, dass es etwas anzupacken gab. Der Gedanke war ihr gekommen, kurz nachdem sie mit dem Auto zu Hause eingetroffen war.

»Wollt ihr die Dinger nur als Stütze benutzen?«, fragte sie.

»Du hast keine Schaufel«, entgegnete Hillbilly.

»Ich bin die Chefin, ich wehre nur die Mücken ab.«

»Ich versteh das nicht«, sagte Clyde. »Wozu machen wir das? Ich will mir keine toten Säuglinge anschauen. Außerdem sind da höchstens noch ein oder zwei Knochen übrig, wenn überhaupt. Was soll das schon beweisen?«

Sunset schlug nach einer Mücke, die sich auf ihre Wange gesetzt hatte, und verwandelte sie in einen kleinen schwarzen Fleck. »Ich muss sicher sein, dass hier wirklich ein Säugling liegt.«

»Zendo hat ihn gesehen«, entgegnete Clyde.

»Ich weiß. Ich glaube ihm auch. Aber ich möchte wissen, ob der Säugling wirklich hier begraben ist.«

»Wieso sollte er das nicht sein?«, fragte Hillbilly.

»Keine Ahnung. Vermutlich ist er es ja. Aber ich frage mich, warum Jimmie Jo und das Kind getötet wurden.«

»Vielleicht war es Pete«, erwiderte Clyde. »Den hat fast alles genervt, was die Frau gemacht hat. Vielleicht hat er's getan. Sie hätte er ja auch umgebracht, wenn Sie ihn nicht zuerst umgebracht hätten.«

»Darüber habe ich mir auch schon Gedanken gemacht«, gab Sunset zu. »Er war gemein und durchaus in der Lage, jemanden umzubringen, aber ich kann mir nicht vorstellen, dass er es auf diese Art und Weise getan hätte. Er hätte sie einfach vergewaltigt und ihr eine Kugel in den Kopf gejagt, und das wäre es dann gewesen.«

»Irgendjemand hat ihr aber in den Kopf geschossen«, erwiderte Clyde. »Und zwar mit demselben Kaliber wie Petes Waffe. Die, die Sie tragen. So, wie ich das seh, haben Sie gerade rausgefunden, wer wen umgebracht hat, und genau das würde ich auch diesem bescheuerten Ältestenrat erzählen. Pete war sauer auf seine Freundin, hat sie und ihr Kind umgebracht, und wenn er besoffen genug war, um die Frau zu vergewaltigen und umzubringen, wie er das mit Ihnen vielleicht auch gemacht hätte, dann war er vermutlich auch besoffen genug, ihr den Säugling rauszuschneiden. Und danach hat er sich volllaufen lassen oder noch mehr volllaufen lassen, und dann hat er drüber nachgegrübelt und das alles an Ihnen ausgelassen und hätte Sie beinahe auch umgebracht. Das war's. Fahren wir zurück. Es ist viel zu heiß zum Graben.«

»Viele Leute haben eine .38er«, widersprach Sunset. »Natürlich hätte ich bei unserer Hochzeit nie gedacht, dass er mich mal schlagen würde. Ich hätte auch nie geglaubt, dass er jemanden so verprügeln würde, wie er das mit Drei-Finger-Jack gemacht hat.«

»Worum ging's da eigentlich?«, fragte Hillbilly. »Das muss ja wirklich eine Tracht Prügel gewesen sein, dauernd reden die Leute davon.«

»Pete hat ihn wegen Jimmie Jo verprügelt«, antwortete Sunset. »Deshalb erinnere ich mich auch nicht gern daran. Außerdem hat er es vor meinen Augen gemacht. Als er Jack sah, hat er ihm gesagt, er solle Jimmie Jo in Ruhe lassen, obwohl ich direkt danebenstand. Dann hat er auf ihn eingedroschen. Pete war es egal, ob ich wusste, dass er ihr an die Wäsche ging. Ihn interessierte nur, ob Jack das tat. Ich nehme an, Jimmie Jo hatte ihm von Jack erzählt, um Bewegung in die Sache zu bringen. So war sie nun mal. Kann durchaus sein, dass Jack gar nichts mit ihr hatte und sie nur enttäuscht war, weil er nichts von ihr wollte.«

»Allmählich wünsch ich mir glatt, ich hätte die Rauferei miterlebt«, sagte Hillbilly.

»Eine andere Möglichkeit ist«, fuhr sie fort, »dass Pete vielleicht wusste, dass sie von ihm schwanger war, und deshalb war er so wütend auf Jack.«

»Sie glauben, er hat sie geliebt?«, fragte Clyde. »Nicht einfach nur mit ihr rumgemacht?«

»Ich glaube, er hat mich verprügelt, weil er wusste, dass sie tot war. Er wollte sie, konnte sie aber nicht haben, also hat er das an mir ausgelassen. Er liebte sie, nicht mich.«

»Tja, dann hatte er wirklich keinen Geschmack. Und ich glaub immer noch, dass er sie abgemurkst hat. Vielleicht hat er's auch gemacht, weil das Kind nicht von ihm war. Haben Sie sich das schon mal überlegt? Vielleicht hatte das mit Liebe gar nichts zu tun. Vielleicht hat er Jack zwar aus Eifersucht zusammengeschlagen, aber nicht, weil er so verliebt war. Vielleicht wollte er nur nicht, dass ein anderer Mann betatscht, was er für sein Eigentum hielt. Das ist doch eine Überlegung wert, oder?«

»Das stimmt«, entgegnete Sunset.

»So könnte es gewesen sein«, fuhr Clyde fort. »Vielleicht hat ihn das so aufgeregt, dass er ihr den Säugling rausgeschnitten und dann beide dort bei Zendos Feld verbuddelt hat. Zendo hat den Säugling entdeckt, also ist Pete gekommen und hat sich die Sache angesehen, hat aber nicht versucht, sie Zendo anzuhängen. Nicht aus Freundlichkeit, sondern weil er ein schlechtes Gewissen hatte und nicht jemanden dran glauben lassen wollte, von dem er genau wusste, dass er unschuldig war. Also hat er den Säugling begraben und gehofft, dass die Frau nicht gefunden wurde.«

»Das ist auch so etwas, das ich nicht verstehe«, sagte Sunset. »Wenn er sie umgebracht hat, warum hat er den Säugling dann hier begraben und sie im Acker liegen lassen?«

»Vielleicht wollte er aus irgendeinem Grund, dass man sie findet«, erwiderte Clyde, »wollte aber nicht, dass die Leute erfahren, dass er ihr den Säugling rausgeschnitten hatte.«

»Das hat Willie allerdings ziemlich schnell rausgefunden«, widersprach Sunset.

»Vielleicht wusste er nicht, dass man das so leicht rausfinden kann. Da bin ich mir noch nicht ganz drüber im Klaren. Aber er könnte es getan haben, und dann wurde er getötet, und jetzt werden all seine Untaten ruchbar. Verdammt, für mich klingt das ziemlich überzeugend.«

»Vielleicht«, stimmte Sunset zu. »Vermutlich will ich einfach nicht glauben, dass es Pete war. Ich will nicht, dass es so ist.

Schließlich ist er Karens Vater. Das Ganze beweist nur, dass meine Menschenkenntnis, was Männer angeht, noch weit schlechter ist, als ich dachte.«

Clyde sah Hillbilly an und bemerkte: »Frauen können sich in Männern ganz schön täuschen.«

»Jetzt fangt schon an zu graben«, befahl Sunset.

»Ich seh immer noch nicht ein, warum«, entgegnete Hillbilly. »Da unten liegt ein Säugling – na und? Du weißt dann auch nicht mehr als jetzt, Säugling hin oder her.«

»Tut einfach, was ich sage.«

Sie mussten ziemlich tief graben, bis sie auf eine kleine Holzkiste stießen. »Ich denke, wir sollten sie öffnen«, schlug Sunset vor.

»Irgendwie hab ich da kein gutes Gefühl, Sunset«, widersprach Clyde. »Ein toter Säugling, und wir stören ihn in seiner ewigen Ruhe.«

»Nachdem sie ja ewig ist«, warf Hillbilly ein, »gibt's auch nichts, was man stören könnte.«

Sunset nahm Clyde die Schaufel ab, fuhr mit dem Schaufelblatt zwischen Kiste und Deckel und stemmte den Deckel hoch. In der Kiste lag etwas, das in ein kleines, bereits verrottetes Laken eingewickelt war. Sunset griff hinein und schlug das Laken auf. Zum Vorschein kam ein kleiner, dunkler, ledriger Schädel.

»Das ist wirklich ein Säugling«, sagte Hillbilly.

»Armer kleiner Snooks«, fügte Clyde hinzu.

Sunset berührte den Schädel. »Was den Schädel erhalten hat, ist das Öl. Hat ihn dunkel gefärbt und ihn ledrig werden lassen.«

»Ist es ein farbiges Kind?«, fragte Hillbilly.

»Keine Ahnung«, entgegnete Sunset. »Ich glaube, das könnte jetzt niemand mehr feststellen.« Sie zog das Laken weiter zur

Seite. Der Rest des Körpers war winzig und machte einen sehnigen Eindruck. Ein Teil war bereits verrottet.

»Der Kopf hat wohl das meiste Öl abgekriegt«, sagte Clyde.

»Ja«, entgegnete Sunset.

»Was ist denn das?«, fragte Hillbilly.

Sunset deckte den Säugling wieder zu und sah sich an, was Hillbilly entdeckt hatte. Es war eine Stahlkassette. Sie füllte fast den ganzen Sarg aus, und darüber lag so etwas wie ein Tuch, das allerdings schon weitgehend verfault und brüchig wie ein Spinnennetz war. Sunset hob den Säugling vorsichtig hoch, legte ihn auf den Boden und nahm die lange, rechteckige Kassette aus dem Sarg. »Sie ist verschlossen«, stellte sie fest.

»Geh mal nen Schritt zurück«, entgegnete Hillbilly, und sobald Sunset das tat, schlug er mit dem Schaufelblatt gegen das Schloss. Ein Funke flog, und das Schloss sprang auf.

Sunset öffnete die Kassette. Drinnen lag ein Öltuchbündel, das mit zerfallender Schnur umwickelt war. Sie öffnete die Schnur und holte heraus, was in dem Öltuch steckte. Ein Registerheft. Sunset schlug es auf. Ein paar Seiten waren beschrieben, außerdem lagen zwei zusammengefaltete Blätter in dem Heft. Sie entfaltete eins nach dem anderen und sah sie sich an. Es waren Flurkarten.

»Sieht aus wie die Karte eines Landvermessers«, sagte Hillbilly. »Schau mal da, die Marke. Wurde in Holiday abgestempelt. Vermutlich sollten die Blätter dort sein, im Gericht.«

»Pete hat die sicher nicht einfach nur so da rein gelegt«, gab Clyde zu bedenken. »Trotzdem, das ist ganz schön schrecklich, die da so beim armen Snooks zu verstecken, egal, aus welchem Grund.«

»Könnten wir nicht versuchen, das woanders herauszufinden – wo nicht so viele Stechmücken sind?«, schlug Hillbilly vor.

»Na gut«, erwiderte Sunset. Sie faltete die Papiere zusammen, steckte sie in das Heft, legte es auf den Boden, bettete den Säugling in die Kiste, und dann begruben sie ihn wieder.

»Clyde«, sagte Sunset. »Du bist doch irgendwie fromm. Sprich ein Gebet. Ich habe Gott nichts zu sagen, falls es ihn überhaupt gibt.«

Clyde betrachtete Sunset einen Moment lang, dann rang er sich ein paar Worte ab. Sunset legte das Heft in die Kassette zurück und ließ Hillbilly sie zum Pick-up tragen.

Sie setzte sich zwischen Hillbilly und Clyde. Clyde fuhr. Während der Fahrt spielte Hillbilly Mundharmonika, und er spielte richtig gut.

»Ich dachte, du bist Gitarrespieler?«, fragte Sunset.

Er hörte auf zu spielen. »Bin ich auch. Aber ich hab nur diese Mundharmonika. Und eine Maultrommel, aber da bin ich nicht so gut.«

»Das stimmt«, sagte Clyde. »Ich hab gehört, wie er spielt.«

»Clyde«, entgegnete Hillbilly. »Du würdest gute Musik nicht mal dann erkennen, wenn sie dir den Finger in den Arsch schiebt.«

»Vielleicht spielst du einfach nur nicht gut.«

»Jungs«, mahnte Sunset. »Wie wäre es mit einer Gitarre, Hillbilly?«

»Erst muss ich Geld verdienen. Ich dachte, wir kriegen für das hier Geld.«

»Am Ende des Monats, glaube ich.«

»Ich hab unterwegs ne Menge Arbeit gemacht, für die ich kein Geld gesehen hab. Viele Leute waren auf einmal wie vom Erdboden verschluckt, wenn Zahltag war.«

»Hier gibt es nichts, wo sie verschluckt werden könnten«, versicherte Sunset. »Dafür sorgt Marilyn schon.«

»Ich muss mir ein bisschen Holz kaufen und ein Haus bauen«, sagte Clyde. »Wenn's Winter wird, kriegt mein knackiger Hintern ohne Dach und Wände ganz schöne Frostbeulen ... Sunset, was, glauben Sie, hat all das mit dem Buch und dem Säugling zu bedeuten?«

»Da muss ich erst mal drüber nachdenken.«

KAPITEL 20 Lee und Marilyn saßen am Rand von Uncle Rileys Veranda, schwitzten, ließen die Füße baumeln und tranken Limonade, die Aunt Cary selbst gemacht hatte. Aunt Cary war wieder in den Wald gegangen, um Wurzeln und andere Dinge zu suchen, Uncle Riley rupfte hinten im Garten ein Huhn, und Tommy kletterte auf einem Baum herum.

»Ich glaube, Goose geht es bald wieder gut«, sagte Marilyn.

»Das denke ich auch. Ich bin froh, dass Sie vorbeigekommen sind.«

»Ich auch. Sind Sie auf Arbeitssuche?«

»Ja.«

»Die Mühle ist ziemlich gut besetzt, und sonst gibt es kaum was in Camp Rapture. Vielleicht sollten Sie es in Holiday versuchen. Da werden eine Menge Leute gebraucht, wegen dem Ölgeschäft. Das floriert gerade.«

»Habe ich auch schon gehört. Aber ich muss erst noch was in Camp Rapture erledigen.«

»Ist es ein Geheimnis?«

»Eigentlich nicht, aber ich will es auch nicht gerade laut rausposaunen. So richtig habe ich darüber bisher nur mit Gott geredet, aber den schien das nicht zu interessieren. Interessiert es Sie?«

»Sonst hätte ich doch nicht gefragt, oder?«

»Na gut. Vor langer Zeit, als ich noch jung war, so um die zwanzig, habe ich den Ruf vernommen. Eines Morgens erschien mir der Herr, und ich wusste, ich muss predigen.«

»Ich habe mich immer gefragt: Wie erscheint der Herr einem Prediger? Haben Sie ihn gesehen?«

»Nein. Und auch keinen brennenden Busch. Meine Familie hat versucht, Land in Oklahoma zu besiedeln, aber das hat nicht geklappt. Einige Indianer waren der Ansicht, es sei ihr Land, und vermutlich hat das sogar gestimmt. Die Regierung hatte es aufgeteilt und Weißen überlassen, die es besiedeln wollten, aber diese Indianer, vier oder fünf von denen, glaubten, es sei ihres.«

»Soll das heißen, die waren auf dem Kriegspfad?«

»Nicht wie in den Cowboyfilmen. Das waren zivilisierte Indianer. In Anzug und mit Hüten und .45ern. Weniger zivilisiert war, dass sie meine Mama und meinen Papa umgebracht haben. In unserem Haus, und mich haben sie mit den Leichen zurückgelassen. Ich weiß nicht, warum sie mich nicht auch umgebracht haben – jedenfalls haben sie es nicht getan. Einer hat mir die Pistole an die Stirn gehalten, den Hahn gespannt, aber nicht abgedrückt. Er hat mich eine Minute lang angesehen, dann sind er und seine Leute abgehauen. Ein paar Tage lang habe ich mir gewünscht, sie hätten mich getötet, aber einige Zeit später war ich dann froh, dass sie es nicht getan hatten, weil ich mich dann auf die Jagd nach ihnen gemacht habe.«

»Wie alt waren Sie da?«

»Vierzehn. Das muss so '94 gewesen sein.«

»Haben Sie sie erwischt?«

»Einen hat das Gesetz erwischt, den haben sie aufgehängt. Zwei habe ich selbst verfolgt. Bis nach Kansas. Dort haben sie sich getrennt, und ich habe mich an die Fersen von einem der beiden geheftet. Habe ihm vor einem Freudenhaus in Leavenworth aufgelauert, und als er rauskam, bin ich von hinten auf ihn los und habe ihm die Gurgel durchgeschnitten.«

»Meine Güte.«

»Ja. Ziemlich schrecklich. Aber damals hat mich das nicht

aus der Fassung gebracht. Ich habe mich auf die Suche nach dem anderen gemacht, habe ihn gefunden und ihm in den Rücken geschossen. Ich hatte mich in einem Baum versteckt, unter dem er vorbeireiten musste, und als er auftauchte, habe ich ihn mit einem Gewehr erschossen, das ich gestohlen hatte. Stellen Sie sich vor, später habe ich dann erfahren, dass man wegen dem Gewehr einen Farbigen gehängt hat. Das ist mir erst Jahre später zu Ohren gekommen. Jedenfalls wurde er gehängt, weil man überzeugt war, er hätte es gestohlen, obwohl sie es nicht finden konnten. Er war kurze Zeit nach mir durch denselben Ort gekommen. Das muss man sich mal vorstellen, die hängen einen Mann, weil er ein Gewehr gestohlen hat. Und dabei hatte er es nicht mal gestohlen. Als ich das hörte, hatte ich erst vor, was zu sagen, habe es dann aber doch nicht getan, weil ich mir dachte, nachher hängen sie mich auch. Und mein Geständnis hätte den armen Kerl ja doch nicht wieder lebendig gemacht. Jedenfalls wollte ich, nachdem ich den zweiten Mann getötet hatte, auch die anderen finden. Eines Nachts lag ich auf einem Feld irgendwo in Kansas, unter freiem Himmel, und versuchte zu schlafen, blickte zu den Sternen hoch, und auf einmal waren die Rachegelüste weg. Hat sich angefühlt, als hätte der Herr die Hand ausgestreckt, die ganze Schwärze aus meinem Herzen herausgezogen und es mit Licht gefüllt. In dem Moment habe ich beschlossen, Prediger zu werden. So um 1900 bin ich dann in Camp Rapture gelandet.«

»Mein Gott. Sie sind der Reverend.«

»Nicht mehr. Mein Name ist Lee Beck. Aber es stimmt, damals war ich Reverend. Und ich kam hier in den Ort, der jetzt Camp Rapture heißt, und habe so manches Gute getan. Ich habe ein paar Leute getauft und ein paar anderen Manieren beigebracht. Und dann bin ich, wie David, vom Weg abgekommen. Ich habe eine junge Frau ausgenutzt. Sie hieß Bunny Ann.«

»Die habe ich gekannt.«

»Wirklich?«

»Ja. Nicht gut. Aber gekannt habe ich sie.«

»Ich habe mich an ihr vergangen, und dann bin ich davongelaufen. Ich weiß nicht, ob sie inzwischen verheiratet ist oder ob sie überhaupt noch hier lebt, und ich will mich auch nicht in ihr Leben einmischen. Ich möchte mich einfach nur bei ihr entschuldigen. Die Sache wiedergutmachen.«

»Und was ist mit Ihrer Tochter?«

»Wovon reden Sie?«

»Wussten Sie nicht, dass Bunny Ann schwanger war und eine Tochter bekommen hat?«

Lee sackte in sich zusammen. »Eine Tochter? Sie hatte eine Tochter?«

»Ihre Tochter, wenn Bunny die Wahrheit gesagt hat. Sie hat ihr Ihren Nachnamen gegeben. Und soll ich Ihnen noch was verraten?«

»Ich weiß nicht recht.«

»Sie ist meine Schwiegertochter.«

»Mein Gott.«

»Es ist noch ein bisschen komplizierter.«

»Bevor Sie weitererzählen – was ist mit Bunny Ann? Lebt sie noch hier?«

»Nein. Sie ist mit einem Schuhverkäufer auf und davon.«

»Einem Schuhverkäufer?«

»Genau.«

»Tja, ich hätte sie wohl mitnehmen sollen. Oder nicht weglaufen. Ich war einfach noch nicht bereit, mich häuslich niederzulassen, und nachdem ich mich an ihr vergangen hatte, noch dazu, wo ich Reverend war, habe ich wohl gedacht, ich sollte lieber abhauen. Als ob man sich vor Gott verstecken könnte.«

»Eins muss ich sagen: In meinen Augen steht ein Schuhverkäufer weit unter einem Reverend.«

»Das ist schon ein gewisser Trost. Wieso ist die Sache noch komplizierter?«

»Das hängt mit meinem Sohn zusammen und mit dem, was mit ihm passiert ist. Der Mann Ihrer Tochter. Man nennt sie übrigens Sunset, obwohl ihre Mama ihr den Namen Carrie Lynn gegeben hat.«

»Was ist passiert?«

Marilyn erzählte es ihm, erzählte ihm von Pete und was Sunset getan hatte, erzählte von ihrem Mann und wie er auf einem Holzstamm in die Säge geritten war, die ganze Geschichte.

Als sie fertig war, sagte Lee: »Ich habe eine Kettenreaktion in Gang gesetzt. Wegen mir ist alles Mögliche passiert, und nichts davon war gut. Damit rechnet man nicht, wenn man jung ist, dass man etwas tut, und daraus entsteht dann alles Mögliche. Mein Gott – wie geht es Carrie Lynn ... Sunset?«

»Ihr geht es gut.«

»Nach dem, was sie getan hat? Und Sie? Wie kommen Sie damit zurecht?«

»Ihr blieb keine andere Wahl.«

»Das glaube ich gern. Aber Pete war Ihr Sohn. Sicher ...«

»Wie ich auch zu Sunset gesagt habe, manchmal habe ich so Momente. Momente, in denen ich sie hasse. Aber das geht vorüber. Und was dazukommt: Sie haben eine Enkelin.«

»Das darf doch nicht wahr sein.«

»Sie heißt Karen. Sie leidet zur Zeit ziemlich, wie Sie sich sicher vorstellen können. Wenn ich Sie wäre, würde ich nicht länger versuchen, Bunny Ann aufzuspüren. Sie hat ihre Entscheidung getroffen und ein neues Leben begonnen, und vielleicht ist sie auf die Art wenigstens an ein paar Schuhe gekommen. Sie war genauso an der Entstehung dieses Mädchens beteiligt wie Sie. Sie haben Bunny sitzen lassen, und Bunny hat Sunset sitzen lassen, und jetzt haben Sie eine Tochter und eine Enkelin. Vielleicht könnten Sie was Besseres mit Ihrer Zeit anfangen. Indem Sie sich um die beiden kümmern.«

»Ich kann das alles überhaupt nicht fassen.«

»Das kann ich mir vorstellen. Wohin sind Sie gegangen, nachdem Sie die Arbeit als Reverend aufgegeben hatten?«

»Ich war im ganzen Land unterwegs und habe alles Mögliche gemacht. Irgendwann habe ich dann plötzlich das Bedürfnis verspürt, hierher zurückzukehren und Bunny Ann zu besuchen. Jetzt bin ich mir nicht mehr so sicher, ob ich sie wirklich finden will. Wie Sie sagen: Ich kann was Besseres mit meiner Zeit anfangen. Wenn Sunset und Karen etwas mit mir zu tun haben wollen. Denken Sie, die beiden wollen das?«

»Die Frage kann ich Ihnen nicht beantworten, Lee.«

Danach saßen sie schweigend da, tranken Limonade und hätten auch noch weiter geschwiegen, wenn sie nicht gehört hätten, wie Goose im Haus nach jemandem rief.

»Ich werde mal nach ihm sehen«, sagte Lee.

Er ging ins Schlafzimmer, wo der Junge gerade versuchte, sich aufzusetzen.

»Warte, ich helfe dir.« Lee nahm ein Kissen, faltete es einmal und schob es Goose unter den Kopf.

»Ich fühl mich nicht sonderlich«, sagte Goose.

»Du würdest dich viel schlechter fühlen, wenn wir dich nicht hierher gebracht hätten.«

»Wo sind wir?«

Lee erzählte ihm von Marilyn, Aunt Cary, Uncle Riley und Tommy. »Sie haben dich in ihr eigenes Bett gelegt«, fügte er hinzu.

»Farbige?«

»Deswegen willst du jetzt doch wohl keine Fisimatenten machen, oder?«

»Ich hab nichts gegen Farbige. Ich hab gegen niemand was. Außer vielleicht gegen diese Schlange. Lee?«

»Ja?«

»Werd ich wieder gesund?«

»Sieht so aus.«

Der Junge betrachtete seine bandagierte Hand. »Falls nicht, sollte ich dir was erzählen, vor allem, wo du doch Priester bist.«

»Ich bin kein Priester mehr. Ich war auch mal Pinkerton-Detektiv und noch so einiges andere mehr, aber darauf spricht mich nie jemand an. Nur auf den Priester. Dabei bin ich keiner. Gott hat mich schon lange verlassen. Und du wirst wieder gesund. Du brauchst mir nichts zu beichten.«

»Ich hatte noch nie was mit ner Frau, Lee. Das war ne Lüge. Ich wollte nur angeben.«

»Das ist schon in Ordnung.«

»Ich würd ja gern, aber ich hatte noch nie eine.«

»Die Gelegenheit dazu wird sich schon noch ergeben. Ich glaube, wir sollten lieber über was anderes reden. Wenn ich du wäre, würde ich da gar nicht mehr drüber reden oder dran denken, bis ich sechzehn oder so wäre, und dann würde ich warten, bis ich verheiratet wäre.«

»Hast du das so gemacht?«

»Nein.«

»Gar nicht so einfach zu warten, hab ich recht? Und man

sollte es mit einem schlechten Mädchen machen, das man nicht heiraten will.«

»Glaub das nicht. Kein Mädchen und keine Frau ist schlechter, als du sie machst. Ich bin nicht dein Vater, ich bin auch kein Priester, aber vertrau mir. Führ ein anständiges Leben. Was du tust, hat Folgen, und die können gut oder schlecht sein. Das habe ich eben auch zu Marilyn gesagt.«

»Die Frau, die uns mitgenommen hat?«

»Ja.«

»Ist sie hübsch?«

»Sie ist so alt wie ich. Aber ja, ich finde sie hübsch.«

»Du hast aber nichts mit ihr angefangen, während ich geschlafen hab, oder?«

Lee gab ihm einen leichten Klaps. »Jetzt hör aber mal auf damit. Leg dich hin und sei still. Ich werde sehen, was wir als Nächstes machen.«

»Du gehst doch nicht weg?«

»Nein. Ich verlasse dich nicht.«

»Wie du schon gesagt hast, du bist kein Verwandter von mir. Du schuldest mir nichts. Du musst nicht bleiben.«

»Im Moment gibt's für mich nichts Besseres zu tun. Vermutlich bleibe ich ein bisschen in deiner Nähe. Ruh dich aus. Aunt Cary und Uncle Riley braten später ein Huhn. Du kannst doch essen, nicht wahr?«

»Ich hab Hunger wie ein Bär.«

KAPITEL 21 Die Freiheit, einen eigenen Wagen zu haben, war berauschend. Deswegen und auch, weil es ihr ein ganz vernünftiger Plan zu sein schien – notfalls hätte sie sich ihn schöngeredet –, fuhr Sunset am nächsten Morgen nach Holiday. Sie wollte dort beim Gericht vorbeischauen und sehen, ob sie etwas über die Karten aus dem Grab herausfinden konnte.

Sie hatte sich das Registerheft durchgesehen und war zu dem Ergebnis gekommen, dass da kein Zusammenhang bestand. In dem Heft standen Notizen zu Fällen, aber nur wenige, da es noch ziemlich neu war. Sie nahm an, dass Pete die Karten einfach nur hineingesteckt und dann alles miteinander begraben hatte, vielleicht, um die Karten zu schützen. Ja, so musste es gewesen sein, da war sie sich ziemlich sicher. Ihre Aufgabe bestand jetzt darin, nach Holiday zu fahren und zu sehen, ob sie im Gericht etwas herausfinden konnte. Sie hatte vor, Hillbilly mitzunehmen und Clyde zu Zendo zu schicken, damit er sich das Land neben Zendos Acker anschaute und ihn fragte, ob er wusste, wem es gehörte. Ihr war klar, dass sie das auch tat, um mit Hillbilly allein zu sein, und das ärgerte sie. Sie ließ zu, dass ihre Lenden für sie die Entscheidung trafen. Es hieß immer, dass Männer mit dem Schwanz statt mit dem Kopf dachten, aber auch bei ihr war es nicht nur der Kopf, der das Denken erledigte. Es gefiel ihr nicht, aber sie kam auch nicht dagegen an. Im Gegenteil, bei dem Gedanken wurde ihr sogar ein bisschen schwindelig.

Sie würde Karen gleich in der Früh nach Camp Rapture fahren, wo sie den Tag mit Marilyn verbringen konnte. Marilyn würde das gefallen, und Karen vermutlich auch. Vielleicht würden die beiden nach Holiday fahren und sich einen Film anschauen. Wer weiß? Vielleicht würde sie sich sogar selbst einen Film anschauen. Oder zum Ölfest gehen, mit dem die Leute den Ölboom in Holiday feierten. Dass sich ein nettes, friedliches Dorf in ein Schlammloch voller Schläger, Lärm, großer metallener Bohrtürme und mit viel zu vielen Menschen verwandelt hatte, die wer weiß was alles miteinander trieben.

Das Wissen, dass sie jetzt ein eigenes Auto besaß, gab ihr ein ebensolches Gefühl von Macht wie der Revolver. Nur dass es sich noch besser anfühlte. Frei. Ob Männer sich wohl die ganze Zeit so fühlten? Die meisten zumindest?

Und sie hatte zwei Männer, die sie begehrten. Clyde, den sie nicht wollte. Und Hillbilly, den sie unbedingt wollte. Auf jeden Fall war es ein schönes Gefühl, begehrt zu werden, nachdem sie so lange die meiste Zeit nur im Haus eingesperrt gewesen war. Und wenn Pete sie begehrt hatte, war sie sich immer wie ein Sandsack vorgekommen, ein Sandsack, auf den er eindreschen konnte. Mit der Faust, mit dem Schwanz. Ohne Liebe und Begehren, wie sie es sich gewünscht hätte.

Vielleicht war jetzt nicht alles wundervoll, aber auf jeden Fall besser als zu Petes Lebzeiten. Wenn sie nicht wüsste, was sie Karen damit angetan und womit diese jetzt zu kämpfen hatte, könnte sie sich vielleicht mit der Idee anfreunden, jeden Tag einen Ehemann zu erschießen. Das hatte ihr schließlich eine Menge Türen geöffnet.

All das ging Sunset durch den Kopf, während sie Ben kurz vor Einbruch der Nacht bei der großen Eiche in der Nähe der Straße fütterte. Das letzte bisschen Licht wurde rasch immer weniger, und die Staubkörner, die zwischen den Bäumen tanzten, sahen aus wie Locken dünnen blonden Haars. Sie atmete tief und genussvoll ein.

Karen saß im Zelt und las ein Buch. Clyde hatte sich schließlich breitschlagen lassen und Hillbilly irgendwohin mitgenommen. Danach war er vermutlich zu seinem abgebrannten Haus gefahren und hatte sich unter seine Plane gelegt.

Sunset liebte diese Tageszeit. Nur sie und der Hund. Selbst wenn sie nicht mit Hillbilly zusammen war und nur daran dachte, mit ihm zusammen zu sein, war das in diesem Moment besser, als wenn sie wirklich mit ihm zusammen gewesen wäre. So konnte sie ihrer Phantasie freien Lauf lassen.

»Hallo«, sagte eine Stimme. Sunset fuhr herum, ließ Ben die Schüssel vor die Füße fallen und zog die Waffe aus dem Holster. Bevor sie sie ganz heraus hatte, schlossen sich Finger um ihr Handgelenk, Finger, die doppelt so groß waren wie ihre, und entwanden ihr mit einer blitzschnellen Bewegung die Waffe. Vor ihr stand ein Farbiger mit einem Schopf struppiger Haare und einem dichten Bart, breit wie ein Baumfuhrwerk und groß wie eine Pinie. Die Waffe lag auf seiner Handfläche. Ben fuhr hoch und knurrte. »Ruhig, mein Junge«, sagte der große Mann.

Ben hörte auf zu knurren, winselte und schmiegte sich wie eine Katze an die Beine des Manns. »Sie brauchen keine Angst haben«, sagte der Mann. »Ich will Ihnen nix tun. Ich will nur reden.«

»Bull.«

»Genau.« Er gab ihr die Waffe zurück.

Sie blickte auf Ben hinunter. »Toller Wachhund.«

»Hunde mögen mich«, entgegnete Bull. »Vor allem, wenn ich nachts komm und mich mit ihnen anfreunde. Ein Hund ist treu, außer wenn er gern Kanincheninnereien frisst. Dann ist er nur so lange treu, bis er sich dran gewöhnt hat, dass er jede Nacht welche kriegt.«

»Deshalb hatte er also kaum mehr Appetit.«

»Er und ich sind jetzt Freunde.« Bull bückte sich, um Ben den Kopf zu kraulen. »Aber er ist ein guter Wachhund. Der hätt gespürt, wenn ich kein gutes Herz hätt. Dann hätt er sich nicht mit mir angefreundet nur wegen so'n paar Kanincheninnereien. Nicht alle Hunde spüren das. Manche mögen Kanincheninnereien, egal, von wem sie kommen, aber der hier ist nicht so.«

»Und woher weißt du das?«

»Weil mein Herz wie seins ist, gut und ehrlich.«

»Meine Güte. Du bist der größte Mann, den ich je gesehen habe.«

»Mein Bruder war größer, als wir Kinder waren. Ich glaub, der wär noch größer geworden, wenn er groß geworden wär, aber er ist im Sabine River ertrunken, beim Schwimmen. Ich bin zwei Meter zehn, nur dass Sie's wissen. Ich weiß nicht, was ich wiegen tu, aber Sie würden sicher nicht wollen, dass ich auf sie drauffall.«

»Warum hast du dich mit meinem Hund angefreundet?«

»Ich hab ihn ein bisschen in den Wald gelockt. Weil ich wollte nicht einfach hier auftauchen, und dann geht er auf mich los. Ich wollte Sie nicht erschrecken.«

»Zu spät. Du hast mich ganz schön erschreckt.«

»Sie waren gut zu Smoky.«

»Ich habe deine Nachricht gefunden.«

»Reden kann ich viel besser als schreiben. Ich hab das nie gelernt, auch nicht buchstabieren, nur was ich so aufgeschnappt hab. Vieles muss ich einfach raten. Ich war mir nicht mal sicher, ob ich das geschrieben hab, was ich gemeint hab. Smoky und ich, wir waren lange Zeit wie Brüder. Dann ist er ein bisschen reizbar geworden. Nicht schlimm, aber eben reizbar. Was Sie gemacht haben, das gibt's nicht oft, dass irgend nen Weißer so was für mich oder solche wie unsereins macht. Aber Sie haben's gemacht, und das rechne ich Ihnen hoch an. Drum bin ich hergekommen, weil ich wollte Ihnen was erzählen.«

»In Ordnung.«

»Ich hab nen Krug Schnaps mitgebracht. Steht auf der anderen Seite von dem Baum da, wo ich gewartet hab. Wollen Sie welchen?«

»Ich habe so etwas noch nie getrunken.«

»Kann Ihnen ganz schön Kummer machen, wenn Sie nicht richtig damit umgehen. Aber wenn Sie richtig damit umgehen, tut er Ihnen auch richtig gut.«

»Ich hole uns Gläser.«

Als Sunset zum Zelt kam, stand Karen an der offenen Klappe. »Wer ist das, Mama?«

»Ein Freund.«

»Ein farbiger Freund?«

»Er ist farbig, und er macht einen freundlichen Eindruck.«

»Bist du sicher, dass er ungefährlich ist? Er sieht aus wie ein Riese.«

»Er ist auch einer.«

»Nachher tut er dir noch weh.«

»Er hat mir die Waffe abgenommen und sie mir dann zurückgegeben, also hat er vermutlich nicht vor, mir wehzutun. Bring uns zwei Stühle raus, damit wir uns ein bisschen hinsetzen können, und geh dann wieder ins Zelt.«

»Ich habe Angst, wenn dieser Riese hier rumläuft.«

»Da drüben liegt eine Schrotflinte. Die hat Clyde dagelassen. Setz dich daneben, wenn du magst.«

Sunset holte Gläser, und Karen trug zwei Stühle nach draußen. Bull lehnte mit einem kleinen weißen Krug in der Hand an der Eiche.

»Wie geht's?«, sagte Bull zu Karen.

»Gut«, antwortete Karen und hastete zum Zelt zurück.

»Sie glaubt wohl, der große Nigger vergewaltigt und schlachtet Sie beide, und dann fackelt er das Zelt ab und frisst den Hund.«

»So ungefähr.«

Sie setzten sich, und Bull schenkte eine kleine Dosis Schnaps in beide Gläser. Der Hund hatte sich zwischen ihnen auf den Boden gelegt.

Sunset trank einen kleinen Schluck. »Meine Güte«, sagte sie. »Das ist, als würde man brennendes Petroleum runterschlucken.«

»Aber mit nem angenehmen Nachgeschmack.«

Sunset lachte, hielt das Glas in der Hand, trank aber nicht. Bull dagegen leerte sein Glas fast in einem Zug. Nachdem er es abgesetzt hatte, sagte er: »Da wird alles Mögliche geredet, weil Sie Smoky geholfen haben. Vor allem die Weißen reden.«

»Das ist doch nur Geschwätz.«

»Zum Teil ist es Klan-Geschwätz.«

»Ich kenne die Hälfte der Leute, die zum Klan gehören.«

»Die erzählen, dass sie Ihnen das abgewöhnen wollen.«

»Woher weißt du das?«

»Farbige können sich ganz schön unsichtbar machen. Arbeiter, Dienstmädchen, Wäscherinnen. Sie hören Dinge, und die landen dann alle bei Bull.«

»Wieso erzählen sie dir das?«

»Keine Ahnung. Vielleicht, weil ich vor den Weißen keine Angst hab. Eigentlich hab ich die schon, gibt ja genug von denen, aber die wissen das nicht.« Bull grinste sie an. Sunset fand, es sah ein bisschen so aus, als würde ein Bär die Zähne fletschen. »Ehrlich gesagt, Missy, kann ich mit Weißen nix anfangen. Ich hasse die, weil die hassen mich, und ich hab mir nicht vorstellen können, dass es da bei Ihnen auch Gute gibt.«

»Soll das heißen, dass ich eine von den Guten bin?«

Bull grinste. »Genau. Und vielleicht, wo Sie doch gut sind, gibt's sogar noch wen. Vielleicht gibt's sogar drei. Dass es vier gibt, kann ich mir nicht vorstellen.«

»Eigentlich gibt es bei uns eine ganze Menge.«

»Ich bin nicht hier, weil ich an weißen Titten nuckeln will, und da mein ich jetzt nicht Ihre. Ich bin hier, weil ich bin Ihnen was schuldig für das, was Sie gemacht haben. Vielleicht haben Sie's nur gemacht, weil's Gesetz ist, aber Sie haben's jedenfalls gemacht. Und das ist schon was. Kommen Sie. Trinken Sie noch nen Schluck. Dann sieht die Welt gleich wieder anders aus.«

Sunset nippte an ihrem Getränk. Es fühlte sich an, als würde eine feurige Mottenkugel ihre Kehle hinabfließen. »Irrsinnig«, sagte sie.

»Mir erzählt man so alles Mögliche«, nahm Bull den Faden wieder auf. »Weil die Farbigen kriegen von mir ihren Alkohol, und die trinken gern und reden gern, und beim Trinken kann man leichter reden … Egal, jedenfalls ist es so. Also, ich rat Ihnen, passen Sie auf. Da gibt's Leute, die mögen Sie nicht, weil Sie ne Frau sind. So wie sie mich nicht mögen, weil ich ein Farbiger bin. Ohne Sinn und Verstand. Sie und ich, wir bleiben nicht, wo wir hingehörn, und das gefällt denen nicht. Die wollen, dass alle da sind und so sind, wie sie's gern hätten. Farbige machen dies, Frauen machen das. Wenn wir das nicht machen, passt es ihnen nicht. Wenn wer auf Sie losgeht, und ich glaub, das kommt, dann ist es der Klan. Vielleicht auch nicht. Vielleicht aber doch. Wenn Sie jemand in nem Bettlaken sehn, schießen Sie ihm in den Kopf. Eins sag ich Ihnen, diese Bettlaken sind gute Zielscheiben.«

»Haben die dich wirklich angegriffen?«

»Ja.«

»Und dann?«

»Sie haben's nicht geschafft. Ich sag ja, diese Bettlaken sind gute Zielscheiben. Aber schießen Sie nicht zu hoch. Nicht dass Sie denken, in diesem spitzen Hut müsste der Kopf von denen stecken, tut er nämlich nicht. Da müssen Sie schon ein ganzes Stück tiefer zielen.«

Darüber musste Sunset erst einen Moment nachdenken, bevor sie kapierte. »Du bist schlau, Bull.«

»Es gibt immer mehrere Möglichkeiten. Was ich allerdings denke, ist, wenn ich sterben tu und meine Leiche wird gefunden, dann weiß ich nicht, ob die Farbigen sich damit groß Mühe machen. Das ist in Ordnung, aber ich hab Angst, die Weißen kriegen sie in die Finger. Der alte Knabe drüben in Sacul. Den haben sie aufgehängt und in Stücke geschnitten und seine Knochen als Andenken verkauft. Kaufen Sie ein paar Niggerknochen, Stück zwei Cent. Wenn ich sterb, hätt ich gern, dass mich wer verbrennt, dass nix wie Asche überbleibt.«

»Die Geschichte mit Smoky, die du mir so hoch anrechnest. Die ist nicht gut ausgegangen. Weißt du das?«

Bull nickte. »Nicht Ihre Schuld, Mädel. Sie haben getan, was Sie konnten. Sie haben mehr Verstand als Ihr Mann, und ich bin froh, dass Sie den umgebracht haben.«

»Hat Pete dich mal bedroht?«

»Nur einmal.«

»Ist ihm vermutlich nicht so gut bekommen.«

»Naa, ist es nicht. Ich hab ihm dieselbe Waffe abgenommen,

die ich Ihnen vorhin auch abgenommen hab. Ich hab ihn ein bisschen verdroschen und dann heimgeschickt. Hab mir gedacht, der redet schon nicht drüber, wenn ihm ein Nigger die Waffe abnimmt, ihn verdrischt, die Kugeln rausholt und ihm die Waffe wiedergibt.«

»Was wollte er von dir?«

»Was Sie trinken.«

»Gütiger Himmel. Ich verstoße ja gegen das Gesetz, wenn ich illegal gebrannten Whisky trinke.«

Bull grinste und ließ dabei eine Reihe weißer Zähne sehen. »Jetzt hab ich was gegen Sie in der Hand. Er wollte, dass ich ihm was zahl, damit dass er mich mein Geschäft weitermachen lässt. Nen kleinen Anteil. Aber ich hab's nicht so mit Geschäftspartnern. Vor allem nicht mit weißen Constables.«

»Ich bin auch ein weißer Constable.«

»Sind Sie. Und noch was. Ich hab immer gedacht, weiße Frauen, mit ihren kleinen Hintern und so und den nichtssagenden Gesichtern, mit diesen winzigen dürren Nasen und dem komischen Haar, die sind alle hässlich. Aber Sie sehn gar nicht so schlecht aus für ne Weiße.«

»Ich bin mir nicht sicher, ob das ein Kompliment sein soll oder nicht.«

»Besser kann ich's nicht.«

»Willst du was essen? Ich wollte gerade das Abendessen vorbereiten.«

»Sie sollten sich nicht so viel mit nem Nigger abgeben. Sie haben schon genug Leute gegen sich aufgebracht. Sie haben Pete getötet, sind Constable, und das als Frau, und haben Smoky geholfen. Aber ich werd ein bisschen auf Sie aufpassen. Ich hab ja nix zu tun, ich häng ja nur zu Hause rum. Ist ja nicht so, als tät ich bei jeder Kirchenveranstaltung auftauchen.«

»Würdest du das denn gern?«

»Eigentlich nicht. Meine Tage sind gezählt, Mädel. Ich hab Rheuma. Werd immer langsamer. Die kriegen mich bald, diese Weißen, die mich hassen. Das weiß ich. Darum hab ich auch keine Angst. Wenn man weiß, man ist am Ende, dann hat man keine Angst mehr. Na ja, ein bisschen schon. Aber was kommt, kommt. Ich werd ab und zu mal nach Ihnen schauen. Wenn was ist, kann ich vielleicht gutmachen, was Sie für Smoky getan haben.«

»Ich habe ihn nur nach Tyler gebracht, und da haben sie ihn dann gelyncht.«

»Sie haben's versucht. Passen Sie auf. Wenn Sie mich brauchen, tun Sie nen Fetzen weißen Stoff auf die andre Seite von der Eiche da hängen. Das seh ich dann. Vielleicht nicht gleich, aber bald. Und dann komm ich. Irgendwie tut's gut, mal aus dem Wald rauszukommen. Ich hab schon ganz vergessen, wie der Himmel aussieht. Im Wald sieht der manchmal ganz grün aus, von der Sonne auf den Blättern. Manchmal hab ich's satt, da drinnen im Wald zu leben und den Kinderschreck zu spielen.«

»Ich habe den Eindruck, du bist ein echter Kinderschreck, Bull.«

Bull lächelte, verkorkte den Krug, bückte sich und streichelte den Hund. »Ich geh jetzt.« Er stand auf, trat hinter die Eiche, und bis Sunset sich erhoben hatte, um sich zu verabschieden, war er verschwunden. Einmal glaubte sie noch, ihn zu hören, konnte ihn aber nicht mehr sehen. Dann war auch das allerletzte bisschen Licht verschwunden, und die Nacht legte sich wie ein Vorhang über alles. Der Wind frischte auf und wehte ihr den feuchten, erdigen Geruch des Flusses in die Nase. Ein Nachtvogel schrie, und ein paar Grillen legten los, als hätten sie gerade im Moment ihre Karte durch die

Stechuhr gezogen, und im selben Augenblick tauchten ein paar Leuchtkäfer auf.

Sunset nippte noch einmal an dem Schnaps und schauderte. Den Rest schüttete sie auf den Boden. Ben schnüffelte daran, zog den Kopf zurück und trottete davon.

»Braver Hund«, sagte Sunset. »Glaub mir, das willst du nicht trinken. Das kann man vielleicht als Beizmittel hernehmen, aber zum Trinken ist das nichts.«

KAPITEL 22 Am nächsten Morgen fuhr Sunset ihre sich heftig sträubende Tochter zu Marilyn. Karen saß steif und mit verschränkten Armen auf dem Beifahrersitz und machte ein Gesicht, als hätte jemand sie gezwungen, eine Schachtel Reißnägel zu essen.

»Ich dachte, du gehst gern zu deiner Großmutter«, sagte Sunset.

Karen rutschte auf dem Sitz hin und her, lockerte aber nicht die Arme. »Ich wollte zum Ölfest.«

»Das kannst du doch auch. Frag deine Großmama. Sie fährt mit dir hin.«

»Hillbilly hat mir davon erzählt«, erwiderte Karen.

»Mir auch. Daher wusste ich davon.«

»Er hat gesagt, er geht mit mir hin.«

Das musste Sunset erst mal verdauen. Schließlich sagte sie: »Er hat damit nicht gemeint, dass er mit dir ausgehen will. Er hat gemeint, du kannst mit uns mitkommen.«

»Tja, jetzt komme ich wohl nicht mit, habe ich recht?«

»Großmama möchte dich sehen. Du kannst mit ihr hinfahren. Außerdem denkst du falsch über Hillbilly. Er mag dich. Aber nicht so.«

»Woher willst du das wissen?«

»Ich weiß es eben.«

»Weil du ihn magst. Weil du ihn geküsst hast.«

»Na gut. Du hast mich durchschaut. Ich mag ihn.«

»Ich mag ihn mehr.«

Sunset beschloss, sich auf keine Diskussion darüber einzulassen, wer wen mehr mochte. Sie sagte: »Er ist zu alt für dich, mein Schatz, und damit hat es sich.«

»Du bist bloß eifersüchtig.«

»Ich bin nicht eifersüchtig.«

»Du glaubst, er kann mich nicht mögen, weil ich jung bin.«

»Natürlich kann er dich mögen, Karen, aber eben nicht so. Schluss, aus, fertig. Du besuchst deine Großmama, und du kannst mit ihr nach Holiday fahren oder bei ihr rumsitzen. Ganz wie du willst.«

»Magst du ihn lieber als Daddy?«

»Ich mag ihn einfach. Das ist alles.«

»Du hast meine Frage nicht beantwortet.«

»Ich habe deinen Daddy geliebt, als ich ihn noch geliebt habe, und manches an ihm liebe ich immer noch, bestimmte Erinnerungen. Aber er hat das, was ich für ihn empfunden habe, kaputt gemacht. Wenn jemand dich verprügelt, mein Schatz, kühlen deine Gefühle in der Regel ziemlich schnell ab.«

Karen schnaubte. »Dir hat es Spaß gemacht, ihn umzubringen.«

»Nein, das hat es nicht.«

»Das klang jetzt nicht gerade überzeugend.«

»Ich habe es dir so gut ich kann erklärt. Und ich habe dir erklärt, wie es mit dir und Hillbilly aussieht.«

»Du glaubst, du weißt alles.«

»Tue ich nicht. Ich weiß, dass ich nicht alles weiß. Wenn ich eins sicher weiß, dann, dass ich nicht alles weiß. Tatsächlich gibt es ganz schön viel, was ich nicht weiß.«

»Da hast du recht. Du weißt gar nichts. Überhaupt nichts weißt du.«

»Jetzt reicht es, junge Dame.«

»Willst du mich schlagen? So wie Daddy dich angeblich geschlagen hat?«

»Nein. Aber ich täte es gern. Sehr gern sogar. Und ich behaupte nicht einfach nur, dass dein Daddy mich geschlagen hat. Es stimmt. Ich habe mich nicht selbst dermaßen zugerichtet. Du wusstest, dass er mich schlägt, Kleines. Du wusstest es schon, bevor ich ihn umgebracht habe, stimmt's?«

»Nein.«

»Oh doch.«

Karen lehnte sich zurück und starrte aus dem Fenster. Der Rest der Fahrt nach Camp Rapture verlief schweigend, und als Sunset in Marilyns Hof einbog, stieg Karen aus, knallte die Tür zu, lief zur Veranda hinauf und verschwand im Haus.

Sunset blieb eine Zeit lang sitzen und überlegte, ob sie noch mal mit ihr reden sollte, dachte dann aber: Nein. Man kann nicht endlos versuchen, etwas zu erklären, das nicht zu erklären ist. Sie wendete und wollte gerade losfahren, als sie Marilyn im Außenspiegel entdeckte. Sie öffnete die Tür, und Marilyn kam zum Auto und beugte sich hinein. »Karen wirkt ein bisschen übellaunig«, sagte sie.

»Backfischkummer«, entgegnete Sunset.

»Na, sie wird schon drüber hinwegkommen. Ich mache ihr was Leckeres zum Frühstück, und dann sehen wir mal, ob sie nach Holiday fahren mag, ins Lichtspielhaus oder so.«

»In Holiday findet zur Zeit etwas statt, das Ölfest heißt. Angeblich mit Musik und allem. Ich bin heute auch in Holiday. Beruflich.«

Marilyn lächelte. »Ich habe hier was für dich, das das Berufliche vielleicht angenehmer macht.« Sie reichte Sunset drei Umschläge. »Zahltag für dich und deine Jungs.«

»Ist das nicht ein bisschen früh?«

»Ja. Aber man kann nur eine gewisse Zeit ohne Geld auskommen.«

»Danke.«

»Gern geschehen. Erledige, was du zu erledigen hast, aber

gönn dir auch ein bisschen Zeit für dich selbst. Ich denke, das hast du dir verdient.«

Bis Sunset wieder bei ihrem Zelt ankam, waren auch Hillbilly und Clyde eingetroffen. Hillbilly hatte etwa zwei Meilen entfernt unten am Fluss sein Lager aufgeschlagen und konnte die Strecke gut zu Fuß zurücklegen, aber Sunset hatte Clyde am Abend vorher überredet, ihn abzuholen. Clyde hatte das nicht gefallen, aber schließlich hatte er eingewilligt. Sie hatte ihm bloß in die Augen sehen, lächeln und ein bisschen flirten müssen. Hinterher hatte sie sich zwar so klein wie ein beinamputierter Floh gefühlt, aber getan hatte sie es trotzdem, und da es so erfolgreich war, konnte sie sich auch vorstellen, es wieder zu tun. Sie stieg aus und sagte: »Hallo, Jungs.«

Sie grüßten zurück, und Ben kam herbei, um sich den Kopf streicheln zu lassen. Als Sunset hochsah, fiel ihr auf, dass Clydes Haare völlig verfilzt unter seinem Hut hervorquollen. Die Ärmel hatte er halb hochgerollt, die Hose hing auf Halbmast, und mit den Bartstoppeln sah sein Gesicht richtig schmutzig aus. Hillbilly wirkte, obwohl er am Fluss schlief, als hätte er seine Kleidung gebügelt. Sein Haar war gekämmt, er war sauber rasiert und machte einen hellwachen Eindruck. Diesmal hatte er nicht getrunken. Clyde dagegen sah aus, als käme er gerade von einer Zechtour zurück, obwohl sie das nicht glaubte. Eher fühlte er sich wohl so. Vielleicht tat es ihm leid, dass er sein Haus abgebrannt hatte.

Als die beiden zu ihr herüberkamen, wollte sie ihnen schon von Bull erzählen, beschloss dann aber, es lieber bleiben zu lassen. Sie war sich nicht sicher, warum. Ihre Begegnung mit Bull erinnerte sie daran, wie sie als Elfjährige mal im Wald Beeren gepflückt hatte und dabei auf einen kleinen schwarzen Bären gestoßen war, der gerade einen Hickorynussbaum zu entwurzeln versuchte. Als er sie bemerkte, hörte er auf, drehte sich zu ihr um und erhob sich auf die Hinterbeine. Eine Minute lang starrten sie sich gegenseitig an, dann ließ sich der Bär auf alle vier Pfoten fallen und lief direkt auf sie zu. Sie war wie gelähmt. Der Bär näherte sich ihr bis auf wenige Zentimeter, reckte die Nase vor und schnüffelte. Auch Sunset konnte den Bären riechen, ein erdiger Duft nach Schlamm, Dung und Urin. Vielleicht roch sie für den Bären genauso eklig wie er für sie.

Als sich seine Nasenlöcher mit ihren Ausdünstungen vollgesogen hatte, lief er an ihr vorbei und verschwand im Wald. Es war ein unglaublicher Moment, und sie hatte nie jemandem davon erzählt. Nicht, dass es viele gegeben hätte, denen sie davon hätte erzählen können. Ihre Mutter war damals zwar noch da gewesen, aber die meiste Zeit betrunken und völlig weggetreten, also hätte sie es ihr sowieso nicht erzählt, denn es wäre sinnlos gewesen. Ihre Mutter hätte höchstens gedacht: Dann hast du also einen Bären gesehen, na und? Tatsache war, dass Sunset es auch niemandem erzählt hätte, wenn da jemand gewesen wäre, dem sie es hätte erzählen können. Es war ein ganz besonderer Moment in ihrem Leben gewesen, der ihr immer noch viel bedeutete.

Die Begegnung mit Bull empfand sie genauso. Zumindest im Augenblick. Sie würde das erst mal für sich behalten. Wie er viel geschickter noch als der Bär aufgetaucht und wieder verschwunden war. Und im Mund hatte sie immer noch den ekligen Whiskygeschmack, ein würziges Feuer aus zerbrochenem Glas und schlüpfrigen Sünden.

»Heute teilen wir uns auf«, sagte sie. »Hillbilly, du kommst mit mir mit. Clyde, ich möchte, dass du zu Zendo fährst. Sieh zu, ob du etwas über das Land rausfinden kannst, das an seins angrenzt, da, wo die Leiche entdeckt wurde.«

»Warum?«, fragte Clyde.

»Vielleicht gibt es da irgendeinen Zusammenhang. Hillbilly und ich fahren zum Gericht, um zu sehen, ob diese Papiere, die wir gefunden haben, etwas zu bedeuten haben. Um rauszukriegen, warum sie nicht im Gericht sind und ob sie dort sein sollten.«

»Bis Mittag bin ich fertig«, entgegnete Clyde. »Sogar früher. Warum fahren wir nicht zusammen zu Zendo, und anschließend nach Holiday?«

»Ich denke, so können wir in kürzerer Zeit mehr abklären.«

»Aha. Zeit sparen nennt man das jetzt«, sagte Clyde.

»Clyde, das reicht. Du arbeitest für mich. Wenn du die Arbeit nicht willst, dann lass es bleiben. Ich bitte dich, etwas zu erledigen, was erledigt werden muss.«

»Das ist nicht alles, worum Sie mich bitten.«

»Sie ist die Chefin«, mischte sich Hillbilly ein. »Du selbst hast mir das eingeschärft.«

»Hört auf, alle beide. Es reicht. Und jetzt horcht mal her. Ich habe Neuigkeiten, und zwar gute. Wir haben schon vorab unseren Lohn bekommen.« Sie gab ihnen die Umschläge.

Hillbilly warf einen Blick in seinen und sagte: »Immerhin ist es Geld.«

»Niemand hat dir versprochen, dass du reich wirst«, erwiderte Sunset.

Clyde nahm den Umschlag, faltete ihn, steckte ihn in die Gesäßtasche, stieg wortlos in seinen Wagen und fuhr davon.

»Glaubst du, er macht, was du ihm gesagt hast?«

»Ja. Ich hole die Karten, dann können wir los.«

»Wenn wir schon mal dort sind, können wir ja noch ein bisschen bleiben, vielleicht nen Film sehen oder zum Ölfest gehen.«

»Hier geht es um die Arbeit, Hillbilly.«

»Mir schon klar. Aber wir könnten ja trotzdem, weißt du?«

»Vermutlich.«

Er grinste sie an. »Du hast doch unseren Kuss nicht vergessen, oder?«

»Wie könnte ich?«

»Wo ist Karen?«

»Bei ihrer Großmutter.«

»Ich dachte, wir nehmen sie mit. Ich hab ihr von dem Fest erzählt.«

»Du wolltest von Anfang an dorthin, stimmt's?«

»Du nicht?«

Sunset hoffte, dass sie nicht rot wurde.

»Jetzt weiß ich, warum sie nicht hier ist«, fuhr Hillbilly fort.

»Du bist dir deiner ganz schön sicher.«

»Zumindest bin ich mir sicher, was ich will, wenn sonst schon nichts.«

»Karen ist ein bisschen in dich verliebt. Sie benimmt sich etwas zu erwachsen für ihr Alter.«

»Findest du?«

»Ja. Und deswegen ist sie nicht hier.«

»Ist das der einzige Grund?«

»Ich hole die Karten.«

An den Bohrtürmen und Dächern der Stadt flatterten bunte Wimpel, und über die Hauptstraße war ein großes weißes Spruchband gespannt, auf dem in riesigen blauen Buchstaben stand: ÖLFEST, HOLIDAY, TEXAS. Die Straßen waren verstopft mit Menschen, Autos, Karren, Maultieren und Pferden. Sunset fühlte sich an Ameisen erinnert, die auf einem Tierkadaver herumkriechen.

Nach all dem Regen war die Hauptstraße inzwischen getrocknet, allerdings waren dabei tiefe Furchen und Spalten entstanden. Auf der einen Straßenseite hatten die Wassermassen Erde auf den hölzernen Bürgersteig gespült, die sich in Schlamm verwandelt hatte und dann hart geworden war. Einige der tieferen Schlaglöcher hatte man mit Kies aufgefüllt, der abgesunken war und so gut wie nichts gebracht hatte.

Sunset kurvte um die Schlaglöcher herum, und irgendwann holperten sie auch am Lichtspielhaus vorbei. An der Kasse hatte sich eine Schlange gebildet, die bis um die Ecke und zum Teil schon in die Straße hineinreichte. Sunset warf einen Blick auf die Anzeigetafel und sah, dass immer noch der Film mit den Marx Brothers gezeigt wurde. Ihr fiel wieder ein, wie sie auf dem Platz hinter Smoky gesessen und darauf gewartet hatte, dass sie ihn nach draußen bringen und mit ihm nach Tyler fahren konnte, nur damit man ihn dort lynchte. Vielleicht wollte sie heute doch lieber keinen Film anschauen.

Sie fuhr zum Büro des Sheriffs und parkte neben einem Schild mit der Aufschrift PARKEN VERBOTEN. Vor dem Büro stand eine große Eiche, und auf dem Boden drum herum saßen zehn farbige Männer mit dem Rücken zum Baum. Um den Baum hing eine Kette, und alle Männer waren mit Handschellen an diese Kette gefesselt. Ein großer Mann, dessen schwarzes Haar unter seinem Hut hervorquoll, lief etwas nervös mit einer Schrotflinte vor dem Baum auf und ab.

Sie gingen hinein. Hillbilly trug die Blechkassette mit den Karten und Papieren. Rooster saß hinter seinem Schreibtisch. Vor ihm auf dem Schreibtisch lag sein Hut, und seine Hände ruhten zu beiden Seiten der Krempe, als müsste er ihn am Abheben hindern. Roosters Körper schien nur aus Ecken und Kanten und dünner rosiger Haut zu bestehen. Sein Haar, das fast so rot wie das von Sunset war, stand in einem Streifen von der Stirn bis zum Hinterkopf hoch wie ein Hahnenkamm. Jetzt verstehe ich, warum man ihn Rooster nennt, dachte Sunset.

Er sah auf und sagte: »Die ganze Stadt ist aus dem Häuschen. Gibt nichts, was man tun oder verhindern könnte. Ein einziges Durcheinander.«

»Da wird vermutlich gutes Geld gemacht«, erwiderte Hillbilly.

»Nehme ich auch an. Das war ja der eigentliche Grund für dieses Ölfest. Geld. Als wenn es nicht gereicht hätte, dass jeder ins Lichtspielhaus will. Jetzt kommen von überallher Leute, um Musik zu hören und das Feuerwerk zu sehen.«

»Was ist mit den Männern, die am Baum festgekettet sind?«, fragte Hillbilly.

»Das Gefängnis ist überfüllt. Überwiegend mit Betrunkenen. Und die Weißen wollen nicht mit Farbigen zusammen eingesperrt sein.«

»Es geht doch nichts über pingelige Gefangene«, sagte Sunset. »Wo ist Ihr Partner?«

»Der hat die Arbeit hingeschmissen, nachdem Clyde ihm den Kinnhaken versetzt hat. Ich bin jetzt Sheriff. Wissen Sie, ihm ist dann nämlich noch einer seiner Zähne ausgefallen von dem Schlag. Ein Backenzahn.«

»Den braucht er doch nicht«, entgegnete Hillbilly.

»Ich habe gerade Ihre Marke bewundert«, sagte Sunset. »Wie fühlt man sich so als Sheriff?«

»Ich bin mir nicht so sicher, ob es mir gefällt oder ob ich es überhaupt will. Mir hat es besser getaugt, als ich noch Deputy war und mir jemand gesagt hat, was ich tun soll. Seid ihr dienstlich hier?«

»Vielleicht«, antwortete Sunset.

»Vielleicht?«

Hillbilly stellte die Kiste auf den Schreibtisch des Sheriffs, öffnete sie und holte die Karten und die Papiere heraus. Rooster sah sie sich an und sagte dann: »Die sehen aus, als würden sie ins Gericht gehören.«

»Haben wir uns auch gedacht«, stimmte Sunset ihm zu.

»Das sind Besitzurkunden. Vermessungsunterlagen. Wie sind Sie an die gekommen?«

»Ich habe sie gefunden«, antwortete Sunset.

»Gefunden?«

Sunset nickte. »Fällt Ihnen irgendwas dazu ein?«

Der Sheriff sah sich die Papiere eine Zeit lang an und schüttelte dann den Kopf. »Wie ich schon sagte: Wenn Sie mehr wissen wollen, müssen Sie zum Gericht rübergehen.«

»Das hatten wir vor. Aber ich fand es höflicher, erst bei Ihnen reinzuschauen. Danach wollen wir noch zum Ölfest.«

»Als Gesetzeshüter?«

»Ohne Polizeimarken.«

»Oh. Na denn. Ich bleibe jedenfalls einfach hier sitzen und warte, bis jemand umgebracht wird oder mich irgendwas oder irgendwer hier rauslockt. Freiwillig geh ich nicht raus. Da ist viel zu viel los.«

Aus dem Hinterzimmer kam ein Mann, der aussah wie ein Baumstumpf mit einem Stetson. An seinem Hemd war eine Polizeimarke befestigt.

»Das da ist übrigens Plug, mein Deputy«, stellte Rooster vor. »Hat gerade angefangen.«

»Hallo, Plug«, sagte Sunset.

»Mann, sind Sie eine gutaussehende Frau«, entgegnete Plug.

»Danke.«

»Ich habe noch einen neuen Deputy, Tootie. Der ist aber gerade nicht hier.«

»Wir stehen draußen auf dem Parkplatz mit dem Schild ›Parken verboten‹«, sagte Sunset.

»Das ist in Ordnung«, antwortete Rooster. »Der ist für Dienstfahrzeuge reserviert.«

»Ein schwarzer Ford.«

»Schwarze Fords gibt's viele.«

»Soll ich einen Zettel unter die Windschutzscheibe stecken?«

»Nicht nötig. Wir wissen schon Bescheid.«

Sunset und Hillbilly gingen nach draußen. Hillbilly hatte sich die Kassette unter den Arm geklemmt. Das Auto ließen sie vorm Büro des Sheriffs stehen. Auf dem Weg zum Gericht mussten sie sich einen Weg durch die Menschenmenge bahnen. Viele der Fußgänger starrten Sunset mit ihrer Polizeimarke und der Waffe an, als hätte sie sich für das Fest verkleidet.

»Als was gehst denn du?«, fragte ein Mann und packte sie bei den Schultern.

»Ich bin Constable.«

»Mensch, du siehst richtig goldig aus. Arbeitest du zufällig in der Dodge Street?«

»Nein.«

»Na dann, nichts für ungut.« Er ging weiter.

»Dodge Street?«, sagte Sunset fragend.

»Dort sind die Hurenhäuser«, erwiderte Hillbilly.

Sunset sah dem Mann hinterher. »So eine Drecksau aber auch.«

Hillbilly lachte.

»Woher weißt du das mit der Dodge Street?«

»So was spricht sich rum.«

Das Gericht stand mitten auf der Hauptstraße, die sich an dieser Stelle gabelte und hinter dem Gebäude wieder zusammenlief. Es war aus glattem, rosafarbenem Stein gebaut. Eine breite Treppe führte zu den ebenfalls breiten, hohen Türen. Es war der einzige große und auch der einzige schöne Bau der Stadt, einer der wenigen, für deren Konstruktion man Steine verwendet hatte. Die Fenster zur Straße waren alle ganz schorfig von getrocknetem Schlamm.

Trotz der Hitze, die draußen herrschte, war es im Inneren angenehm kühl, und als Sunset die Hand gegen die steinerne Tür legte, fühlte diese sich ebenfalls kühl an, wie eine Leiche. Nur das Klacken ihrer Absätze war zu hören, als sie auf einen breiten, steinernen Schreibtisch zugingen, der sich um eine gutaussehende Frau mit einem schwarzen Hut herumzuschmiegen schien. Ihr Blick fiel zunächst auf Sunset, glitt aber sofort weiter zu Hillbilly. Hillbilly lächelte, und Sunset sah, dass die Frau schlucken musste. Sie konnte sich gut vorstellen, was für ein Gefühl die Frau gerade im Magen hatte, denn so war es ihr auch ergangen, als sie Hillbilly das erste Mal gesehen hatte.

Sunset erklärte der Frau, weshalb sie gekommen waren und dass es sich um eine polizeiliche Angelegenheit handelte, ging aber nicht ins Detail. Die Polizeimarke und Hillbillys gutes Aussehen erfüllten ihren Zweck: Die Frau führte sie einen langen Flur hinunter, an dem links und rechts verschnürte Schachteln standen. Beim Gehen schwangen ihre Hüften derart unter ihrem schwarzen Kleid hin und her, dass Sunset schon dachte, die Frau versuche, ihren Hintern aus der Kleidung zu schleudern. Dann bemerkte sie, dass Hillbilly dies mit Wohlgefallen betrachtete, und stieß ihn mit dem Ellbogen in die Rippen. Er grinste sie an.

»Alles, was Sie suchen, ist in diesen Reihen, und hinten

stehen ein Tisch und ein paar Stühle. Sie können sich alles ansehen, aber Sie dürfen nichts mitnehmen. Sie wollen doch nichts in die Kassette da tun, oder?«

»Da sind nur polizeiliche Unterlagen drin«, entgegnete Sunset. »Was anderes lege ich da nicht rein.«

»Dann ist es ja gut. Sie sind das Gesetz. Aber ich musste Sie das fragen. Das ist meine Aufgabe.« Die Frau ging den Flur hinunter, und Hillbilly sah ihr nach. Sunset ebenfalls. Es war ein starker Abgang, der die Musikbegleitung einer Marschkapelle verdient gehabt hätte, eines Stücks mit viel Basstrommel.

Sunset ging zu dem Tisch im rückwärtigen Bereich, öffnete die Blechkassette und holte die zwei Karten heraus. Auf beiden standen oben ein Buchstabe und eine Zahl. Auf der einen stand »L-1999«, auf der anderen »L-2000«. Sunset griff nach dem Notizblock und dem Bleistift, die auf dem Tisch lagen, und notierte die Nummern, dann legte sie die Karten in die Kassette zurück.

Sie gingen suchend den Flur entlang, bis sie zu einer Reihe weit unten kamen, in der zwei Schachteln mit jeweils einer der beiden Nummern standen. Sie schnappten sich jeder eine Schachtel und trugen sie zu dem Tisch. Die Schachteln waren mit Schnüren umwickelt. Sie lösten die Schnüre, nahmen die Deckel ab und schütteten den Inhalt der einen Schachtel auf den Tisch. Es waren Karten, die aussahen wie die, die sie dabeihatten. Zumindest fast. Die Grundstücke waren anders zugeschnitten.

»Da kann ich mir jetzt gar keinen Reim drauf machen«, sagte Hillbilly.

»Es sind die gleichen Karten.«

»Das weiß ich. Aber was soll das dann?«

»Irgendwas muss es ja bedeuten. Warum hätte Pete sie sonst

in das Grab legen sollen? Warte mal. Es sind zwar die gleichen Karten, aber die Grundstücksgrenzen sind unterschiedlich. Sieh mal, diese rote Linie da. Da stimmt was nicht überein. Das Land ist anders aufgeteilt.«

»Vielleicht gibt's zwei Karten, weil jemand ein Stück von dem Land gekauft hat. Weil's aufgeteilt wurde.«

»Könnte sein.« Sunset öffnete die andere Schachtel. In dieser lagen Papiere, auf denen auch Nummern standen. Sunset sah sie sich genau an, ebenso wie ein paar ähnliche Papiere, die sich ebenfalls in der Schachtel befanden.

»Da kriegt man ja Kopfweh von«, sagte Hillbilly.

»Sieh mal hier. Auf den Gerichtskarten ist das Land anders aufgeteilt, aber die Namen der Besitzer sind gleich.«

»Woran siehst du das?«

Sunset schob Hillbilly einige der Papiere hin, die sie aus der Schachtel genommen hatte. »Ein Teil des Besitzes ist auf Zendo Williams eingetragen, und der andere auf eine ganze Liste von Leuten. Jim Montgomery – der ist Bürgermeister hier in Holiday. Oder war es zumindest, bis er verschwunden ist. Ja, schau an – Henry Shelby.«

»Der von der Mühle?«

»Genau der. John McBride. Den kenne ich nicht.«

»Was hat das zu bedeuten?«

»Keine Ahnung.«

»Du hast gesagt, der Bürgermeister ist verschwunden. Wo ist er denn hin?«

»Das weiß keiner. Manche glauben, dass er mit einer Frau auf und davon ist. Weiß der Himmel.« Sunset runzelte die Stirn. »Jetzt kriege ich allmählich wirklich Kopfschmerzen.« Sie beugte sich über die Karten und verglich sie sorgfältig mit den Eintragungen zu den Besitzverhältnissen auf den Papieren. »Die haben Zendo für einen Morgen mehr abgeknüpft, als für das andere Stück Land gezahlt wurde, das direkt an seins angrenzt. Siehst du?«

»Und?«

»Sie haben ihm mehr abgeknöpft, weil er ein Farbiger ist.«

»So was gibt's«, entgegnete Hillbilly.

»Sollte es aber nicht.«

»Die Welt ist voll von Dingen, die es nicht geben sollte, mein Schatz. Wenn die Leute glauben, sie können mit was durchkommen, dann machen sie's auch. Das ist jedenfalls meine Erfahrung.«

»Und noch was. Zendos Land hat 275 Morgen. So ist es in der Karte aus dem Grab eingezeichnet. Aber auf dieser anderen Karte gehört ein Teil von Zendos Land zu dem Land, das Henry, dem Bürgermeister und diesem McBride gehört.«

»Vielleicht hat Zendo es ihnen verkauft.«

»Vielleicht. Aber auf allen Unterlagen steht dasselbe Datum. Für mich sieht das so aus, als hätte Pete die Originale in das Grab gelegt, und das hier sind Kopien, auf denen sie die Grenze zu Zendos Land etwas anders gezogen haben.«

»Wäre das Zendo nicht aufgefallen?«

»Wenn man ein so großes Stück Land kauft, und andere wollen auch was davon, vor allem, wenn diese anderen Weiße sind, dann können die das so vermessen, wie sie wollen. Zendo würde nicht mal erfahren, dass sie ihn da um schätzungsweise fünfundzwanzig Morgen betrogen haben. Entlang der Grenze stehen fast überall Bäume, da könnte man ihn leicht übers Ohr hauen. Im Grunde muss er sich sowieso auf das verlassen, was sie sagen. Sie haben ihn mithilfe von ein paar kleinen roten Fahnen und einer Markierung auf einem Stück Papier bestohlen, und vermutlich weiß er das nicht mal.«

»Dann geht's bei diesem ganzen Kram mit den Karten also drum, dass jemand einem Nigger Land geklaut hat.«

»Sieht so aus … Hillbilly, nenn Zendo nicht so. ›Farbiger‹ ist die höfliche Bezeichnung.«

»Wie du willst. Aber ich versteh immer noch nicht, warum dein Mann das im Grab eines toten Säuglings versteckt hat.«

»Ich auch nicht.« Sunset faltete die Karten aus den Schachteln zusammen und legte sie in die Blechkassette.

»Du hast gelogen«, sagte Hillbilly.

»Polizeiliche Angelegenheiten. Ich werde mir nicht die Mühe machen, es Miss Hüftschwung zu erklären. Von dieser Sache müssen nicht mehr Leute als unbedingt nötig wissen. Egal, was es zu bedeuten hat.«

»Du bist ganz schön raffiniert.«

»Und hübsch. Hat Plug gesagt.«

»Plug hat recht.«

Sunset schnürte die Pappschachteln wieder zu und stellte sie an ihren Platz zurück. Dann verließen sie das Gebäude. Hillbilly trug die Metallkassette aus dem Grab.

KAPITEL 23 Bis Clyde bei Zendo ankam, war sein Ärger größtenteils verraucht. Er konnte verstehen, dass Sunset ihm Hillbilly wegen seines Äußeren vorzog, aber sie übersah Clydes innere Werte. Klar, er hatte ein Haus, das abgebrannt war, einen Pick-up, der kurz vorm Auseinanderfallen war, und er lebte unter einer Plane, aber im Inneren war er so gut wie andere auch, und besser als die meisten. Er hatte eine Menge innerer Werte, da war er sich ganz sicher. Ziemlich sicher jedenfalls. Sicher genug.

Er fuhr mit heruntergekurbelten Scheiben, damit der Wind ein bisschen von seinem Gestank davonblies. Letzte Nacht hatte er auf einer Pritsche am Boden unter der Plane geschlafen. Im Laufe der Nacht war er von der Pritsche runtergerollt und ganz dreckig geworden, und am Morgen hatte er keine Lust gehabt, den Dreck mit kaltem Wasser vom Brunnen abzuwaschen, und um das Wasser zu erhitzen, war nicht genügend Zeit gewesen. Aber auch wenn ihm genügend Zeit geblieben wäre, hätte er nur eine eher kleine Badewanne gehabt. Manchmal, wenn er in die hineinstieg, kam er kaum wieder raus, so groß wie er war. Es war, als würde das verdammte Ding an seinem Hintern festkleben. Die größere Wanne, die lange, die auf der hinteren Veranda stand, hatte er nicht rechtzeitig vor dem Feuer in Sicherheit gebracht. Sie war geschmolzen. Davon mal abgesehen war eines sicher: Auch wenn er badete, würde er wohl in Sunsets Beliebtheitsskala keinen einzigen Punkt höher klettern.

Als er bei Zendos Acker ankam, war Zendo gerade in einer Furche am Pflügen. Es war eine schmale Furche zwischen Mais, der über drei Meter hoch wuchs und grün war wie frisches Gras. Zendo arbeitete mit nur einem Maultier. Er war gerade in die entgegengesetzte Richtung unterwegs, also lehnte Clyde sich an den Baum, wo Zendo für gewöhnlich sein Mittagessen aß, und wartete, bis er am Ende der Furche ankam und in einer anderen zurückging. Zendo hob grüßend die Hand, pflügte aber weiter. Clyde wartete, bis er am Ende der langen Furche ankam, und als Zendo das Maultier vom Acker zog und am Pflug festband, ging er auf ihn zu und schüttelte ihm die Hand.

»Wie geht's, Clyde?«

»Nicht mehr so oft.«

»Na, wenn's wenigstens überhaupt noch geht. Tu du mal ein paar Reihen pflügen, dann fallen dir die Eier ab.«

»Pflügen ist nichts für mich. Das hab ich mal gemacht, und dann sind mir die Maultiere weggelaufen. Damals hab ich für den alten Fitzsimmons gearbeitet, und der war nicht gerade begeistert. Ich bin den ganzen Tag den Maultieren hinterhergejagt und gar nicht richtig zum Pflügen gekommen. Er hat mich rausgeschmissen.«

Zendo kicherte. »Bist du den ganzen Weg hier raus gefahren, um mir vom Maultierjagen zu erzählen?«

»Nein.«

»Hab ich's mir doch gedacht.«

»Der Constable hat mich geschickt. Zendo, wem gehört das Land neben deinem?«

»Das weiß ich nicht so genau. Ich hab da drüben nie wen gesehn, aber ich hab auf der Straße da hinten Lastwagen gehört. Ja, und Mr. Pete hab ich da ein paarmal vorbeifahrn sehn.«

»Wieso konntest du ihn sehen?«

»Na ja – also tu's nicht weiter erzählen, Clyde, aber da drüben ist so'n kleiner Teich, und ich hab mir gedacht, ich versuch mal, da zu fischen. Da läuft ein Bach rein, und da hab ich gehofft, der ist voll mit Fischen. War er aber nicht. Wo ich da beim Fischen war, hab ich das Auto gehört und gesehn, dass da Mr. Pete drin saß.«

»Ist da hinten ne Straße?«

»Sag ich doch.«

»Hast du da die Leiche von dem Säugling hingebracht?«

»Ich schäm mich zwar, aber so war's.«

»An deiner Stelle und wenn man weiß, wie die Weißen sein können, hätte ich das vielleicht auch getan.«

»Bist doch selber weiß.«

»Teilweise. Zum Teil bin ich Indianer. Bei mir ist vieles widersprüchlich. Kannst du mir zeigen, wo du den Säugling hingelegt hast? Vielleicht ist das wichtig. Ich weiß nicht, warum, aber vielleicht ist es das wirklich, und Sunset – der Constable – will, dass ich mich umsehe.«

Zendo machte sich zusammen mit Clyde auf den Weg durch den Wald. Es war ein weiter Weg, und es war so warm, dass man das Gefühl hatte, Wattebällchen einzuatmen. Es dauerte eine Weile, bis sie an den Teich kamen, von dem Zendo erzählt hatte. Er war nicht sehr groß, und man sah, wo der Bach hineinlief. Das Wasser im Teich war dunkel und mit einer schaumigen Schicht überzogen. Nichts wuchs in ihm, und auch drum herum wuchs nur wenig.

»Kaum zu fassen, dass du gedacht hast, in dem Loch könnte irgendwas sein. Ne Schlange vielleicht.«

»War nur so'n Versuch.«

Sie gingen um den Teich herum, dann durchs Unterholz. An einer kleinen Lichtung stießen sie auf eine schmale Straße, die sich zwischen den Kiefern hindurchschlängelte, in den Wald einbog und dort verschwand.

»Genau hier hab ich den Pott mit dem Säugling hingestellt«,

sagte Zendo. »Ich hab gedacht, vielleicht sieht Mr. Pete es. Oder sonst wer. Hab nicht dran gedacht, dass man's zu mir zurückverfolgen kann. Clyde, meinst du, wir können umkehren? Weiter als bis hier bin ich noch nie gewesen. Eigentlich hätt ich nicht mal so weit gehn sollen. Nachher gehört das Land nem Weißen.«

»Du bist doch mit mir da.«

»Schon. Aber du bist anders. Wenn mich nen Weißer hier draußen sieht, glaubt er vielleicht, ich wär größenwahnsinnig. Außerdem hab ich noch jede Menge zu pflügen, und wenn das olle Maultier zu lang da rumsteht, macht's sich nachher von dem Pflug los, wo ich's festgebunden hab.«

»Verstehe. Ich seh mich mal um.«

Zendo kehrte um, und Clyde ging langsam die Straße hinunter. Nach kurzer Zeit hörte der Wald plötzlich auf. Das Land, das sich vor Clyde erstreckte, war mit kränklichem Riedgras und trostlosem gelbem Weizen bewachsen. Das Sonnenlicht wurde von etwas am Boden reflektiert. Clyde ging darauf zu und stellte fest, dass das Riedgras unter seinen Füßen ganz glitschig war. Erst dachte er, es sei Wasser, in das er da trat, aber für Wasser war es eigentlich zu dunkel, selbst für Brackwasser. Er bückte sich, steckte einen Finger in die Brühe und rieb sie vorsichtig zwischen den Fingern hin und her. Schließlich roch er an den Fingern, und dann war ihm klar, was da unter seinen Schuhen war.

Er ging noch ein Stück weiter. Der Untergrund wurde immer weicher, und hier wuchs auch kein Gras mehr. Aus dem Boden sickerte etwas Dunkles, Schleimiges herauf, das im Licht der Sonne blau schimmerte. Tote Libellen, Frösche und sogar ein Vogel lagen in der Brühe und waren ganz damit überzogen. Jetzt verstand Clyde, warum der Teich hinter ihm so verschmutzt und tot aussah. In das Wasser mischte sich Öl.

»Gottverdammt«, sagte er. In einem großen Bogen umrundete er die Austrittsstelle und achtete dabei darauf, in keine Vertiefungen zu treten. Sie war ganz schön breit, und wenn das Öl einfach so an die Oberfläche sprudelte, musste unten im Boden jede Menge davon sein.

In Holiday hatte er mal miterlebt, wie ein Bohrturm in Betrieb genommen wurde. Das war wirklich beeindruckend gewesen. Die Erde hatte gebebt, als würde sie sich gleich auftun. Die Leute hatten die Hände gegen die Ohren gepresst oder sich Schlamm hineingestopft. Das Öl war wie eine schwarze Fontäne aus dem Boden und durch den Bohrturm hochgeschossen und hatte ringsum heiße Tropfen verspritzt. Es hatte ganz schön lange gedauert, bis es gelungen war, den Ausstoß unter Kontrolle zu bringen, und die Quelle war immer noch nicht versiegt. Bei einer Quelle wie dieser konnte das genauso sein. Da unten war genügend Öl, dass ein Mann mit einem einzigen kohlrabenschwarzen Erguss stinkreich werden konnte.

Clyde dachte an den Säugling, der ganz schwarz vom Öl gewesen war, und an das, was Sunset über Jimmie Jos Leiche gesagt hatte, dass sie auch voller Öl gewesen war. Er nahm den Hut ab, wischte sich damit über das Gesicht und wollte gerade umkehren, als er durch die Bäume etwas aufblitzen sah. Das Blitzen blieb, und deshalb ging er darauf zu. Bald befand er sich zwischen den Bäumen, und dann kam er zu einer Lichtung. Auf der Lichtung stand ein Haus. Kein großes Haus, aber ein gutes, einfach gebaut mit einem Blechdach, unter dem ein bisschen Teerpappe hervorlugte.

Der Blitz, den er gesehen hatte, waren Sonnenstrahlen gewesen, die vom Dach reflektiert wurden. Ein ganzes Stück von dem Haus entfernt stand ein Plumpsklo, das ebenfalls ein Blechdach über Teerpappe hatte.

Das Haus hatte keine Veranda, und die Eingangstür befand sich dicht über dem Boden, allerdings lagen große Steine darunter, genau wie rund ums Haus. Da dies keine steinige Gegend war, musste man sie extra hergeschleppt haben. War bestimmt eine ermüdende Arbeit gewesen. Dieses kleine Haus hatte jemandem sehr viel bedeutet, und dieser Jemand hatte dafür gesorgt, dass es gut und solide gebaut wurde.

»Hallo, ist wer zu Hause?«, rief Clyde.

Niemand antwortete, und es rührte sich auch nichts. Er drückte gegen die Tür, und sie schwang nach innen. Clyde überprüfte das Schloss, aber es war nicht aufgebrochen, die Tür war nur nicht zugesperrt. Im Inneren war es modrig und heiß, aber das Haus war nett, wenn auch einfach eingerichtet. Es gab nur ein großes Zimmer, das mit einem Herd, einem Bett, einem Tisch, ein paar Stühlen und einer Truhe aus Zedernholz möbliert war. An den Fenstern hingen hübsche Gardinen, und auf dem Tisch thronte eine schicke Kerosinlampe mit einem großen Messingschirm, durch den das Licht im Raum verteilt wurde. Auf einigen Regalbrettern standen Teller, außerdem eine halbvolle Flasche Fusel.

Clyde entdeckte ein paar Streichhölzer neben der Lampe und zündete sie an. Das Zimmer wurde taghell, aber es gab eigentlich nichts Besonderes zu sehen. Er öffnete die Truhe. Sie war voller Frauenkleider. Ein paar von ihnen hatten ziemlich knallige Farben, und eins davon erkannte er wieder – er hatte Jimmie Jo mal darin gesehen. Clyde schloss die Truhe, machte die Lampe aus und ging zurück zu Zendos Feld. Dort bot Zendo ihm Wasser aus einer Holztonne an. Clyde nahm den Schöpflöffel und trank. Er erwähnte Zendo gegenüber mit keinem Wort, worauf er gestoßen war. Ihm war nicht klar, was es zu bedeuten hatte, und er wollte zuerst mit Sunset darüber reden, bevor er jemandem davon erzählte.

Er fuhr nach Camp Rapture, ging in den Laden und kaufte sich eine Limonade. Als er wieder aus dem Ort hinausfuhr, sah er, dass oben am Hügel gerade eine Beerdigung stattfand. Eine riesige Werkzeugkiste wurde mithilfe von Maultieren per Flaschenzug in ein Loch hinuntergelassen, das groß genug für ein junges Flusspferd war.

Er erkannte Henry, der neben dem Loch stand, und Willie Fixx, den Priester. Ein Farbiger hielt die Maultiere am Zügel, und beiderseits des Grabs standen weitere Farbige und bugsierten die Kiste in das Loch. Clyde erkannte den Mann, der die Maultiere am Zügel hielt. Es war Zack Washington. Die anderen beiden hatte er noch nie gesehen. Ansonsten wohnte niemand der Beerdigung bei. Wenn Clyde nicht Fixx' Pickup mit den schwarzen Tüchern über den Seitenwänden gesehen hätte, wäre er gar nicht auf die Idee gekommen, dass dort eine Beerdigung stattfand. Er war sich nicht sicher, wer da beerdigt wurde, aber er nahm an, dass es jemand aus Henrys Umfeld war. Da die Leiche in einer Kiste und nicht in einem Sarg beerdigt wurde, handelte es sich vermutlich um Henrys Frau. Es hieß, sie sei wunderlich und fett geworden, furchteinflößend und dauernd besoffen, und jetzt war sie wahrscheinlich tot.

Goose saß in einem Schaukelstuhl auf der verwitterten Veranda der Hütte. Auf dem Schoß balancierte er einen Teller mit Brathähnchen. Mit fettigen Fingern stopfte er sich gierig Teile davon in den Mund. In der Nähe der Veranda hockte auf dem Boden eine gelbe Katze. Sie sah Goose beim Essen zu, und so, wie sie schaute, konnte man den Eindruck bekommen, dass es ihr dabei das Herz zerriss, den essenden Goose zu beobachten.

Lee war mit Uncle Riley im Hof und legte zurechtgesägte

Holzstämme auf einen Holzklotz, damit Uncle Riley sie mit der Axt spalten konnte. Uncle Rileys Unterhemd war mit dunklen Schweißflecken übersät. Jedes Mal, wenn er die Axt herabsausen ließ, gab er ein Grunzen von sich, während das Holz in zwei Hälften zersplitterte und die Heuschrecken einen Satz machten.

»Ich hab noch nie so viel Heuschrecken auf einem Haufen gesehn«, sagte Uncle Riley.

»Ich schon«, entgegnete Lee. »Es waren sogar noch mehr. Tausendmal mehr. Sie stürzten wie eine summende Wolke vom Himmel und fraßen alles, was grün war. Sogar Hemden.«

»Wirklich?«

»Nichts, was grün war, war vor ihnen sicher. Das war während der großen Trockenheit, und die Insekten hatten genauso viel Hunger wie alle anderen auch.«

»Das ist ja ne Geschichte.«

»Eine wahre Geschichte.«

»Hätt ich nicht gedacht, dass so'n Insekt Farben unterscheiden kann.«

»Ich sage nur, was ich gesehen habe.«

Einige Zeit später meinte Uncle Riley: »Das reicht. Mit dem Holz kann man den Herd fürs Abendessen, Frühstück und morgen fürs Mittagessen anheizen. Außerdem tut mir der Rücken weh.«

»Ich kann doch weitermachen.«

»Naa. Das reicht.« Uncle Riley schlug die Axt in den Holzklotz, zog ein großes Taschentuch aus der Gesäßtasche und wischte sich damit den Schweiß von Gesicht und Nacken. Er warf einen Blick auf die Veranda, wo Goose gerade am Essen war. »Der Junge kommt schnell wieder auf die Beine.«

»Ja. Dank dir und Aunt Cary.«

»Sie kennt sich aus.«

»So etwas habe ich noch nie erlebt. Und noch was: So viel, wie er hier zu essen bekommt, hatte er die ganze Woche zusammen noch nicht im Magen. Ich weiß das sehr zu schätzen.«

»Ganz schön mager, das Bürschchen. Sind Sie sein Vater?«

Lee schüttelte den Kopf. »Er hat mir von seiner Familie erzählt, und dass er sie verlassen hat, damit sie es zu Hause einfacher haben, aber ich denke, sie haben ihn einfach irgendwo ausgesetzt. Ich glaube nicht, dass er nach Hause könnte, selbst wenn er wollte. Er und ich, wir haben zusammen auf einer Farm gearbeitet, sind um unseren Lohn geprellt worden und waren gemeinsam auf der Straße unterwegs. Dann wurde er von der Schlange gebissen, und Marilyn kam vorbei. So sind wir hier gelandet. Gott sei Dank.«

»Lassen Sie ihn mal lieber noch ein oder zwei Tage hier.«

»Das höre ich gern, er kann es wirklich brauchen. Aber ich will euch nicht länger zur Last fallen.«

»Tun Sie doch nicht. Sie sind seit langer Zeit der Erste, wo ich mit Dame spielen kann.«

»Du magst mich nur, weil du jedes Mal gewinnst.«

»Das auch.«

»Nein. Ich denke, ich muss los. Ich muss jemanden besuchen, ein paar Dinge klären, so weit sie sich klären lassen. Aber ich gehe nicht weit weg, und ich komme zurück. In der Zwischenzeit solltet ihr Goose von eurem Bett auf eine Pritsche verlegen. Es war wirklich sehr christlich von euch, ihm einfach so euer Bett zur Verfügung zu stellen.«

»Was machen wir mit ihm, wenn er wieder gesund ist?«, fragte Uncle Riley.

Lee sah zu Goose hinüber, der gerade völlig ausgehungert das letzte Stück Huhn in sich hineinstopfte. »Keine Ahnung.« Ihm ging durch den Kopf, dass er dem Jungen versprochen hatte, nicht wegzugehen, und jetzt hatte er genau das vor. Immer wollte er bleiben, und immer lief er davon. Vielleicht sollte er den Jungen mitnehmen. Vielleicht sollte es ab jetzt so sein. Dass man Menschen, die einem etwas bedeuteten, nicht im Stich ließ.

Während sie sich unterhielten, kam Marilyns Pick-up, in dem immer noch alles Mögliche hin- und herflog, in den Hof eingebogen. Lee sah ihr zu, wie sie aus dem Wagen stieg, und stellte fest, dass sie hübsch und frisch aussah in ihrem hellgrünen Kleid mit dem weißen Saum. Uncle Riley und Lee begrüßten sie.

»Ich wollte nachschauen, wie es Goose geht«, sagte sie. »Anscheinend nicht schlecht.«

Goose winkte ihr von der Veranda aus zu.

»Wirklich nett von Ihnen, Marilyn«, sagte Lee.

»Ich bin noch aus einem anderen Grund gekommen. Ich wollte Sie mitnehmen. Sie wollten doch Sunset kennenlernen.«

»Das ist sehr freundlich. Und ich würde auch gern mitkommen. Aber ehrlich gesagt wollte ich erst morgen losziehen. Ich habe das Gefühl, ich sollte noch einen Tag bei Goose bleiben. Außerdem muss ich Riley noch ein paarmal im Damespiel schlagen.«

»Bis jetzt hat er nicht ein einziges Mal gewonnen«, sagte Uncle Riley. »Aber Sie könnten zum Abendessen bleiben, Goose hat noch nicht das ganze Hähnchen aufgegessen.«

Marilyn lächelte. »Ich glaube, das mache ich.«

KAPITEL 24 Sunset und Hillbilly legten die Kassette mit den Karten zusammen mit Sunsets Waffe und Holster in den Kofferraum. Als sie um das Auto herumgingen, sahen sie, dass an die Kette rund um die Eiche jetzt noch mehr farbige Männer und auch eine farbige Frau gefesselt waren. Plug stand draußen unter dem Baum und schöpfte aus einem Holzeimer mit einem langen Metallkelle Wasser für die Gefangenen. Der neue Deputy, der schon vorher dort gestanden hatte, war immer noch da, wiegte die Schrotflinte in den Armen und sah den Frauen nach, die auf der Straße vorbeigingen.

Hillbilly und Sunset bummelten durch die Stadt, wühlten sich durch das Gedränge und gelangten schließlich zu der Bank, wo sie die Schecks einlösten, die Marilyn ihnen gegeben hatte. Dann gingen sie ins Café, aßen Steaks, tranken Kaffee und schlenderten zurück zum Gericht, hinter dem ein Jahrmarkt aufgebaut war. Die Straße war mit blauen und gelben Sägeböcken abgesperrt. Eine Musikkapelle spielte, mit viel Geigen, Banjos und weiblichen Stimmen. Hillbilly überredete sie, ihn singen zu lassen, schnappte sich eine Gitarre, die unbenutzt an einem Stuhl lehnte, und legte los.

Sunset konnte es kaum glauben – er war wirklich so gut, wie er behauptet hatte. Manchmal klang seine Stimme so tief wie der Boden eines alten gusseisernen Kochtopfs, manchmal scharf wie ein Nadelstich, und immer passte sie gut zu den hellen Stimmen der Frauen. Er sang von Liebe und Verlust, von der untergehenden Sonne und dem aufgehenden Mond. Seine Stimme ging ihr so unter die Haut, dass sie eine Gänsehaut bekam. Er sang drei Nummern, dann gab er die Gitarre unter lautem Klatschen und Bravorufen der Gruppe zurück und kam – ein wenig widerwillig, wie es Sunset schien – lächelnd von der Tribüne herunter.

Sunset nahm ihre Marke ab und steckte sie in die Druckknopftasche ihres Hemds. »Du bist gut«, sagte sie.

»Ich weiß.«

Sie kamen an einen Stand, wo man mit Baseballbällen auf Flaschen werfen konnte. Sunset traf eine, Hillbilly vier. Sunset gewann einen Freiwurf, der danebenging, und Hillbilly gewann einen kleinen braunen Teddybären mit roten Knopfaugen, den er ihr schenkte. Sie rieten das Gewicht eines fetten Manns, und als dieser sich auf die Waage stellte, lagen sie beide daneben. Sie kauften sich rosa Zuckerwatte, tranken alkoholfreies Wurzelbier aus Pappbechern, aßen fettige Wurst am Spieß, teilten sich eine Tüte Popcorn und schälten ein paar heiße Erdnüsse. Dann warfen sie Ringe auf Stöcke im Boden, und diesmal war Sunset erfolgreicher als Hillbilly. Sie schaffte vier Treffer und gewann einen weiteren Bären, einen großen blauen mit weißem Bauch. Hillbilly und sie liefen mit den Bären über das Festgelände, und ihre Mägen kämpften mit dem Mittagessen, der Zuckerwatte, dem Wurzelbier und der Hitze. Sunset machte sich über den Bären lustig, den Hillbilly gewonnen hatte, sagte, er sei viel zu klein für einen richtigen Bären, und er erwiderte, ihr Bär habe einfach zu viel gegessen, und so lachten sie miteinander, stießen sich in die Seiten und gingen ganz nah beieinander. Ihre Hände fanden sich, und ihre Finger verschränkten sich ineinander. Es wurde dunkel und kühler, und sie gingen händchenhaltend zum Auto zurück. »Wir verpassen das Feuerwerk«, sagte Hillbilly. Und Sunset antwortete: »Sieht so aus«, und dann fuhren sie aus der Stadt und hinauf zu dem Ort, von dem Clyde ihnen erzählt hatte.

Sunset bog einfach wortlos von der Straße ab und fuhr einen schmalen Weg entlang, vorsichtig, weil er sehr uneben war. Hillbilly schwieg ebenfalls. Der Weg wand sich durch die dunklen Bäume, bis er schließlich breiter wurde und am Aussichtspunkt endete.

Sunset parkte ganz am Rand, machte die Scheinwerfer aus und stellte den Motor ab. Durch die Windschutzscheibe konnten sie, wie Clyde gesagt hatte, hinunterblicken – auch wenn es nicht sehr weit hinunterging. Unter ihnen erstreckte sich Holiday, hell erleuchtet wie an Weihnachten. Die Lichter waren so hübsch, dass man am liebsten runterspringen und sie fangen wollte. Sogar die Ölbohrtürme hatte man mit Lichtergirlanden geschmückt, und diese Lichter schienen wie riesige Glühwürmchen über den anderen zu schweben.

Sie kurbelten die Fenster herunter, um die frische Nachtluft hineinzulassen. Von unten drang Musik herauf. Eine Stimme sang: »Take a Whiff on Me«, oder zumindest glaubte Sunset, dass es sich um dieses Lied handelte, obwohl es nicht so genau zu hören war. Ohne ein Wort zu sagen, glitt Hillbilly neben sie. Sie wandte ihm das Gesicht zu, und als ihre Lippen sich trafen, war es gleich gar nicht mehr so kühl, aber die Hitze fühlte sich gut an, denn sie kam aus ihrem tiefsten Innern und breitete sich wie eine weiche Decke an einem dunklen Herbstmorgen über sie aus. Bald machten sich ihre und seine Hände auf die Suche, und der Ausblick war vergessen.

Mit gespreizten Beinen nahm sie ihn auf der vorderen Sitzbank in sich auf, und er machte sich an die Arbeit. Es war einer der schönsten Momente, die sie je erlebt hatte, und als er vorbei war, hörte es nicht auf, sondern fing sofort wieder von vorn an, und sie wechselten die Stellung, verschlangen sich auf jede nur denkbare Art ineinander, und als sie diesmal kurz davor war, hatte sie das Gefühl, alle Hoffnungen dieser Welt würden in ihr hochsteigen, und dann war es plötzlich so, als ob ihr die Schädeldecke davonfliegen würde, denn unten in der Stadt ging das Feuerwerk los, die Raketen zischten hoch in den Himmel und erleuchteten die Windschutzscheibe, und Sunset fing an zu lachen und lachte und lachte, und dann gab Hillbilly einen Laut von sich, der ihr gefiel, und zog sich aus ihr zurück, und sie spürte warme, nasse Spritzer. Dann ließ er sich schwer auf sie fallen, und es fühlte sich unsagbar angenehm an, ihn zu berühren. Ihr Atem ging schnell, ihr Brustkorb hob und senkte sich, wurde allmählich langsamer, schließlich ruhig, und lange sprach keiner von beiden oder hatte auch nur das Bedürfnis zu sprechen.

KAPITEL 25 Als Rooster am Morgen nach dem Ölfest vor dem Büro des Sheriffs vorfuhr, war die Hauptstraße ein im Sonnenlicht badendes Schlammloch, übersät mit Müll, Kothaufen – menschlichen wie tierischen – und drei Schnapsleichen, eine davon eine fette blasse Frau ohne Schlüpfer und mit dem Rock über dem Kopf. Rooster ging die Straße hinauf und blieb gerade lange genug stehen, um ihr den Rock hinunterzuziehen, ohne sie direkt anzuschauen.

Die Farbigen, die man wegen Trunkenheit und Erregung öffentlichen Ärgernisses festgenommen hatte, hingen immer noch an der Kette rund um den Baum und schliefen. Plug, der sie bewacht hatte, war ebenfalls eingeschlafen, den Rücken an die Wand des Büros gelehnt, das Schrotgewehr quer über dem Schoß. Tootie, sein Gehilfe, der gerade mal halb so viel Hirn wie Plug hatte und sich selbst dafür noch schämte, schlief nicht weit entfernt im Gras. Rooster nahm an, dass er genauso betrunken war wie die an der Kette, und beschloss, sie schlafen zu lassen. Die Männer an der Kette würden nirgendwohin gehen, und er wollte Plug und Tootie nicht wecken, vor allem Tootie nicht, dieses Arschloch. Er wollte sie nicht dabeihaben, nicht bei dem, was er vorhatte. Und gegen Mittag würde er die Betrunkenen sowieso alle gehen lassen.

Er blickte die Straße hinauf zu dem roten Haus und dachte sich, Sheriff Knowles hätte dafür gesorgt, dass er nicht in so etwas hineingeschlittert wäre. »Rooster, du bist ein guter Mann«, hatte Sheriff Knowles immer gesagt. »Du brauchst nur jemanden, der dir sagt, wo es langgeht.«

Aber Sheriff Knowles war tot, und das Einzige, wo es für ihn jetzt langging, war die Straße hinauf zu diesem Mann. Und er wollte nicht zu ihm. Eigentlich hätte er ihn verhaften sollen. Würde er aber nicht. Konnte er nicht. Hatte er nicht den Mut zu. Er steckte zu tief mit drin.

Das Stockwerk über der Drogerie war eine einzige große Wohnung. Rooster ging nur äußerst ungern die wackelige Treppe hinauf. Drinnen war es nie sehr hell, auch nicht, wenn tagsüber die schwarzen Vorhänge von den vielen hohen Fenstern auf der Rückseite zurückgezogen waren. Wegen des großen Überhangs hinter und über der Drogerie mit all den Pinien und Eichen obendrauf gelangte nicht viel Sonnenlicht in die Fenster, und im Eingangsbereich gab es kein elektrisches Licht, nur ein paar Kerosinlampen, und auch die brannten nur selten, sodass alles immer im Halbdunkel lag. Etwa in der Mitte des großen Zimmers stand ein überflüssiger Raumteiler aus Holz, an dem man rechts oder links vorbeigehen konnte. Der Raumteiler reichte nicht bis zur Decke, und wenn man groß genug war, konnte man darüber hinwegblicken. Rooster war noch nie rechts herum gegangen, an den Fenstern und dem Licht vorbei, immer nur links durch den dunklen Flur, wo die Dielen Geräusche machten wie berstendes Eis, und von wo man ihn in die kaum erhellten Zimmer dahinter führte, wo sich McBride meist aufhielt. Hinter diesem wiederum lagen weitere Zimmer, in denen er allerdings noch nie gewesen war. Aber er hatte den Käfermann dort rauskommen sehen, und er mochte ihn nicht. Er hatte ihn so getauft wegen des langen Mantels, den er trug, und wegen der kleinen schwarzen Melone auf seinem Kopf. Er fand, damit sah der Mann aus wie ein großes Insekt.

Rooster ging die Treppe hinauf, nestelte an seinem Waffengurt herum, straffte die Schultern und klopfte an die Tür. Nach einiger Zeit wurde sie von einer Frau geöffnet, die schwarze Seidenstrümpfe und darüber einen roten Strumpfhalter trug. Davon abgesehen war sie nackt. Eine Hand hielt sie über ihre Scham, als ob sie so irgendetwas verstecken könnte. Ihre Brüste baumelten hin und her, ihr blondes Haar war hochgekämmt und zurückgesteckt, und einige lose Strähnen fielen ihr ins Gesicht, als würden ihr Sonnenstrahlen über den Kopf gleiten. An einem Nasenflügel hatte sie eine kleine Narbe.

Rooster zog fast schon ehrfürchtig den Hut und behielt ihn in der Hand. Das war deutlich besser, als vom Käfermann in Empfang genommen zu werden.

»Komm rein, Süßer«, sagte sie und nahm die Hand von dem weg, was sie verborgen hatte, als würde es genügen, dass sie es wenigstens versucht hatte.

Er hatte sie schon mal gesehen – allerdings noch nicht das, was er jetzt sah –, aber er wusste nicht, wie sie hieß. Als sich die Blonde umdrehte und vor ihm hermarschierte, schwangen ihre nackten Arschbacken von einer Seite zur anderen wie zwei glückliche Säuglinge auf einer Schaukel.

Sie gingen links an der Trennwand vorbei, an der eine Reihe dekorativer Silbertabletts hingen. Rooster sah sein Spiegelbild in einem der Tabletts, zusammengepresst und verzerrt von Silber und Licht. Sie kamen an der glänzenden Bar vorbei und betraten ein Zimmer, in dem mehrere Sofas, ein Bett und ein Tisch mit einer weißen Tischdecke standen. Auf dem Tisch blitzten eine silberne Kaffeekanne, silberne Tassen und silberne Teller. Darüber war eine elektrische Lampe angebracht, die man mittels einer Schnur an- und ausknipsen konnte. Die Birne war staubig und gab nicht viel Licht. Ein Deckenventilator wirbelte die Luft herum, die nach Knoblauch und Tabak stank, gemischt mit ein bisschen Schwefelgeruch von angerissenen Streichhölzern.

McBride lag auf dem Sofa direkt dem Eingang gegenüber.

Der Rauch seiner Zigarre füllte seine Seite des Zimmers aus und hing wie eine blauschwarze Wolke über ihm. Er trug einen aschgrauen Seidenmorgenmantel, der halb offenstand. Die Haare auf seiner Brust und seinen Unterarmen waren grau, und sein Schnurrbart war zu schwarz. Rooster schätzte ihn auf sechzig, auch wenn er wie ein gut erhaltener Fünfzigjähriger aussah. Er hatte die blöde Perücke aufgesetzt, die er immer trug, wenn er in der Wohnung war, ein riesiges schwarzes Ding, das überhaupt nicht zu seiner roten irischen Haut passte. Wenn McBride aus dem Haus ging, trug er eine schwarze Melone ohne die Perücke. Die Melone saß sehr eng, damit sie bei Wind nicht davonflog und den Schädel entblößte, der, so schätzte Rooster, kahl oder fast kahl war.

»Rooster«, sagte McBride und stand auf. Der Morgenmantel öffnete sich weit, und Rooster sah mehr von McBride, als ihm lieb war. McBride ging zum Tisch und setzte sich auf einen der Stühle. Dabei verrutschte seine Perücke. Rooster versuchte, nicht hinzusehen, aber er wusste auch nicht recht, wo er sonst hinsehen sollte: oben das Haar, und unten, nun ja, da gab's jede Menge McBride.

»Setz dich, Rooster. Kaffee?«

Rooster gehorchte. »Von mir aus.«

»Gut. He, Schlampe, mach uns Kaffee.«

»Ich bin doch nicht Ihr Dienstmädchen«, sagte die Blonde.

»Frischen Kaffee. Und dass ich das nicht noch mal sagen muss.«

Die Blonde ging hinaus. McBride lächelte Rooster unter seinem Schnurrbart hervor an. »Manchmal muss man den Fotzen mit ein paar Schlägen nachhelfen, oben und unten, aber dann läuft's wie geschmiert, da kannst du Gift drauf nehmen. Wie findest du den Arsch?«

Rooster spürte, dass er rot wurde. »Ganz nett«, war alles, was er herausbrachte.

McBride lachte. »Nett? Das ist ein erstklassiges Fickloch. Was gibt's? Für mich ist es noch früh am Morgen, und wie du siehst, war ich gerade beschäftigt. Du bist vermutlich nicht wegen einer Tasse Kaffee vorbeigekommen.«

»Nein, Sir.«

»Ist das Ölfest gut gelaufen?«

»Ich denke schon.«

»Gut. Und warum bist du nun gekommen?«

»Der Constable drüben in Camp Rapture.«

»Was interessiert dich ein Constable? Moment – ist das nicht Petes Schlampe? Ja. Von der hab ich gehört. Das ist doch diejenige, die hier angetanzt ist, als der alte Sack mit dem Sheriffstern umgebracht wurde. Die, die den Nigger rausgeholt hat, während du nur blöd geglotzt und den Arsch nicht hochgekriegt hast. Hat die nicht auch Macavee eins mit der Knarre übergezogen?«

»Ja, Sir.«

»Wie geht's dem alten Macavee?«

»Er hat die Stadt verlassen.«

McBride grinste. »Klingt, als wär das Mädel ein echtes Teufelsweib. Gut aussehen soll sie angeblich auch. Stimmt das?«

»Ich nehme es an.«

»Du nimmst es an. Sieht sie nun gut aus oder nicht? So gut wie die Pussi, die ich hier hab?«

»Sie hat mehr an.«

McBride brach in schallendes Gelächter aus. »Kann ich mir vorstellen.«

»Sie ist gestern mit einem ihrer Deputys ins Büro gekommen«, sagte Rooster. »Man nennt ihn Hillbilly. Jedenfalls hat sie mir was gezeigt. Landvermesserkarten. Vom Land eines

Farbigen, Zendo. Nur, dass es die Karten waren, bevor sie aufgeteilt worden sind. Sie wissen schon, was ich meine.«

McBride beugte sich vor und stützte die Ellbogen auf den Tisch, wobei die Muskeln an seinen kräftigen, haarigen Unterarmen hervortraten. »Wo hat sie die denn her?«

»Das müssen die sein, die Pete und diese Hure Jimmie Jo hatten. Ich weiß nicht, wo sie die herhat.«

»Die Karten, die Pete gestohlen hatte? Die, von denen du mir erzählt hast?«

Rooster nickte.

»Weiß Henry schon davon?«

»Sie haben mir gesagt, wenn mal was wär, sollte ich erst zu Ihnen kommen.«

»Das hast du richtig gemacht, Sheriff. Und ich sag es Henry, nicht du. Du wirkst nervös, Rooster, und nervöse Männer kann ich nicht ausstehen. Da hab ich immer das Gefühl, die lauern nur drauf, ob sie mir was am Zeug flicken können.«

»Tut mir leid, Mr. McBride«, entgegnete Rooster und sah hoch, weil die Blonde wieder ins Zimmer trat. Ihr Haar hing jetzt offen herab, sie hatte ein paar Sachen angezogen und trug eine Kaffeekanne und eine Keramiktasse. Sie schenkte Kaffee in McBrides silberne Tasse, stellte die Keramiktasse vor Rooster auf den Tisch und schenkte ihm ebenfalls ein.

»Wenn du sie ein bisschen begrapschen willst, nur zu. Geht auf meine Rechnung, nicht wahr, Süße?«

»Muss nicht sein«, sagte Rooster.

McBride lachte. »Kann ich mir denken. Verzieh dich, Kleines, du bringst Rooster ins Schwitzen.«

Rooster versuchte, ihr nicht hinterherzusehen.

»So einen Feger hättest du auch gern in deiner Besenkammer, was, Rooster?« Als Rooster keine Antwort gab, fuhr McBride fort: »Hast du die Karten bekommen?«

»Die haben sie mir nicht angeboten.«

McBride, der mit überkreuzten Beinen dagesessen war, stellte die Füße nebeneinander und richtete sich auf. »Du hast sie nicht zurückverlangt?«

»Ich wusste nicht, was ich sagen sollte.«

»Weil eine gutaussehende Frau die Karten hatte? Etwa deshalb?«

Rooster trank einen Schluck aus seiner Tasse und hätte den Kaffee beinahe verschüttet. »So in etwa.«

»Was haben sie also damit gemacht?«

»Ich habe ihnen gesagt, sie sollen zum Gericht gehen.«

»Du hast ihnen gesagt, sie sollen zum Gericht gehen? Das ist nun wirklich bescheuert, Rooster. Damit brauchen sie jetzt nur noch eins und eins zusammenzählen.«

»Ja, Sir.«

»Solange man sie nicht miteinander vergleicht, kann man mit den Karten nichts anfangen. Äußerst unklug, Rooster. Wenn sie zum Gericht gehen und dort die Unterlagen einsehen, wissen sie, was geändert wurde. Das war es ja, womit Pete und seine Hure gedroht haben – die Unterlagen irgendwelchen höheren Polizeistellen zu übergeben, wenn sie nicht beteiligt würden, und zwar nicht ein bisschen beteiligt, so wie du, sondern richtig beteiligt. So wie ich. So wie Henry. Aber nichts da. Nicht mit einem so alten Trick. Deswegen hat man mich hergeholt, damit ich das in Ordnung bringe. Und genau das hab ich gemacht. Du hättest nur sagen müssen: ›Diese Karten sind Eigentum der Stadt. Ich weiß nicht, wie die in Ihren Besitz gekommen sind, aber ich muss sie dahin zurücklegen, wo sie hingehören, und vielen Dank, dass Sie sie vorbeigebracht haben.‹ Wäre das nicht ganz einfach gewesen, Rooster?«

»Ja. Das war mir klar, sobald sie aus der Tür waren.«

»Aber da war es schon zu spät, nicht wahr, Rooster?«

»Ja, Sir.«

»Die Dinge liefen gerade so richtig gut hier. Ich hab mit diesem und jenem mein Geld verdient und musste nicht viel dafür tun. Andere haben das für mich erledigt, und das gefällt mir. Ich habe Karriere gemacht. Ich überlege mir was, und das wird dann erledigt, aber nicht von mir. Ich erledige nicht gern was, das nicht meine Aufgabe ist, und ich kümmere mich nicht gern um was, das mich nichts angeht. Und jetzt sorgst du dafür, dass ich mich doch drum kümmern muss. Die Frau ... wie heißt sie?«

»Sunset.«

»Das ist ja ein Knallbonbon von einem Namen. Ist das ein Spitzname?«

»Sie hat rotes Haar. Ihren richtigen Namen kenne ich nicht.«

»Gibt nichts Schöneres, als ne Frau auszuziehen und das rote Haar zwischen ihren Beinen aufgefächert zu sehen. Wenn sie mit den Hüften wackelt, ist das, als würde sie mit der roten Fahne den Stier anlocken. Aber darum geht es im Moment nicht, hab ich recht? Im Moment haben wir einen Buckel auf der Straße, und auf den hast du uns draufgefahren. Weißt du, was passiert, wenn man auf einen Buckel drauffährt, Rooster?«

Rooster schüttelte den Kopf.

»So ein Buckel kann einem die ganze Scheiße hinten aus dem Wagen raushauen. Und die fliegt dann überall rum. Verstehst du, was ich meine?«

Rooster nickte.

McBride fasste unter seine hässliche Perücke und kratzte sich am Kopf. »Wenn die Scheiße durch die Gegend fliegt, muss ich mich auf die Socken machen und mehr arbeiten als eigentlich nötig. Ist ja nicht so, dass ich ungern arbeite, aber ich mag nicht die Suppe auslöffeln, die mir jemand anderer eingebrockt hat, oder Probleme lösen, die es eigentlich gar nicht geben sollte. Kannst du mir folgen, Rooster?«

»Ja, Sir.«

McBride zog kräftig an seiner Zigarre und blies den Rauch aus den Nasenlöchern. »Können wir der Schlampe die Karten vielleicht abkaufen? Würde sie sich auf so was einlassen?«

»Das glaube ich nicht. Sie scheint sich ihrer Sache ziemlich sicher zu sein. Ich denke, sie will was Gutes tun.«

»Eine Samariterin. Solche Leute können einem viel Ärger machen. Genau wie Christen oder Abstinenzler verbeißen die sich in etwas wie eine Scheißbulldogge, und dann lassen sie nicht mehr los, nicht mal, wenn es gar nicht gut für sie ist. Ich hasse Samariter. Gesetzeshüter oder Politiker, mit denen finde ich immer einen Weg. Sogar einen Priester kann man umdrehen, aber ein wahrer Christ oder Samariter – bei denen ist das nicht so einfach.«

»Vielleicht kann man Hillbilly umdrehen. Das ist Sunsets Deputy. Der weiß auch Bescheid. Wenn man dem mit ein bisschen Geld vor den Augen rumwedelt, kippt er vielleicht um und erzählt uns, was Sie wissen wollen, zum Beispiel, wo die Karten sind.«

»Ich kenne Hillbilly nicht und habe keine Ahnung, was er weiß oder was er tun wird. Du versuchst, jemand anderem deine Arbeit aufzuhalsen, Rooster. Das gefällt mir nicht.«

»Nein, Sir.«

»Wenn das hier den Bach runtergeht, könnten Henry und ich eine Menge Geld verlieren. Wir könnten sogar eingebuchtet werden, worauf ich nun überhaupt keine Lust habe. Ich war noch nie im Gefängnis, obwohl ich so manches gemacht habe, wofür sie mich hätten einlochen können. Und ich hab auch nicht vor, das zu ändern. Was du jetzt machen wirst, Rooster, ist Folgendes: Du gehst zu dieser Frau. Sag, du wärst neugierig geworden, hättest die Unterlagen angesehen, hättest festgestellt, dass sie nicht übereinstimmen, und dass du glaubst, jemand versucht, diesem Nigger ... wie heißt er noch mal?«

»Zendo.«

»Zorro sein Land wegzunehmen.«

»Zendo.«

»Sag ihr das. Appellier an ihre Samariternatur. Vermutlich gibt sie dir dann die Karten, weil sie annimmt, dass du dich drum kümmern wirst. Wenn nicht, haben wir ein Problem. Es gibt eine Menge Leute, Rooster, mit denen kann man ein Problem haben, und da lässt sich dann eine Lösung finden. Mit mir möchtest du kein Problem haben. Comprende?«

»Ja, Sir.«

»Ich hab nichts dagegen, mal ein bisschen Schmiergeld zu zahlen. Ich hab auch nichts dagegen, wenn jemand gelegentlich die Hand aufhält. Aber ich kann es nicht ausstehen, wenn ein Mann nicht weiß, wo seine Grenzen sind. So wie bei Pete, der Henry und mich im großen Stil übers Ohr hauen wollte. Das mag ich ganz und gar nicht. So etwas würdest du doch nicht versuchen, Rooster?«

»Nein, Sir.«

»Gut. Dann wäre das erledigt. Bis auf eine letzte Kleinigkeit.«

McBride erhob sich, und sein Morgenmantel klaffte auf. Rooster starrte die Kaffeetasse auf dem Tisch an. McBride ging in das angrenzende Zimmer, kam mit einer Handvoll Geldscheinen zurück, ging quer durch den Raum und stellte sich neben Rooster. Er stand so dicht neben ihm, dass sich sein Penis beinahe an Roosters Ellbogen rieb. »Streck die Hand aus, Rooster«, sagte er.

Rooster drehte sich zur Seite, streckte die Hand aus, und McBride legte einen Hundert-Dollar-Schein hinein. Dann einen zweiten und einen dritten. Die anderen vier faltete er zusammen und steckte sie in die Tasche seines Morgenmantels. »Das Geld bekommst du, weil du wie ausgemacht zu mir gekommen bist. Aber du bekommst nicht alles, was du eigentlich bekommen hättest, weil du die Sache vermasselt hast, Rooster. Besorg die Karten, Amigo.«

McBride legte Roosters Finger um die Geldscheine und drückte sie dann so fest zusammen, dass Rooster vom Stuhl fiel und nur mühsam wieder auf die Knie kam. McBrides Penis hing ihm ins Gesicht. »Küss ihn, Rooster.«

»Nein.«

»Doch. Küss ihn.« McBride drückte fester zu, und man hörte etwas knacken. Rooster beugte sich vor und küsste die Eichel von McBrides Penis. McBride ließ ihn los und trat einen Schritt zurück. Rooster, rot wie eine reife Tomate, stand auf.

»Das hätte wirklich nicht sein müssen«, sagte Rooster. »Das hätten Sie nicht tun sollen.«

»Zum Teufel, Rooster, meinen Schwanz zu küssen hat dir doch den Tag versüßt.«

Nachdem Rooster gegangen war, rief McBride nach der Blonden. Sie kam ins Zimmer, und er führte sie zum Sofa. Als er fertig war, sagte sie: »Ich weiß gar nicht, warum ich mir eigentlich die Mühe mache, was anzuziehen.«

»Ich hab dich nicht drum gebeten«, entgegnete McBride. »Du kannst jetzt verschwinden. Geh nach Hause.«

»Ich wollte Sie nicht auf die Palme bringen. Es ist nur so, dass Two mich ganz nervös macht.«

»Ist er aufgestanden?«

»Ja. Ich will nicht dahinten mit ihm zusammen sein. Aber ich wollte Sie nicht wütend machen.«

»Ich bin nicht wütend, ich habe nur die Schnauze voll von dir. Geh lieber, solange ich noch gute Laune habe.«

Sie verschwand in dem angrenzenden Raum und zog sich an. Als sie wieder herauskam, lag McBride auf dem Sofa. Sie warf ihm einen Blick zu, sagte aber nichts.

Sobald sie aus dem Zimmer war, stand er auf, riegelte die Tür hinter ihr ab, trank einen Schluck Kaffee, band seinen Morgenmantel zu und ging in die Küche. Er hatte gerade erst gegessen, aber er wollte sich etwas kochen, und er ging davon aus, dass es ein bisschen länger dauern würde, sich eine Mahlzeit zuzubereiten, wie er sie sich vorstellte. Er band sich seine Schürze um. Es war eine große Schürze mit kurzen Rüschenärmeln und ein wenig Spitze am Saum und an den Seiten. Er nahm ein paar Schüsseln herunter, zündete den Kerosinherd an und stellte einen Topf mit Wasser auf, um Spaghetti zu kochen. Dann nahm er eine Knoblauchzehe, riss sie mit den Händen auseinander, legte die Stücke auf ein Holzbrett und zerkleinerte sie mit einem Holzhammer. Er arbeitete so gründlich, dass ihm keine einzige Knoblauchzehe entging, aber ihm stand auch das Wasser in den Augen.

Als er ein Geräusch hörte, drehte er sich um. In der Tür stand halb verdeckt Two in seinem langen schwarzen Gehrock. Die beiden Schwänze des Gehrocks ließen Two wie einen riesigen Käfer aussehen, schwarz, dick, schweigsam und mit funkelnden grünen Augen. Ein Nigger mit solchen Augen und in einem Gehrock. Kaum zu glauben, aber da stand er.

»Ich bin dabei, was zu kochen«, sagte McBride. »Es wird ein bisschen dauern, aber ich kann auch mehr machen. Willst du auch was essen?«

»Wir sind nicht hungrig«, entgegnete Two und ging hinaus.

KAPITEL 26 In der Nacht, bevor sich all das zwischen Rooster und McBride zutrug, war Sunset nach den Stunden mit Hillbilly in euphorischer Stimmung heimgefahren. Sie hatte ihn bei dem Lager rausgelassen, das er sich hergerichtet hatte und das etwa zwei Meilen die Straße hinunter von ihrem Zelt entfernt lag. Es war eine einfache Schlafstätte, die er aus Ästen und Ähnlichem gebaut und über die er alte Hemden gehängt hatte, um halbwegs eine Hütte daraus zu machen. Als sie ihn fragte, woher er die Hemden hatte, gab er ihr zur Antwort, Clyde habe sie ihm überlassen. Als sie jedoch wissen wollte, wie sie miteinander klarkämen, wechselte er das Thema. Sie verabschiedete sich von ihm mit einem Kuss, der so sanft und süß war, wie sie noch nie einen Kuss empfunden hatte.

Sie hätte Hillbilly gern mit zu sich genommen, fürchtete aber, Marilyn könnte am nächsten Morgen mit Karen zusammen auftauchen, und dann würde das keinen guten Eindruck machen – noch dazu, wo Karen Hillbilly anschmachtete wie eine läufige Hündin. Aber sie überlegte, ob sich nicht vielleicht etwas Besseres für ihn zum Wohnen finden ließe. Es wäre schön, wenn er eine richtige Unterkunft hätte und sie ihn dort besuchen könnte.

Als sie zu Hause ankam, lief Ben herbei, um sie zu begrüßen. Sie sah, dass Clydes Pick-up bei der großen Eiche geparkt war. Auf dem Armaturenbrett lag ein Stiefel. Sie öffnete den Kofferraum ihres Wagens, holte die Kassette mit den Karten und den anderen Dingen darin heraus und ging zu dem Pick-up hinüber. Die Fenster waren heruntergekurbelt, also lehnte sie sich auf der Beifahrerseite in den Wagen hinein. Clyde lag quer über der Vorderbank, einen Fuß auf dem Armaturenbrett. Der Mond schien hell genug, dass Sunset sein Gesicht erkennen konnte, und mit den Haaren, die ihm in die Stirn fielen, den geschlossen Augen und den leisen Schnarchtönen, die er von sich gab, wirkte er wie ein großer Junge. Eigentlich war er richtig süß, sogar gutaussehend, nur ein bisschen ungehobelt.

Sie ging, Ben dicht auf den Fersen, ins Zelt, stellte die Kassette auf den Tisch auf der Büroseite und versuchte, über die Geschichte nachzudenken, aber alles, was ihr in den Kopf kam, war Hillbilly und wie es da oben auf dem Aussichtspunkt gewesen war. Wie er sie zum Abschied geküsst hatte. Dann dachte sie: Wie bescheuert führe ich mich eigentlich auf? Ich träume vor mich hin wie ein Kind, dabei wirft man mir vor, einen Mord begangen zu haben. Nicht nur an Jimmie Jo und ihrem armen Säugling, sondern auch an Pete. Vermutlich würde Henry es so darstellen, als hätte sie Jimmie Jo getötet, weil Pete ein Verhältnis mit ihr hatte, und dass sie dann aus demselben Grund Pete umgebracht und behauptet hätte, es sei Notwehr gewesen.

Und was noch schlimmer war: Ihre Tochter war in den Mann verliebt, dem sie sich vor Kurzem auf der Vorderbank ihres Wagens hingegeben hatte. Clyde lag draußen in seinem Pick-up wie ein sitzengelassener Halbwüchsiger, der darauf wartete, dass sie nach Hause kam. Und dann hatte sie auch noch rausgefunden, dass jemand Zendo um sein Land betrogen hatte, und sie hatte keine Ahnung, was sie deswegen unternehmen sollte.

Und da war noch etwas. Etwas, das ihr im Hinterkopf herumging. Etwas, das sie fühlen, aber weder sehen konnte noch zu fassen bekam. Sie hätte gern einen Kaffee getrunken, überlegte sich dann aber, dass er ihr nicht guttun würde.

Nicht um diese Uhrzeit, und außerdem war sie zu faul, jetzt welchen zu kochen. Dann dachte sie, dass sie vielleicht gern einen Schluck Whisky trinken würde, sogar Bulls schwarzgebrannten Schnaps, aber sie hatte keinen da. Zudem war ihr klar, dass sie das ziemlich schnell bereuen würde. Schließlich beschloss sie, zum Brunnen zu gehen und sich ein Glas Wasser heraufzupumpen. Ben lief ihr hinterher, und sie betätigte den Schwengel, bis etwas Wasser in die Schüssel floss, die sie dort für ihn stehen hatte. Das Wasser war kalt und süß, und sie stand neben der Pumpe und trank, während sie mit einer Hand den Kopf des Hundes streichelte, der aus der Schüssel trank.

Sie hörte, wie die Tür des Pick-up geöffnet wurde. Clyde stieg leicht schwankend aus dem Wagen. »Hallo«, sagte er.

»Hallo.«

»Ich hab auf Sie gewartet.«

»Das sehe ich.«

»Sie sind ganz schön spät dran.«

»Woher willst du das wissen? Du hast doch geschlafen.«

»Es war schon spät, als ich eingeschlafen bin. Ich hab den Schwengel der Pumpe gehört.«

»Tut mir leid.«

»Schon gut.«

»Hast du bei Zendo was rausbekommen?«

Clyde holte die beiden Stühle, die sie draußen hatten stehen lassen, und trug sie zur Wasserpumpe. Sie setzten sich, und Clyde sagte: »Ich hab rausgefunden, dass auf dem Land neben Zendo Öl ist.«

»Allmählich wird mir einiges klarer«, entgegnete Sunset.

»Dann wissen Sie vielleicht einiges, was ich nicht weiß. Ich weiß nur, dass meine Arschbacken heute von dem ganzen Schweiß schon fast zusammenkleben.«

»Nichts interessiert mich im Moment weniger als dein klebriger Hintern. Wie wäre es, wenn du mir ausführlich erzählst, was du rausgefunden hast?«

»Auf dem Land steht auch ein kleines Haus. Niemand wohnt da, aber ich bin reingegangen und hab ein Kleid gefunden, in dem ich Jimmie Jo mal gesehen hab. Eins von denen, die man nie mehr vergisst, wenn man sie mal darin gesehen hat.«

»Erinnere mich nicht dran.«

»Nicht weit vom Haus entfernt ist eine große Öllache. Drumherum ist das ganze Gras tot, und das Öl sickert von unten hoch. Es ist sogar in einen Teich in der Nähe reingelaufen. Ich nehm an, das Land ist ein Vermögen wert.«

»Wie wahrscheinlich ist es, dass Jimmie Jo in diesem Öl gelegen ist?«

»Das würde passen. Jemand hat sie erschossen und sie drin rumgewälzt, sie und den Säugling, als so ne Art Botschaft.«

»Ich glaube, Jimmie Jo und Pete wussten von dem Öl und haben irgendwie versucht, ein krummes Ding zu drehen. Ich weiß nicht genau, was da gelaufen ist, aber irgend so was muss es sein.«

»Warum glauben Sie das?«

»Die Karten. Außerdem haben Hillbilly und ich im Gericht noch was anderes herausgefunden. Komm mit.«

Im Zelt sah sich Clyde beim Schein der Lampe an, was in der Kiste lag – die Originalkarten und die, die Sunset gestohlen hatte. »Dann versuchen also ein paar Weiße, Zendo Land wegzunehmen, weil es dort Öl gibt.«

»Ja. Und da er ein Farbiger ist, dürfte ihnen das nicht schwerfallen.«

»Vielleicht hat Zendo ihnen das Land verkauft.«

»Das glaube ich nicht«, entgegnete Sunset. »Aber ich werde

Zendo nicht danach fragen. Je weniger Zendo im Moment weiß, desto besser für ihn.«

»Warum haben die noch nicht mit Bohren angefangen?«

»Ich nehme an, sie sind noch nicht dazu gekommen. Da muss ja einiges vorbereitet werden. Vielleicht haben sie nicht genug Startkapital.«

Clyde ließ sich das durch den Kopf gehen. »Vielleicht«, stimmte er zu. »Die Namen auf dem Papier kenne ich, außer diesen McBride. Kennen Sie ihn?«

Sunset schüttelte den Kopf.

Clyde ließ sich auf den Stuhl sinken. »Waren Sie den ganzen Abend mit Polizeiarbeit beschäftigt, Sunset?«

»Nein.«

Clyde nickte. »Waren Sie beim Fest?«

»War ich.«

»Mit Hillbilly?«

»Genau.«

»Mögen Sie ihn?«

»Ja.«

»War sonst noch irgendwas los, außer dem Fest?«

»Nichts, das dich was anginge. Du solltest dich schämen, eine Dame so auszufragen.«

»Karen ist bei Marilyn, nicht wahr?«

»Ja.«

»Sie haben ihn nicht mit nach Hause gebracht, also lief es vielleicht nicht so gut.«

»Gut genug. Und es geht dich nichts an.«

»Sie sehen irgendwie aus, als würden Sie zehn Zentimeter über dem Boden schweben.«

»Ich sitze.«

»Das sagt man doch nur so. Sie wissen schon, was ich meine: Sie schweben auf Wolken.«

»Denk lieber nicht zu weit voraus, Clyde. Ich glaube, ich gehe jetzt ins Bett. Und du kannst dich zum Teufel scheren.«
»Ist es in Ordnung, wenn ich den Teufel versetz und gleich hier im Pick-up schlafe? Bei mir zu Hause ist es auch nicht besser. Eine Plane und Mücken.«
»Hier gibt es Moskitos.«
»Heute Abend hat mich nicht ein einziger gestochen.«
»Mach, was du willst, Clyde.«
»Gute Nacht, Sunset.«
»Gute Nacht, Clyde. Und es geht dich trotzdem nichts an.«

Als Karen am nächsten Morgen wach wurde, wusste sie einen Moment lang nicht, wo sie war. Dann fiel ihr wieder ein, dass sie in dem Bett im Gästezimmer ihrer Großmutter lag. Sie erinnerte sich an den Film, den sie am Tag vorher mit ihr zusammen in Holiday gesehen hatte, und es war eine schöne Erinnerung, denn der Film – ihr erster Film – war sehr lustig gewesen. Allerdings konnte sie sich nicht lange an der Erinnerung freuen.

Rasch setzte sie sich auf, schwang die Beine über die Bettkante, sprang aus dem Bett, flitzte nur in Unterwäsche durch das Haus und über die mit Fliegengitter geschützte Veranda. Sie schaffte es gerade noch, die Fliegengittertür aufzureißen und die Stufen hinunterzuspringen, bevor sie sich übergeben musste. Es hörte und hörte nicht auf, und sie dachte schon, sie würde noch ihren Magen erbrechen, aber schließlich ließ das Würgen nach.

Sie ließ sich auf die Verandatreppe sinken. Im Mund hatte sie einen Geschmack, als hätte ihr jemand vollgepinkelte, verschimmelte Socken hineingestopft, und zwar mit einem vollgeschissenen Stock. Der eklige Gestank von der Sägemühle machte die Sache auch nicht besser, und der gelbgrüne Himmel hatte dieselbe Farbe wie das allmählich in den Boden einsickernde Erbrochene.

Sie fragte sich, ob sie vielleicht eine Erkältung hatte oder die Grippe, aber ihr ging es nicht die ganze Zeit schlecht. Nur morgens. Es war widerlich. Als wenn ihre Eingeweide in Teufels Küche gekocht würden. Und dann explodierte sie jedes Mal, und alles kam hoch. Wenn sie sich dann fünf oder zehn Minuten hinlegte, ging es ihr wieder bestens. So lief das jetzt schon seit ein paar Tagen. Am Anfang hatte sie kaum Appetit gehabt, dann plötzlich wieder einen Riesenhunger. Auf einmal verzehrte sie sich nach gebratener Schweinshaut, die sie seit ihrer Kindheit nicht mehr gegessen hatte. Und nach Senf. Schweinehaut hatte sie nicht auftreiben können, aber gestern Abend hatte sie sich ein Senfbrot gemacht, zwei Scheiben dick mit Senf bestrichen, und als sie die aufgegessen hatte, hatte sie sich noch eine gemacht. Sogar jetzt, nachdem sie sich übergeben hatte, ließ der Senfgeruch in dem Erbrochenen sie wieder danach gieren.

Sie stützte den Kopf in die Hände, bis sich nicht mehr alles drehte, und wollte gerade aufstehen und ins Haus zurückgehen, als Marilyn auf die Veranda trat und sich neben sie setzte.

»Geht es dir nicht gut?«

»Doch.«

»Was ist los?«

»Ich habe mich übergeben.«

»Das habe ich gehört.«

»Ich wollte dich nicht aufwecken.«

»Ach, Kind, ich bin doch schon seit Stunden wach. Ich war in der Küche. Vielleicht solltest du ein bisschen Sprudel trinken.«

»Mir geht es wieder bestens.«

»Irgendwas, was du nicht vertragen hast?«

»Vielleicht ... Ich weiß es nicht. ... Großmama ... kann man schwanger werden ... wenn man es das erste Mal macht? Ich dachte, beim ersten Mal passiert nichts.«

»Ach Gott. Du hast doch nicht etwa?«

Karen drehte Marilyn das Gesicht zu. Sie sah aus, als hätte ihr jemand das ganze Blut ausgesogen. »Doch.«

»Hillbilly?«

Karen nickte. »Woher wusstest du das?«

»Unbefleckte Empfängnis konnte es ja wohl kaum sein. War dir schon öfter morgens schlecht?«

»Seit zwei oder drei Tagen. Mama hat es nicht mal gemerkt.«

»Die hat gerade selbst genug Sorgen. Du hast es ihr vermutlich nicht erzählt?«

Karen schüttelte den Kopf. »Ich bin ein richtiges Flittchen.«

»Nein. Nein. Du bist einfach nur ein Mädchen. Er ist ein erwachsener Mann. Er wusste, wie er dich rumkriegt. Manche Männer interessieren sich nur für das, was sie davon haben.«

»Mir hat es auch Spaß gemacht.«

»Na, dann hattest du wenigstens auch etwas davon – das ist nicht immer so.«

»Ich liebe ihn so sehr.«

»Du bist in die Liebe verliebt, mein Schatz, nicht in ihn. Dieser Kerl hält sich für einen großen Verführer. Das habe ich auf den ersten Blick gesehen. Und ich glaube, da lag ich richtig. Ich weiß nicht, ob ich Männer so gut einschätzen kann, und auch wenn Pete mein Sohn und dein Vater war, bin ich mir nicht sicher, ob Sunset damals die richtige Wahl getroffen hat oder jetzt gerade trifft.«

»Was soll ich denn bloß machen? Mama kann ich es nicht erzählen.«

»Das musst du aber.«

»Und dann?«

»Bekommst du das Kind, oder du gehst zu Aunt Cary, damit sie sich drum kümmert.«

»Wie das?«

»Es wegmacht, bevor es geboren wird.«

»Das könnte ich nicht.«

»Dann bekommst du es eben. Und ziehst es groß.«

»Dann wird nichts mehr sein wie früher.«

»Das stimmt. Aber man kann mit Veränderungen leben. Deine Mama und ich stehen durch, was wir durchzustehen haben, und du stehst durch, was du durchzustehen hast. Und wir können dir helfen.«

»Ich habe was Schlimmes getan.«

»Ich habe in meinem Leben auch schon schlimme Dinge getan. Über einige davon rede ich nicht mal. Manchmal ist es, als würde einen so was wie ein Fieber packen, und es passiert einfach. Alles Mögliche kann passieren, und dann muss man damit leben, dass es einem leidtut. Mit manchen Dingen kann man leichter leben, mit manchen schwerer.«

»Dir kann ich Sachen erzählen, die kann ich Mama nicht sagen.«

»Dafür sind Großmütter ja da. Verdammt, Mädchen, so was Schlimmes hast du nun auch wieder nicht verbrochen. Du bist einfach den Weg gegangen, dem wir Tiere alle folgen wollen. Wenn ein Mädchen erst mal im gebärfähigen Alter ist, muss man es nicht erst lange überreden. Und anders als Hündinnen sind wir Frauen in gewisser Weise immer läufig, und wenn man jung ist, ist das Bedürfnis am größten. Wenn dann ein hübscher Kerl wie Hillbilly die richtigen Sachen sagt, kann man leicht etwas tun, was man eigentlich nicht tun sollte. Es ist nicht verkehrt zu lieben, Mädchen, wichtig ist nur, wen du liebst und was derjenige von dir will.«

»Er hat gesagt, ich wäre hübsch.«

»Da hat er nicht gelogen. Die Farben hast du von deinem Vater, den Knochenbau von deiner Mutter. Hat er gesagt, er würde dich heiraten?«

»Nein. Ich habe lange drüber nachgedacht, aber er hat mir nie irgendwas versprochen. Hat mir nur nette Sachen über mich gesagt und mich berührt, und wenn er das gemacht hat, dann hat es sich angefühlt, als müsste ich ihn haben.«

»Als würdest du wollen, dass er dich zum Schmelzen bringt.«

»Genau. Woher weißt du das?«

Marilyn lachte. »Ich war nicht immer so alt. Ich bin schon länger nicht mehr so wild danach, aber ich weiß, wie es sich anfühlt. Das behält man in Erinnerung.«

»Großmama, ich fühle mich, als hätte man mich in einen Sack gesteckt, durchgeschüttelt und rausgeworfen.«

Marilyn nahm Karen in die Arme und hielt sie fest. »Beruhige dich. Wir kriegen das schon hin.«

»Erzählst du es Mama? Sie mag ihn, weißt du. Ich habe gehört, wie Willie gesagt hat, sie hätte ihn geküsst.«

»Ich weiß, dass sie ihn mag. Nicht, dass mir das gefallen würde. Aber du musst es ihr schon selbst sagen.«

»Ich weiß nicht, wie.«

»Ich helfe dir.«

Am selben Morgen fuhr Sunset zu Hillbillys Lager, aber die kleine Hütte, die er aus Zweigen, Blättern und alten Hemden gebaut hatte, war nicht mehr da, und er auch nicht. Es war, als hätte ihn der Wind hochgehoben und davongeweht. Sunset stieg aus und sah sich um. Sie fand die Stelle, wo er die kleine Hütte auseinandergerissen und die einzelnen Teile in den Wald geworfen hatte. Das Ganze hatte etwas von einer wütenden, grimmigen Endgültigkeit.

Sie fuhr nach Hause. Clyde und Ben warteten vor dem Zelt. Clyde hatte Kaffee gekocht und saß mit einer Tasse in der Hand auf einem der Stühle bei der Wasserpumpe. Ben saß neben ihm, und Clyde hatte ihm den Arm um den Hals gelegt. Als sie vorfuhr, ging Clyde ins Zelt und kam mit einer zweiten Tasse Kaffee wieder heraus. Sie setzten sich, und Sunset nippte an ihrem Kaffee.

Nach einiger Zeit sagte Clyde: »Kommt Hillbilly heute nicht zur Arbeit?«

»Ich weiß es nicht.«

»Er war nicht bei seinem Lager, stimmt's?«

»Stimmt.«

»Vielleicht hat er's nur verlegt. Hat nen besseren Platz gefunden.«

»Das glaubst du aber nicht, oder?«

»Nein.«

»Du hoffst, er ist weitergezogen, nicht wahr?«

»Ja. Und nein.«

»Was soll das heißen?«

»Ich hoffe, er ist weg. Aber ich will nicht, dass er Sie anlügt und Sie traurig macht.«

Ohne ihn anzusehen, legte Sunset ihm die Hand auf den Arm. Clyde schluckte. Er versuchte sich zu entspannen, damit er die Wärme und das Gewicht ihrer Hand durch seinen Hemdsärmel hindurch besser spüren konnte. Er atmete tief ein. Sie hatte ein klein wenig Parfüm aufgetragen, gerade so viel, dass die Luft um sie herum etwas süßer war.

Diese Hand auf seinem Arm – das war nicht viel, aber es war immerhin etwas, eine Kleinigkeit, die er genießen konnte. Wie ein blindes Schwein, das eine Eichel findet – nicht genug, um satt zu werden, aber es regte den Appetit an.

KAPITEL 27 Nach dem Gespräch mit McBride ging Rooster zitternd in sein Büro zurück. Seine Hand schmerzte. Sie war nicht gebrochen, aber McBride hatte mit seinem festen Griff seine Knöchel verrenkt, und jetzt renkten sie sich wieder ein, und das tat weh. Rooster musste unablässig daran denken, wozu McBride ihn gezwungen hatte, und er fühlte sich elend, so als wäre er gerade mal sechzig Zentimeter groß, wenn er mit Stelzen auf einem Baumstumpf stehen würde. Es war wirklich nicht nötig gewesen, dass McBride sich so aufführte. Er hatte das nur getan, weil er es tun konnte, dieser Hurensohn mit seiner Perücke.

Rooster holte sich eine Schüssel und wusch sich mit einem dicken Seifenstück die Lippen, schrubbte sie so lange, bis sie fast wund waren und sein ganzer Mund nach Seife schmeckte. Er hatte das Gefühl, er müsste würgen, beschloss dann aber, dass der Seifengeschmack immer noch besser war als der, den er in Erinnerung hatte.

Er legte die Seife weg, nahm den Hut ab, steckte den Kopf in die Schüssel mit dem Wasser und ließ ihn dort so lange, wie er den Atem anhalten konnte. Als er prustend wieder hochkam und nach einem Handtuch griff, fühlte er sich nicht ein bisschen sauberer.

Er stellte sich auf die Treppe vor dem Büro, sah die Straße hinauf zu der roten Wohnung über der Drogerie und dachte sich, er sollte eigentlich die Schrotflinte holen, zu McBride zurückgehen und ihn am Lauf lutschen lassen. Genau das sollte er tun. Er hätte dem Schwein den Schwanz abbeißen sollen, ihn mit den Zähnen packen und mit Stumpf und Stiel rausreißen. Was für ein Feigling er doch war. Lieber eine gebrochene Hand als das, was ihm von McBride angetan worden war.

Er dachte noch ein bisschen über die Schrotflinte nach, glaubte aber nicht, dass er es fertigbringen würde. Und vielleicht würde der Versuch damit enden, dass die Waffe plötzlich in seinem Hintern steckte, McBride durchlud und den Abzug betätigte, bis die Munition alle war. Hier auf der Treppe vor seinem Büro im hellen Sonnenlicht war es leicht, mutig zu sein, aber da oben in dem muffigen Zimmer mit dem wenigen Licht und all den Schatten und McBride mit seiner hässlichen schwarzen Perücke – das war etwas ganz anderes. Und dann war da noch der Käfermann.

Rooster überlegte, ob er sich eine von Sheriff Knowles' Zigarren aus der Schreibtischschublade holen und sie rauchen sollte, als eine Art Reinigungsritual, um sich den Mund auszuräuchern. Aber je länger er über die großen fetten Zigarren von Sheriff Knowles nachdachte, desto weniger gefiel ihm die Idee.

Er ging um die Ecke und sah, dass die Farbigen immer noch an der Kette hingen und schliefen. Auch Plug und Tootie schliefen noch. Sie waren mit Tau bedeckt, und Plugs Hut und Knie waren richtig nass davon. Rooster wollte seine überschäumende Wut beinahe schon an den beiden auslassen, weil sie eingeschlafen waren, aber dann überlegte er es sich doch anders. Er wollte nicht, dass sie wach wurden.

Plötzlich fiel ihm eine Handvoll Heuschrecken ins Auge, die am Rand des Gebäudes hingen, und um seiner Wut endlich Luft zu machen, zerquetschte er ein paar von ihnen und wischte die Überreste an den Ziegeln ab.

Er ging wieder nach vorn und stellte sich auf die Treppe. Als er sich gerade mit dem Rücken der sauberen Hand über den Mund wischte, kam ein blaues Auto die Straße entlanggefahren, machte einen Bogen um die ohnmächtige fette Frau und blieb dann mit laufendem Motor stehen. Die Beifahrertür wurde geöffnet, und Hillbilly stieg mit einem zusammengeschnürten Laken über der Schulter aus dem Wagen. Am Steuer saß ein Mann, den er gelegentlich in der Stadt gesehen hatte, aber nicht näher kannte. Das Auto fuhr weiter, am Büro des Sheriffs vorbei Richtung Gericht.

Hillbilly blieb eine Weile auf der Straße stehen und musterte die fette Frau mit der Gründlichkeit eines Meeresbiologen, der einen gestrandeten Wal betrachtet, dann ging er auf Rooster zu und nickte.

Rooster sagte: »Ich dachte, Sie arbeiten für den Constable.«

»Manchmal«, entgegnete Hillbilly. »Heute hatte ich keine Lust. Und ich weiß auch nicht, ob ich noch mal Lust haben werde. Eigentlich bin ich Sänger und Gitarrenspieler. Gestern Abend hab ich gesungen, und das will ich auch weiter machen. Ich hab ein bisschen Lohn gekriegt, und dann bin ich hierher getrampt, um eine Gitarre zu kaufen. Wissen Sie jemanden, der eine verkauft?«

Rooster schüttelte den Kopf.

»Ihr Mund ist ganz rot. Haben Sie so ne Art Nesselfieber?«

»Nein. Aber es gibt da etwas, das ich weiß. Dieses Mädchen, Sunset, das Sie ja anscheinend mögen ... Sie mögen die doch, oder?«

»Ziemlich gern, in gewisser Weise.«

»Sie steckt ganz schön in der Scheiße, mein Freund. Vielleicht können Sie ihr ja helfen.« Rooster konnte kaum glauben, dass er das gerade gesagt hatte.

»Ich versuch, mich nur um meinen eigenen Kram zu kümmern«, erwiderte Hillbilly.

Rooster warf ihm einen erstaunten Blick zu. »Sie sind doch das Gesetz.«

»Ich bin mir nicht so sicher, ob ich noch irgendwie das Gesetz sein will. Sind Sie nicht das Gesetz? Wenn das irgendwas mit dem Gesetz zu tun hat, dann sind Sie das Gesetz. Ich hab den Dienst quittiert.«

»Ich mag diesen Rotschopf.«

»Verdammt, alle Männer mögen diesen Rotschopf.«

»Das meine ich nicht. Sie ist eine, die sich was traut. Sie hat mehr Mumm als ich. Und den wird sie auch brauchen.«

»Wieso das?«

»McBride.«

»John McBride?«

»Woher wissen Sie das?«

»Sein Name stand auf einer Urkunde im Gericht.«

Rooster nickte. Er sah, dass sich die fette Frau, die auf der Straße lag, bewegte und aufzustehen versuchte. Sie schaffte es, sich auf die Seite zu rollen und auf die Knie zu kommen.

»Ich glaube, Sie sind ein Mann, der notfalls auch mit gezinkten Karten spielt«, sagte Rooster. »Ich bin mir nicht sicher, ob Sunset das auch tun würde.«

»Was soll das heißen, ich spiel mit gezinkten Karten?«

»Ich glaube, Sie könnten ihr helfen und dabei gleichzeitig schnell an gutes Geld kommen.«

»Und wo soll dieses Geld herkommen?«

»Von mir.«

»Wissen Sie was, Kumpel? Ich hab was Besseres zu tun als hier den ganzen Morgen rumzustehen und Rätsel zu raten.«

»Henry Shelby von der Mühle drüben in Camp Rapture ...«

»Ich weiß, wer das ist.«

»... der hatte diese Idee, verstehen Sie. Er hat auf dem Land gejagt, das diesem Farbigen, diesem Zendo, gehört und ist dabei auf Öl gestoßen. Zendo weiß nicht mal, dass das Land ihm gehört. Oder falls er geglaubt hat, es wäre sein Land, dann hat Shelby das geregelt. Am Tag, nachdem er das Öl entdeckt hat, fragte er Zendo, ob er ihm Land für die Holzfirma verkaufen würde, aber Zendo wollte nicht. Shelby hat ihn gefragt, wie groß sein Land ist, und Zendo wusste es nicht. Er hat sich einfach ein Stück Land gekauft und auf einem Teil dessen, was er für sein Land hält, betreibt er seither Ackerbau. Wenn ein Farbiger hier in der Gegend was kriegt, dann stellt der nicht groß Fragen, nicht mal, wenn er fast das Doppelte gezahlt hat. Der ist froh, dass ihm überhaupt was gehört, selbst wenn ihm eigentlich mehr gehören würde. Natürlich ahnt er nichts von dem Öl. Sonst würde er vielleicht anders darüber denken. Die Landvermesser haben sich nicht mal die Mühe gemacht, da rauszufahren und das Land abzustecken, das er gekauft hat. Sie haben einfach eine Zeichnung gemacht, und wenn man die verstehen will, muss man sie sich schon sehr genau anschauen. Und wenn Zendo so ist wie die meisten Farbigen hier in der Gegend, dann kann er nicht mal lesen. Also sagt Henry Shelby: ›Weißt du was, ich lasse dein Land auf meine Kosten vermessen, damit du genau weißt, was dir gehört, denn wenn ich dein Land nicht kaufen kann, kann ich vielleicht das nebendran kaufen.‹ Zendo hat nichts gegen eine kostenlose Vermessung, wenigstens weiß er dann genau, was ihm gehört.«

»Und dann wurde das Land anders aufgeteilt, als es das ursprünglich war«, sagte Hillbilly. »So weit waren Sunset und ich auch schon gekommen.«

Sie sahen zu, wie die Frau, die auf der Straße gelegen hatte, an ihnen vorbeistolperte. Rooster erinnerte sie an die Frauen aus der Dodge Street, und in diese Richtung torkelte sie auch. Als sie an ihnen vorbei und weit genug weg war, fuhr Rooster fort: »Sie haben Zendo ein größeres Stück zugeteilt, als er selbst für seinen Besitz hielt, damit er zufrieden war. Aber den entscheidenden Rest haben sie für sich behalten. Einen ziemlichen Brocken, und zwar den mit dem Öl. Damit das klappen konnte, musste Shelby den Bürgermeister beteiligen. Er kannte ihn ziemlich gut, verstehen Sie?«

»Hab ich nicht gehört, er wär weggerannt oder so?«

Rooster nickte. »Oder so. Der Bürgermeister und Henry haben zusammen Karten gespielt und sind miteinander in den Puff gegangen. Shelby erzählt ihm, was er weiß, weil er den Bürgermeister braucht, damit er die Papiere im Gericht vertauscht. Damit es offiziell wird. Also muss er ihn auch am Gewinn beteiligen. Dann taucht dieser McBride hier auf, und plötzlich ist der Bürgermeister nicht mehr da. Vermutlich war Henry letztlich doch nicht so gut mit dem Bürgermeister befreundet.«

»Ist das nicht gefährlich, wenn man das alles weiß?«

»Die brauchen mich, also haben sie mich eingeweiht. Ich kriege nichts von dem Öl, ich werde einfach nur von ihnen bezahlt. Meistens von McBride, aber ich weiß, das Geld kommt von Henry. Also stecke ich jetzt tief mit drin. Und ich habe Angst. Ich will in nichts richtig Schlimmes mit reingezogen werden, und ich nehme an, genau das wird passieren. Irgendwas Schlimmes. Schon bald.«

»Wenn Sie diese Karten geheim halten wollen, wär's vielleicht nicht schlecht, das Gericht besser bewachen zu lassen. Wenn Sie'n Dieb sein oder Dieben helfen wollen, sollten Sie wahrscheinlich ein bisschen vorsichtiger sein.«

»Die hätten nie damit gerechnet, dass irgendjemand auf die Idee kommen könnte, dort nachzusehen, jetzt, wo Pete tot ist. Und wenn jemand nachsieht – was soll's? Die Originalunterlagen waren verschwunden. Und dann kommt Sunset mit ihnen daher. Ich hätte sie bitten sollen, sie mir zu geben. Wenn

Sunset sie mir gegeben hätte, gäbe es kein Problem.«

»Warum haben Sie sie nicht gefragt?«

Rooster schüttelte den Kopf. »Ich mache immer das Verkehrte. Ich brauche diese Papiere zurück. Um ihretwillen. Und um meinetwillen. Ich habe gedacht, vielleicht können Sie die besorgen, um ihretwillen. Das wäre mir auch hundert Dollar wert.«

»Ganz schön viel Geld.«

Rooster nickte.

»Aber Sie haben mir immer noch nicht alles erzählt.«

»Sie müssen nur Folgendes wissen: Bringen Sie die Papiere zurück, dann passiert ihr nichts. Es gibt da nämlich jemanden, der würde ihr wehtun, um an diese Papiere zu kommen.«

»McBride?«

»Ja, McBride. Vielleicht nicht er selbst, aber er würde jemanden beauftragen. Besorgen Sie die Papiere, die Karten, dann gibt's vielleicht kein Problem.«

»Zeichnen Sie doch einfach ein paar neue Karten.«

»Wenn dann die alten auftauchen, gibt es erst recht Ärger.«

»Wissen Sie was?«, sagte Hillbilly. »Hundert Dollar klingt gut, aber dass Sie Angst haben und der Bürgermeister vermisst wird, das klingt gar nicht gut. Für mich ist es das Beste, wenn ich unsere Unterhaltung vergesse und mich von Sunset fernhalte. Ich hatte eine gute Zeit mit ihr, aber jetzt will ich was Neues anfangen.«

»Vielleicht haben Sie deutlich mehr auf dem Kasten, als ich gedacht habe.«

»Wenn's drum geht, auf mich aufzupassen, hab ich jede Menge auf dem Kasten.«

»Und was ist mit Sunset?«

»Ich hab nichts gegen sie. Sie kann einen Mann wirklich

glücklich machen. Nur dass ich so glücklich gar nicht sein will – immer mit derselben Frau. So bin ich nun mal nicht. Und für mich gibt's Wichtigeres als lumpige hundert Dollar. Ich leb nach der Devise: Nimm den Weg, wo's keine Probleme gibt, und wenn welche auftauchen, mach nen Bogen drum rum. Bis dann, Rooster.«

Hillbilly ging die Straße hinunter. Rooster sah ihm eine Zeit lang hinterher, dann wurde er von einem Schatten abgelenkt, der über die Hauptstraße flog. Rooster sah hoch. Erst dachte er, es sei ein Vogelschwarm, aber dafür flogen sie zu nah am Boden, und er konnte ein durchdringendes Summen hören.

Insekten. Ein riesiger Schwarm. Plötzlich machten sie alle auf einmal kehrt, schossen zur Anhöhe auf dem Überhang hinter dem roten Haus mit McBrides Wohnung hinauf und verschwanden im Wald.

Es war der Tag der Ortsversammlung. Sunset musste den ganzen Morgen daran denken, genau wie an Hillbilly. Sie schickte Clyde los, um ihn zu suchen. Clyde hatte keine Lust dazu, aber sie wusste, er würde es tun, wusste, dass sie Macht über ihn hatte, und kam sich deswegen gleichzeitig wie ein Arschloch vor. Aber nicht so sehr, dass sie diese Macht nicht doch ausgenutzt hätte.

Als Sunset zu ihrem Wagen ging, fiel ihr auf, dass zwischen den Ästen der Bäume viel Platz war und sie mehr Licht als üblich durchließen. Einen Moment lang war sie verwirrt, aber dann wurde ihr klar, dass es an der trockenen Hitze der letzten Wochen lag. Die Bäume waren durstig, die Äste hingen herab, die Blätter welkten, wurden braun und fielen ab. Das vertrocknete Laub knackte unter ihren Füßen wie Zwieback.

Sunset dachte gerade über die Versammlung nach, als Marilyns Pick-up in den Hof rumpelte und stehen blieb. Im Fahrerhaus saßen nicht nur Marilyn und Karen, sondern beim Beifahrerfenster auch noch ein großer, recht gutaussehender älterer Mann. Auf der Ladefläche hockte ein Junge.

Nachdem sie ausgestiegen waren, blieb der Mann, der eine abgetragene Anzugjacke anhatte, beim Wagen, und der Junge kletterte hinten auf der Ladefläche herum. Karen ging auf ihre Mutter zu und bückte sich, um Ben zu streicheln, der sprungbereit neben Sunset saß.

»Ist Hillbilly hier?«, fragte Karen, und bei den Worten brach ihr die Stimme.

»Nein«, entgegnete Sunset.

»Wo ist er?«

»Ich weiß es nicht. Wer ist das?«

»Keine Ahnung. Den haben wir bei Uncle Riley abgeholt. Ich habe gehört, der Junge ist von einer Schlange gebissen worden. Mama, der glotzt mich die ganze Zeit an. Er macht mich nervös.«

»Warum kommen sie nicht her?«

»Sie haben Angst vor Ben.«

»Dann nimm Ben mit ins Zelt. Sorg dafür, dass er sich hinlegt.«

»Kann ich später mal mit dir reden?«

»Klar. Bring Ben rein.«

»Komm, Ben.«

Ben und Karen verschwanden im Zelt. Marilyn war an der Pumpe stehen geblieben und hatte Wasser hochgepumpt, um sich das Gesicht zu waschen. Sie war ganz nass, als sie zu Sunset hinübersah. »Das ist Lee. Der Junge nennt sich Goose.«

»Wer sind die beiden?«

»Der Mann ist jemand, den du kennenlernen solltest.«

»So?«

»Lee«, rief Marilyn. »Kommen Sie her.«

Lee schlenderte herbei und nickte. »Hallo, Sunset«, sagte er.

»Sie kennen mich?«, fragte Sunset.

»Nein. Aber ich würde Sie gern kennenlernen.«

Sunset blickte sich hilfesuchend nach Marilyn um, aber die hatte sich bereits umgedreht und marschierte auf die große Eiche an der Straße zu. Goose verschwand gerade in Richtung Plumpsklo.

»Ich kenne Sie also nicht?«, fragte Sunset.

Lee schüttelte den Kopf. »Nein. Aber zwischen uns besteht eine Verbindung. Ich bin dein Vater.«

Sunset und Lee sahen sich lange an. Dann gab Sunset ihm plötzlich eine Ohrfeige, die so kräftig war, dass Lee in die Knie ging. Langsam stand er auf, die Hand gegen das gerötete Gesicht gepresst.

»Du Dreckskerl«, sagte Sunset.

»Für jemanden, der so klein ist, schlägst du ganz schön fest zu.«

»Dreckskerl.«

»Zweifellos«, erwiderte er. »Falls es irgendwie von Bedeutung ist: Ich wusste nicht, dass es dich gibt.«

Karen und Ben streckten die Köpfe aus dem Zelt. Goose kam in dem Moment vom Plumpsklo, als Lee aufstand.

»Lee, alles in Ordnung?«, rief er.

»Alles bestens. Bleib, wo du bist.«

»Geh wieder ins Zelt«, sagte Sunset zu Karen.

»Aber Mama ...«

»Verdammt, tu einmal, wenigstens einmal, was ich dir sage.«

Karens Kopf verschwand im Zelt, und der von Ben ebenfalls.

»Du hast dich also mit meiner Mutter vergnügt, und dann bist du abgehauen. Und das war es dann, wie?«

Er nickte. »Ja, so war es. Aber von dir habe ich nichts gewusst, jedenfalls nicht, bis Marilyn es mir erzählt hat.«

Sunset warf Marilyn einen Blick zu. Marilyn, die bei der Eiche stand, zuckte mit den Schultern.

»Nach all den Jahren kreuzt du hier auf, und das soll mir was bedeuten?«

»Es muss dir nichts bedeuten. Ich verstehe, warum es dir vielleicht nichts bedeutet. Aber ich wusste nichts von dir, Sunset. Ich war jung. Deine Mutter war jung. Wir haben einen Fehler gemacht. Verdammt, ich habe einen Fehler gemacht. Ich habe sie verführt, dabei bin ich Priester ... jedenfalls war ich das damals. Jetzt nicht mehr.«

»Was willst du von mir?«

»Ein paar Minuten.«

»Du schuldest ihm nichts«, mischte sich Marilyn aus sicherem Abstand ein. »Aber vielleicht lohnt es sich, ihm zuzuhören.«

»Du bist abgehauen«, sagte Sunset. »Meine Mutter ist abgehauen. Wobei sie wenigstens eine Zeit lang für mich gesorgt und mir ein hübsches Paar Schuhe dagelassen hat. Ziemlich abgetragen, sollte ich vielleicht hinzufügen. Und jetzt kreuzt du plötzlich hier auf. Ich bin verprügelt und vergewaltigt worden, habe meinen Mann erschossen, seine Freundin tot aufgefunden, ihren Säugling ausgegraben, und jetzt kommst du daher. Was zum Teufel hast du gemacht, alter Mann? Die ganze Familie mit einem Fluch belegt?«

»In gewisser Weise schon. Deshalb bin ich hier. War das meine Enkelin?«

»Ich gehe davon aus, dass du von dem Mädchen mit den schwarzen Haaren sprichst, nicht von dem Hund?«

Lee seufzte. »Ich weiß, wann ich mich geschlagen geben muss. Aber hör dir Folgendes noch an, und nur das: Ich möchte dich kennenlernen. Ich kenne dich noch gar nicht und habe dich schon lieb ...«

»Schwachsinn.«

»Ich weiß, wie das klingt.«

»Du könntest das gar nicht.«

»Tue ich aber. Du bist mein eigenes Fleisch und Blut. Das einzige Fleisch und Blut, das ich habe ... du und Karen, nicht der Hund. Und ich habe dich lieb, weil ich glaube, dass Gott mich hierher zurückgeführt hat, um etwas wiedergutzumachen. Um dich vorbehaltlos lieb zu haben.«

»Nett von dir. Und wenn Gott so klug ist, warum hat er dich dann überhaupt davonlaufen lassen? Das beantworte mir mal.«

»Ich bin davongelaufen, nicht Gott.«

»Wohl wahr. Nun, ich bin von euch beiden nicht sonderlich begeistert.«

»Sunset«, sagte Marilyn. »Wenn wir jung sind, sind wir dumm. Du und ich, wir sollten uns da auskennen. Mit Dummheit in Bezug auf bestimmte Männer. Und mit anderen Dummheiten.«

»Ich habe mich einmal von einem Mann täuschen lassen, und zwar übel täuschen lassen, und ein zweites Mal passiert mir das nicht. Nicht mal, wenn er mein Vater ist.«

»Wir werden immer getäuscht«, entgegnete Marilyn. »Jeder kann jeden täuschen, und aus allen möglichen Gründen.«

Sunset sah Marilyn eindringlich an. Marilyn drehte sich um und ging davon. Sunset wandte sich wieder zu Lee um und sagte: »Verdammt, die Augen habe ich von dir.«

»Ja, das stimmt. Und die Haare auch. Aber das Aussehen hast du von deiner Mutter.«

»Allerdings bin ich keine Säuferin.«

»Damals war deine Mutter auch noch keine Säuferin. Sie war jung und naiv – wie ich –, und sie steckte voller Pläne. Vielleicht habe ich die zunichte gemacht.«

»Als ich klein war, haben die Kinder sich über meine Haare lustig gemacht. Rotes Haar, Teufelshaar, solche Sprüche. Von der Schule habe ich nicht viel gesehen. Und ich hatte auch nicht viel Unterstützung. Bei nichts.«

»Aus dir scheint trotzdem was Rechtes geworden zu sein. Und du bist Constable. Mit einer Waffe.«

»Ich bin nicht gewählt worden. Nicht richtig jedenfalls.«

»Wie viele Frauen tun das, was du tust?«

»Ich weiß von keiner. Wie heißt du noch mal?«

»Lee. Mein Nachname ist Beck, genau wie deiner. Aber am liebsten wäre mir, du würdest Daddy zu mir sagen.«

Lee und Sunset machten einen Ausflug mit dem Auto. Er schlug vor, wohin sie fahren sollte, und sie folgte seinen Anweisungen, während sie alles zu verdauen und zu entscheiden versuchte, wie sie sich fühlte und wie sie sich wohl fühlen sollte.

Schließlich bat er sie anzuhalten. Sie waren in der Nähe des Flusses, gegenüber der Sägemühle in Camp Rapture. Sie stiegen aus und gingen ein Stück. Lee schlug erst diesen, dann jenen Weg ein und blieb schließlich an einer Stelle oberhalb des Flussufers stehen.

»Damals war hier noch nicht alles fortgeschwemmt. Hier ragte das Ufer ein Stück über den Fluss hinaus. Ein paar kleine Bäume standen darauf, und darunter war man ganz für sich. Drumherum wuchsen Büsche und Gras. Allerdings gab es Herbstmilben. Und zwar jede Menge.«

»Der Ufervorsprung wurde vor gar nicht so langer Zeit

von einem Wirbelsturm weggerissen. Von einem Wirbelsturm, an den ich mich noch verdammt gut erinnere. Während des Sturms habe ich meinen Mann erschossen. Ich kannte die Stelle gut, von der du erzählt hast. Da habe ich immer gespielt.«

Er lächelte sie an. »Wirklich?«

»Ja.«

»Hier bist du gezeugt worden, Sunset. Jedenfalls fast hier. Du bist auf dem Stück Land gezeugt worden, das fortgespült wurde.«

»Du und Mama … hier?«

Er nickte. »Das mag dir jetzt nicht gerade romantisch vorkommen, aber für uns war es das. Wir sind oft hierher gekommen, und einmal haben wir mehr gemacht als nur Händchen gehalten. Nur das eine Mal. Ich habe nie erfahren, dass es gleich gepasst hatte, sozusagen. Wir sind hier immer gelegen und haben dem Rauschen des Wassers unter uns gelauscht, und dann sind wir in der Hitze eingeschlafen, wenn wir dachten, dass uns keiner vermissen würde. Weißt du, deine Mutter war ziemlich auf sich gestellt, genau wie du. Sie hatte so gut wie keine Familie.«

»Damals war sie vielleicht ganz in Ordnung. Später hat sie dann getrunken.«

»Lass uns spazieren gehen.«

Sunset und Lee schlenderten den Fluss entlang. »Für mich ist es zu spät, sie noch zu suchen«, sagte Lee. »Das ist mir jetzt klar. Aber ich habe eine Tochter gefunden, vielleicht reicht das. Eine Tochter und eine Enkelin. Wenn du einverstanden bist.«

»Was ist mit dem Jungen? Ist er dein Sohn?«

»Nein. Den habe ich unterwegs kennengelernt. Er ist von einer Schlange gebissen worden, und deine Schwiegermutter hat uns zu Uncle Riley mitgenommen. Seine Frau hat ihn gerettet. Ihm geht es schon wieder ziemlich gut.«

»Karen sagt, er starrt sie dauernd an.«

»Karen ist hübsch, und Goose ist ... nun ja, ein bisschen frühreif. Oder wäre es gern. Aber er macht keinen Ärger.«

Sie setzten sich an den Rand des Steilufers und ließen die Füße hinunterbaumeln. Lee lehnte sich zurück, sah in den Himmel hinauf, betrachtete die Bäume und schien alles durch die Haut in sich aufzusaugen.

»Marilyn ... mag sie dich?«, fragte Sunset.

»Nicht so, wie du denkst. Vielleicht könnte es was werden, wenn wir uns bemühen würden. Ich weiß nicht. Sie scheint nett zu sein. Aber hinter ihrem Lächeln verbirgt sich ein Gespenst.«

»Was soll das heißen?«

»Sie hat ihr Päckchen zu tragen.«

»Das mag stimmen.«

»Sunset, ich glaube an Gott«, sagte Lee mit einem Lächeln im Gesicht. »Aber für mich ist er nicht der Gott, von dem du geredet hast, der, dem du nicht traust. Ich weiß auch nicht, ob Er ein Er ist. Keine Ahnung, ob Gott überhaupt irgendwas ist. Ich glaube, mit Vertrauen oder Mangel an Vertrauen hat Gott nichts zu tun. Oder mit dem, was wir wollen, wofür wir beten. Gott ist einfach. Das kommt mir alles gerade, wo ich hier am Ufer sitze und hochschaue ... der Himmel so blau, die Bäume so grün ...«

»Für mich sehen die braun aus.«

»Ja. Da hast du recht. Sie sind vertrocknet. Aber verstehst du, was ich meine?«

»Nein.«

»So, wie man mich gelehrt hat zu glauben, und so, wie ich geglaubt habe, war das alles zu einfach und gleichzeitig irgendwie zu kompliziert. Das sehe ich jetzt. Als wäre ein Lichtstrahl aufgeflammt, so ein plötzliches Verstehen. Unter den falschen Mustern, die wir uns zurechtlegen, bildet sich ein anderes Muster heraus. Eine Verbindung zwischen allem. Ein Zusammentreffen von einzelnen Teilen, die alle ineinandergreifen, so wie die Teile eines Puzzles. Wir sitzen hier an diesem Fluss in der heißen Sonne, die Käfer summen um uns herum, das Wasser fließt unter unseren Füßen, der Himmel ist blau, die Bäume sind ... braun, und wenn wir ruhig sind, wenn wir uns einfach zurücklehnen, können wir spüren, wie sich die Welt bewegt. Die Welt und du, und alle anderen hier auf dieser großen alten Kugel aus Erde, wir alle zusammen, ein Einklang von Teilen und Gedanken und Zielen, und alles dreht und dreht sich, alles und jedes ist Teil desselben.«

Sunset betrachtete ihn und sagte: »Ja. Ich und sie und es. Ausgenommen all die Arschlöcher, die mich hassen und mich am liebsten ins Gefängnis bringen würden, weil ich Pete umgebracht habe, als der mich umzubringen versucht hat. Die Arschlöcher, die behaupten, ich hätte eine Hure namens Jimmie Jo ermordet und dann auch noch ihren Säugling. Jede Wette, dass ich mit allen im Einklang bin, die sich hier auf dieser Kugel aus Erde drehen. Im Einklang mit allen, außer mit den Arschlöchern, die Farbige hassen und am liebsten lynchen, auch wenn ihnen eigentlich eine gerechte Verhandlung zusteht. Im Einklang mit allen außer meiner Tochter, von der ich nicht weiß, wie ich mit ihr zurechtkommen soll. Mit allen außer diesem Mann, von dem ich geglaubt habe, ich würde ihn lieben, und der mich vielleicht sitzen gelassen hat, so wie du Mama sitzen gelassen hast. Oh ja, ich und diese Welt und dieses Universum, wir sind völlig im Einklang.«

»Na gut. Dann schließen wir all diese Leute aus meinem Moment der Erleuchtung aus.«

»Du kommst aus dem Schwärmen ja gar nicht mehr raus.«

»Das kannst du laut sagen.«

»Willst du mich reinlegen? So, wie du Mama reingelegt hast? Legst du mich rein?«

»Die Zeiten, in denen ich Leute reingelegt habe, sind vorbei.«

»Genau das würde jemand antworten, der Leute reinlegt.«

»Da hast du recht.«

»Ich habe mich von einem Mann reinlegen lassen, inzwischen vielleicht auch von zweien, glaube ich, und ich will das nicht auch noch mit meinem eigenen Vater erleben. Eine Sorge mehr und ein Freund weniger, und ich könnte mich in Hiob umbenennen.«

»Du kannst dich auf mich verlassen. Eins verspreche ich dir: Ich gehe nirgendwohin. Ich bleibe in deiner Nähe. Ich lasse mich hier häuslich nieder und lerne dich und Karen kennen. Wenn du mich lässt. Und Sunset ... vielleicht bin ich nicht derjenige, der es dir erzählen sollte, und vielleicht hätte ich es gar nicht vor dir wissen dürfen, aber Marilyn hat es mir erzählt. Ich weiß nicht genau, warum, aber sie hat es getan.«

»Hat dir was erzählt?«

»Karen ist schwanger.«

»Oh Gott. Wann soll das denn passiert sein?«

»Es kommt noch schlimmer.«

»Noch schlimmer? Das ist doch kaum möglich.«

»Marilyn sagt, der Vater sei jemand, den du gut kennst, nicht ein Junge aus ihrem Freundeskreis, sondern ein Mann. Ich vermute, es ist derjenige, von dem du glaubst, er hätte dich vielleicht reingelegt, und der dich, wie ich glaube, wohl auch wirklich reingelegt hat.«

»Hillbilly?«

»Genau der.«

Sunset versuchte an Lees Gesicht abzulesen, ob er sie belog. Er lächelte sie an. Es war nur ein angedeutetes Lächeln, eins das sagte, ich bin dir wohlgesonnen, bitte schlag mich nicht. »Na gut«, sagte sie. »Jetzt ist endgültig der Tiefpunkt erreicht.«

»Du wirst damit fertig werden.«

»Da bin ich mir nicht so sicher.«

»So schlimm es auch ist, du schaffst das schon. Und dieser Hillbilly, mach dir wegen dem mal keine Sorgen. Er ist es nicht wert. Wir kriegen das schon hin mit Karen und dem Kind. Du wirst schon sehen.«

Sunset schüttelte den Kopf. »Du halst dir eine Menge Probleme auf, dabei kennst du mich gerade mal eine Stunde.«

»Du hast eben viel um die Ohren.«

»Das kann man wohl sagen.«

»Ich schulde dir eine Menge, Sunset. Ich wusste es nur nicht. Jetzt weiß ich es. Lässt du mich was gutmachen? Ein Vater sein?«

»Ist es zu früh für eine Umarmung?«

»Vermutlich. Aber wir können es trotzdem versuchen.«

Sie umarmten sich, und Sunset nahm an, es würde nur eine flüchtige Berührung werden. Eine höfliche Geste. Aber dann stellte sich heraus, dass sie sich fest an ihn klammerte. Als Nächstes fing sie an zu weinen, und er klopfte ihr auf den Rücken und sagte: »Ruhig, meine Kleine. Ist schon gut. Daddy ist ja da.« Sie heulte einmal auf wie ein verwundeter Kojote, so laut, dass die Vögel erschreckt davonflogen.

KAPITEL 28 Clyde fuhr auf der Suche nach Hillbilly nach Holiday, kreuzte durch die Straßen, sah ihn durch das Walzglasfenster im Café sitzen, parkte und ging hinein. Hillbilly saß allein an einem Tisch und trank Kaffee. Neben seinem Ellbogen stand ein Teller mit Gabel und Kuchenkrümeln. Er blickte auf, als Clyde hereinkam und sich über den Tisch beugte.

»Clyde«, sagte Hillbilly.

»Du Hurensohn.«

»Verdammt, Mann. Wir sind an einem öffentlichen Ort.«

»Komm mit raus, Goldkehlchen. Dann hat sich's mit öffentlich.«

»Dann sind wir doch auf der Straße, du Blödmann. Das ist genauso öffentlich.«

»Ja. Aber wenigstens gehen dann keine Möbel kaputt.«

Hillbilly seufzte. »Was ist los mit dir?«

Clyde sah sich um. Ein paar Gäste starrten sie an. Er setzte sich an den Tisch, stützte die Ellbogen auf, beugte sich vor und sagte: »Sunset hat mir nichts gesagt, mich nur losgeschickt, dich zu suchen, aber ich weiß, was passiert ist.«

»Und das wäre?«

»Du hast dich bei ihr eingeschmeichelt. Du hast ihr allen möglichen Mist ...«

»So was mache ich nicht.«

»Vielleicht nicht mit dem Mund, aber mit den Augen, auf deine Art eben. Du hast sie dazu gebracht, sich dir hinzugeben, weil sie glaubt, sie liebt dich. Und das Gleiche hast du vermutlich mit ihrer Tochter gemacht. Und jetzt lässt du dich nicht mehr blicken. Was machst du in der Stadt, Hillbilly?«

»Ich hab gekündigt.«

»Gekündigt, weil du gekriegt hast, was du wolltest.«

»Einen Lohnscheck, Clyde. Ich hab nen Lohnscheck gekriegt. Jetzt kann ich mir ne Gitarre kaufen.«

»Und du hast die beiden gekriegt. Sunset und Karen.«

»Das hat sie dir nicht erzählt, da geh ich jede Wette ein. Woher willst du das also wissen?«

»Ich hab Augen im Kopf.«

»Du bist eifersüchtig.«

»Da hast du recht. Du hast ihr nicht mal gesagt, dass du kündigst. Warum wohl?«

»Ich wollte ihr ne Nachricht zukommen lassen. Vielleicht mal kurz vorbeischauen. Pass auf, ich hab jetzt ne Wohnung.« Hillbilly gab ihm die Adresse. »Komm mal vorbei, wenn du dich wieder beruhigt hast.«

»Du jämmerliches Arschloch. Du hältst dich wohl für was ganz Besonderes?«

»Ich hab niemanden angelogen. Ich hab gekriegt, was ich wollte, aber sie wollten es genauso.«

»Sunset hat geglaubt, du wärst mehr wert, als du bist. Karen ist nur ein kleines Mädchen.«

»Es gibt einen alten Spruch, Clyde. Sobald sie bluten, kann man sie auch bumsen.«

»Komm mit raus. Los. Komm mit raus.«

»Du bist doppelt so groß wie ich.«

»Und ich geb dir die doppelte Tracht Prügel.«

Hillbilly seufzte. Er trank seinen Kaffee aus, stand auf, holte ein paar Münzen aus der Tasche und legte sie auf den Tisch. Sie traten auf die Straße. »Ich will hier keine hässliche Szene. Gehen wir nach hinten.«

»Klar willst du keine Szene. Du stehst mehr auf Lügen und alles hintenrum machen.« Sie gingen zur Rückseite des Cafés. »Willst du lieber immer nur ein bisschen oder alles auf einmal?«, fragte Clyde.

»Ich nehm's, wie's kommt.«

Clyde ging brüllend auf ihn los. Er fühlte sich stark wie ein Bulle, verrückt wie ein tollwütiger Hund, aber Hillbilly war nicht mehr da. Es war, als hätte sich der Erdboden geöffnet und den Hurensohn verschluckt. Im nächsten Moment flog Clyde durch die Luft, dann stürzte vom Himmel ein Rammbock auf ihn nieder und knallte ihm in die Rippen. Bis er kapierte, dass Hillbilly sich weggeduckt und ihm einen linken Haken versetzt hatte, war es bereits zu spät, denn jetzt folgte ein Tritt in die Eier, und als er sich zusammenkrümmte, sprang Hillbilly hoch und ließ den Ellbogen auf Clydes Hinterkopf krachen, und zwar mit solcher Wucht, dass Clyde Sterne sah. Er ging mit dem Gesicht voran zu Boden. Hillbilly trat auf ihn ein, traf Augen, Rippen und den Arm; dann packte ihn das kleine Arschloch bei den Haaren, riss ihm den Kopf hoch, und als Nächstes spürte Clyde kalten Stahl an seiner Kehle.

»Ich kann dir die Kehle durchschneiden, und zwar schneller, als du ›Ist das aber scharf‹ sagen kannst. Oder du machst den Mund auf und stülpst ihn über den Stein da vor dir, dann lass ich dich los. Deine Entscheidung ...«

»Du kleines ...«

Hillbilly schnitt ihm in die Haut. Nicht tief, nur ein bisschen. Clyde spürte erst nur einen leichten Druck, dann ein Brennen und etwas Feuchtes, das ihm über die Brust und in sein Hemd lief.

»Nächstes Mal ziehe ich die Klinge durch. Also, entscheide dich. Kehle durchschneiden. Mund um den Stein. Was soll's werden? Antworte.«

»Stein.«

»Stülp deinen Mund drüber.«

Clyde tat wie geheißen. Der Stein schmeckte nach Erde, und weiter hinten im Mund schmeckte er Blut. Das Messer verschwand. Dann stampfte Hillbilly mit aller Kraft, die er aufbringen konnte, Clyde auf den Hinterkopf, und Clydes Zähne bissen in den Stein. Es folgte ein weiterer Tritt, diesmal gegen die Schläfe, dann noch einer, und Clyde wurde ohnmächtig.

Als Clyde wieder zu sich kam, war Hillbilly verschwunden, genau wie ein Stück von einem seiner Schneidezähne. Er stand auf, betastete seinen Zahn und fluchte. Er konnte kaum glauben, wie mühelos Hillbilly ihn zusammengeschlagen hatte. Da kam er angebraust wie ein Ritter auf seinem Ross, und der Drache – noch dazu ein winziger Drache – verdrosch ihn einfach nach Strich und Faden. Und ohne große Mühe. Alles tat ihm weh. Er blutete am Hals, dort, wo ihn das Messer erwischt hatte, und er spuckte Blut. Mühsam humpelte er zu seinem Pick-up und fuhr zurück zu Sunsets Zelt. Er hatte solche Schmerzen, dass er kaum die Kupplung bedienen konnte, und er sah alles nur verschwommen, weil ihm Tränen in den Augen standen. Er fühlte sich wie das letzte Arschloch in Gottes Schöpfung.

Ungefähr um die Zeit, als Clyde in die Stadt hineinfuhr, machte sich Rooster auf den Weg zu Sunset. Er wollte ihr irgendwelche Lügen auftischen und versuchen, die Karten zurückzubekommen. Aber kurz bevor er dort angelangte, bog er, ohne dass er sich dessen so richtig bewusst gewesen wäre, nach links in einen schmalen Jagdpfad ab. Der Wagen holperte den Weg entlang und schreckte einen Schwarm Wachteln auf. Rooster fuhr, bis es nicht mehr weiterging, und kam bei einer lichten Reihe durstiger Bäume zum Stehen, die entlang eines roten Lehmhügels wuchsen.

Er stellte den Motor ab und schaute in den Spiegel. Unter dem Hut blickte ihm ein dünnes, langnasiges Gesicht entgegen, bleich wie ein Gespenst. Das Gesicht gefiel ihm nicht, und das nicht nur, weil es hässlich war, sondern weil es alle Merkmale eines Froschs hatte. Er betrachtete den Hügel und die Bäume und dachte, dass der Hügel höchstwahrscheinlich ein alter indianischer Grabhügel war. Jedenfalls sah er so aus. Daheim in Mineola hatte er beim Pflügen in solchen Hügeln Gefäße, Pfeilspitzen und Knochen gefunden.

Er stieg aus, lehnte sich an den Wagen, dachte nach und lauschte. In der Ferne hörte er das einsame Pfeifen einer Lokomotive, und ihm wurde klar, dass hinter den Bäumen die Gleise verliefen. Er nahm seinen Waffengürtel ab, warf ihn durchs offene Fenster auf den Sitz, machte die Polizeimarke ab und legte sie daneben. Dann ging er den Hügel hinauf, unter den Bäumen hindurch, gelangte zu einem Kiesbett und dann zu den Schienen, die im Sonnenlicht und in der Hitze blauschwarz glitzerten. Er konnte hören, wie der Zug aus der Ferne langsam auf ihn zurumpelte. Er streckte einen Fuß aus, stellte ihn auf das Gleis und konnte den Zug in seinem Schuh spüren.

Rooster wusste, dass der Zug in der Kurve abbremsen würde, weil ein Stück weiter oben ein Wassertank war, und dort würde er anhalten. An der Stelle sprangen immer die Hobos auf den Zug. Er sah sich um, ob er irgendwo einen entdecken konnte, aber da war keiner.

Rooster blinzelte, blickte die Gleise entlang und dem Zug entgegen, der langsam angeschnauft kam und immer größer wurde. Er trat zurück unter die Bäume, und als der Zug in die Kurve einbog und abbremste, bis er schließlich nur noch dahinkroch, lief Rooster los. Ein Taubenpärchen, das in einem Busch saß, flog erschrocken auf. Er zuckte zusammen, rannte aber weiter, erreichte den Zug, schaffte es im ersten Anlauf aufzuspringen, zwängte sich zwischen zwei Waggons und balancierte auf dem Verbindungsstück. Er dachte sich, dass er bei dem Wassertank kurz abspringen und vielleicht einen offenen Waggon finden oder einen aufbrechen könnte. Dann könnte er drinnen mitfahren, sich zurücklehnen und einfach aus diesem Leben fortreisen. So lange, bis ihm nach Aussteigen war. Ohne festes Ziel. Einfach weiterfahren, bis er es nicht mehr aushielt.

Dann dachte er an Sunset, die nicht Bescheid wusste und nicht ahnte, was auf sie zukam. Er stellte sich vor, dass Plug und Tootie alles widerstandslos mitmachen würden, was McBride verlangte, genau wie er selbst. Kurz überlegte er, ob er umkehren und sie warnen sollte. Aber nein. Nicht einmal dazu reichte sein Mut. Er hatte das Gefühl, McBride würde wissen, dass er abhaute, würde ihn suchen oder – wahrscheinlicher noch – Two losschicken. Wenn McBride feststellte, dass er sich davongeschlichen hatte, wollte er nicht in der Nähe von Camp Rapture oder Holiday sein. Eigentlich wollte er dann nicht mal mehr in Osttexas sein. Verdammt, sogar Louisiana war vielleicht noch zu nah. Ein Mann wie McBride konnte einem so ziemlich alles übel nehmen.

Rooster sah die Bäume vorbeigleiten, sah Böschungen zu beiden Seiten des Zugs aufragen, die ihm vorübergehend ein bisschen Schatten spendeten, dann waren sie verschwunden, und sie kamen an ein paar Pinien und einigen verstreut liegenden Häusern vorbei. Er holte tief Luft, und als er ausatmete, sagte er: »Viel Glück, Rotschopf.«

Die Lokomotive pfiff, dann rumpelte der Zug quietschend um die Kurve und verschwand. Und mit ihm Rooster.

Nachdem Clyde auf Sunsets Grundstück gefahren war, blieb er hinter dem Steuer sitzen. Er wollte nicht aussteigen. Sunsets Auto war fort, und darüber war er froh.

Marilyn und ein stämmiger Mann saßen vor dem Zelt auf Stühlen und enthülsten über einer Papiertüte Erbsen, die Marilyn mitgebracht hatte. Auf der Motorhaube ihres Pickup hockte ein Junge und beäugte Karen, die unter der Eiche Erbsen in eine flache Schüssel enthülste. Clyde zerbrach sich den Kopf, wer der Mann und der Junge wohl waren, aber irgendwie schienen sie dazuzugehören, also stieg er nicht aus, um zu fragen. Er wollte nie mehr aussteigen.

Der stämmige Mann sah ihn, stand auf, kam zum Wagen und streckte die Hand durchs Fenster. »Lee Beck. Marilyn sagt, Sie sind Clyde.«

Clyde schüttelte ihm kurz die Hand und erwiderte: »Was von ihm noch übrig ist.«

»Was ist passiert?«

»Ich hab ne Tracht Prügel gekriegt.«

»Das sehe ich.«

Jetzt kamen auch Marilyn, Karen und der Junge zum Wagen.

»Clyde, ist alles in Ordnung mit dir?«, fragte Karen.

»Am meisten ist mein Stolz verletzt«, entgegnete Clyde. »Na ja, eigentlich glaube ich, sind mein Stolz und mein Körper gleich verletzt. Außerdem ist mir ein Zahn abgebrochen.«

»Wer war das?«, fragte Karen.

»Das ist das Schlimmste an der Sache.« Clyde öffnete die Wagentür und stieg aus. Ihm war ein wenig schwindelig. »Dieser gottverdammte Schönling. Hillbilly.«

Karen brach in Tränen aus und rannte ins Zelt.

»Ich wusste gar nicht, dass sie so mitfühlend ist.«

»Ich glaube, ihre Gefühle gelten Hillbilly«, sagte Marilyn.

»Na, um den braucht sie sich keine Sorgen zu machen. Der ist so munter wie ein Scheißperlhuhn. Allerdings tun ihm vielleicht ein oder zwei Fingerknöchel weh. Verdammt. Ich hab gedacht, ich wär ein ganzer Kerl, aber der hatte es wirklich drauf. Hoffentlich glaubt sie nicht, ich hätte ihm wehgetan.«

»Karen hat gerade erst herausgefunden, dass Hillbilly ein Dreckskerl ist«, entgegnete Marilyn. »Sie ist schwanger von ihm.«

»Verdammt«, sagte Clyde.

»Danke, Großmama«, ließ sich Karen aus dem Schutz des Zelts vernehmen. »Besten Dank auch.«

»Die Leute erfahren es sowieso bald, meine Liebe. Und hier sind jetzt nur Familienmitglieder und Freunde.«

»So was hatte ich schon befürchtet«, sagte Clyde. »Ich hab's mir fast gedacht, aber ich hab nichts gesagt, weil ich's nicht sicher wusste. Hätte ich aber doch machen sollen.«

»Du redest über mich«, rief Karen. »Ich bin hier, weißt du.«

»Wenn du mitreden willst«, erwiderte Marilyn, »dann komm aus dem Zelt raus.«

»Mach dir mal keine Sorgen, Kleines«, mischte sich Goose ein. »Ich sorg schon für dich.«

»Du kennst mich ja nicht mal.« Karen streckte den Kopf aus dem Zelt »Und ich weiß nicht mal, wie du heißt.«

»Goose«, antwortete der Junge. »Und ich weiß alles von dir, was ich wissen muss. Du bist das hübscheste Mädel, das ich je gesehen hab.«

Karen gab einen abschätzigen Laut von sich und verkroch sich wieder im Zelt.

»Goose«, sagte Lee. »Das ist meine Enkelin, mit der du da redest.«

»Ich mein das alles ganz respektvoll«, erwiderte Goose.

»Wo ist Sunset?«, fragte Clyde.

»Die ist zur Ortsversammlung gefahren«, antwortete Marilyn. »Es geht darum, dass sie abgesetzt werden soll.«

»Ist das nicht ein großartiger Tag?«, sagte Clyde.

KAPITEL 29 Diesmal hatte Marilyn ihr Haus nicht für die Versammlung zur Verfügung gestellt, deshalb wurde sie in der Kirche abgehalten. Marilyn hatte Sunset begleiten wollen, weil sie einen gewissen Einfluss zu haben glaubte, aber Sunset hatte sie gebeten, nicht mitzukommen. Sie wollte allein gehen. Sie hatte einiges zu sagen.

Sunset stieg aus dem Auto, schob das Holster zurecht, bis es bequem saß, stand eine Zeit lang im Schatten des leicht schiefen Kirchenkreuzes und beobachtete, wie eine Krähe, die auf der einen Seite des Kreuzes hockte, einen Haufen Kot auf das Kirchendach fallen ließ. Sunset holte tief Luft, atmete den Gestank der Sägemühle ein und betrat die Kirche.

Die Luft war stickig. Henry Shelby und die Dorfältesten saßen vorne in einer Bank. Ein korpulenter Mann in einem schicken grauen Anzug und mit einer Melone auf dem Kopf lehnte mit gelangweiltem Gesichtsausdruck an dem Podest des Priesters. Sunset hatte ihn noch nie zuvor gesehen. Er mochte auf die sechzig zugehen und sah fast schon gut aus. Er war immer noch kräftig, hatte einen dichten Schnurrbart, rote Haut und wirkte völlig gesund. Seine Hände, die oben auf dem Podest lagen, ähnelten zwei großen weißen Spinnen, die sich dort ausruhten. Als er den Kopf hob und sie ansah, fühlte es sich an, als hätten sich zwei Dolche bis in ihren Hinterkopf gebohrt. Und als seine Augen weiterwanderten, spürte sie die Dolche in der Leistengegend.

Bei ihrem Eintreten drehten sich die Männer in den Bänken um und blickten sie an. Sie ließen sie nicht aus den Augen, während sie den Mittelgang entlangschritt.

»Wir haben nicht damit gerechnet, dass du kommst«, sagte Henry. »Wir dachten, du schickst deine Schwiegermutter vor.«

Als Sunset bei der vorderen Bank angekommen war, sagte sie: »Henry. Du und ich, wir müssen reden. Allein.«

»Es gibt nichts zu bereden, Sunset«, entgegnete Henry. »Das hier ist eine reine Formalität. Wir setzen dich ab.«

»Wir müssen unter vier Augen reden.«

»Das sagtest du bereits.«

»Ich möchte mit dir über ein Stück Land sprechen, auf dem sich Öl befindet. Viel Öl.«

Henry sah sie bloß an.

»Auf diesem Land steht ein Haus, und das Öl auf diesem Stückchen Erde ist dasselbe, das an Jimmie Jo geklebt hat.«

Der große Mann hinter der Kanzel lachte.

Die Dorfältesten starrten Henry an. Aus Henrys Gesicht war jegliche Farbe gewichen. »Na gut«, sagte er. »Vielleicht sollten Sunset und ich das allein besprechen. Wenn es wichtig ist, gebe ich euch Bescheid.«

Die Ältesten sahen sich an. Einer sagte: »Henry, so machen wir so was nicht …«

»Heute schon. Geht alle mal eine Zeit lang nach draußen. Holt euch drüben im Laden was zu trinken.« Er nahm seine Brieftasche heraus und gab einem der Männer ein paar Scheine. »Auf meine Kosten.«

»Was ist mit ihm?«, fragte Sunset mit einer Kopfbewegung zu dem Mann hin, der sich auf das Podest stützte.

»Er will keine Coke. Er bleibt hier.«

»Henry?«, sagte einer der Ältesten. »Bist du sicher?«

»Ganz sicher.«

Die Ältesten standen auf und gingen hinaus, allerdings nur widerstrebend. McBride kam hinter dem Podest hervor, setzte sich zu Henry in die Bank, schlug die Beine übereinander und lehnte sich zurück, als würde er darauf warten, dass ihm jemand das Mittagessen servierte.

Henry musterte Sunset und sagte: »Wehe, du hast nichts Brauchbares vorzuweisen.«

»Ich glaube, du weißt bereits, dass es brauchbar ist. Allerdings nicht für dich.«

»Irgendwie hört sich das nach Erpressung an.«

»Vielleicht.«

»Das hat sich für Pete und Jimmie Jo nicht ausgezahlt, und bei dir wird es nicht anders sein.«

Sunset überlegte, wovon Henry wohl sprach, und schließlich ging ihr ein Licht auf. Pete und Jimmie Jo hatten versucht, Henry und diesen Mann auszutricksen, aber es war ihnen nicht gelungen. Und dann wurde ihr noch etwas klar: Wenn sie Zendos Land stahlen, taten andere so etwas vermutlich auch. Es gab genügend Schwarze, die nicht lesen konnten oder die nichts sagen konnten oder wollten aus Angst, geteert und gefedert zu werden und an einem Seil zu enden, wo sie als benzingetränkte Fackeln als Kulisse dienten, vor der Männer in weißen Laken tanzten. »Ich bin anders als Pete«, sagte sie.

»Das sehe ich«, entgegnete Henry. »Das sieht jeder.«

»Hört, hört«, warf McBride ein.

»Du bist also anders, na gut«, fuhr Henry fort. »Du bist anders als andere Frauen. Du siehst gut aus, Sunset. Und du bist ein Flittchen. Pete hat dich geheiratet, weil du ein Flittchen bist. Und dann hat er sich ein größeres und besseres Flittchen gesucht.«

»Du weißt gar nichts über mich.«

»Ein Flittchen erkenne ich auf den ersten Blick.«

»Und ich erkenne einen Dieb auf den ersten Blick.«

»Du bist ein Flittchen, das so tut, als wäre es ein Mann, rennst rum mit einer Waffe an der Hüfte. Gibt dir die Waffe das Gefühl, du hättest was, das dir fehlt? Du weißt schon, einen Pimmel?«

»Henry, ich habe stark den Verdacht, selbst wenn ich keinen Pimmel habe, ist meiner immer noch größer als deiner.«

Wieder lachte McBride. Henry sah ihn an, wandte sich dann wieder Sunset zu. »Red endlich weiter.«

»Willst du wirklich, dass dieser Mann mitbekommt, was ich sage? Nicht, dass es mir was ausmacht. Es kommt sowieso bald alles raus.«

»Er weiß eh schon eine ganze Menge. Also sag, was du zu sagen hast, Schätzchen.«

»Das meiste braucht gar nicht erst gesagt zu werden. Du betrügst Zendo um sein Land. Du und der Bürgermeister, ihr habt das gemeinsam ausgeheckt, bevor er abgehauen ist … er ist gar nicht abgehauen, oder?«

»Hier ist er jedenfalls nicht«, erwiderte Henry.

Sunset sah McBride an. »Deshalb hast du den da geholt, stimmt's? Um den Bürgermeister loszuwerden. Einen Schlägertypen. Um dich aus der Sache rauszuhalten.«

»Das habe ich nicht gesagt.«

»Der Bürgermeister liegt wahrscheinlich irgendwo in einem Loch; genau wie Jimmie Jo und ihr Säugling.« Sunset musterte McBride. »Aber das wissen Sie ja bestimmt schon selbst, nicht wahr?«

»Ich stecke Menschen nicht in Löcher«, entgegnete McBride. »Ich grabe nicht gern. Und ich mag es nicht, wenn Säuglingen etwas angetan wird.«

»Wer ist dieser Kerl eigentlich?«, wandte sich Sunset an Henry.

»McBride«, antwortete McBride.

»Ein Geschäftspartner aus Chicago«, fügte Henry hinzu. »Ich habe ihn über einen Bekannten kennengelernt.«

»Gab es hier nicht genügend Schläger?«

»Jetzt hör mal zu, Sunset«, sagte Henry. »Ich mag dich nicht. Aber weißt du was: Ich beteilige dich mit der Summe, die Pete bekommen hätte, wenn du ihn nicht erschossen hättest.«

»Und was war Jimmie Jos Anteil? Ein Liter Öl und eine .38er-Kugel in den Hinterkopf?«

»Eine .38er-Kugel?«, fragte McBride.

Sunset setzte einen finsteren Blick auf. »Der Säugling wurde ihr aus dem Bauch herausgeschnitten. Tiefer kann man wohl kaum sinken. War das Ihr Werk, McBride?«

»Ich wusste nicht, dass sie einen Braten in der Röhre hatte. Ganz schön übel für das Kind, so etwas. Von dem Kind wusste ich nichts.«

Sunset fand, dass McBride überraschend ehrlich wirkte.

»Red nicht so viel«, fuhr Henry McBride an.

»Ich hab nichts gesagt, das irgendwie von Bedeutung ist.«

Henry sah Sunset an und sagte: »Niemand interessiert sich für das Land eines Niggers, Sunset. Jedenfalls nicht ernsthaft. Wir könnten dir einen Anteil überlassen. Verdammt, wenn du die Nigger so liebst, kannst du Zendo ja von deinem Teil was abgeben, oder gleich alles. Tatsache ist, ein Nigger hat nicht genug Verstand, um mit so einer Ölquelle richtig umzugehen, und deshalb steht ihm das Geld auch nicht zu.«

»Aber dir schon?«

»Oh ja.«

»Und wie viel bekommt der da?«

»Ich bin gleichberechtigter Partner«, antwortete McBride.

»Von Anfang an? Sie waren von Anfang an gleichberechtigter Partner? Ich wette, das waren Sie nicht. Ich wette, Sie haben den Anteil des Bürgermeisters bekommen. Wo ist der Bürgermeister, McBride?«

McBride grinste sie an. »Ich weiß nur, dass er sein Amt niedergelegt hat, als er verschwunden ist. Ich glaube, unser Henry hier wird für den Posten kandidieren.«

»Das stimmt«, sagte Henry. »Der Stadtrat hat seine Aufgaben bis zur außerordentlichen Wahl nächsten Monat übernommen. Da werde ich kandidieren. Ich denke, es sieht ganz gut für mich aus.«

»Nicht, wenn der Stadtrat von dieser Sache erfährt.«

»Ehrlich gesagt, Sunset, bist du bloß eine Fliege auf der Eichel meines Schwanzes. Ein Drittel des Stadtrats ist beim Klan, und ich glaube nicht, dass irgendwer von den anderen viel für Nigger übrig hat.«

»Die Sache ist nur«, entgegnete Sunset, »dass sie dann alle einen Anteil haben wollen. Und das wird deine Einnahmen erheblich schmälern, nicht wahr?« Sunset konnte nur vermuten, dass es so war, aber Henrys Gesichtsausdruck bestätigte ihr, dass ihm dieser Gedanke auch schon gekommen war und dass er ihm ganz und gar nicht gefiel. McBride sah genauso aus wie vorher: ein zufriedener Mann mit grünen Augen, der es gewohnt war, dass sich alles zu seinen Gunsten wendete.

»Steckt Rooster auch mit drin?«, fragte Sunset.

»Hat gesteckt«, erwiderte McBride. »Aber er hat heute die Stadt verlassen.«

»So wie der Bürgermeister?«

»Rooster scheint sich mit dem Zug abgesetzt zu haben. Kurz bevor wir hierherkamen, wurde der Wagen des Sheriffs in der Nähe der Eisenbahnschienen gefunden.«

»Hör mal, Mädel«, sagte Henry. »Ich drücke mich mal noch etwas deutlicher aus. Ich lasse dich im Amt. Du spielst Constable, läufst mit deiner Waffe rum, bis die Amtszeit vorbei ist, dann hörst du auf. Wenn du das tust, gebe ich dir einen Anteil von dem Ölgeld. Einen nicht zu knappen Anteil. Auf dem Land steht ein kleines Haus, das Pete für seine Hure gebaut hatte. Denk drüber nach. Er hat ihr ein Haus gebaut und wollte sie mit dem Ölgeld reich machen. Und du, du solltest gar nichts kriegen. Das war Teil seiner kleinen Erpressernummer. Ein Haus, ein Stück Land, ein Anteil vom Ölgeld. Er wollte dich loswerden, mein Schatz, und die Hure behalten. Ich gebe dir, was er gefordert hat und was ich ihm oder Jimmie Jo nicht geben wollte. Wie klingt das? Ist doch besser, als im Zelt zu leben, oder?«

»Dir traue ich nicht weiter, als ich mit verbundenen Augen sehen kann. Übrigens ... hast du schon mal dran gedacht, dass du aus der Sägemühle fliegst, wenn ich Marilyn erzähle, was du getan hast?«

Henry schürzte die Lippen, schüttelte den Kopf und grinste. »Tja, Marilyn sucht sowieso nach einem Vorwand, mich loszuwerden, jetzt, wo sie ihren Mann in den Selbstmord getrieben hat und am Geldhahn sitzt. Ich kenne sie schon sehr lange. Ich denke, Jones hat dafür gesorgt, dass sie sich nicht einmischt, und ich denke auch, sie ist selbst ganz schön hinterhältig. Sag der alten Sau, sie soll ruhig machen. Ich habe Geld zurückgelegt, und ich werde noch mehr Geld verdienen. Außerdem habe ich was von meiner Frau geerbt, schließlich hat ihr ein Teil der Sägemühle gehört. Statt dich drum zu kümmern, wie du mir an den Kragen gehen kannst, solltest du dich lieber darum kümmern, dass dir niemand an den Kragen geht.«

»Willst du mir deine Affen in den weißen Laken auf den Hals hetzen? Vor denen habe ich keine Angst. Wenn einer von denen einen Fuß auf mein Grundstück setzt oder sich mir oder meinen Leuten nähert, nehme ich ihn fest. Und wenn ich ihn nicht festnehmen kann, bekommt er ein blutiges Laken.«

McBride ließ wieder dieses Kichern hören, bei dem sich die Muskeln in Sunsets Hintern zusammenzogen und ihre Haut zu kribbeln anfing. »Wenn etwas erledigt werden muss, lass ich das gern Leute machen, die sich auskennen«, sagte er. »Oder wenn's sein muss, mach ich's auch selbst. Aber ich schicke nicht eine Horde weißer Männer, die sich verkleidet und mit Zeichen und Symbolen verständigt. Nun ja, meine Süße, du kennst mich nicht. Aber ich sag dir eins, und ich glaube, die Bibel gibt mir da recht: Das Weib hat eine Bestimmung. Und die ist wichtig. Auf die Art bleibt der Mann zufrieden, die Kinder kommen auf die Welt, und die Gurken werden eingemacht. Aber eine Schlampe, die mit einer Polizeimarke rumläuft, mit Männern redet, als wäre sie selbst einer – das gehört nicht zu ihrer Bestimmung. Ich bin der Geschäftspartner von unserem Mr. Shelby hier. Und ich werde meinen Anteil bekommen. Stadträte und Bürgermeister und Karten und das alles sind mir so was von egal, wie wenn eine Wildsau in den Wald scheißt. Hast du mich verstanden? Leg dich nicht mit mir an. Mach mich nicht wütend. Nicht mal ein klein bisschen. Wenn du weißt, was gut für dich ist, dann streich mir über die müde Stirn und lehn dich zurück, damit ich dir was von deiner Anspannung nehmen kann. Das kann ich nämlich. Das Einzige, was dich hier im Moment vor Schlimmerem bewahrt, ist, dass du niedlich bist. Das hilft dir, diese Versammlung heute zu überstehen. Beim nächsten Mal reicht das nicht mehr. Hast du mich verstanden?«

»Glauben Sie etwa, Sie können mir Angst machen?«, fragte Sunset, die entsetzliche Angst hatte. Ihre Hand lag auf dem Kolben des Revolvers, denn McBride hatte sich auf seinem Platz in der Bank bewegt, und sein Mantel klaffte auf und ließ eine große Pistole sehen, die im Holster unter seinem Arm hing. Er wusste, dass Sunset sie sehen konnte, das war schließlich Zweck der Übung. Dann bewegte er sich noch einmal, sodass der Mantel wieder über die Pistole fiel. Sie ließ die Hand auf der Waffe liegen, locker, aber griffbereit, wild entschlossen, nicht zu zeigen, wie verängstigt sie war. Sie behielt das ruhige Lächeln bei und spannte die Beine an, damit ihre Knie nicht nachgeben konnten.

Dann sah sie, dass sich irgendetwas hinter dem geschlossenen Vorhang im rückwärtigen Teil bewegte, dort, wo der Chor sonst stand. Wenn der Chor sang, wurde der Vorhang immer zurückgezogen, und jetzt schauten Füße unter ihm hervor.

»Wer ist da hinten?«, fragte sie.

»Glaub mir«, sagte McBride. »Es ist besser für dich, wenn du das nicht weißt.«

»Sagen Sie ihm, er soll rauskommen.«

McBride grinste. »Na gut. Two.«

Two trat hervor. Größtenteils stand er im Dunkeln, aber das Licht, das durch die Tür hereinfiel, reichte aus, sodass Sunset ihn sehen konnte. Im ersten Moment wirkte er eher klein, aber dann wurde ihr klar, dass er über einen Meter achtzig groß war und kräftig wie eine Eiche. Er war schwarz wie feuchtes Lakritz, und das Weiße seiner Augen war außergewöhnlich weiß. Er lächelte. Sein Zahnfleisch war dunkel. Wie McBride hatte er eine Melone auf dem Kopf, nur dass sie etwas tiefer saß. Er trug normale Kleidung, aber seine Jacke war schwarz und seidig und hatte lange Schwalbenschwänze. Irgendetwas an ihm gab Sunset das Gefühl, ihre Haut würde sich am liebsten von außen nach innen kehren.

»Was soll der denn darstellen?«, fragte Sunset.

»Er ist ein großer Nigger«, antwortete McBride.

»Wieso ist er hier?«

»Sagte ich doch schon. Für dich ist es besser, wenn du das nicht weißt.«

Sunset betrachtete McBride und sagte: »Ihr hässlicher kleiner Hut sitzt viel zu eng, wie am Kopf festgeschraubt. Wissen Sie nicht, dass man in der Kirche den Hut abnimmt? Oder geht Ihr Kopf dann gleich mit ab?«

McBrides Gesicht fiel in sich zusammen wie ein Segel ohne Wind, und Sunset wurde klar, dass sie einen wunden Punkt getroffen hatte. Der Hut? Nein. Sein Kopf? Das war es – der Mistkerl hatte eine Glatze. Und war eitel. Sie lächelte ihn hämisch an. McBrides Gesichtsausdruck blieb derselbe – das Segel hing noch immer schlaff herab.

»Du befindest dich in dem Bezirk, für den ich als Constable zuständig bin, Henry«, sagte Sunset. »Du und dein Schläger und der Schläger deines Schlägers oder was immer er ist. Ihr alle.«

»Aber in Holiday bist du nicht das Gesetz«, entgegnete Henry. »Die Karten gehen dich nichts an, und nachdem die Rechtsprechung dort quasi in meinen Zuständigkeitsbereich fällt, bin in Holiday wohl ich das Gesetz.«

»Zendos Land liegt in meinem Zuständigkeitsbereich. Ihr Jungs sagt nun besser euer Gebet auf und verzieht euch. In einer Stunde will ich euch hier nicht mehr sehen. Falls doch, nehme ich euch fest.«

»Weswegen?«, fragte Henry.

»Wegen Unflätigkeit in der Kirche.« Jetzt war der richtige Zeitpunkt, einen Abgang zu machen, dachte sie, solange sie noch eine Nasenlänge Vorsprung hatte. Sie ging den Gang hinunter auf die offene Tür zu.

»Sind wir uns jetzt einig, du und ich?«, rief Henry ihr hinterher.

Sunset ging weiter. Als sie draußen war, streckte sie die Hände aus und betrachtete sie. Sie zitterten.

Was meinst du?«, fragte Henry. »Zieht sie mit? Läßt sie sich auf den Handel ein?«

»Die nicht. Hoffe ich jedenfalls. Sie und ich, wir müssen uns unbedingt näher kennenlernen, und ich hätte gern einen Grund, richtig wütend zu werden.«

»Ich glaube, sie lässt sich drauf ein. Jetzt tut sie noch großspurig, aber sie wird drüber nachdenken. Und dann ist sie mit von der Partie.«

»Sie wird sich nicht drauf einlassen.«

Henry sah hoch und musterte Two. »Musstest du unbedingt den Bimbo mitbringen? Ausgerechnet hierher?«

»Er macht, was er will.«

»Ich verstehe das nicht. Ich heuere dich an, und du bringst diesen Kerl mit hier runter.«

»Das hat dich bloß eine Zugfahrkarte gekostet. Reg dich ab. Er musste hinten bei den Niggern sitzen. Das war gar nicht einfach für ihn.«

»Er ist doch ein Nigger.«

»Two denkt aber nicht so wie die Nigger hier unten.«

»Was soll das heißen?«

»Das heißt, er ist kein Bimbo.«

»Wieso steht er da so rum? Im Dunkeln? Da wird mir ganz mulmig.«

McBride grinste. »Er hat's gern dunkel. Er glaubt, er wär so was wie ein Schatten. Komm her, Two.«

Two schritt zu ihnen hinüber und blieb mit hängenden Armen vor der Bank stehen.

»Two«, sagte McBride. »Zeig ihm deinen Kopf. Erzähl Henry, was passiert ist.«

Two nahm die Melone ab. Am Haaransatz oberhalb der Stirn war anstelle von Haaren eine Narbe in der Form eines Hufeisens. Sie war tief und violett und unregelmäßig.

»Meine Güte«, sagte Henry. »Hat dich ein Maultier getreten?«

»Gott hat mir das hier gegeben«, erwiderte Two, und in seiner Stimme schwang ein Ton mit, als würde sich eine Schaufel in frischen Schlamm graben. »Ich wurde von einem von Gottes Blitzen getroffen, und so hat Gott zwei aus mir gemacht. Und hungrig hat er mich gemacht.«

»Er hat einen Tritt an den Kopf bekommen, stimmt's?«, sagte Henry zu McBride.

»Er hat dir gerade erzählt, was passiert ist.«

»Gott hat ein Maultier?«

»Er ist schon ne Marke, was?«

»Wie bist du an ihn geraten?«

»Das ist eine lange Geschichte.«

»Was meint er damit, dass Gott zwei aus ihm gemacht hat?«

»Deshalb heißt er Two. Früher hieß er einfach nur Cecil, aber das ist jetzt nicht mehr gut genug. Jetzt ist er Two. Da ist einmal er, und dann ist da der andere, aber die sind beide in ihm drin. Er ist so etwas Besonderes, da muss er gleich zwei sein. Hab ich recht, Two?«

Two nickte.

»Manchmal reden sie miteinander, um was klar zu kriegen. Stimmt's, Two?«

»Da wird mir ja ganz blümerant, McBride. Müssen wir ihn dabeihaben?«

»Für manche Sachen ist er ganz brauchbar. Ich war schon in Situationen, wo wir uns Respekt verschaffen mussten, und das haben wir dann auch.«

»Er tut alles, was du ihm sagst?«

»Nur wenn er will. Meistens will er. Uns verbindet was.«
»Ist er gefährlich?«
»Natürlich ist er gefährlich.«

Henry musterte Two, der mit einem Lächeln im Gesicht reglos wie ein Stück Holz dastand. Seine grünen Augen sahen aus wie die eines wilden Tiers. Er hatte die gleichen Augen wie McBride, nur war das Grün noch intensiver.

»Wenn's nötig wäre, würde er dir das Gesicht wegbeißen, Henry. Würde es essen. Nigger haben so eine kannibalische Veranlagung, weißt du?«

Henry warf McBride einen Blick zu, und McBride lachte.

»Keine Sorge. Er frißt dich schon nicht. Jedenfalls jetzt noch nicht. Oder, Two?«

»Ich glaube nicht«, entgegnete Two.

»Er redet gar nicht wie ein Nigger.«

»Two ist zur Schule gegangen, nicht wahr, Two?«

Two nickte.

»Er hat Sachen gelernt, die lernen manche weiße Männer nie, weil sie nie die Gelegenheit dazu haben. Aber Two hatte sie. Er kennt sich mit höherer Mathematik aus, Henry. Er kann jedes Buch lesen, das je geschrieben wurde, und zwar ohne die Lippen zu bewegen. Und er hat ne Menge von ihnen gelesen. Stimmt's, Two? Er hat ein ganz schön außergewöhnliches Leben hinter sich. Da steht er, halb Nigger, halb Weißer, schwarz wie das blöde Pik-As. Sein Vater und seine Niggermutter haben sich sehr um ihn gekümmert, ihn gut behandelt, wie einen Weißen. Der Vater, ein Weißer, ging weg und ließ seinen anderen Sohn, einen weißen Jungen, bei der Mutter zurück, einer weißen Mutter, und die Mutter hat den Sohn den Nonnen übergeben. Aber der Sohn ist da wieder rausgekommen. Er war sehr stark. Ist seinen Weg gegangen. Hat sich prima geschlagen. Aber Schulbildung gab's für ihn nie. Für ihn gab es überhaupt nichts, außer er hat es sich selbst erarbeitet. Und Cecil – Two –, dem wurde alles hinten reingesteckt, als wäre seine schwarze Haut weiß wie Schnee. Gott hat ihn gezeichnet, weil er ein hochmütiger Nigger ist, stimmt's? Das ist der eigentliche Grund, warum er dich gezeichnet hat.«

»Er hat mir Kraft verliehen.«

»Siehst du? Two sieht das anders. Er glaubt, Gott hat ihn gesegnet. Er will nicht glauben, dass ihn ein Pferd getreten und ihm das Hirn durcheinandergewirbelt hat. So war's nicht, oder, Two?«

»Gott hat einen Blitz auf mich niederfahren lassen und mir Kraft verliehen.«

»Und welche Gegenleistung musst du dafür bringen, Two?«, fragte McBride. »Was musst du tun, um ein Lächeln auf Gottes Angesicht zu zaubern?«

»Seelen einsaugen.«

»Seelen einsaugen?«, sagte Henry.

»Ja. Ist das nicht völliger Blödsinn? Er legt gern den Mund auf das Gesicht eines sterbenden Mannes oder einer sterbenden Frau und saugt. Wenn sie schon tot sind, macht er das auch. Sie müssen nicht unbedingt gerade erst die Überfahrt angetreten haben, sie können ruhig schon unterwegs und auf der anderen Seite angekommen sein, aber der gute alte Two, der macht sich ans Saugen.«

»Willst du mich verarschen?«

»Nein. Er saugt Seelen ein. Jedenfalls glaubt er das.«

»Ich tue es«, sagte Two.

»Hast du das schon mal gesehen?«

»Ja. Er hat mir bei diesem Mädel geholfen, sie ins Öl runterzudrücken, und dann hat er an ihrem Gesicht gesaugt. Er war von oben bis unten voller Öl. Alles nur Hühnerkacke, stimmt's, Two? Du saugst gar keine Seelen ein. Du saugst einfach nur, stimmt's?«

»Du kennst die Wahrheit, Bruder«, entgegnete Two. »Du weißt, dass ich die Wahrheit sage und dass ich hier bin, um dich zu unterstützen, damit mein Bedürfnis, Gottes Bedürfnis nach Seelen, gestillt werden kann.«

»Moment mal«, sagte Henry, der es gerade erst kapierte. »Ist er ... dein Halbbruder? Ein Nigger?«

»Willst du damit etwas sagen, Henry?«

»Nein ... Nein. Ich habe ein paar Niggermädchen gesehen, mit denen hätte ich es gemacht, wenn es sich ergeben hätte. So was kommt vor. Das kann jedem Mann passieren, dass er es mit einem Niggerweib treibt. In Osttexas gibt es überall halbweiße Kinder. Das heißt nur, dass man sein Rohr durchgepustet kriegt, sonst nichts.«

»Mein Daddy hat mit Twos Mutter zusammengelebt. So, als wäre er stolz darauf. Er hat sich deswegen bestimmt ganz schön was anhören müssen, aber er hat's trotzdem gemacht. Das nennt man vermutlich Liebe, was immer das auch sein mag. Ich nehme an, dass Daddy zu trinken anfing, als die Niggerschlampe – Twos Mutter – gestorben ist. Diese Niggerschlampe hat er auf eine Art geliebt, wie er meine Mutter nicht geliebt hat, und das, obwohl sie weiß war.«

Two gab ein Geräusch von sich wie jemand, der gerade etwas Leckeres probiert. McBride sah zu ihm hoch. »Geh an deinen Platz zurück.«

Two grinste ihn an und setzte sich neben ihn auf die Bank.

»Siehst du«, sagte McBride. »Er macht nicht immer, was ich ihm sage.«

KAPITEL 30 Während Sunset davonfuhr, dachte sie an McBride, an seine Augen und daran, wie er sich bewegte, als könnte er sich plötzlich in etwas Flüssiges, Geschmolzenes verwandeln, über sie hinwegfließen und ihr tödliche Verbrennungen zufügen. Und dann dieser Kerl, den sie Two nannten. Mein Gott. Two machte sie wirklich nervös.

Auch an Hillbilly dachte sie, an das, was er Karen angetan hatte. Verdammt, was er ihr selbst angetan hatte. Dieser verlogene Hurensohn mit seinem Gesülze! Sie hatte ihm alles gegeben, ihn alles erkunden lassen, und er war mit ihr umgesprungen wie mit einem Fisch an der Angel: hatte sie an Land geholt, ausgenommen, verschlungen und war weitergezogen, um sich dem nächsten Fang zu widmen.

Dieser verdammte Hillbilly.

Es war alles ihre eigene Schuld, weil sie sich mit ihm eingelassen und ihm vertraut hatte.

An ihrem Talent, sich Männer anzulachen, hatte sich nichts geändert. Sie suchte sich immer die Richtigen aus. Solange sie nur schlecht waren.

Und jetzt hatte sie sogar einen Vater. Nach all den Jahren hatte sie endlich einen Vater, und vielleicht – aber nur vielleicht – war er womöglich ganz in Ordnung. Trotzdem musste sie auf der Hut bleiben. Bei ihrem Glück würde er wahrscheinlich eines Morgens mit ihrem Auto davonfahren, nachdem er es mit ihren Besitztümern vollgeladen hatte. Nicht auszuschließen, dass er sogar Ben mitnehmen würde.

Sie fuhr an der Abfahrt vorbei, die zu ihrem Zelt führte, und weiter nach Holiday zu der Stelle, wo Hillbilly sich mit ihr vergnügt hatte. Sie parkte, sah auf die Stadt hinunter, auf das blutrote Apartment McBrides über der Drogerie, das Gerichtsgebäude, hinüber zum Büro des Sheriffs, zu den ganzen Geschäften, auf die Hauptstraße, wo Menschen und Autos, Tiere und Karren unterwegs waren, und auf die hoch aufragenden Ölbohrtürme. Tagsüber, ohne die Lichter, sah das alles lange nicht so hübsch aus. Sie hatte einmal einen Mann sagen hören, dass nachts, in der richtigen Beleuchtung, jede Hure hübsch aussehen konnte, die nicht gerade so fett wie ein Haus war, aber bei Tageslicht war eine Hure immer eine Hure und sah auch so aus. Holiday war eine Hure.

Sunset nahm den Revolver aus dem Holster und schaute nach, wie viele Kugeln in der Trommel steckten. Es waren fünf. Sie schob noch eine hinein. Jetzt waren es sechs. Dann drehte sie die Trommel. Saß eine Weile ruhig da. Wendete den Wagen und machte sich wieder auf den Weg.

In der Stadt angekommen, fuhr sie langsam die Straßen entlang in der Hoffnung, Hillbilly zu sehen, aber er war wie vom Erdboden verschluckt. Sie hielt an und ging ins Café. Kein Hillbilly. Sie versuchte es noch an einigen anderen Stellen, aber erfolglos. Wenn die Leute auf der Straße ihren Gesichtsausdruck sahen, machten sie ihr sofort Platz.

Sie lief die ganze Stadt ab, konnte ihn aber nirgends entdecken. Schließlich fühlte sie sich so schwach, als würde sie sich gerade von einer Krankheit erholen. Der Hillbilly-Krankheit. Das Fieber ließ allmählich nach.

In dem Moment wurde ihr klar, dass sie ihn nicht finden würde. Ihn auch nicht finden sollte. Das durfte nicht passieren. Jedenfalls nicht jetzt. Nicht so, wie sie sich gerade fühlte. Nicht mit sechs Kugeln in der Trommel. Wenn sie ihn jetzt fände, würde sie tun, was sie tun wollte, und das durfte sie nicht. Sie war das Gesetz. Sie musste sich um Karen kümmern. Und um den alten ausgesetzten Hund, Ben, dem sie versprochen hatte, ihn nicht im Stich zu lassen. Sie musste auf ihn aufpassen. Außerdem hatte sie jetzt einen Vater, und dann war da noch dieser dumme Junge, der, den sie Goose nannten. Der war wahrscheinlich auch Teil des Päckchens, das sie zu tragen hatte. Verdammt, vielleicht hatte der auch noch irgendwo einen Hund, am besten mit drei oder vier Welpen; oder eine Schwester mit einer Katze.

Nein. Sie konnte nicht tun, was sie tun wollte. Irgendetwas musste sie natürlich tun, aber nicht Hillbilly in den Kopf schießen, so sehr ihr im Moment auch danach war. Man würde sie dafür lynchen. Nicht nur, weil sie schuldig wie noch mal was wäre, sondern weil, wie Henry gesagt hatte, so viele sie hassten. Eine hochnäsige Frau. Fast so schlimm wie ein hochnäsiger Nigger. Nein. Sogar schlimmer. Für die war sie nicht nur eine Frau und hochnäsig, sondern auch noch eine Niggerfreundin. Eine Frau mit Polizeimarke und Waffe, deren Mann von ihrer Hand gestorben war. Dabei sollte sie eigentlich über den Herd gebeugt stehen und kochen, das Kleid hochgeschoben, weil ihr Mann sie gerade von hinten nahm, während sie mit einem Fuß die Kurbel des Butterfasses bediente und mit dem anderen die Wiege zum Schaukeln brachte.

Sie ging zu ihrem Auto zurück, als würde sie Ameisen zerstampfen, und fuhr los. Der Tag neigte sich allmählich seinem Ende zu, und der Horizont sah aus, als hätte man ihn mit einem Rasiermesser aufgeschlitzt.

Als sie zu Hause ankam, war Marilyn auf der einen Seite des Grundstücks mit einem Lochspaten am Graben. Clydes Pick-up war fort. Sonst war niemand zu sehen.

Sie ging zu Marilyn hinüber. »Wo sind denn alle?«

»Jetzt hätte ich mir beinahe in die Hose gemacht, so wie du dich angeschlichen hast, meine Liebe.«

»Tut mir leid.«

»Karen ist im Zelt. Goose hat sich eine Schrotflinte ausgeliehen und ist Eichhörnchen jagen gegangen. Lee und Clyde wollten in Holiday was erledigen.«

»Was denn?«

»Das haben sie nicht gesagt.«

»Vermutlich ein Bier trinken.«

»Vielleicht. Hillbilly hat Clyde brutal zusammengeschlagen.«

»Hillbilly?«

»Er hat ihn verprügelt wie einen Galeerensklaven.«

»Das kann ich nicht glauben.«

»Glaub es ruhig. Wenn er noch ein bisschen übler ausgesehen hätte, hättest du ihn beerdigen können. Ich denke, Lee ist mitgefahren, um ihn ein wenig aufzumuntern.«

Sunset nickte. »Was tust du da?«

»Ich grabe ein Loch«, antwortete Marilyn lächelnd.

»Wozu?«

»Für eine Wäscheleine. Karen hat gesagt, ihr hängt die Wäsche über Büsche.«

»Das stimmt.«

»Mit einer Wäscheleine geht es besser.«

»Ich wollte selbst schon Löcher graben und Pfosten zuschneiden, bin aber noch nicht dazu gekommen. Ich hasse Löcher graben. Und Holz schneiden auch. Eigentlich hasse ich diese ganze Arbeit überhaupt.«

»Mit einem Lochspaten geht es leichter als mit einer Schaufel. Damit kann ich den ganzen Tag arbeiten. Man kommt schneller in die Tiefe, und verbreitern kannst du das Loch damit auch ziemlich gut. Für eine Frau ist er leicht zu handhaben. Macht sogar Spaß und tut einem gut, hier draußen in der frischen Luft. Und deinem Gesichtsausdruck nach zu urteilen, wäre es wohl nicht das Verkehrteste, wenn ich dir das Ding leihe.«

»Henry wird nicht mehr lange in der Sägemühle bleiben.«

»Wieso das?«

Sunset erzählte Marilyn alles, was sie wusste. Erst war es nur wie ein Rinnsal aus einem Riss im Deich, dann wurde es mehr, und schließlich brach der Damm und alles strömte heraus. Als es vorbei war, sagte Sunset: »Ich werde nicht weinen. Ich habe schon viel zu viel geweint. In letzter Zeit bin ich nur noch am Weinen. Ich bin Constable. Ich sollte nicht weinen.«

»Wer sagt das?«

»Ich. Nur, dass mir gleich die Tränen kommen.«

Marilyn rammte den Lochspaten so in die Erde, dass er aufrecht darin stand, dann nahm sie Sunset in den Arm, und Sunset weinte. Inzwischen war die Nacht hereingebrochen, der graue Himmel war schwarz geworden, die Sterne kamen heraus, als würde man sie aus einer Tube drücken, und Sunset weinte.

»Verdammt«, sagte sie. »Ich sollte nicht weinen. Ich bin Constable. Ich habe eben schon meinen Daddy vollgeheult, dabei kenne ich ihn gar nicht. Ich heule die ganze Zeit.«

»Aber hoffentlich nicht, weil Henry aufhört.«

Sunset brach in schallendes Gelächter aus. »Nein.«

»Ich wollte ihn sowieso rauswerfen, sobald ich mir in Ruhe die Bücher angesehen habe. Vermutlich hat er seit Jahren in die Kasse gegriffen. Jones wollte mir nie glauben, wenn ich ihn deswegen angesprochen habe, und deshalb hasst Henry mich. Er weiß, dass ich es weiß. Und tief drinnen ist ihm auch klar, dass ich ganz schön rachsüchtig bin. Ich kann eine Menge aushalten, so wie mit Jones, aber wenn es reicht, dann reicht es. Jones hat das auch lernen müssen.«

Sunset wischte sich mit dem Unterarm die Tränen ab.

»Pete ist auch manchmal zu mir gekommen und hat geweint«, sagte Marilyn.

»Wirklich? Weswegen?«

»Ich weiß es nicht. Ehrlich. Er kam vorbei, ich habe ihm was zu essen gemacht, und dann fing er an zu weinen.«

»Die ganze Zeit?«

»Ab und zu. Aber er hat wegen etwas Bestimmten geweint. Er hat an meiner Schulter geweint wie damals, als er noch klein war, und das war angenehm. Dann schien er wieder mein Junge zu sein, nicht der Mann, der aus ihm geworden war, ein Mann wie sein Vater.«

»Ob er wohl wegen mir geweint hat? Weil ich nicht so war, wie er wollte, wie auch immer das war?«

»Ich weiß es nicht.«

»Er könnte doch um mich geweint haben. Wenigstens einmal. Das hätte mir gefallen, genau wie dir.« Sunset holte tief Luft und nahm ihren ganzen Mut zusammen für das, was sie als Nächstes sagen musste. »Daddy hat mir erzählt, dass Karen schwanger ist. Du hast es ihm gesagt.«

»Ich hätte es dir selbst sagen sollen. Aber nachdem ich darauf kam, dass Lee dein Vater ist, dachte ich, vielleicht sollte er es dir lieber sagen. Bist du sauer?«

»Nein.«

»Komm, meine Liebe. Gehen wir rein und sehen nach, was wir zum Abendessen dahaben. Ich mache das hier ein andermal fertig. Und vielleicht kannst du behutsam mit Karen reden. Sie braucht jetzt Unterstützung, so wie du damals, als du mit ihr schwanger warst.«

»So schwanger ist sie noch nicht. Sie könnte es noch wegmachen lassen, wenn sie will.«

»Ich glaube, das ist nicht der Weg, den sie gehen möchte.«

»Na gut«, sagte Sunset. »Es ist ihre Entscheidung, und egal, wofür sie sich entscheidet, ich bin für sie da.«

»Das sind wir beide.«

KAPITEL 31 Hillbilly lag, den Rücken gegen das Kopfteil gestützt, im Bett und rauchte eine selbstgedrehte Zigarette. Seine eine Hand lag auf dem Hintern der schlafenden Hure, und er überlegte sich gerade, ob er sie aufwecken sollte. Sie hätte eigentlich etwas kosten müssen, hatte bis jetzt aber nichts verlangt. Er hatte ihr schöne Worte gemacht, ihr Honig ums Maul geschmiert, ihr gesagt, dass sie ein besseres Leben als ihr jetziges verdiene und wie hübsch sie sei. Was sie auch war, abgesehen von der Narbe an der Nase, wo jemand sie mit einem Messer aufgeschlitzt hatte. Aber alles andere an ihr ließ einen die Narbe vergessen. Wenn sie nackt war, schien es die Narbe gar nicht mehr zu geben.

Er hatte die Lampe auf dem kleinen Tisch beim Fenster angezündet, denn er hatte es gern ein bisschen hell beim Sex, nicht nur, um die Frau zu sehen, sondern auch, damit sie ihn sah. Er wusste, dass Frauen ihn gern betrachteten, so, wie er aussah. Er warf einen Blick auf seine neue Gitarre, die in der Ecke lehnte. Sie war auf jeden Fall besser als die Mundharmonika und die Maultrommel. Die waren brauchbar, wenn man sonst nichts hatte, richtige Musik konnte man damit aber nicht machen. Das ging nur mit einer Gitarre.

Hillbilly dachte an den Farbigen, dem die Mundharmonika und die Maultrommel gehört hatten, und an die Hobos, die mit ihm zusammengewesen waren, und verspürte einen Anflug von Reue. Er war nicht stolz darauf, dass er ihnen im Schlaf die Kehlen durchgeschnitten hatte, aber er hatte die Sachen nun mal gebraucht. Die Mundharmonika, die Maultrommel, das bisschen Geld, das sie bei sich hatten, ein paar Kleinigkeiten, die er gern haben wollte. So wie er das sah, war ihm gar nichts anderes übrig geblieben. Es war leichter gewesen, sie im Schlaf zu töten. Wenn er versucht hätte, einen zu berauben, und es zu einer Rauferei gekommen wäre, hätte er drei auf einmal gegen sich gehabt, und obwohl er ein guter Kämpfer war, wollte er es nicht mit dreien gleichzeitig aufnehmen müssen. Er hatte schon vor langer Zeit gelernt, dass der einfachste Weg der beste war. Die Hobos waren gut zu ihm gewesen, hatten ihr Essen und ihre Musik mit ihm geteilt, aber er hatte getan, was er getan hatte, weil das nun mal der Lauf der Welt war.

Auch Sunset war gut zu ihm gewesen. Und die eine Nacht, oben auf dem Aussichtspunkt, war sie ganz besonders gut zu ihm gewesen. Er hätte das gern länger fortgesetzt und noch mehr aus der Sache rausgeholt, aber er hatte der Tochter nicht widerstehen können. Er wusste, dass man ihn irgendwann dafür drankriegen würde, dass er sie gevögelt hatte.

Vielleicht sollte er allmählich weiterziehen und nicht länger in Holiday rumhängen. Lieber in die nächste Stadt gehen und dort in ein paar Kneipen spielen. Wenn er genug Geld verdiente, könnte er ein besseres Leben haben. Nicht einfach nur eins mit mehr Besitztümern, sondern ein besseres Leben, in dem er nicht mehr so viel lügen, betrügen und morden musste. Vielleicht könnte er das schaffen. Kurze Zeit hatte er gedacht, mit Sunset könnte ihm das gelingen. Aber dann war da die Tochter gewesen, süß und reif und willig. Offensichtlich war immer dann, wenn er gefunden hatte, was er sich wünschte, etwas Interessantes auf der anderen Seite des Zauns, und danach musste er einfach greifen.

Er legte die Zigarette auf die Untertasse neben dem Bett und strich der Hure über den Hintern. Sie wachte auf, drehte sich um und grinste ihn an. »Du bist wirklich ein gut bestückter Mann, Hillbilly.«

»Freut mich, dass dir das auffällt.«

»Geld willst du mir aber keins geben, oder?«

»Ich hab momentan kein Geld. Das ist alles für die Wohnungsmiete und für die Gitarre draufgegangen. War das Lied, das ich für dich gesungen hab, nicht Bezahlung genug? Teufel auch, sogar Jimmy Rodgers hätte das nicht besser machen können.«

Die Hure lachte. »Von einem Lied kann ich mir nichts kaufen. Aber es war nett. Und ich weiß nicht, ob Jimmy Rodgers es besser gemacht hätte als du. Jimmy Rodgers hab ich noch nicht gehabt.«

»Ich kann noch ein Lied singen, für die nächste Runde.«

»Schätzchen, das brauchst du nicht. Komm her.«

Das hier ist die Wohnung«, sagte Clyde, der die Taschenlampe auf die Nummer gerichtet hielt, die oben an der Treppe stand. »Das ist die Adresse, die er mir gegeben hat.«

Lee nickte.

Es war nicht weit oben, nur ein paar Treppenstufen an der Außenseite des Gebäudes hinauf, und schon war man da. Durch das Fenster sahen sie, dass drinnen Licht brannte. Unterhalb des Fensters verlief eine Gasse, in der einige Mülltonnen standen.

»Er ist stärker, als er aussieht«, sagte Clyde. »Der hat mir das Fell gegerbt, als wär ich der letzte Trottel, der sich nicht wehren kann. Ich hab mich angestellt, als hätte ich ne Augenbinde um und wär mit dem Schwanz an einen Amboss gekettet.«

»Also gut«, sagte Lee. »Sie bleiben, wo Sie sind, und ich gehe rauf.«

»Ich hab nicht gesagt, dass ich Angst hab. Ich hab nur gesagt, er ist bösartig wie ein Keiler mit Terpentin auf den Eiern. Er ist nicht groß, aber er hat mich verprügelt, als wär ich ein Krüppel. Lassen Sie sich eins gesagt sein: Wenn er will, ist dieser Kerl der Teufel.«

»Ich weiß, dass Sie keine Angst haben. Ich will trotzdem, dass Sie hierbleiben.«

»Ich hab nen Totschläger dabei, wenn Sie den wollen.«

»Nein, behalten Sie ihn.«

»Dann nehmen Sie die Taschenlampe. Die ist ziemlich schwer.«

»Nein. Die behalten Sie auch. Ich sehe genug.«

»Dass sie schwer ist, hat nichts mit Sehen zu tun. Ich hab gemeint, dass man ihm damit das Hirn zu Brei schlagen kann.«

»Ich weiß, aber behalten Sie sie trotzdem.«

»Wir sollten zusammen da raufgehen. Zusammen haben wir vielleicht eine Chance. Sie verstehn mich nicht. Dieser Kerl weiß, wie man kämpft. Der kennt ne Menge Tricks.«

»Ein oder zwei Tricks habe ich auch auf Lager.«

»Er hat aber drei oder vier auf Lager. Wenn nicht fünf.«

Lee grinste Clyde an. »Ich bin vorsichtig. Sie bleiben hier unten stehen und halten den Totschläger bereit. Sehen Sie das Fenster da? Da stellen Sie sich drunter. Allerdings nicht direkt unter das Fenster. Ich gebe Ihnen dann irgendein Zeichen. Wenn es so weit ist, bearbeiten Sie Hillbillys Kopf mit dem Totschläger.«

»Wenn ich hier unten steh und er da oben ist? Ich komm besser mit hoch.«

»Nein. Sie bleiben.«

»Passen Sie auf Ihre Zähne auf.«

Lee ging die Treppe hinauf. Sie war stabil und quietschte nicht sonderlich laut. Als er oben bei der Tür angekommen war, machte er auf dem Treppenabsatz einen Schritt nach hinten, holte tief Luft und trat mit voller Kraft gegen die Tür.

Das Schloss zerbrach, und die Tür schwang auf und krachte gegen die Wand.

Das Licht einer Lampe fiel auf das Bett, und als Lee das Zimmer betrat, setzte sich Hillbilly – oder der Mann, von dem Lee hoffte, dass es Hillbilly war – auf, und das Laken fiel herunter. Er hatte sich gerade zwischen den gespreizten Beinen einer Frau betätigt, und seine Männlichkeit ragte empor wie ein Zeltpflock. »Bist du Hillbilly?«, fragte Lee.

»Was soll das? Wer zum Teufel bist du? Verdammt, wie kommst du dazu, hier einfach reinzustürmen?«

»Ich bin der Engel des Herrn.«

»Du bist im Arsch, ist dir das klar?«

»Ich habe eine Tochter namens Sunset. Und eine Enkelin namens Karen. Ich nehme an, die kennst du.«

Hillbilly schwieg einen Moment lang, dann sagte er: »Ja, die kenne ich. Ziemlich gut.«

»Das habe ich mir gedacht. Ich bin gekommen, um dir deinen miesen kleinen Hintern zu versohlen.«

»Das haben schon viele versucht.« Hillbilly rollte sich aus dem Bett, und sein Zeltpfosten verwandelte sich in einen schrumpeligen kleinen Schlauch.

»Ich glaube, mein Sohn, du bist ein bisschen zu stolz. Ich werde dich zurechtstutzen. Auf Normalgröße.«

»Ich warne dich, alter Mann. Du weißt nicht, worauf du dich einlässt. Du siehst viel zu alt aus, um dich zu prügeln.«

Lee ging auf ihn los. Die Hure schrie.

Hillbilly bewegte sich. Und wie! Er war so schnell, dass er sich kaum zu bewegen schien. In der einen Sekunde stand er noch vor Lee, in der nächsten war er weg.

Hillbilly wusste, dass er schnell war, verdammt schnell, wusste auch, dass er den alten Mann erwischt hatte, und als er zur

Seite glitt und eine Drehung machte, um dem alten Mann einen Schlag auf den Hinterkopf zu versetzen, grinste er bereits in sich hinein.

Aber der alte Mann war nicht da. Der alte Mann war ausgewichen, und Hillbillys Faust ging ins Leere. Der alte Mann schlug zu und wischte Hillbilly mit einer Rechten das Grinsen aus dem Gesicht. Es war ein guter Schlag, ein verdammt guter Schlag. So einen hatte Hillbilly schon lange nicht mehr einstecken müssen. Aber er steckte ihn ein, gut sogar, und ging nicht zu Boden.

Er duckte sich und griff nach den Knien des alten Manns, aber der alte Mann machte einen Satz nach hinten, Hillbillys Hände griffen ins Leere, und im nächsten Moment hatte der alte Mann schon seinen Unterarm unter Hillbillys Nacken, bohrte sich dort hinein wie eine Zecke in das Ohr eines Hundes, und gleich darauf ließ er sich auf den Rücken fallen, riss den Fuß zwischen Hillbillys nackten Beinen hoch und trat ihn so heftig in die Weichteile, dass er nach hinten fiel.

Hillbilly landete so hart mit dem Rücken auf dem Boden, dass die Lampe auf dem Tisch einen Satz machte. Er drehte sich und sprang auf, um sich auf den alten Mann zu stürzen, aber der war schon auf die Füße gekommen und stand ihm gegenüber. Erst in dem Moment spürte Hillbilly plötzlich den Schmerz in seinen Eiern, als hätte sie jemand in einen Schraubstock gezwängt und die Kurbel angezogen. Er krümmte sich zusammen und übergab sich.

Jetzt griff der alte Mann ihn ernsthaft an, und er war schnell. Sehr schnell. So schnell, wie Hillbilly selbst zu sein glaubte. Schneller noch. Und mit sich brachte der alte Mann Freunde aus der Hölle: eine Linke und eine Rechte, gefolgt von einem linken Haken, der das Innere von Hillbillys Mund erschütterte, sodass sich dort irgendetwas lockerte. Dann packte ihn der alte Mann an der Taille, hob ihn hoch, schob ihn zum Fenster und versetzte ihm einen Stoß.

Die Hure hatte während des gesamten Kampfs geschrien, aber als Hillbilly durchs Fenster flog, Glas splitterte und es Blutstropfen regnete, kreischte sie noch lauter. »Du hast ihn umgebracht«, schrie sie.

»Zumindest habe ich es versucht«, entgegnete ihr Lee.

Als Clyde den Krach hörte, dachte er, ich geh wohl besser rauf, und er wollte das auch gerade tun, als Hillbilly mit im Wind flatternden Haaren, Schwanz und Eiern durch das berstende Fenster gesegelt kam. Es war ein ordentlicher Sturz, und Hillbilly schlug hart auf. Trotzdem versuchte der Hurensohn gleich wieder, auf die Beine zu kommen.

Clyde dachte: Wahrscheinlich ist das das verdammte Signal. Hillbilly, der überall Schnittwunden hatte und dem das Blut aus dem Mund floss, stützte sich auf Hände und Knie und sah zu ihm hoch. »Du«, sagte er.

»Grüß dich«, entgegnete Clyde und ließ den Totschläger herabsausen, so fest er konnte. Der erste Schlag traf Hillbilly an der Schläfe. Er ging zu Boden, versuchte aber, gleich wieder aufzustehen. Der zweite Schlag traf ihn am Hinterkopf. Clyde lachte. Denn diesmal rappelte sich Hillbilly nicht wieder auf.

Clyde drehte sich um. Lee kam die Treppe hinunter. Er sah prima aus, nur sein Haar war ein bisschen zerzaust und seine Anzugjacke verrutscht. Er trug eine Gitarre. Oben an der Treppe stand eine Frau, die in ein Laken gewickelt war, und fluchte und schrie. In der Erdgeschosswohnung gingen die Lichter an.

Lee trat zu Hillbilly, der mit dem Gesicht nach unten dalag, musterte ihn einen Moment, dann stellte er die Gitarre auf den Boden und legte eine Hand auf ihren Hals, als wäre sie eine Krücke. Mit der anderen Hand öffnete er seine Hose, holte seinen Pimmel raus und pisste Hillbilly mit einem kräftigen Strahl auf den Kopf und an die Schläfe. »Alles Gute kommt von oben«, sagte er.

Hillbilly hob ein wenig den Kopf. »Drecksau«, knurrte er.

»Und jetzt noch ein Gute-Nacht-Lied«, fuhr Lee fort, packte die Gitarre am Hals, holte aus und donnerte sie Hillbilly gegen den Schädel, dass es wie ein Schuss aus einer Schrotflinte klang. Dann machte es »Ping«, und die Saiten gaben ein trauriges Geräusch von sich.

Hillbillys Kopf sank auf den Boden zurück. Er war nicht bewusstlos, er lag nur da, um ihn herum Teile der Gitarre und Saiten, die wie Insektenfühler in die Luft ragten. Schließlich schaffte er es auf die Knie, schob den Hintern in die Höhe, als wollte er es sich von hinten besorgen lassen, war dann aber nicht mehr in der Lage, sich zu bewegen, und wurde ohnmächtig.

Lee gab ihm mit dem Fuß einen letzten Schubs. Hillbilly rollte auf die Seite und blieb still liegen. Lee knöpfte die Hose zu, nahm Clyde am Ellbogen und sagte: »Gehen wir. Ich brauche was zu trinken. Ich trinke keinen Alkohol, aber ein tüchtiger Schluck kalte Milch tut's auch.«

Goose und Karen saßen draußen hinter der Eiche mit einer Schüssel Wasser, einigen Messern und einer Kerosinlampe am Boden. Goose häutete die vier Eichhörnchen, die er geschossen hatte, und nahm sie aus. Karen legte sie in die Schüssel mit dem Wasser und rieb die noch verbliebenen Fellreste ab.

»Vier Eichhörnchen, vier Schüsse«, sagte Goose.

»Mit einer Schrotflinte.«

»Die saßen nicht am Ende vom Lauf.«

»Wusstest du, dass Eichhörnchen mit Ratten verwandt sind?«, fragte Karen.

»Nee, sind sie nicht.«

»Doch. Die gehören irgendwie zur selben Familie oder so.«

»Sie sehen aber nicht aus wie Ratten. Na ja, vielleicht ein bisschen. Vielleicht sind sie wirklich verwandt. Ich hab Verwandte, die könnten auch Ratten sein, so, wie die aussehen, also kann's wohl in jeder Familie Ratten geben.«

»Vielleicht sollten wir lieber das Thema wechseln.«

»Nichts dagegen. Ich stell mir gar nicht gern vor, dass ich den Vetter von ner Ratte esse.«

»Die sind alle vier richtig schön fett«, sagte Karen.

»Ich ess gern Eichhörnchen. Hab schon seit Ewigkeiten keins mehr gekriegt.«

»Nachdem du sie geschossen hast, darfst du dir auch das beste Stück aussuchen.«

»Wie isst du sie am liebsten?«

»Gebraten. Eichhörnchen und Klöße. Die mag ich, egal, wie sie zubereitet sind.«

»Ich auch ... Du bist wirklich hübsch.«

Karen lächelte ihn an. »Du bist wirklich direkt.«

»Ich hab nur gedacht, nem Mädchen sollte man so was sagen.«

»Du bist ganz schön jung, nicht wahr, Goose?«

»Du auch.«

»Nicht so jung wie du.«

»Also, ich bin nicht so jung, dass ich's nicht mitkrieg, wenn ich ein hübsches Mädchen seh. So'n Mädchen wie du, wenn du meins wärst ... ich würd für dich sorgen. Ich würd alles besorgen, was du brauchst oder dir wünschst.«

»Wie wäre es mit einer Million Dollar?«

»Das könnte ne Zeit lang dauern, aber kriegen würd ich die. Und wenn ich jemanden ausrauben müsste.«

»Das ist aber nicht das, was ein Mädchen hören will. Ich will das jedenfalls nicht hören.«

»Was willst du dann hören? Ich sag's.«

»So läuft das auch nicht, Goose. Wenn du es so machst, dann bin ich nichts Besonderes.«

»Ich mach alles falsch, wie?«

»So ziemlich alles.«

»Ich find dich trotzdem hübsch.«

»Danke.«

»Wenn das mein Kind da in deinem Bauch wär, ich würd nicht davonlaufen. Ich würd dafür sorgen, dass es ein Zuhause hätte.«

Karen brach in Tränen aus. Goose sagte: »Ich wollte da gar nicht von anfangen. Ich wollte dich nicht traurig machen.«

»So ist es eben, nicht wahr? Ich habe mir ein Kind machen lassen. Weil ich auf Hillbilly gehört habe. Er hat gesagt, ich wäre hübsch, so wie du das gesagt hast. Er hat mir eine Menge Dinge gesagt. Ich hätte wissen müssen, dass nichts dahintersteckt. Er wollte mir nur an die Wäsche. Ich bin bloß ein Flittchen.«

»Nee, das bist du nicht. Du bist einfach ausgetrickst worden, das ist alles. Das kann jedem passieren.«

Ben kam an, setzte sich und versuchte, höflich zu schauen. Goose gab ihm die Eichhörncheninnereien zu fressen.

»Bist du so weit, Goose?«

»Die sind alle fertig.«

»Dann tragen wir sie zum Zelt, und ich brate sie. Du kannst mir helfen.«

»Da bin ich dabei.«

Als Lee und Clyde aus dem Pick-up stiegen, trat Sunset gerade aus dem Zelt und fuhr sich mit einer Serviette über den Mund, um das restliche Eichhörnchenfett abzuwischen. Die beiden kamen zufrieden grinsend auf das Zelt zu. »Ihr beide seht aus wie die Katze, die gerade einen Kanarienvogel verspeist hat«, sagte Sunset.

»Verspeist nicht«, entgegnete Clyde, »aber ihm eine Lektion verpasst. Er hat zwar versucht, wie'n Kanarienvogel zu fliegen, aber der Boden ist ihm in die Quere gekommen.«

»Ja«, fügte Lee hinzu. »Er hatte Glück, dass der Boden seinen Fall aufgehalten hat.«

Clyde prustete los. Sunset musterte die beiden eine Zeit lang und fragte sich, ob sie nicht vielleicht betrunken waren.

»Ich weiß nicht, wie du darüber denkst, Sunset«, sagte Lee. »Vielleicht hätten wir es nicht tun sollen. Kann sein, dass es kindisch war, aber wir sind zu Hillbilly gefahren.«

»Wir hatten eine ernsthafte Unterredung mit ihm«, ergänzte Clyde. »Also, Lee hier war der Hauptredner, ich war mehr für die Schlussworte zuständig.«

»Ihr seid gemeinsam auf ihn losgegangen?«

»Nicht ganz«, erwiderte Clyde. »Nicht, dass mir das was ausgemacht hätte, auch nicht, wenn wir noch Unterstützung gehabt hätten. Von mir aus hätte uns auch die Armee beistehen können.«

»Erzähl.«

»Wir sind zu der Adresse gefahren, die Hillbilly mir gegeben hat«, sagte Clyde. »Er war mit einer Hure zusammen, und dein Daddy ist da raufmarschiert und hat ihm den Arsch versohlt, als wäre er am Fußboden festgenagelt, und dann hat er ihn aus dem Fenster geworfen. Daraufhin hab ich ihm mit dem Totschläger eins übergezogen. Nein, zwei.«

Sunset schlug die Hand vor den Mund. »Hat er sich ... wehgetan?«

»Und wie«, antwortete Clyde. »Der hat am Schluss keinen Mucks mehr gemacht. Wenn man jemandem mit nem Totschläger eins überzieht, dann tut das nun mal weh. Aber das war nichts im Vergleich zu dem, was er oben abgekriegt hat, so wie der mit nacktem Hintern aus dem Fenster geflogen kam.«

»Ist er ... tot?«

»Nein«, entgegnete Clyde. »So ein tiefer Sturz war das nicht. Aber gut sieht er jetzt nicht mehr aus. Ich weiß nicht, ob's so bleibt, aber im Moment sieht er aus, als wär er durch ne große Reibe gerutscht und anschließend von nem Betrunkenen wieder zusammengesetzt worden.«

»Tut mir leid, Sunset«, sagte Lee. »Ich weiß, du hast ihn gemocht.«

»Sie hätten sehen sollen, wie Lee dem Hurensohn seine neue Gitarre um die Ohren gehauen hat«, fuhr Clyde fort. »Das war ein toller Anblick, das sag ich Ihnen.«

Langsam breitete sich ein Lächeln auf Sunsets Gesicht aus. »Das hätte ich gern miterlebt.«

»Vor allem den Moment, wo er mit ausgebreiteten Armen aus dem Fenster gesegelt kam. Wäre er zwei Meter tiefer gefallen, hätten sie seinen Arsch mit irgend ner Maschine aus dem Boden ausgraben können.«

Sunset lachte, stellte sich zwischen die beiden und legte die Arme um sie. »Eigentlich sollte ich euch verhaften, aber verdammt – Holiday ist schließlich nicht mein Zuständigkeitsbereich, habe ich recht?«

»Genau«, erwiderte Clyde.

»Na also«, sagte Sunset. »Dann sind mir wohl die Hände gebunden. Kommt rein. Es gibt gebratenes Eichhörnchen.«

KAPITEL 32 Als Hillbilly wieder oben im Bett lag, versorgte die Hure seine Wunden, aber ihm gefiel das ganz und gar nicht, weil sie gesehen hatte, wie er verprügelt worden war. Und nicht zu knapp. Noch dazu von einem alten Mann. Und sonderlich gut sah er gerade auch nicht aus. Als er sich im Spiegel betrachtete, erblickte er jemanden, den er nicht kannte. Jemanden, der überall Schnittwunden hatte – als hätte er eine besondere Form von Syphilis – und dazu eine gebrochene Nase, aufgeschlagene Lippen, ein zugeschwollenes rechtes Auge und eine Wange, wie sie eigentlich nur ein Backenhörnchen haben sollte, das sich gerade jede Menge Nüsse hineingestopft hat. Dabei war die Wange nur geschwollen, weil er einen Backenzahn verloren hatte. Seine Eier waren auch nicht so gut beieinander. Sie hatten sich infolge des Tritts schwarz verfärbt wie verdorrte Pflaumen kurz vorm Herunterfallen. Von dem Sturz tat ihm alles weh. Seine Knie waren aufgeschlagen und seine Ellbogen auch. Er konnte kaum fassen, dass er sich nichts gebrochen hatte. Er fühlte sich innerlich ganz durchgerüttelt, als wäre irgendetwas Großes und Schnelles ratzfatz durch ihn hindurchgefegt.

Die Blonde zupfte ihm mit den Fingernägeln einen Glassplitter aus dem Penis und legte ihn auf ein Taschentuch auf dem Nachttisch. Als sie mit einem feuchten Tuch sein Gemächt bedeckte, zuckte er zusammen. »Du kannst jetzt gehen«, sagte er.

»Bist du sicher, mein Schatz?«

»Ja. Ich möchte, dass du gehst.«

»Das war ein übler Sturz. Du könntest innere Verletzungen haben. Vielleicht solltest du nicht allein bleiben.«

»Doch. Du kannst gehen.«

»Kommst du mich besuchen?«

»Klar.«

»Es kostet dich auch nichts. Du warst ja noch nicht fertig, weißt du.«

»Ich weiß. Aber jetzt geh erst mal.«

Sie stand auf und zog sich an. Als sie an der Tür stand, sagte sie: »Tut mir leid wegen deiner Gitarre.«

»Schon gut.«

»Du hast ja noch die Mundharmonika.«

Hillbilly nahm den feuchten Lappen aus seinem Schritt und warf ihn nach ihr. »Raus, hab ich gesagt.«

Der Lappen traf sie an der Schulter. Sie öffnete die Tür und schlüpfte rasch nach draußen.

Hillbilly lag da und überlegte, was er als Nächstes tun sollte. Außer schnelle Bewegungen zu vermeiden. Dann kam ihm eine Idee, auf die ihn Rooster gebracht hatte. Sie entsprach allerdings nicht ganz dem, was Rooster im Sinn gehabt hatte. Er dachte über die Wohnung oberhalb der Drogerie nach, wo McBride wohnte. Dort musste er hingehen, mit dem Mann reden und herausfinden, ob bei dem, was McBride und Henry vorhatten, nicht auch für ihn was rausspringen konnte.

Er war stolz auf seine Fähigkeit, immer den Weg des geringsten Widerstands zu wählen. Aber wenn es darum ging, jemandem etwas heimzuzahlen, dann war dieser Weg nicht der richtige. Er würde über scharfe Steine klettern und den verschissenen Arsch eines Maultiers küssen, um sich an jemandem zu rächen, der ihn schlecht behandelt hatte, vor allem an einem alten Mann, der ihn vor einer Scheißhure hatte blöd dastehen lassen.

Er überlegte, dass er am besten gleich aufstehen, sich anziehen und zu McBride gehen sollte, aber sein Körper war anderer Meinung. Er sagte: Leg dich hin, Junge. Dir geht es nicht sonderlich gut. Und Hillbilly gehorchte. Sollte sein Körper doch seinen Willen haben. Aber in seinem Kopf arbeitete es, und er schmiedete Pläne, einer gemeiner als der andere.

Nachdem sie mit dem Essen fertig waren und die Geschichte von der Tracht Prügel, die Lee Hillbilly verabreicht hatte, noch einmal erzählt worden war, und alle im Zelt saßen und Kaffee tranken, schlüpfte Sunset mit einem weißen Stoffstreifen, den sie von einem Handtuch abgerissen hatte, nach draußen. Sie befestigte ihn an einem Ast auf der Rückseite der großen Eiche.

Ben trottete herbei und sah ihr zu. Als der Streifen hing, ging sie in die Hocke und streichelte ihn. Jetzt konnte sie nur noch abwarten, ob Bull auftauchen würde. Sie hoffte, er würde kommen. Sie brauchte ihn. Und sie war sich ziemlich sicher, dass Zendo ihn – ohne es zu wissen – ebenfalls brauchte.

KAPITEL 33 Zwei Tage vergingen, in denen der weiße Stofffetzen am Ast der Eiche flatterte, das Wetter mörderisch heiß wurde und die Bäume die Äste hingen ließen, als würde sich der Himmel mit seinem ganzen Gewicht auf sie stützen. Überall waren Heuschrecken und fraßen alles Grün, das sie finden konnten.

Wenn man ging, war es, als würde man durch unsichtbaren Brotteig waten, und Atmen fühlte sich an, als würde man trockene Blätter einsaugen. Nachts setzte Sunset sich nach draußen unter die Eiche. Clyde hatte sich angewöhnt, auf Sunsets Grundstück in seinem Pick-up zu übernachten, und Lee und Goose schliefen auf der Büroseite des Zelts, während Sunset und Karen sich die andere Seite teilten.

Aber wenn alle schliefen, ging Sunset nach draußen, rief Ben, zog sich einen Stuhl unter die Eiche und wartete auf Bull. Sie saß da und streichelte den Hund, bis es ihm zu viel wurde und er sich zu ihren Füßen hinlegte. In der dritten Nacht beschlichen sie allmählich Zweifel, ob Bull jemals auftauchen würde. Er schuldete ihr eigentlich nichts, und das Hilfsangebot, das er ihr gemacht hatte, war vielleicht längst vergessen. Vielleicht würde er auch nie wieder dort vorbeikommen und gar nicht wissen, dass dort ein Stofffetzen hing.

Sie dachte über Hillbilly nach – wie er sie berührt, liebevoll mit ihr gesprochen und was sie dabei empfunden hatte. Dann dachte sie über Karen nach und darüber, was er ihr wohl gesagt hatte, um zu bekommen, was er wollte. Vielleicht dasselbe, was er zu ihr gesagt hatte. Obwohl sie sich, wenn sie es sich so überlegte, nicht erinnern konnte, dass er ihr irgendetwas versprochen hatte. Jedenfalls nicht mit Worten.

Aber seine Hände, Lippen und Augen hatten Bände gesprochen, und dabei war es nur ein Haufen Lügen gewesen. Sie war froh, dass ihr Daddy ihn verprügelt hatte. Dennoch hoffte sie, dass er keine allzu schlimmen Schmerzen hatte. Und sie hoffte, dass sein Aussehen nicht gelitten hatte. Sie mochte ihn zwar nicht, aber sie wollte sich auch nicht vorstellen, dass er verunstaltet war. Solch eine Schönheit sollte nicht zerstört werden. Eigentlich sollte sie auch nicht dem Alter ausgesetzt werden, sollte sich kein bisschen verändern.

Und was war mit Henry und McBride und diesem Kerl, den sie Two nannten? Was sollte sie mit denen machen? Was sollte sie überhaupt machen? Darüber grübelte sie gerade nach, als Lee, in jeder Hand eine Tasse Kaffee, aus dem Zelt herauskam. Sie sah hoch. »Ich dachte, du schläfst.«

»Du glaubst jede Nacht, ich schlafe, während du hier draußen sitzt. Außerdem schnarcht Goose.« Er reichte ihr eine Tasse. »Ich dachte, du magst vielleicht einen Kaffee.«

Sie lächelte ihn an. »Klar.«

Lee gab ihr auch seine Tasse, zog den anderen Stuhl heran und setzte sich. Dann nahm er ihr die Tasse wieder ab und nippte an der heißen Flüssigkeit.

»Daddy, ich bin in einer blöden Situation. Ich weiß nicht, was ich tun soll.«

»Willst du damit sagen, du möchtest es mir erzählen?«

»Ja.«

Und das tat sie dann auch. Sie erzählte ihm alles: von Zendo und seinem Land, von Henry Shelby, McBride und Two, von ihrem Gespräch mit ihnen in der Kirche. Und zum ersten Mal erzählte sie jemandem von Bull, von dem Fetzen, den sie an die Eiche gehängt hatte. Zum Schluss sagte sie: »Ich fürchte, sie könnten es an Zendo auslassen. Ich habe gerade beschlossen, dass ich Clyde rüberschicke, vielleicht, damit er Wache steht, falls sie jemanden losschicken. Er soll seine Schrotflinte mitnehmen. Und dann ist da noch Bull. Er hat versprochen, er würde helfen.«

»Die Leute versprechen viel.«

»Glaub mir, das weiß ich.«

»Ich habe auch so manches versprochen, aber heutzutage sage ich nichts mehr, wenn ich es nicht auch so meine. Glaubst du mir das?«

»Ich versuche es. Ich möchte es ja gern glauben. Aber das ist die Geschichte meines Lebens – ich habe immer den falschen Leuten geglaubt.«

»Na gut, ich sag dir mal, wie ich die Dinge sehe. Du kannst das Ganze von zwei Seiten betrachten: Dein Problem ist es eigentlich nicht. Du hast Zendo nicht übers Ohr gehauen. Du kannst nichts dafür, dass jemand ihn vielleicht umbringen will. Du könntest ihn einfach nur warnen und die Sache dann vergessen. Andererseits könnte das Land, wenn er erst mal aus dem Weg geräumt ist, mit ein paar geschickten Federstrichen ihnen gehören. Das könnten sie auch erreichen, wenn er am Leben bleibt, allerdings könnte er dann unter Umständen eine Menge Staub aufwirbeln, um zu beweisen, dass es ihm gehört. Also: Egal, was du machst, du spielst mit seinem Leben.«

»Eine klare Antwort wäre mir lieber.«

»Antworten hätte ich dir vielleicht vor ein paar Jahren geben können, während meiner Zeit als Prediger. Damals habe ich geglaubt, ich wüsste alles. Jetzt weiß ich nur, dass du so etwas wie eine innere Mitte brauchst, Sunset. Kannst du mir folgen? Und aus dieser inneren Mitte heraus musst du deine Entscheidungen treffen. Und du darfst nicht zulassen, dass diese Mitte ins Wanken gerät. Du wirst ihr vielleicht nicht immer gerecht werden, aber wanken darf sie nicht.«

»Das ist ja alles gut und schön. Aber was mache ich jetzt? Ich habe überlegt, ob ich es Zendo sagen soll, aber ich habe Angst davor. Vielleicht macht es das nur noch schlimmer. Nachher sagt oder tut er etwas, das er besser sein lassen sollte.«

Lee nippte an seinem Kaffee. »Mit anderen Worten: Du behandelst ihn nicht wie einen Mann. Du behandelst ihn wie einen Sklaven, um den man sich kümmern muss, und du bist sein Massa.«

»Das habe ich nicht gesagt.«

»Ich sage nur, wie es auf mich wirkt.«

»Die Leute hier – jedenfalls viele von ihnen – sehen das so. Dass ein Farbiger nicht zu viele Entscheidungen treffen sollte. Wenn ich versuche, Zendo so zu behandeln, als wäre er kein Farbiger, und er dann glaubt, er könnte Entscheidungen treffen wie alle anderen auch, dann führt das vielleicht dazu, dass man ihn umbringt.«

»Du könntest ihn wie einen Mann behandeln, zu ihm gehen und ihm die Wahrheit sagen. Sag einfach, ich weiß nicht, was ich für dich tun kann. Da sind nur Clyde und ich und mein nicht mehr ganz taufrischer alter Herr, und diese Männer, die sind Profis, und denen ist es ernst. Sie betrügen und morden. Du stehst also allein da. Dann hast du ihn gewarnt. Es ist seine Sache, auf sich aufzupassen. So könntest du das machen.«

»Und dann wäre meine Mitte nicht ins Wanken gekommen?«

»Das musst du entscheiden. Ich kann dir das nicht sagen. Du musst das Gefühl haben, das Richtige getan zu haben, eben das, was du tun konntest.«

»Oder?«

»Du machst die Arbeit, für die du eingestellt worden bist. Meistens hat diese Arbeit keine große Bedeutung, aber manchmal vielleicht schon. Und wenn es so ist, beschließt du dann, nichts zu unternehmen, nur weil es schwierig ist? Könnte ja sein, dass du dem nicht gewachsen bist, und wenn es so sein sollte, ist das keine Schande, dann ist es eben so. Aber wenn du der Sache gewachsen bist und nur nicht willst, dann ist das was ganz anderes.«

»Und wie weiß man, ob man der Sache gewachsen ist?«

»Das muss man nicht wissen. Aber man muss ihr gewachsen sein wollen.«

»Und wenn ich beschließe, dass ich das will?«

»Dann mach einen Plan. Und plan mich mit ein.«

»Hallo.«

Sunset und Lee fuhren hoch. Ben sprang auf und sah so beschämt drein, als wollte er sagen: Verdammt, ich bin hier der Hund, und ich habe weder gehört noch gesehen, wie sich dieser Kerl angeschlichen hat.

Hinter ihnen stand Bull, eine Hand auf Sunsets Stuhllehne gestützt. Die Luft schien sich elektrisch aufgeladen zu haben, und sie war angefüllt mit einem erdigen Geruch, der ein klein wenig die Nasenschleimhäute reizte.

»Tauchst du eigentlich nie normal auf?«, fragte Sunset.

»Normal kenn ich nicht«, entgegnete Bull.

»Daddy, das ist Bull.«

»Hallo Bull«, sagte Lee. »Jetzt hätte ich mir doch beinahe in die Hose gemacht.«

Bull grinste und deutete auf den weißen Streifen, der von dem Ast hing. »Ich hab gesehn, Sie haben den Fetzen rausgehängt. Brauchen Sie mich?«

»Genau«, antwortete Sunset.

»Und wozu?«

»Zendo, ein Farbiger. Er braucht einen Beschützer.«

»Meinen Sie den Farmer?«

»Ja. Kennst du ihn?«

»Ich weiß, wer das ist. Jeder weiß das, wegen dem, wie er anbaut, wie sein Boden ist, als wär's irgendwie Zauberkunst oder so. Der kann beim heißesten Wetter riesige Tomaten ziehen, und der Mais ist größer als wie zweimal ich. Er ist der Beste, den's gibt. Er ist richtig berühmt.«

»Das stimmt«, erwiderte Sunset. »Und während wir jetzt reden, könnte es passieren, dass jemand ihm einen Besuch abstattet und ihm und seiner Familie was antut.«

»Warum sollte das wer tun?«, fragte Bull.

Sunset erklärte es ihm. Als sie geendet hatte, setzte sich Bull mit dem Rücken zum Stamm unter die Eiche und dachte nach. Kurz darauf sagte er: »Und da haben Sie jetzt extra auf mich gewartet? Gibt's hier nicht genug weiße Männer? Ihr Daddy macht doch nen ganz brauchbaren Eindruck. Bisschen in die Jahre gekommen, wie ich auch, aber genau vor denen tut man sich besser in Acht nehmen, stimmt's, Dad?«

»Das stimmt«, entgegnete Lee.

»Sie haben ne Weile gebraucht, bis dass Sie entschieden haben, dass Zendo vielleicht Hilfe braucht, oder?«

»Ich glaube, bis heute Abend war mir nicht richtig klar, was ich wollte«, erwiderte Sunset. »Bis vor Kurzem, bevor ich mit Henry und McBride geredet habe, hat Zendo, glaube ich, noch nicht richtig in Schwierigkeiten gesteckt. Aber selbst da war ich mir eigentlich nicht sicher, was ich tun sollte. Und heute Abend habe ich dann mit Daddy geredet, und er hat einiges dazu gesagt, und dann ist mir das alles allmählich klarer geworden. Glaube ich jedenfalls. Und ehrlich gesagt glaube ich, dass du besser auf Zendo aufpassen kannst als ich oder auch als Clyde oder Dad.«

»Das glauben Sie?«

»Du nicht?«

»Vielleicht. Ich mach's schon. Wenn Zendo Hilfe will. Aber Sie müssen was anderes machen. Sie müssen diese Männer aufhalten, die wo sein Land wollen. Ist das nicht Ihre Aufgabe als Gesetzeshüter?«

»Ist es.«

»Würd mir gefallen, wenn ein Farbiger richtig zu Geld kommt, und mit dem Öl könnte das was werden.«

»Und es könnte ihn zur Zielscheibe machen«, warf Lee ein. »Wenn man im Grab liegt, kann man kein Geld ausgeben.«

»Tja. Klar, so ist das. Weiße Leute können's nicht gut ab, wenn ein Nigger zu Geld kommt, vor allem, wenn's vielleicht mehr ist, als wie sie haben.«

»Darüber machen wir uns Gedanken, wenn es so weit ist«, sagte Sunset.

»Lady«, entgegnete Bull. »Sie können sich drauf verlassen, dass ich tu, was Sie wollen. Aber ich muss mich auch drauf verlassen können, dass Sie tun, was ich sag. Sie müssen diese üblen Schurken zur Strecke bringen. Verhaften oder was sonst nötig ist, das müssen Sie tun.«

»In Ordnung.«

»Hast du eine Waffe, Bull?«, fragte Lee. »Ich könnte mir vorstellen, dass du sie brauchen wirst.«

Bull zog sein Hemd hoch. In seinem Hosenbund steckte eine kleine Pistole. »Die ist nur für aus der Nähe. Im Wald dort lehnt an einem Gummibaum ne Flinte Kaliber zehn. Ich hab mir gedacht, Sie könnten sich eher für mich erwärmen, wenn ich nicht mit der in der Hand hier auftauch.«

»Kaliber zehn reicht«, sagte Lee.

»Wem sagen Sie das«, erwiderte Bull.

»Sunset, kannst du sonst noch jemanden um Hilfe bitten?«, fragte Lee. »Je mehr, desto besser.«

»Das Problem ist, dass ich nicht weiß, wen Henry in der

Hand hat und wen nicht. Ich weiß nicht, wer alles zum Klan gehört. Ich könnte es bei dem einen oder anderen versuchen, aber ich fürchte, je mehr Leute von der Sache wissen, desto größer wird unter Umständen das Problem. Ich könnte Leute ansprechen, von denen ich glaube, sie stehen auf meiner Seite, und in Wirklichkeit halten sie zu Henry.«

Lee nickte. »Das klingt schlüssig.«

»Und Sie, Mädel?«, fragte Bull. »Ihre Familie? Haben Sie da dran gedacht?«

»Unablässig. Ich habe schon überlegt, Karen zu ihrer Großmutter zu schicken, aber dadurch würden wir Marilyn nur noch zusätzlich mit reinziehen. Das wäre auch nicht sicherer. Goose weiß natürlich nicht, was los ist. Sollte er aber vermutlich, damit er entscheiden kann, ob er bleibt oder lieber verschwindet. Und Clyde weiß alles, nur von dir weiß er nichts.«

»Ist das der da drüben mit dem Fuß auf dem Armaturenbrett?«, fragte Bull und zeigte auf Clydes zerbeulten Pick-up, der in der Auffahrt stand.

Sunset nickte. »Genau.«

»Na gut«, sagte Bull. »Ich weiß, was ich zu tun hab. Ich geh zu Zendo und red mit ihm.«

»Wann?«, fragte Sunset.

»Ich denk, wo ich eh nicht viel schlaf, da geh ich jetzt gleich hin, bleib bis zum Morgen dort, und wenn Zendo rauskommt, um zu arbeiten, dann red ich mit ihm.«

»Wohnt Zendo in der Nähe?«, fragte Lee.

»Nein«, antwortete Bull. »Aber ich geh quer durch den Wald, da schneid ich was ab vom Weg.«

»Ich habe einen besseren Vorschlag: Ich fahre dich hin und lasse dich in der Nähe raus«, sagte Lee. »Jedenfalls, wenn Sunset mir ihr Auto leiht und du mir den Weg zeigst.«

Nachdem Bull seine Flinte geholt hatte und Lee mit ihm davongefahren war, ging Sunset zu dem Pick-up, in dem Clyde lag, und sah hinein. Plötzlich schien ihr eine Taschenlampe ins Gesicht. Sie zuckte zusammen und legte die Hand an die Augen.

»Tut mir leid«, sagte Clyde, setzte sich auf und machte die Lampe aus.

»Ich dachte, du schläfst«, entgegnete Sunset.

»Nein. Ich lieg einfach hier. Ich hab zugehört, was Sie und Lee und Bull geredet haben.«

»Das nennt man lauschen.«

»Das hab ich ja nicht vorsätzlich gemacht. Ich hab hier geschlafen.«

Sie öffnete die Beifahrertür und rutschte neben ihn auf die Bank, während er sich hinter dem Steuer aufrichtete. »Du hast selbst ein Zuhause.«

»Kann man so sagen. Wenn man verbranntes Holz mitzählt.«

»Hast du Bull gesehen?«

»Ich hab mal kurz hochgeschaut. Er ist riesig.«

»Allerdings.«

»Glauben Sie, Sie können ihm vertrauen?«

»Er ist hier aufgetaucht und hat gesagt, ich soll einen Stoffstreifen an den Baum dort hängen, wenn ich ihn brauche, und er ist gekommen. Also, ja. Clyde?«

»Ja?«

»Ich bin ganz schön blöd gewesen – was Hillbilly angeht, meine ich.«

»Da stimme ich Ihnen zu.«

»Manchmal ... da kann man etwas Gutes direkt vor sich haben, und man sieht es nicht, weil man drum herumsieht, weil man was anderes sehen will.«

»Sie reden jetzt nicht von mir, oder?«

»Doch.«

»Hören Sie, Sunset … Wenn ich glauben würde, dass Sie das auch meinen … also, was ich sagen will: Ich weiß, Sie meinen das nicht … so. Aber wenn Sie irgendwas Nettes damit gemeint haben, egal was. Das würde mich glücklich machen. Aber Mitleid will ich nicht.«

»Mach mich nicht verrückt, Clyde. Sonst leihe ich mir deinen Totschläger und verprügle dich damit. Ich bin eine Idiotin. Das ist alles, was ich sagen will. Ich mache dir keinen Antrag oder irgend so was. Ich sage nicht, ich wäre verliebt. Was ich sage, ist: Ich war eine Idiotin, und du hast versucht, mir das klarzumachen. Du bist ein guter Freund.«

»Wieder muss ich Ihnen zustimmen.«

»In Ordnung, wenn ich dir einen Kuss gebe?«

»Einen freundschaftlichen, meinen Sie?«

»Klar.« Sunset lehnte sich hinüber und küsste Clyde auf die Wange.

»Der Kuss war jetzt kein Mitleid, oder?«

»Sei nicht blöd, Clyde. Ich wüsste nicht, für was ich dich bemitleiden sollte.«

»Das sagen Sie nicht nur einfach so?«

»Nein. Es war, was es war.«

»Egal, was es war, es war jedenfalls nett. Gute Nacht.«

KAPITEL 34 Als Zendo am nächsten Morgen die Maultiere aus dem Schuppen hinter seinem Haus herausgeholt, gefüttert, angeschirrt und aufs Feld gebracht hatte, fand er dort Bull unter der Eiche sitzen, wo er jeden Tag sein Mittagessen einnahm. Er hatte Bull schon ein paarmal gesehen, aber jetzt, aus der Nähe, machte er ihm richtig Angst. Er war riesig, sein Haar stand nach allen Seiten ab, und seine Augen wirkten irgendwie tot, wie bei einem Fisch, der zu lange außerhalb des Wassers gewesen war.

Zendo hatte die Maultiere am Seil geführt, um sie vor den Pflug zu spannen, den er auf dem Feld gelassen hatte, aber als er Bull sah, rief er: »Brrr«, und die Maultiere blieben stehen.

»Bist du Zendo?«, fragte Bull.

Zendo nickte. »Wie geht's Ihnen, Mr. Bull?«, fragte er, ging um die Maultiere herum und blieb mit dem langen Seil in der Hand neben dem einen stehen.

»Oh, es geht schon so. Hab wohl keinen Grund zum Klagen, wo's ja auch nicht viel ändert, wenn ich's tu.«

»Ja, das ist bei mir genauso.«

»Naa«, sagte Bull. »Bei dir geht's nicht so gut.«

Zendo hatte ein Gefühl, als würde ihm jemand einen Stock in den Hintern schieben. Wenn er eins wirklich nicht wollte, dann, dass der berühmte Bull Stackerlee wütend auf ihn war. Es erstaunte ihn, dass Bull überhaupt wusste, wer er war.

»Wieso das, Mr. Bull?« Zendo war überrascht, wie hoch seine Stimme klang.

»Nun ja, lass mich das mal anders sagen.« Bull erhob sich. »Die eine Sache ist, dir geht's so gut, dass man die Engel singen hört, und du weißt nicht mal was davon. Die andere Sache ist, dein Schwanz steckt im Schraubstock, und der weiße Mann sitzt an der Handkurbel.«

»Da ist aber ein großer Unterschied zwischen beidem.«

»Ja. Willst du erst die gute Nachricht oder erst den Mist?«

Zendo, der so verwirrt war, als wäre er nackt in einer fremden Stadt aufgewacht, sagte: »Nun, Mr. Bull, vielleicht wär's am besten, wir tun die schlechten Nachrichten erst mal hinter uns bringen, und dann streuen wir Zucker drüber.«

Hillbilly hatte aus einem Krug Wasser in eine Tasse gefüllt, die Tasse unter seine Eier gehalten, die Beine gespreizt, die Knie gebeugt und die Eier langsam in die Tasse hinabgesenkt. Das half ein bisschen gegen die Schmerzen. Er stand da, als würde er ein unsichtbares Pferd reiten. In der linken Hand hielt er die Tasse mit dem Wasser und seinen Eiern, in der anderen eine Whiskyflasche.

Am Abend vorher hatte er sich betrunken, und als er morgens aufgewacht war, hatte er sich so schrecklich gefühlt, dass er gleich noch einiges hinterherkippen musste, um den Kater in Schach zu halten. Aber jetzt war er nicht mehr betrunken, und er würde sich heute auch nicht betrinken. Stattdessen würde er sich anziehen und diesem McBride einen Besuch abstatten.

Es dauerte eine Zeit lang, bis er sich so weit wieder berappelt hatte, aber schließlich gelang es ihm, sich anzuziehen und rauszugehen. Es war ein heißer Tag, und der Himmel wirkte schwer, obwohl er blau war, so als könnte er vielleicht herunterfallen und Hillbilly zerquetschen. Am Firmament hingen ein paar Wolkenfetzen, die aussahen wie Baumwollflocken, die jemand aus einer blauen Matratze herausgerissen hatte.

Auf der Straße waren überall Staub und Heuschrecken. Auf einer Straße hatte Hillbilly noch nie so viele auf einmal gesehen. Auf einem Feld vielleicht schon, aber nicht so wie hier, wo sie mitten in der Stadt überall herumhüpften.

Hillbilly watschelte leicht O-beinig durch die Heuschrecken hindurch die Hauptstraße entlang zu der Wohnung über der Drogerie hinüber. Er brauchte eine Weile, bis er dort ankam, und als er die Treppe hinaufstieg, war das äußerst schmerzhaft. Ihm tat alles weh, am schlimmsten aber hatte es sein Kreuz bei dem Sturz und seine Eier bei dem Tritt erwischt. Bei jedem Schritt fühlte es sich an, als würde ihm jemand mit einer Eisenstange auf diese beiden Stellen schlagen.

Als er es bis zu dem Treppenabsatz geschafft hatte, klopfte er an die Tür, und kurz darauf wurde sie ihm von der blonden Hure geöffnet, die bei ihm gewesen war, als Sunsets alter Herr hereingestürmt war. »Sieh an«, sagte er. »Du kommst ja rum.«

Sie musterte ihn einen Moment lang und sagte dann: »Weißt du, ich bin eben eine Hure.«

»Oh, das weiß ich«, entgegnete Hillbilly.

»Wie geht's dir?«

»Mir ging's nie besser.«

»Bist du auf der Suche nach mir?«

»Ich hätte nicht mal gewusst, wo ich suchen soll. Also, nein. Bin ich nicht.«

»Was willst du dann hier?«

»Immerhin eine Frage, die ich dir nicht stellen muss, stimmt's?«

»Nein. Vermutlich nicht. Du hast immer noch nen Abschuss gut.«

»Klar. Ist McBride da?«

Sie nickte. »Geh, und ich sag ihm, du wärst ein Handlungsreisender gewesen.«

»Wieso sollte ich?«

»Ich hab so ne Ahnung, was du vorhast. Ich weiß nicht alles, aber ich hab hier doch genug mitgekriegt. Außerdem weiß ich, was mit dir passiert ist, also kann ich mir so einiges zusammenreimen. Zum Beispiel, dass du dich mithilfe der Männer hier an diesem weiblichen Constable und ihrem Vater rächen willst. Aber diese Leute, Hillbilly, die sind wirklich böse.«

»Du kriegst ja tatsächlich ne Menge mit.«

»Ich komme rum.«

»Das glaub ich sofort. Aber, mein Schatz, ich bin auch böse.«

»Eigentlich nicht.«

»Oh doch. Glaub's mir.«

Sie holte tief Luft und atmete langsam aus.

»Du verkaufst deinen Arsch, und nebenbei machst du noch Türdienst?«, fragte Hillbilly.

»Ich mach so ziemlich alles, was man mir sagt.«

»Und ich sag dir, du sollst den Mann holen.«

»Du bezahlst mich nicht. Ich mach das für Geld, Hillbilly. Du, du hast mir keinen Cent gegeben.«

»Aber ich hab dich nett unterhalten.«

»Du und alle anderen. Ich hatte gedacht, du und ich …«

Hillbilly grinste. »Jede Frau, die ich kennenlern, glaubt das.«

Das Gesicht der Blonden verfinsterte sich. »Warte hier«, sagte sie.

Es war ein prächtiges Stück Land, das einst mit Bäumen bewachsen gewesen war, aber die waren – mit Ausnahme von dreien – längst gefällt und in die Sägemühle gebracht worden. Die drei verbliebenen Bäume waren zwei Eichen und ein Tupelobaum. Die Eichen standen vor dem Haus, der Tupelobaum direkt daneben. Das Haus hatte zwei Stockwerke, eine Veranda, die sich um das gesamte Erdgeschoss herumzog, und um das Obergeschoss herum einen Balkon. Es war blütenweiß gestrichen, und das Gras, das man gepflanzt hatte, war von so vielen Schwarzen mit dem Rasenmäher kurz gehalten worden, dass sie gemeinsam einen Volksstamm hätten gründen können. Trotz der Trockenheit hatte man das kurze Gras kräftig bewässert, sodass es nach wie vor ziemlich grün war.

Sunset fiel auf, dass das Haus deutlich mehr hermachte als Marilyns, dabei gehörte Marilyn ein Großteil der Mühle. Aber da stand es, Henrys Haus, so auffällig wie eine Zecke auf einem Patrizierarsch, und es war ihm völlig gleichgültig, dass man sich bei seinem Anblick fragte, woher wohl das ganze Geld gekommen war.

Sunset hatte ihr Auto vor dem Haus abgestellt und war sitzengeblieben, um sich alles anzuschauen.

»Die Veranda ist groß genug, um drauf zu wohnen«, sagte Clyde, der sie begleitete.

Sunset stieg aus und ging quer über den Rasen. Clyde eilte ihr hinterher. Sunset klopfte an die Tür. Sie wurde ihnen von einer großen fetten Farbigen geöffnet, die ein Tuch um den Kopf geschlungen hatte und ein bodenlanges Kleid mit so vielen Mustern trug, dass einem ganz schwindelig wurde. Von drinnen ertönte ein Scheppern. Es kam und ging, war aber ziemlich regelmäßig.

»Ja, Ma'am, was wünschen Sie?«, fragte die Farbige.

»Henry«, entgegnete Sunset. »Ich möchte zu Henry.«

»Ich geh und frag ihn.«

»Nein«, widersprach Sunset. »Das geht schon in Ordnung. Wir kommen einfach rein.«

»Ich muss vorher fragen, ob ich Sie reinlassen darf. Ich hab den Job hier gerade erst gekriegt.«

»Vielleicht bleibt das nicht lange dein Job. Tut mir leid.«

»Sie ist der Constable«, fügte Clyde hinzu.

Das Dienstmädchen betrachtete die Polizeimarke an Sunsets Hemd. »Ja, das ist sie. Und mit dem Gesetz leg ich mich nicht an.« Sie trat zur Seite, und Sunset und Clyde gingen hinein.

»Wo ist er?«, fragte Sunset. Das Dienstmädchen zeigte mit dem Finger nach hinten, und im selben Moment hatte Sunset ihn auch schon entdeckt. Er stand vor einem großen Kaminsims, nahm Keramiknippes herunter und warf ihn mit voller Wucht zu Boden. Als sie auf ihn zugingen, hielt er gerade eine rosa Katze in der Hand. Dann ließ er sie fallen, und ihre Scherben gesellten sich zu denen, die bereits dort lagen.

Henry drehte sich zu ihnen um. »Ich hasse diese Dinger«, sagte er. »Meine Frau hatte die überall rumstehen.«

»Nette Art, die Erinnerung an sie zu bewahren«, entgegnete Clyde. »Einfach ihren Nippes zerschmettern.«

Henry lächelte süffisant. »Was willst du, Mädel? Hast du über das nachgedacht, was ich dir neulich gesagt habe?«

»Habe ich.«

»Nachdem er dabei ist, hast du dich wohl gegen meinen Vorschlag entschieden.«

Sunset nickte.

»Deine Entscheidung, Mädel. Danke, dass du mir Bescheid gesagt hast. Und jetzt verschwindet.«

»Ja, wir verschwinden«, entgegnete Sunset. »Aber mit dir.«

Henry fiel die Kinnlade herunter. »Du willst mich doch nicht verhaften?«

»Doch.«

»Und weswegen?«

»Wegen allem, was du mir neulich erzählt hast.«

»Gar nichts habe ich dir erzählt. Das war nur so dahingeredet. Da steht mein Wort gegen deins.«

»Ich bin das Gesetz. Du hättest das nicht dem Gesetz erzählen sollen.«

Henry machte ein Gesicht, als hätte er in eine Zitrone gebissen. »Ich habe geglaubt, ich könnte vernünftig mit dir reden. Ich habe ein paar Dinge gesagt, die ziemlich grob waren, aber ich dachte, du hörst auf mich. Ich dachte, du wärst vernünftig.«

»Da hast du dich wohl geirrt«, entgegnete Sunset. »Clyde. Nimm ihn mit. Falls er sich widersetzt, gib ihm was auf die Hörner, aber nicht zu knapp.«

Clyde ging auf Henry zu und sagte: »Widersetzen Sie sich, Henry. Machen Sie mir die Freude.«

Er packte Henry am Arm, und als sie das Haus verließen, fragte das Dienstmädchen: »Wollen Sie, dass ich den Saustall dahinten zusammenfegen tu?«

Henry gab keine Antwort.

»Geben Sie mir meinen Lohn?«

Henry antwortete immer noch nicht.

»Dann machen Sie eben selber sauber, das sag ich Ihnen. Ich hab nix gegen das Nippeszeugs.«

»... und ich kann Ihnen helfen«, sagte Hillbilly am Ende von etwas, das einer Schmährede gleichkam, und als er das sagte, versagte ihm fast die Stimme. Er konnte nur hoffen, dass er nicht zu sehr schwitzte. Es war heiß in der Wohnung, aber er schwitzte deutlich mehr als der Mann ihm gegenüber, McBride. McBride hatte sich einen Stuhl direkt vor Hillbilly gezogen, den er auf ein niedriges Sofa an der Wand komplimentiert hatte.

Hillbilly saß dort mit den Händen im Schoß und dachte ausnahmsweise mal nicht daran, wie weh ihm alles tat, denn dieser McBride ... wie der ihn ansah, da wurde ihm ganz übel. Noch dazu, wo der Kerl so eine komische Perücke und eine bescheuerte Schürze trug, so ein Teil mit Rüschen, das von der Brust bis zu den Knien reichte und mit roten Spritzern übersät war. Aber bei ihm wirkte das weder weibisch noch lustig. Nicht bei diesem Mann.

Vielleicht kam er ja langsam in die Jahre. Dass er so von einem alten Mann vermöbelt worden war, hatte sein Selbstvertrauen ziemlich erschüttert. Seit seiner Kindheit, als ihn sein Daddy ein paarmal mit einem Riemen geschlagen hatte, bis er bewusstlos war, hatte ihm niemand mehr eine derartige Tracht Prügel verabreicht. Seit er von zu Hause abgehauen war, war er in keinem Kampf mehr unterlegen, und jetzt hatte er gegen einen alten Mann verloren, und vor ihm saß ein weiterer alter Mann, und vor dem hatte er Angst. Mehr als vor Sunsets Vater. Diesem Kerl fehlte etwas, das eigentlich hätte da sein sollen. Das sah man in seinen Augen.

Und nicht genug: da war auch noch dieser große Nigger, der Two hieß, und der hatte mit sich selbst geredet, als wäre jemand bei ihm. Die Fragen waren nicht an McBride gerichtet gewesen, sondern ins Nichts hinein, und er hatte sie sich selbst beantwortet. Und, verdammt noch mal, jetzt saß dieser große Nigger neben ihm auf dem Sofa, hatte ihm eine Hand aufs Knie gelegt, und Hillbilly, der konnte sich keinen Reim darauf machen, wusste nicht, was das sollte, aber die Hand lag da wie eine große schwarze Krabbe, schwer und warm und fest wie ein Langholzgreifer.

Die Blonde war aus dem Zimmer geschickt worden. Hillbilly wünschte sich, sie wäre da, wünschte, er wäre vorher netter zu ihr gewesen. Er brauchte dringend ein freundliches Gesicht. Diese Kerle waren nur schwer zu überzeugen. Mit Männern war das oft so – sie durchschauten ihn, vielleicht nicht völlig, aber doch so weit, um auf der Hut zu sein. Mit Frauen war das etwas ganz anderes. Er redete gern mit Frauen. Er war gern in ihrer Nähe, und sie hatten ihn gern um sich, aber diese zwei – oder waren es drei? – ließen sich nicht beeindrucken.

»Dann willst du dich also an dem Mann rächen, mit dem du dich geprügelt hast?«, fragte McBride und zündete seine Zigarre an. Er saß da in seiner weißen Rüschenschürze und seiner niggerschwarzen Perücke, und der große Neger, der trug einen Gehrock, wie man es vielleicht bei einem dieser Männer erwarten würde, die mit einem Stab vor einer Kapelle oder einem Orchester herumwedelten. Und dazu hatte er auch noch eine Melone auf dem Kopf.

»Das ist das eine, ja«, antwortete Hillbilly. »Das andere ist, dass ich gedacht hab, ich könnte vielleicht ein bisschen Geld verdienen.«

»Wenn man dir so zuhört, könnte man den Eindruck bekommen, du weißt Bescheid über diese Ölgeschichte«, sagte McBride. »Als wüsstest du alles.«

Hillbilly nickte.

»Wer alles weiß, kann ganz schön Ärger kriegen, nicht wahr, Two?«

»Das kann er durchaus«, entgegnete Two. Und dann, mit einer anderen Stimme: »Genau so ist es, mein Freund.«

»Zeig ihm doch mal ein bisschen, wie Ärger aussieht, Two«, sagte McBride. Two drückte Hillbillys Kniescheibe so fest, dass Hillbilly schon dachte, sie würde rausspringen. Er umklammerte Twos Handgelenk mit beiden Händen.

»Lass los«, sagte Two. Und seine andere Stimme sagte: »Ja, tu das.«

Hillbilly ließ los, und Two drückte weiter zu. Unwillkürlich fuhr Hillbilly mit der Hand zum Mund und biss sich ins Fleisch, um nicht zu schreien. Als er schon dachte, er würde sich die Hand abbeißen oder seine Kniescheibe würde herausspringen, ließ Two los und streichelte Hillbilly den Oberschenkel.

»Das ist schon ein wenig ärgerlich«, sagte McBride. »Ich mag es nicht, wenn jemand weiß, was ich treibe, ohne dass ich es ihm erzählt hab. Ich mag nicht, dass du es von Rooster weißt, weil ich Rooster nicht leiden kann. Er ist weggelaufen, musst du wissen. Klüger, als er aussah, der Junge. Ich hatte keine Verwendung mehr für ihn, und ich vermute, das wusste er, und ihm war klar, was kommen würde. Für dich hab ich vielleicht noch Verwendung. Ich wette, du siehst ziemlich gut aus, wenn dein Gesicht heil ist. Stimmt das?«

»Ja«, entgegnete Hillbilly. »Stimmt. Aber meine Nase, die wird nie wieder gerade sein.«

McBride brach in schallendes Gelächter aus, und Two grinste so breit und hämisch, dass seine weißen Zähne blitzten.

»Ich hab mal gegen Jack Johnson gekämpft, als er noch ein Niemand war«, sagte McBride. »Er hat mir die Nase gebrochen. Das hab ich aber erst später gemerkt. Wenn mir nicht ein Wirbelsturm in die Quere gekommen wäre, dann hätte ich vielleicht gewonnen. Das wird sich nie mehr klären lassen. Wir mussten aufhören, bevor wir richtig angefangen hatten. So eine Nase ist ne komische Sache. Die bricht ganz leicht. Komm, ich zeig's dir.«

McBride schoss unheimlich schnell nach vorn und knallte Hillbilly eine kurze Rechte auf die Nase. Blut spritzte, und Hillbilly ließ den Kopf sinken und stöhnte.

»Bisher hast du nur geglaubt, sie wär gebrochen«, sagte Mc-

Bride. »War sie aber nicht. Jetzt schon. Du kommst zu mir und erzählst mir Sachen, die du meiner Ansicht nach nicht wissen solltest, und ich denke mir, eigentlich sollte Two dir die große Niggerabreibung verpassen. Der kann dir den Hals umdrehen, als wärst du ein Hühnchen, und deinen Halsstumpf vögeln, während du ausblutest. Das könnte er tun, ohne mit der Wimper zu zucken. Ich könnte das ebenfalls tun, aber ich will kein Blut auf meinen Schwanz kriegen. Hast du verstanden, du nicht mehr ganz so gutaussehender Junge?«

»Ja. Ich hab verstanden.«

»Gut. Ich lasse dich am Leben, aber betrachte das hier als eine Art Lektion, eine Botschaft. Du hast das Mädel verarscht, bist zu mir gekommen, und das geht in Ordnung. Aber wenn du mich verarschst, dann wirst du was erleben. Hast du gehört?«

»Ja, hab ich. Laut und deutlich.«

»Das ist gut. Das ist verdammt gut. Und jetzt erzähl ich dir, was du tun wirst, und in diesem Stadium unserer Zusammenarbeit hast du ansonsten nichts zu melden, ist das klar?«

»Ja.«

Two glitt dicht neben Hillbilly und legte ihm den Arm um die Schultern. Als Hillbilly sich zur Seite drehte, bleckte Two grinsend seine weißen Zähne. Seine grünen Augen leuchteten wie Smaragde.

Hillbilly wandte sich wieder McBride zu, und McBride fing an zu reden.

Während Sunset und Clyde unterwegs waren, hatten Lee, Goose und Karen das Zelt und Sunsets Habseligkeiten mit Clydes Pick-up auf dessen Grundstück gebracht, wofür sie vier- oder fünfmal hin und her fahren mussten. Als Sunset und Clyde mit Henry dort ankamen, war das Zelt bereits wieder aufgebaut, und zwar zwischen der Abdeckplane, die Clyde aufgespannt, und dem Haus, das er niedergebrannt hatte. Vor dem Zelt stand ein großer Pfosten, und um den Pfosten herum hing eine dicke Kette, die so angebracht war, dass sie durch ein Loch in der Mitte des Pfostens lief. Die Kette war ziemlich lang, und an ihr war Ben festgemacht, der ein aus einem alten Gürtel gefertigtes Halsband trug. Lee, Goose und Karen kamen aus dem Zelt. Lee brachte einen Stuhl mit.

»Was zum Teufel soll das?«, fragte Henry.

»Gefängnis«, entgegnete Sunset. »Du gehst ins Gefängnis.«

»Welches Gefängnis?«

Sunset legte den Gang ein und zog die Handbremse an. Dann drehte sie sich zu Henry um, der mit Clyde auf der Rückbank saß. Clyde hatte Henry die Hände mit einem kurzen Seil zusammengebunden, und Henry sah so wütend aus wie eine Hornisse in einem Einmachglas.

»Genau das habe ich mich auch gefragt«, sagte Sunset. »Welches Gefängnis? Ich brauche für Henry ein Gefängnis, aber ich habe keins. Und als Nächstes habe ich mir gedacht, du hast Freunde, und wenn ich dich zu mir bringe und dich dort lasse, statten die mir vielleicht einen Besuch ab. Also sind wir umgezogen. Die Leute wissen, wo ich wohne, das hat sich herumgesprochen, aber an Clydes Zuhause denken sie vielleicht nicht, und falls doch – nun, Clyde hat hier draußen seit Jahren quasi immer allein gelebt. Stimmt's, Clyde?«

»Oh ja. Und außer Hillbilly, der ne Zeit lang hier war, hat mich auch nie jemand besucht. Ich glaub also kaum, dass irgendjemand, der Ihnen wichtig ist, weiß, wo ich wohn. Das ließe sich zwar rausfinden, aber für so neugierige Arschlöcher gibt's ja Schrotflinten.«

»Das wirst du noch bereuen, Kleine«, sagte Henry.

»Das tue ich jetzt schon. Ich bereue den Tag, an dem ich diese Arbeit angenommen und irgendwas über dich herausgefunden habe.«

Henry sah sie verwirrt an. »Dann lass mich doch gehen. Lass die Arbeit sausen. Gib die Marke zurück. Verdammt, das Angebot gilt immer noch. Wir können Clyde auch was von dem Geld abgeben.«

»Ich bereue den Tag, das schon. Aber da ist diese Sache mit der inneren Mitte, und verdammt noch mal, ich habe eine, und ich will nicht, dass sie ins Wanken kommt.«

»Dass sie was?«, fragte Henry.

»Das verstehst du nicht«, entgegnete Sunset.

Sie ließen Henry aussteigen und führten ihn zu dem Pfosten vor dem Zelt. Sunset sagte zu Lee: »Daddy, ist der Pfosten fest genug eingegraben?«

»Ben meint ja. Er hat eine Weile daran herumgezerrt und sich dann hingelegt.«

»Na prima.«

Clyde ging ins Zelt und kam mit Handschellen und einem Vorhängeschloss zurück. Mit einem Messer schnitt er das Seil um Henrys Handgelenke durch, dann legte er ihm die Handschellen an. Sunset nahm Ben das Halsband ab. Ben lief zu Henry und roch an seinem Schritt, als würde er ihm am liebsten etwas wegbeißen.

»Was zum Teufel tust du da?«, fragte Henry.

»Ich werfe dich ins Gefängnis«, erwiderte Sunset. Sie zog die Kette durch die Handschellen und schob das kleine Vorhängeschloss durch zwei Kettenglieder. Lee stellte den Stuhl vor den Pfosten. »Das hier ist dein Gefängnis«, sagte Sunset.

»Hier draußen?«, fragte Henry.

»Es ist ziemlich schattig.«

»Das kannst du nicht machen.«

»Klar kann ich das. Du solltest nur hoffen, dass ich nicht den Schlüssel für die Handschellen oder für das Schloss verliere. Setz dich, oder Clyde sorgt dafür, dass du dich setzt. Karen, holst du Henry bitte ein bisschen Wasser?«

»Du machst es von Minute zu Minute schlimmer.«

»Setz dich, Henry.«

»Wie lange willst du mich hier festhalten?«

»Das weiß ich nicht. Ich muss erst überlegen, was ich mit dir mache, welcher Gesetzeshüter dich nicht wieder freilässt, wer nicht beim Klan ist oder Verbindungen zum Klan hat, und wer nicht seine Meinung ändert, wenn ihm Geld rübergeschoben wird.«

»So jemanden wirst du wahrscheinlich nicht so leicht finden.«

»Nicht jeder ist bestechlich.«

»Da bin ich anderer Meinung. Ich glaube, wenn's hart auf hart kommt, ist jeder bestechlich oder zumindest gewillt, sich auf einen Handel einzulassen. Das ist nun mal der Lauf der Dinge, Kleine.«

»Sir«, sagte Lee. »Wenn Sie meine Tochter noch einmal ›Kleine‹ nennen, werden wir sehen, wie oft ich Sie um den Pfosten herumjagen kann, bevor die Kette zu Ende ist.«

Henry setzte sich schweigend hin. Karen kam mit einer Tasse Wasser. Henry nahm sie und warf sie zu Boden.

»Verdammt, Henry«, sagte Clyde. »Vor heute Abend kriegen Sie nichts mehr.«

»Darf ich Ben auf ihn hetzen?«, fragte Goose.

»Noch nicht, mein Schatz«, erwiderte Sunset.

KAPITEL 35 Der hellbraune Plymouth summte wie eine Biene durch die Dunkelheit, und trotz der Hitze waren die Fenster wegen der Heuschrecken bis fast ganz oben hochgekurbelt. Die Heuschrecken waren überall. Sogar jetzt, in der Nacht, hüpften sie vor den Scheinwerfern herum und verdreckten den Kühlergrill.

Plug lenkte den Wagen an den Straßenrand, nahm die Flasche vom Sitz, machte den Verschluss ab und trank einen Schluck. Der Geruch von Whisky breitete sich im Wagen aus. Hillbilly, der vorn auf dem Beifahrersitz saß, sagte: »Du brauchst das Zeug nicht.«

»Ich hab schon jede Menge davon getrunken.«

»Das mein ich ja. Du brauchst nicht noch mehr.«

»Ich versteh nicht, wieso du plötzlich Sheriff bist. Ich hab vorher noch nie was von dir gehört, und jetzt, wo Rooster weg ist, machen die dich zum Sheriff. Ich hab dich nur einmal gesehen, mit der Rothaarigen, und jetzt bist du Sheriff.«

»Zum einen«, entgegnete Hillbilly, »bin ich nicht blöd.«

»Pass auf, was du sagst, wenn du mit mir keinen Ärger kriegen willst.«

Hillbilly lachte.

Tootie, der hinten saß, schob die Schrotflinte auf seinem Schoß hin und her und sagte: »Ich glaub, wir sollten alle was trinken. Ich könnte auf der Stelle aussteigen und wegrennen, und eigentlich sollte ich genau das tun, aber wenn ich bleib und mitmach, dann brauch ich was von dem Schnaps. Wir sollten alle was trinken.«

Two, der ebenfalls mit einer Schrotflinte auf dem Schoß neben ihm saß, sagte: »Niemand geht irgendwohin.«

»Genau«, antwortete Twos anderes Ich. »Wir bleiben alle hier. Fahr weiter.«

»Ich will was zu trinken«, maulte Tootie. »Ich glaub nicht, dass ein durchgeknallter Nigger, der mit sich selbst redet, sich anmaßen sollte, mir das Trinken zu verbieten. Ein Nigger sollte sich nem Weißen gegenüber überhaupt nichts anmaßen.«

Two hob lässig die Schrotflinte, presste sie gegen Tooties rechtes Ohr und drückte ab. Der Schuss riss die obere Hälfte von Tooties Kopf weg, zerschmetterte die Fensterscheibe und ließ überall im Wageninneren Schrot herumfliegen. Hillbillys Nacken war voller Blut, genau wie der Rücksitz, Two, sein schwarzer Gehrock und seine schwarze Melone. Es stank unangenehm nach Schwefel.

Plug riss die Tür auf, sprang hinaus, rannte zur Motorhaube und legte beide Hände darauf. »Verdammt!«, rief er. »Verdammt!«

Hillbilly hatte sich nicht gerührt. Er spürte, wie ihm Tooties Blut den Nacken hinablief.

»Ich mag keine Leute, die nicht zu Ende bringen, was sie angefangen haben«, sagte Two.

»Ich auch nicht«, stimmte der andere Two zu.

Hillbillys Hände, die die Schrotflinte auf seinem Schoß umklammert hielten, zitterten. »Ich mag die auch nicht.«

»Mach die Tür auf«, befahl Two. »Zieh ihn raus.«

Hillbilly legte die Schrotflinte langsam und vorsichtig auf den Sitz. Hätte es sich dabei um ein Ei gehandelt, das bereits einen Knacks hatte, hätte er es auch nicht langsamer und vorsichtiger behandeln können. Er blickte sich nicht nach Two um. Er stieg aus und öffnete die hintere Tür. »Geh zur Seite«, sagte Two, lehnte sich mit dem Rücken gegen die andere Tür und stieß Tootie mit den Füßen aus dem Wagen. Tootie landete in einer sitzenden Position auf der Straße. Die Heuschrecken, die überall waren, bedeckten in kürzester Zeit auch seinen Körper.

Two stieg aus, ging um den Wagen herum und legte seine Flinte auf den Boden. Er hob Tooties Kopf an, wedelte mit seiner großen Hand ein paar Heuschrecken fort und beugte sich vor, bis sein Mund nahe an dem von Tootie war. Dann griff er um Tooties Kopf herum und schloss seinen langen Daumen und seinen noch längeren Zeigefinger um Tooties Kiefergelenke und drückte zu. Tooties bereits offenstehender Mund öffnete sich noch weiter, und Two legte seinen Mund auf Tooties.

»Großer Gott«, sagte Hillbilly. »Was tust du da?«

Two saugte einen Moment lang an Tooties Mund, dann ließ er Tootie auf den staubigen Boden sinken. »Was Gott will«, entgegnete er. Und der andere Two fügte hinzu: »Ich habe seine Seele gegessen. Ich habe sie gegessen, und sie war köstlich.«

»Ach du heiliger Strohsack«, entfuhr es Plug, der immer noch an der Kühlerhaube lehnte.

Two hob die Flinte auf und sagte zu Hillbilly: »Bring ihn weg.«

Der andere Two ergänzte: »In den Wald da drüben.«

Hillbilly tat wie geheißen, und zwar auf der Stelle. Als er Tootie fortzog, sprangen die Heuschrecken in alle Richtungen davon, und als er zum Waldrand kam, sah er, dass sie alle Blätter weggefressen hatten und nur noch kahle Zweige übrig waren. Hillbilly schleifte Tootie durch das nackte Buschwerk, bis er zu einigen großen Bäumen kam, wo er ihn auf ein paar Kiefernnadeln liegen ließ.

Two ging zu Plug hinüber und sagte: »Hast du Probleme mit dem, was du machen sollst?«

»Das wär nicht nötig gewesen«, entgegnete Plug. »Er hat doch bloß vor sich hin geredet. Wir machen uns doch alle Gedanken. Das hatte doch gar nichts zu bedeuten. Das hätte wirklich nicht sein müssen. Wir sind nicht so wie du ... wie ihr beide. Wir haben so was noch nie gemacht.«

Der große Mann stand, die Schrotflinte im Arm, ruhig da und legte den Kopf auf die Seite.

»Ist schon vorbei«, sagte Plug. »Ich mach mir keine Gedanken mehr.«

Hillbilly schnitt ein Stück von Tooties Hemd ab und wischte sich damit das Blut aus dem Nacken. Dann ließ er das Tuch auf den Boden fallen, ging zurück und stieg in den Wagen. Der Schuss war zwar nicht direkt neben seinem Ohr losgegangen, aber sie klingelten trotzdem. Er konnte zwar alles hören, aber es klang, als würde jemand aus einer Höhle heraus zu ihm sprechen.

Plug ließ den Motor an und sagte: »Ich meine ja nur, du hättest das nicht tun müssen, Two. Es war ihm nicht ernst. Er war nur nervös. Er hat ne Frau und ein Kind.«

»Und du glaubst, die anderen haben das nicht?«, fragte Two. »Glaubst du, er ist besser als sie? Das ist keine Frage von gut oder böse, Frauen oder Kindern. So etwas spielt keine Rolle. Das hat in Gottes Universum keine Bedeutung. Dauernd sterben Säuglinge. Dauernd sterben alte Leute. Gott interessiert sich nicht fürs Sterben. Er interessiert sich für Seelen.«

Und der andere Two sagte: »Glaubst du, mir bedeutet das was? Glaubst du, es gibt irgendetwas, das mir was bedeutet? Frauen und Kinder sterben wie alle anderen auch. Wir bewahren so viele Seelen, wie wir können, und wenn Gott uns ruft, übergeben wir sie ihm. Unser Tod wird mehr wert sein als der der großen Masse, denn wir sind die große Masse.«

»Das verstehe ich«, entgegnete Hillbilly und schielte zu Plug hinüber.

Two sagte: »Wenn wir fertig sind, muss dieses Auto richtig gründlich sauber gemacht werden.«

»Und wir müssen ein Fenster bestellen«, ergänzte der andere Two. »Und Farbe besorgen. Bruder McBride mag diesen Wagen. Er wird wollen, dass er repariert wird.«

Als sie zu Sunsets Grundstück kamen, standen dort, wo das Zelt gewesen war, nur noch der Boden des Hauses, das Plumpsklo und der hohe Pfosten, den Marilyn für eine Wäscheleine eingegraben hatte.

»Die haben sich verdünnisiert«, sagte Plug. »Wir müssen niemanden umbringen.«

»Ich glaub nicht, dass die sich verdünnisiert haben«, widersprach Hillbilly.

»Klar doch. Wenn nicht, wo sind sie denn dann?«, fragte Plug.

»Die wissen nicht, dass ich bei euch bin«, entgegnete Hillbilly. »Die ahnen nicht, dass ich ne Vorstellung hab, wo sie stecken. Verdünnisiert haben die sich schon, aber nicht so, wie du denkst.«

»Raus mit der Sprache«, sagte Two.

»Ich glaube, wir sollten zu Clydes Grundstück fahren. Ich an ihrer Stelle würde mit meinem Zelt dorthin umziehen.«

»Clyde?«, fragte Two.

»Sunsets Deputy«, erwiderte Hillbilly.

»Was ist mit Henry?«, fragte Two. »Bruder McBride hat gesagt, er wäre heute verhaftet worden. Er hat gesagt, ein Dienstmädchen hat es jemandem erzählt, und dieser Jemand hat es einem anderen Jemand erzählt, und dann hat Bruder McBride davon erfahren.«

Der andere Two sagte: »Das ist es, worum es hier geht, verstehst du? Henry. Und die Frau.«

»Und die anderen?«, fragte Plug. »Geht es um die auch?«

»Ja«, erwiderte Two. »Um die und um diesen Zendo.«

»Aber Zendo, der weiß doch von nichts«, entgegnete Plug.

»Inzwischen weiß er vielleicht was«, widersprach der andere Two. »Aber was ist mit Henry?«

»Der muss bei ihnen sein«, antwortete Hillbilly. »Denen würde hier keiner helfen. Wenn sie bei Clyde sind, ist er auch dort. Sie müssen entweder bei Clyde sein oder bei Marilyn, Sunsets Schwiegermutter, aber ich denke, da gehen sie eher nicht hin. Das wäre zu offensichtlich und zu einfach. Clydes Grundstück, das wär der ideale Ort.«

»Gut.« Two nickte. »Und die Schwiegermutter?«

»Ich glaub nicht, dass die ein Problem darstellt«, erwiderte Hillbilly.

Der andere Two sagte: »Das werden wir uns noch durch den Kopf gehen lassen. Ich erzähle es Bruder McBride, und dann wird der es sich durch den Kopf gehen lassen. Hillbilly, du zeigst uns den Weg. Und Plug, du fährst uns. Bitte.«

Ich würde gern ne wichtige Aufgabe kriegen«, sagte Goose. »So gut, wie Sie zu mir gewesen sind, Miss. So gut, wie Lee zu mir gewesen ist.«

»Was ich von dir möchte«, entgegnete Sunset, »ist, dass du Clyde unterstützt. Daddy und ich fahren rüber zu Zendo und schauen nach, wie es mit Bull läuft. Ich habe eine Idee gehabt, die vielleicht ganz gut ist.«

»Ich will ja nur helfen.«

»Ich weiß, und danke, dass du gefragt hast. Bleib bei Clyde und Karen und Ben und pass auf den guten alten Henry und das Zelt auf. Das ist deine Aufgabe, und die ist wichtig.«

Sie standen vor dem Zelt in der Nähe des Pfostens, wo Henry angekettet auf einem Stuhl im Mondlicht saß. Der Teller, von dem er gegessen hatte, stand auf dem Boden, und Ben leckte ihn gerade ab.

»Kannst du den Hund nicht wegjagen?«, fragte Henry. »Vorhin hat er an den Pfosten gepinkelt. Ich mag ihn nicht um mich haben. Er schnüffelt dauernd an mir rum.«

»Wenn ich etwas wegen ihm unternehmen wollte, könnte ich das vermutlich«, erwiderte Sunset.

Lee kam aus dem Zelt und stieg mit Sunset ins Auto. »Bist du sicher, dass wir sie hier allein lassen können?«, fragte Lee.

»Niemand kennt diesen Ort, nicht mal Leute, die Clyde kennen. Er hat nie Besuch. Hier zu sein ist eine gute Idee.«

»Wenn er unter einer Abdeckplane lebt, wundert mich nicht, dass er nie Besuch hat.«

»Tatsache ist, dass die Abdeckplane besser ist als das Haus, das er niedergebrannt hat. Und jetzt steht da das Zelt.«

»In dem Zelt wird es langsam ganz schön eng«, sagte Lee. »Wenn das hier vorbei ist und wir wieder auf deinem Grundstück sind, sollten wir ein Haus bauen und Clyde helfen, hier eins zu bauen.«

»Wir werden sehen«, entgegnete Sunset.

Sobald sie in die Hauptstraße eingebogen waren, erfasste das Licht der Scheinwerfer Unmengen von Heuschrecken und einen hellbraunen Plymouth, der ihnen entgegenkam.

Fahr mal langsamer«, sagte Hillbilly. »Im Dunkeln kann man die Stelle nicht so leicht erkennen. Da vorne. Da biegst du ein. Der Weg endet bei seinem Grundstück.«

»Wie weit?«, fragte Two.

»Nicht sonderlich weit«, entgegnete Hillbilly. »Ein Katzensprung. Aber kein großer.«

»Fahr ein kurzes Stück weiter und park den Wagen dann am Wegrand«, befahl Two. »Den Rest gehen wir zu Fuß.«

»Wir werden nehmen, was Gott braucht«, ergänzte der andere Two.

Plug bog ab. Der Weg war unbefestigt, und der Wagen wirbelte eine Menge Staub auf, der wie Nebel in der Luft hing. Aus dem Staubnebel sprangen Heuschrecken und knallten gegen die Windschutzscheibe, die bereits ganz klebrig war. Plug fuhr ein kurzes Stück, hielt dann bei einer kleinen Lichtung an und machte die Scheinwerfer aus.

Hillbilly und Two hatten Schrotflinten Kaliber zwölf. Plug hatte einen .45er Revolver. »Wir sagen, was und wann und wie«, sagte Two.

»Klar«, entgegnete Hillbilly. »Ihr Jungs seid der Chef.«

»Wenn du von wir redest, meinst du dich, stimmt's?«, fragte Plug.

»Ich meine uns beide«, erwiderte Two.

Plug nickte. »Na gut. Ich hab verstanden ... glaub ich.«

Sie stiegen aus und liefen den Weg hinunter. Kurz darauf hieß Two sie stehen bleiben.

»Wir gehen vor«, sagte Two. »Ihr kommt über den Weg nach. Wenn ihr uns schießen hört, rennt ihr los.«

»Warum schleichen wir uns nicht einfach an?«, fragte Plug.

Two drehte langsam den Kopf, nahm die Melone herunter und schüttelte den Schweiß ab. Im Licht des Monds sah seine Hufeisennarbe wie eine frische Wunde aus. »Wir schleichen uns an.«

»Wir wie ... ihr beide?«, fragte Plug.

»Genau«, antwortete der andere Two. »Kapiert?«

»Klar«, entgegnete Plug.

Two nickte, lief den Weg hinunter und verschwand kurz darauf im Wald.

»Ich würd vorschlagen, wir gehen zurück zum Auto und fahren weg«, sagte Plug. »So weit wie möglich.«

»Hier ist ne Menge Geld zu holen«, erwiderte Hillbilly.

»Das bestreite ich ja gar nicht. Aber mir ist das inzwischen egal. Tootie hätte auch Geld kriegen sollen, hab ich recht? Und jetzt kriegt er keins. Was hat ihm das Geld also gebracht?«

»Ihm hat's nichts gebracht«, gab Hillbilly zu. »Aber vielleicht kriegen wir dann mehr. Wir könnten McBride um Tooties Anteil bitten und ihn uns teilen.«

Plug blickte den staubigen Weg hinunter. »Ich weiß nicht, ob ich ne Frau umbringen will. Ich weiß nicht, ob ich überhaupt jemanden umbringen will. Tootie ... dass der so gestorben ist, das war schlimm genug. Ich hab mal nen Hirsch geschossen, da ist mir schon schlecht geworden.«

»Du darfst sie dir nicht als Menschen vorstellen. Stell sie dir einfach als Ziele vor. So macht man das, Plug.«

»Du warst ihr Freund«, wandte Plug ein.

»Ich empfinde jetzt nicht anders für sie als vorher. Aber ihr Daddy und Clyde sind mir inzwischen egal, was immer sie getan haben. Für Sunset jedoch empfinde ich immer noch dasselbe. Nur hat das alles nichts mit dem zu tun, was man empfindet.«

»Zum Teufel, das hat es wohl.«

»Kommst du jetzt oder nicht?«

Dann hörten sie einen Schuss aus einer Schrotflinte. »Das ist Two«, sagte Hillbilly. »Das heißt, wir müssen los.« Er trabte den Weg hinunter. Plug zögerte einen Moment, dann lief er ihm hinterher.

Es spielte sich so ab: Two kam auf der linken Seite von Clydes Grundstück aus dem Wald heraus, auf Zehenspitzen und leise wie eine tote Maus in einem Wattebällchen, das Gewehr schussbereit. Als Henry in sein Blickfeld geriet, dachte er über das nach, was McBride gesagt hatte. Er hatte gesagt: »Bruder, Henry ist nicht gut für uns. Er hat eine zu laute Klappe, und er wird sich nie damit abfinden, dass ein Nigger auch einen Anteil bekommt. Henry braucht das Geld nicht, das ihm zusteht. Du und ich aber schon. Henry hat seine Schuldigkeit getan, jetzt ist er nur noch eine weitere Seele, die du sammeln kannst.«

Two trat aus dem Wald heraus und ging auf Henry zu. Henry sah zu ihm hoch, lächelte und sagte leise: »Gut, dich zu sehen, Two.«

»Gleichfalls«, erwiderte Two, hob die Schrotflinte und schoss. Henry wurde vom Stuhl gerissen und gegen den Pfosten geschleudert. Knurrend kam Ben angerannt. Two lud nach und schoss auf Ben, dessen Beine nachgaben. Er rutschte jaulend über den Boden und fiel hin. Mühsam hoben und senkten sich seine Flanken.

Beim ersten Schuss hatte Clyde den Kopf aus dem Zelt gestreckt, aber er hatte keine Waffe zur Hand, also zog er ihn zurück, als der zweite Schuss fiel und Ben zu Boden ging. Drinnen griff er nach seiner Schrotflinte, und als er wieder hinaussah, war der farbige Mörder bereits ein gutes Stück näher gekommen. Er gab Henry gerade endgültig den Rest, jagte ihm eine weitere Ladung Schrot in den Leib, beugte sich über ihn und brachte Henrys Gesicht ganz dicht an seines. Clyde wollte gerade anlegen, als er Plug und Hillbilly den unbefestigten Weg hinunterkommen sah, Hillbilly mit einer Schrotflinte in der Hand, Plug mit gezogener Pistole. Jetzt war ihm klar, wie sie sie gefunden hatten.

»Hinten raus«, rief er und schubste Goose, der mit einer von Clydes Pistolen angelaufen kam, in Richtung Karen, die bereits ganz hinten im Zelt stand. Er holte sein Klappmesser heraus, ließ es aufspringen, schnitt die hintere Zeltwand auf, und kurz bevor Two die vordere Zeltklappe aufriss, schlüpften sie alle hinaus und rannten in den Wald. Um sie herum explodierten die Heuschrecken. Hinter sich konnten sie jemanden laufen hören, und als Clyde sich umdrehte, sah er den großen Farbigen mit der Melone rasch herankommen. Für einen so großen Mann lief er sehr schnell und noch dazu so mühelos, als wäre er Teil der Nacht.

»Nach links«, rief Clyde, der wusste, dass dort ein Pfad einbog. »Nach links.«

Karen gehorchte. Der schmale Pfad führte in den Wald, wo das Licht des Monds nur wenig durchdrang. Karen trug ein Kleid, und die Brombeerranken zerrten daran. Clyde hörte, wie es riss, und hörte Karen stöhnen, als sich ihr die Dornen ins Fleisch bohrten.

Goose lief hinter Clyde, und Clyde drehte sich nach ihm um.

Goose war nicht mehr da.

Goose dachte: Sunset hat mir gesagt, ich soll aufpassen, und ich hab's versemmelt. Ich hab mich einfach umgedreht und bin abgehauen. Wir alle sind einfach nur abgehauen.

Mit der schweren Pistole in der Hand machte Goose kehrt, rannte zurück und dachte: Den werd ich überrumpeln. Dem schieß ich den Arsch weg, bevor er überhaupt merkt, dass ich da bin.

Als Goose wieder am Anfang des Pfads war und die Pistole hob, bereit, den großen Farbigen zu überraschen, überraschte Two ihn, indem er plötzlich aus dem Nichts auftauchte, als wäre eine riesige Heuschrecke vom Boden hochgesprungen. Goose blieb stehen, zielte, die Waffe mit beiden Händen fest gepackt, drückte ab und dachte: Wie könnte ich ihn verfehlen? Auf die kurze Entfernung. Aber er verfehlte ihn trotzdem.

Two dagegen verfehlte ihn nicht. Der Schuss riss Goose von den Füßen, schleuderte ihn nach hinten und ließ ihn auf den Boden krachen. Goose versuchte, die Pistole zu heben, musste aber feststellen, dass er sie nicht mehr in der Hand hielt. Er hielt gar nichts mehr. Die Schrotkugeln hatten seinen rechten Daumen und einige seiner Finger abgetrennt und waren dann in seinen Bauch eingedrungen. Schmerzen hatte er nicht. Ihm war nur heiß, und er fühlte sich gelähmt und atemlos.

Jetzt stand der große Mann mit der Melone über ihm. Er ließ sich neben Goose auf die Knie fallen, nahm die Melone ab und legte sie auf den Boden. »Du bist richtig frisch, mein Sohn«, sagte er. »Richtig frisch.«

»So mögen wir sie am liebsten«, fügte der andere Two hinzu.

Goose versuchte, das mit den beiden Stimmen und nur einem Mann zu verstehen, aber es gelang ihm nicht. Er konnte bloß denken, was für ein Idiot er doch gewesen war, einfach so zurückzulaufen, und dass er jetzt starb und das auch wusste und dass er noch nie eine Muschi gehabt und immer nur hart gearbeitet hatte, und jetzt war alles vorbei. Dann legte der Mann seinen Mund auf Goose' Mund und saugte daran, und Goose versuchte, ihn abzuwehren, aber er bekam die Hände nicht hoch. Er versuchte, ihn zu beißen, aber er hätte nicht mal Schnee kauen können, so schwach war er, und jetzt war ihm auch nicht mehr heiß, sondern kalt, und jetzt kam auch der Schmerz, aber der hielt nicht an, denn schon einen Moment später spürte Goose gar nichts mehr.

Clyde wollte zurückgehen, hatte sich schon umgedreht, aber er musste Karen beschützen, und Goose war vielleicht auf einen anderen Pfad eingebogen, obwohl Clyde, der den Wald sehr gut kannte, sich an keinen anderen Weg erinnern konnte. Er beschloss, weiter hinter Karen herzulaufen.

Der Pfad endete am Ufer des Flusses. Das Ufer war hier sehr hoch und mit Bäumen bewachsen, deren Wurzeln zum Wasser herabhingen. Clyde packte Karen am Arm und sagte: »Ich lass dich runter.«

Sie nahm seine Hand, und er beugte sich vornüber, hob sie hoch, als wäre sie eine Puppe und ließ sie über den Rand hinab. »Halt dich an dem Ast da fest«, sagte er. »Und dann schwing dich nach unten. Dort ist eine Höhle.«

Da war eine ausgewaschene Stelle unter den Wurzeln, die man von oben nicht sehen konnte. Die Höhle war ziemlich groß, und nachdem Clyde Karen hinuntergelassen hatte, griff sie nach einer der Wurzeln, ließ seine Hand los und schwang sich außer Sichtweite. Clyde dachte: Hoffentlich sind da drin keine Mokassinschlangen.

Sobald sie nicht mehr zu sehen war, beugte Clyde sich vor und rief leise: »Kannst du mich hören?«

»Ja«, antwortete Karen.

»Ich reiche dir die Schrotflinte runter. Sei vorsichtig. Streck die Hand aus und nimm sie. Ich hänge sie an meinen Gürtel.«

»In Ordnung.«

Clyde zog den Gürtel aus, schnürte ihn um den Kolben der Flinte, beugte sich weit über den Rand, schwang den Gürtel erst nach außen und dann in die Höhle. Karen fing die Waffe auf, und Clyde ließ den Gürtel los. Dann packte er eine Wurzel, kletterte hinunter, packte die nächste, kletterte wieder ein Stück tiefer und in die Höhle zu Karen. Er musste ein wenig den Kopf einziehen, aber ansonsten war die Höhle, wie er sie in Erinnerung hatte. Er war mal beim Fischen in den Fluss hinausgewatet, um die Angelleine zu entwirren, und dabei hatte er die ausgewaschene Stelle entdeckt. Damals war sie fast halb so hoch wie ein Mensch gewesen, sehr breit und ziemlich tief. Seither war der Fluss ein paarmal angeschwollen und hatte die Höhle noch deutlich mehr ausgeschwemmt.

Als er spürte, dass Karen sich an ihn lehnte, griff er in die Tasche, holte eine Schachtel Streichhölzer heraus, nahm ein Streichholz und riss es an. Am anderen Ende der Höhle saß ein Biber und zischte sie mit gefletschten Zähnen an. Im flackernden Licht des Streichholzes sah er aus wie eine große, haarige Ratte. Karen schmiegte sich enger an Clyde.

»Nimm das Streichholz«, sagte Clyde, griff nach der Waffe und stieß damit nach dem Biber, bis er an ihnen vorbeisprang. Karen gab ein kurzes Kreischen von sich, dann glitt der Biber ins Wasser und schwamm davon. Das Streichholz erlosch.

»Sei jetzt ganz still«, sagte Clyde. »Geh nach hinten und sei still.«

»Ich habe Angst«, flüsterte Karen.

»Die hab ich auch.«

»Und Goose?«

»Darüber können wir uns jetzt keine Gedanken machen. Sei still, hab ich gesagt.«

Sie zogen sich so weit wie möglich in den hinteren Teil der Höhle zurück, setzten sich, warteten und lauschten.

Am Anfang des Pfads, den Clyde und Karen eingeschlagen hatten, entdeckte Two im Unterholz ausgerissene und zusammengedrückte Ranken. Während er dort stand und sie betrachtete, kamen Hillbilly und Plug heran. Plug steckte den Revolver ins Holster zurück.

»Ihr seid langsam«, sagte Two.

»Hast du inzwischen alle umgebracht?«, fragte Plug. »Wir haben den Jungen gefunden. Der war doch nur ein Kind.«

»Ruhe«, herrschte ihn der andere Two an. »Sie sind hier entlanggelaufen.«

»Sunset?«, fragte Hillbilly.

»Ein großer Mann und ein Mädchen«, antwortete Two.

»Vermutlich Clyde und Karen«, sagte Hillbilly.

»Henry, den hast du auch erschossen«, maulte Plug. »Ich dachte, den wollten wir bloß holen.«

»Wir haben ihn doch geholt«, erwiderte der andere Two.

»Ihn hast du ›geholt‹, und Tootie auch«, sagte Plug. »Was hält dich davon ab, uns auch zu ›holen‹? Vielleicht willst du an unseren Gesichtern auch rumlutschen. Hast du an dem Hund rumgelutscht?«

»Der hat keine Seele«, entgegnete Two. »Gott hat Tieren keine Seele gegeben.«

»Und du?«, fragte Plug. »Hast du eine?«

Two packte Plug am Hemd und gab ihm einen Schubs. Plug legte die Hand an die Waffe, zog sie aber nicht. »Schon gut«, sagte er.

»Ruhe jetzt«, befahl Two. »Kein Wort mehr.«

Plug nickte.

Two bog in den Pfad ein, Hillbilly und Plug folgten ihm.

Clyde und Karen saßen in der Höhle und hörten eine Eule schreien und den Fluss vorbeirauschen. Sie sahen einen Waschbären im Mondlicht das Wasser durchschwimmen, ans andere Ufer klettern und zwischen den Bäumen verschwinden. Heuschrecken wuselten und wirbelten durch das Unterholz, und unzählige tote Insekten trieben im Wasser vorbei.

Nach einiger Zeit hörten sie Blätter rascheln und das Geräusch sich nähernder Schritte. Karen versteifte sich und klammerte sich an Clyde. Clyde saß mit überkreuzten Beinen da, die Flinte über einen Oberschenkel gelegt, und lauschte.

Es war heiß in der Höhle. Schweiß lief ihm über das Gesicht und klebte ihm das Hemd am Leib fest. Auch von Karen ging diese Feuchtigkeit aus, und noch etwas, das er riechen konnte: Angst.

Über ihnen hielten die Schritte inne, und dann hörte man jemanden schwer atmen. Clyde nahm an, es war Plug. Er fragte sich: Warum sind sie ausgerechnet hier stehen geblieben? Können sie irgendetwas entdeckt haben? Nein. Diese Kerle, die würden nichts entdecken. Oder doch? Konnten sie erkennen, wo Karen und er den Pfad verlassen und sich über den Uferrand hatten hinabgleiten lassen? Und wenn ja, würden sie wissen, dass der Fluss hier eine Höhle ausgewaschen hatte? Vielleicht würden sie zum Fluss hinuntersteigen. Von der Höhle aus hätte er freie Schussbahn. Dennoch – sie waren zu dritt. Und er hatte das Mädchen bei sich.

Vielleicht waren sie aber auch stehen geblieben, weil der Pfad an dieser Stelle breiter wurde, man konnte sich strecken, Luft holen. Vielleicht ...

»Das bringt nichts«, hörte er Hillbilly sagen. »Clyde kennt diesen Wald wie ein Scheißeichhörnchen.«

Dann hörte Clyde jemanden reden, den großen Farbigen, nahm er an, obwohl der sehr gebildet klang und mit weichem Yankee-Akzent sprach: »Bruder McBride wird das nicht gefallen.«

»Wir sollten zurückgehen und auf sie warten«, antwortete eine andere Stimme, die Clyde nicht bekannt vorkam. Sie klang weder nach einem Farbigen noch nach jemandem aus dem Süden. War da etwa noch eine vierte Person? Jemand, den er übersehen hatte?

»Nein«, widersprach die erste Stimme, die, von der Clyde annahm, dass sie die des Farbigen war. »Die kommen nicht zurück. Das werden sie nicht tun.«

Dann war eine Bewegung zu hören, gefolgt von Stille. Die beiden saßen lange Zeit dort und lauschten auf nichts. Dann hörten sie eine Explosion. Sie war so laut, dass Karen einen leisen Schrei ausstieß. Sie presste die Hand gegen den Mund und krümmte sich zusammen. Clyde klopfte ihr sanft auf die Schulter. Er merkte, dass er schwer atmete, also holte er tief Luft und ließ sie dann langsam durch die Nase ausströmen. Ganz ruhig, sagte er sich.

Ganz. Ruhig. Die Explosion hatte nicht sehr nah geklungen. Nur laut. Vielleicht eine Flinte, aber so hatte es sich eigentlich nicht angehört. Nein, keine Flinte. Je länger er darüber nachdachte, desto sicherer war er sich, dass es keine Flinte war. Aber was war es dann?

Sie warteten noch einmal ungefähr fünf Minuten. Clyde zählte das, was er für fünf Minuten hielt, im Kopf mit. Dann dachte er: Nein, kletter da nicht hoch. Vielleicht warten sie genau darauf. Dass wir uns blicken lassen. Vielleicht machen sie genau das. Auf der Lauer liegen. Aber die Explosion? Was war das gewesen?

Clyde legte sich die Schrotflinte quer über die Knie und wischte sich die feuchten Hände am Hemd ab. Dann strich er sich mit der Hand über Augen und Stirn und rieb sie wiederum vorne an seinem Hemd trocken.

Sie warteten. Weitere zwanzig Minuten vergingen, wie Clyde wiederum im Kopf mitzählte. Er beschloss, zwanzig Minuten müssten reichen. Er beugte sich zu Karen hinüber und flüsterte ihr ins Ohr: »Du nimmst die Waffe. Ich steig zum Wasser hinunter und geh ein Stück flussaufwärts.«

»Nein«, widersprach Karen.

»Ich geh ein Stück flussaufwärts, schlage einen Bogen und seh nach, ob da oben noch jemand ist. Wenn nicht, rufe ich dich. Wenn du mich nicht rufen hörst, wenn irgendjemand über den Rand schaut und anfängt, hier runterzuklettern, dann schießt du. Und zwar so, dass du denjenigen tötest.«

»Clyde.«

»Sprich leise.«

Karen senkte die Stimme. »Warte noch. Ich habe Angst. Warte noch.«

»Wir warten noch ein bisschen, aber nur ein bisschen.«

Sie warteten, und das Warten dehnte sich, aber schließlich glitt Clyde aus der Höhle und ließ sich an den Wurzeln baumelnd zum Wasser hinunter. Er bewegte sich so leise wie möglich, konnte allerdings nicht verhindern, dass jeder seiner Schritte ein platschendes Geräusch verursachte. Um ihn herum trieben auf dem Wasser tote Heuschrecken vorbei. Er stieg auf der Seite, auf der sich auch die Höhle befand, ans Ufer, kletterte nach oben und klappte sein Messer auf. Er war ein Stück von der Höhle entfernt und konnte den vom Mond beleuchteten Pfad entlangsehen, konnte erkennen, wo die Männer gestanden hatten. Sie waren nicht mehr da. Er schlich in dieselbe Richtung weiter, und durch eine lichte Stelle zwischen den Bäumen sah er etwas so hell aufleuchten, als wäre die Sonne früh aufgegangen und explodiert. Ein Feuer.

Er ging zum Steilufer, kniete sich hin und sagte: »Karen, ich bin's. Reich mir die Schrotflinte rauf, wenn du das schaffst.«

Karens Hand kam hervor, klammerte sich an eine Wurzel, dann schwang sie sich mit dem Rücken zum Wasser aus der Höhle und reichte die Waffe nach oben. Er griff danach, und Karen arbeitete sich die Böschung hinauf. Clyde packte sie am Handgelenk und half ihr.

»Sind sie weg?«, fragte sie

»Hier schon. Sie sind zum Zelt zurückgegangen.« Er zeigte auf den hellen Schein, der durch die Bäume drang.

»Oh Gott ... was ist mit Goose?«

Clyde schüttelte den Kopf. »Ich weiß es nicht.«

Sie schlichen den Weg zurück, den sie gekommen waren, und stießen auf Goose. Seine malträtierte Hand ruhte neben seiner Brust, und die Waffe, mit der er auf Two zu schießen versucht hatte, lag kaputt neben ihm.

Karen kniete sich hin, berührte seinen Kopf und weinte leise. »Das hätten sie doch nicht tun müssen. Das alles hätten sie doch nicht tun müssen. Warum?«

»Geld, mein Schatz«, erwiderte Clyde. »Ich kümmer mich später um ihn. Lass ihn einfach so liegen.«

Karen beugte sich hinunter und küsste Goose auf die kalte Stirn. Sie warteten noch eine Zeit lang im Wald, und schließlich schlich Clyde allein zurück. Was er sah, war ein gewaltiges Feuer, und jetzt wurde ihm auch klar, was die Explosion gewesen war: Sie hatten seinen Pick-up in Brand gesetzt, vermutlich mit einem brennenden Lappen, den sie in den Benzintank geworfen hatten, um den Wagen in die Luft zu jagen. Das Zelt und Clydes Plane hatten sie ebenfalls angezündet. Eins musste man ihnen lassen: Sie machten keine halben Sachen.

Vorsichtig bewegte er sich mit schussbereiter Waffe weiter, aber da gab es nichts, auf das er hätte schießen können. Henrys Leiche lag immer noch neben dem Pfosten und Bens nicht weit davon entfernt.

Clyde ging zurück, um Karen zu holen, und gemeinsam versuchten sie, mithilfe des Wassereimers aus dem Brunnen und ein paar Schüsseln, die sie unter der Plane hervorzogen, den Boden rund um das Feuer nass zu machen, damit es nicht auf den knochentrockenen Wald übersprang.

KAPITEL 36 Das Haus im Wald, das Pete und Jimmie Jo gehört hatte, war klein, aber viel hübscher als das, in dem Zendo und seine Familie lebten.

»Und Sie wollen mir weismachen, dass das unser Haus ist?«, fragte Zendo.

»Ich sage nur, dass es das sein wird, wenn alles klappt«, entgegnete Sunset. »Niemand nutzt es mehr, und niemand würde dich hier vermuten, also bist du hier sicherer als in deinem Haus. Und ich würde ein paar Tage nicht auf die Felder gehen. Das kannst du dir doch erlauben, oder?«

»Vermutlich.«

»Nur ein paar Tage«, wiederholte Lee.

»Und Bull bleibt bei dir«, fuhr Sunset fort. »Einverstanden, Bull?«

»Einverstanden.« Bull zog sich einen Stuhl heran, setzte sich und legte sich die Schrotflinte quer über den Schoß.

»Es ist aber ein komisches Gefühl, im Haus von wem anders zu sein«, sagte Zendo.

»Dein Hund liegt vorne auf der Veranda und ist zufrieden«, entgegnete Lee. »Er weiß, dass er hier zu Hause ist. Und das Schwein ist hier mit dir im Zimmer.«

Das Schwein lag rücklings auf dem Boden, die Füße in der Luft, glücklich, weil es keine Ahnung hatte, dass es mal als Schinken enden würde.

»Schau her«, sagte Sunset. »Sie haben das Haus auf Land gebaut, das dir gehört. Das ganze Öl unter dem Boden gehört dir, Zendo. Du bist reich.«

»Ich bin tot, das bin ich. Reich sein tut einem nicht helfen, wenn man tot ist.«

»Genau das wollen wir ja verhindern«, sagte Sunset. »Dass du stirbst und das Land dir nicht gehört. Wir haben Henry verhaftet, und sobald mir klar ist, wie wir jetzt am besten weitermachen, kümmern wir uns um den Rest. In der Zwischenzeit, glaube ich, bist du hier sicher. Und das Haus steht auf deinem Land, und damit gehört es dir, jedenfalls meiner Meinung nach.«

»Und sie ist der Constable«, fügte Bull hinzu.

Zendos Frau, an deren Bein sich ihr kleines Kind klammerte, sagte: »Wenn wir von all dem nix gewusst hätten, dann täten wir uns nicht verstecken müssen. Wir täten kein Öl haben, aber wir täten uns nicht verstecken müssen.«

»Irgendwann wären sie auf jeden Fall gekommen«, entgegnete Sunset. »Egal, ob ihr davon wisst oder nicht.«

»Das gefällt mir gar nicht«, sagte Zendo.

»Tut mir leid, dass es so gekommen ist«, erwiderte Sunset. »Aber so ist es nun mal. Daddy und ich müssen jetzt zurückfahren. Ich muss mir überlegen, was ich mit Henry mache und an wen ich mich wenden kann, damit ich Unterstützung bekomme. Bull, brauchst du irgendwas?«

»Zwanzig Jahre weniger auf'm Buckel wären prima. Aber sonst brauch ich nix.«

Das Erste, was Sunset durch ihre mit Insekten übersäte Windschutzscheibe sah, waren lodernde Flammen, die hoch in den Himmel schlugen, und die Umrisse von aufgewirbelten Heuschrecken. Dann sah sie Clydes Pick-up beziehungsweise dessen brennendes Skelett. Die Fenster waren zerborsten, die Türen vom Druck aufgeflogen, die Ladefläche abgerissen. Ihre Überreste lagen ganz in der Nähe, und das hintere Ende zeigte in den Himmel.

»Mein Gott«, sagte Sunset. »Karen.«

Sie trat auf das Gaspedal und wäre direkt in das Feuer hineingefahren, wenn Lee nicht geschrien hätte, sie solle halten. Sie machte eine Vollbremsung, sprang aus dem Wagen, rannte los und schrie Karens Namen. Lee rutschte auf den Fahrersitz, stellte den Motor des weiterrollenden Wagens ab, zog die Handbremse an und stieg aus. Er rief. Erst nach Karen, dann nach Clyde. Er sah, dass Sunset sich über etwas am Boden beugte. Als er näher kam, begriff er, dass es Ben war. Sunset hatte ihre Hände auf ihn gelegt, und als sie sie wegnahm, waren sie rot.

Als Nächstes fanden sie Henry. Das Feuer hatte ihn bereits erreicht, hatte eins seiner Beine weggebrannt und fraß sich weiter aufwärts. Lee trampelte auf ihm herum, bis die Flammen erloschen waren. Dann rannten sie um das brennende Zelt herum, und als Sunset sah, dass bereits überall Flammen herausschlugen, gaben ihre Knie nach. Lee fing sie auf.

»Das muss nicht heißen, dass sie da drin waren«, sagte er. Im nächsten Moment sahen sie, dass sich jenseits des Feuers etwas bewegte. Dann kamen zwei Gestalten um das Feuer herum, eine mit einem Kübel, die andere mit einer großen Schüssel. Karen und Clyde.

»Es war Hillbilly«, sagte Clyde.

Sie waren alle in Sunsets Auto gestiegen. Sie fuhr ein Stück weiter und bog in einen schmalen Forstweg ein.

»Ich wusste, dass er ein Stück Scheiße ist«, erwiderte Sunset. »Aber das ... mein Gott. Das ist alles meine Schuld. Alles, was passiert ist, ist meine Schuld.«

»Es ist die Schuld von diesem Hurensohn«, widersprach Clyde. »Er hat Plug hierher geführt und diesen großen Farbigen. Der, der so groß ist wie Bull. Der, von dem Sie mir erzählt haben.«

»Two«, entgegnete Sunset.

»Armer Goose«, sagte Lee. »Ich habe ihn wirklich sehr gern gehabt.«

»Ich auch«, stimmte Karen ein. »Mama, ich kriege kaum Luft.«

»Ich muss zurück und ihn beerdigen«, sagte Lee. »Ich muss das gleich machen. Ich muss ihn sehen.«

»Nein«, widersprach Sunset.

»Was heißt da nein?«, fragte Lee.

»Ich habe versucht, diese Geschichte langsam anzupacken«, erwiderte Sunset und starrte auf den Lichtschein des Feuers. »Ich habe versucht, eins nach dem anderen zu machen. Zum Beispiel erst mal Henry zu verhaften. Aber sie haben ihn umgebracht. Genau wie Goose und Ben. Und Clyde haben sie auch versucht zu töten. Das ist meine Schuld. Ich hätte wissen müssen, dass wir hier nicht sicher sind. Es wird Zeit, dass wir der Sache ein Ende setzen. Es wird Zeit, dass wir sie festnehmen. Du hast sie gesehen, Clyde. Du bist nicht nur ein Zeuge, du bist mein Deputy. Und du, Karen, hast sie auch gesehen. Wir wissen, wer sie sind und was sie getan haben. Ich muss sie verhaften. Dazu habe ich das Recht. Das hier ist in meinem Zuständigkeitsbereich passiert.«

»Dieser Farbige sieht nicht aus wie ein leichter Gegner«, gab Clyde zu bedenken. »Und Hillbilly ist das auch nicht, wie ich rausfinden musste.«

»Daddy hat ihn zusammengeschlagen«, widersprach Sunset.

»Das kann man wohl sagen«, stimmte Clyde zu.

»Wir holen Bull, und dann fahren wir in die Stadt und verhaften sie.«

»Und Goose?«, fragte Lee.

»Er wird schon verstehen, dass er ein bisschen warten

muss«, entgegnete Sunset. »Er würde wollen, dass wir sie uns schnappen. Und McBride und seine Kumpane werden so bald nicht mit uns rechnen. Wir holen Bull, sorgen dafür, dass der Laden in Camp Rapture geöffnet wird, besorgen uns Waffen und Munition, und dann schnappen wir uns McBride und Two und Plug und vor allem Hillbilly.«

»All die Waffen«, sagte Clyde. »Das klingt nicht gerade nach einer Verhaftung.«

»Wir müssen sie überzeugen«, erwiderte Sunset. »Und so, wie die sind, brauchen wir vielleicht eine Menge Überzeugungskraft. Aber wenn wir es schaffen, verhaften wir sie. Wir sind nicht wie die. Aber als Erstes müssen wir dafür sorgen, dass sich das Feuer nicht weiter ausbreitet.«

Das Feuer erlosch von selbst. Mithilfe von Schüsseln, die sie am Brunnen mit Wasser füllten, befeuchteten sie die Erde drumherum. Dann fuhren sie nach Camp Rapture zum Laden der Sägemühle. Sunset machte gar nicht erst den Versuch, den Geschäftsführer aufzutreiben, damit er ihnen den Laden öffnete. Sie holte ein Montiereisen aus dem Kofferraum ihres Autos und stemmte damit die Hintertür des Ladens auf. Dann gingen sie hinein und suchten sich im Licht einer Taschenlampe, was sie brauchten: Munition, Waffen, sämtliche vorhandenen Schrotflinten. Als Nächstes holten sie Marilyn aus dem Bett, und anschließend zwängten sie sich alle ins Auto und fuhren dorthin, wo sich Bull und Zendo mit seiner Familie aufhielten.

»Aber Sie haben doch gesagt, Bull täte bei uns bleiben«, protestierte Zendo.

»Ich weiß, was ich gesagt habe«, erwiderte Sunset. »Aber die Lage hat sich geändert.« Sie erzählte ihnen, was passiert war, und fügte hinzu: »An dich werden sie gar keinen Gedanken verschwenden. Und falls doch, wissen sie nicht, dass du hier bist. Wenn du willst, kannst du dich auch draußen im Wald verstecken. Aber Bull muss ich mitnehmen. Solltest du aus irgendeinem Grund nichts von uns hören, sagen wir bis heute Abend, dann solltest du lieber verschwinden.«

»Und wohin?«, fragte Zendos Frau.

»Ich weiß es nicht«, antwortete Sunset.

Bull stand auf und sagte: »Tu du die Schrotflinte behalten, Zendo. Die leistet dir prima Gesellschaft. Ich glaub, der Constable hat recht. Wir knöpfen sie uns vor. Ich hätt das ja gleich gemacht. Aber ich bin ja auch nicht das Gesetz.«

»Die werden alle Hände voll mit uns zu tun haben«, versicherte Lee. »Die werden gar nicht an dich denken, Zendo.«

»Wenn ich nicht das Gefühl hätte, dass du hier sicher bist, würde ich Karen nicht bei dir lassen«, fügte Sunset hinzu. »Aber dennoch: Falls wir nicht zurückkommen, geh, und nimm Karen ebenfalls mit.«

»Oh Mama«, sagte Karen.

»Wir kommen zurück«, beruhigte Sunset sie. »Das ist nur eine Vorsichtsmaßnahme.«

»Goose kommt schließlich auch nicht mehr zurück, oder?«

»Du musst jetzt ganz stark sein«, erwiderte Sunset.

»Ich hab Angst«, sagte Zendo. »Da will ich Sie gar nicht anlügen.«

»Wir alle haben Angst«, entgegnete Sunset. »Und ich habe es satt, Angst zu haben und wegen Dingen beschuldigt zu werden, die ich nicht getan habe. Ich habe es satt, dass irgendwelche hohen Tiere und starken Männer betrügen, stehlen und morden, und ich habe es satt, dass ich nicht gemerkt habe, dass einer meiner Deputys ein Lügner und ein mieses Schwein ist. Sie haben einen Jungen umgebracht. Goose. Einen braven Jungen. Einen von ihren Leuten haben sie ebenfalls umgebracht, haben ihn erschossen, als er an einen Pfosten gekettet war. Und meinen Hund haben sie auch getötet.«

Schließlich teilten sie die Waffen unter sich auf. Jeder nahm sich ein halbautomatisches Kaliber-Zwölf-Gewehr und eine Schachtel Munition. Sie luden die Waffen und steckten sich weitere Munition in die Taschen. Sunset kontrollierte, ob in ihrer .38er sechs Kugeln steckten. Sie und Bull trugen als einzige Handfeuerwaffen. Sunset reichte ihre an Karen weiter und sagte: »Pass auf, dass du dich nicht erschießt.« Dann drehte sie sich zu Bull und Lee um und sagte: »Bull, Daddy, kraft meines Amtes ernenne ich euch zu Deputys.«

»Verdammt, gilt das auch für einen Farbigen?«, fragte Bull.

»Heute schon.«

Das Schwein grunzte. Clyde sagte: »Das ist ein prima Schwein. An eurer Stelle würde ich das nicht essen.«

Als sie das kleine Haus verließen und ins Auto steigen wollten, hörten sie ein Geräusch, das wie ein lautes Seufzen klang. Sie sahen nach oben und stellten fest, dass der Mond von einer Wolke aus Heuschrecken verdeckt wurde. Das Geräusch, das die Heuschrecken machten, wurde lauter, von einem Seufzen zu einem Summen zu einem Surren, das sie an die große Säge oben auf dem Hügel in Camp Rapture erinnerte. Zu diesem Zeitpunkt konnten sie das noch nicht wissen, aber die Heuschrecken waren bereits über Zendos Feld hergefallen. Diesen Sommer würde er darauf nicht mehr arbeiten müssen, denn innerhalb von Minuten hatte sich die dunkle Insektenflut im Licht des Monds über sein Feld ergossen, alles kahlgefressen und nur noch Wurzeln und Erde übrig gelassen. Dann war sie aufgeflogen und hatte den Himmel über Sunset und ihren Leuten verdunkelt.

Sunset fuhr, Clyde saß neben ihr, Bull und Lee hinten. Es wurde allmählich Tag und der nachtschwarze Himmel bereits hell. Unterwegs sammelten sich so viele Insekten auf der Windschutzscheibe, dass Sunset anhalten und sie mit einem Stock herunterkratzen musste. Mit einem Lappen, den sie im Handschuhfach liegen hatte, versuchte sie, das Glas sauberzuwischen, verschmierte aber alles nur noch mehr. Während sie versuchte, die Windschutzscheibe sauber zu bekommen, landeten Insekten auf ihr und bissen sie. Dreimal mussten sie anhalten, um die Windschutzscheibe zu putzen. Sie wechselten sich ab: Als Nächster war Clyde dran, dann Lee.

Als es etwas heller wurde, bot sich ihnen ein verstörender Anblick: Die Landschaft hatte sich vollkommen verändert, und nirgendwo gab es mehr etwas Grünes. Die Bäume sahen aus wie Skelette von Riesen, die vom Himmel gefallen waren und von denen überall Knochen abstanden. Unten am Boden war es dasselbe. Grün hatte sich in Grau und Braun verwandelt, und das Lied der Heuschrecken schwoll an und ebbte ab, während sie sich ihren Weg durch den trockenen Sommermorgen fraßen und mit solcher Wucht gegen das Auto knallten, dass Sunset die Farbe abspringen sah.

Sie kämpften mit der Straße und mit den Insekten und rollten schließlich langsam nach Holiday hinein. Inzwischen war es richtig hell geworden, und man konnte sehen, dass Straßen und Gebäude von Insektenwolken umschwirrt waren. Oben auf dem Hügel, dem Aussichtspunkt über der Drogerie, verschwand vor Sunsets Augen wie von Zauberhand jegliches Grün.

Sie fuhren an der Wohnung vorbei zum Büro des Sheriffs und sprangen aus dem Wagen. Sich einen Weg durch die Insekten zu bahnen, die ihnen wie eine Meereswelle entgegenbrandeten, war wie ein Spießrutenlaufen. Sunset wurde zu

Boden gedrückt, und die anderen, außer Bull, gerieten ins Stolpern. Schließlich hatten sie die Eingangstür des Sheriffbüros erreicht und traten einer nach dem anderen mit gezückten Waffen ein.

Plug saß hinter dem Schreibtisch, als hätte er auf sie gewartet. Seine Hände lagen gut sichtbar auf dem Tisch. Sunset stieß einen Schrei aus und drückte ihm die Schrotflinte unter das Kinn.

»Nur zu«, sagte Plug. » Ich hab niemandem was getan, aber nur zu.«

»Ich hab dich gesehen«, fuhr Clyde ihn an.

»Aber ich wollte nicht mitmachen. Ich hab mich von denen abgeseilt, sobald wir wieder in der Stadt waren. Aber außer hier wusste ich nicht, wo ich hätte hin sollen. Und ich hab auf niemanden geschossen. Auf gar niemanden.«

»Betrachte dich als verhaftet«, sagte Sunset. »Jetzt bin ich das Gesetz. Und darüber kannst du verdammt froh sein.«

Plug stand auf, hochgezogen von dem Lauf der Schrotflinte unter seinem Kinn. Sunset schubste ihn nach hinten zu den Zellen. »Wo sind die Schlüssel?«, fragte sie.

»In der Schublade«, antwortete Plug.

Lee holte sie. Sie steckten Plug in eine Zelle und sperrten die Tür ab. »Am liebsten würde ich dich über den Haufen schießen«, sagte Sunset. »Ich möchte dich wirklich umbringen, Plug. Goose war doch nur ein Junge.«

»Ich hab niemanden getötet, und ich wollte auch niemanden töten. Ich dachte, ich könnte das, aber es ging nicht. Ich hab auf niemanden geschossen. Das war der Nigger. Der hat das alles gemacht. Dieser Hillbilly, der hätt's auch gemacht, aber er ist nicht dazu gekommen. Dieser Nigger, der ist übergeschnappt. Der hat Tootie den Kopf weggeblasen. Meinen beinahe auch. Kein Geld der Welt ist das wert. Aber ich bin nicht von ihnen weggekommen. Ich musste mit ihnen zusammenbleiben. Die haben gedroht, sie bringen mich um.«

»Genau wie ich«, entgegnete Sunset.

»Machen Sie ruhig. Ich hab nichts dagegen. Ich wollte nur nicht, dass dieser Nigger an mir rumlutscht. Erst erschießt er einen, dann lutscht er an einem rum. Er glaubt, er saugt einem die Seele aus dem Mund. Den hat mal ein Maultier gegen den Kopf getreten. Seitdem hat er eine Narbe. Und nen Knall. Er glaubt, er wär zwei Leute. Vielleicht ist er das ja auch. Mein Gott, ist das ein verrückter Nigger.«

»Wo ist Hillbilly?«, fragte Sunset.

»Ich glaub, oben in der Wohnung im roten Haus. Ich glaub, der ist bei dem Nigger und McBride. Die haben da drüben ne Hure. Ich wollte eigentlich abhauen, aber dann kamen die Insekten. Ich hab mir gedacht, sobald die weg sind, hau ich ab. Aber ich weiß nicht, was ich dann gemacht hätte. Wo ich hätte hin sollen.«

»Du gehst nirgendwohin, Plug«, sagte Sunset. »Wo ist das, ›im roten Haus‹?«

»Die Wohnung über der Drogerie. Gleich schräg gegenüber.«

»Na gut«, sagte Sunset. »Wir schnappen sie uns jetzt. Der Hure darf nichts passieren. Sie hat nichts damit zu tun.«

»Es gibt einen Vordereingang und hinten eine schmale Treppe. Vergessen Sie nicht, dass ich versucht hab, Ihnen zu helfen. Vergessen Sie das nicht.«

Sie kämpften sich durch die Insekten zurück ins Auto, von wo aus sie die Wohnung schräg gegenüber sehen konnten. Nah genug, um zu Fuß zu gehen, was allerdings bei diesem Insektensturm keine gute Idee war.

»Ich werde ganz dicht ranfahren«, sagte Sunset. »Daddy,

du und Bull, ihr geht vorne rein. Clyde und ich nehmen den Hintereingang. Wenn wir sie überraschen, ohne dass sie die Waffen zur Hand haben, dann sind unsere Aussichten nicht so schlecht. Ich weiß, wie gern ihr schießen würdet, aber tut es nur, wenn es nicht anders geht. Versucht, sie zu verhaften. Aber wenn sie versuchen, euch zu verletzen, dann erschießt sie.«

»Was machen wir?«, fragte Clyde. »Klopfen wir an?«

»Das wäre eine Möglichkeit«, entgegnete Sunset.

Sie fuhr auf die andere Straßenseite. Die Heuschrecken glitten in Wellen über das Auto hinweg. Sie waren so dicht an dicht unterwegs, dass sie wie ein großes gesprenkeltes Band aus Grün und Braun und Grau und Schwarz wirkten. Sie waren überall in der Stadt, wirbelten zwischen den Gebäuden herum, den Autos und den Bohrtürmen, die wahllos hier und dort aufragten. Außer ihnen und den Insekten befand sich niemand auf der Straße.

Sunset hielt direkt vor der Treppe zum Vordereingang, dann holte sie eine Spange aus ihrer Hemdtasche und band sich die Haare zurück. »Ich weiß nicht, was ich sonst noch sagen soll. Ihr geht vorn rein, wir hinten.«

»Mehr brauch ich nicht«, entgegnete Bull.

»Ich hätte es eigentlich lieber etwas genauer gewusst«, sagte Lee.

»Tut mir leid, Daddy. Was Schlachtpläne angeht, bin ich einfach kein Robert E. Lee.«

»Dann wird es auch so gehen«, antwortete Lee.

»Und kommt bitte alle heil zurück«, fügte Sunset hinzu.

Sie und Clyde stiegen aus und rannten auf die Seite der Drogerie. Dort waren nicht ganz so viele Insekten. Sie liefen weiter, bis sie zur Rückseite des Gebäudes kamen, wo sich die schmale Treppe befand. Hier waren die Heuschrecken wieder sehr zahlreich. Geduckt gingen sie weiter. Sunset musste den Kolben der Schrotflinte heben, um ihr Gesicht so gut wie möglich zu schützen, und sie konnte die kleinen Füße der Insekten in ihrem Haar und in dem langen Pferdeschwanz in ihrem Nacken spüren.

Schon bald hatten sie die Treppe erreicht und schlichen hinauf. Clyde versuchte, sich vorzudrängeln, aber Sunset ließ es nicht zu, behielt die Führung, bis sie schließlich an der Hintertür angekommen waren.

Bull und Lee rannten schnell und auf alles gefasst auf den Vordereingang zu, die Schrotflinten durchgeladen, bereit zu schießen, wenn es sich als notwendig erweisen sollte, oder einfach nur an die Tür zu klopfen und alle Freiwilligen zu verhaften.

Sie schafften es kaum die Treppe hinauf, weil die Heuschrecken dichte Trauben bildeten. Kurz bevor sie den Treppenabsatz erreichten, glitt Lee auf einer schmierigen Schicht aus zermatschten Insekten aus, ein Bein rutschte durch das Geländer, und er stürzte, als hätte sich der Boden unter ihm aufgetan. Dann hörte man ein Knacken, als würde Feuer einen trockenen Ast verschlingen, und Lee saß da, das gesunde Bein durch das Geländer gestreckt, das andere unter ihm zusammengekrümmt, als hätte es keine Knochen. Er stieß einen Schrei aus, der so laut war, dass er beinahe die Heuschreckenplage übertönte.

»Mein Bein! Gottverdammt aber auch! Es ist hinüber, Bull. Es ist hinüber.«

Bull kniete sich hin und sagte: »Sunset, die geht gleich hinten rein. Die braucht richtig gute Unterstützung. Sie müssen einfach warten.«

»Oh Gott, tut das weh. Geh nur. Mach schon, Bull.«

Sobald Bull weitergegangen war, zog Lee seinen Gürtel aus, steckte ihn sich in den Mund und biss darauf, um nicht wieder zu schreien.

Bull klopfte gar nicht erst an. Anklopfen kam nicht mehr in Frage. Er versetzte der Tür einen kräftigen Tritt, und sie flog nach hinten wie die Zunge einer Schindmähre. Sobald er im Haus war, knallte die Tür wieder zu, und er stand im Dunkeln und konnte nichts sehen. Aber fühlen konnte er plötzlich etwas, etwas Heißes unten in seiner Wirbelsäule, und er brauchte den Bruchteil einer Sekunde, um zu kapieren, dass er von hinten mit einem Messer aufgeschlitzt wurde.

Clyde warf sich gegen die Tür, aber die Tür war stabil und ließ ihn abprallen, sodass er beinahe die Treppe hinuntergefallen wäre. »Verdammt«, fluchte er und versuchte es erneut. Diesmal gab der Türrahmen nach, aber nur teilweise, also warf Clyde sich ein drittes Mal dagegen, zusammen mit Sunset. Der Türrahmen barst, Splitter flogen, und schon waren sie drin und drückten die Tür wieder zu, um die Heuschrecken draußen zu halten.

Bull schwang den Gewehrkolben nach hinten und traf etwas. Der Druck auf das Messer ließ nach, aber das Messer blieb, und er dachte: Verdammt, von hinten überwältigt, das ist nicht richtig, so was passiert doch mir nicht. Ich bin immer auf alles vorbereitet, aber verdammt, ich kann's fühlen, ein Messer in meinem Rücken, und das sitzt so fest drin wie der Schwanz eines Bullen im Arsch einer Henne.

Jetzt wandte er sich zu seinem Angreifer um, und der packte ihn vorne an den Beinen. In dem Moment wurde Bull klar, dass er jemanden mit dem Gewehrkolben getroffen und zu

Boden gestoßen hatte, der jetzt seine Beine umklammerte, und er selbst würde rücklings auf das Messer fallen.

Bull versuchte, sich im Fallen zu drehen und auf der Seite zu landen, was ihm auch gelang. Zumindest größtenteils. Aber der Messergriff bekam trotzdem einiges von dem Druck ab, und das Messer glitt immer tiefer hinein. Bull hatte das Gefühl, dass sich in ihm sämtliches Feuer der Welt versammelt hatte und dann krabbelte jemand ... oder etwas ... wie eine Kakerlake auf ihn drauf. Inzwischen hatten sich seine Augen an die Dunkelheit gewöhnt, und am Rand, wo die Tür nicht ganz zu war, drang das morgendliche Licht durch die Millionen von Heuschrecken hindurch, und in diesem Licht sah er ein schwarzes Gesicht und einen Kopf, auf dem eine Melone saß. Dann spürte er, wie kräftige Hände seine Kehle umklammerten. Er versuchte, mit der Schrotflinte zuzuschlagen, aber die Kakerlake schlug sie ihm aus der Hand, drückte ihn mit dem ganzen Körpergewicht – und es war eine riesige Kakerlake – nach unten, dem Messergriff entgegen. Bull stieß einen Schrei aus. Vor seinen Augen tanzten schwarze Punkte, das Licht von der Tür wurde schwächer, doch dann war er wieder da, wenn auch nicht ganz. Er sah alles wie durch einen Schleier. Er versuchte, die Kakerlake an der Kehle zu packen, schaffte es aber nur, die Melone hinunterzustoßen. Als Nächstes versuchte er, den Kopf des Mannes nach hinten zu drücken, und dabei berührte sein Daumen etwas – es war eine Narbe. Und jetzt verließen ihn die Kräfte, er spürte etwas Warmes unter sich, sein Blut, das sich auf dem Boden verteilte. Es fühlte sich an wie ein großer Teich, in den er rückwärts hineinfiel. Er ließ den Daumen nach unten gleiten und rammte ihn der großen Kakerlake ins Auge, und der Mann zuckte zurück, aber das reichte nicht. Wieder drückte ihn der große Mann, diese riesige Kakerlake, so breit wie er selbst, nach unten, und das Messer tat seine Arbeit. Das Gesicht kam seinem so nah, dass Bull die Zähne des Mannes sehen konnte, als dieser den Mund öffnete, ihn ihm auf die Lippen legte und zu saugen begann. Bull dachte: Von jetzt an kümmer ich mich nur noch um meinen eigenen Kram. Dann spürte er Gelächter in sich aufsteigen, konnte aber nicht lachen. Von jetzt an. Oh ja. Kümmer ich mich nur noch um meinen Kram. Ich werd nur keinen Kram mehr haben. Und mit letzter Willenskraft schlug Bull die Zähne in Twos Unterlippe und biss so fest zu, dass seine Backenzähne knirschten.

Two machte einen Satz nach hinten, und Bull griff an seinen Gürtel, zog die Pistole und feuerte. Er war so schwach, dass ihm der Rückstoß die Waffe aus der Hand riss, aber der Schuss traf Two in den Bauch. Two stand auf. Bull dachte: Verdammt, und ich hab immer gemeint, ich wär zäh. Er hatte den Kopf ein wenig gehoben, aber jetzt ließ er ihn sinken, schloss die Augen und dachte: Was kommt, das kommt – ich bin jedenfalls hinüber.

Two legte eine Hand auf den Bauch, trat über Bull hinweg auf die Tür zu und stieß sie auf. Insekten summten herein. Er ging auf den Treppenabsatz hinaus und schloss leise die Tür hinter sich, als wäre mit ihm alles völlig in Ordnung. Als er Lee auf der obersten Treppenstufe liegen sah, das Bein unter sich verdreht, als wäre es aus Gummi, im Mund einen Gürtel, sagte er: »Wir sind angeschossen worden.«

Lee hob die Schrotflinte und feuerte. Two wurde gegen das Geländer geschleudert. Die Bretter knackten, gaben nach, und Two fiel hindurch, den ganzen langen Weg bis zum Boden. Mit einer Hand lud Lee nach, kroch zum Geländer, um nach unten zu schauen, den Gürtel fest im Mund wie ein Adler die Schlange. Two war nicht mehr da.

Lee schob sich so weit wie möglich vor. Die Schmerzen im Bein ließen ihn alles nur noch verschwommen sehen, aber von seinem neuen Aussichtspunkt aus konnte er erkennen, dass Two mit der Melone in der Hand auf Sunsets Auto zuwankte, die Tür öffnete, die Melone aufsetzte und sich hinter das Steuer sinken ließ.

Lee versuchte sich herumzurollen, um einen weiteren Schuss abzugeben. Er spürte, wie der Knochen in seinem Bein von innen gegen die Haut drückte. Dann hörte er, wie der Motor angelassen wurde. Schließlich gelang es ihm, sich weit genug zu drehen, aber das war derart schmerzhaft, dass er den Gürtel ausspuckte, schrie, und für einen Moment das Bewusstsein verlor.

Als er wieder zu sich kam, lag seine Flinte unten am Boden, und das Auto fuhr mit Two am Steuer davon. Lee zog den Kopf ein und fiel in Ohnmacht.

Sunset und Clyde waren gerade durch die Hintertür getreten, als sie den Schuss aus Bulls Pistole hörten und kurz darauf den aus einer Schrotflinte. Sunset zitterte am ganzen Körper.
»Geh du nach links«, sagte sie. »Ich gehe nach rechts.«
»Ich geh in die Richtung, aus der der Schuss gekommen ist«, widersprach Clyde.
»Ich bin Constable und du nur Deputy. Du tust, was ich dir sage.«
Clyde nickte, wandte sich nach links und betrat den langgestreckten Raum. Wenn er an einem Fenster vorbeikam, fiel von der Morgensonne immer nur gerade so viel Licht herein, wie die Heuschreckenwellen durchließen. Am Ende des Flurs stieß er auf eine Tür. Er ging hindurch, wobei sich sein Nacken anfühlte, als hätte ihm jemand ein eiskaltes Handtuch draufgelegt.

Sunset wandte sich nach rechts, und als sie zum Ende der kurzen Trennwand kam, fiel genügend Licht durch die Fenster herein, dass sie Bull bewegungslos dort liegen sehen konnte. Links von ihm war ein Regal, und auf diesem Regal befand sich alles Mögliche, unter anderem neben einer Kerosinlampe auch ein Silbertablett, und in diesem Tablett, das ein wenig schräg stand, spiegelte sich eine Gestalt, die den Flur entlangkam, und zwar auf der gegenüberliegenden Seite der Trennwand. Auch wenn sie diese nur in dem Tablett, aus größerer Entfernung und bei schlechter Beleuchtung sah, wusste sie, dass es sich um McBride handelte. Im ersten Moment dachte sie, er trüge ein Kleid, kam dann aber zu der Erkenntnis, dass es eine Schürze sein musste.

Clyde schlich durch das Esszimmer mit dem Kronleuchter und dem sorgfältig gedeckten Tisch. In diesem Zimmer war es sehr hell, aber das Licht war irgendwie seltsam, als würde man vom Inneren eines Eidotters nach außen schauen. Clyde schlich weiter und lauschte. Er hörte den Boden knacken und blieb stehen.

Die blonde Hure kam aus einer offenen Tür weiter hinten auf ihn zugestolpert. Sie war nur mäßig bekleidet. »Nicht schießen«, sagte sie. »Er will keine Schießerei.«

»Wer?«, fragte Clyde.

»Hillbilly.«

»Du schickst eine Frau vor, Hillbilly?«

»Du hast keinen Grund, sie zu erschießen«, antwortete Hillbilly von irgendwo hinter der Wand. »Auf mich wärst du direkt losgegangen, und ich wollte nicht, dass sie was abkriegt.«

»Dem geht's überhaupt nicht um mich«, widersprach die Hure. »Der will nur Zeit schinden … Hillbilly, das ist einer von den Männern, die dich verprügelt haben.«

Clyde winkte sie zu sich heran. »Geh hinter mich«, sagte er, und dann, zu Hillbilly: »Wirf deine Waffe her.«

»Ich hab keine.«

Die Blonde schüttelte den Kopf.

Clyde nickte.

»Ich will wegen alldem nicht umgebracht werden«, fuhr Hillbilly fort.

»Du gehst durch die Hintertür raus«, befahl Clyde der Hure.

»McBride, der ist durch die Tür da vorne gegangen, den Flur hinunter«, erwiderte sie.

»Geh durch die Hintertür raus«, wiederholte Clyde. »Und danke.«

Als sie weg war, sagte Clyde: »Ich weiß, dass du ne Waffe hast, Hillbilly. Wirf sie her.«

»Nein. Wenn ich das tu, erschießt du mich.«

»Wenn du's nicht tust, erschieß ich dich garantiert.«

»Da muss ich erst drüber nachdenken.«

Clyde schlich weiter, bis er direkt an der Wand stand, hinter der Hillbilly lauerte. »Letzte Gelegenheit«, sagte er.

»Oder?«, fragte Hillbilly. »Ich kann ziemlich gut auf mich aufpassen. Hol mich doch.«

Clyde hob die Schrotflinte, zielte auf die Stelle an der Wand, hinter der er Hillbilly vermutete, feuerte, pumpte eine weitere Ladung in die Kammer, ließ die Flinte sinken und wartete.

»Verdammt noch mal«, rief Hillbilly.

Clyde schlich geduckt zu der offenen Tür und streckte Kopf und Waffe um die Ecke. Hillbilly lag auf dem Rücken, und in seiner Nähe eine Pistole. Er war nicht schlimm verletzt, aber der Schuss hatte ihn überrascht, und er war von Schrotkügelchen durchsiebt. Ein Stück aus der Trennwand, ein Holzsplitter, war in seine Schulter eingedrungen.

»Dich hat's nicht sonderlich schlimm erwischt«, Clyde hob Hillbillys Pistole auf und steckte sie sich in den Gürtel.

Hillbilly packte den Holzsplitter, zog ihn aus der Schulter, holte tief Luft und wandte Clyde den Kopf zu. »Dann kannst du's mir ja jetzt heimzahlen.«

Sunset hörte, wie links von ihr, in den Räumen jenseits der Trennwand, die Schrotflinte abgefeuert wurde. Die Blonde kam hereingerannt, sah Sunset, nickte ihr zu, verschwand durch den Hinterausgang in die Heuschreckenflut und schloss die ramponierte Tür hinter sich.

Sunset blickte wieder auf die Stelle an der Wand, wo McBride sich entlangbewegte. In dem Silbertablett konnte sie erkennen, wie er sich immer weiter vorwärts schlich. Sie machte ein paar Schritte nach hinten, bis sie zwischen den Fenstern stand und die Wand im Rücken hatte. Langsam glitt sie mit dem Hintern die Wand hinunter, schloss die Knie, legte die Schrotflinte darauf und stützte den Kolben an der Schulter ab.

McBride streckte den Kopf um die Ecke, und zwar so schnell, dass die blöde schwarze Perücke ins Rutschen kam.

Sunset drückte ab. Das meiste Schrot schlug in die Wand ein, aber ein paar Streukügelchen trafen McBride im Gesicht. Er stieß einen Schrei aus und verschwand hinter der Trennwand. Sunset lud nach, legte die Flinte wieder an und dachte: Er hat nicht begriffen, dass er sich in dem Tablett spiegelt. Sie sah ihn gegen die Wand lehnen und an den Kügelchen in seinem Gesicht herumfummeln.

»Du verdammte Fotze«, fluchte er. »Ich hab was abgekriegt.«

»Sie sollten eigentlich viel mehr abkriegen«, entgegnete Sunset. »Ergeben Sie sich, das ist einfacher.«

»Ha!«

»Tragen Sie immer eine Schürze?«

»Du hast mir das Frühstück versaut, du Schlampe. Ich pump so viel Blei in dich rein, dass man nicht mal mehr ahnt, dass du mal ein Mensch warst.«

Sunset versuchte zu entscheiden, was sie tun sollte. Zum Beispiel sich schleunigst aus dem Staub machen, denn so, wie sie dort saß, hatte sie keinerlei Deckung, nur die Hoffnung, schneller zu sein als McBride. Während sie noch nachdachte, trat McBride plötzlich hinter der Wand hervor, riss die Kerosinlampe an sich und sprang zurück. Sunset schoss. Zu spät. Der Schuss traf die hintere Wand, das Tablett fiel herunter, landete auf der Kante, rollte auf sie zu, kreiselte um sich selbst und kam dann zum Liegen. Verdammt, dachte Sunset. Da habe ich ihn in dem Tablett gesehen, und trotzdem ist er mir zuvorgekommen.

Die angezündete Kerosinlampe tauchte, von McBride gehalten, hinter der Ecke auf und wurde dann nach ihr geworfen. Sunset sprang zur Seite. Die Lampe schlug hinter ihr auf. Eine Flamme lief die Wand hinauf und verschlang die Tapete, als wäre sie Zuckerwatte. Sunset spürte, wie sich ihre Haare in der Hitze kringelten. Sie rollte sich zur Seite, und in dem Moment kam McBride um die Ecke, in der Hand eine doppelläufige Schrotflinte. Als er schoss, drückte sich Sunset im Rollen flach auf den Boden. Der Schuss ging über sie hinweg. Ein paar Streukugeln zwickten sie in die Fersen, und das Fenster hinter ihr zerbarst. Als Nächstes hörte sie ein Geräusch, als würde jemand aus dem Jenseits ein Knurren von sich geben. Sie hob den Kopf, versuchte McBride anzuvisieren und sah seinen überraschten Gesichtsausdruck. Da er aus beiden Läufen gefeuert hatte, klappte er gerade die Flinte auf und wollte nachladen, aber dieser Gesichtsausdruck veranlasste Sunset, den Kopf zu wenden und über die Schulter zu schauen.

Die Flammen, die die Wand hochgeschossen waren, loderten hell auf, und die hereinströmenden Heuschrecken fingen Feuer. In einer einzigen brennenden Welle schlugen sie McBride entgegen. Als die Heuschrecken ihn erreicht hatten, diese Masse lichterloh brennender Insekten, ließ er die Waffe fallen und riss die Hände vors Gesicht.

Seine Perücke ging in Flammen auf, und er warf sich zu Boden, aber die Heuschrecken breiteten sich über ihn und hüllten ihn ein. Schreiend sprang er wieder auf, fuchtelte wild herum, und jetzt brannte auch seine Schürze, und Sunset dachte: Du blöder Hurensohn, du musst dich doch nur hin- und herwälzen. Du brennst nicht, nur deine Schürze und diese bescheuerte Perücke.

Aber er wälzte sich nicht hin und her. Die Perücke verwandelte sich in eine lodernde Narrenkappe. Er wischte sie von seiner glänzenden Glatze, warf sie zur Seite und rannte los. Direkt auf Sunset zu. Sunset war so überrascht, dass sie nicht einmal schoss. Er rannte weiter, immer schneller, rechts an ihr vorbei, und stürzte sich durch die Reste der Fensterscheibe. Die Flammen flogen hinter ihm her wie ein Umhang, ein Umhang aus brennenden Insekten, die seinen Kopf umgaben wie ein Heiligenschein. Dann verschwand der Umhang aus Feuer durch das Fenster, und in der Luft knisterten Flammen und explodierende Heuschrecken.

Links von ihr tauchte Clyde auf und schob Hillbilly vor sich her, dem er die Hände mit einem zerrissenen Kopfkissen hinter dem Rücken zusammengebunden hatte. Hillbilly war von oben bis unten voll Blut und wirkte ziemlich erledigt, schien aber trotzdem nicht allzu viel abbekommen zu haben.

»Alles in Ordnung?«, rief Clyde.

»Fast«, antwortete Sunset. »Ist er schwer verletzt?«

»Er hat ein paar Splitter abgekriegt, überwiegend Holz von der Wand. Er wird's überleben.«

Die Wand hinter Sunset brannte auf der gesamten Länge, und das Feuer fraß sich rasch weiter. »Vorne raus«, sagte sie.

»Sind das alle?«, fragte Clyde. »Haben wir sie alle gekriegt?«

»Heiliger Strohsack, das will ich doch hoffen.«

Sunset stand auf und schlug ein paar Flammen auf ihrem Rock aus, wo Kerosin hingespritzt und das Feuer übergesprungen war. Clyde gab Hillbilly einen Tritt in den Hintern und sagte: »Vorwärts, Goldkehlchen.«

Als Sunset zur Tür gelangte, blieb sie stehen und beugte sich über Bull. »Bull?«, sagte sie.

»Ist er weg?«, fragte Bull.

»Wer?«

»Der große Nigger mit der Melone.«

»Ich sehe ihn jedenfalls nirgendwo.«

»Das ist gut.«

»Es tut mir leid, Bull.«

»Lassen Sie nicht zu, dass die Weißen meine Leiche kriegen.«

»Du wirst schon wieder.«

»Ich hab nen Messer im Rücken. Meine Beine, alles von meiner Gurke abwärts ist taub. Da tut sich nix mehr bewegen. Brennt's hier? Ich rieche Rauch.«

Clyde war mit Hillbilly dazugekommen. »Ja«, antwortete er. »Hier brennt's, Bull.«

»Lassen Sie mich verbrennen«, bat Bull.

»Du verbrennst nicht. Clyde, geh nach unten und setz Hillbilly ins Auto. Im Kofferraum ist ein Seil, wenn du welches brauchst. Bind ihm damit die Hände an die Beine und wirf ihn auf die Rückbank oder besser gleich in den Kofferraum. Und dann komm wieder und hilf mir mit Bull ... meine Güte, wo ist Daddy? Bull, kannst du mich hören? Wo ist Daddy?«

Aber Bull gab keine Antwort.

Einen Moment später kam Clyde mit Hillbilly wieder herein. »Das Auto ist weg. Und Ihr Vater ist verletzt.«

»Verletzt?«

»Ja. Hat ein Bein gebrochen.« Clyde sah auf Bull hinunter. Er rührte sich nicht, und seine Augen waren geschlossen. »Bull?«

»Bull ist tot«, sagte Sunset und hustete.

»Ja, und dieses Haus lebt auch nicht mehr lange«, entgegnete Hillbilly.

Die rückwärtige Wand stand in Flammen, und das Feuer, das sich an dem Kerosin am Boden entlangfraß, kroch allmählich auf sie zu.

»Lassen Sie ihn am besten liegen«, sagte Clyde.

Sunset dachte daran, wie er gelebt und was er ihr erzählt hatte. »Ich glaube auch«, erwiderte sie.

Sunset führte Hillbilly die Treppe hinunter, ihre Schrotflinte in seinem Rücken, und Clyde hob Lee hoch und trug ihn. Als sie unten an der Treppe angekommen waren, sagte Hillbilly: »Ich wollte nicht, dass es so läuft, Sunset.«

»Ich habe das Gefühl, du willst nie, dass etwas so läuft, aber das tut es dann doch.«

»Auf mir liegt irgendwie ein Fluch.«

»Verdammt, du selbst bist der Fluch.«

Die Flammen breiteten sich in der Wohnung aus, Rauch drang aus der offenen Tür, und auch auf die Drogerie sprang das Feuer allmählich über. Die Flammen waren so heiß und hell, dass sich die Heuschrecken nach und nach zurückzogen. Als Sunset hochblickte, zeichneten sich die Insekten als dunkler Regenbogen gegen den Himmel ab, der sich schnell Richtung Süden bewegte und die Sonne verdunkelte.

Als Clyde mit Lee, den er wie einen Säugling trug, am Fuß der Treppe ankam, sagte Sunset: »Pass mal einen Moment auf dieses Stück Scheiße auf«, und ließ ihn mit Hillbilly stehen. Sie ging vorsichtig, die Waffe im Anschlag, um das Haus herum und suchte nach McBride. Sie fand ihn, das Gesicht dem Überhang zugewandt. Dort, wo er sich entlanggeschleppt hatte, war der Boden verbrannt. McBride war nur noch eine schwarze Gestalt, die Hände zu Klauen verformt. Er hatte sie in den Lehm gegraben, als hätte er versucht, den Überhang nach Gott weiß wo hinaufzuklettern oder sich vielleicht hindurchzuwühlen.

Sie überquerten die Straße in Richtung Gefängnis, Sunset mit dem Gewehrlauf in Hillbillys Rücken und Clyde mit Lee auf den Armen. Sie steckten Hillbilly zu Plug in die Zelle, und Clyde legte Lee auf die Pritsche in der Zelle daneben. Dann rief er den Arzt, der kam, sich Lee ansah und sagte, es sehe schlecht aus.

»Er muss ins Krankenhaus«, fuhr der Arzt fort. »Vielleicht muss man das Bein abnehmen. Ich bin dafür nicht ausgerüstet.«

»Ich brauche das Bein noch«, protestierte Lee, dessen Gesicht schweißüberströmt war.

Der Arzt, ein kleiner fetter Mann, der ein kariertes Hemd und eine Hose trug, die aussah, als müsste sie mal wieder gewaschen werden, erwiderte: »Ja, aber es wird vielleicht nicht mehr viel mit ihnen anfangen können. Ich werde den Knochen so gut wie möglich richten, aber wir müssen Sie unbedingt nach Tyler schaffen. Da gibt es Leute, die können so was besser als ich. Das ist kein glatter Bruch. Der Knochen ist völlig zersplittert.«

»Wir bringen dich nach Tyler zum Arzt, Daddy«, versicherte ihm Sunset. »Vielleicht kann er es ja retten.«

»Wenn ich viel dran herumpfusche, dann mit Sicherheit nicht.«

»Können Sie ihn nach Tyler fahren?«, fragte Sunset.

»Ja«, erwiderte der Arzt. »Aber das kostet was.«

»Er ist mein Deputy.«

»Er ist Ihr Vater.«

»Er ist trotzdem stellvertretender Constable. Sorgen Sie dafür, dass er dorthin kommt. Schicken Sie die Rechnung an Camp Rapture ... oder besser gleich an Holiday. Und geben Sie ihm etwas gegen die Schmerzen.«

»Um Himmels willen, tun Sie das«, stimmte Lee zu. »Ziehen Sie mich aus dem Verkehr. Egal wie. Hauptsache, es wirkt.«

»Daddy«, sagte Sunset, der es von Mal zu Mal besser gefiel, ihn so zu nennen. »Glaubst du noch an das, was du gesagt hast, dass alles im Universum ineinandergreift und alles darin Teil eines größeren Ganzen ist?«

»Nicht so ganz.«

»Was machen wir mit den beiden?«, fragte Clyde und nickte in Richtung Plug und Hillbilly.

»Die überlassen wir dem Gesetz«, antwortete Sunset.

»Es gibt kein Gesetz mehr.«

»Heute schon. Nämlich dich. Bleib, bis uns was einfällt. Ich sehe nach, wie es Karen geht.«

»Und dann?«

»Das überlegen wir uns, wenn es so weit ist.«

Sobald alles erledigt und Lee mit dem Doktor auf dem Weg nach Tyler war, nahm Sunset sich den Schlüssel für den Wagen des Sheriffs, ging hinaus, wischte die Insekten von der Windschutzscheibe und stieg ein.

Sie saß da und dachte darüber nach, dass Clyde und sie unverletzt geblieben waren, während es ihren Dad schwer erwischt hatte, und das, obwohl er die Wohnung gar nicht erst betreten hatte. Und Bull. Armer Bull. Er war tot, und sie selbst hatte nur ein paar Kratzer abbekommen und ein paar Schrotkügelchen hinten in den Fersen, die sie mit einer Pinzette herausziehen konnte.

Sie blickte auf die Reste des Feuers auf der gegenüberliegenden Straßenseite. Die Feuerwehr, die nicht viel hermachte, versuchte, Ordnung zu schaffen, aber die meiste Zeit rannten die Jungs nur um ihren Feuerwehrwagen herum und fluchten. Es war ihnen gelungen, das Gebäude mit einer Menge Wasser aus ihrer großen roten Maschine zu fluten, aber was noch von der Wohnung und der Drogerie übrig blieb, waren nichts als verkohlte Bretter, die man mit einem Stock hätte umrühren können.

Sie dachte über Bull nach, der dort drin verbrannt war, und das erinnerte sie an die Geschichte, die sie über griechische Helden gehört hatte, die man auf Holzstapel gelegt und verbrannt hatte, damit ihre Seelen in Rauch und Flammen aufgingen.

Auf dem Weg nach Hause sah Sunset, dass der Himmel wieder klar war und nur eine Krähe ihre Kreise zog. Die Bäume, das Gras und alles, was einmal grün gewesen war, gab es nicht mehr – als wäre die Farbe Grün nur ein Traum gewesen. Jetzt, wo der Sturm aus Flügeln und Beinen verschwunden war, blieb nur noch Trostlosigkeit zurück. Selbst die Rinde des Hartholzes war weggefressen worden. Überall lagen tote Heuschrecken, Opfer von Zusammenstößen und Kämpfen mit ihren hungrigen Artgenossen.

Sie fuhr, bis sie ihren Wagen entdeckte. Er stand mit offener Fahrertür neben der Straße. Sunset hielt in der Nähe, griff nach der Schrotflinte und stieg aus. Inzwischen war es später Morgen, und es war heiß, aber sie fröstelte, als sie sich an ihrem Auto entlangschlich und hineinspähte. Außer getrocknetem schwarzem Blut auf dem Fahrersitz war nichts zu sehen.

Langsam ging sie die Straße hinunter und sah nach rechts und links. Unter ihren Füßen knirschten tote Heuschrecken. Schließlich entdeckte sie ihn. Er saß mit dem Rücken an eine große Pinie gelehnt, die keine Nadeln mehr hatte. Seine Hände ruhten auf den Schenkeln, und er starrte sie an. Seine Melone lag mit der Oberseite nach unten auf dem Boden. Vorne auf seinem Hemd hockten so viele Fliegen, dass es aussah, als hätte er eine Weste an. Den Gehrock hatte er über die Schultern zurückgeschoben, als hätte er ein bisschen frische Luft gebraucht. Die Narbe auf seinem Kopf wirkte schlecht verheilt. Sie stand hervor, als befände sich in seinem Schädel gerade ein Hufeisen, das dabei war, sich an die Oberfläche zu arbeiten.

Sunset hielt die Schrotflinte weiter auf Two gerichtet und ging langsam auf ihn zu. Als sie über ihm stand, stob seine Weste aus Fliegen hoch und flog davon. Sie sah, dass ein Teil seiner Unterlippe abgebissen war, und dachte: Gut gemacht, Bull. Ein leichter Schleier lag über seinen starren Augen, und auf dem einen saß eine Fliege.

»Ich glaube, ihr beide seid tot«, sagte Sunset.

KAPITEL 37 Sie begruben Goose auf demselben Friedhof, auf dem auch Pete und Jones und Henrys Frau lagen. Seinen Nachnamen kannten sie nicht, und da er seinen Vornamen nicht gemocht hatte, schrieben sie auf das hölzerne Kreuz: GOOSE. EIN BRAVER JUNGE. Lee konnte an der Beerdigung nicht teilnehmen, aber er schrieb in seinem Krankenhausbett ein paar Worte auf, und Sunset las sie vor. Es waren einfache, nette Bibelzitate.

Ben wurde auf Sunsets Grundstück begraben, in der Nähe der großen Eiche, unter der er so gern gelegen hatte. Über diesem Grab sprach Sunset ein paar Worte, die von ihr selbst stammten: »Jetzt bist du zu Hause, alter Junge.«

Zwei Wochen später fuhr Sunset in ihrem von den Heuschrecken verbeulten Wagen zu Marilyn. Sie fuhr an Bill und Don vorbei, die mit den Maultieren arbeiteten, an anderen, die mit Ochsen unterwegs waren, die Lastwagen fuhren oder dies und das taten. Es gab eine Menge Bäume, die verarbeitet werden mussten. Die kurze Herrschaft der Heuschrecken hatte einer großen Anzahl den Garaus gemacht, und sie wurden schnell und ungestüm gefällt, in die Mühle gebracht, auf das Fließband gepackt und durch die Säge gejagt.

Bill sah von der Arbeit hoch, als Sunset vorbeifuhr. »Sie geht nicht gut mit dem Auto um. Schau, es hat überall Beulen.«

Don nickte. »Aber sie selbst sieht nicht schlecht aus, findest du nicht auch?«

»Da muss ich dir zustimmen. Ich kann sie zwar nicht leiden, aber davon wird sie nicht hässlicher. Und Mumm hat sie … was sie da gemacht hat, sie und dieser Clyde. Schon als ich diesen Hillbilly das erste Mal gesehen hab, hab ich gewusst, dass der nicht das Schwarze unterm Fingernagel wert ist.«

»Nichts hast du gewusst«, widersprach Don.

»Oh doch. Ich hab nur nichts gesagt.«

»Pass auf die Maultiere auf«, entgegnete Don.

Sunset fuhr an der Mühle vorbei auf Marilyns Hof. Sie ging zur Veranda hinauf und klopfte. Während sie wartete, betrachtete sie den Sägemehldunst über der Mühle und lauschte dem Krach der großen Säge.

Lächelnd öffnete ihr Marilyn die Tür. In ihrem weißen Hauskleid mit den blauen Mustern sah sie großartig und jung aus. »Schön, dich zu sehen, Sunset. Nach all dem, was passiert ist, habe ich dich kaum mehr zu Gesicht bekommen. Und schick gemacht hast du dich. So ein hübsches Kleid.«

»Das habe ich in Holiday gekauft. Ich wollte etwas Grünes haben, nachdem es hier kaum noch Grün gibt.«

»Ich habe noch nie gehört, dass Heuschrecken sich so aufführen. Jedenfalls nicht hier. Vielleicht in Nord- oder Westtexas oder in Oklahoma, aber hier – so was habe ich noch nie gehört.«

»Sie hatten da oben schon alles kahlgefressen, also sind sie hier runtergekommen.«

»Jetzt aber«, sagte Marilyn und stieß die Fliegengittertür auf. »Steh nicht auf der Veranda herum, meine Liebe. Komm rein.«

Sunset trat ein und setzte sich. Es war derselbe Stuhl, in dem ihr Marilyn vor ein paar Wochen die saftige Ohrfeige verpasst hatte. Die große Uhr tickte wie immer vor sich hin.

»Wo ist Karen?«, fragte Marilyn.

»Bei Uncle Riley.«

Marilyn ließ sich das einen Moment durch den Kopf gehen. »Wegen dem Kind?«

»Aunt Cary hat ihr dabei geholfen.«

»Sie ... sie hat es wegmachen lassen?«

»Sie wollte von ihm kein Kind. Nicht nach allem, was passiert ist.«

Marilyn nickte und saß eine Zeit lang ruhig da. »Vermutlich ist es richtig so. Ich glaube nicht, dass Gott ein Mädchen deswegen verurteilen würde.«

»Nein«, entgegnete Sunset. »Das glaube ich auch nicht.«

»Und Clyde?«, fragte Marilyn, um das Thema zu wechseln.

»Der ist in Holiday. Er ist immer noch Sheriff. Vermutlich werden sie ihn auch offiziell einstellen.«

»Und dein Daddy?«

»Der ist nach wie vor im Krankenhaus. Das Bein wird er behalten, aber es bleibt steif. Ich fahre anschließend weiter nach Tyler und hole ihn ab.«

»Das mit seinem Bein tut mir leid, aber es hätte schlimmer kommen können.«

»Hätte es. Bull dürfte das allerdings anders sehen.«

»Ich wusste nicht mal, dass es ihn wirklich gab.«

»Doch, den gab es wirklich.«

»War nicht auch ein Deputy in die Sache verwickelt?«

»Plug. Er kommt vor Gericht. Er hat versucht, mir ein bisschen zu helfen, vielleicht wird es dadurch ein wenig leichter für ihn. Aber ehrlich gesagt ist mir das egal.«

»Und dann habe ich auch noch gehört, dass Zendo weggezogen ist, dabei gehört ihm doch das ganze Land. So viel ist passiert, und er zieht einfach weg.«

»Er ist in den Norden gezogen, aber das Öl gehört ihm immer noch. Clyde kümmert sich um das Land. Ihn werden die

Leute in Ruhe lassen, aber dass ein Farbiger so viel Öl besitzt, würde ihnen nicht gefallen. Zendo kann oben im Norden leichter reich sein als hier, und Clyde bekommt einen kleinen Anteil dafür, dass er sich drum kümmert. Das Haus, in dem Zendo gewohnt hat, und das auf dem Land mit dem Öl, die gehören jetzt beide Clyde. In dem einen wird er wohnen, das andere will er vermieten. Zendo ist das recht so.«

»Clyde hat einen Narren an dir gefressen. Er wäre ein guter Fang. Vor allem jetzt.«

»Vermutlich. Ich hätte mir gewünscht, dass es sich in die Richtung entwickelt, aber als nach allem, was wir durchgemacht haben, wieder Ruhe eingekehrt ist, habe ich gemerkt, dass meine Gefühle für ihn einfach nicht so sind. Ich empfinde so eben nicht für ihn, verstehst du? Da fehlt etwas. Und nach all dem Morden, nachdem ich selbst beinahe umgebracht worden wäre, will ich einfach keine Zeit verschwenden, keinen Fehler machen, der ihm oder mir wehtut.«

Marilyn lächelte. Auch sie hatte sich gesetzt. »Ich verstehe. Man braucht es einfach. Dieses Gefühl. Bei Jones hatte ich es, als er jung war, so wie du bei Pete.«

»Bei Hillbilly hatte ich es auch. Aber letztlich reicht das vermutlich nicht. Clyde war nicht glücklich, als ich es ihm gesagt habe, aber ich glaube, er hat es verstanden. So gut er konnte. Letztlich ist er sowieso eher ein eingefleischter Junggeselle, glaube ich.«

»Hillbilly, der wird im Gefängnis sicher ein paar Kerlen gefallen«, sagte Marilyn. »Du weißt schon, was ich meine. Hübsch, wie er ist und so.«

»Das war er mal«, erwiderte Sunset. »Und ich weiß nicht, ob er wieder so hübsch sein wird, wenn seine Wunden verheilt sind. Daddy hat ihn ordentlich verprügelt. Aber er ist geflohen. In Tyler. Da hatten sie ihn für die Verhandlung hingebracht. Der Gefängnisaufseher hatte eine Tochter.«

»Verdammt.«

»Die Tochter haben sie geschnappt. Hillbilly ist abgehauen und hat sie mitsamt der Rechnung in einem Hotelzimmer in Texarkana sitzen lassen. Sie nehmen an, dass er irgendwo in Arkansas ist.«

»Der geborene Schwerenöter«, sagte Marilyn.

Sunset nickte.

»Du wirkst, als hättest du etwas auf dem Herzen.«

»Ich war mir nicht sicher, ob ich davon anfangen sollte. Eigentlich bin ich nicht hergekommen, um darüber zu sprechen. Aber jetzt tue ich es doch. Gestern Morgen ist mir beim Aufwachen etwas durch den Kopf gegangen. Es beschäftigt mich schon eine ganze Zeit lang, und ich konnte es einfach nicht vergessen. Ich hatte es immer im Hinterkopf, weggepackt wie in eine Schublade. Gestern fiel es mir wieder ein, aber ich habe es verdrängt. Heute habe ich das Gefühl, dass ich das nicht mehr schaffe.«

»Wovon um Himmels willen redest du?«

»Woher wusstest du, dass Jimmie Jo ein Kind hatte?«

»Was?«

»Du hast mir erzählt, sie hätte einen Säugling gehabt, aber von mir wusstest du das nicht.«

»Vermutlich hat man sich das im Camp erzählt. Priester Willie.«

»Und dass sie mit einer .38er erschossen worden war.«

»Das hat sich eben rumgesprochen ... Sunset, worauf willst du hinaus? Ich bin sicher, dass jeder davon wusste.«

»Das habe ich auch erst gedacht. Aber da waren auch noch andere Sachen. Du hast mir gezeigt, wie man einen Lochspaten einsetzt, und mir erzählt, dass man damit besser arbeiten kann als mit einer Schaufel, sogar wenn man in die Tiefe gräbt. Genau so ist Jimmie Jo begraben worden. Senkrecht. Und der Säugling ... wo ist der Tontopf, der immer auf der Veranda stand, Marilyn?«

»Der ist kaputtgegangen.«

»Ja. Scherben von dem Topf lagen auf dem Grab des Säuglings.«

»Da irrst du dich, Sunset.«

»Ich würde mich gern irren, aber ich glaube nicht, dass ich das tue. McBride wusste von dem Öl an Jimmie Jo, aber von der .38er wusste er nichts. Ich denke, wenn er davon gewusst hätte, dann hätte er es mir gesagt. Ihm war das egal. Aber er hatte keine Ahnung, wovon ich redete. Als Pete weinend zu dir kam ... ist er da gekommen, um dir von Jimmie Jo zu erzählen?«

»Er hat sie nicht umgebracht, wenn das deine Frage ist.«

»Ist es nicht. Du hast mich in dem Glauben gelassen, dass er es vielleicht getan hätte, aber er war es nicht.«

»Es hat keine Rolle gespielt. Jedenfalls nicht zu dem Zeitpunkt. Jimmie Jo war tot und Pete ebenfalls.«

»Sag es mir einfach, Marilyn. Warum?«

Marilyn sagte lange Zeit nichts. Die Standuhr schlug die Mittagsstunde. »Ich habe nicht getan, was du vermutest.«

»Was hast du dann getan?«

»Pete war aufgebracht wegen dir. Er hat geweint. Er fand, du wärest nicht die Ehefrau, die er sich gewünscht hatte. Und dann lernte er diese Frau kennen, diese Hure. Jimmie Jo. Ich habe dich beschützt. Und ihn. Aber ich habe sie nicht ... es ist nicht so, wie es aussieht.«

»Wie ist es denn dann?«

»Meine Pflanze, die in dem Tontopf auf der hinteren Veranda. Die ist mir eingegangen. Jeder weiß, dass Zendo hier in der Gegend die beste Erde hat. Ich dachte mir, ich fahre über die Nebenstraße hin, die, die durch das Land mit dem Öl führt, von dem ich geglaubt habe, dass es jemand anderem gehört. Ich dachte, ich fahre raus und sehe zu, dass ich ein bisschen von der Erde bekomme. Ich wollte Zendo darum bitten, aber ich nahm an, falls er nicht da wäre, könnte ich mir einfach was nehmen. Ich fuhr also da raus und sah das Haus, das Pete für seine Hure gebaut hatte. Er hatte mir davon erzählt, aber als ich es mit eigenen Augen gesehen habe, wurde mir richtig schlecht. Es war besser als das, in dem du gewohnt hast, Sunset. Ich war wütend, also bin ich reingegangen, aber sie war nicht da. Und als ich wieder nach Hause gefahren bin – das mit der Erde hatte ich völlig aus den Augen verloren – ja … da habe ich sie entdeckt. Sie lag neben einer Öllache. Sie trug ein Kleid mit orangefarbenen und grünen Mustern, das knallbunte Kleid einer Hure. Ich konnte es deutlich erkennen, weil ein Teil nicht mit Öl überzogen war. Man konnte sie gar nicht übersehen. Ich habe angehalten, um einen Blick auf sie zu werfen. Sie lag da und war so gut wie tot. Sie war quasi ertrunken. Ihr Gehirn war bereits tot, aber ihr Körper hat sich noch bewegt. Also … man hatte sie ertränkt, aber nicht alles an ihr war schon gestorben. Derjenige, der das getan hatte, muss geglaubt haben, sie sei tot, aber das war sie nicht. Und sie bekam gerade das Kind. Obwohl sie eigentlich tot war, gebar ihr Körper noch das Kind. Ich war mal dabei, wie Aunt Cary ein Kind auf die Welt geholt hat, und ich wusste ja, wessen Kind es war. Mein Enkelkind. Also habe ich es auf die Welt geholt, habe es aus ihr herausgeschnitten, weil nicht mehr genügend Leben in ihr war, um es zu gebären. Ich habe es so gut gemacht, wie ich konnte, aber das Kind war nicht mehr am Leben, Sunset. Ein totes Kind von einer toten Mutter. Ich habe dann nur dafür gesorgt, dass sie auch ganz sicher tot war. Ich habe ihr nichts getan, was ihr nicht schon jemand anders angetan hatte. Sie zu erschießen, war ein Gnadenakt. Dann habe ich den Säugling genommen und in den Tontopf gelegt. Ich hatte einen Lochspaten dabei, um bei Zendo Erde auszugraben, also habe ich den Säugling in den Topf gelegt und ihn auf Zendos Land vergraben.«

»Warum, Marilyn?«

»Das Kind war tot. Nichts konnte es wieder zum Leben erwecken, und du musstest nicht unbedingt davon erfahren. Ich habe versucht, dich zu schützen, Sunset. Wirklich. Jimmie Jo habe ich auch begraben, mithilfe des Lochspatens. Ich wollte einfach, dass sie aus dem Weg waren. Ich dachte, Pete hätte das vielleicht getan ... damals habe ich das geglaubt. Inzwischen weiß ich, dass es dieser Mann war ... McBride, hast du gesagt, heißt er. Aber damals habe ich gedacht: Wenn Pete sie umgebracht hat und das Kind deswegen gestorben ist ... wenn das die Leute hören, dann ist es aus, egal, wie beliebt er ist. Und du und Karen, ihr würdet darunter leiden. Aber ich habe einen Fehler gemacht. Ich habe meinen Lochspaten dort vergessen. Ich habe ihn zum Wagen zurückgetragen, ihn dagegengelehnt und dann nicht mehr dran gedacht, weil ich so aufgewühlt war. Ich bin weggefahren, und der Lochspaten ist einfach umgefallen. Pete wusste, wem er gehört. Er kam damit an und hat gefragt, was damit war. Und er hat mich nach Jimmie Jo gefragt. Vermutlich hat er geglaubt, ich hätte sie umgebracht.«

»Hast du ja auch. Als du sie erschossen hast, hast du sie umgebracht. Deshalb hat Pete vermutlich den Aktenvermerk so verfasst, wie er das getan hat, und den Säugling als Farbigen beerdigt. Um dich zu schützen.«

»Jimmie Jo war bereits tot. Dieser McBride oder einer seiner Männer hatte sie ertränkt.«

»McBride war nicht so gut im Leute töten, wie er sich eingebildet hat. Letztendlich konnte er sich nicht mal gegen Heuschrecken wehren. Wenn er wirklich so gut gewesen wäre, hättest du nicht seine Arbeit zu Ende führen müssen.«

»Warum hätte ich den Säugling töten sollen?«

»Hast du vielleicht nicht. Vielleicht wolltest du aber auch nicht, dass Pete ein Kind mit einer Hure hatte, mit der er nicht verheiratet war. Ich weiß es nicht.«

»Es war einfach perfekt, Sunset. Wirklich. Sie war dir nicht mehr im Weg, sie war aus Petes Leben verschwunden und aus meinem auch. Der Säugling ... ich weiß nicht, vielleicht ist das wie mit Karens Kind. Es war das Beste so. So, wie es sein sollte. So, wie Gott es wollte. Ich habe Pete erzählt, wo ich die beiden begraben hatte. Aber Zendo hat den Säugling als Erster gefunden und weggetragen, und dann hat Pete ihn gefunden und auf dem Farbigenfriedhof beerdigt. Ich vermute, er wollte ihn später in einen Weißenfriedhof umsetzen. Keine Ahnung. Wir hatten keine Gelegenheit mehr, darüber zu reden. Du hast ihn erschossen.«

»Er hat die Leiche begraben, um das Geschäft mit dem Land nicht zu gefährden. Marilyn, dir hat es nichts ausgemacht, dass man mir den Mord an Jimmie Jo und ihrem Kind in die Schuhe schieben wollte.«

»Das hat mir schon was ausgemacht. Ich konnte nur nichts sagen.«

»Weißt du, was ich glaube?«, sagte Sunset und erhob sich. »Du hast dir gedacht, langfristig gesehen ist es gar nicht schlecht, wenn man mir das anlastet. Du hast gewusst, dass man es Pete nicht anlasten würde, nicht bei dem, was die Leute von mir halten. Auf die Art hattest du dann auch deine Rache dafür, dass ich Pete getötet habe. Und du konntest weiterhin lieb Kind mit Karen sein.«

»Ich habe viel Gutes für dich getan, Sunset. Ich habe dir das Auto besorgt. Ich habe dir geholfen.«

»Mag sein. Vielleicht hast du es auch nur für Karen gemacht. Und für dich. Tatsache ist, Marilyn, wenn du in der Nähe bist, werde ich nervös. Du könntest plötzlich auf dumme Gedanken kommen. Eines Morgens wache ich vielleicht auf und bin im Bett festgenäht, und du stehst mit einem Rechen über mir. Oder mit einer Flinte. Oder mit einer .38er.«

»Du bist selbst auch kein Engel gewesen.«

»Ich habe mich gegen deinen Sohn zur Wehr gesetzt. Ich habe ein paar Männer verhaftet, die gegen das Gesetz verstoßen und versucht haben, meine Tochter und meinen Deputy zu töten, Männer, die einen Jungen umgebracht haben, den ich mochte, und einen Hund, an dem ich gehangen habe. Und Daddy und mich hätten sie ebenfalls umgebracht. Ich habe ein reines Gewissen. Und du, Marilyn?« Sie ging auf die Tür zu.

»Willst du mich verhaften?«

»Ich trage keine Polizeimarke. Und auch keine Waffe. Ich habe nicht vor, sie wieder zu tragen. Ich brauche sie nicht mehr.«

Sunset stieß die Fliegengittertür auf, trat auf die Veranda und ließ die Tür zurückschwingen. Marilyn ging ihr hinterher und stand auf der Treppe, als Sunset beim Auto ankam.

»Du kündigst?«

»Ja.«

»Dann wirst du mich also nicht verhaften?«

Sunset schüttelte den Kopf.

»Was wirst du jetzt tun?«, fragte Marilyn, und sie musste sich anstrengen, um Sunsets Antwort über das Kreischen der großen Säge hinweg zu hören, die ihre Arbeit wieder aufgenommen hatte.

»Ich hole Karen ab, verabschiede mich von Clyde, fahre zu Daddy, und dann … ich weiß es nicht. Vielleicht fahren wir einfach weiter.«

»Glaubst du mir, Sunset?«

»Ich weiß es nicht. Ich weiß auch nicht, ob es noch eine Rolle spielt. Jedenfalls keine große. Aber ich habe so meine Zweifel, und das ist schon zu viel. Das einzig Wichtige ist, dass ich in meiner Mitte ruhe.«

»Dass du was tust?«

»Leb wohl, Marilyn.«

Sunset stieg ein und fuhr los. Marilyn stand auf der Veranda und blickte ihr nach, bis sie außer Sichtweite und nur noch die leere Straße zu sehen war und der Staub, den das Auto aufgewirbelt hatte.

Adrian McKinty
Der schnelle Tod
Kriminalroman
Aus dem Amerikanischen von
Kirsten Riesselmann
st 4232. 427 Seiten

Ein unfreiwilliger Einsatz für den britischen Geheimdienst wird zum Himmelfahrtskommando für Michael Forsythe. Die Terrorzelle, in die er eingedrungen ist, entpuppt sich als ein Haufen sadistischer Killer. Die beste Lösung, aus der Sache wieder rauszukommen, ist zurückzuschlagen. Die zweitbeste ein schneller Tod ...

»Gewalt, Begierde und Vergeltung – es ist alles drin.«
Sunday Express

»Ein verdammtes Genie!« *Ken Bruen*

Ken Bruen
London Boulevard
Kriminalroman
Aus dem Englischen von
Conny Lösch
st 4208. 261 Seiten

Kaum zehn Minuten aus dem Knast, bricht Mitchell auch schon einem Punk den Arm. Als Geldeintreiber ist man nicht gerade zimperlich. Doch Mitchell will sein Leben ändern: legale Geldquelle, nette Frau, Kinder vielleicht. Als ihm die Diva Lillian Palmer einen Job auf ihrem Anwesen in Notting Hill anbietet, sieht er seine Chance gekommen – und Lillian könnte glatt die richtige Frau sein. Alles prima, wären da nicht Lillians zwielichtiger Butler Jordan und Tommy Logan, ein Geldhai, der seine eigenen Pläne für Mitchell hat ...
Gnadenlos, schnell und, wenn es sein muss außerordentlich brutal – ein Typ wie Mitchell scheint wie geboren für ein Dasein zwischen Drogendealern und Geldeintreibern. Als sich ihm die Chance bietet, ein neues Leben anzufangen, holt seine Vergangenheit ihn ein. Und Mitchell muss zurückschlagen.

»Es gibt wohl kaum einen zeitgenössischen Krimi-Autor, der so punktgenau schreibt wie Bruen. Schlanke Dialoge, die wie Pistolenschüsse durch die unwirtlichen Seelenlandschaften seiner Romane peitschen.« *Matthias Matussek, Der Spiegel*